KB272489

산중 눈보라

산중 눈보라

산중 눈보라 하근찬 전집 22

초판 1쇄 발행 2026년 4월 18일

지은이 하근찬
펴낸이 강수걸
편집 오해은 강나래 이선화 이소영 박재화 이채연
디자인 권문경 조은비
펴낸곳 산지니
등록 2005년 2월 7일 제333-3370000251002005000001호
주소 부산시 해운대구 수영강변대로 140 BCC 626호
전화 051-504-7070 | 팩스 051-507-7543
홈페이지 www.sanzinibook.com
전자우편 sanzini@sanzinibook.com
블로그 http://sanzinibook.tistory.com

ISBN 979-11-6861-657-8 04810
ISBN 978-89-6545-749-7 (세트)

* 책값은 뒤표지에 있습니다.
* 잘못 만들어진 책은 구입처에서 교환해드립니다.
* 본 전집은 백신애기념사업회가 영천시의 지원을 받아 제작되었습니다.

하근찬 전집 22

산중 눈보라

산지니

밑바닥을 향한 진실한 시선

　세상은 속도에 차이는 있겠지만 늘 변해왔다. 그 변화에 사람들은 순응하기도 하고 저항하기도 하면서 발걸음을 맞춰왔다. 좋은 작가에게 우리가 거는 기대가 있다면, '새로운 눈'으로 세상의 변화를 보여주는 것이다. 작가가 보여주는 세계는 새로운 세상의 창조와 같다. 작가가 개성적으로 바라보는 창조적 관점은 세계에 새로운 옷을 입히는 것과 같기 때문이다.

　하근찬은 한국전쟁 이후의 상처를 민중의 관점에서 어루만지면서 '치유의 서사'를 펼쳐 보인 좋은 작가다. 그는 전쟁 이후의 혼란한 세계 속에서 '새로운 눈'으로 창조적 소설 작품을 써낸 존재다. 진실을 향한 집념을 가진 작가는 좋은 작품들을 남긴다. 하근찬은 '새로운 눈'과 '진실을 향한 집념'으로 사실의 기록자에 머물지 않고 진정한 창작자가 되었다.

　작가는 맑고 정상적인 눈을 가져야 한다. 건강한 눈으로 항상 세상을 골고루 넓게, 그리고 똑바로 바라보아야 한다. 똑바로 바라본다는 것은 바꾸어 말하면 어떤 현상의 밑바닥에 흐르는 진실을 꿰뚫어 보아야 한다는 뜻이다.

세상을 골고루 넓게 바라보는 것도 중요하지만, 똑바로 바라보는, 즉 꿰뚫어 보는 안광이 작가에게는 더욱 중요하다. 그렇지 않고서는 세상이 빚어내는 갖가지 일들의 의미를 파악할 수가 없는 것이다.(하근찬, 「진실을 꿰뚫어야 하는 안광(眼光)」, 『내 안에 내가 있다』, 엔터, 1997, 274쪽.)

하근찬은 세상을 바라보는 '눈'에는 두 가지가 있다고 보았다. 하나는 '세상을 골고루 넓게' 바라보는 눈이고, 또 하나는 '세상을 똑바로' 바라보는 눈이다. 그렇다면 작가가 강조하는 '똑바로 바라보는 눈'이란 무엇일까? 그것은 나타나는 현상에만 머물지 않고, 그 현상의 밑바닥에 있는 원인을 꿰뚫는 혜안을 말한다. '사건이 있었네!'에서, '왜 이 사건이 일어났을까?'라고 질문하는 탐구정신이기도 하다. 하근찬은 '바로 본다는 것'은 보이는 것에만 시선을 두지 않고, "밑바닥에 흐르는 진실"을 밝히는 것이라고 했다. 진실을 위해서는 깊이, 그리고 많이 생각해야 하고, 현상 이면에 담긴 원리와 작용하는 힘을 밝혀내는 노력을 해야 한다.

하근찬은 밑바닥에 흐르는 진실을 탐구한 작가였다. 웅숭깊은 그의 이 시선과 거룩한 문학적 성취는 한국문단에서 보기 드문 문학적 자산이다. 그럼에도 그의 문학세계를 전체적으로 살필 수 있는 전집이 없었으며, 참고할 만한 좋은 선집도 간행되지 못했다는 것은 참으로 안타까운 일이었다.

하근찬 탄생 90주년을 맞아 구성된 '하근찬 문학전집' 간행위원회는 다음과 같은 목표를 설정하였다.

첫째, 하근찬 작품 세계 전체를 충실히 복원하고자 했다. 그간 하근찬의 소설세계는 단편적으로만 알려져 있었다. 하근찬의 등단작 「수난이대」는 일제강점기와 한국전쟁으로 이어져온 민중의 상처를 상징적으로 치유한 수작이다. 그러나 그의 문학세계는 「수난이대」로만 수렴되는 경향이 있었다. 하근찬은 「수난이대」 이후에도 2002년까지 집필 활동을 하면서, 단편집 6권과 장편소설 12편을 창작했고 미완의 장편소설 3편을 남겼다. 문업(文業)만으로도 45년을 이어온 큰 작가였다. '하근찬 문학전집' 간행위원회는 하근찬의 작품 세계를 '중단편 전집' 8권과 '장편 전집' 13권으로 나눠 총 21권을 간행함으로써, 초기의 하근찬 문학에 국한되지 않는 전체적 복원을 기획했다.

둘째, 하근찬 문학세계의 체계적 정리, 원본에 충실한 편집, 발굴 작품 수록을 통해 자료적 가치를 확보하려고 노력했다. 하근찬 문학전집은 '중단편 전집'과 '장편 전집'으로 구분하여 간행했다. 먼저 '중단편 전집'은 단행본 발표 순서인 『수난이대』, 『흰 종이수염』, 『일본도』, 『서울 개구리』, 『화가 남궁 씨의 수염』을 저본으로 삼았다. 이때 각 작품집에 중복 수록된 작품은 제외하여 편집하였다. 또한 단행본에 수록되지 않은 알려지지 않은 하근찬의 작품들도 발굴하여 별도로 엮어냈다. 이를 통해 전집의 자료적 가치를 높였다. 다음으로, 장편의 경우 하근찬 작가의 대표작인 『야호』, 『달섬 이야기』, 『월례소전』, 『산에 들에』뿐만 아니라, 미완으로 남아 있는 『직녀기』, 『산중 눈보라』, 『은장도 이야기』까지 간행하여 전체 문학 세계를 조망할 수 있도록 했다.

셋째, 젊은 세대들의 감각과 해석을 반영하여 그의 문학에 새로운 생명력을 불어넣고자 했다. 하근찬의 작품세계가 펼쳐 보이고 있는 한국현대사의 진실한 풍경들도 젊은 세대들에 의해 읽히지 않으면 의미가 반감될 수밖에 없다. 하근찬 문학의 새로운 해석의 발판을 마련하기 위해, 젊은 연구자들의 충실하고 의미 있는 해설을 덧붙였다. 또한, 개작, 제목 바뀜, 재수록 등을 작품 연보에서 제시하여 실증적 가치를 높이기 위해서도 노력했다.

한 작가의 문학적 평가는 전집이 간행되었을 때 비로소 그 발판이 마련된다고 한다. 1957년에 등단, 집필기간만도 45년의 문업을 이루어온 장인적 작가에 대한 본격적 연구의 발판이 60여 년이 지난 이제야 비로소 마련되었다는 것은 안타까운 일이다. 하근찬의 문학세계에 대한 새로운 조명이 2021년 문학전집 간행과 함께 활기를 띨 수 있기를 기대한다.

2021.10.
『하근찬 문학전집』 간행위원회
송주현 · 오창은 · 이정숙 · 이중기 · 장수희

일러두기

1) 『하근찬 중단편전집』과 『하근찬 장편전집』은 하근찬의 소설세계를 일반 독자들에게
   널리 소개하고, 그 문학적 의미가 현대적으로 재해석되도록 하는 데 목적이 있다.

2) 이 책의 작품 수록 순서는 단행본으로 발표된 순서에 따랐으며, 출전을 작품의
   끝부분에 밝혀두었다.

3) 작가가 지문에서 사용한 방언과 비표준어는 작품을 훼손하지 않는 범위 내에서
   현대어로 바꾸었으며, 작가가 의도적으로 구분해서 사용한 '목덜미'와 '목줄기'는
   그대로 살렸다.

4) 작가 고유의 표현은 그대로 살렸다.
   예 : 오리막(오르막), 고깃전(어물전), 변솟간(변소), 동넷방(동네 방), 생각키는/
        생각히는(생각나는) 등.

5) 한 작품에서 같은 뜻의 단어를 표준어와 비표준어 또는 방언을 혼용해서 사용한 경우
   하나로 통일했다.
   예 : 뒤안/뒤란 → 뒤안, 복받치는/북받치는 → 복받치는, 무신/무슨 → 무슨,
        잘몬/잘못 → 잘못, 부스스/부스스 → 부스스, 돋우다/돋구다 → 돋우다 등.

6) 다음과 같은 표현은 어법에 맞게 수정했다.
   예 : 소중스리 → 소중하게, 뭐라고든지 → 뭐라든지, 칭칭하게 감은 → 칭칭 감은,
        그리고 나서 → 그러고 나서

7) 영어 표현의 경우 현행 '외래어표기법'에 따르는 것을 원칙으로 했다.

차례

마중 나온 사람

새해 새 아침, 베란다 쪽 창으로 신선한 햇빛이 들어온다.

청회색 마고자에 엷은 베이지색 바지를 입은 임중하는 거실의 소파에 푹신하게 묻혀 앉아 파이프를 물고 있다. 아내가 방에서 나오기를 기다리고 있는 중이다.

뻑뻑 파이프를 빨면서 임중하는 비껴 들어오는 햇빛을 하염없이 바라본다. 여느 날, 여느 아침과 조금도 다름없는 그런 햇빛이다. 그런데 어쩐지 오늘 아침은 그 햇빛이 유난히도 신선하게 느껴지고, 눈부시기까지 하다. 새해 첫 아침이라는 기분 때문에 그런 모양이다.

새해라도 여느 새해와는 달리 팔십년 대의 첫 번째 새해가 아닌가. 기분이 산뜻할 수밖에 없다.

"팔십년 대라……."

임중하는 속으로 중얼거린다. 눈앞에 새로운 지평이 펼쳐진 듯한 느낌이다. 그 먼 새 지평을 향해 첫걸음을 내딛는 기분인 것이다.

그런데 오늘부터 오십이라는 생각이 문득 들자 어쩐지 황혼이 어리는 어떤 고개 위로 성큼 올라선 듯한 기분이기도 했다. 어느새 오십이라니…… 누가 뭐래도 이제 중늙이군 싶었다. 허망하고 씁쓰레했다.

"인생은 오십부터지. 암 오십부터고말고."

속으로 중얼거리며 푸— 담배 연기를 내뿜는다. 청춘은 오십부터가 아닐는지 모른다. 그러나 인생은 오십부터라고 해도 과언이 아닌 것이다. 인생의 참맛을 알면서 생활을 어루만지듯이 영위해 나갈 수 있는 것은 아무래도 오십 줄에 들어서서부터다. 쓴맛 단맛을 겪을 만큼 겪은 뒤이니 말이다.

그렇다고 뭐 임중하가 산전수전 다 겪은 그런 사람이라는 뜻은 아니다. 오히려 그는 별로 큰 고생을 모르고, 순탄한 길을 걸어온 행운아라고 할 수 있다. 의과대학을 졸업하고, 대학원을 나오고, 의학박사가 되고, 그리고 규모가 제법 큰 개인병원의 원장 자리에 있는 몸이니 말이다.

그가 그런 순탄한 길을 걸을 수 있었던 것은 아무래도 처복이 있는 탓이라고 할 수밖에 없다. 그의 아내 송인실 역시 같은 의대와 대학원을 나온 의학박사인데 나이는 두어 살 밑이다. 6·25 전에 이미 아버지를 잃은 임중하는 의과대학에 입학을 하자, 가정교사 노릇을 해야만 했는데, 그때 가르친 여고 2학년생이 바로 지금의 아내인 것이다.

장인 역시 의사였다. 그리고 아내는 무남독녀였다. 그래서 결국 장인이 돌아가자, 그 병원을 그들 부부가 맡게 되었던 것이다. 병원

이름도 그래서 임중하의 '중' 자와 송인실의 '인' 자를 따서 '중인의
원'이라고 바꾸었다.

그 중인의원이 규모가 커져서 지금은 외과를 비롯한 여러 과의
전문의를 칠팔 명이나 두고 있는 개인 종합병원으로 발전하여 '중
인병원'이 되어 있는 것이다. 임중하가 원장, 송인실이 부원장이다.

그처럼 행운을 누린 순탄한 길이긴 했지만, 역시 그 가운데도 가
지가지 쓴맛이 있고, 단맛이 있었던 것이다. 크면 큰 대로, 작으면
작은 대로, 순탄하면 순탄한 대로, 험하면 험한 대로, 인생이란 다
쓴맛 단맛이 있기 마련이다. 온통 단맛뿐인 인생이란 아마 거짓말
일 것이다.

"보람 있는 오십 대가 되도록 해야지."

임중하는 아랫배에 지그시 힘을 넣으며 파이프를 톡톡 재떨이에
떤다. 그리고 한쪽 벽에 걸려 있는 히포크라테스 선서로 시선을 옮
긴다.

이제 의업에 종사할 허락을 받으며 나의 생애를 인류봉사에 바
칠 것을 엄숙히 서약하노라.

나의 은사에 대하여 존경과 감사를 드리겠노라.

나의 양심과 위엄으로써 의술을 베풀겠노라…….

이렇게 이어져 나가는 히포크라테스 선서를 임중하는 천천히 눈
으로 훑어 내려간다. 새삼스러운 기분으로 읽어보지만, 그저 덤덤
할 뿐 별 다른 감흥이 일질 않는다. 그럴 수밖에 없다. 어느덧 삼십
년 가까이 그 선서와 낯익어 온 터이니 말이다.

의과대학에 입학해서 처음으로 그 선서를 대했을 때는 호흡이
후끈해지도록 가슴이 벅차올랐었고 한 사람의 의사로서 사회에 발

을 내딛었을 때 역시 병원의 벽에 걸린 그 선서는 지고의 성언(聖言)처럼 뜨끈하게 가슴에 와닿곤 했었다.

그러나 세월은 그 경건한 긴장감을 그대로 가만히 놓아두질 않고, 느슨하게 풀어 버려, 이제는 읽어도 그저 심상하고 덤덤하기만 하다. 마치 빛이 바래어 버린 듯, 김이 새 버린 듯 아무 감흥을 느낄 수가 없다.

별 다른 감흥을 주지 않는 글이지만, 임중하는 오늘처럼 기분을 새롭게 갖는다거나, 생활의 어떤 새 결의 같은 것을 속으로 다질 때는 버릇처럼 그 선서를 읽어보곤 해왔다. 선서를 읽으면서 말하자면 느슨하게 풀어진 마음의 상처를 바짝 죄는 셈이었다.

그런데 참 이상한 일이었다. 그처럼 심상하고 덤덤하기만 하던 것이 다음 대목을 눈으로 훑었을 때 뜻밖에도 가슴이 벌떡벌떡 뛰기 시작하는 것이 아닌가.

……나는 환자의 건강과 생명을 첫째로 생각하노라.

이 대목이었다. 어쩌면 선서 가운데서 가장 핵심이 되는 구절이라고 할 수 있을 것이다. 의사는 무엇보다도 환자의 건강과 생명을 첫째로 생각해야 하는 것이다. 환자의 생명은 전적으로 의사의 손에 달렸다고 해도 과언이 아니다. 말하자면 의사의 손은 남의 생명을 쥔 손이라고 할 수가 있다. 정말 의사로서는 항상 염두에 두고 되새겨야 할 소중한 구절이 아닐 수 없다.

그러나 별안간 심장이 벌떡벌떡 뛰기 시작한 것은 그래서가 아니었다. 그 대목이라고 해서 특별히 빛이 바래지 않고, 김도 새지 않고, 세월이라는 물결 속에 그대로 싱싱하게 살아 있을 턱이 없는 것이다. 전에는 그 대목을 읽어도 심장이 뛰기는커녕 눈썹 하나 움직이질 않았는데, 오늘은 참 이상한 일이다. 왜 이렇게 별안간 심장이 박동을 하는지…….

그냥 심장만 벌떡벌떡 뛰는 게 아니라, 어쩐지 기분도 으스스해 지고 온몸이 썰렁해지는 느낌이다. 가벼운 현기증 같은 것이 눈앞을 지나가면서 벽에 걸린 그 선서의 액자 위로 마치 무슨 엷은 그 림자 같은 것이 덮이는 것이 아닌가.

"아니 내가 왜 이러지."

임중하는 약간 당황해하며 곧장 두 눈을 끔벅거린다. 그리고 그 런 이상한 상태를 진정시키려고 거푸 심호흡을 해댄다.

곧 심장의 고동이 가라앉고 액자에 덮인 엷은 그림자 같은 것도 걷혔다. 그러나 으스스하고 썰렁한 기분은 쉽사리 몸에서 떨어져 나가주질 않는다.

"이상한 일인데…… 심장이 약해진 모양인가."

임중하는 한 손으로 심장께를 슬슬 어루만지면서 분명히 엷은 그림자 같은 것이 덮였던 액자를 유심히 바라본다.

"아마 내가 무슨 착각을…….."

임중하는 액자에 엷은 그림자 같은 것이 덮였던 사실을 현기증 에서 온 착각이라고 생각해 본다. 으스스하고 썰렁한 기운도 서서 히 몸에서 사라진다.

그는 마치 어떤 괴이한 시간과 공간 속에 잠시 휩싸였다가 놓여 난 듯한 느낌이다. 어쨌든 이제 가슴의 고동도 가라앉고 기분도 정 상을 되찾아 안도의 숨이 내쉬어진다.

그러나 개운하지가 않고 찜찜한 것이 남는다. 액자에 덮였던 그 엷은 그림자 같은 것을 현기증에서 온 착각이라고 간단하게 넘겨

버리기에는 아무래도 석연치 않은 점이 있다. 분명히 무슨 그림자 같은 것이 와서 덮였던 것이다. 그 구절을 읽자, 별안간 가슴이 뜬 것부터가 이상하지 않은가. 공연히 으스스해지고 썰렁해진 것도 이상하다.

마치 악몽을 꾸고 난 뒤처럼 임중하는 뒤숭숭한 기분이다. 어쩌면 무슨 예시 같은 현상이 아닌가 싶기도 했다. 환자의 건강과 생명을…….

그 대목을 읽었을 때 별안간 그런 현상이 일어났으니 말이다. 예시라면 아무래도 불길한 쪽인 것 같다.

"음— 알 수 없는 일이군."

혼자 중얼거리며 임중하는 무겁게 두 눈을 감아버린다.

그때, 큰방 문이 열리고 가느다란 금테 안경을 낀 송인실이 나온다. 연한 옥색 치마저고리 차림이다. 얼른 보면 이제 갓 마흔 정도밖에 안 된 여인처럼 화사하다.

임중하는 얼른 눈을 뜨고 아내를 바라본다.

그런데 그 시선이 어쩐지 자연스럽지가 못하고 좀 이상하다고 송인실은 느낀다.

"당신 안색이 안 좋구려."

"……."

"왜 그러죠? 조금 전까지 아무렇지도 않던 양반이…….."

"……."

임중하는 말없이 그저 한 손으로 자기도 모르게 심장께를 슬슬 어루만지고 있다.

"왜 가슴이 안 좋으세요?"

"아니."

"그럼 왜 가슴을……."

"아니야. 아무 일도 아니야."

임중하는 내뱉으며 벌떡 소파에서 몸을 일으킨다. 아내에게 방금 겪은 이상한 현상을 이야기할까 하다가 그만두었다. 그런 이야길 하면 아내는 보나마나 심장이 좀 약해진 탓이지, 불길한 예시는 무슨 놈의 불길한 예시냐고 웃을 게 틀림없는 것이다.

심장이 약해지다니…… 말도 안 되는 소리다. 임중하는 건강에 자신이 있었다. 젊을 때부터 등산으로 단련을 한 몸인 것이다. 지금도 일요일이면 거의 빠짐없이 산을 찾는다. 토요일 오후에 나서서 산에서 일박을 하고 일요일에 돌아오는 수도 허다하다. 의업에 종사하는 사람들만으로 '인산회(仁山會)'라는 산악회를 만들어서 그 회장 일을 맡고 있기도 하다. 말하자면 의사인 동시에 산악인인 셈이다.

그처럼 그가 산을 즐길 수 있는 것도 다 처복 탓이라고 하겠다. 병원을 부원장인 아내에게 안심하고 맡겨놓을 수 있으니 말이다. 팔자 좋은 사람이라고 할 수밖에 없다.

심장이 약해지다니…… 천만의 말씀이다. 건강 체크도 정기적으로 하고 있는 터이다.

임중하는 바지를 추스르며 어머니 방 쪽으로 가서 문을 연다. 송인실이 뒤따른다. 세배를 하러 들어가는 것이다.

어머니 윤성녀는 아랫목에 앉아 염주를 헤아리며 염불에 여념이 없었다. 어찌나 독실한 신도인지, 절에서 뿐 아니라 흔히들 '윤보살'이라고 부른다. 손자들은 곧잘 '보살 할머니'라고 부르기도 한다.

올해 일흔둘이 되지만, 아직 용모가 깨끗하고, 건강도 괜찮은 편이다. 늘 온화한 미소 같은 기운이 얼굴에 감돌고 있어서 정말 보살이라는 느낌을 준다.

방 윗목 한쪽에는 불단이 마련되어 있다. 금빛의 조그마한 불상이 안치되어 있는데, 윤 보살은 아침저녁으로 하루도 거르는 일 없이 그 부처님 앞에 향불을 피우고 예배를 하고, 염불을 왼다. 낮으로도 심심하면 곧잘 그 불단 쪽을 향해 앉아서 염주를 헤아리기도 하고, 돋보기를 끼고서 한글로 된 경서를 읽기도 하며, 때로는 좌선을 하기도 한다.

말하자면 윤 보살은 여생을 그렇게 부처님에게 귀의하는 낙으로 살아가고 있는 셈이다.

"어머니, 세배 받으세요."

임중하와 송인실이 방 윗목에 나란히 서자, 윤 보살은 자그락자그락 헤아리던 염주를 가만히 멈추며 조금 쑥스러운 듯한 미소를 띤다.

"올해도 아무쪼록 건강하십시오."

임중하가 절을 하자, 송인실도 함께 너붓이 큰절을 한다.

아들 내외의 세배를 받고 나서 윤 보살은,

"그래, 금년에도 내외간에 복 많이 받아라. 관셈보살―."

그리고 무슨 생각이 떠올랐는지,

"참, 야야, 금년에 말이다……."

하면서 아들을 조심스러운 눈길로 바라본다.

"금년에 산에 가면 좋지 않다더라. 산에 가지 말도록 해라."

"왜요?"

"네 금년 신수를 보니까 그러더라. 산에 가면 좋지 않은 일이 생기니 조심하라더라. 마음에 병이 생길지도 모른다던데……."

"마음에 병이 생겨요? 허허허……."

"좌우간 좋지 않다니까 그쯤 알아라."

"예."

대답은 했지만 임중하는 승복을 할 수가 없는 듯 다시 입을 뗀다.

"그렇지만 다 쓸데없는 소리예요. 어머니. 신수가 다 뭡니까."

"아니다. 그렇지 않다. 너는 아직 모른다."

"등산 좋아하는 사람이 산엘 안 가면 어떻게 합니까. 산에 안 가면 오히려 마음에 병이 생길지도 모르죠."

그러자 가만히 듣고 있던 송인실이 입을 연다.

"당신 토정비결에도 그런 말이 나오던데요."

"토정비결에도? 뭐라고?"

"며칠 전에 닥터 최가 간호사들에게 토정비결을 보아주지 않겠어요. 그래서 당신하고 나도 한 번 봐달라고 했더니……."

"그 친구 그런 데 취미가 있지."

"당신 것 첫머리가 뭐더라……. 산에 오르면 뭐 나쁜 인연을 만난다나요. 그래서 고통의 문이 열린다던가…… 그런 괘였어요."

"나쁜 인연을 만나서 고통의 문이 열린다……. 흠—."

임중하는 코로 히죽 웃는다.

"어머니 신수 보신 거하고 비슷하잖아요. 너무 무시할 것도 아니에요."

그러자 윤 보살은 기분이 좋은 듯,

“암, 무시할 게 아니고말고. 몰라서 그렇지, 다 뭐가 있는 게야.”
하고는 다시 염주를 헤아리며 ‘관셈보살—’ 한다.

신수 본 것과 토정비결의 괘가 비슷하다니 좀 꺼림칙한 생각이
든다. 그러나 임중하는 곧 내뱉듯이 말했다.

“사람의 앞날을 사람이 어떻게 안단 말이에요. 내일 일도 알 수가
없는 게 사람인데……. 다 허튼 수작이야, 허튼 수작…….”

그 말에 윤 보살은 못마땅하지만 잠잠해지며 자그락자그락 염
주를 헤아리는 손끝에 약간 힘을 준다. 그러나 송인실은 대꾸를
한다.

“물론 그런 걸 꼭 믿을 필요는 없죠. 그렇다고 싹 무시해버릴 일
도 아니에요. 밑져야 본전이니까, 그런가 보다 생각하면 되는 거
죠.”

“…….”

“산을 조심하라는데 나쁠 게 뭐 있어요. 조심해서 뭐 남 주나요.”

“알았어. 당신은 언제나 똑똑해.”

“안 그래요? 산악인은 항상 산을 조심해야죠.”

“옳은 말씀만 하시니 할 말이 없다니까.”

임중하는 자리에서 일어나며,

“그런데 당장 오늘 밤에 출발인걸.”

약간 짓궂은 어투로 말한다.

“정말 가시는 거예요?”

“응, 차표까지 끊어놓았잖아. 약속을 지켜야지. 사람이 마중 나올
텐데…….”

그 말에 윤 보살은 염주를 멈춘다.

“어딜 가는데?”

“절에 좀 가보려구요.”

“절에? 어느 절에?”

“저…… 강원도에 있는 절인데, 중학 시절 친구가 그 절의 주지로 있어요.”

“아, 그래…….”

절이면 산중에 있을 게 뻔하다. 그러나 그냥 산에 오르는 게 아니라, 절을 찾아간다고 하니 윤 보살은 싫지가 않다. 좀 찜찜하기는 하지만.

며칠 전, 임중하는 뜻밖에 중학교 시절 가까웠던 친구인 서수윤을 만났다. 어떻게 알았는지 병원으로 전화가 왔던 것이다. “나 수윤일세. 나 모르겠나.” 했을 때도 임중하는 누군지 얼른 머리에 떠오르지 않을 정도로 아득한 지난날의 친구였다. 학교를 졸업하던 해 6·25가 나서 헤어진 뒤로 한 번도 만나 보질 못한 사이였다.

처음에는 간혹 소식은 들을 수가 있었으나 나중에는 어디서 무얼 하는지 소식마저 알 길 없는 친구였다. 그런 친구가 거의 삼십 년 만에 뜻밖에 전화를 걸어왔던 것이다. 볼일을 마치고 돌아가려고 지금 청량리역에 와 있다는 것이었다. 차 출발 시간이 한 시간 가량 남아 있어서 전화를 걸어봤다는 것이다. 임중하는 하도 뜻밖이고 오래간만이어서 전화 통화만으로 끝낼 수가 없어서 곧 청량리역 쪽으로 자가용을 몰았던 것이다.

그런데 의외에도 서수윤은 승려였다. 머리를 빡빡 깎은 중이 한 사람 다방 한쪽 구석에 앉았다가 싱그레 웃으며 일어섰던 것이다. 임중하는 세월이라는 것의 헤아릴 수 없는 조화를 눈으로 보는 듯한 느낌이었다. 서수윤이 승려가 되어 자기 앞에 나타날 줄이야 정말 미처 생각지 못했던 것이다.

법명은 일륜(一綸)이라는 것이었고, 강원도에 있는 상운사(上雲寺)라는 절의 주지로 있다는 것이었다. 상운사는 천행산(天行山)이라는 해발 천 미터가 넘는 높은 봉우리의 거의 정상 가까이에 있는 절로서, 그 경관이 그야말로 일품이라고 했다. 날씨가 좋은 날은 동해 바다가 아스라하게 떠올라 보이기도 한다는 것이다.

그 말에 임중하는 대뜸 구미가 동해서,

"좋아, 내가 한 번 찾아가지."

했던 것이다.

임중하가 한 번 찾아오겠다는 말에 일륜은 무척 기뻐서,

"꼭 한 번 오게. 정말이야. 그동안 서로 살아온 많은 이야길 나누어 보세나. 언제 오려나?"

하고 바짝 다그쳤다. 지나가는 인사치레로 들어 넘기고 싶지 않았던 것이다.

"에— 새해 첫날에 출발하지."

임중하는 시원시원히 내뱉었다.

"새해 첫날에? 좋지, 좋아. 그럼 약속하세. 내가 역으로 사람을 내보낼 테니……."

그러면서 일륜은 바랑에서 볼펜을 꺼내어 종이에다가 간단한 약도를 그렸다. 영동선 M역에 내려, 거기서 버스를 타고 말머릿재라는 데까지 가서, 거기서부터는 도보로 상운사까지 간다는 것이었다. 그러나 처음 길이니까 사람을 M역으로 마중 보낼 터이니, 새해 첫날 밤 열 시에 청량리역에서 출발하는 야간열차를 타라는 것이

었다. 그러면 이튿날 아침 여덟 시경에 M역에 도착한다는 것이다. 침대차를 이용하면 편안히 올 수가 있다고 했다.

"좋아, 그러기로 하지."

"약속일세. 어기면 안 되네. 우리 절에서 M역까지는 꼬박 하룻길이야. 마중 나간 사람 헛걸음 안 하도록……."

"염려 말라니까. 그러잖아도 난 해마다 1월 1일엔 여행을 떠난단 말이야. 등산을 떠나든지 온천장엘 가든지……. 새해엔 자네한테 찾아가기로 하지."

이렇게 약속이 되어 임중하는 미리 침대권을 끊어놓았던 것이다.

여러 해 전부터 임중하는 새해 첫날을 좀 더 보람 있게 보내기 위해서, 다시 말하면 새해를 좀 더 새로운 기분으로 맞이하기 위해서 훌쩍 서울을 떠나기로 하고 있었다. 병원이라는 궤짝 속에 갇혀서 소독 냄새와 환자들의 신음 소리에 젖어 살아야 하는 일상이 어쩌면 따분하고 지겹게 여겨져서 새해 첫날부터 그렇게 탈출을 꾀하는 것인지도 몰랐다. 그러나 직접적인 동기는 그게 아니라 은사의 죽음에 있었다.

대학에서뿐 아니라 대학원에서도, 그리고 사회에 발을 내디딘 뒤에도 늘 지도를 받고, 보살핌을 입어온, 존경하는 은사를 몇 해 전에 잃은 것이다. 새해 첫날이면 으레 그 은사한테 세배를 하러 가곤 했었는데, 그 걸음이 끊기게 되자 임중하는 허전한 마음을 금할 수가 없었다. 그래서 은사가 돌아간 그 이듬해 1월 1일에는 은사의 묘소에 세배를 하러 찾아갔었다. 눈이 하얗게 뒤덮인 묘원의 풍경은 이색적이었다. 새해 첫날, 겨울 풍경을 찾아나서는 것도 괜찮겠구나 하는 생각이 들었다.

그런 뒤로 임중하는 해마다 1월 1일이면 어머니한테 세배를 하고는 집을 나서는 것이다. 륙색을 짊어지고 산을 찾아가기도 했고, 아내와 함께 당일에 돌아올 수 있는 곳에 가서 점심을 먹고 오기도 했다. 때로는 하룻밤 머물고 오기도 했고, 이박삼일이 될 때도 간혹 있었다. 말하자면 새해 첫걸음을 멋있게 내딛는 셈이었다.

금년에는 강원도로 승려가 되어 있는 옛 친구를 찾아가게 된 것이다. 아무래도 오륙 일 걸릴 진짜 겨울 산행이 된 셈이다.

상운사라는 친구의 절까지만 갈 게 아니라, 해발 천 미터가 넘는다는 그 천행산 정상까지도 정복해 볼 작정으로 이것저것 만반의 준비를 해가지고 임중하는 그날 밤 예정대로 청량리역을 출발했다.

침대차에 누워보기는 참으로 오랜만의 일이었다. 아마 십여 년 만이 아닌가 싶었다. 부산에 급한 볼일이 있어 내려갔다가 당일 야간 침대차로 돌아온 일이 있었는데 그게 어느덧 십여 년 전인 듯했다.

신정에 여행을 떠나는 별난 취미 때문에 금년에는 야간열차의 침대 속에서 새해 첫날밤을 보내게 되다니…… 이게 무슨 청승이냐 싶었다. 그러나 임중하는 조금도 싫지가 않았다. 오히려 재미있고 즐겁기까지 했다. 마치 미지의 어떤 신비한 세계를 찾아 떠나는 사람처럼 가슴이 약간 설레기까지 했다. 사는 재미란 판에 박은 듯한 생활에 있는 것이 아니라, 그 다람쥐 쳇바퀴 도는 듯한 생활에서 훌쩍 벗어나 보는 데 있는 것이라고 생각하며, 임중하는 혼자 미소를 지었다.

그리고 서수윤이 승려가 된 사실을 한 번 생각해 보았다. 아무리 생각해도 그가 승려가 되었다는 게 이상하게 여겨지기만 했다. 중학교 시절의 그에게서는 그럼 낌새가 조금도 보이지 않았던 것이다. 장차 승려가 될 낌새라는 게 뭐 특별히 있기야 할까마는 그래도 어딘지 조용한 구석이 있고 철학적이고 명상적인 그런 성격이라야 승려로서 걸맞을 것 같은데 중학교 시절의 그는 오히려 그와 정반대의 타입이었다.

그는 운동을 좋아해서 축구는 학교 선수이기도 했다. 그리고 웅변 같은 것에도 열을 올리며 장차 위대한 정치가가 되겠다느니, 혹은 장군이 되겠다느니 하고 떠벌리기도 했다. 다분히 영웅심리 같은 것에 젖어 있는 학생이었다. 그런 그가 머리를 빡빡 깎은 승려가 되어 더구나 심심산중의 절에 묻혀 있다니…… 정말 알고도 모를 게 사람의 일이로구나 싶었다.

그가 주지로 있다는 상운사가 도대체 어떤 절일까. 천행산이라는 해발 천 미터가 넘는 봉우리의 거의 정상 가까이에 있다니, 그런 높은 곳에 웬 절이 있는 것일까? 그런 높은 절에도 신도들이 찾아오는 걸까. 그런 절에 살면 마치 구름 위에 사는 기분이 아닐까. 신선이 된 듯한 기분이겠지…….

임중하는 벌써 눈앞에 그 상운사라는 비경의 사찰이 떠올라 보이기라도 하는 것처럼 가벼운 흥분을 느끼기도 했다. 금년 새해는 아주 재미있게 시작이 되는군 싶으며, 숨을 크게 들이쉬었다.

그러나 임중하는 곧 어머니의 말과 아내의 토정비결 이야기가 생각났다. 산을 조심하라. 산에 가면 마음에 병이 들리라. 그리고 또, 산에 가면 나쁜 인연을 만나 고통의 문이 열리리라……. 도대체 무슨 일이 있으려고 신수와 토정비결이 다 같이 그런 말을 하는 것일까. 아무래도 이번 산행과 무관하지 않은 경구인 것 같아 슬그머니 긴장이 되고, 불안해지기도 했다. 기분 나쁜 일이 아닐 수 없었다. 같은 값에 기분 좋은 말이 나왔더라면 좋았을 텐데 말이다.

그러나 임중하는 신수와 토정비결이 무슨 신통력이 있다고…… 다 미신이지, 쓸데없는 수작이야, 하고 애써 불안한 마음을 씻어 내었다. 아내의 말마따나, 산악인은 항상 산을 조심해야 된다는 정도로 받아들이면 되는 것이었다.

시계를 보았다. 어느덧 열한 시가 다 되어 가고 있었다. 내일의 강행군을 위해서 잠을 충분히 자 두어야 된다고 생각하면서 임중하는 담요를 바싹 코밑까지 끌어당겼다.

커덩 커덩 커덩…….

기차가 철교 위를 지나는 듯 요란한 소리에 임중하는 잠이 깨었다. 전등이 희미하게 켜져 있기는 했으나 이미 새벽이라는 것을 알수 있었다. 차창이 희끄무레 밝아오고 있었던 것이다.

임중하는 커다랗게 하품을 하며 기지개를 켰다. 머리가 좀 떵하고, 입안이 떨떠름하다. 시계를 본다. 일곱 시 십오 분이다. 여덟 시경에 M역에 도착이라 하니 아직 사오십 분 남았다.

임중하는 왠지 기분이 좀 이상했다. 심란한 것 같기도 하고, 막연히 불안한 것 같기도 했다. 침대의 서먹서먹한 분위기 때문인 듯도했고, 새벽이라 차 안이 약간 썰렁해서 그런 것 같기도 했다. 바깥이 몹시 추운 듯 스팀이 들어오고 있는데도 유리창에 성에가 하얗게 눌어붙었다.

그러나 그래서 심란한 게 아니었다. 실은 꿈 때문인 것이었다. 이상한 꿈을 꾸었던 것이다. 좀처럼 보이지 않던 아버지가 꿈에 나타났던 것이다. 나타나도 예사 모습으로 나타난 것이 아니라, 머리를 빡빡 깎은 모습으로 나타났다. 머리는 중처럼 빡빡 깎았으면서도 턱에는 허연 수염이 너불너불했다. 괴이한 모습이었다.

눈이 희끗희끗 내리고 있었다. 산길인 듯도 했고, 들길인 듯도 했다. 임중하는 혼자서 어디론지 자꾸 걸어가고 있었다. 한참 걸어가다 보니 저만큼 앞에 웬 머리를 빡빡 깎은 노인 한 사람이 흰 두루마기를 입고 나부끼는 눈발 속에 웅크리고 앉아 있었다. 처음에는 그게 누군지 잘 알 수가 없었다.

가까이 다가간 임중하는 깜짝 놀랐다. 뜻밖에도 아버지였던 것이다. 작고한 지 어느덧 삼십 년이 넘은 아버지가 그렇게 눈 오는 길가에 웅크리고 앉아 있는 것이 아닌가. 머리는 빡빡 깎고, 수염은 길게 기른 괴이한 모습으로.

"아버지, 이게 웬일이십니까?"

임중하는 눈이 휘둥그레 가지고 물었다. 그러나 아버지는 마치 화가 난 사람처럼,

"내가 죽은 줄 알았지? 천만에. 나는 죽지 않았어. 죽다니 내가, 어림도 없는 소리. 여기서 지금까지 네가 오기를 기다리고 있었지."

이렇게 말했다.

"아버지 장례를 분명히 치렀었는데요. 삼십 년 전에……."

임중하는 얼떨떨하기만 했다

"아니야, 그때 그 장례는 엉터리였어. 나는 죽지 않았어. 그런데 중하야, 왜 이렇게 늦게 찾아오니. 글쎄 그때부터 삼십 년이 넘도록 여기서 이렇게 네가 오기를 기다리고 있는 중이야."

"예? 삼십 년이 넘도록 저를 기다려요?"

임중하는 입이 딱 벌어지고 말았다.

"자, 어서 가자. 그 녀석 있는 데를 내가 가르쳐 줄 테니……."

그러면서 아버지는 가볍게 자리에서 일어났다. 마치 무슨 중력이 없는 물건이 떠오르듯 스르르 일어서는 것이었다.

"그 녀석이라니요? 누구 말입니까?"

"그 녀석도 모르겠나?"

"……."

"그 녀석을 벌써 잊어버리다니……."

아버지는 어이가 없는 듯 약간 원망스러운 눈길로 임중하를 쏘아 보더니,

"삼십 년 전 그 녀석 말이다!"

하고 칵 내뱉듯이 말했다.

임중하는 깜짝 놀라며 정신없이 물었다.

"아, 그 녀석 말입니까? 그 녀석이 아직 살아 있습니까? 어디 있습니까?"

"살아 있고말고, 그 녀석이 숨어 있는 곳을 가르쳐 줄 테니 나를 따라와."

"예."

"쥐새끼 같은 녀석, 삼십 년을 넘게 글쎄 감쪽같이 숨어서 살아가고 있잖어. 나 참 기가 막혀서……."

그러면서 아버지는 앞장서 걷기 시작했다. 걷는 걸음도 마치 무중력인 물체가 둥실둥실 떠서 이동해 가는 듯한 느낌이었다.

희끗희끗 나부끼는 눈이 아버지의 빡빡 깎은 머리 위에 하얀 낙화처럼 떨어져 얹히고 있었다. 임중하는 참 신기하다는 생각을 하

면서 아버지의 뒤를 따라가고 있는데, 저만큼 앞에서 시꺼먼 기차가 냅다 달려오는 것이 아닌가.

커덩 커덩 커덩…… 철교 위를 달려오는 듯 요란한 소리에 잠이 깨었던 것이다.

이상한 꿈이 아닐 수 없었다. 좀처럼 보이지 않던 아버지가 빡빡 깎은 머리에 턱수염을 너불너불하게 기른 괴이한 모습으로 나타난 것도 이상했고 내가 죽은 줄 아느냐, 천만에 죽지 않았다면서 삼십 년이 넘도록 여기서 네가 찾아오기를 기다리고 있었다는 말도 이상했다. 그리고 삼십 년 전 그 녀석이 숨어 있는 곳을 가르쳐 줄 테니 따라오라면서 앞장서 가는 것도 이상했다.

아무리 생각해도 그저 예사로운 꿈은 아닌 것 같았다. 공교롭게도 강원도의 산중으로 승려가 되어 있는 옛 친구를 찾아가는 밤 침대차 속에서 그런 꿈을 꾸다니…… 어쩌면 이번 산행과 유관한 어떤 암시 같은 것이 아닌가 하는 생각이 들어 더욱 기분이 이상하고 뒤숭숭했다.

임중하는 소변이 마려워서 부스스 침대에서 빠져나갔다. 소변을 보고 돌아온 임중하는 새우처럼 온몸을 오그리며 다시 담요 속으로 파고들었다. 여전히 뒤숭숭한 기분이었다. 아버지의 그 꿈이 좀처럼 뇌리에서 떨어져 나가 주질 않는 것이었다.

요 근년에 와서는 좀처럼 꿈에 아버지가 나타나지 않았지만, 그 전에는 종종 아버지의 꿈을 꾸었다. 아버지는 꿈속에서도 언제나 시골 국민학교 교장으로 나타나는 것이었다. 옛날 실제로 국민학교 교장으로 근무하던 때처럼 교장 자리에 앉아서 선생들에게 훈시를 하기도 했고, 교내를 두루 돌아다니면서 이것저것 지시를 하기도 했으며, 때로는 새로 지은 교실 앞 화단에 쭈그리고 앉아서 손수 풀을 뽑기도 했다. 그리고 어떤 때는 군 학무과에 출장을 간다면서 자전거를 타고 교문을 나서기도 했다. 실제로 생전의 모습 그대로였다.

임중하는 늘 꿈속에서도 참 이상한 일이라고 생각했다. 아버지는 분명히 공비의 총에 맞아 돌아가셨는데, 저렇게 국민학교 교장으로 살아 계시다니 어떻게 된 영문인지 알 수가 없어서,

"아버지, 아버지는 분명히 돌아가셨는데, 어떻게 이렇게 살아 계십니까?"

하고 물어보곤 했다. 그러면 아버지는,

"내가 죽다니, 무슨 소리야. 나는 죽지 않았어. 우리 학교에 아직 할 일이 많은데, 내가 왜 죽어."

언제나 이런 식으로 대답하며 싱그레 웃기도 했고, 못마땅한 표정을 지어 보이기도 했다.

아버지는 죽어서도 눈을 제대로 못 감는 모양이라고 임중하는 생각했다. 억울하고 분해서 저승으로 가질 않고 아직도 이승을 떠돌고 있기 때문에 그렇게 꿈에 꼭 생전처럼 국민학교 교장으로 나타나는 것이라고 생각했다. 그런 생각이 들 때면 임중하는 우울해서 견딜 수가 없었다.

아버지의 죽음은 참으로 분하고 허망한 것이었다. 그날 밤의 그 끔찍한 광경을 임중하는 두고두고 잊을 수가 없었다. 삼십 년이라는 세월이 흘러간 지금도 그날 밤 일을 생각하면 등골이 으스스해오고 치가 떨리려 한다. 1949년 1월 어느 날, 함박눈이 푸덕푸덕 내리는 밤에 아버지는 공비의 총에 맞아 쓰러지고 말았던 것이다. 공

비라도 낯선 공비가 아니라, 바로 아버지가 거느리고 있었던 학교의 소사가 공비가 되어 나타났던 것이다.

그 무렵 임중하의 아버지는 지리산에서 그다지 멀지 않는 시골 국민학교의 교장으로 있었다. 산골 학교 치고는 제법 규모가 큰 국민학교였다. 학교 뒤에 영대산이라는 멧부리가 솟아있고, 지리산으로 이어지는 산줄기가 멀리 뻗어나가고 있었다. 한적하고 아늑한 두멧골이었다.

임 교장이 그 학교로 부임을 한 것은 해방된 이듬해였다. 그전까지는 평교사로 있다가 처음으로 교장 발령을 받고 그 학교로 부임을 한 임 교장은 학교를 잘 운영해 나가려고 여러모로 애를 썼다. 그 무렵은 학사행정이라는 것이 말뿐이어서 학교가 잘 되고 못 되고는 오직 교장의 힘에 달렸다고 해도 과언이 아니었다. 그저 적당히 우물우물 넘기려고 들면 얼마든지 편할 수 있는 것이 교장자리였다.

그러나 임 교장은 그렇게 하질 않았다. 이럴 때일수록 교육자로서의 본분을 다해야 된다고 생각했다. 사는 보람이 무엇인가 싶었다. 그저 둥글둥글 적당히 넘기는 인생이라면 그런 인생은 있으나마나라고 생각했다. 성격도 그러했지만, 처음으로 교장이 되어 한 학교의 운영을 손아귀에 쥐게 되었기 때문에 한 번 멋지게 해보자는 의욕이 솟기도 했던 것이다.

그리고 해방이 된 감격이 아직 몸에 남아 있기도 했다. 스무 살 무렵에 교원이 되어 해방이 되기까지 근 이십 년 동안을 온갖 수모를 겪으며 일제의 식민지 교육에 종사해 오다가 이제 우리의 것을 되찾아 마음대로 가르치게 된 판국인데 우물우물 적당히 넘기다니, 될 말이 아니었다.

무슨 일이든지 남달리 잘하려고 들면 으레 말썽이 따르기 마련이다. 그러나 임 교장은 뜻을 굽히지 않고 소신껏 밀고 나갔다. 그러나 부임한 지 이 년 뒤에는 교실 세 칸을 신축하는 뚜렷한 업적을 세웠다. 그 무렵 행정 당국의 보조도 없이 순전히 자치적으로 교실을 세운다는 것은 이만저만 힘겨운 일이 아니었다. 그러나 임 교장은 그 일을 해냈던 것이다.

그 일을 해내는 동안 온갖 일이 다 있었다. 심지어는 임 교장이 교실 신축용 기부금을 유용하고 있다는 비난까지 들었다. 추진위원회를 만들어서 학부형과 함께 일을 해나가는데도 일부 부형들이 그런 식으로 심술을 부리기도 했다.

그리고 그 일을 추진하는 과정에서 임 교장은 학교 소사의 목을 자르지 않으면 안 될 일이 생겼었다.

학교 소사는 최남팔이라는 스무 살 먹은 청년이었다. 임 교장이 부임해 오기 전부터 그 학교의 소사로 있었다.

열일곱 살에, 그러니까 해방되기 한 해 전에 그 학교를 졸업했는데, 머리도 우수하고, 매우 착실한 학생이었다. 집안이 가난해서 중학교 진학을 못하는 것을 안타깝게 여긴 담임선생이 힘을 써서 그 학교의 소사로 일하게 해 주었던 것이다. 소사로 근무하면서 독학으로 검정시험을 거쳐 어떻게든지 출세를 할 수 있도록 그 담임선생이 뒤를 밀어준 것이었다.

그 담임선생의 고마운 배려에 깊이 마음이 움직인 남팔은 틈나는 대로 열심히 독학을 했다. 어떤 때는 주문해서 우송되어 온 새 강의록이 하도 반가워서 닭이 몇 홰나 울 무렵까지 숙직실에서 그

책을 펴놓고서 읽고 쓰고 하기도 했다. 더러 혼자서 이해하기 어려운 것은 그 선생에게 물어가며, 남팔은 말하자면 청운의 뜻을 이루기 위해 착실히 터전을 쌓아 나갔다.

그러나 그런 남팔의 독학은 오래 가지를 못했다. 이듬해 해방이 되는 바람에 덧없이 그만 무너지고 만 것이다.

해방은 감격의 물결로 이 땅을 뒤덮기도 했지만 그것은 잠깐이었을 뿐, 곧 세상은 뒤숭숭해지고 말았다. 좌우로 갈라져 같은 겨레끼리 으르렁대고 싸우는 판국이 되어 버린 것이다. 애당초 해방과 함께 이 땅의 허리를 잘라놓은 삼팔선이라는 것이 화근이었다.

그런 뒤숭숭하고 으스스한 바람은 산골이라고 해서 가만히 놓아두지를 않았다. 일제에 억눌려 살 때에도 그저 순박하기만 하던 사람들이 날로 거칠어지고 흉흉해져 갔다. 순박한 인심들을 그처럼 일그러지게 들쑤셔대는 것은 남로당이라는 이름으로 조직된 공산주의자들이었다.

남팔은 그 남로당에 발을 들여놓지는 않았으나, 마을에까지 뻗쳐 들어온 그 조직의 입김을 쐬지 않을 수는 없었다. 그 입김은 고약했다. 순박한 사람의 마음을 어느 결에 비뚤어지고 일그러지게 만들어서 세상을 온통 불만과 저주의 눈으로 바라보게끔 했다. 가난한 사람들을 위한 세상을 만든다는 구실로 증오와 저주를 사람의 마음속에다가 심어서 거칠고 흉흉하게 내몰려고만 들었다.

예를 들면, 부잣집의 쌀가마니쯤 슬쩍 지고 나와도 나쁠 게 없고 오히려 당연하다는 식이었다. 말하자면 도둑질도 가난한 사람들의 일종의 정당한 투쟁이라는 것이었다. 투쟁을 위해서는 무자비하고 냉혹해야 하며, 수단 방법을 가리지 않아야 한다고 했다.

　그런 고약한 입김을 쐬며 남팔은 술을 마시고, 담배를 태우고, 노름에 손을 대기도 했다. 그러니 청운의 뜻이 다 무엇이며, 독학이 무슨 소용이 있겠는가. 부질없는 지난날 한때의 꿈으로, 물거품처럼 허망하게 꺼져 버리고 말았던 것이다.

　학교 일도 그저 적당히, 월급 받는 만큼 하면 된다는 식이었다. 교장도 선생들도 아무도 두려운 게 없었다. 그 고마운 담임선생이 그대로 있었다면 혹시 또 모를 일이었으나 그 선생은 해방과 함께 곧 교장이 되어 딴 학교로 전근을 가 버렸던 것이다.

　말하자면 남팔은 가슴속에 늘 불만 같은 것이 부글부글 거품처럼 끓고 있는 그런 사람으로 탈바꿈을 하고 만 것이다. 그런 남팔을 새로 부임을 한 임 교장이 곱게 보아 줄 턱이 만무했다.

　임 교장은 학교를 한 번 잘 운영해 보리라는 의욕에 넘쳐 있기도 했지만, 본래 성격도 매우 강직한 편이었다. 소사라는 녀석이 그저 적당히 슬금슬금 넘기려고 들다니, 될 말이 아니었다. 그런 꼴은 도저히 보고 그냥 가만히 넘길 수가 없었다.

　호통을 칠 때면 교무실이 온통 쩌렁쩌렁 울릴 정도였다. 부릅뜬 두 눈은 마치 호랑이 눈처럼 무섭게 빛났다. 그렇다고 임 교장이 노상 뻣뻣하고 엄하기만 한 것은 결코 아니었다. 때에 따라서는 소사뿐 아니라 선생들과 학생들에게도 부드럽고 친밀감 넘치게 대했다. 강한 것과 유(柔)한 것을 겸비해서 친절히 잘 구사하는 용인*(用人, 사람을 씀, 또는 그 사람)의 법을 터득하고 있다고도 볼 수 있었다.

　그런 임 교장이기는 했지만 교실을 신축하는 대역사를 진행하게 되자, 사람 다루는 일이 얼마나 어려운가 하는 것을 뼈저리게 느끼게 되었다. 그 무렵 산골의 조그마한 국민학교에서 자치적으로 교실 세 칸을 새로 짓는다는 것은 그야말로 대역사가 아닐 수 없었다.

교실 신축 추진위원회를 만들어서 그 기구를 통해서 모든 일을 처리해 나가도록 했는데, 추진위원이 된 학부형이라는 사람들이 제 딴은 모두 그 산골의 유지들로 제각기 한마디씩 하는 처지여서 회의 때마다 된 소리 안 된 소리 늘어놓기가 일쑤였고, 일을 빠르고 원만하게 처리해 나가기보다는 오히려 까다로운 쪽으로 질질 끌고 가려고 드는 것만 같았다. 어떤 위원은 공연히 회의 때마다 트집을 잡으려고 들기도 했다.

그 추진위원회의 위원장은 물론 임 교장이었고, 교직원 중에서 교무주임과 회계 담당이 위원으로 들어가 있었다. 회계 담당은 그 위원회의 경리를 겸해서 맡아 예산을 집행했다.

그래서 항상 위원들의 눈길이 그 회계 담당과 임 교장에게 쏠렸다. 혹시나 둘이 짜고서 무슨 부정을 저지르지나 않는가 싶어서 말이다. 회의 때마다 그런 분위기가 피부로 다가오는 것을 느끼고 있었기 때문에 임 교장은 그 점 각별히 유의해서 추호의 잘못도 없도록 처리해 나갔다.

그런데도 마침내 임 교장이 공금을 유용하고 있다는 비난의 소리가 표면화되었고, 그로 인해 경리 감사가 있기까지 했다.

그때 임 교장은 참으로 힘드는 것이 사람 다루는 일이라고 개탄을 했고, 또 산골 학부형들과 함께 일을 도모하는 것이 도시 학부형들과 일을 하는 것보다 훨씬 어렵고 까다롭다는 사실을 알고 놀라기도 했다.

산골 사람들의 마음이 왜 그렇게 비뚤어지고 일그러졌는지 정말

이해할 수가 없었다. 온통 심술로 뭉쳐진 덩어리들 같아 정나미가 떨어지기도 했다. 교실을 신축하는 것이 자기네 자제들을 위해서가 아니라, 마치 임 교장을 위해서 하는 일인 것처럼 공연히 콧대를 높이려고만 들었다.

교실 신축이라는 힘에 겨운 일을 시작한 것을 임 교장은 은근히 후회하기도 했다. 그러나 임 교장은 어금니를 물며 아랫배에 지그시 힘을 주었다. 초지일관 밀고 나갈 따름인 것이다.

그런데 그런 말썽이 일어나는 까닭이 아무래도 소사 녀석에게 있는 것이 아닌가 하는 의심이 들었다. 그 녀석의 입에서 그런 허무맹랑한 소리가 퍼져나가는 것만 같았다.

임 교장이 남팔을 의심하는 데는 그럴 만한 근거가 있었다. 회의 때 유독 물고 늘어지듯이 트집을 잡으려고 드는 위원이 있는데, 그 위원과 남팔은 같은 부락이었다. 그리고 회의가 개최되는 날은 어쩐지 남팔의 기색이 여느 때와는 달리 활짝 밝아 보였다. 무슨 유쾌한 일이라도 있는 것처럼 곧잘 가볍게 휘파람을 불기도 했고, 공연히 싱글벙글 웃으며 즐거워하기도 했다.

그 위원이 남팔을 끄나풀로 이용하고 있는 게 아닌가 하는 의심이 절로 들었다. 그러나 그런 점만 가지고서 사람을 그렇게 의심한다는 것은 지나친 생각이 아닐 수 없었다.

그런데 그 위원이 한 번은 회의 때, 출장비용에 관해서 트집을 잡으려고 들면서,

"여관비 같은 것도 될 수 있는 대로 적게 들도록 해야 되는 것인데, 임 교장은 출장을 가면 으레 일류 여관에만 든다지요?"

이렇게 말했다.

교실 신축 관계의 일로 군청소재지에 더러 출장을 가야 하는 일이 있었다. 그 출장 때의 비용에 관해서 하는 말이었다. 물품 구입 등 여러 가지 일이 겹쳐서 한 번은 회계 담당과 소사까지 데리고 출장을 가서 당일로 돌아오지 못하고 여관에서 잔 일이 있었는데, 그 일에 대해서 그렇게 말하는 것이 아닌가. 일류 여관에 잤는지, 이류 삼류에 잤는지, 누가 말해주지 않으면 자기가 어떻게 알겠는가 말이다.

"음, 틀림없구나, 요 녀석이 나불거리는구나."

임 교장은 속으로 중얼거리며, 그때 비로소 소사 녀석의 소행임에 틀림없다는 심증을 굳혔던 것이다.

괘씸한 녀석이 아닐 수 없었다.

군청소재지인 읍에 있는 여관인데, 일류와 이류의 차이가 비용으로 따져 뭐 얼마나 되겠는가. 여관이 많이 있는 것도 아니고, 서너 개 되는 가운데서 출장 나가 자게 될 때면 늘 드는 단골 여관에 들었을 뿐인데, 그런 식으로 말이 나오는 것이 아닌가.

치사하고 더러워서 임 교장은 아예 상대도 하지 않고 말았지만, 소사 녀석이 생각할수록 괘씸했다. 요놈 어디 두고 보자…… 싶었다.

그렇게 임 교장이 남팔을 못마땅하게 생각하여 한 번 크게 혼을 내주리라 벼르고 있는 판인데, 변명할 여지가 없는 잘못을 남팔이 저지르고 말았다. 그리고 그 현장을 임 교장이 목격했던 것이다.

어느 날 새벽, 임 교장은 여느 때보다 월등히 일찍 일어났다. 동녘이 희끄무레 밝아오고 있을 뿐, 채 어둠이 가시지 않고 있었다.

아직 겨울이라고는 할 수 없었으나 새벽 공기는 싸늘했다. 땅에 하얗게 서리가 내려 있었다.

세수를 하려고 우물가로 나간 임 교장은 학교 창고 쪽에서 무슨 기척이 나는 것 같아 가만히 귀를 세웠다.

교장 관사에서 얼마 떨어지지 않은 곳에 학교 창고가 있었고, 그 저쪽에 숙직실이 있었다. 분명히 그 창고에서 무슨 기척이 나는 것이 아닌가.

임 교장은 가슴이 덜컥 하는 것을 느끼며 가만가만 걸음을 떼놓았다.

그 창고 속에는 학부형들로부터 거둔 쌀과 나락이 가마니로 쌓여 있었다. 교실 신축용 기부금을 현물로 낸 것이었다.

임 교장은 서리가 하얗게 깔린 땅을 살금살금 밟으며 창고 쪽으로 다가갔다

분명히 창고 속이었다. 창고 속에서 부스럭거리는 인기척과 함께 주르르— 무엇이 쏟아져 내리는 소리가 들렸다. 임 교장은 숨이 얼어붙는 듯한 느낌이었다.

가만히 그 자리에 멈추어 서며 두 주먹에 지그시 힘을 주었다. 이 일을 어떻게 했으면 좋을지 잠시 망설이지 않을 수 없었다.

도둑이 든 게 틀림없었다. 아직 어둠이 가시지 않은 터였으나 창고의 자물쇠가 열려 있는 게 보였다. 열려진 자물쇠가 한쪽 고리에 그대로 걸려 있고, 문은 딱 닫혀 있었다. 안에서 인기척만 나지 않았다면 얼른 보기에 아무 이상이 없는 것으로 여겨졌을 것이다.

임 교장은 숙직실 쪽으로 걸음을 옮겼다. 숙직 선생과 소사를 깨워서 함께 창고 속에 든 도둑을 잡으려는 속셈이었다. 그런데 숙직실에 뜻밖에도 아무도 없는 것이 아닌가. 숙직 선생도 보이지 않고,

소사 녀석도 어디 갔는지 없었다. 방 아랫목에 이부자리가 깔려 있는데 보니 누군가 한 사람만 자다가 빠져나간 흔적이었다.

어떻게 된 영문인지 알 수가 없어 임 교장은 잠시 혼자 화가 난 사람처럼 부루퉁한 얼굴을 하고 있다가, 방 윗목 한쪽 구석에 세워져 있는 목검을 가서 집어 들었다. 일제 시대에 검술용으로 쓰던 참나무로 깎은 목검이었다. 숙직을 하다가 혹시 무슨 일이 있으면 사용하려고 준비해 놓은, 말하자면 경비용 무기인 셈이었다.

그것을 불끈 쥐자 임 교장은 별로 두려울 게 없었다. 도둑놈 한둘쯤 보기 좋게 때려눕힐 자신이 있었다.

비록 나이는 사십을 넘었으나 일제 말엽에 검도니 총검술 같은 것으로 꽤나 단련이 된 몸인 것이다.

"어험, 어험."

창고 문 앞으로 다가가며 임 교장은 헛기침을 했다. 이 도둑놈아 어서 나오라는 배짱이었다.

그러나 창고 안은 조용하기만 했다.

부스럭거리던 기척도, 무엇이 주르르 쏟아지던 소리도 들리지가 않았다. 주위에 바짝 긴장이 감도는 듯한 느낌이었다.

"어험, 어험. 자물쇠가 열려 있는 걸 보니 아마 창고 속에 누가 들어간 모양인데⋯⋯."

임 교장은 잠시 망설이다가 목검을 쥔 손에 불끈 힘을 주며 다른 한손으로 창고 문짝을 냅다 열어젖혔다. 활짝 열린 창고 안엔 새까만 어둠이 담겨 있을 뿐 아무것도 보이지가 않았다.

"누구야? 창고 안에 들어간 놈이⋯⋯."

임 교장은 버럭 고함을 질렀다. 그러나 창고 안에서는 여전히 아무 기척이 없었다.

"어서 나와! 안 나오면 들어가서 대가릴 바수어버릴 거다. 내 검도 솜씰 모르나, 응? 어서 나오라니까, 어서……."

아무 반응이 없자 임 교장은 살그머니 창고 안으로 얼굴을 들이밀어 보았다.

활짝 열려진 문으로 새벽 먼동이 희뿌옇게 스며들어 이제 창고 안을 대강 분간할 수가 있었다. 가만히 살펴보니 쌀가마니 곁에 주둥이를 벌린 자루가 하나 놓여 있었다. 그리고 한쪽 끝을 뾰족하게 깎은 대나무 토막이 굴러 있었다. 쌀 도둑이 든 게 틀림없었다.

임 교장은 성큼 창고 안으로 들어섰다.

창고 안쪽은 여전히 어두웠다. 쌀가마니가 쌓여 있는 구석 쪽에 도둑이 숨어 있는지 어떤지 얼른 알 수가 없었다.

임 교장은 목검을 앞으로 겨누며 냅다 고함을 질렀다.

"야 이놈아! 이리 나와!"

도둑이 있는지 없는지 보이지가 않았지만, 그저 그렇게 고함을 질러 보았던 것이다.

그러자 그 어둠 속에서,

"아이고 교장 선생님…… 용서해 주이소."

하는 소리와 함께 시꺼먼 그림자가 엉거주춤 일어서는 것이 아닌가. 쌀가마니 구석에 바짝 몸을 숨기고 있던 도둑이 임 교장에게 발각이 된 줄 안 모양이었다.

그런데 그게 다름 아닌 소사였다. 남팔이 녀석이 죽을상을 하고 와들와들 떨며 나오는 것이 아닌가. 두 손을 싹싹 비비면서.

임 교장은 숙직실에 아무도 없는 것을 보았을 때, 혹시 소사 녀석이 아닐까 하는 의심이 들기도 했으나, 설마 그럴 리야 싶었다. 그런데 막상 그 녀석의 얼굴이 어둠속에서 나타나자, 온몸의 피가 거꾸로 치솟으면서 한편 속으로 회심의 미소가 떠오르기도 했다. 요놈 어디 두고 보자고 벼르던 참이었으니 말이다.

"뭐 이런 게 다 있어!"

냅다 임 교장은 목검을 휘둘렀다. 휘둘러 내리치는 목검에 남팔은 으악! 비명을 지르며 대번에 그 자리에 꼬꾸라졌다. 꼬꾸라진 놈을 임 교장은 한 번 더 사정없이 두들겨 주고는 마구 욕설을 퍼부었다.

"이게 어떤 쌀인 줄 알고 퍼내는 거고? 이 도둑놈 같으니라구. 누굴 또 골탕 먹이려고……. 이런 도둑놈을 소사로 두고 있다니, 도둑놈한테 도둑을 지키라는 꼴이 됐구먼. 나 참 기가 막혀서……."

정말 기가 막힐 노릇이 아닐 수 없었다. 가뜩이나 말썽이 많은 교실 신축사업인데, 그 기부금조로 거둔 현물에 손을 대다니 될 말이 아니었다.

임 교장은 소사를 갈아치우고 말았다.

그날 밤의 숙직 선생에게는 시말서를 쓰도록 했다. 숙직 선생이 그날 밤 집에 제사가 있어서 소사에게 숙직을 맡겨놓고 돌아가 버렸던 것이다. 그런 기회를 타서 소사 녀석이 쌀을 퍼내려고 했던 것이다.

소사 자리에서 쫓겨난 남팔은 두어 달 집에서 빈둥거리다가 국방경비대에 지원해 들어갔다.

마을을 떠나는 마지막 날 밤 남팔은 동네 친구들과 송별의 술을 진탕 마시고서,

"어디 두고 보자, 이누무 새끼, 이누무 새끼……."

누구에겐지도 모르게 곧장 고래고래 악을 써댔다.

이듬해 가을, 그 힘겨웠던 교실 신축공사가 끝이 났다. 교실 세 개가 깨끗하게 새로 세워진 것이다. 임 교장의 기쁨은 이루 말할 수가 없었다. 참으로 큰일을 해내고야 말았다는, 교육자로서의 보람과 자부심이 온통 가슴에 부풀어 넘치는 듯했다.

개교기념일이 마침 그 무렵이어서 그날을 택해서 낙성식과 함께 축하의 학예발표회를 개최하게 되었다.

개교를 기념하고, 교실 신축을 축하하는 학예발표회가 개최된 날은 온통 그 산골의 축제일인 듯한 느낌이었다. 남녀노소 할 것 없이 떼를 지어 학교로 모여들었다.

새로 지은 교실 세 개는 칸막이를 트면 그대로 널따란 한 개의 강당이 되었다. 그 강당에서 개교 기념식을 겸한 낙성식이 거행되고 이어서 학예발표회가 개최되는 것이었다.

가슴에 꽃을 단 임 교장은 말하자면 그날의 영광스러운 주인공인 셈이었다. 곧잘 싱글벙글 웃었고 얼굴에서 은은한 미소가 떠나질 않았다. 그런데 난데없이 그 임 교장의 미소 어린 얼굴을 짓뭉개 버리는 듯한 일이 일어났다.

임 교장이 개교와 교실 신축을 기념하고 축하하는 식사(式辭)를 하고 있을 때였다.

장내의 모든 사람들은 조용히 교장의 이야기에 귀를 기울이고 있었다. 여느 교장과는 달리 매우 유능하고 훌륭한 교장 선생인 것 같아 학부형들뿐 아니라 그저 구경하러 온 사람들도 선망과 추앙의 그런 눈으로 임 교장을 바라보고 있었다.

임 교장도 그런 분위기를 피부로 느끼고 있었다. 그래서 더 침착하고 근엄하게, 그러면서도 부드럽고 유창하게 이야기를 해 나가려고 은근히 힘을 쓰고 있었다.

"……어려운 고비가 한두 번이 아니었으나, 그럴 때마다 칠전팔기라는 말을 되새겨 보곤 했습니다. 일곱 번 넘어지면 여덟 번 일어난다는 칠전팔기의 정신이 있으면 안 되는 일이 없으리라고 생각하며 아랫배에 힘을 주곤 했지요."

이렇게 식사가 무르익어 가고 있을 때였다.

쾅! 콰쾅!

난데없이 아주 가까운 곳에서 총소리가 울렸다. 귀가 멍멍해지도록 큰 총소리였다. 바로 교실 창밖인 듯했다.

콰쾅! 콰쾅!

또 잇달아 울리자 실내는 발칵 뒤집히다시피 했다. 조용히 앉아 교장의 이야기에 귀를 기울이고 있던 사람들이 우루루 자리에서 일어나며 무슨 일인가 싶어 눈이 휘둥그레 가지고 총소리가 나는 쪽을 바라보았다.

임 교장의 식사도 물론 중단이 되었고, 의자에 앉았던 선생들과 유지들도 놀라 자리에서 일어났다.

웬 군인이었다. 군인 한 사람이 M1 총을 들고 창밖에 서서 먼 산을 향해 쾅쾅 쏘아대는 것이었다.

얼른 보아도 무슨 목적이 있는 사격이 아니라 장난삼아 쏘아대는 총질이라는 것을 알 수 있었다. 군인은 얼굴이 불그레 물들어 있었다. 주기가 꽤 있는 듯했다. 히죽히죽 곧장 코웃음 같은 웃음을 흘리며 장난삼아 그렇게 짓궂게 쾅쾅 쏘아대는 것이었다.

그런데 뜻밖에도 그게 남팔이가 아닌가. 국방경비대에 입대했던 남팔이가 아마 휴가를 온 모양이었다.

그게 남팔이라는 것을 안 임 교장은 간이 서늘해지는 듯한 느낌이었다. 난데없이 저 녀석이 나타나서 총질을 해대니…… 총질을 해대는 저의가 눈에 보이는 것 같아 얄밉고 괘씸한 생각과 함께 덜컥 겁이 나기도 했다.

교실 창문으로 사람들이 우르르 밖을 내다보자 남팔은 씩 웃으며 총질을 그쳤다. 좀 너무했다는 생각이 든 모양이었다.

임 교장은 와들와들 떨리는 것을 어쩌지 못했다. 두려운 생각과 함께 불끈 솟아오르는 분노를 참을 길이 없었다. 저 녀석이 하필 오늘 같은 날 휴가를 와서 얼굴을 나타내다니……. 휴가를 와서 학교를 찾아오는 것은 좋은데, 왜 쾅쾅 함부로 총질을 해대는가 말이다.

자기가 졸업한 모교이고, 비록 소사이긴 했지만 근무를 한 일이 있는 학교의 경사스러운 잔치를 축하하지는 못할망정 총질로 망가뜨려 놓으려고 들다니, 더구나 임 교장 자신이 한참 열을 올려 식사를 늘어놓고 있는 때를 골라서 쾅쾅 마구 총질을 해대다니, 괘씸하고 고얀 녀석이 아닐 수 없었다.

도저히 그냥 참을 수가 없었다. 임 교장은 체면이 말이 아닌 것 같았다. 그게 남팔이 녀석이 아니고, 다른 군인이었다면 특별히 임 교장 자신의 체면이 깎일 턱은 없었지만, 남팔과 자기와의 관계를 알 만한 사람은 다 알고 있는 터이니 말이다.

임 교장은 자기의 위신을 위해서라도 그냥 가만히 참아 넘겨서는 안 된다고 생각하며 지그시 어금니를 물었다. 그리고 식사를 늘어놓고 있던 단 위에서 내려와 창 쪽으로 가서 얼굴을 내밀었다.

"최남팔!"

임 교장은 두 눈을 부릅뜨며 남팔을 쏘아보았다.

너무했다는 듯이 씩 웃고 있던 남팔의 눈길이 임 교장과 마주쳤다. 남팔은 부릅뜬 임 교장의 눈을 똑바로 마주 쏘아보며,

"뭐요?"

하고 내뱉었다.

"어디서 함부로 총을 쏘아대나."

"……."

"언제 왔나? 왔으면 기념식에 참가해서 축하를 하는 게 도리지, 총을 쏘아대다니……."

임 교장이 꾸짖듯 타이르듯 말하자, 남팔은 흥! 코웃음을 치고는 M1 총의 총구를 슬그머니 임 교장 쪽으로 돌리는 것이 아닌가. 맛 좀 보고 싶으냐는 듯이.

임 교장은 그만 얼굴에서 핏기가 싹 가시지 않을 수 없었다. 임 교장 옆에서 밖을 내다보던 교무주임이 깜짝 놀라며 황급히 입을 열었다.

"아이고 이 사람아, 그게 무슨 짓인가. 장난으로라도 그러지 말게. 어서 총구를 치우게."

"……."

"이 사람아, 휴가 왔나? 마침 잘 왔네. 오늘이 우리 학교 개교기념일 아닌가. 교실도 낙성이 되고 해서 축하로 학예회도 한다네. 식이 끝나면 곧 시작일세. 이리 들어오게. 오래간만에 휴가를 와서 그러면 쓰는가. 이 사람아."

그러자 남팔의 바짝 굳어졌던 얼굴이 어색한 듯 좀 일그러지더니, 총구를 거두고, M1을 한쪽 어깨에 척 둘러메었다. 그리고 성큼성큼 그 자리를 떠나버리는 것이었다.

장내가 조용해지고, 다시 식이 계속되었으나, 임 교장은 도무지 기분을 돌이킬 수가 없었다. 입맛이 씁쓰레하기만 했다.

그렇게 임 교장의 기분을 망쳐놓고 사라져 간 남팔이 두 번째 나타난 것이 이듬해 1월 어느 날 밤이었다.

고등학교 2학년인 임중하는 그때 겨울방학으로 집에 돌아와 있었는데, 밤이면 곧잘 학교 숙직실에 가서 놀았다.

숙직 선생과 소사와 셋이서 화투놀이를 하기도 했고, 장기를 두기도 했으며, 세상 돌아가는 이야기, 때로는 옛날 옛적 호랑이 담배 피우던 시절의 이야기로 밤이 깊어가는 줄을 몰랐다. 남팔의 뒤를 이은 소사는 나이가 사십이 넘은 사람으로, 입담이 좋아 옛날이야기를 구수하게 잘했다

그날 밤도 임중하는 숙직실에서 소사의 이야기에 시간 가는 줄을 모르고 있었다. 화롯불에다가 마른 오징어를 구워 씹으며 숙직 선생과 임중하는 소사의 이야기에 넋을 잃고 있었다.

바깥에서는 함박눈이 푸덕푸덕 내리고 있었다.

그날 밤 소사의 이야기는 호랑이 담배 피우던 시절의 그런 것이 아니라, 바로 몇 달 전에 일어난 여순반란사건에 관한 이야기였다.

정확하게 말하면 1948년 10월 19일에 여수에 주둔하고 있는 제14연대에서 중위인 김지회라는 자가 주모자가 되어 반란을 일으킨 것이었다. 그해 4월에 제주도에서 공산도배들이 폭동을 일으켜 한라산을 본거지로 유격전을 계속하고 있었는데, 그 폭도들의 소

탕작전에 지원부대로서 제14연대가 출발하게 되자, 공산 프락치인 김지회가 부하들을 동원하여 부대의 탄약고와 무기고를 점령하고 반란을 일으켜 여수 시내를 짓밟고, 이튿날은 순천까지 휩쓸었던 것이다. 그러나 며칠이 못가서 섬멸이 되고 말았다. 살아남은 반란군들은 지리산으로 도주해 들어가 공비가 되었다.

소사는 어디서 주워들었는지 마치 자기가 그 사건의 현장을 목격이라도 한 사람처럼 입담 좋게 살을 붙여가며 이야기를 해댔다.

반란군들의 무자비한 살인과 방화와 약탈 이야기에 임중하는 몸서리를 치기도 했다. 그러면서도 옛날 구수한 이야기보다 오히려 더 재미가 있었다. 끔찍하고 겁나고 으스스해지는 재미라고나 할까.

소사의 이야기는 반란사건 이야기에서 공비의 이야기로 이어져 나갔다. 살아남은 반란군들이 지리산으로 도주해 들어가 공비가 되어 밤으로 마을을 습격해서 온갖 만행을 저지르는 이야기 역시 끔찍하고 으스스한 재미가 있었다.

그렇게 공비 이야기가 무르익고 있을 때, 숙직실 밖에 사람의 기척이 들렸다. 한 사람이 아니라, 여러 사람이 우루루 몰려드는 듯한 기척이었다.

소사는 무슨 일인가 싶어 하던 이야기를 뚝 그쳤다. 임중하와 숙직 선생도 약간 눈이 휘둥그레졌다.

쿵! 하고 마루에 사람 뛰어오르는 소리와 함께 왈칵 방문이 열렸다.

"손들어!"

불쑥 총구멍이 눈앞으로 다가들었다.

참 어처구니가 없었다. 호랑이도 제 말을 하면 온다더니, 난데없이 공비들이 뛰어든 것이 아닌가. 정말 질겁을 할 노릇이었다.

세 사람은 와들와들 떨며 손들을 쳐들었다.

온몸에 함박눈을 뒤집어 쓴 공비 두 사람이 구둣발 채 방 안으로 성큼 들어섰다. 그중 한 녀석이,

"야. 수루메*('오징어'의 방언) 구워 먹는구나."

냅다 고함을 지르며 화롯불에 피지지 구워지고 있는 오징어를 냉큼 집어 들어 입으로 물어뜯었다.

"익크 뜨거워!"

입술을 덴 듯 쩔쩔매자, 다른 녀석이 쿡쿡 웃고는 얼른 그 오징어를 낚아채서 자기 입으로 가져가 불룩불룩 씹어댔다. 허기진 꼴이 역력했다.

열린 문 밖으로 다른 공비들이 우루루 교장 관사 쪽으로 몰려가는 것이 보였다. 함박눈 속을 마치 눈사람들이 허우적거리며 가는 것 같았다.

곧 교장 관사 쪽에서 비명 소리가 들렸다. 임중하는 정신이 하나도 없었다. 집에서 무슨 일이 일어난 모양인데, 어떻게 했으면 좋을지 그저 두 손을 쳐든 채 덜덜덜 떨고만 있었다.

두 공비 녀석은 숙직실 안에 별로 쓸 만한 것이 눈에 띄지 않자, 숙직 선생이 입고 있는 잠바를 벗기고 벽에 걸린 소사의 낡은 방한모를 걷어가지고 밖으로 뛰어나가며,

"움직이면 없애버릴 테니, 찍소리 말고 그대로 가만히들 있어."
하고 으름장을 놓았다.

숙직 선생과 소사는 겁에 질려 손만 슬그머니 내렸을 뿐 그대로

앉은 채 움직일 줄을 몰랐다.

그러나 임중하는 가만히 앉아 있을 수가 없었다. 비명 소리가 들린 것으로 보아 아무래도 집에 무슨 일이 일어난 것 같아 걱정이 되어 견딜 수가 없었다. 잠시 망설이다가 성큼 자리에서 몸을 일으켰다. 그리고 조심스럽게 밖으로 나갔다.

숙직 선생과 소사는 겁을 집어먹은 얼굴로 임중하를 바라볼 뿐, 아무 말도 하질 않았다. 마치 입이 얼어붙은 사람들 같았다.

밖으로 나온 임중하는 사방을 조심스레 살피며 함박눈 속을 살금살금 집을 향해 걸었다.

집 현관 밖에 붙어 서서 안의 동정을 살피니 온통 엉망이었다. 칠팔 명이나 되어 보이는 공비들이 저벅저벅 구둣발로 이 방 저 방을 밟고 다니며 닥치는 대로 이것저것 쓸 만한 물건과 먹을 것들을 챙기고 있는 중이었다.

그런데 어떤 공비 녀석 하나는 약탈에는 관심이 없는 듯 아버지를 꿇어앉혀 놓고 가슴팍에 총구멍을 들이대며 냅다 핏대를 세우고 있는 것이 아닌가.

"교장이면 다가? 교장 눈에는 소사 같은 것은 사람같이 보이지 않는다 그 말이지? 흥! 어디 맛 좀 볼래? 소사 맛이 어떤 것인가 좀 보여 주까?"

공비의 내뱉어대는 소리를 귀담아들은 임중하는 깜짝 놀라 입이 딱 벌어지지 않을 수 없었다.

천만뜻밖에도 그 공비가 남팔이 아닌가.

임중하도 남팔을 알고 있었다. 방학에 집에 돌아오면 소사인 그와 자연히 얼굴을 대하게 되었던 것이다.

그러나 서로 가까이 지내지는 않았다. 나이가 서너 살 위인 남팔이 어쩐지 거리를 두는 것 같았던 것이다.

교장 아들이라고 속으로 아니꼽게 생각하는 눈치여서 임중하도 별로 가까이 대하고 싶은 생각이 나질 않았다. 남팔은 그렇게 심사가 비뚤어져 있기만 했던 것이다.

남팔이 학교 창고 속의 쌀을 훔쳐내다가 아버지에게 들켜서 목이 잘렸다는 것도 임중하는 알고 있었고, 국방경비대에 입대했다는 사실도 들어서 알고 있었다.

그런데 군인이 된 줄만 알았던 남팔이 뜻밖에도 이렇게 공비가 되어 나타나다니…… 놀랄 일이 아닐 수 없었다. 도대체 어떻게 된 영문인지 어이가 없었다.

조금 전에 숙직실에서 소사가 이야기했듯이 남팔이 그렇다면 여수의 그 부대에 있다가 반란군이 되었단 말인가. 그래서 공비가 되어 이렇게 나타난 것일까.

남팔은 웬 도리우찌를 푹 눌러쓰고 있었다. 목에는 수건을 목도리 대신 감고 있었고 옷은 군복이었다. 총도 M1 총이었다. 틀림없이 그렇게 된 모양이었다.

임중하는 등에 찬물이 쫙 끼얹히는 듯해서 몸을 부르르 떨었다. 남팔과 아버지가 어떤 관계라는 것을 잘 알고 있기 때문에 덜컥 더겁이 나는 것이었다.

"일어나!"

남팔은 총부리로 아버지의 가슴을 콱 밀었다.

뒤로 비틀 넘어지려다가 아버지는 부스스 일어섰다.

"석유 어딨어?"

난데없이 석유 어디 있느냐는 말에 아버지는 눈이 휘둥그레졌다.

"석유 어딨냐 말이다. 석유하고 성냥하고 찾아. 빨리!"

"……"

"못 알아듣겠어?"

아버지는 석유 병을 꺼내고 성냥갑을 찾았다.

"그걸 가지고 자, 가자. 어서 가!"

총부리가 등을 콱 미는 바람에 아버지는 하마터면 앞으로 엎어질 뻔했다. 그렇게 석유 병과 성냥갑을 든 아버지를 앞세우고 남팔은 새로 지은 교실 쪽으로 향하는 것이었다.

함박눈은 마치 온 누리를 묻어버리기라도 하려는 듯이 더욱 기세 좋게 내리퍼붓고 있었다. 앞이 잘 안 보일 지경이었다.

임중하는 십여 미터 거리를 두고 슬금슬금 뒤를 따랐다.

"안으로 들어가!"

남팔의 날카로운 고함 소리가 들리고, 두 사람의 모습이 새로 지은 교실의 출입구 속으로 사라지자, 임중하는 걷잡을 수 없이 가슴이 뛰었다.

임중하는 교실 출입구 쪽으로 다가가기는 했으나 안으로 따라들어갈 수는 없었다. 온몸에 한기가 좍 끼쳐서 부르르 떨며 출입구의 바깥벽에 딱 붙어 서서 안의 동정을 살폈다.

컴컴한 복도로 들어서자 남팔은,

"석유를 뿌려!"

날카롭게 내뱉었다.

그러나 아버지는 엉거주춤 서서 망설이고 있었다.

"석율 뿌리라니까 안 들려?"

또 콱 총부리로 옆구리를 찌르는 모양이었다.

윽! 하면서 아버지는 비칠거리다가 마지못해 병에 든 석유를 마룻바닥에 쏟기 시작했다.

"마룻바닥에만 쏟지 말고, 창문에도 뿌려!"

창문에는 창호지가 발려 있었다.

교실을 신축하기는 했으나, 그 무렵은 유리가 귀해서 창문에 유리 대신 창호지를 발랐던 것이다.

그 창호지에도 석유가 뿌려졌다.

"다 뿌렸어? 다 뿌렸으면 불을 붙여야지, 그것도 모르겠나? 어서 불을 붙여! 어서!"

"……."

"못 붙이겠어?"

아버지는 도저히 성냥을 그어낼 수는 없는 듯 머뭇거리기만 했다. 숨어서 그것을 지켜보고 있는 임중하는 긴장이 되어 숨을 제대로 쉴 수가 없을 지경이었다.

"아니, 말을 안 들을 끼가? 에잇!"

냅다 발길로 걷어차는 바람에 아버지는 벌떡 넘어져 버렸다. 남팔은 넘어진 아버지를 한 번 더 사정없이 질러주고는, 아버지의 손에서 떨어져나간 성냥갑을 주워 자기가 득! 성냥을 그었다. 그리고 석유가 뿌려진 창문에다가 갖다 붙였다.

활활활…… 순식간에 불꽃이 일었다. 석유를 먹은 창호지라 그야말로 잘 타올랐다. 불길은 마룻바닥의 석유에도 확 번져서 금세 훨훨훨…… 큰 불구덩이를 이루었다.

그러자 나가떨어졌던 아버지가 벌떡 일어나며 냅다 고함을 질렀다.

"불이야— 아이고 불이야—."

아버지는 후닥닥 윗도리를 벗어 들더니 그것으로 냅다 불길을 잡으려는 듯 휘둘러댔다. 마치 약간 실성한 사람 같았다. 그러나 석유에 붙은 불길이 잡힐 턱이 만무했다. 불길은 어느새 창문의 창호지를 타고 솟구쳐 올라 교실 천장을 핥고 있었다.

남팔은 매우 기분이 좋은 듯 두어 걸음 물러서서 킬킬킬 웃기 시작했다.

남팔의 웃음소리를 듣자, 아버지는 마치 발작이라도 일으킨 사람처럼,

"이놈아! 니가 사람이냐? 이 나쁜 놈 같으니라구. 새로 지은 교실에 불을 지르다니, 이 천벌을 받을 놈! 이놈!"

냅다 호통을 쳤다. 그 두 눈은 타오르는 불빛을 받아 무섭도록 형형했다.

"뭐가 어째?"

남팔이 불끈 총구를 쳐들었다. 아버지는 반사적으로 찔끔 몸을 움츠리면서도,

"이 죽일 놈아—."

악을 쓰듯 소리쳤다.

쾅! 콰쾅! 요란한 총성이 교실이 무너질 듯 쩌렁 울렸다.

"으악—."

아버지는 쓰러졌다.

쓰러진 아버지를 향해 남팔은 다시 콰쾅! 콰쾅! 쏘아대는 것이었다.

"아이고—."

임중하는 자기도 모르게 비명이 터져 나왔다. 얼른 쓰러진 아버지에게로 달려가려 했다.

"누구여!"

남팔이 깜짝 놀라 이쪽으로 돌아서며 쾅! 콰쾅! 또 방아쇠를 당기는 것이 아닌가.

임중하는 질겁을 하고 후닥닥 몸을 날렸다. 함박눈 속으로 방향 감각도 없이 마구 내닫는 것이었다.

눈에 푹푹 빠지면서 정신없이 도망치던 임중하는 잠시 후 숨을 헐떡이며 뒤를 돌아보았다.

어느덧 불길이 교실 바깥까지 훅훅 풍겨 나오며 기세 좋게 타오르고 있는 것이 아닌가. 함박눈이 쏟아지고 있는데도 불길은 밤하늘을 벌겋게 물들이며 점점 더 거세어지는 것이었다. 임중하는 그 벌건 불길을 정신 나간 사람처럼 멀뚱히 바라보고 있을 따름이었다.

그날 밤의 그 교실이 무너질 듯 요란하게 울리던 총소리가 지금도 귀에 쟁쟁하고, 벌겋게 너울거리며 타오르던 불길이 눈앞에 선히 보이는 듯해서 임중하는 음— 신음 소리와 함께 무겁게 돌아누웠다.

그 이튿날 아침 새로 지은 교실 세 칸이 흔적도 없이 폭삭 가라앉은 시꺼먼 잿더미 속에서 찾아낸 아버지의 시체는 차마 눈뜨고 볼 수가 없었다. 시꺼먼 숯 덩어리처럼 그을러서 나무토막인지 시첸지 얼른 분간할 수가 없을 지경이었다. 총에 맞은 데다가 불에 타기까지 해서 말하자면 아버지는 두 번 죽은 거나 다름이 없었다.

그 숯 덩어리처럼 그을린 아버지의 시체가 지금도 눈에 보이는 듯해서 임중하는 가볍게 몸서리를 쳤다. 기차가 산비탈을 오르고 있는 듯 속도가 현저히 줄어들며 힘겹게 움직이고 있는 것을 임중하는 침대 속에 묻혀 누워서도 알 수가 있었다.

임중하는 뒤숭숭하고 심란한 기분을 떨쳐버리기 위해서 잠시 더 눈을 붙여 보려고 애를 썼다. 그러나 그럴수록 잠은 더 오질 않고 머릿속이 어지럽게 뒤엉키는 듯했다.

강원도의 산중에 있는 절로 옛 학창시절의 친구를 찾아가는 기차 속에서 하필 아버지의 꿈을 꾸다니, 아버지가 나타나도 여느 때처럼 교장 시절의 모습으로 나타난 것이 아니라, 빡빡 깎은 머리에 수염이 너불너불한 괴이한 모습으로 나타나다니…….

그리고 이제 망각의 저편으로 묻혀 들어가 버린 줄만 알았던 삼십여 년 전의 아버지에 얽힌 사연이 꼬리를 물고 하나하나 선명히 되살아나다니…… 정말 이상하고 기분이 어수선한 아침이 아닐 수 없었다.

잠시 후, 임중하는 어수선한 기분에서 벗어나기라도 하려는 것처럼 벌떡 자리에서 일어나 앉아 크게 기지개를 켰다.

그러자 커튼을 들추며 차장이 안내를 한다.

"손님, M역에서 내리시죠? 다음이 M역입니다. 내리실 준빌 하세요."

M역의 플랫폼에 내려선 임중하는 조금 전과는 달리 기분이 상쾌한 편이었다. 하늘에 구름이 잔뜩 끼어 좋은 날씨는 아니었으나 공기가 싸늘하면서도 산뜻하게 느껴졌던 것이다. 그리고 눈앞에 바라보이는 험준한 산줄기가 희끗희끗한 눈을 뒤집어쓰고 뻗어나가

고 있어 장관이 아닐 수 없었다. 그런 장엄한 산을 보면 언제나 임중하는 가슴이 뿌듯하게 부풀어 오르는 듯했다. 역시 잘 왔다는 생각을 하면서 그는 짊어진 륙색의 한쪽 멜빵을 한 손으로 잡고 뚜벅뚜벅 걸음을 옮겼다.

출찰구를 나서자 얼른 눈에 띄는 것이 있었다. 흰 종이에 쓴 자기 이름이었다. 어떤 초로의 남자 하나가 신문지 일면만 한 크기의 종이를 두 손으로 펼쳐 들고 서 있는데, 거기에 '임중하 박사 마중'이라고 씌어 있는 것이었다.

임중하는 싱글 웃음이 나왔다. 서수윤이 그렇게 시킨 게 틀림없었다.

임중하가 웃는 얼굴로 다가가자,

"아, 서울서 오신 임 박사님이십니까?"

그 남자는 활짝 반색을 했다.

"그렇소. 추운데 마중을 나와 주어 고맙소."

"아니올시다. 저는 혹시 안 오실까 봐 걱정을 했습죠."

그러면서 그 남자는 펼쳐 들고 있던 종이를 접어 아무렇게나 호주머니에 쑤셔 넣었다.

쉰댓쯤 되어 보이는 남자였다. 허름한 국방색 잠바에 솜을 두껍게 놓은 검정 핫바지를 입고 있었다. 낡아서 볼품이 없는 방한모를 쓰고 있었고, 신은 농구화였다.

얼른 보아도 절간에서 일이나 해주며 살아가는 그런 사람이라는 것을 알 수 있었다.

"자, 어디 가서 우선 아침이나 먹읍시다."

임중하가 앞장을 섰다.

식당에 들어가 마주 앉자, 그 남자는 어쩐지 송구스러운 듯한 그런 표정으로 슬그머니 방한모를 벗었다.

산중 절간에 묻혀 사는 사람의 순박함이 눈에 보이는 듯해서 임중하는 매우 호감이 갔다. 인상도 괜찮은 편이었다. 이마에 주름살이 쪼글쪼글하고 살색이 검은 편이어서 찌들어 보이긴 했으나, 어딘지 모르게 선한 기색이 흐르는 그런 얼굴이었다.

그런데 그 얼굴이 어쩐지 낯설지가 않고, 어디선지 많이 낯익은 것 같다고 임중하는 생각했다. 그 남자가 슬그머니 방한모를 벗었을 때 문득 그런 생각이 들었다. 어딘지 모르게 초면이 아닌 것 같은 그런 느낌이었다.

그러나 어디서 본 얼굴인지 임중하는 얼른 머리에 떠오르지가 않았다. 어쩌면 전혀 초면인데 그런 느낌이 드는지도 모른다고 생각했다.

더러 그런 경우가 있는 법이다. 전혀 생소한 사람인데, 어딘지 많이 낯이 익은 것같이 생각되는 것이다. 그런 사람은 어쩐지 남달리 친근감이 가기도 한다.

임중하는 그 남자에게 그런 남다른 친근감 같은 것을 느끼며,

"자, 뭘 드시겠소?"

하고 물었다.

"저야 뭐 아무거나 먹죠. 박사님 시장하실 텐데 어서……."

그 남자는 얼굴에 약간 수줍은 기색까지 띠었다.

"나는 갈비탕을 하겠소."

임중하가 말하자 그 남자도,

"저도 같은 걸로 하죠."

하였다.

김이 무럭무럭 오르는 뜨끈뜨끈한 국물을 몇 숟가락 떠 넣고 나니 속이 한결 후련해지는 것 같아 임중하는,

"일륜 스님 잘 계시오?"

하고 서수윤의 안부를 들었다.

"예, 잘 계십니다. 박사님하고 학생시절 친구라죠?"

"그렇소. 퍽 가까이 지낸 사이였는데, 그동안 서로 소식이 없다가 얼마 전에 뜻밖에 삼십 년 만에……."

"그러셨다구 말씀하시대요. 혹시 박사님께서 안 오실까 봐 주지 스님께서 무척……."

"허허허, 약속을 했는데 안 올 수가 있소."

"아무렴요. 정말 잘 오셨습니다. 저도 혹시 안 오시면 어쩌나 하고 걱정을 했습죠. 기차가 들어오자, 가슴이 다 조마조마하더라니까요."

"그래요? 허허허……."

임중하는 매우 기분이 좋았다.

그릇에 담긴 갈비도 어쩐지 서울 음식점 것보다 큼직큼직한 듯해서 제법 뜯어먹을 건더기가 있었다. 불룩불룩 한참 씹어서 꿀컥 넘기고는,

"일륜 스님의 절에 함께 계시는 모양인데, 그 절에 계시는 지가 오래 되셨소?"

하고 물었다.

"저 말입니까?"

"그렇소."

“오래 되고말고요. 일륜 스님이 주지로 오신 지는 오륙 년밖에 안 됐지만, 저는 그 훨씬 전부터 그 절에 몸담아 살아왔죠.”

“아, 그래요? 고향은 어딘데요?”

“저 같은 사람이 뭐 고향이 따로 있겠습니까. 그저 사는 곳이 고향이죠.”

“그럴 리가 있겠소. 고향이 없는 사람이 어디 있단 말이오.”

“물론 저에게도 고향이 없지는 않죠. 그러나 이젠 없는 거나 마찬가지란 말입니다. 고향을 떠난 지가 삼십 년이 넘었으니…….”

“고향이 이북인 모양이죠?”

“아닙니다. 지금도 가려면 얼마든지 갈 수 있는 곳이죠. 그러나…….”

그 남자는 힐끗 임중하의 눈치를 보는 듯했다. 그리고 어쩐지 좀 묘한 표정으로 비식 웃고는, 그런 이야긴 그만두자는 듯이,

“참, 박사님께 아직 정식으로 인사를 못 드렸군요. 저는 성이 최 갑니다. 최 처사라고 부르죠.”

이렇게 화제를 돌렸다.

“최 처사? 이름이 처산가요?”

“아닙니다. 저 같은 게 뭐 이름이 따로 있겠습니까. 절에서 심부름이나 해주는 사람을 처사라고 하죠.”

“참 재미있는 분이군. 허허허……. 이름이 따로 없다고요? 이름이 없는 사람도 있나요?”

“물론 저에게도 이름이 있긴 있었죠. 그러나 그 이름도 이제 없어진 거나 마찬가집니다. 하도 오래 안 써먹었으니 말입니다.”

“그래요? 이름도 안 써먹으면 없어지는 건가요?”

임중하는 재미있다는 듯이 그 최 처사라는 남자를 바라보았다.

"안 써먹는 이름을 그게 뭐 이름이라고 할 수 있나요. 이름이란 남 앞에 버젓이 내놓을 수가 있고, 남들이 노상 불러줄 때 이름인 것이지……. 안 그렇습니까?"

"왜 이름을 그처럼 사용하지 않았소? 없어진 거나 마찬가지 지경이 되도록 말이오."

"그야 뭐……. 저같이 산중 절간에 묻혀서 심부름이나 해주고 살아가는 몸이 그저 처사면 됐지, 따로 이름 같은 건 있어서 뭘 하겠어요. 성에다가 처사를 붙여서 최 처사면 족한 거죠."

"그렇지만 자기 이름은 어디까지나 자기 이름인 것인데……."

"별로 이름을 알리고 싶지도 않았고요."

그러면서 최 처사는 또 힐끗 눈치를 살피는 듯했다. 의식적으로 그러는 것이 아니라, 어쩐지 그런 버릇이 몸에 밴 것처럼 느껴졌다.

임중하는 약간 이상한 생각이 들었다. 이 사람 뭔가 좀 묘한 구석이 있구나 싶었다. 고향도 없는 거나 마찬가지고, 이름도 없어진 거나 마찬가지라니……. 아무래도 뭔가 감추려는 듯 좀 이상하지 않은가 말이다.

그러나 임중하는 곧 고개를 끄덕이며 싱글싱글 웃었다. 괴짜라는 생각이 들었던 것이다.

초면인 자기한테 고향이나 이름 같은 것을 일부러 숨기려고 들 턱은 만무하지 않은가. 겉으로 보기에 순박하고 어딘지 모르게 선한 기색이 흐르면서도 한편 꽤나 엉뚱한 구석이 있는 그런 괴짜에 틀림없다고 생각했다.

"박사님, 왜 자꾸 웃으세요?"

최 처사가 좀 쑥스러운 듯이 묻는다.

"글쎄, 우습지 않소. 고향도 없는 거나 마찬가지고, 이름도 없어진 거나 마찬가지라니 말이오."

"그게 뭐 그리 우습습니까?"

그러면서 최 처사 자신도 비식 웃고는 또 힐끗 눈치를 살폈다. 그리고 약간 고개를 숙인 채 부지런히 갈비탕을 먹어대는 것이었다.

좌우간 재미있는 사람이라고 생각하면서 임중하도 부지런히 숟가락질을 해댔다.

식당을 나와서 그들은 버스 정류소로 향했다. 아직 버스 들어올 시간이 사십 분가량이나 남아 있었다. 말머릿재까지 버스표 두 장을 끊은 다음 임중하는 최 처사를 데리고 다방으로 들어갔다.

시골 소읍의 다방답게 난롯가에 너덧 사람이 진을 치고 앉아 있을 뿐 홀 안은 한산했고, 어딘지 모르게 어수선하고 썰렁한 분위기였다.

두 사람은 난로 가까이에 자리를 잡고 마주 앉았다.

최 처사는 마치 생전 처음 다방이라는 곳에 발을 들여놓은 사람처럼 서먹서먹한 표정으로 방한모를 또 슬그머니 벗어서 옆에 놓았다. 그리고 힐끗힐끗 곧장 홀 안을 살피는 것이었다.

어쩐지 그 얼굴에 어떤 두려움 같은 것이 서려 있다고 생각하며 임중하는 웃음이 나오려는 것을 참았다.

문득 타잔 영화가 머리에 떠오르기도 했다. 타잔이 탐험대 사람들의 생활양식을 보고 놀라움과 두려움, 그리고 호기심을 감추지 못하는 그런 장면과 흡사한 느낌이었다.

차를 마시는 모습은 어쩐지 더 재미있었다.

커피 두 잔이 앞에 갖다 놓여지자, 마치 무슨 두려운 물건이라도 대하는 듯 얼떨떨한 표정으로 임중하의 손놀림을 지켜보는 것이었다. 임중하가 스푼으로 설탕을 타서 잔을 들자, 그제야 자기도 흉내를 내듯 슬그머니 스푼을 설탕 그릇으로 가져갔다. 그런데 설탕을 떠 올린 스푼이 그만 달달달 떨리며 그만 설탕 가루가 주르르 흘러 떨어지는 것이 아닌가. 바짝 긴장이 되어 있어서 그런 모양이었다.

당황한 최 처사는 탁자 위에 쏟아진 그 설탕 가루를 손가락으로 냅다 긁어모아 커피 잔에다가 탔고, 그리고 스푼으로 몇 번 휘휘 저은 다음 두 손으로 잔을 받쳐 들고는 꿀컥꿀컥 마치 숭늉 마시듯 마셔 버리는 것이었다.

임중하는 어쩐지 민망스러운 생각이 들어 슬그머니 시선을 돌리고서 홀짝홀짝 커피 맛을 음미하고 있었다. 강원도 시골 아침의 커피 맛이 제법 괜찮다고 생각하면서. 난롯가에 둘러앉은 사람들이 곧 웃음을 터뜨릴 듯한 얼굴로 최 처사를 힐끗힐끗 돌아본다. 그리고 임중하를 눈여겨보기도 한다.

난롯가에 불을 쬐며 서 있는 레지도 공연히 즐거운 듯 생글생글 웃는 얼굴이다.

전축에서는 아리송해 아리송해…… 하는 노래가 빙글빙글 흘러나오고 있다.

버스는 예정 시간보다 거의 이십 분가량이나 늦게 들어왔다. 그러나 아침 버스라 그런지 날씨가 추워서 그런지 정초의 휴일인데도 별로 붐비지가 않아 두 사람은 나란히 자리를 잡고 앉을 수가 있었다.

"말머릿재라는 데까지 얼마나 걸려요?"

임중하가 묻는다.

"두 시간가량 걸릴 겁니다."

"그렇게 머나요?"

"거리는 칠팔십 리밖에 안 되지만 워낙 산길이 되어서……."

"음—."

임중하는 두 시간을 시골 버스에 흔들릴 일을 생각하니 아득한 느낌이었다.

창 밖에 희끗희끗 나부끼는 것이 보였다. 눈이 내리려는 모양이었다.

눈발이 비쳤다 걷혔다 하는 얄궂은 날씨였다. 조금씩 바람도 이는 듯했다.

덜커덕거리며 달리는 버스의 차창 밖으로 을씨년스러운 겨울 풍경을 내다보고 있던 임중하는 커다랗게 하품을 했다. 그리고 팔뚝시계를 보았다. 어느덧 열한 시가 다 되어가고 있었다.

옆에 앉은 최 처사는 방한모를 푹 눌러쓴 얼굴을 앞으로 건들건들 흔들면서 졸고 있다. 입에서는 침이 지르르 흘러내린다.

말머릿재라는 데까지는 아직도 삼십 분가량이 남은 셈이다. 허리가 뻐근해 오는 것을 느끼며 임중하는 앉은 채로 쭉 팔다리를 뻗어 기지개를 한 번 켰다.

버스는 산모퉁이를 도는가 하면, 고갯길을 치닫고, 이번에는 굽이굽이 내리막길을 조심조심 내려가는가 하면 또 오르막길이 닥치고, 꼬불꼬불 끝없는 길을 훌떡훌떡 뛰기도 하면서 달리고 있었다. 달리다가도 길 가던 사람이 손만 들면 아무 데서나 정거를 해서 태웠고, 승객이 스톱! 하면 그 자리에서 차를 세워 내려주기도 했다.

임중하는 과연 강원도의 인심 좋은 산골 버스로구나 싶어 처음
에는 미소가 지어졌으나, 나중에는 짜증이 날 지경이었다.

얼마를 달렸을까. 그만 버스가 뻥! 하고 소리를 내지르며 주저앉
아 버렸다. 펑크가 난 것이다.

어느 커다란 재 밑에서였다.

펑크 소리에 놀라 잠이 깬 최 처사는,

"왜 이래요? 빵꾸 났어요? 여기가 어디여? 여기가……."

하면서 입에서 흘러내리는 침을 쓱 문질렀다. 그리고 바깥을 두리
번거리더니,

"아, 바로 말머릿재 밑이구나."

하고 큰소리를 질렀다.

"말머릿재 밑이요?"

임중하가 묻자,

"그런데요. 다 와 가지고 여기서 빵꾸가 나다니……."

재수 더럽다는 표정을 지었다.

운전수와 차장이 내려가 펑크 난 바퀴를 떼 내기 시작했다.

승객들도 그냥 앉아 있을 사람은 앉아 있고, 답답한 사람은 밖으
로 나가서 소변도 보고, 펑크 때우는 구경을 하기도 했다.

임중하와 최 처사도 밖으로 나갔다.

바람이 조금씩 불고는 있었지만, 대낮이 가까워져서 그런지 별로
추운 줄은 몰랐다. 눈발도 이제 휘날리지 않고 있었다.

운전수는 양손에 장갑을 끼고는 있었으나, 손가락이 굳어서 펑
크 때우는 솜씨가 여간 어설프지 않았다. 이제 겨우 바퀴를 떼 내

어 그 거죽을 벗기고 있었다. 언제 끝이 날지 알 수가 없었다.

"걷기로 합시다."

임중하가 잿마루와 최 처사를 번갈아 보며 내뱉듯이 말했다.

"그러시겠어요? 재가 꽤 높은데……."

최 처사도 마지못해 동의를 했다.

최 처사가 임중하의 륙색을 받아 지려고 했다. 그러나 임중하는 마다하고 자기가 짊어졌다. 오히려 륙색을 지는 편이 걸음이 잘 걸린다면서 나중에 피로하면 교대를 하기로 했다.

재는 저만큼 빤히 바라보였으나 길이 꾸불텅 꾸불텅 돌아 올라가는 판이어서 생각했던 것보다 훨씬 멀었다.

"천행산이 어느 것이오?"

임중하는 이마에 내배는 땀을 닦으며 물었다.

"아직 안 보이는데요. 잿날망*('재'의 꼭대기)에 올라가면 환히 보이죠."

"해발 천 미터가 넘는 산이라죠?"

"예."

"그런데 절이 그 정상 가까이에 있다면서요?"

"예, 그래서 상운사라고 안 합니까. 구름 위에 있는 절이란 뜻이죠."

"그런 높은 곳에 웬 절이 있죠? 그런 높은 곳까지 신도들이 찾아오나요?"

"찾아오고말고요. 겨울철에는 별로 찾아오지 않지만 봄부터 가을까진 제법 찾아온답니다."

"그래요?"

그것 참 신심(信心)이란 놀라운 것이라는 생각을 하면서 임중하는 곧장 고개를 끄덕인다.

"우리 절을 찾아오는 신도들은 보통 신도들이 아니라고 할 수 있죠."

"그렇겠죠. 그처럼 높은 곳까지 찾아갈 땐 보통 마음으로 찾아가겠어요."

"이런 얘기가 있어요. 불교 믿는 사람이 죽어서 저승에 가면 염라대왕이 천행산 상운사를 찾아가 보았느냐고 묻는다는 겁니다. 찾아가 보았다고 하면 진짜로 불교를 잘 믿은 사람이라고 극락으로 보내주고, 안 찾아가 보았다고 하면 가짜라고 극락에 안 들여보내준다는 겁니다."

"허허허, 그래요?"

"그러니까 불교를 진심으로 믿는 사람은 생전에 한 번 꼭 찾아가서 불공을 드려야 되는 절이죠."

"허허허, 그것 참 재미있군."

"왜 그런 얘기가 생겼는가 하면 그만큼 산이 험하고 또 올라가보면 경치가 좋기 때문이죠."

"천행산이 그렇게 험한가요?"

"험하고말고요. 왜 천행산이라고 했는지 아십니까? 하늘로 가는 산, 즉 죽음의 산이라는 뜻이랍니다. 산중턱에 아주 깊은 계곡이 있는데, 그 계곡에 떨어지는 날이던 그야말로 하늘나라로 가는 것이죠. 내려다보면 아찔할 정도지요."

"더러 떨어져 죽은 사람도 있나요?"

"있고말고요. 옛날에는 죄를 지은 사람은 그 벼랑길을 걸어가면

절로 발이 미끄러져서 계곡에 떨어져 죽고 말았다는 겁니다. 요새
는 뭐 그렇지도 않지만……. 좌우간 그 벼랑길을 지날 때면 누구나
저절로 입에서 나무아미타불, 관세음보살이 나오게 되죠.”

“흠—.”

임중하는 으스스한 계곡이군 싶으면서도 어쩐지 벌써부터 가슴
이 설레는 듯했다.

잿마루에 올라서자 과연 천행산이 그 모습을 환히 드러냈다.

한마디로 멋진 산이었다. 장엄하면서도 수려한 그 모습이 주변
의 다른 봉우리들과는 눈에 띄게 달라 보였다. 반듯하면서도 쭈뼛
하게 솟은 산정에는 눈이 하얗게 덮여 있었다.

“바로 저 산이로군요.”

임중하는 직감적으로 대뜸 알 수 있었다.

“예, 저 산입니다. 어떻습니까? 박사님.”

“정말 멋있는 산인데요.”

“좋지요?”

최 처사는 그 산이 마치 자기 것이기나 한 것처럼 좋아서 헤벌레
웃는다.

“절은 안 보이는데…… 어딨어요?”

“눈에 덮여서 잘 안 보이는데요. 날씨도 흐리고…….”

“절이 왜 그렇게 높은 데 있는지 이제 납득이 가는군. 납득이
가…….”

임중하는 륙색을 내리고, 손수건을 꺼내 이마랑 목덜미에 내밴
땀을 닦으며 곧장 고개를 끄덕인다.

잠시 천행산과 주변의 경관을 바라보며 쉬고 있는데, 그제야 부

릉 부르릉…… 소리를 지르면서 버스가 숨 가쁘게 오르막길을 올라오고 있었다.

잿마루에서 밋밋한 비탈을 한참 내려가면 한쪽이 트인 길쭉한 분지가 가로놓여 있고, 그것을 지나면 천행산으로 발을 들여놓게 되는 것이었다. 길쭉한 분지는 그대로 버려진 황무지 같은 초원인데, 한쪽으로 제법 밭뙈기가 개간되어 있기도 했다.

임중하와 최 처사가 그 분지를 지나고 있을 무렵, 날씨가 영 고약해지고 말았다. 처음에는 희끗희끗 눈발이 비치더니, 곧 바람이 일면서 눈잎사귀가 냅다 난무하기 시작했다.

아까 버스로 올 때도 눈이 내렸다 그쳤다 했기 때문에 쉬 또 잠잠해지려니 했으나, 이번에는 그게 아니었다. 점점 더 기세를 돋우는 것이었다.

"이거 야단났군, 어떡허지?"

임중하는 목을 움츠리고 고개를 바짝 숙여 얼굴에 휘몰아치는 눈발을 피하면서 중얼거렸다.

"날씨 참 지랄 같네요."

최 처사는 맞장구를 친다.

"이래가지고는 도저히 절까지 못 가겠군. 읍내로 되돌아갈 수도 없고, 낭팬데……. 어떻게 하죠?"

"도리 없습니다. 마을에서 자고 가야죠 뭐."

"마을이 있소?"

"예, 염려 마십쇼. 조금만 더 가면 저쪽 골짜기에 마을이 있어요."

"그럼 됐군. 아―."

살았다는 듯이 임중하는 빙긋 웃었다.

눈보라가 차츰 진눈깨비로 바뀌어 가고 있었다. 겨울 진눈깨비라니……. 정말 고약한 날씨였다.

천행산 기슭 한쪽 골짜기에 대여섯 가호 되는 마을이 있었다. 여웃골이라는 마을이었다.

임중하와 최 처사는 진눈깨비 속으로 그 마을을 찾아 들어갔다.

고백

퀴퀴한 냄새가 풍기는 방이었다. 그러나 이맛살이 찌푸려질 그런 냄새는 아니었다. 흙냄새라고 할까, 그런 것인 듯했다.

방바닥엔 비닐장판을 깔았고, 사면의 벽엔 허름한 도배지를 발라놓았으나, 천장은 그대로 흙이 드러나 있었다. 야트막한 천장에 서까래가 마치 갈빗대처럼 불거져 보였다.

벽 한쪽 가엔 옥수수가 주렁주렁 매달렸고, 방 윗목 구석에는 쌀가마닌지 도토리 가마닌지 불룩한 가마니가 두 개 포개어져 있었다.

그런 것에서 풍기는 냄새였다. 말하자면 두메 마을의 사랑방 냄새라고나 할까. 좌우간 이맛살이 찌푸려질 정도는 아니지만, 별로 향기롭다고 할 수도 없는 그런 퀴퀴한 냄새를 맡으며 임중하는 강원도 두멧골에 와 있다는 실감을 하고 있었다.

진눈깨비에 젖은 등산복을 벗어 벽에 걸고 준비해 온 잠옷으로 갈아입은 임중하는 우선 쭉 다리를 뻗고 누웠다. 꽤나 피로했던 것이다.

아랫목은 뜨끈했다. 바람이 불면서 진눈깨비가 내리는 고약한 날씨였으나 방 안은 조금도 한기가 느껴지지 않고 훈훈하기까지 했다.

최 처사는 진눈깨비에 젖은 옷을 수건으로 대강대강 훔치고 나서 살짝 돌아앉으며 잠바 주머니에서 무슨 뚤뚤 뭉친 비닐봉지 같은 것을 꺼냈다.

임중하는 누운 채 그 꺼낸 것이 뭔가 싶어 눈여겨보았다.

담배였다. 비닐봉지 속에서 짤막한 곰방대가 나왔다. 엽연초를 집어내어 곰방대에다가 눌러 담는 것이었다. 그리고 라이터를 꺼냈다. 말하자면 그게 쌈지인 셈이었다.

임중하는 어쩐지 웃음이 나오려 했다. 그처럼 짧은 곰방대를 처음 보았던 것이다. 자기의 파이프보다 더 짧지 않을까 싶었다. 그리고 그 짤막한 곰방대가 어쩐지 그에게 잘 어울린다는 생각이 들었다. 살짝 돌아앉아 곰방대를 뻑뻑 빨아대는 품이 몹시 연기에 허기진 사람처럼 보이기도 했다.

저렇게 좋아하는 담배를 왜 아침부터 지금까지 한 번도 안 피웠는지, 이상할 지경이었다.

최 처사의 담배 피우는 모습을 멀뚱히 바라보고 있던 임중하는 문득 또 저 사람 어디선가 틀림없이 낯익은 사람이라는 생각이 들었다. 살짝 돌아앉아 담배를 피우고 있는 모습에서도 어딘지 모르게 낯익은 그런 것이 풍겨 오는 게 아닌가.

가만히 누워서 임중하는 최 처사의 이모저모를 곧장 뜯어보며 어디서 낯익은 사람인지 골똘히 생각해 보았다. 그러나 아무리 머릿속 구석구석을 뒤져도 이렇다 잡히는 게 없었다. 안타까울 지경이었다.

역시 착각인가 싶으며 비식 웃는 수밖에 없었다.

잠시 후, 방문이 열리며 밥상이 들어왔다.

"이거 아무 찬이 없어서……."

주인 영감이 손수 밥상을 들고 왔다.

"박사님이 이런 밥 자시겠어유."

육십이 조금 넘어 보이는 영감이었다. 밥상을 임중하 앞에 갖다 놓으며 정말 송구스러운 듯한 표정을 지었다.

최 처사가 서울에서 오신 박사님이라고, 그 박사님을 자기가 절로 모시고 가는 길에 날씨가 궂어서 하룻밤 묵고 가려고 들어왔으니 영광인 줄 알고, 우선 점심밥부터 빨리 좀 지으라고 일렀던 것이다.

최 처사와 각별히 지내는 사이였다. 최 처사뿐 아니라 일륜도 간혹 출타했다가 절로 곧바로 못 돌아갈 형편이면 이 집에 자고 가곤 하는 터였다. 말하자면 단골 숙소라고 할 수 있었다.

영감과 아들 내외, 그리고 손자 셋, 모두 여섯 식구였다. 그런데 아들은 얼마 전에 중동으로 해외 취업을 나가고 지금은 다섯 식구가 살고 있었다.

영감에게는 출가한 딸이 둘 있는데, 작은딸인 분심이가 지난해 봄에 청상이 되어 큰 걱정거리였다. 자식이 하나 딸려 있어서 쉬 개가를 할 수 있을 것 같지도 않고, 그렇다고 서른도 안 된 몸이 수절을 할 수도 없는 노릇이고…… 영감은 입맛이 쓰기만 했다.

　그런 사실을 최 처사도 알고 있었다. 홀아비 신세인 최 처사는 은근히 속으로 혼자서 군침을 삼키며 영감에게 접근을 하고 있는 터였다. 읍내까지 심부름을 나갔다가 절로 돌아갈 때면 으레 이 집에 들러 하다못해 싸구려 담배 한 갑이라도 영감 손에 쥐어주며 넌지시 자신의 홀아비 타령을 늘어놓기도 하는 것이었다.

　영감이 그런 눈치를 알아차리지 못할 턱이 없었다.

　그러나 영감은 네깐 녀석은 어림도 없지, 쉰이 넘은 녀석한테 누가 서른도 안 된 딸을 맡긴단 말이여, 두 번 과부 만들려고…… 당치도 않은 일이지, 하고 속으로 콧방귀를 뀌었다.

　겉으로 보기에는 두메에서 찌들어 볼품없는 영감이지만 그래도 속에는 제대로 심지가 박혀 있는 깐깐한 영감이었다.

　영감의 성은 서문(西門)이라는 희성이었다.

　서문 영감이 놓고 나간 밥상을 보자 최 처사는 뭐 이래, 싶었다. 밥은 콩이 섞이기는 했지만, 김이 무럭무럭 오르고 있어서 그런대로 괜찮았다. 반찬이 정말 보잘것없었다. 김치 한 보시기에 콩 조림 한 접시, 그리고 간장뿐이었다.

　"정말 박사님, 이런 진지 드시겠어요?"

　최 처사도 몹시 미안스러워했다.

　"아, 괜찮아요. 어서 먹읍시다."

　임중하는 꽤 시장한 판이어서 숟가락으로 크게 밥을 떠 올렸다.

　늦은 점심이었다. 팔목시계가 어느덧 두 시를 지나 있었다.

　그날 저녁상에는 별미가 올랐다. 산비둘기탕이었다. 처음으로 먹어 보는데, 맛이 제법 괜찮았다.

　임중하는 륙색에서 술병을 꺼냈다. 조니 워커였다. 그 양주병을 최 처사는 신기한 눈으로 바라보았다.

"최 처사, 술 좀 하시오?"

"예, 조금. 히히히……."

"그럼, 이거 한잔 합시다."

그러면서 임중하는 조니 워커의 마개를 벗겼다.

절에 가면서 술을 가지고 가는 게 좀 뭐하긴 했으나, 저녁으로 혼자서도 꼭 두어 잔씩 하는 터이라, 조니 워커 새 병 하나를 륙색에 넣었던 것이다.

최 처사는 얼른 나가서 술잔 두 개를 가지고 들어왔다. 그 표정으로 보아 무척 술을 좋아하는 모양이었다.

"박사님, 이거 무슨 술입니까?"

"양주요."

"양주? 아하, 서양 사람들 술 말이지요?"

"그렇소. 마셔본 일 있소?"

"우리 같은 사람이 언제 이런 술을 마셔봤겠어요."

"자, 그럼 한잔 해보시구려."

"예. 예."

최 처사는 두 손으로 잔을 들고 임중하가 따라주는 양주를 황공스럽게 받아 조심스레 입으로 가져갔다.

홀짝 조금 마셔보고 최 처사는 그 맛을 음미하듯 두 눈을 깜작거리며 입맛을 다셔댄다. 약간 노린내가 나는 듯한 묘한 향기와 함께 혀끝에 감기는 맛이 희한하다.

"참 좋은데요."

"좋소? 그럼 몇 잔 하시구려."

"이렇게 귀한 술을 저 같은 사람이 마셔서……."

송구스럽다는 듯이, 그러나 쭉 잔을 비워 버린다. 입안이 얼얼해지고 목구멍이 화끈해 오는 것을 느끼며

"소주보다 독하네요."

하고 힉 웃는다.

"허허허, 소주보다 독하고말고요. 그래서 얼음에다가 타 먹지 않소."

"얼음에다가 타 먹어요? 술을……."

"양주는 칵테일을 해서 먹는 게 보통이요. 스트레이트로 마시면 너무 독해서……."

"……."

최 처사는 무슨 말인지 알아들을 수가 없어 눈만 곤장 끔벅거린다.

남포등 아래서 산비둘기탕을 안주삼아 양주를 마시는 것도 별다른 정취여서 임중하는 기분 좋게 잔을 기울였다. 저녁밥상이 그대로 술상이 되어버린 셈이었다.

주인 영감을 불러 한잔 권할까 했으나, 서문 영감은 술을 안 한다는 것이었다. 젊어서는 꽤 마신 모양인데, 요즘은 일절 입에 대질 않는다는 것이다. 그래서 자연히 최 처사와 두 사람만의 술자리가 되었다.

바깥에는 이제 바람이 자고, 진눈깨비가 싸락눈으로 바뀌어 사락사락 내리고 있었다. 어디선지 부엉이 우는 소리가 들려오기도 했다.

스트레이트로 마시는 터여서 취기가 빨랐다. 몇 잔 안 해서 최 처

사는 혀가 흐늘흐늘해지는 듯했다. 임중하도 눈두덩이 후끈후끈해
왔다.

잠시 후, 최 처사는 흐늘흐늘해진 소리로 엉뚱한 말을 꺼냈다.

"박사님, 혹시 사람을 죽여 보신 일 없으십니까?"

사람을 죽여 보다니…… 임중하는 어이가 없었다. 난데없이 무슨
뚱딴지같은 질문을 다 하는가 싶어,

"그게 무슨 소리요?"

슬그머니 화가 나는 표정을 지었다.

"아니올시다. 헤헤헤……. 기분 나쁘게 생각하시지 마십쇼. 의사
선생님이시라기에 혹시 치료를 하시다가 환자가 낫지 않고 죽어버
린 그런 일이 없으셨는가 물어본 것뿐입니다. 헤헤헤……."

"……."

"다른 뜻은 정말 아닙니다. 박사님."

"허허허……."

임중하는 약간 어이가 없는 듯 웃었다. 그리고 잔을 들어 홀짝
한 모금 마시고는 말했다.

"환자들 가운데는 죽어나간 사람도 숱하죠. 병원에 입원을 한다
고 다 병이 낫는 것은 아니잖소. 의사라고 해서 사람의 병을 다 고
칠 수 있는 건 아니니까……."

"박사님이신데도 다 못 고칩니까?"

"허허허, 박사라고 모든 병을 다 고칠 수 있는 건 아니에요. 박사
가 곧 하느님은 아니니까요. 허허허……."

"저는 의사 중에서도 박사님은 무슨 병이든지 다 고칠 수 있는
줄 알았어요. 헤헤헤……."

"난 외과 의사요. 외과가 뭔지 알죠?"

"예, 수술하는 거 아닙니까."

"맞소. 난 수없이 많은 사람의 수술을 했는데, 스무 사람 가운데 한 사람 꼴은 죽어나갔다고 할 수 있소. 그러니까 어떻게 말하면 그 사람들을 내가 살리지 못하고 죽인 셈이 되기도 하는 거죠. 허허허……."

"수술해서 환자가 죽어도 의사는 죄가 안 되지요?"

"과실이 없었는데 죽었다면 도리가 없는 거죠. 그게 죄가 된다면 누가 의사 노릇을 하겠어요. 안 그래요?"

"예, 맞습니다."

"그래서 수술하기 전에 보호자나 배우자의 확약서를 반드시 받아놓죠. 수술해서 사망을 해도 의사에게 책임을 묻지 않겠다는……. 그래야 나중에 이렇다 저렇다 말썽이 일어나지 않죠."

초점이 약간 흐릿해진 듯한 눈으로 재미있다는 듯이 임중하를 바라보고 있던 최 처사는 또 혀가 엉뚱한 데로 미끄러지듯 이번에는 불쑥,

"박사님, 법률에 대해서도 잘 아십니까?"

이렇게 물었다.

"의사가 법률에 대해서 잘 알 턱이 있겠소. 법률의 뭘 알고 싶은데요?"

"저……."

최 처사는 좀 주저하는 듯하더니, 묘하게 씩 한 번 웃고는 입을 열었다.

"사람을 죽여도 십 년인가 이십 년인가 지나면 죄가 없어진다는

데, 그게 정말입니까?"

살인죄의 공소시효에 대해 묻는 것이었다. 정말 의외의 질문이 아닐 수 없었다.

임중하는 약간 휘둥그레진 눈으로 최 처사를 똑바로 바라보며,

"난데없이 왜 그런 질문을 하죠? 사람을 죽인 일이라도 있나요?"
하고 물었다.

그러자 최 처사는

"사람을 죽이다니요. 아닙니다. 절대로 그런 일 없습니다."
몹시 당황하는 것이었다.

"그럼 왜 별안간 그런 질문을……."

"그저…… 알고 싶어서요."

최 처사는 묘하게 힐끗 눈치를 보듯 임중하를 바라보고는 헤—
웃었다.

"그저 알고 싶다니……. 별안간 그게 알고 싶어졌단 말이오?"

"그런 게 아니라 며칠 전에 절에서 무슨 이야기 끝에 그런 말
이 나왔습죠. 살인을 해도 일정한 기간이 지나면 죄가 없어진다고
요. 그 기간이 십 년이라는 사람도 있고 이십 년이라는 사람도 있
고……. 그래서 물어보는 겁니다."

"우리나라에선 십오 년으로 되어 있을 거요. 그걸 공소시효라고
하죠. 그 기간 동안에 그 죄인을 잡아서 재판에 붙이지 못하면 법
적으로 효력이 없어지는 거죠."

"아, 그렇습니까? 그게 정말이네요. 그러니까 살인을 해도 십오
년만 숨어서 살면 죄가 없어집니다그려."

최 처사는 온통 얼굴이 활짝 밝아지는 듯했다.

“죄가 없어지는 건 아니죠. 사람을 죽였는데 그 죄가 없어질 턱이 있겠소? 안 그렇소?”

“……”

“그 죄가 없어지는 것이 아니라, 그 죄를 처벌할 수가 없게 되는 거죠. 법적으로 말이오.”

“그러니까 좌우간 법적으로는 죄가 없어지는 거나 마찬가지 아닙니까?”

“그렇다고 볼 수가 있죠.”

“그 기간이 십오 년이면, 삼십 년이 지난 사람은 정말 푹 마음을 놓아도 되겠네요. 그렇죠?”

최 처사는 기쁨을 감추지 못하겠는 듯 담뿍 웃음을 담은 눈으로 임중하를 바라본다.

“누가 삼십 년 동안이나 숨어 산 사람이 있소? 살인을 하고서……”

“……”

“당신 말하는 게 아무래도 수상한데……”

임중하는 농담조로, 그러나 내심 좀 수상쩍다는 생각을 하면서 말했다.

최 처사는 또 약간 당황한 듯 힐끗 임중하의 눈치를 보고는 씩 웃는다. 그리고 잔을 들어 훌쩍 단숨에 마셔 버린다.

비둘기 고기 한 점을 집어서 우물우물 대강 씹어 넘기고 나서,

“그러니까 그 기간이 지나고 나면 순경이 알아도 붙잡질 않겠지요. 그렇죠?”

하고 묻는다.

"붙잡아도 처벌을 못하는데 뭐 하러 붙잡겠소. 공소시효가 지나
면 경찰에서 귀찮아서도 붙잡지 않아요."

임중하는 대답을 하면서도 어쩐지 기분이 좋지가 않았다. 아무
래도 이 사람 뭔가 그런 섬뜩한 사연을 간직하고 있는 것같이 생각
되는 것이다.

"그럼 안심하고 마음대로 나다녀도 상관없겠네요."

"상관없죠. 그런데 여보."

임중하는 잔을 들어 한 모금 홀짝 마시고는 최 처사를 정면으로
똑바로 바라본다.

별안간 임중하가 정색을 하고 바라보는 바람에 최 처사는 좀 긴
장이 되는 듯 살짝 시선을 피한다.

"당신 살인한 일 있지?"

임중하는 내뱉듯이 불쑥 물었다.

"예?"

최 처사는 눈이 휘둥그레진다. 두 눈에 두려운 빛이 담뿍 담긴다.

"솔직하게 말해 봐요. 감추지 말고……."

"……."

"왜 그렇게 놀라는 거요? 내가 잡아갈까 봐서 그러오? 허허
허……."

임중하는 웃음이 나와 버렸다.

그러자 최 처사는 간이 덜컥했다는 듯이 임중하의 눈치를 한 번
힐끗 보고는 어색하게 웃는다. 어쩐지 눈언저리가 더 붉어진 것
같다.

"공소시효가 지난 모양인데, 이야기 못할 게 뭐 있소."

"……."

"당신 얼굴에 그렇게 씌어 있단 말이오. 감추어도 소용이 없소. 허허허……."

"……."

"어디 한 번 이야기 해보구려. 심심한데 오늘 밤은 그 이야기나 들어 봅시다."

임중하는 어쩐지 재미있다는 생각을 하면서 잔을 쭉 비워 최 처사에게 건넨다.

최 처사는 잔을 받아 또 훌쩍 마신다. 그러나 아무래도 선뜻 입이 열리지 않는 듯 힐끗힐끗 보면서 묘하게 히죽히죽 웃기만 한다.

"옛날이야기 하듯이 하면 되지 않소. 아까 말하는 것을 보니 아마 삼십 년이나 지난 일인 것 같은데, 삼십 년이면 아득한 옛날이지 뭐요. 안 그렇소?"

취기 탓이기도 했지만, 임중하는 호기심을 억누르지 못해 곧장 짓궂게 구슬려 댔다.

"그렇지요. 십 년이면 강산도 변한다니까, 삼십 년 같으면 세 번이나 강산이 변한 셈이지요. 헤헤헤……."

최 처사는 마침내 입을 열었다. 아득한 옛날이라는 말이 썩 마음에 들었던 모양이다.

한 번 입이 열리자, 싱거울 정도로 수월수월하게 이야기가 흘러 나오기 시작했다.

"6·25가 나기 두어 해 전이었었나요. 그러니까 삼십 년이 넘었죠. 여수에서 반란사건이 일어났습니다. 여수에서 일어난 반란사건 아십니까? 박사님."

"여수반란사건 말이죠? 알고말고요. 어서 얘기해 보구려."

"그 반란사건 때문에 내 신세가 이 모양 이 꼴이 된 셈이죠. 그렇지 않았으면 지금쯤 장군이 되었을지 누가 압니까?"

최 처사는 곰방대에 담배를 담아 입에 물었다. 그리고 라이터를 켰다.

뻐끔뻐끔 담배를 피우며 이야기를 늘어놓는 최 처사를 임중하는 호기심 어린 눈으로 멀뚱히 바라보고 있었다.

"국방경비대에 들어갈 때는 다 나중에 군인으로 성공하려고 들어간 게 아니겠어요. 저도 그런 포부를 가지고 국방경비대에 입대를 했었죠. 그런데 훈련을 마치고 배치가 된 것이 재수 없게도 여수의 제14연대였어요. 그 연대에 김지회란 자가 있었는데 중위였어요. 박사님도 아시겠죠?"

"예, 알아요. 그래서요?"

"그자가 반란을 일으키는 바람에 꼼짝 없이 모두 반란군이 되어버리고 말았죠. 탄약고랑 무기고를 부숴서 총과 실탄을 몽땅 약탈해가지고 여수 시내로 쏟아져 나가 경찰서를 습격하고, 관공서에 불을 지르고……. 지금 생각하면 어처구니가 없지만, 그때는 무엇이 어떻게 돌아가는지 영문도 모르고 그저 날뛰었죠. 무슨 신나는 장난을 하는 것 같기도 했어요. 여수 시내를 휩쓸고는 이튿날은 순천까지 진출했죠."

"그때 계급이 뭐였소?"

"계급이랄 거 뭐 있습니까? 갈매기 하나였죠. 헤헤헤……."

최 처사는 다 탄 곰방대를 재떨이에 톡톡 떨고 나서 말을 이었다.

"이삼 일 동안 그렇게 온통 세상이 우리 손아귀에 든 것처럼 날뛰다가 웬걸요, 그만 소탕 작전에 밀려서 죽어라 하고 내빼는 신세가 되고 말았죠. 어디로 도망갔는지 아십니까?"

"……."

"지리산으로 도망쳐 들어갔단 말입니다."

"지리산?"

지리산이라는 말에 임중하는 어쩐지 정신이 번쩍 드는 듯했다. 지금까지는 그저 아득한 지난날의 남의 이야기를 몽롱하게 듣고 있는 기분이었으나, 지리산으로 도망쳐 들어갔다는 말에 최 처사의 얼굴이 새삼스럽게 바라보아지는 것이었다.

"박사님, 놀라지 마십시오. 지리산으로 들어가 공비가 되고 말았던 것입니다. 박사님, 공비 아시죠? 헤헤헤……."

최 처사는 마치 약간 실성한 사람처럼 웃었다. 독한 양주 기운이 눈동자에 어리고 있는 듯 두 눈이 이상스럽게 번들거렸다.

"김지회란 놈 덕택에 공비가 되고 만 것입니다. 공비가……. 헤헤헤……."

"음—."

"아이고 미안합니다. 박사님, 제가 좀 취한 모양이죠? 그러나 정신은 아직 말똥말똥합니다.정말입니다. 자, 들어보세요. 지금부터가 진짜 재미있는 이야깁니다. 제가 사람을 죽인 이야기니까요. 아시겠어요? 어떻게 사람을 죽였는가 하면……."

취기 때문에 정신이 몽롱해진 듯한 처사는 이상스럽게 번들거리는 두 눈을 이따금 끔벅거리며 말을 이었다.

"함박눈이 쏟아지는 겨울밤이었지요. 제가 고향을 찾아간 것은……. 물론 저 혼자 찾아간 게 아닙니다. 우리 공비 떼서리*('떼거리'의 방언)들 칠팔 명하고 같이 갔지요. 우리 고향은 지리산에서 그다지 멀지 않는 곳에 있었어요. 두메산골이지요. 함박눈이 쏟아지는 밤에 고향땅을 밟으니 감개가 정말 무량하던데요……."

최 처사는 마치 아득한 지난날을 꿈꾸듯 회상하는 것 같기도 했다. 아름다운 추억이 아니라, 몸서리쳐지는 그런 악몽 같은 기억을 오히려 무슨 옛날 남의 이야기처럼 담담하게 늘어놓는 것이었다.

임중하 역시 꽤나 취기가 있었으나, 이야기가 퍽 재미있게 흘러나가는 듯해서 파이프를 뻐끔뻐끔 빨면서 가만히 귀담아 듣고 있었다.

"그러나 금의환향을 하는 게 아니라, 밤중에 어둠을 타고 도둑떼서리들처럼 몰려드니 감개가 무량하면서도 그저 두렵고, 기분이 이상하기만 했어요. 눈 오는 산등성이에 서서 고향 마을의 불빛을 보았을 때는 정말 미치겠던데요. 땅을 치며 통곡을 하고 싶은 심정이었어요."

"음―."

"박사님, 지금 와서 얘기니까 그렇지, 정말 그때의 제 심정이 어떠했는지…… 말로 다 할 수가 없습니다. 공비가 되어 밤중에 산등성이에 서서 고향 마을의 불빛을 바라보게 될 줄이야……. 무슨 놈의 팔자가 그런 놈의 팔자가 다 있단 말입니까. 안 그렇습니까? 박사님."

최 처사는 감정이 꽤 격해지는 듯하더니 두어 번 한숨을 내쉬고는 다시 담담한 어조로 돌아갔다.

"그러나 저는 그런 기분을 겉으로 나타내지는 않았지요. 지금 같으면 말할 필요도 없이 그 자리에 주저앉아서 통곡을 했을 거예유. 그리고 총을 버리고 자수를 했을 겁니다. 공비가 다 뭡니까? 그런데 그때는 아직 철이 덜 들어서 속으로는 울고 싶으면서도 겉으로는 큰소리를 쳤지요. 일부러 아무렇지도 않은 듯이 야, 이 자식들아, 저게 바로 우리 고향 마을이다. 알겠나? 하고 깔깔 웃었지요."

"흠— 그래서요?"

임중하는 재미있다는 듯이 빙그레 웃으며 고개를 두어 번 끄덕거렸다.

"그랬더니 자식들이 마치 자기네 고향에라도 온 것처럼 좋아하던데요. 야, 저게 너의 고향 마을이냐, 가서 너의 부모님께 인사를 드려야지, 이러지 않겠어요. 나 참 기가 막혀서……."

"허허허……."

"공비가 되어 밤중에 숨어들어 온 몸이 뭣이 잘났다고 부모님께 인사를 드리느냐 말입니다. 아버지는 일찍 돌아가시고 계시지도 않고, 늙은 어머니와 형님네 식구들이 있긴 있지만…… 도저히 고향 마을을 찾아갈 생각이 나질 않던데요. 무슨 염치로 찾아갑니까. 안 그렇습니까? 박사님."

"그런데 뭣 하러 고향 땅을 찾아들었던가요?"

임중하는 궁금한 듯이 물었다.

"제가 고향 땅을 찾아간 것은 고향 마을이 그리워서가 아니었어요. 늙으신 어머니가 보고 싶어서가 아니었단 말입니다. 물론 고향 마을이 그립고, 어머니가 보고 싶은 마음이야 간절했지요. 그러나 도대체 무슨 낯으로 고향 마을을 찾아가며, 늙으신 어머니를 뵙는단 말입니까. 안 그렇습니까?"

“……”

“어머니는 제가 군인으로 성공을 해서 돌아오길 기다리고 계실 텐데, 도둑놈보다도 못한 공비가 되어 어머니 앞에 나타나다니 될 말이 아니지요. 제가 고향 땅을 찾아간 데는 까닭이 있었습니다. 무슨 까닭인가 하면……”

최 처사는 앞에 놓인 잔을 들어 삼분의 일 정도 남은 양주를 홀짝 마저 마셨다. 그리고 약간 초점이 흐린 듯한 번들거리는 눈으로 임중하를 바라보며 내뱉듯이 말했다.

“복수를 하고 싶었던 것입니다. 복수……”

“복수요?”

“예.”

“무슨 복순데요?”

“무슨 복순가 하면……”

그때 가만히 방문이 열렸다. 이 집 며느리였다.

“숭늉 가져 왔어유. 아직 밥상 멀었나유?”

방 안에 숭늉 그릇을 들여놓으며 묻는다.

“밥상이 아니고 술상이 됐수. 걱정 말고 인제 잠이나 자슈. 끝나면 내가 부엌에다가 상 내다 놓을 테니까유.”

최 처사가 말하자 아낙네는 아무 표정 없이 가만히 문을 닫았다.

“무슨 복순가 하면 말이죠. 제 목을 자른 데 대한 복수란 말입니다.”

“목을 자르다니요?”

“얘길 들어보세요. 재미있다면 재미있지요. 그때 자식들이 제 고향 마을로 내려가자는 걸 뿌리치고 자, 날 따라오란 말이다, 하고 앞장을 섰지요. 어디로 갔는지 아십니까?”

“어디로 갔는데요?”

“학교로 갔지요.”

“학교로?”

“예, 우리 고향의 국민학교 말입니다. 그 국민학교는 바로 제 모교지요. 공비가 되어 함박눈이 쏟아지는 밤에 모교를 찾아간 것입니다.”

“…….”

임중하는 별안간 온몸이 바짝 굳어지는 듯한 느낌이었다. 최 처사를 바라보는 두 눈에 어떤 경악의 빛이 담기고 있었다.

그러나 최 처사는 그런 기미를 알아차리지 못하고 몽롱한 기분으로 곧장 신이 나듯 지껄여댔다.

“모교에 새로 지은 교실이 세 칸 있었지요. 그 교실 세 칸을 불질러 버려야만 속이 시원할 것 같았습니다. 그래서 찾아간 것입니다.”

임중하는 온몸이 와들와들 떨려 오는 것을 어쩌지 못했다. 몽롱하던 정신이 바짝 차려지며 취기가 싹 가시는 듯했다.

바로 최남팔 그자가 아닌가? 어딘가 많이 낯익은 사람 같다 싶더니, 아무리 생각해도 잘 머리에 떠오르지가 않더니…… 바로 아버지를 죽인 원수인 최남팔 그자일 줄이야……. 정말 어처구니가 없고 기가 막혔다.

와들와들 떨리는 것을 꾹 참으며 임중하는 도무지 어떻게 했으면 좋을지 모를 그런 상태로 최 처사, 아니 최남팔을 똑바로 바라보고 있었다.

최 처사는 임중하가 자기의 이야기에 재미가 나서 그렇게 긴장된 표정으로 듣고 있는 줄만 알고 더욱 신명을 내는 것이었다.

"그 새로 지은 세 칸의 교실을 왜 제가 불태워 버리려고 했느냐하면, 그 교실 때문에 제 목이 잘렸단 말입니다. 박사님, 무슨 말인지 잘 모르시겠지요? 모르시는 게 당연하지요. 박사님이 아실 턱이 있겠습니까."

"……."

"다름이 아니라, 제가 국방경비대에 입대하기 전에 그 학교에 근무를 하고 있었죠. 뭐 저 같은 게 선생질이야 했겠어요. 소사로 근무하고 있었습니다. 그런데 그 학교에 새로 부임해 온 교장 선생이 그 교실 세 칸을 새로 지으면서 어찌나 까다롭게 구시는지……. 헤헤헤……. 자세한 얘길 다 하자면 한이 없으니까 그만두기로 하고, 좌우간 그 교장 선생이 제 목을 자르고 말았단 말입니다. 제가 뭐크게 잘못한 것도 없었는데……."

"……."

임중하는 곧 야, 이놈의 새끼야! 이 죽일 놈의 새끼야! 하고 냅다 고함 소리가 튀어나오려는 것을 꾹 눌러 참고 있었다.

"목이 잘린 저는 정말 이가 갈리던데요. 그래서 몇 달 후에 국방경비대에 입대를 하기는 했지만, 그 교장 선생에 대한 원망이 머리에서 떠나질 않았습니다. 제 신세를 망치게 된 것도 따지고 보면 그 교장 선생이 제 목을 잘랐기 때문이라고 할 수 있죠. 그런 일만 없었더라면 저는 계속 소사로 근무하면서 고향에서 장가도 들었을 것이고, 늙은 어머니와 헤어지지 않아도 되었을 것입니다. 물론 공비가 되지도 않았을 것이고요."

“…….”

“그래서 어떻게든지 복수를 하려고 벼르다가…… 결국 그날 밤 학교를 찾아갔던 것입니다. 학교를 찾아갔을 때도 결코 그 교장 선생을 죽일 생각까지는 없었습니다. 정말입니다. 박사님, 거짓말이 아닙니다. 그저 그 새로 지은 교실 세 칸만 불태우고 말려고 했는데…… 그만 그 교장 선생이 고래고래 욕을 하며 달려드는 바람에…….”

어느덧 최 처사의 두 눈에서 지르르 눈물이 흘러내리고 있었다.

임중하는 그만 벌떡 자리를 박차고 일어났다.

최 처사의 얼굴에 지르르 흐르는 눈물을 임중하는 도저히 가만히 보고 있을 수가 없었다. 견딜 수가 없는 그런 심정이었다.

생각 같아서는 냅다 발길로 그 눈물이 흐르고 있는 낯바닥을 걷어차 주고 싶었다. 그러나 임중하는 왈칵 방문을 열었다. 그리고 밖으로 뛰어나갔다.

진눈깨비는 이제 그쳐 있었다. 하늘 한쪽은 구름이 벗겨져 밤하늘에 얼어 박힌 듯한 별들이 차갑게 반짝거리고 있었다. 이상한 날씨였다.

임중하는 눈앞을 가로막고 있는 듯한 시꺼먼 산을 멀뚱히 바라보며 헐떡거리듯 곧장 거친 숨을 몰아쉬었다. 벌떡벌떡 뛰는 가슴이 좀처럼 가라앉질 않았다. 마치 무엇에 되게 놀란 것 같은 느낌이었다.

실상 놀라도 이만저만 놀란 게 아닌 것이다. 다른 무슨 일로 이처럼 놀랄 수가 있겠는가.

아버지를 죽인 원수를 알아보지 못하고서, 그와 함께 아침을 먹고, 다방에 들어가 차를 마시고, 버스에 나란히 앉아 흔들리고, 또 걸어서 같이 재를 오르고, 진눈깨비를 피해 마을에 들어와 한 밥상에 마주 앉아 점심과 저녁을 먹고, 그리고 술잔을 주고받으며 이야기를 나누다니…… 더구나 어디선가 많이 낯익은 듯해서 친근감까지 느끼면서 말이다.

생각하니 정말 기가 찰 노릇이었다. 삼십 년이라는 세월의 장벽이 그처럼 두꺼운 것인가 싶었다. 장벽이라고도 할 수 있고, 풍화작용이라고도 할 수 있을 것이다. 세월이라는 물결의 혹은 바람결의 풍화작용에 의해서 삼십여 년 전 그때 본 소사 최남팔의 얼굴 모습은 지금의 최 처사에게서는 거의 찾아볼 수가 없을 만큼 변해 있었던 것이다. 거의 찾아볼 수 없는 게 아니다. 전혀 찾아볼 수 없다고 해도 과언이 아니다. 그저 어딘지 모르게 많이 본 듯한 느낌을 던져줄 뿐이었던 것이다.

그가 그와 같은 자기의 과거를 고백하듯 털어놓지 않았더라면 감쪽같이 모르고 지날 뻔하지 않았는가. 어처구니가 없을 따름이었다.

목덜미에 와서 휘감기는 바람결이 몹시 차가웠다. 임중하는 한기를 느끼며 온몸을 버르르 떨었다. 찬바람 탓만은 결코 아니었다. 어떤 전율 같은 것이 등줄기를 좍 긁듯이 흘러내렸던 것이다.

그리고 임중하의 머리에 문득 떠오르는 것이 있었다. 어머니가 한 말과 아내의 토정비결 이야기였다.

—산에 가면 좋지 않은 일이 생기니 조심하라. 마음에 병이 들지도 모른다.

—산에 오르면 나쁜 인연을 만나 고통의 문이 열리리라.

나쁜 인연이란 바로 이 최 처사라는 자, 즉 최남팔을 두고 한 말이 아니고 무엇인가. 고통의 문은 이미 열린 셈이고, 정말 마음에 병이 생길지도 모르지 않는가. 어쩌면 그렇게 신통하게도 들어맞는 것인지…….

임중하는 정말 놀라운 일이고, 겁나기까지 한 사실이라 생각하며 마당에 멀뚱히 서서 으스스한 기분에 휩싸여 있는데, 덜컥 방문이 열렸다.

"박사님, 추운데 밖에서 뭘 하십니까?"

최 처사가 방에서 밥상을 들고 나오며 말했다.

임중하는 온몸이 바짝 굳어드는 듯한 긴장을 느끼며, 들은 척도 안 하고 가만히 서 있기만 했다.

"어서 방으로 들어가시지요. 추운데 그렇게 서 계시면 감기 드십니다요."

그러면서 최 처사는 밥상을 들고 약간 아랫도리가 휘청거리는 듯한 시원찮은 걸음걸이로 부엌 쪽으로 간다.

임중하는 밥상을 든 도깨비 같은 최 처사의 모습을 어둠 속으로 매섭게 쏘아보다가 또 온몸을 버르르 떨었다. 무슨 끔찍한 물건이라도 본 듯 기분이 으스스해진 것이다.

임중하는 후다닥 방 안으로 들어갔다. 남폿불이 놀란 듯 나풀나풀 나부꼈다. 상은 들어냈으나 방바닥에는 양주병이 그대로 댕그라니 놓여 있었다. 술이 아직 절반가량 남아 있었다.

임중하는 륙색에다가 짐을 챙길까 했다. 도저히 최 처사, 아니 최남팔이란 자와 함께 한방에서 밤을 새울 수 있을 것 같지가 않았다.

쭈그리고 앉아 임중하는 우선 양주병을 륙색에 집어넣었다. 그리고 잠옷을 벗으려고 했다.

그러나 임중하는 여기가 서울이 아니라 강원도의 천행산 기슭이라는 생각이 들었다. 진눈깨비는 그쳤지만 이 밤중에 어디로 간단 말인가. 근처에 어디 여관이라도 있단 말인가. 도저히 될 말이 아니었다.

임중하는 아랫목에 아무렇게나 드러누워 버렸다. 도리 없이 하룻밤을 이곳에서 새우는 수밖에 없었다.

그렇게 드러누워 있는데 최 처사가 이부자리를 안고 들어왔다.

"헤헤헤…… 박사님, 잠이 오시는 모양이죠? 일어나세요. 이부자릴 하고 주무셔야지요."

"……."

"박사님, 어서 일어나세요. 이부자릴 가져왔다니까요."

마치 잠이 든 사람처럼 누워 있던 임중하는 말없이 눈을 뜨고 부스스 일어났다. 얼굴에서 표정이 사라져버린 사람 같았다.

최 처사가 요와 이불을 깔자 임중하는 그 속으로 푹 묻혀 들어가 버렸다.

"박사님, 그렇게 잠이 오십니까?"

"……."

"왜 아무 대답이 없으시지요? 무슨 기분 나쁜 일이라도 있으십니까?"

"……."

"헤헤헤……. 아까 제가 한 이야기가 기분 나빴던 모양이죠? 물론 기분이 좋을 턱이야 있겠어요. 사람을 죽인 이야긴데……. 그러나 삼십 년이 더 지난 과거의 이야기 아닙니까. 옛날 옛적 이야기하듯이 털어놓은 것인데……. 헤헤헤……."

임중하는 야, 이 죽일 놈의 새끼야! 내가 누군지 알아? 하고 냅다 고함을 지르며 벌떡 일어나고 싶은 충동을 느꼈다. 그러나 꾹 눌러 참고,

"음—."

무거운 신음 소리와 함께 돌아누웠다.

밤은 하염없이 깊어가고 있었다. 부엉부엉…… 어디선지 부엉이 우는 소리가 바람결에 흘러오기도 했고, 크쿵크쿵……. 간혹 늑댄지 뭔지 산짐승의 울음소리가 들려오기도 했다.

남포등 아래 웅크리고 앉아서 뻐끔뻐끔 곰방대를 빨며 곧장 혼자서 혀가 흐늘흐늘해진 소리로 중얼거려쌓던 최 처사도 이제 지친 듯 비실 쓰러져서 이불 한 자락을 덮고 잠이 들었다.

임중하는 가만히 일어나 무슨 징그러운 물건이라도 보듯 질 침을 흘리며 곯아떨어진 최 처사를 힐끗 쏘아보고는 남폿불을 껐다. 그리고 도로 자리에 누워 이불섶*('이불깃'을 말하는 것으로 보인다)을 코밑까지 바싹 당겨 올렸다.

임중하는 잠을 이룰 수가 없었다. 낮의 피로와 혼혼한 주기가 뒤범벅이 되어 잠이 달게 쏟아질 법했지만, 도무지 그게 아니었다. 뒤숭숭한 생각이 꼬리를 물고 일어나 머리를 어지럽히는 것이었다.

무엇보다도 어머니가 이 사실을 알면 어떻게 될까 하는 생각이 들었다. 아버지를 살해한 원수인 최남팔 그자가 죽지 않고 아직 살아서 이 산중의 절간에 묻혀 있다는 사실을 알면 어떤 태도로 나올 것인지……. 어쩌면 놀라서 기절을 할지도 모른다 싶었다.

어머니는 최남팔이 틀림없이 죽은 것으로 알고 있는 것이다. 어머니뿐 아니라, 임중하 자신도, 그리고 동생들도 모두 그렇게 생각해 왔던 것이다.

지리산의 공비들을 6·25가 나기 전에 모조리 토벌을 했었으니, 제깐놈이 무슨 재주로 살아남았겠는가. 설사 용케 목숨을 부지했다 하더라도 6·25 전란 속에 제놈이 총탄이나 포탄에 박살이 나지 않고 견뎠겠는가…… 이렇게 생각했었다.

"하늘이 무심치 않으니, 무심치 않고말고, 제깐놈이 살아 있다니, 어림도 없는 소리……."

어머니는 곧잘 이렇게 중얼거리기도 했었다.

그리고 세월과 함께 그자에 대한 원한도 차츰 희미해져서, 마침내 모두 그자를 잊어버리다시피 하고 말았던 것이다.

그런데 실은 그게 아니다. 그자가 멀쩡하게 살아서 이렇게 임중하 자기 앞에 나타난 것이 아닌가. 더구나 지금 한방에 한 이불을 덮고 누워서 자고 있는 것이다.

이런 사실을 어머니가 알면 기절을 하지 않고 배기겠는가 말이다.

아버지의 참혹한 죽음을 누구보다도 비통해한 것이 어머니였다. 총에 맞고 불에 탄 아버지의 끔찍한 시체를 찾아낸 날 아침, 어머니는 그만 그 자리에 까무러치고 말았었다.

아버지의 상여가 요령 소리도 구슬프게 묘지를 향해 떠날 때, 어머니는 살짝 실성한 사람처럼 땅을 치며 통곡을 했었다.

삼십여 년 전, 그렇게 비탄에 빠졌던 어머니의 모습이 지금도 눈에 보이는 듯해서 임중하는 견딜 수가 없었다.

아버지가 비명으로 간 그해 어머니는 갓 마흔이었다. 마흔이면 아직 여자로서 한창때라고 할 수 있다. 말하자면 어머니는 한창때에 과부가 되었던 것이다.

그때 임중하는 아직 스무 살이 못 되었었다. 그러니 갓 마흔에 과부가 된 어머니의 괴로움을 속속들이 알 턱이 만무했다. 그저 남편을 잃은 충격과 슬픔에 젖어 있는 것이려니 하고 막연히 생각할 따름이었다.

그런 충격과 슬픔은 임중하 자신도 뼈저리게 느끼고 있었고 여중 2학년이던 혜원이도, 국민학교 5학년짜리 명빈이, 3학년짜리 강현이도 다 마찬가지였을 것이다. 온 가족이 다함께 동일한 슬픔에 휩싸인 것으로 생각했었다.

임중하는 사십 고개를 넘어서서야 비로소 아하, 우리 어머니가 청춘과부와 다름없는 괴로운 세월을 보냈구나 하는 점을 깨닫게 되었던 것이다.

그리고 어머니가 그처럼 독실한 불교신도가 된 까닭을 알겠는 것이었다. 어머니는 여자라는 육체의 괴로움을 부처님에게 귀의하는 것으로써 참고 견디며 자식들을 위해 말하자면 수절을 한 것이다.

여자 나이 마흔이면 생각하기에 따라서는 얼마든지 개가를 할 수 있는 게 아니겠는가.

그런 점에 생각이 미친 뒤로는 임중하는 염주를 헤아리며 염불을 하거나, 독경을 하거나, 혹은 좌선을 하고 있는 어머니의 모습을 볼 때면 숙연한 생각에 절로 머리가 숙여지는 느낌이었다.

어머니는 여자로서의 괴로움뿐 아니라 네 자식을 뒷바라지하며 살아가는 생활에서 오는 고초도 무수히 겪어야 했다.

고향에 아버지가 남긴 재산이 논밭 합해서 이십여 두락 되기는 했지만 그것을 여자 혼자의 몸으로 운용해 나가자니 고생이 이만저만 아니었다.

농사란 아무리 남의 손을 빌어 짓는다 하더라도 남자로서도 힘겨운 일인데 말이다.

아무튼 어머니는 혼자 힘으로 세 아들과 딸 하나를 뒷바라지해서 다 잘 짝을 지어서 제각기 갈 길을 가도록 해주었던 것이다.

아버지가 그런 참변을 당하지 않았더라면 어머니의 고생이 훨씬 덜했을 것은 말할 것도 없고, 임중하 자신도 가정교사 노릇을 하지 않고, 좀 더 밝은 대학 생활을 할 수 있었을 게 틀림없는 것이다. 가정교사 노릇을 해서 지금의 아내와 인연이 된 것이 도리어 행운이었는지는 모르지만…….

이런 생각 저런 생각이 뒤숭숭하게 꼬리를 물고 일어나는 바람에 좀처럼 잠을 이룰 수 없던 임중하도 닭이 홰를 치며 우는 소리가 들리고부터는 눈두덩이 뿌드드 무거워지더니 마침내 스르르 눈이 감겼다.

얼마나 잤을까? 똑똑똑…… 방문을 노크하는 소리가 들렸다.

임중하는 가만히 눈을 뜨고 살짝 고개만 들고서,

"누구요?"

하고 물었다.

"나다. 문 좀 열어라."

문 밖에서 목소리가 들렸다.

"나라니, 누구요? 이 밤중에……."

임중하는 가만히 상반신을 일으켰다.

"나라니까, 내 목소리도 모르겠느냐?"

"……."

"어서 문을 열라니까."

방문 앞으로 한 걸음 더 다가서는 듯 창호지에 그림자가 어린다. 바깥은 달빛이 휘영청 밝은 모양이다.

임중하는 엉금엉금 기어가서 방문을 열었다. 방문을 연 임중하는 깜짝 놀라지 않을 수 없었다.

"아니, 아버지 아니십니까."

"그래, 나다."

아버지가 바로 방문 앞에 서 있는 것이 아닌가.

빡빡 깎은 머리에 턱에는 허연 수염이 너불너불했고 흰 두루마기를 입고 있었다. 달빛을 받아 얼굴이 창백하도록 희었다.

"아버지, 이 밤중에 웬일이십니까? 어서 들어오시지요."

"들어가다니, 내가 어딜 들어간단 말인가."

"왜요? 좀 누추하기는 하지만 따뜻해서 하룻밤 묵고 갈 만합니다. 추운데 어서 들어오시지요."

"중하야!"

"예?"

"너 그게 말이라고 하느냐? 지금 네 곁에 누워 있는 자가 누군지 아느냐?"

"……."

"아느냐? 모르느냐?"

"압니다."

임중하는 기어들어 가는 듯한 목소리로 대답한다.

“알면서 그자와 한방에서 잠을 잔단 말이냐? 한 이불을 덮고서…….”

“…….”

“웅? 이놈아, 그럴 수가 있느냐? 도대체 네가 사람이냐? 쓸개가 달린 사람이면 그렇게 못할 것이다. 아, 분하구나, 원통하구나.”

“아버지, 용서해 주세요. 저도 이자와 함께 자고 싶어서 자는 게 아닙니다. 도리가 없었던 것입니다. 이자가 아버지를 죽인 최남팔이라는 것을 알고 어처구니가 없고 치가 떨려서 류색을 짊어지고 뛰어나가려고 했었죠. 그러나 밤중에 이 산중에서 어디로 간단 말입니까. 잘못하면 얼어 죽거나, 짐승에게 물려 죽을지도 모릅니다. 그래서 하룻밤 같이 자는 수밖에 도리가 없었던 것입니다. 아버지, 용서하세요.”

“네 변명을 들으니 더욱 어이가 없고, 분노가 치솟는구나. 그래, 자기 아버지를 죽인 원수를 만났는데 복수를 할 생각은 않고 뭐 류색을 짊어지고 뛰어나가? 도망을 친다 그 말이지? 정말 한심하구나. 네가 그런 쓸개 빠진 놈인 줄은 미처 몰랐다. 그런 너를 믿고 삼십 년이 넘도록 네가 오기를 기다리고 있었던 내가 바보였구나. 정말 내가 바보천치였어.”

“아버지, 그게 아닙니다. 그게 아닙니다.”

임중하는 죄송스러워서 어찌할 바를 모르며 울먹이듯 말했다.

그러자 아버지는 창백하도록 하얀 얼굴이 더욱 새하얘지며,

“그게 아니고 그럼 뭐야?”

싸늘하게 쏘아보는 것이었다.

임중하는 뭐라고 대답이 얼른 나오지가 않아 우물거리며 오스스

몸을 떨었다.

"아— 슬프도다. 원통하도다."

아버지는 한숨을 내쉬듯 말했다. 그리고 얼른 돌아서서 걸어 나가는 것이었다.

"아버지! 아버지!"

임중하는 아버지를 붙들려고 냅다 맨발로 뛰어나갔다.

그러나 아버지는 어느새 저만큼 사립문 밖으로 사라져 가고 있었다. 마치 중력이 없는 물건이 스르르 미끄러져 가듯이…….

"아버지—."

임중하는 이마에 식은땀이 흐르고 있었다.

물론 꿈이었다.

임중하는 소변이 마려워서 부스스 일어나 앉아 이마에 내밴 식은땀을 닦았다. 그리고 밖으로 나갔다.

바깥은 달이 좋았다. 하늘은 구름 한 점 없이 활짝 걷혀 있었고, 그 얼음판 같은 하늘에 한쪽이 약간 이지러진 달이 얼어붙은 듯 박혀 있었다.

임중하는 썰렁한 한기에 오스스 몸을 떨며 울타리 가에 서서 아무렇게 철철철 오줌을 누었다. 오줌을 누면서 임중하는 방금 꿈속에서 아버지가 하던 말을 떠올려 보았다.

—그래, 자기 아버지를 죽인 원수를 만났는데, 복수를 할 생각은 않고 뭐 류색을 짊어지고 뛰어나가? 도망을 친다 그 말이지?

—그런 너를 믿고 삼십 년이 넘도록 네가 오기를 기다리고 있었던 내가 바보였구나. 정말 내가 바보천치였어.

'복수를 할 생각은 않고, 복수를 할 생각은 않고……. 복수를 할,

복수를 할……. 복수, 복수, 복수…….'

임중하는 속으로 중얼거리며 와들와들 떨려오는 것을 어쩌지 못했다.

'그런 너를 믿고, 그런 너를 믿고…… 삼십 년이 넘도록, 삼십 년이 넘도록…….'

임중하는 그만 악— 냅다 목이 터지도록 고함을 질러 버리고 싶은 충동을 느꼈다. 그러나 그는 부르르 온몸을 크게 떨었을 뿐 고함을 지르지는 않았다.

어디선지 멀리 또 부엉부엉…… 부엉이 우는 소리가 들려왔다.

임중하는 어쩐지 기분이 으스스해서 얼른 방 안으로 들어갔다.

최 처사는 푸— 푸— 입을 불면서 깊은 잠에 곯아 떨어져 있었다.

그런 최 처사의 모습이 방문에 어리는 달빛으로 어렴풋이 보이자, 임중하는 눈꺼풀에 가벼운 경련이 일어나는 것을 느끼며 가만히 그를 쏘아보았다. 그의 목줄기가 어쩐지 무슨 허점을 드러내놓고 있는 듯이 여겨지자, 임중하는 어떤 전율 같은 것을 느꼈다.

임중하의 머리에 살해의식이라 할까, 그런 끔찍한 생각이 떠오른 것이다.

허점처럼 드러나 있는 최 처사의 목줄기가 그런 의식을 불러일으킨 셈이다. 그러나 단순히 목줄기를 보고서 순간적으로 그런 생각을 하게 된 것이 아니라 바깥에서 소변을 보면서 아버지가 꿈에 한 말을 되새겨 보았을 때 이미 그런 생각이 머릿속에 은연중 깃들었다고 하는 편이 옳을 것이다.

—복수를 할 생각은 않고, 복수를, 복수를…….

복수란 결국 무엇인가. 원수를 죽이는 일인 것이다. 최 처사의 목줄기를 눌러 숨이 끊어지게 하는 일인 것이다.

임중하는 두 눈이 서서히 충혈이 되는 듯한 느낌이었다. 숨을 죽이고 임중하는 최 처사의 자고 있는 얼굴 곁으로 바싹 다가갔다.

푸— 푸— 입을 불면서 곯아떨어져 있는 것이 여간 깊게 잠든 게 아닌 듯했다. 두 손으로 불끈 목줄기를 눌러서 숨이 끊어지게 해버리기에 안성맞춤인 것 같았다. 술기운과 잠기운에 뒤범벅이 되어 목이 졸린 줄도 모르고 죽어갈 것만 같았다.

방문에 달빛이 어리고 있어서 방 안이 그다지 어둡지도 않고, 그렇다고 밝은 것도 아니어서 그런 끔찍한 일을 저지르기에 알맞은 듯했고, 또 사위가 고요하기만 한 깊은 밤중이어서 설사 목이 졸려 숨이 끊어지면서 신음 소리를 내질렀다 하더라도 아무도 들을 사람이 없어서 또한 십상이었다.

말하자면 사람을 죽이기에 모든 조건이 알맞게 잘 갖추어져 있는 셈이었다.

그런데 문제는 죽인 다음이었다. 살해한 사실이 드러나면 큰일인 것이다. 피살이 아니라, 어디까지나 자연사로서 끝나야 한다. 다시 말하면 완전범죄가 되어야 하는 것이다.

그게 가능할지 알 수가 없다. 아무도 모르게 감쪽같이 교살을 할 수는 있겠지만 날이 밝은 뒤 그것이 교살이 아니라, 심장마비나 뇌일혈 같은 급성질환에 의한 것으로 잘 처리가 되는지 의문이다.

임중하는 자기가 의사니까 어쩌면 아무 일 없이 잘 덮어질 것 같기도 했다. 그러나 목줄기에 손으로 짓누른 흔적이라도 남는다면 그렇게 일이 간단하지는 않을 게 아닌가. 교살을 하면 어떤 형태가 되는 것일까. 교살체를 한 번도 본 일이 없는 터이라 불안하기만 했다.

만일 경찰이 타살이 아닌가 하는 의심을 가지게 되면 꼼짝없이 자기가 그 피의자가 될 게 아닌가 말이다. 경찰에까지 알려지는 일 없이 매장이 되어 버린다면 문제는 간단하지만……. 고향이 어딘지 이름이 무엇인지도 확실치 않은 그런 하잘것없는 존재의 죽음에 대해서 꼬치꼬치 캐고들 사람도 없을 터이니…….

그런 생각을 하며 충혈된 눈으로 최 처사의 목줄기를 매섭게 노려보고 있던 임중하는 마침내 아드득 이를 물었다.

어쩐지 임중하는 완전범죄가 가능할 것 같은 그런 확신이 서는 것이었다. 그리고 절호의 기회라는 생각이 들기도 했다. 마치 나를 죽여주십쇼, 하는 듯이 목줄기를 온통 드러내놓고 깊은 잠에 곯아 떨어져 있는 것이 아닌가 말이다.

이 기회를 놓쳐서는 안 된다는 생각으로 임중하는 아드득 이를 물며 두 손에 불끈 힘을 주었다.

불끈 힘을 준 두 손아귀가 서서히 벌어지면서 목줄기를 향해 조금씩 다가가기 시작했다. 충혈된 두 눈이 그 뒤를 따르고 있었다.

그러나 어찌된 셈인지 임중하는 와들와들 떨리기 시작했다. 교살을 하려고 다가가던 두 손도 목줄기의 십 센티미터가량 위에서 달달 떨리기만 했다. 아찔한 현기증 같은 것이 눈앞을 지나가는 것이었다.

그때, 어디선지 꼬꾸댁꼭꼬—. 닭이 홰를 치며 우는 소리가 들렸다.

임중하는 흠칫 놀라며 얼른 달달달 떨고 있는 두 손을 거두었다. 이마에 식은땀이 버쩍 내배며 정신이 바짝 드는 듯했다.

임중하는 왈칵 무서운 생각이 온몸을 엄습해 오는 것을 어쩌지 못했다. 후닥닥 자기 잠자리로 가서 푹 얼굴까지 이불 속에 묻어버렸다. 옆으로 쓰러져서 새우처럼 오그라들며 곧장 거친 숨을 몰아쉬었다. 가슴이 걷잡을 수 없이 펄떡거리고 있었다.

자기가 실제로 사람의 목을 졸라 죽이려고 들다니……. 임중하는 생각만 해도 겁이 나고 어처구니가 없었다. 그것이 비록 아버지를 죽인 원수일지라도 말이다.

원수는 죽여도 된다는 법이 있는가. 아무리 원수지만 함부로 죽일 수 있는 것은 아니다. 법의 처단에 맡겨야 하는 것이다. 그런데 공소시효가 이미 훨씬 지났다. 법적으로 처벌할 길이 막힌 것이다.

그러면 어떻게 해야 하나. 법치사회에서 법으로 처벌할 수가 없게 됐다면 도리가 없다. 비법적으로 원수를 갚거나, 아니면 포기하는 수밖에.

죽어 없어진 줄만 알았던 원수가 버젓이 살아서 눈앞에 나타났는데, 쉽사리 포기할 수가 있을까. 복수를 단념할 수가 있는 것일까.

임중하는 아버지를 살해한 원수가 나타나면 복수를 하리라, 즉 내 손으로 죽여 없애리라…… 이런 생각을 지금까지 한 번도 해 본 적이 없었다. 그저 어디서 콱 꼬꾸라져서 뒈져버리라 하고 저주를 했을 따름이었고, 또 그렇게 됐으리라고만 생각했었다. 그리고 세월과 함께 서서히 잊어버렸던 것이다.

그런데 그 원수가 살아서 이렇게 눈앞에 불쑥 나타났으니, 복수를 생각하지 않을 수 있겠는가 말이다.

비록 짧은 순간이긴 했지만, 임중하가 실제로 사람을 죽이려고 마음먹어 보기는 난생처음이었다. 더구나 그자의 목줄기를 향해 두 손까지 가져가지 않았는가.

임중하는 새우처럼 오그라든 채 몸서리를 쳤다.

아침에 잠에서 깨어난 임중하는 골머리가 약간 땅했다. 간밤의 양주가 좀 과하기도 했지만, 그것보다도 정신적인 쇼크를 받았고 심한 번민을 했기 때문이었다.

최 처사는 일어나 앉아 있었다. 그런데 무슨 일인지 벽을 향해 돌아앉아 있는 것이 아닌가.

그 돌아앉은 뒷모습을 멀뚱히 바라보던 임중하는 비식 실소가 나오려는 것을 참았다. 별꼴이군 싶었다. 가만히 보니 벽을 향해 앉아서 좌선을 하고 있는 게 분명했다. 허리를 꼿꼿이 펴고 머리를 약간 앞으로 숙인 듯 만 듯 하고는 정물처럼 움직이질 않는 게 아닌가.

꼴값에 절간 밥을 먹고 있답시고 좌선이라니……. 임중하는 같잖고 역겨워서 견딜 수가 없었다.

이불을 박차고 벌떡 일어난 임중하는 륙색에서 세면도구를 꺼내어 치약을 꾹 짜서 칫솔에 듬뿍 묻혔다. 그리고 북북 양치질을 해대면서 공연히 화가 난 사람처럼 방문을 왈칵 열고 밖으로 나갔다.

날씨는 그야말로 쾌청이었다.

어제 내린 눈 위로 쏟아지는 아침 햇살은 눈이 부시도록 신선했고, 하늘엔 구름 한 점 묻어 있지 않았다. 바람도 없고, 산뜻한 아침이었다.

겨울 산을 오르기에 안성맞춤인 날씨였다.

그러나 눈에 덮인 천행산을 우러러보며 북북 양치질을 해대는 임중하는 기분이 날씨처럼 그렇게 상쾌하지가 못했다. 저놈의 최 처산가 뭔가 하는 옛날 최남팔을 만나지 않았다면, 그가 최남팔이라는 사실을 모르고만 지냈더라도 오늘 같은 날 얼마나 기분 좋게 산을 오르겠는가 말이다.

임중하는 기분이 구겨질 대로 구겨져서 이제 도무지 돌이킬 재간이 없었다.

이 집 며느리가 부엌에서 김이 무럭무럭 오르는 세숫물을 떠가지고 나왔다.

뜨끈한 물에 세수를 하고 나니 좀 머리가 개운해지는 것 같았으나, 본질적으로 기분이 달라질 턱은 만무했다.

서문 영감이 슬금슬금 다가오며,

"방이 춥지나 않으셨는지 모르겠어유."

하고 인사를 건넨다.

"예, 잘 잤습니다. 방이 뜨뜻해서 좋던데요."

임중하는 싱글 웃어 보인다.

그러나 그 웃음은 마지못한 인사치레다. 잘 자다니…… 잘 자기는 고사하고 그야말로 악야(惡夜)가 아니었던가.

세수를 마치고 얼굴을 닦으며 임중하가 방으로 들어가자, 그때까지 벽을 향해 꼿꼿이 앉아 있던 최 처사는 자세를 허물어뜨리며 돌아앉았다.

"간밤에 편안히 주무셨는지요? 잠자리나 불편하시지 않았는지 모르겠습니다. 박사님."

"……."

임중하는 들은 척도 안 하고, 수건으로 얼굴 구석구석을 필요 이상 곧장 닦기만 했다.

뭐, 편안히 주무셔? 잠자리가 불편하지 않았느냐고?

그저 어처구니가 없을 따름이었다.

곧 아침밥상이 들어왔다.

그러나 임중하는 도무지 그 밥상 앞에 앉고 싶은 생각이 없었다. 입 안도 약간 떨떠름한 듯했지만, 그것보다도 최 처사와 한 상에 마주 앉을 일이 싫은 것이었다.

하지만 도리가 없었다.

"박사님, 시장하실 텐데 어서 아침 드시지요."

최 처사의 말에 임중하는 말없이 무뚝뚝한 표정으로 밥상 앞에 앉았다. 그리고 마치 화라도 난 사람처럼 얼른 숟가락을 들어 조금 거칠게 푹 밥을 떠서 국그릇에 말았다.

그런 임중하의 눈치를 최 처사는 힐끗힐끗 보면서 조심스레 자기도 수저를 들었다.

어제 저녁과는 달리, 마주 앉아 식사를 하는 두 사람의 분위기가 여간 뻑뻑하고 어색한 것이 아니었다.

임중하는 국에 만 밥을 떠 올리기는 했으나 맛이 있는지 없는지도 잘 알 수가 없었다. 머리는 딴생각으로 긴장되어 있으면서 손과 입만 기계적으로 놀리고 있으니 그럴 수밖에 없었다.

최 처사 역시 비슷했다. 이 양반이 왜 이렇게 무뚝뚝한 표정으로 바뀌어 버렸는지…… 조심스럽고 등이 당기는 느낌이었다.

간밤에 자기가 실토한 이야기가 몹시 불쾌했던 모양이라고 생각하니 슬그머니 두렵기도 했다. 역시 그런 고백을 안 하는 것이 옳았는데…… 후회가 되기도 했다. 살인을 한 사실만은 영원히 비밀로 묻어두는 것인데 말이다.

처음으로 마셔본 그 양주의 독한 기운에 그만 머리가 어떻게 이상하게 돌아갔던 모양이다. 최 처사는 그 양주가 과했던 탓이기도 하지만, 좌우간 도무지 입맛이 없었다.

숟가락을 먼저 놓은 쪽은 임중하였다.

밥그릇의 밥을 겨우 삼분의 일가량 국에 말아 먹고 물러나 앉자, 최 처사는 재빨리 입을 열었다.

"좀 더 자시지요, 박사님."

힐끗 눈치를 보면서.

그러나 임중하는 들은 척도 안 하고 물러나 세면도구 같은 것을 주섬주섬 륙색에 챙겨 넣었다. 일어나 잠옷도 훌렁 벗었다.

최 처사는 입맛이 없기는 했으나, 밥그릇의 밥을 꾸역꾸역 기어이 다 바닥을 내고야 마는 것이었다.

파이프를 물고 마치 명상에 잠기듯 지그시 눈을 감고 아랫목 벽에 기대앉아 있던 임중하는,

"박사님, 이제 출발을 하시지요."

최 처사의 말에 눈을 떴다.

밥상을 한쪽으로 밀어놓고 숭늉으로 입가심을 하고 난 최 처사는 륙색을 자기가 짊어지려고 했다.

"이리 주오."

임중하는 매정할 정도로 무뚝뚝하게 내뱉었다.

"아닙니다, 박사님. 오늘은 제가 지고 가겠습니다."

"이리 달라니까!"

냅다 호통을 치듯 임중하는 왈칵 륙색을 빼앗다시피 해서 자기가 짊어지는 것이었다.

최 처사는 무안해서 어쩔 줄을 몰랐다.

죽음의 계곡

어제의 눈으로 온통 하얗게 뒤덮인 천행산은 아침 햇살을 받아 더욱 장엄하고 수려하게 번쩍거렸다. 눈이 부실 지경이었다.

임중하는 가슴이 툭 트이는 듯했다. 이놈의 최 처사가 최남팔만 아니라면 정말 얼마나 멋진 등산이 되겠는가 말이다.

륙색을 짊어지고 마치 화라도 난 사람처럼 서문 영감네 집을 나설 때는 임중하는 그만 서울로 돌아가 버릴까 하는 생각이 들었다. 기분이 나빠서 어떻게 이 원수 놈과 함께 산을 오르겠는가 싶었다.

그러나 천행산의 번쩍거리는 눈부신 모습을 보자 그런 생각은 금세 사라져 버렸다. 여기까지 와서 저렇게 멋진 산을 눈앞에 두고 도로 돌아가다니 될 말이 아니었다. 더구나 서수윤과의 약속도 있지 않는가.

돌아가 버린다고 해서 원수인 이놈의 최남팔이 어떻게 되는 것도 아닌 것이다. 돌아가도 괴롭고, 함께 산을 올라도 괴롭기는 마찬가지다. 이미 고통의 문은 열린 것이고, 마음에 병이 들기 시작한 것이다. 옹졸하게 굴 필요가 없다.

그렇게 마음을 먹으며 임중하는 단전에 힘을 넣어 심호흡을 했다. 그리고 앞서 가는 최 처사의 뒤를 따랐다.

어제 눈보라가 친 다음에 진눈깨비가 쏟아져서 그런지 길에 눈이 두껍게 쌓이지는 않았다. 녹았다 얼어붙은 그런 눈길이어서 꽤 미끄럽기는 했으나, 발목까지 푹푹 빠지는 그런 눈길보다는 나았다.

최 처사는 이런 겨울 길에도 익숙할 대로 익숙해서 양쪽 농구화를 새끼로 질끈질끈 동여매고 잘도 걸어간다. 등산으로 단련이 된 임중하가 못 따라갈 지경이다.

최 처사는 곧장 뒤를 돌아보며 걸음을 늦추곤 한다. 그러나 어느새 또 뒤따르는 임중하와 거리가 꽤 벌어져 버리곤 했다.

커다란 바위가 있는 곳에서 임중하는 륙색을 내려놓고 앉아 발을 닦았다. 그리고 허리에 찬 수통을 벗겨 물을 마셨다.

저만큼 서서 눈 위에다가 소변을 깔기고 난 최 처사가 다가와서,

"저도 물 한 모금만……."

하고 두 손을 내민다.

임중하는 말없이 수통을 건네주었다.

그것도 거절해 버리고 싶은 심정이었으나, 차마 그럴 수는 없는 노릇이었다.

임중하가 파이프를 꺼내자 최 처사도 비닐 쌈지를 꺼내어 곰방대를 입에 물었다.

담배를 피우고 나서 임중하가 자리에서 일어나자 최 처사는 재

빨리 륙색을 집어 들며,

"무거우실 텐데 제가 좀 지지요."

하고 조심스레 말했다.

"괜찮소. 이리 주오."

"제가 좀 진다니까요. 박사님."

그리고 최 처사는 얼른 륙색을 짊어져 버렸다.

임중하는 여전히 기분이 언짢은 표정이었으나 이번에는 굳이 호통을 치지는 않았다. 씁쓰레 입맛을 다실 뿐이었다.

눈에 뒤덮인 심산의 풍경은 아름다웠다. 먼 백설의 봉우리들은 선경을 바라보는 듯 일품이었고, 가까운 산등성이나 비탈의 설경도 마치 눈부신 동양화 같았다.

이따금 나뭇가지에 수북이 쌓인 눈이 우수수 쏟아지면서 산비둘긴지 뭔지 새가 날개를 치며 날아오르기도 했다.

임중하는 천행산의 아름다운 설경을 즐기며 한결 밝아진 기분으로 산을 오르고 있었다. 자연이란 언제 보아도 좋은 것이라는 생각이 새삼스럽게 드는 것이었다.

자연의 아름다움에 혹해서 사철 등산을 즐겨오는 터이지만, 임중하는 여름철의 등산보다 겨울 등산을 더 좋아했다. 여름 등산은 여름 등산대로 시원한 계곡의 물이나, 산정의 바람을 찾아가는 상쾌함이 있지만, 겨울 등산은, 특히 눈이 내린 뒤의 등산은 산뜻하고 깨끗한 기분이 그만인 것이다. 땀이 흘러도 여름철처럼 끈적끈적하지가 않고 오히려 상쾌해서 좋았다.

그리고 무엇보다 여름철에는 어딜 가나 사람들이 붐벼서 싫었다. 특히 서울 근교의 산은 사람들의 열기로 더 더운 듯했고, 더·시끄러운 듯했다.

그러나 겨울철에는 그게 아니어서, 호젓하고 고요한 산의 진미를 십분 맛볼 수가 있었다. 산의 거대한 적요라 할까, 침묵이라 할까, 그런 진면목을 온몸으로 감지할 수가 있어서 좋았다.

지금 임중하는 그런 산의 진면목을 만끽하면서 걸어 오르고 있는 것이다. 호젓하고 고요하기만 한 산의 거대한 침묵 속에 묻혀 있는 듯한 느낌이다. 이 천지에 오직 움직이고 있는 것이란 최 처사와 자기 자신뿐이라는 느낌인 것이다.

그런 생각이 들자, 임중하는 어떤 외경감 같은 것에 휩싸이기도 했다.

말없이 그렇게 한 걸음 한 걸음 눈길을 오르고 있는데, 인기척에 놀란 듯 눈 비탈을 냅다 굴러가는 조그마한 짐승이 눈에 띄었다.

"야, 저게 뭐야?"

임중하는 깜짝 놀라듯 감탄의 소리가 절로 흘러나온다.

"산토끼 아닙니까, 헤헤헤……."

최 처사가 뒤를 돌아보며 웃는다.

임중하는 금세 표정이 또 무뚝뚝해진다. 누가 자기한테 말을 걸었는가 말이다. 그저 혼자 깜짝 놀라 그렇게 내뱉었을 뿐인데…….

그러나 최 처사는 남의 속도 모르고 곧장 지껄여댄다.

"산토끼뿐 아니라 너구리도 있고 여우도 있어요. 때로는 멧돼지가 나타나기도 하고, 늑대가 나타나기도 하지요."

"……."

"우리나라에는 인제 호랑이는 씨가 말랐나 봐요. 이 산중에 들어온 지 이십 년이 훨씬 넘었는데, 한 번도 호랑이는 본 적이 없어요."

임중하는 어쩐지 귀가 번쩍하는 느낌이었다. 호랑이가 있고 없고 그런 얘기에 대해서가 아니라, 이 산중에 들어온 지 이십 년이 훨씬 넘었는데…… 하는 그 말에 대해서였다. 그 말이 그냥 예사로 들어 넘겨지지가 않았다.

이 산중에 들어온 지 이십 년이 훨씬 넘었는데……. 그렇다면 그 전에는 어디서 무엇을 했던 것일까. 임중하는 그 점이 궁금했다.

그가 아버지를 살해한 지는 어느덧 삼십 년이 넘지 않았는가. 그런데 이 산중의 절간에 묻힌 지는 이십 년이 넘었을 뿐이라니, 그럼 그 사이 적어도 팔구 년, 혹은 칠팔 년의 간격이 있지 않는가 말이다.

임중하는 조금 망설이다가 무뚝뚝한 목소리로,

"이 산중으로 들어오기 전에 어디서 뭘 했소?"

내뱉듯이 물었다.

최 처사는 얼굴에 활짝 밝은 표정을 떠올리며 뒤를 돌아본다. 간밤에 자기의 고백담을 들은 뒤로 지금까지 도무지 자기를 상대하지 않으려는 듯 입을 열 줄 모르던 사람이 무뚝뚝한 어조이긴 했지만 말을 걸었으니 기쁠 수밖에 없었다.

그러나 최 처사는 약간 두려운 듯 조심스럽게 입을 연다.

"죄를 받느라 온갖 고생을 다 했습죠."

"……."

"박사님, 어젯밤에 제가 털어놓은 이야기 몹시 불쾌하셨지요?"

"……."

"공비가 되어 고향 학교의 새로 지은 교실을 태우고 교장 선생을 죽이고 했으니……. 누가 들어도 기분 좋을 턱이 없죠. 죽일 놈이라고 욕을 해도 할 말이 없습니다. 무슨 할 말이 있겠습니까. 그러나 저는 어젯밤에 그 이야길 박사님께 털어놓고 나니 마치 죄에서 벗어난 것처럼 기분이 홀가분했습니다. 지금까지 아무에게도 말하지 않고 깊이깊이 숨겨온 비밀을 쏟아놓았으니 기분이 홀가분해질 수밖에요. 그렇다고 죄가 씻어지는 것은 물론 아니겠지요.”

“…….”

“그런데 참 이상한 일입니다. 지금까지는 아무에게도 제 비밀을 이야기하고 싶은 생각이 들질 않았는데 이상하게도 박사님에게만은 그런 비밀을 털어놓아도 괜찮을 것 같은 생각이 들더란 말입니다. 안심이 되더라니까요. 이상한 일이지요.”

임중하는 픽 코웃음이 나오려 했다. 같잖다는 생각이 드는 것이었다. 군소리 말고, 묻는 말에나 대답하라는 듯이,

“이 산중에 들어오기 전엔 어디서 뭘 했는가 말이오?”

불쑥 내뱉었다.

“아, 예, 그 얘길 하지요.”

최 처사는 잠시 생각을 가다듬는 듯하더니, 담담한 어조로 마치 아득한 지난날의 회상에 잠기듯 입을 열었다.

“그런 엄청난 잘못을 저지르고는 그날 밤 저는 동료 공비들과 함께 큰 산을 하나 넘었지요. 함박눈이 쏟아지는 속을 말입니다. 그리고 이튿날은 종일 산줄기를 타고 멀리멀리 도망을 쳤어요. 어쩐지 고향의 전투경찰들이 자꾸 뒤를 쫓아오는 것만 같아 불안해서 견딜 수가 없었어요.”

임중하는 기분이 다시 우울해지는 것을 어쩌지 못했다. 공연히 최 처사에게 이야길 시켰다 싶으며 후회를 했으나 도리가 없었다.

괴로워도 들어보는 수밖에 없었다.

"고향 사람들이 저를 욕할 것을 생각하니 정말 괴롭던데요. 새로 지은 모교의 교실을 불태우고, 게다가 교장 선생까지 살해해 버렸으니, 고향 사람들이 저를 뭐로 알겠어요. 짐승보다도 버러지보다도 못한 놈이라고 욕하지 않았겠어요. 천벌을 받아 마땅한 놈이라고 말입니다."

"……."

"제 목을 자른 데 대한 복수로, 고향을 찾아가 새로 지은 학교 교실을 불태워 버리면 속이 시원할 것 같았는데, 그게 아니던데요. 당장 그날 밤은 통쾌한 것 같았어요. 그러나 교장 선생까지 살해해서 그런지, 생각할수록 후회가 되고 괴로웠어요. 말하자면 깨끗이 복수를 한 셈인데, 기분이 안 좋더란 말입니다. 복수를 한다는 것은 기분 좋은 일이 아니라, 오히려 괴로워진다는 것을 알았어요."

임중하는 야, 이것 봐라, 싶었다. 복수를 한다는 것은 기분 좋은 일이 아니라, 오히려 괴로워진다…… 꼴값에 제법이라는 생각이 들기도 했다. 그러나 임중하는 그런 말을 하는 최 처사가 조금도 달갑게 여겨지지가 않고 여전히 으스스하고 저주스럽기만 했다.

최 처사는 힐끗 한 번 뒤를 돌아보고는 다시 말을 잇는다.

"제가 공비가 되어 나타나서 그런 만행을 저지른 줄을 고향 사람들이 몰랐으면 하고 바라기도 했죠. 그러나 모를 턱이 있겠어요. 교장 선생 사모님도 저를 알아보았고, 그 아들딸들도 알아본 것 같았는데……."

"……."

"그래서 저는 영영 고향과는 하직을 하기로 결심을 했죠. 고향도

없고, 어머님도 형님도 일가친척도 아무도 없는, 하늘 아래 나 하나
뿐인 신세가 됐다고 생각하니 눈물이 쑥 빠질 것 같았어요. 그러나
이를 악물었지요. 살기 위해서는 그러는 수밖에 없다고 말입니다.
그리고 지리산 둘레를 벗어났어요. 지리산 근처에 있다가는 토벌
대에게 붙잡히거나 사살될 수밖에 없었으니까요.”

최 처사는 짊어진 륙색을 한 번 추스르고는 후유― 큰 숨을 내쉬
었다. 피로해서라기보다도 일종의 한숨인 셈이었다.

“방향도 정처도 없이 산을 타고 가다가 몇 달 후에 어느 화전민
부락에 발을 들여놓았어요. 물론 혼자였죠. 동료 공비들과는 벌써
지리산 근처에서 헤어졌으니까요. 그들 몰래 살짝 내가 도망친 것
이죠. 그 화전민 부락이 알고 보니 강원도 땅이었어요. 인제 됐구
나 싶어 그곳에 눌러앉았죠. 그곳이 어디였는지 지금도 잘 알 수
가 없어요. 좌우간 저는 공비 신세를 면하고 화전민 신세가 되었어
요. 그러나 그것도 오래 가질 못했어요. 6·25가 일어난 것입니다.
6·25 바람에 또 총을 드는 신세가 되고 말았던 것이죠.”

“아― 좀 쉴까.”

임중하가 멈추어 서자 앞서 가던 최 처사도 걸음을 멈추었다.

길가에 굴러 있는 돌을 깔고 앉아 임중하는 수통의 물을 한 모금
마셨다. 그리고 파이프를 꺼내 물었다.

최 처사도 륙색을 내려놓고 자리를 잡고 앉아 이야기를 계속했다.

“재수 없게 이번에는 또 의용군에 끌려 나가게 됐지 뭡니까. 화전
민 신세이긴 했지만 그 지긋지긋한 총을 버리고 살게 된 것이 여간
다행이 아니었는데, 또 총을 들게 됐으니 참 기가 찰 노릇이죠. 부
락에 가만히 들이박혀 산비탈이나 일구고, 약초나 캐고 있었더라

116

면 괜찮았을 텐데, 공연히 세상이 바뀌었다는 소문에 무엇이 어떻게 됐는가 싶어 슬금슬금 기어나가 본 게 잘못이었어요. 덜컥 의용군으로 붙잡힐 줄이야 누가 알았겠어요.”

“…….”

임중하는 먼 산봉우리를 바라보며 말없이 담배 연기를 내뿜기만 했다.

“낙동강전투에 끌려 나갔지요. 하마터면 죽을 뻔했어요. 그 얘길 다 하지면 끝이 없어요. 좌우간 용케 죽지 않고 살아서 도망을 치다가 결국 포로가 되고 말았습니다. 거제도 포로수용소에 끌려갔죠. 그곳에서 삼 년인가 썩다가 포로교환 때 반공포로로 석방이 되었어요. 고향이 이남이라 그런지 북쪽으로 가고 싶은 생각은 조금도 나지가 않던데요. 고향이고 뭐고 이미 저에게는 아무 소용이 없는 것이었지만…….”

최 처사는 쓸쓸히 웃었다. 그리고 후유— 숨을 크게 한 번 내뱉고는 말을 이었다.

“반공포로로 석방이 되자, 그 길로 바로 국군에 입대를 했죠. 사 년인가 오 년 군대생활을 마치고 나온 저는 잠시 서울에 발을 붙였어요. 영등포 쪽 시장에서 리어카를 끌었어요. 그런데 하루는 고향 사람은 만났지 뭡니까. 한 마을 사람은 아니었지만, 그는 대뜸 나를 알아보고, 아니 자네 최남팔이 아닌가, 하고 눈이 휘둥그레지지 않겠어요. 그리고는 뭐라고 한마디도 말을 못 하던데요. 몹시 당황하고, 겁에 질린 그런 얼굴이었어요.”

“…….”

“그 사람보다도 오히려 제가 더 놀랍고 두려웠어요. 마치 제 정체가 탄로 난 것처럼 어쩔 줄을 몰랐죠. 정말 온몸에 식은땀이 버쩍 나던데요. 고향 사람을 만났는데 반갑지가 않고 그렇게 겁이 나다니, 기가 찰 노릇이죠. 그런 일이 있은 뒤론 도무지 불안해서 리어카를 끌 수가 없었어요. 언제 어디서 아는 사람이 불쑥 나타날지……."

"……."

"제가 살아 있다는 것이 고향에 알려졌으니, 어쩌면 경찰이 잡으러 올지도 모르고, 또 그 교장 선생 가족들이 알고서 복수를 하러 찾아올 것 같기도 하고……. 도무지 불안해서 나다니며 일을 할 수가 없었어요. 사람이 두렵기만 하더라니까요. 교장 선생 가족들은 우리 고향이 객지였으니까, 벌써 그곳을 떠나 자기네 고향이나 어디로 갔겠지만, 그래도 마음이 놓이지가 않았어요. 발 없는 말이 천리를 간다고, 그런 소문은 용케도 잘 퍼져나간단 말입니다."

임중하는 괴로워서 더 듣고 있을 수가 없어 벌떡 자리에서 일어나며,

"륙색 이리 주오."

하였다.

"아닙니다. 제가 지겠어요."

"이리 달라니까. 교댈 하잔 말이요."

임중하의 목소리가 무뚝뚝해서 최 처사는 하는 수 없이 륙색을 건네주고 앞장을 섰다.

몇 걸음 가다가 최 처사는 다시 입을 열었다.

"서울에서 살다가는 언젠가는 꼬리가 밟히고 말 것 같았어요. 그래서 서울을 하직하고 다시 강원도로 왔지요. 전의 그 화전민 부락

을 찾아가려 했으나, 그게 어디쯤이었는지 알 수가 있어야지요. 헤
헤헤……."

최 처사는 자기가 생각해도 바보같이 멋쩍게 웃었다.

"아무 데나 깊숙이 묻혀 버려야겠다고 생각한 저는 천행산에 상
운사라는 절이 있다는 얘길 듣고 이곳을 찾아오게 됐습니다. 구름
위에 있는 절이라는 말에 귀가 솔깃했지요. 어쩐지 제가 숨어서 살
기에 꼭 알맞은 그런 절이라는 생각이 들더라니까요."

"……."

"그래서 찾아든 것이 어느덧 이십 년이 훨씬 넘었지만 그때가 서
른 살 무렵이었는데 어느새 쉰이 훨씬 넘었지 뭡니까. 세월이란 참
빠르고 허망한 것이죠. 십 년이면 강산도 변한다는데 이십 년이 지
났으니 강산이 변해도 두 번이나 변한 셈이죠. 제가 고향을 떠난
지는 삼십 년이 넘었으니 강산이 세 번 변한 셈입니다."

"……."

"박사님."

최 처사가 뒤를 돌아보았다. 임중하는 입을 꾹 다문 채, 왜 그러
느냐는 표정을 지었다.

"강산이 세 번이나 변했는데도 그 교장 선생의 가족들은 아직도
저에 대한 원한을 그대로 품고 있을까요?"

"……."

"예? 박사님, 어떻게 생각하세요? 박사님 같으면 어떻겠어요? 삼
십 년이 지났는데도 여전히 이가 갈릴까요? 복수를 생각하고 있을
까요?"

임중하는 약간 어이가 없었다. 바로 그 가족의 한 사람과 함께

걸어가고 있으면서 그런 줄을 꿈에도 모르고 그런 질문을 하다니…… 어이가 없으면서 왠지 불끈 화가 나기도 했다. 야, 이놈아! 내가 누군 줄 알아? 내가 바로 그 교장 선생 아들이야. 큰아들, 알겠어? 하고 냅다 고함을 지르고 싶은 충동을 느꼈다.

그러나 임중하는,

"이가 갈릴 뿐이겠소. 잡아 죽이고 싶을 거요."

이렇게 내뱉었다.

그러자 최 처사는 얼굴이 확 붉어지며,

"그럴까요? 나무아미타불—."

하는 것이었다.

최 처사의 입에서 무의식중에 염불 소리가 흘러나오자 임중하는 야, 이것 봐라, 싶었다. 기분이 약간 이상했다. 아침에 벽을 향해 앉아서 좌선을 하고 있던 일이 생각났다.

서당개 삼 년에 풍월한다더니 절간에 묻혀 산답시고 제깐놈이 좌선을 다 하고, 염불을 입에 담다니…… 임중하는 같잖다는 생각이 들었다.

그러면서도 한편 어쩌면 자기가 지은 죄를 용서받기 위해서 부처님에게 늘 예배를 하고, 좌선을 하고, 염불을 외는 것이 아닌가 싶기도 해서 심정이 착잡했다.

어떻게 생각하면 불쌍한 인생이 아닐 수 없었다. 어쩌다가 그런 몹쓸 죄를 저지르고서 평생을 불안에 떨며 숨어 살아야 하다니…….

만일 그가 임중하 자신의 아버지를 죽인 원수가 아니고, 다른 사람을 그렇게 살해한 것이라면 어쩌면 연민의 눈으로 보아줄 수 있을 것도 같았다.

물론 사람을 죽인 그 행위 자체는 어떤 경우에도 용서할 수 없는 일이지만, 그 죄를 뉘우치며 삼십 년이 넘도록 고향의 어머니와 형제를 버리고, 숨어서 괴로운 세월을 보냈다면 어지간히 죄닦음*('속죄'의 전남 방언)을 한 셈이 아닌가 생각되었다.

그렇다고 동정을 할 것까지는 없지만 좌우간 증오와 저주의 눈으로 바라볼 필요는 없을 것이었다.

그러나 다른 사람도 아닌 바로 아버지를 죽인 원수가 아닌가. 연민의 눈으로 바라보다니 될 말이 아니었다. 설사 그런 너그러운 심정이 되려고 해도 되어질 턱이 만무했다.

임중하는 약간 착잡한 심정으로 뚜벅뚜벅 걸음을 옮기고 있었다. 다리가 꽤나 뻐근했다.

봉우리가 제법 가까워진 듯이 느껴지지만 아직 멀었다. 절반가량이나 왔을까 싶었다.

"그렇겠지요. 아직도 원한이 풀리지는 않았을 겁니다. 풀릴 턱이 있겠어요."

최 처사는 마치 혼자 중얼거리듯이 다시 입을 열었다.

"제가 이렇게 살아서 이 산중의 절간에 숨어 있다는 것을 알면 지금이라도 복수를 하려고 찾아올지도 모르지요. 아마 그럴 겁니다. 특히 그 교장 선생님의 큰아들은 지금도 이를 갈고 있을 것 같아요."

그 말에 임중하는 그만 자기도 모르게,

"뭐요?"

하고 반문을 했다.

교장 선생의 큰아들이라면 누군가. 바로 임중하 자기 자신이 아닌가. 마치 한 대 얻어맞은 것 같은 느낌이었다.

"그 교장 선생의 큰아들이 지금도 제일 원한을 품고 있을 것 같단 말입니다. 왜 그런 생각이 드느냐 하면……그 큰아들이 그때 중학곤가 고등학교에 다니는 학생이었는데, 제가 교장 선생에게 총을 쏘았을 때 그 큰아들이 가까이 있다가 냅다 달려들려고 하질 않겠어요. 그래서 그 큰아들을 향해서도 총을 쏘았는데, 용케 맞질 않았어요. 어둠 속으로 도망치는데 보니 틀림없이 큰아들이었어요. 하마터면 그 큰아들까지 죽일 뻔했지요."

그 교장의 큰아들이 바로 지금 자기와 함께 걷고 있는 사람인 줄을 꿈에도 모르고 곧장 지껄여대는 게 어이가 없기만 했다. 임중하는 기가차서 픽 웃으려고 했으나, 웃음이 나와지지도 않았다.

"자기 아버지가 총에 맞아 죽는 장면을 직접 목격했으니, 다른 가족들보다 훨씬 더 충격이 컸을 것 아닙니까. 그 큰아들이 언젠가는 나타나서 복수를 할 것만 같은 생각이 자꾸 들어 한때 저는 밤으로 도무지 잠을 이루지 못하기도 했지요."

최 처사는 곧장 지껄이고 있었다.

임중하는 불쑥 물었다.

"당신 그 교장 선생의 큰아들을 지금 보면 알겠소?"

"글쎄요. 하도 오래 되어서……. 알아볼 수 있을지 어떨지 모르겠습니다."

"못 알아볼 거요. 삼십 년이 지났으니……."

"글쎄요. 도무지 어떤 얼굴이었는지 머리에 떠올려보려고 해도 떠오르지가 않아요. 그저 까만 학생복을 입고 있었고, 얼굴이 흰 편이었다는 것밖에……."

"그러나 그 큰아들이라는 사람은 틀림없이 당신을 알아볼 거요. 원한이 뼈에 사무쳤을 터이니 말이오."

"그럴까요? 삼십 년이라는 세월이 지났는데도요."

"그렇고말고요. 세월이 무슨 상관이 있어요. 자기 아버지를 죽인 원순데……."

"……."

"당신을 알아보고 기어이 복수를 하고야 말 거요. 알겠소?"

"관세음보살—."

최 처사의 목소리는 약간 떨리고 있었다.

임중하는 마치 고양이가 쥐를 가지고 노는 듯한 짓궂은 심정이었다.

"그 큰아들이라는 사람을 만나보고 싶은 생각이 없소?"

"만나보다니요. 그 큰아들이 어디 있는데요?"

마치 그 큰아들이 있는 곳을 아는 듯한 말투여서 최 처사는 약간 휘둥그레진 눈으로 임중하를 돌아보았다.

임중하는 시치미를 뚝 떼고 말했다.

"글쎄 만나보고 싶은 생각이 있느냐 말이오."

"……."

"왜 대답이 없소? 복수를 당할까 봐 두렵소?"

"예. 두려워요. 그러나 한편 만나서 죽을죄를 지었다고 용서를 빌어보고 싶기도 해요."

"그러면 용서해 줄 것 같소?"

"글쎄요. 용서해 주지야 않겠지만 복수는 안 할지도 모르지요.

어쩌면 삼십 년이 지났으니 심정이 담담해졌을지도 몰라요."

담담해진 것 좋아하네, 하고 내뱉고 싶었으나, 임중하는 꿀컥 삼켰다. 흥! 절로 콧방귀가 나왔다.

잠시 말없이 걸어가던 최 처사가,

"그 큰아들도 어느덧 쉰쯤 됐을 텐데……. 어디서 사는지……."

하고 중얼거렸다. 마치 그 큰아들이 보고 싶기라도 한 것처럼.

임중하는 그만 어이가 없어,

"허허허……."

웃음이 터져 나오는 것을 어쩌지 못했다. 약간 모자라는 사람이 아닌가 싶기도 했다.

커다란 산굽이를 하나 돌아가니 별안간 썰렁한 한기가 휘몰아오는 듯했다. 계곡이 나타난 것이다.

처음에는 그다지 깊지가 않았으나 올라갈수록 차츰 절벽이 깎아지른 듯 험해지며 점점 깊이를 더해 가는 것이었다.

그 깊은 계곡이 온통 얼음과 눈으로 뒤덮여 껑껑 굳어져 있었다. 그러니 그 그늘진 깊숙한 계곡에 담긴 공기가 유달리 썰렁할 수밖에.

절벽 위의 길도 갈수록 점점 좁아지는 듯 아슬아슬하기만 했다.

"야―."

임중하는 절로 감탄사가 흘러나왔다. 등골을 으스스한 쾌감 같은 것이 좍 긁고 내려가는 듯 오스스 떨리기도 했다.

"조심하시지요. 박사님."

최 처사는 걱정이 되는 듯 곧장 뒤를 돌아본다.

자칫 잘못 쭉 미끄러져서 낭떠러지로 떨어지기라도 하는 날이면

만사가 끝인 것이다.

임중하는 가벼운 현기증 같은 것이 느껴지기는 했으나, 역시 산행에는 이런 아슬아슬한 맛이 있어야 되는 법이라고 생각하며 한 걸음 한 걸음 조심스럽게 그러면서도 힘차게 내딛었다.

잠시 뒤 임중하의 귀에 중얼중얼 염불 외는 소리가 들렸다. 앞서 가는 최 처사였다.

"나무아미타불 관세음보살 나무아미타불 관세음보살……."

최 처사의 입에서 곧장 염불 소리가 나직하게 흘러나오는 것이 아닌가.

그 염불 소리를 듣자, 웬일인지 임중하는 불쑥 반감 같은 것이 솟았다. 이 계곡 위의 길을 지날 때마다 아마 저자는 저렇게 늘 염불을 외는 것이려니 생각하니 왈칵 또 증오심이 머리를 쳐드는 것이었다.

사람을 죽인 놈이 자기 목숨은 아까운 줄 알아서 저렇게 염불을 외어대는 것이 아니고 무엇이겠는가. 혹시나 발이 미끄러져서 계곡에 떨어져 죽을까 두려워서 말이다.

옛날엔 죄 지은 사람은 이 계곡 위의 길을 지나면 저절로 발이 미끄러져 죽음의 나락으로 떨어졌다지 않는가. 그런 생각이 은연중 다가오기 때문에 두려워서 저렇게 중얼중얼 염불을 외어대는 게 틀림없는 것이다.

말하자면 나무아미타불 관세음보살이라는 말은 곧 살려주십쇼, 살려주십쇼라는 말과 다름이 없는 것이다.

그런 생각이 들자 임중하는 그만 그를 왈칵 떠밀어 버리고 싶은 충동을 느꼈다.

왈칵 떠밀어 버리면 깨끗이 끝장을 낼 수 있는 것이 아닌가. 참으로 간단한 일이었다. 이처럼 손쉽고 간단하게 복수를 할 수 있는 기회가 달리 또 있겠는가 말이다.

임중하는 가벼운 전율이 좌르르 온몸에 전류처럼 흐르는 것을 느꼈다. 보복의 의식이라 할까 살해망상이라 할까, 그런 으스스한 생각이 다시 불끈 고개를 쳐든 것이다.

최 처사와 임중하 자기와의 거리는 지금 불과 서너 걸음에 지나지 않는다. 서너 걸음 앞을 최 처사는 중얼중얼 염불을 외며 걸어가고 있는 것이다.

말하자면 최 처사는 전혀 무방비 상태인 것이다. 뒤에서 어떤 공격이 있으리라고는 꿈에도 생각하지 못하고 있다. 그저 지은 죄 때문에 혹시나 발이 미끄러지지 않을까 두려워서 조심조심 걸음을 옮기며 염불을 외고 있을 따름이다.

그러니까 에잇! 하고 냅다 소리라도 지르며 두어 걸음 잽싸게 앞으로 내달아 두 손으로 등을 왈칵 떠밀기만 하면 그만이다. 아마 뒤를 돌아볼 겨를도 없이 으악— 비명을 지르며 보기 좋게 계곡 밑바닥을 향해 곤두박이칠 게 아닌가.

생각만 해도 통쾌한 보복이 아닐 수 없다.

그러나 그가 왜 그렇게 떠밀려 죽는지도 모르고 끝장이 난다는 것은 어딘지 미진한 데가 있다. 분명히 자기가 죽는 까닭을 알아야 하는 것이다.

그러기 위해서는 잽싸게 앞으로 다가갈 때,

"이놈아, 내가 누군 줄 아느냐? 내가 바로 그 교장 선생 큰아들이다!"

하고 냅다 고함을 질러야 할 것이다.

그러면 그는 그야말로 두 눈이 온통 경악과 공포의 빛으로 뒤집히며 순간적이나마 악은 용서받지 못한다는 것을 깨달아 절망할 게 아닌가. 그리고 참혹한 심정으로 비명을 지르며 죽어갈 게 아닌가.

으악— 그가 추락하면서 내지르는 처참한 비명 소리가 곧 귀에 들리는 듯해서 임중하는 가볍게 몸을 떨었다.

지난밤의 경우와는 달리 이번에는 아주 일이 깨끗하게 끝날 것만 같았다. 그야말로 멋지게 완전범죄가 성립되는 것이다. 누가 임중하 자신을 의심하겠는가 말이다.

최 처사가 계곡에 떨어져 죽은 다음, 혼자서 허겁지겁 상운사를 찾아가는 것이다. 그리고 친구인 일륜 주지에게 최 처사가 같이 오다가 계곡에 미끄러져 추락했다고 말하면 그만인 것이다. 임중하 자기가 최 처사를 떠밀어서 죽게 했을 줄이야 누가 꿈엔들 생각하겠는가.

최 처사와 임중하 자신과의 관계, 즉 최 처사가 옛날에 임중하 자신의 아버지를 살해한 원수라는 사실을 아는 사람은 임중하 자신밖에 아무도 없는 것이다.

그러니까 통쾌하게 원수를 갚고, 감쪽같이 싹 씻어 버릴 수가 있는 것이다. 원수를 갚은 그 사실까지 영원한 비밀로 묻어 버리는 것이다.

얼마나 깨끗한 복수인가.

혹시 최 처사가 계곡으로 미끄러지면서 으악— 하고 내지른 비명 소리가 메아리를 이루어서 상운사 사람들의 귀에까지 들릴는지도 모른다. 그러나 설사 들렸다 하더라도 그 비명 소리가 누구에게 떠밀려서 내지른 것인지, 스스로 미끄러져 떨어지면서 내지른 것인지, 어떻게 분간이 되겠는가 말이다.

걱정할 건더기가 못 되는 것이다.

앞서가는 최 처사는 여전히 중얼중얼 염불을 외고 있다.

그의 약간 앞으로 구부린 듯한 등이 마치 널따란 허점처럼, 혹은 과녁처럼 느껴지자 임중하는 절로 꿀컥 침이 한 덩어리 넘어간다. 그리고 손이 떨려 온다.

어쩔 것인가. 결행할 것인가, 말 것인가……. 조마조마하기만 하다.

그때 문득 임중하의 귀에 울려오는 소리가 있었다.

—아, 슬프도다. 원통하도다.

—그래, 자기 아버지를 죽인 원수를 만났는데, 복수를 할 생각은 않고 뭐 륙색을 짊어지고 뛰어나가? 도망을 친다 그 말이지?

—그런 너를 믿고 삼십 년이 넘도록 네가 오기를 기다리고 있었던 내가 바보였구나. 정말 바보천치였어.

지난밤의 꿈에 아버지가 하던 말이었다. 그 소리가 온통 머릿속을 뒤흔드는 듯했다.

마침내 임중하는 뿌드득 이를 악물었다. 그리고 아랫배에 불끈 힘을 주며 매섭게 최 처사의 등을 노려보았다.

두어 걸음 냅다 앞으로 내딛으면 되는 것이다. 왈칵 두 손으로 등을 떠밀어 버리면 끝나는 것이다. 지난밤의 경우와는 달리 아주 간단하다. 뒷일도 아무 걱정이 없다. 모든 일이 깨끗하게 묻혀 버리는 것이다.

그러나 임중하는 어찌된 셈인지 도무지 생각과는 달리 몸이 말을 들어주질 않았다. 냅다 앞으로 내달아라. 왈칵 떠밀어라. 어서, 어서……. 머리에서는 곧장 재촉이었으나, 그럴수록 몸은 긴장이 되어 와들와들 떨리기만 했다.

그렇게 망설이고 있는데, 마치 그런 기미를 알아차리기라도 한 것처럼 최 처사가 힐끗 뒤를 돌아보는 것이 아닌가.

임중하는 속으로 흠칠 놀라지 않을 수 없었다. 자기의 의도가 노출이 되어 버린 듯한 느낌이었다.

그러나 최 처사는,

"미끄럽습니다. 박사님. 조심하시지요."

이렇게 말하는 것이었다.

임중하는 약간 어이가 없으면서 김이 팍 새 버리는 듯했다. 맥이 풀리듯 스르르 긴장감이 풀리는 것을 어쩌지 못했다.

최 처사는 다시 중얼중얼 염불을 외며 조심조심 앞서가고 있었다.

임중하는 입맛이 떨떠름하고, 도무지 심정이 착잡하기만 했다. 문득 어떤 양심의 가책 같은 것이 느껴지기도 했다. 저렇게 자기에 대해서 티끌만큼의 의심도 경계심도 없이, 오히려 혹시나 미끄러질까봐 걱정까지 해주며 걸어가고 있는 사람을 뒤에서 난데없이 달려들어 죽음의 계곡으로 떠밀어 버리다니……. 비록 아버지의 원수이긴 하지만 너무 무자비하다는 생각이 드는 것이었다. 방심하고 있는 사람에게 뒤에서 총을 쏘는 행위처럼 떳떳하지가 못하고, 비겁하게 느껴지기도 했다.

그런 착잡한 심정으로 걸음을 옮기고 있던 임중하는 뜻밖의 일에 깜짝 놀라지 않을 수 없었다. 별안간 최 처사가 쭉 미끄러지는 것이 아닌가.

정말 의외의 일이었다. 그처럼 염불을 외며 조심스럽게 걸음을 옮겨가던 사람이 쭉 미끄러지다니……. 초행길인 임중하 자신은 끄떡도 없는데 말이다.

길 벼랑 쪽에 아슬아슬하게 소나무 한 그루가 서 있었다. 바위 틈서리에서 비어져 나온 터여서 그런지 꽤 오래된 나무같이 보였으나 별로 높이 뻗지도 않았고 가지가 크게 벌지도 않은, 깡마르고 을씨년스러운 모습이었다.

그 나뭇가지에서 별안간 산비둘긴지 뭔지 제법 큰 새 한 마리가 퍼드덕 날개를 치며 호들갑스럽게 날아올랐던 것이다. 마침 그때 최 처사가 바로 그 나무 밑을 지나고 있었다.

나뭇가지에서 우수수 쏟아지는 눈을 뒤집어쓴 최 처사는 깜짝 놀라,

"으!"

소리를 지르며 자기도 모르게 얼른 위를 쳐다보았다.

그런데 그만 그때 한쪽 발이 쭉 미끄러지며 몸뚱이가 휘청했다. 벌렁 뒤로 넘어지면서 그대로 낭떠러지 쪽으로 쭈르르 미끄러져 나가는 것이 아닌가.

눈 깜짝할 사이였다.

"으악!"

최 처사의 비명 소리와 함께,

"아이고!"

임중하의 입에서도 깜짝 놀라는 소리가 터져 나왔다.

그리고 임중하는 어느 결에 후닥닥 다가가서 낭떠러지로 쭈르르

미끄러져 떨어지려는 최 처사를 얼른 붙잡았다. 최 처사의 잠바 어깻죽지를 두 손으로 불끈 붙잡은 임중하는 냅다 있는 힘을 다해 끌어당기는 것이었다.

그 바람에 용케 낭떠러지로 곧바로 떨어지질 않고 소나무 둥치에 몸이 걸쳐진 최 처사는 이를 악물고 버둥거리며 다시 길로 기어오를 수가 있었다.

엉금엉금 기어오른 최 처사는 기진맥진한 듯 아무렇게나 길바닥 눈 위에 픽 엎어져 버렸다. 마치 기절을 한 사람 같았다. 최 처사의 어깻죽지를 놓은 임중하는 그제야 제정신이 드는 듯 후유— 숨을 내쉬었다. 이마에 땀이 내배어 있었다.

그러나 임중하는 곧 어이가 없기만 했다. 내가 이거 무슨 이런 행동을 했나 싶었다. 저절로 미끄러져 낭떠러지로 떨어지려는 사람을 붙잡아 살려놓은 것이 아닌가. 기가 막혔다.

조금 전까지 그처럼 증오의 눈으로 쏘아보며 등을 떠밀어 감쪽같이 살해해 버리려고 벼르던 자를 오히려 죽음의 문턱에서 있는 힘을 다해 구출해 주다니…… 모순도 이만저만 한 모순이 아니었다.

원수를 갚기는 고사하고 도리어 원수에게 은혜를 입혀준 결과가 되지 않았는가. 기가 찰 노릇이었다.

이런 사실을 만일 어머니나 동생들이 안다면 어떻게 될까. 그들의 입에서 어떤 말이 나올까. 그리고 아버지의 원혼이 안다면……
임중하는 온몸이 부르르 떨리는 것을 어쩌지 못했다.

곧 최 처사가 꿈틀거렸다.

얼굴이 백짓장처럼 된 최 처사는 부스스 털고 일어나더니,

"아이고 박사님, 정말 고맙습니다, 정말……."

곧장 머리를 굽신거린다.

"정말 박사님이 아니었더라면 큰일 날 뻔했습니다. 생각만 해도 아찔합니다."

최 처사는 아직도 정신이 얼떨떨한 듯 얼굴에 핏기가 돌아오질 않는다.

"조심해야지요."

임중하는 나직한 목소리로 무뚝뚝하게 한마디 했다. 그리고 성큼성큼 이번에는 자기가 앞장을 선다.

최 처사는 조심조심 뒤를 따르며,

"아이고 정말 박사님, 이 은혜를 어떻게 갚아야 하지요. 정말……. 박사님이 아니었더라면 저는 지금쯤 저 계곡 밑바닥에 떨어져서…… 아이구―."

생각만 해도 몸서리가 쳐지는 듯 나직이 비명 비슷한 소리를 흘렸다. 그리고 냅다 욕지거리를 하듯 내뱉어댔다.

"그놈의 지랄 같은 새가 나하고 무슨 원수 진 일이라도 있는지, 하필 왜 그 나무에 앉았다가 내가 지나가자 그렇게 날아오르나 말이다. 재수가 없을라니까 나 참 더러워서……."

임중하는 들은 체 만 체 뚜벅뚜벅 걸음을 내딛기만 했다.

그런데 참 이상한 일이었다. 원수에게 은혜를 입혀준 결과가 되었는데도 이상하게 차츰 마음이 가라앉고 기분이 개운해지는 것이 아닌가. 조금 전까지 최 처사의 등을 떠밀어 추락사를 시키려고 마음먹고 있을 때는 긴장과 고통으로 꽉 메워진 것 같은 가슴이 마치 구름이나 안개가 걷히듯 스르르 트이며 개운하고 편안해지는 것이었다.

어떤 경우이든 사람의 목숨을 구해준다는 것은 기분 나쁜 일은 아닌 모양이다. 비록 그것이 옛날에 아버지를 살해한 원수일지라도 말이다.

임중하는 걸음걸이까지가 어쩐지 가뿐가뿐해지는 것 같아 약간 당황했다. 어쩌면 이렇게 사람의 기분이라는 것이 백팔십도로 달라질 수 있는 것인지 스스로 놀라움을 금할 수가 없었다.

조금 전의 그 긴장되고 고통스럽던 상태가 자신의 진정한 모습인지, 아니면 지금의 개운하고 편안한 이 심정이 진정한 것인지, 도무지 갈피를 잡을 수가 없었다. 마치 자신의 내부에 상반되는 두 개의 얼굴 즉, 찡그린 어두운 표정의 얼굴과 미소를 띤 밝은 표정의 얼굴이 마주 대하고 있는 듯한 느낌이었다.

그런 생각이 들자, 문득 임중하는 자기의 두 손이 내려다 보였다.

지금은 빈손으로 아무 일도 없었던 듯이 번갈아 앞뒤로 흔들리고 있지만, 그러나 그 손이 지난밤에는 최 처사의 목줄기를 죄어 죽이려고 떨리며 다가갔었고, 이번에는 바로 같은 사람의 어깻죽지를 붙잡고 죽음의 낭떠러지로부터 끌어올리려고 있는 힘을 다했던 것이다.

정반대의 모습을 거침없이 드러내 보인 두 손……. 이율배반도 이만저만이 아닌 자기의 두 손이 임중하는 그저 얼떨떨하기만 했다.

계곡이 끝나고도 이리 꾸불 저리 꾸불 한참 동안을 더 가자, 저만큼 눈앞에 상운사가 모습을 드러냈다.

해는 어느덧 중천을 지나 있었다.

"저게 상운산가요?"

임중하는 뒤를 돌아보지 않은 채 물었다.

"예, 박사님, 인제 다 왔습니다. 저게 바로 우리 절입니다."

최 처사는 대답을 하고는,

"박사님, 시장하시지요? 점심때가 훨씬 넘은 것 같습니다. 어서 가서 점심을 드셔야지요."

송구스러운 듯한 어조로 말했다.

임중하는 팔뚝시계를 보았다. 두 시가 가까워지고 있었다.

상운사는 얼른 보기에 초라한 절 같았다. 눈에 뒤덮여 있어서 아직 자세히는 알 수가 없었으나, 건물도 두서너 채밖에 안 되어 보였다. 상운사라기보다도 상운암이라고 하는 편이 옳지 않을까 싶었다.

임중하는 약간 실망이 되는 듯한 느낌이었다.

그렇다고 해발 천 미터가 넘는 높은 산의 산정 근처에 있는 절이 대가람일 것이라고 생각한 것은 아니었다. 그러나 그런 높은 곳에 절이 있을 때에는 그래도 좀 뭔가 색다른 데가 있지 않을까 하고 꽤 기대를 했던 것이다. 제법 이름이 나 있는 절인 것 같기도 해서……. 불교신도가 죽어서 저승엘 가면 염라대왕이 천행산 상운사엘 가보았느냐고 묻는다는 이야기가 있을 정도이니 말이다.

기대를 했던 바와는 달리, 서울 근교의 산중턱에서도 흔히 볼 수 있는 그런 정도의 절이어서 가벼운 실망 같은 것을 느끼며 걸어가고 있는데,

"박사님."

하고 최 처사가 불렀다.

임중하는 말없이 뒤를 돌아보았다.

"박사님, 저…… 부탁드릴 말씀이 있습니다."

"무슨 말인데요?"

임중하는 무뚝뚝한 어조로 묻고는 얼른 고개를 앞으로 돌려 버렸다.

"저…… 다름이 아니라, 지금까지 제가 한 이야기를 비밀로 해주십사 하는 것입니다. 주지 스님한테는 말할 것도 없고, 누구한테도 그런 저의 비밀을 입 밖에 내지 말아주십시오. 정말입니다. 박사님, 안 그렇겠습니까. 제가 옛날에 사람을 죽인 놈이라는 것을 알면 좋아할 사람이 어디 있겠습니까."

"……."

"그렇게 되면 저는 절에서 쫓겨나고 말 것입니다. 이십 년이 훨씬 넘도록 몸담아 살아온 절을 쫓겨나면 어디로 가겠습니까. 이 나이에……. 설사 주지 스님이 쫓아내지 않는다 하더라도 저의 그런 과거가 밝혀지고서는 도저히 절간 사람들을 종전처럼 대하며 살 수가 없을 겁니다. 족제비도 낯짝이 있다는데, 사람을 죽인 놈이 무슨 낯으로……. 안 그렇습니까, 박사님."

애원하는 듯한 어조로 늘어놓는 최 처사의 말을 임중하는 그저 건성으로, 냉소하듯 들으며 아무 대답 없이 걸음을 옮기기만 했다.

최 처사는 초조하고 불안하기까지 한 듯 말을 이었다.

"박사님, 왜 아무 말이 없으십니까. 제 심정을 박사님은 충분히 이해해 주시리라 믿는데……. 아까 제가 박사님이 아니었더라면 하마터면 계곡으로 떨어져 죽을 뻔하지 않았습니까. 박사님은 저를 살려주신 은인이십니다."

"……."

임중하는 여전히 아무 말을 하지 않았다. 그러나 몹시 기분이 언

짧기만 했다. 살려준 은인이라니, 당치도 않는 소리, 당치도 않는
소리…… 하고 냅다 내뱉고 싶은 심정이었다.

살려주고 싶어서 그렇게 한 것이 결코 아닌 것이다. 자신도 모르
게 무의식중에 그렇게 했을 뿐이다. 왜 계곡에 떨어져 죽어 버리도
록 그냥 내버려두질 않았는지, 후회가 막심했다.

임중하는 씁쓰레하게 입맛을 다셨다. 다시 심정이 착잡하기만
한 것이다.

"박사님의 그 은혜는 백골난망 하겠습니다. 정말입니다. 그러니
박사님, 부디 한 번 더 이 가련한 인생을 살려주시는 셈 치시고, 제
비밀을 입 다물어 주십시오. 부탁입니다. 박사님."

"……."

"예? 박사님."

"알았소, 알았소."

임중하는 짜증스럽게 뇌까렸다. 모르겠소! 하고 내뱉고 싶은 그
런 심술궂은 기분이었으나, 차마 그렇게는 입 밖에 나오지가 않았
던 것이다.

"아이고 고맙습니다. 박사님. 정말 고맙습니다."

최 처사는 이제 안심이 되는 듯 후유— 하고 나직한 숨을 내쉬
었다.

잠시 말이 없다가 최 처사는 다시 혼자 중얼거리듯이 입을 열
었다.

"제가 어젯밤에 그런 이야길 꺼낸 것은 양주의 독한 술기운 탓이
기도 했지만, 그것보다도 박사님의 인격을 믿었기 때문인 것 같습
니다. 다른 사람 앞이라면 절대로 저의 비밀을 털어놓지 않았을 것

입니다. 아무리 술이 취해도 말입니다. 정말입니다. 어쩐지 박사님은 역에서 처음 만나 뵐 때부터 인격이 높으신 분이고, 인정이 많으신 분이라는 것을 느낄 수가 있던데요."

"……."

임중하는 실소가 나오려는 것을 참았다.

"그래서 가슴속 깊숙이 담아놓고 혼자 고민하던 일을 그렇게 털어놓았던 것 같습니다. 저의 과거지사를 낱낱이 아는 사람은 이 세상에 박사님 한 사람뿐입니다. 부모형제도 모르고, 아무도 모르는 일을 박사님 혼자서만 알고 계십니다. 그것이 바로 인연이 아니고 무엇이겠습니까. 그러니 박사님, 아무쪼록 이 가련한 인생을 불쌍히 여기시어 저승으로 갈 때까지 이 절에서 죄닦음을 할 수 있도록 도와주시기 바랍니다. 정말입니다. 관세음보살―."

임중하는 어이가 없었다.

―저의 과거지사를 낱낱이 아는 사람은 이 세상에 박사님 한 사람뿐입니다. 부모형제도 모르고, 아무도 모르는 일을 박사님 혼자서만 알고 계십니다. 그것이 바로 인연이 아니고 무엇이겠습니까.

그것이 바로 인연이라니…… 인연치고는 참 어처구니가 없고, 기가 차는 것이 아닐 수 없었다.

―산에 오르면 나쁜 인연을 만나 고통의 문이 열리리라.

토정비결의 구절에 나오더라는 그 '나쁜 인연'이 아니고 무엇이겠는가.

그런데 최 처사는 그런 겁나는 인연인 줄은 꿈에도 모르고 좋은 인연이라고 생각하며 지껄여대니, 기가 찰 따름이었다.

아버지를 살해한 원수를 만나 그의 입에서 은인이라는 소리를 듣고, 인연이라는 말을 듣게 되다니, 그리고 앞으로도 도와달라는 말까지 듣게 되다니…….

임중하는 웃으래야 웃을 수도 없는 그런 심정이었다.

어젯밤과 오늘, 두 번이나 자기를 죽이려고 결심을 하고 살해 일보직전까지 갔던 사람에게 이 세상의 인연이라고 하면서 저승에 갈 때까지 죄닦음을 할 수 있도록 도와달라고 하다니…….

어떻게 생각하면 임중하 자신이 오히려 악인이 아닌가 싶기도 했다. 자기의 정체를 끝내 밝히지 않고 최 처사의 입에서 그런 소리가 나오는 것을 끝까지 시치미를 뚝 떼고 듣고만 있다니 말이다.

그러나 임중하는 자기가 누구라는 것을 밝힐 수는 도저히 없다고 생각했다. 이미 밝힐 단계가 아닌 것이다. 밝히려면 진작 어젯밤에 밝혔어야 마땅한 것이다.

그의 입에서 "우리 고향의 국민학교 말입니다. 그 국민학교는 바로 제 모교지요. 공비가 되어 함박눈이 쏟아지는 밤에 모교를 찾아간 것입니다"라는 말이 나왔을 때, 즉 최 처사가 다름 아닌 옛날의 그 최남팔이라는 것을 알아차렸을 때,

"음— 이놈아, 잘 만났다. 너 최남팔이지? 나 누군지 아느냐? 내가 바로 네 놈이 죽인 그 국민학교 교장 선생의 아들이다. 큰아들. 알겠나!"

하고 냅다 고함을 지르며 술상을 뒤엎어 버리거나, 아니면 벌떡 일어나 놈의 낯바닥을 걷어차 주었어야 옳았을 것이다. 경우에 따라서는 양주병으로 대갈통을 까버렸어야 옳았을 것이다.

그렇게 못하고 입을 꾹 다물어 버린 이상 이제 와서 내가 누구다 하고 나선다는 것은 우스운 노릇이 아닐 수 없었다.

착잡하고 떨떠름한 기분으로 입을 꾹 다물고 뚜벅뚜벅 걸음을 옮기는 임중하의 귀에 목탁 소리가 들려왔다.

은은히 울려 오는 목탁 소리와 경 읽는 소리……. 그리고 상운사의 일주문이 저만큼 바라다보였다.

임중하는 별안간 기분이 청정하게 씻기는 듯한 느낌이었다.

상운사

상운사는 멀리서 바라보았을 때처럼 그렇게 초라하고 보잘것없는 절은 아니었다. 물론 규모가 크지는 않았지만 오래되고, 어딘지 모르게 유서가 깊은 듯한 그런 유현한 분위기를 간직하고 있었다.

우선 절 주위의 우거진 숲이 일품이었다. 아름드리 노송들이 짙은 그늘을 이루며 하늘을 가리고 있었다. 그 거목들이 온통 눈을 뒤집어쓰고 있어서 더욱 볼 만했다.

그러나 절 정면은 확 트여서 전망이 그야말로 후련하고 망망했다. 눈 아래 산줄기들이 물결을 이루듯 끝없이 퍼져나가고 있었고, 멀리 동해바다가 세필로 그은 듯 가물가물하게 은빛으로 반짝거렸다.

그 전망을 바라보았을 때,

"햐아—."

임중하의 입에서는 절로 탄성이 터져 나오지 않을 수 없었다.

많은 산을 올라 보았지만 이렇게 후련하고, 망망하고 멋진 전망은 처음이었다. 더구나 눈이 내려 온통 백설의 세계를 이루고 있어서 더욱 장관이었다. 멀리 가물가물 은빛으로 반짝이는 바다는 신비하기까지 했다.

그리고 또 하나, 이 절에서 희귀하고 값진 것은 벽화였다. 절의 본당인 대웅전 내부의 안쪽 벽에 벽화가 그려져 있는데, 그게 얼른 보아도 예사 그림이 아닌 것 같았다.

임중하는 물론 그런 방면에 전문가는 아니었다. 그러나 보는 눈은 높은 편이었다. 의학계통이긴 하지만 박사학위까지 가진 터이니 그럴 수밖에.

일륜 주지와 나란히 그 벽화 앞에 선 임중하는 대뜸,

"아니, 이 벽화 보통 벽화가 아닌 것 같은데……."

하고 말했다.

"보통 벽화가 아니지."

일륜이 미소를 지었다.

"문화재 감인 것 같은데, 내가 보기엔……."

"글쎄, 문화재 감이 되는지 어떤지는 알 수 없지만 좌우간 이 벽화에 얽힌 전설이 있지."

"전설이?"

"응."

"그런데 그림에 왜 저런 흠이 난 거야? 마치 누가 일부러 칼 같은 것으로 좍 내리그은 것 같은데……."

"글쎄, 그에 대한 재미있는 전설이 있다니까. 재미있기도 하고 괴상하기도 한 전설이지."

"흠— 어떤 전설인데?"

"어떤 전설인가 하면…… 에— 저 보살이 관음보살이지. 그런데 그 얼굴 모습이 보살이라기보다는 어쩐지 요염한 여자의 얼굴처럼 생겼잖어."

"글쎄, 그렇군."

한마디로 미녀불(美女佛)이었다. 아름답고 어딘지 모르게 요염하기까지 한 그런 풍만한 모습의 보살이 은은한 구름송이 위에 서 있는 것이었다. 그런데 그 보살을 마치 칼로 비스듬히 내리친 듯한 균열이 벽에 선명히 나 있는 것이 아닌가.

"보살을 저렇게 요염하고 풍만한 미인으로 그런 데에는 까닭이 있는 거지. 지금으로부터 이백 년쯤 전에 이 절에 원산대사라는 고승이 있었지. 선(禪)에 정진해서 오도(悟道)를 했다는 고승인데, 그림 솜씨가 뛰어나서 틈만 있으면 그림을 그렸다는 거야."

일륜은 벽화에 얽힌 전설을 이야기하기 시작했다.

어느 날, 원산대사는 사바세계에 탁발을 하러 내려갔다. 오도를 한 고승이 탁발을 하러 가다니 드문 일이었다. 그러나 원산대사는 일 년에 한두 번 봄가을로 마음이 울적하면 바랑을 둘러메고 절을 나서는 것이었다.

그날도 뻐꾸기 우는 소리를 들으며 이 마을 저 마을로 탁발을 하며 다니다가 어느 집 사립문 앞에 섰다.

울타리에 살구꽃이 발그레 우거져 있었다. 화창한 봄날 오후였다.

원산대사는 목탁을 두들기며 중얼중얼 경을 외기 시작했다.

마당가 우물에서 빨래를 하고 있던 아낙네가 치마에 손을 닦으

며 일어나 부엌으로 가더니 그릇에 쌀을 절반가량 퍼가지고 나왔
다. 서른이 되었을까 말까 한 아낙네는 소복을 입고 있었다.

“아이고 스님, 수고가 많으시네요.”

아낙네는 방긋 웃으면서 원산대사가 벌린 바랑 속에 쌀을 주르
르 부었다.

원산대사는 가만히 고개를 들어 아낙네를 바라보았다. 원산대사
는 눈이 번쩍 뜨이는 듯했다. 이만저만한 미색이 아니었던 것이다.
화사하고 탐스러운 한 송이의 꽃이 눈앞에 활짝 피어난 듯한 느낌
이었다.

소복 차림이어서 그런지 살색이 더 희어 보였고, 눈썹은 붓으로
초승달을 그린 듯 선명했다. 입술은 무르익은 앵두빛이었고, 두 눈
은 야릇한 염기(艶氣)에 젖어 있는 듯했다.

미인을 적지 아니 보아왔지만 이처럼 빼어난 미녀는 처음이었다.
야릇한 매력까지 물씬 풍기는 여자였다.

원산대사는 가슴이 두근두근 뛰는 것을 어쩌지 못했다. 정말 처
음 겪는 일이었다.

원산대사는 별안간 갈증 같은 것을 느끼며,

“부인 미안하지만 나 냉수 한 그릇 주시구료.”
하였다.

“예, 드리지요. 드리고말고요.”

아낙네는 얼른 우물로 가서 두레박으로 물을 길어 올려, 쌀을 퍼
내왔던 그릇을 씻어서 알맞게 샘물을 담아가지고 돌아왔다.

“자, 드시지요.”

“아이고, 고맙구료.”

원산대사는 냉수를 벌컥벌컥 기분 좋게 다 마셨다. 실상 그처럼 갈증이 심했던 것도 아닌데 말이다.

빈 그릇을 받아 들며 아낙네는,

"스님, 목이 몹시 마르셨던 모양이지요."

나긋이 미소를 지었다.

그 집 사립문 앞을 떠나는 원산대사는 약간 아랫도리가 휘청거리는 듯했다. 무엇에 살짝 취한 것 같은 기분이었다.

원산대사는 입맛이 씁쓰레했다. 온갖 잡념과 번뇌를 뿌리칠 수 있는 그런 오도의 경지에 이르렀다고 자부하고 있는 터인데 한낱 아녀자를 보고 취한 듯 아랫도리가 휘청거릴 지경이라니 한심한 생각이 들었다. 선으로 닦은 불도 삼십 년이 그렇게 보잘것없는 물렁물렁한 것이었던가 싶기도 했다.

"제행(諸行)은 무상이요, 색시공(色是空)인 것을……. 나무아미타불―."

먼 하늘가로 사라지는 구름송이를 바라보며 해탈의 경지에 몸과 마음을 두려고 애를 썼으나, 원산대사는 그게 잘 되지가 않았다. 이미 자신이 그 아낙네를 만나기 전의 자신과는 판이하게 다르다는 것을 알 수 있었다. 머릿속이 곧장 잡념과 번뇌로 흔들리고 있는 것이었다. 씻어내려야 씻어낼 수가 없었다.

입으로 연신 경을 중얼거리고 염불을 하지만, 마음은 콩밭에 가 있는 것만 같았다.

뻐꾸기 우는 소리를 들으며 흘러가는 구름과 함께 사바세계를 며칠 탁발을 하며 떠돌아다니는 동안에도 늘 그 아낙네의 모습이 머리에서 떠나질 않았다. 밤으로는 육신이 괴롭기까지 했다. 일찍

이 없던 일이었다.

결국 원산대사는 귀로에 다시 그 집을 찾고 말았다.

그 집 사립문 앞에 선 원산대사는 가슴이 두근두근 마치 소년처럼 뛰는 것이 아닌가. 목탁을 두들기는 손가락이 가늘게 떨리는 듯했고, 경을 외는 음성도 어쩐지 떨리는 것만 같았다.

방문을 열고 그 아낙네가 얼굴을 내밀었다.

"아이고 스님, 또 오셨네."

아낙네는 얼굴에 활짝 웃음을 떠올렸다. 그리고 얼른 밖으로 나왔다.

아낙네가 부엌으로 가려고 하자 원산대사는,

"아니외다, 부인. 오늘은 시주 안 하셔도 됩니다. 며칠 전에 했잖으오. 목이 마려워서 이렇게 찾아왔소이다. 냉수나 또 한 그릇 주시구려."

"호호호……."

아낙네는 하얀 앞니를 가지런히 드러내며 까르르 웃었다. 그리고 부엌으로 가서 그릇을 들고 나와 우물 쪽으로 가며,

"스님, 잠시 마루에 앉아 쉬었다가 가시지요. 피곤하실 텐데……." 하고 말했다.

"고맙소이다. 나무아미타불……."

원산대사는 마치 아낙네의 입에서 그 말이 나오기를 기다리고 있기라도 했던 것처럼 얼른 사립 안으로 들어섰다.

마루에 가 걸터앉은 원산대사의 눈에 울타리 가의 살구꽃이 며칠 전보다 훨씬 선연한 빛깔로 비쳤다.

"자, 스님, 냉수 받으시죠."

아낙네는 물그릇을 원산대사에게 건네며 살짝 묘하게 눈을 흘기
듯이 웃는 것이 아닌가.

아낙네의 그 웃음은 매혹적이었다.

그냥 예사로운 감정으로는 살짝 묘하게 눈을 흘기는 듯한 그런
눈웃음이 나와지는 게 아니다. 그 눈웃음에 아낙네의 심정이 그대
로 담겨 있는 것이다.

말하자면 목이 마르다는 핑계로 두 번째 찾아온 원산대사에 대
한 아낙네의 마음의 반응인 셈이었다.

원산대사는 받아 든 물그릇을 점잖게 입으로 가져갔다. 그러나
겉으로만 점잖은 체할 뿐, 걷잡을 수 없이 마음이 설레었다. 어쩐지
얼굴이 화끈 붉어지는 듯했고, 가슴도 약간 두근거렸다.

"스님, 천천히 마시어요. 뭣이 그렇게 급하셔서……."

아낙네는 또 살짝 눈으로 웃었다.

물을 마시고 난 원산대사는,

"물맛이 썩 좋구려. 다른 집 물보다 훨씬 시원하고 맛이 좋소이
다."

하면서 아낙네를 바라보았다.

"호호호……. 찬물에도 맛이 있나요?"

"있지요. 있고말고요. 어떤 집 샘물은 건건찝찔*(짜기만 하고 감칠
맛이 없다)해서 절로 이맛살이 찌푸려지기도 하지요."

"호호호……. 재미있는 스님이셔."

"……."

"스님, 어느 절에 계시어요?"

"상운사에 있소이다."

“천행산에 있는 절 말이지요? 높은 산꼭대기에 있다는…….”

“그렇소.”

“그 절의 부처님이 그렇게 영험하시다면서요?”

“뭐, 영험해요?”

원산대사는 좀 의아한 표정을 지었다.

“아주 영험하시다던 데요. 우리 동네에 애를 못 낳는 여자가 있었는데, 글쎄 그 절에 가서 불공을 드리고는 곧 태기가 있었다지 뭡니까.”

“허허허…….”

원산대사는 그저 조용한 음성으로 웃기만 했다.

“왜 웃으시지요?”

“그저 좀…….”

“나도 그 절에 가서 불공이나 드려볼까, 그러면…….”

아낙네는 마치 혼자 중얼거리듯이 말했다.

“부인도 애기가 없나요?”

“호호호……. 그게 아니라…….”

“그게 아니라, 뭔데요?”

“아이고 스님도……. 그렇게 짐작을 못 하시나요?”

그러면서 아낙네는 자기가 입고 있는 흰 치마저고리를 눈으로 가리키듯 내려다보는 것이었다.

원산대사는 그제야 고개를 끄덕이며,

“아 참, 소복을 하고 계시는데, 누가 돌아가셨소?”

하고 물었다.

“주인이 돌아가셨지요.”

"그래요? 안됐소이다. 그럼 주인 양반의 명복을 비시겠다 그 말이구려. 절에 와서……."

그러자 아낙네는 무엇이 그렇게 우스운지,

"하하하하……."

무르익은 앵두 빛깔 같은 입술을 냅다 벌리고 깔깔 웃어대는 것이 아닌가.

죽은 남편의 명복을 빌기 위해 불공을 드리려 하느냐는 말이 무엇이 그렇게 우스운지…… 원산대사는 약간 어이가 없었다.

"아니, 왜 그렇게 웃으시오?"

"……."

"아무것도 웃을 일이 없는데……."

그러자 아낙네는 정말 웃을 일이 아니었다는 듯이 얼른 표정을 바꾸어 어색한 얼굴로,

"맞아요. 돌아가신 그 양반 명복을 빌려고……."

우물우물 말했다.

잠시 다소곳이 말이 없다가 또 장난기와 요기가 뒤섞인 것 같은 그런 표정으로 활짝 바뀌며 입을 열었다.

"명복도 빌고, 그리고……."

"……."

"히히히……."

아낙네는 또 요사스러운 웃음을 킬킬 흘렸다.

원산대사는 아낙네를 멀뚱히 바라보았다.

원산대사와 시선이 마주치자, 아낙네는 약간 수줍은 듯, 그러나 두 눈에 야릇한 염기를 담으며 말했다.

"스님은 혼자 사실 수가 있겠지만, 저 같은 여염집 여자는 도저히 혼자 살 수는……. 히히히……."

"……."

"수절도 좋지만, 독수공방으로 어떻게 평생을……. 히히히……. 저는 아무리 생각해도 자신이 없어요. 까짓거 기왕에 수절 못할 바에야 하루속히 개가를 하는 게……. 그래서 돌아가신 그 양반 좋은 데 가시도록 명복도 빌고, 저를 데려갈 좋은 남정네가 나타나도록 치성을 드리려는 거지요. 히히히……."

"나무관세음보살—."

원산대사의 입에서는 절로 염불이 흘러 나왔다. 그리고 곧 자리에서 일어났다.

"아니, 스님 가시렵니까?"

"예, 잘 쉬었소이다."

마당을 걸어 나가는 원산대사의 뒤를 따라 나가며 아낙네는,

"스님, 스님 절에 불공을 드리러 갈까 싶어요. 제 소원이 성취되도록 불공을 잘 해주시겠지요?"

하고 물었다.

원산대사는 뒤를 돌아보지 않은 채,

"한 번 오시구려. 나무아미타불—."

하였다.

절에 돌아간 원산대사는 밤으로 잠을 이룰 수가 없었다. 그 아낙네의 모습이 머릿속을 어지럽혀 도무지 뒤숭숭하고 심란해서 견딜 수가 없었다. 자정이 넘도록, 때로는 새벽녘까지 이리 뒤척 저리 뒤척 번민에 휘감겨 잠을 못 이루는 것이었다.

생각하면 참 요사스럽고 값어치 없는 아낙네가 아닌가. 죽은 남편의 명복을 비는 게 불공의 목적이 아니라, 자기를 데려갈 좋은 남정네가 나타나기를 비는 게 목적이라니 말이 되는가 말이다. 수절도 좋지만, 자기는 도저히 독수공방을 할 수 없다니…… 아무 값어치 없는 아낙네인 것이다.

그런데도 그 아낙네를 머릿속에서 떨쳐버릴 수가 없으니, 참 별일이었다.

원산대사는 그 아낙네 때문에 번민에 휘감겨 괴로울 때는 곧잘 면벽을 하고 앉아 선의 세계로 들어가곤 했다.

자정이 넘은 한밤중에도 털고 일어나 그렇게 했고, 새벽녘에도 그렇게 했다.

때로는 대낮에도 그 아낙네의 모습이 눈앞에 가물거려 정신이 산란해질 것 같으면 그렇게 했다.

그러나 오도의 경지에 이른 원산대사의 좌선도 그 아낙네 앞에서는 무력했다. 아무리 해도 그 아낙네만은 뛰어넘을 수가 없고, 머릿속에서 밀어내 버릴 수가 없었다. 한참 선의 삼매경에 들어가는가 싶으면 어느 결에 그 아낙네가 머릿속 한가운데 들어와서 웃고 있는 것이 아닌가.

살짝 눈을 흘기듯 묘하게 웃는 그 눈웃음은 무아의 경지에 이르던 원산대사를 사바세계의 육욕의 구렁텅이로 뚝 떨어지게 해버리는 것이었다.

좌선으로 어지러운 머릿속을 가라앉힐 수가 없자, 원산대사는 이번에는 화필로써 정신을 정화해 보려고 했다. 그 아낙네의 모습을 그림으로 그려 봄으로써 육정을 밖으로 내뿜어 버리려는 것이었다.

붓을 들고 그녀의 모습을 낮에도 그리고, 밤에도 그렸다.

그녀의 얼굴 모습만을 수없이 그리기도 했고, 소복을 입고 서서 미소 짓는 모습을 그리기도 했으며, 우물에서 물을 길어 올리는 자태를 그리기도 했다. 그림의 여백에다가는 으레 살구꽃을 그렸다.

그 아낙네의 모습을 떠올릴 때면 곧잘 그 배경으로 그녀의 집 울타리 가에 피어 우거졌던 살구꽃이 떠오르는 것이었다. 그녀의 화사한 얼굴과 담홍색의 살구꽃이 썩 잘 어울리는 듯했다.

그림을 그림으로써 그녀에 대한 잡념이 없어지고 마침내 담담한 심정이 되리라 생각했으나 그게 아니었다. 오히려 그 반대였다. 그녀에 대한 그리움이 날로 짙어지고 두꺼워져가기만 했다.

웬 여자의 모습을 그리기에 넋이 팔린 듯한 원산대사를 보고 절의 승려들은 의아스러운 표정으로 서로 수군덕거리기도 했다. 그러나 원산대사는 조금도 개의치를 않았다.

어느 날, 원산대사는 대웅전의 석가보존 앞에서 예불을 마치고 일어서 나오다가 문득 한쪽 벽면이 공허하게 비어 있는 것이 새삼스럽게 눈에 띄었다.

아무것도 없이 허옇게 비어 있는 그 공허한 벽에 무엇을 채웠으면 하는 생각이 들자, 원산대사는 옳지! 싶었다. 그 벽에다가 불상을 그리되 그 아낙네처럼 아름다운 보살상을 그리면 되겠구나 싶은 것이었다.

당장 그날부터 원산대사는 그 벽에다가 모습이 그 아낙네와 똑같은 아름다운 관음보살을 그리기 시작했다.

그 아낙네가 불공을 드리러 절을 찾아온 것은 원산대사가 벽화를 그리기 시작한 지 사흘째 되는 날이었다.

원산대사가 대웅전의 한쪽 벽에다가 그리고 있는 관음보살이 다름 아닌 자기 자신이라는 것을 알자, 그 아낙네는 약간 당황하지 않을 수 없었다. 그러면서도 무척 기쁘고 고맙고 어쩐지 부끄럽기도 했다.

"어머나, 스님이 그림을 이렇게 잘 그리시다니……. 정말……."
정말 놀랐다는 듯이 아낙네는 벌린 입을 다물 줄을 몰랐다.
그림은 거의 완성이 되어가고 있었다.

담홍색 구름송이 위에 사뿐 가볍게 서 있는 관음보살은 한 손을 살짝 들고 있는데, 그 손에는 꽃가지가 쥐어져 있었다. 다름 아닌 살구꽃 가지였다. 미소를 띤 것도 같고 안 띤 것도 같은 그런 조용한 표정이었다. 그런데도 어쩐지 두 눈매에 요염한 빛이 흐르고 있는 듯했다. 그리고 온몸의 자태가 우아하고 풍만해서 매혹될 지경이었다.

"그런데 스님, 저를 보지 않고서 어떻게 저렇게 꼭 닮게 그리셨지요?"
"……."
원산대사는 말없이 빙그레 웃기만 했다.
"재주도 좋으시네요. 정말……."
"눈만 감으면 부인 모습이 떠오르는걸요."
"어머나, 그래요?"
아낙네는 살짝 얼굴을 붉히며 두 눈을 번쩍 떴다. 그 두 눈이 원산대사를 향해 곱게 그러면서도 뜨겁게 타는 듯했다.

그날 밤, 원산대사는 밤이 이슥토록 잠을 이루지 못했다. 저쪽 아래채 판도방*(判道房, 절에서 고승들이 거처하는 큰방 주위에 있는 작은 방)에 누워 자고 있는 그 아낙네를 생각하니 더욱 잠이 멀리 달아나고 육신이 지근지근 괴롭기까지 했다.

아낙네는 사흘 동안 불공을 드리겠다면서 절에 머물고 있는 것이었다. 원산대사는 자리에서 일어나 불을 켰다. 도저히 잠들 수 있을 것 같지가 않아 면벽을 하고 앉아 선의 세계로 들어가기로 했다.

잠시 좌선을 하고 있는데 저쪽 아래채의 방문 열리는 소리가 나고, 누군가 밖으로 나오는 기척이 있었다. 고요하기만 한 산중 절간의 자정 가까운 밤이라, 그런 소리가 다 지척에 들렸다.

짜박 짜박…… 발자국 소리가 이쪽으로 향해 오는 것이 아닌가. 이 밤중에 누굴까……. 원산대사는 좌선을 하고 있으면서도 온 신경이 그쪽으로 쏠리는 것이었다.

발자국 소리는 다가오다가 가만히 멎었다. 그리고 곧 찍― 물 쏟아지는 소리가 들렸다. 소변을 보는 소리에 틀림없었다.

그런데 원산대사는 웬일인지 그 소리에 온몸이 야릇하게 후끈 달아오르는 듯했다. 아무래도 그 소리가 남자의 것은 아닌 듯싶은 것이었다.

아니나 다를까, 짜박짜박…… 발자국 소리는 방문 앞에 와서 멎었다. 그리고 나직한 여자의 목소리가 들렸다.

"스님, 아직 안 주무시나요?"

원산대사는 여자의 목소리가 들린 쪽 방문을 돌아보았다. 그러나 뭐라고 얼른 말문이 열리지가 않았다.

"스님, 접니다. 목소리를 듣고도 모르시겠어요?"

“…….”

“스님, 방문을 열어도 괜찮겠어요?”

“…….”

온몸이 야릇하게 긴장이 된 원산대사는 대답을 않고, 그냥 어험! 헛기침을 했다. 자지 않고 깨어 있다는 신호인 셈이었다.

곧 스르르 미닫이가 열렸다.

“이렇게 야심한데 안 주무시고 뭘 하세요?”

그러면서 아낙네는 살그머니 방 안으로 들어섰다.

원산대사는 그대로 면벽을 하고 앉아 있었다. 그러나 이미 선의 삼매경은 고사하고, 그 근처에도 가기 다 틀려 버렸다. 공연히 가슴까지 꿍덕꿍덕 뛰기 시작하는 것이 아닌가.

“스님, 벽을 보고 앉아서 뭘 생각하고 계세요? 이 한밤중에…….”

“…….”

“잠이 무척 안 오시는 모양이죠? 왜 잠이 안 오실까. 호호호…….”

아낙네의 웃음소리가 뒷덜미에 와서 간질간질하게 휘감기는 듯해서 원산대사는 그대로 꼿꼿이 앉아 있을 수가 없을 것 같았다. 그렇다고 좌선을 하고 있다가 아낙네가 들어왔다고 해서 곧 자세를 흩트려 버릴 수도 없는 노릇이었다.

아낙네는 원산대사 곁으로 바싹 다가앉았다.

“스님께서 왜 잠이 안 오시는지 그 까닭을 저는 알지요. 호호호…….”

“…….”

“말해볼까요?”

“…….”

"너무 점잖으셔. 스님이라고 이런 한밤중에도 점잖기만 하라는 법이 있나요?"

"……."

"아마 스님은 사람이 아니신가 봐. 남자가 아니신가 봐."

그러면서 아낙네는 원산대사의 얼굴을 옆으로 바싹 올려다보는 것이 아닌가. 나긋하고 요염한 눈웃음을 담아가지고서.

"음—."

원산대사는 신음 소리 비슷한 무거운 저음을 흘렸다. 괴롭기도 하고, 뜨겁기도 한 그런 목소리였다.

좌선의 자세를 푼 원산대사는 아낙네 쪽으로 돌아앉으며,

"이 밤중에 무슨 일이요?"

약간 퉁명스럽게 말했다. 그러자 아낙네는 살짝 흘겨보는 듯한 그 야릇한 눈웃음을 치면서,

"잠이 와야 잠을 자지요. 스님이 잠을 못 주무시듯이 저도 도무지 잠을 이룰 수가 없지 않겠어요. 무슨 이치지요? 스님이 그 이치를 아실까? 호호호 호호호……."

공연히 간드러지게 웃어젖히는 것이었다.

"음— 나무관세음보살—."

원산대사의 입에서는 절로 염불이 흘러 나왔다. 그러나 그 염불은 여느 때와는 달리 화끈한 열기를 머금고 있었다.

"스님, 무슨 이친지 말씀해 보세요. 아시면 말씀해 보시라니까요."

아낙네는 곧장 두 눈에 요염한 빛을 담으며 장난기 어린 어투로 추궁하듯 말했다.

두 사람이 다 같이 잠을 못 이루는 그 이치를 원산대사가 모를 리 만무했다. 그러나 원산대사는 시치미를 뚝 떼고 점잖게 입을 열었다.

"글쎄, 무슨 이칠까요."

"호호호……. 스님이라 역시 모르시는군."

알면서 짐짓 모르는 체 한다는 사실을 아낙네가 꿰뚫어보지 못할 턱이 없었다.

그러나 아낙네 역시 시치미를 뚝 떼 주는 것이다.

"무슨 이친지 어디 말해 보구려."

"저…… 봄밤이라서 그런 거지요."

"봄밤이라서? 흠—."

"봄밤엔 그리운 사람이 있으면 잠이 안 오기 마련이지요. 스님에게도 그리운 사람이 있는 모양이죠?"

"……."

"그게 누굴까……. 말해 봐요. 알고 싶어요."

아낙네는 원산대사를 제멋대로 가지고 놀듯이 자신만만한 표정으로 곧장 나긋나긋한 웃음을 흘렸다.

요 깍쟁이 같은 예쁜 것! 하면서 원산대사는 냅다 아낙네를 끌어안아 버리고 싶은 충동을 느꼈다. 그러나 원산대사는 뜨거운 침을 한 덩어리 꿀컥 삼키며 그 충동을 지그시 눌렀다.

"누구지요? 그게……. 예? 어서 말해 봐요."

"……."

"관음보살인가요?"

"허허허……."

원산대사의 입에서 그만 웃음이 흘러 나왔다. 정말 재치도 있는 계집이로구나 싶으며.

"맞소. 바로 그 관음보살이요."

하였다.

"대웅전 벽에 그린 그 관음보살 말이지요?"

"그렇소."

"그 관음보살이 바로 여기 있잖아요."

아낙네는 살짝 얼굴을 물들이며 그만 원산대사의 품 안에 쓰러지듯 안겨 버리는 것이 아닌가.

원산대사는 어쩔 줄을 몰랐다.

"나무아미타불, 관세음보살―."

입에서 정신없이 염불이 흘러 나왔다.

"호호호 호호호……."

아낙네는 무엇이 우스운지 얼굴을 원산대사의 가슴에 문질러대며 깔깔거렸다.

원산대사의 가슴은 걷잡을 수 없이 뛰었다.

"나무아미타불 나무아미타불, 관세음보살 관세음보살……."

입에서는 곧장 염불이 쏟아져 나오고 있었다. 말하자면 음욕의 구렁텅이로 허물어지려는 위태위태한 자신을 똑바로 붙들어서 사음계(邪淫戒)를 지키려고 안간힘을 쓰고 있는 셈이었다.

"스님은 언제나 염불밖에 모르시네요."

"나무아미타불 관세음보살, 관세음보살 나무아미타불……."

"호호호……. 염불은 이제 그만두시고, 이 관음보살을 쫌 어떻게 해 보세요."

“음—.”

원산대사는 괴롭고 뜨거운 신음 소리를 토했다.

품 안에 안기듯 쓰러져서 얼굴을 가슴에 문지르며 아양을 떨어대는 아낙네를 그만 불끈 힘껏 끌어안고 뒹굴어 버릴 것인가, 아니면 물리칠 것인가…… 도무지 어느 쪽을 택해야 할지 얼떨떨하고 화끈화끈하기만 했다.

“스님, 뭘 꾸물거리세요? 얼른 좀 어떻게 해보시라니까.”

“음—.”

“그럼, 이 관음보살이 스님을 어떻게 해볼까요?”

아낙네는 히힉 웃고는 원산대사의 저고리 고름을 잽싸게 풀었다. 그리고 저고리를 벗기려 했다.

그러자 원산대사는 거의 반사적으로 아낙네의 손길을 피하며,

“어허— 이게 무슨 짓이오.”

하고 내뱉었다. 왈칵 수치스러운 생각이 들었던 것이다.

“어머나, 무슨 짓이라뇨?”

아낙네는 뜻밖의 거부반응에 약간 당황하지 않을 수 없었다.

“부인, 이러면 못 쓰오.”

“……”

“나를 괴롭게 하지 마시구려. 밤이 깊었소. 어서 가서 주무시도록 하오. 그래야 내일 또 불공을 드릴 게 아니오.”

“그게 진심으로 하시는 말씀인가요?”

아낙네는 약간 무안한 듯한 표정으로 원산대사를 바라보았다.

“나는 부처님의 제자요. 불제자가 입에 발린 소리를 할 턱이 있겠소. 나무관세음보살—.”

풀어진 옷고름을 맨 원산대사는 조금 전과는 달리 조용하게 가라앉는 모습으로 돌아가 있었다. 이제 가슴도 설레지 않았고, 숨결이 덥지도 않았다.

아낙네는 무안하기도 하고, 원망스럽기도 하면서, 한편 존경을 하는 것 같은 그런 눈빛으로 힉 웃고는 가만히 자리에서 일어났다.

불공을 사흘 동안 드리려던 예정을 앞당겨 이튿날 한 번 더 드리고 아낙네는 집으로 돌아가 버렸다.

아낙네가 돌아가고 나자, 원산대사는 마치 가슴 한쪽이 별안간 텅 비어 버린 것처럼 공허하기만 했다. 손아귀에 들었던 값진 보물을 잃어버린 것 같아 안타깝고 허망해서 견딜 수가 없었다.

불제자가 다 뭐며, 사음계가 뭐 말라빠진 것이냐 싶기도 했다. 염불을 해도, 독경을 해도 도무지 마음이 가라앉질 않고, 살짝 정신이 어떻게 된 사람처럼 안절부절 못할 지경이었다.

밤으로는 번뇌가 거듭 휘감기며 미열이 있기까지 했다. 잠이 안오는 것은 말할 것도 없고, 어쩌다가 잠이 들어도 뒤숭숭한 꿈에 휩싸여 헛소리를 해대곤 했다.

입맛도 떨어져 갔다.

하하, 이게 바로 상사병이라는 것이로구나 싶으며 원산대사는,

"나무관세음보살―."

하고 쓸쓸하게 입맛을 다셨다.

그리고 마침내 바랑을 둘러메고 다시 절을 나서는 것이었다.

말할 것도 없이 이번에는 탁발이 목적이 아니었다. 그래서 원산대사는 몇 마을을 그저 건성으로 건들건들 돌다가 해질 무렵에 그 아낙네 집 사립 밖에 가서 섰다.

"무상심심미묘법(無上甚深微妙法) 백천만겁난조우(百千萬劫難遭遇)……."

똑똑똑똑똑똑…… 목탁을 치면서 중얼중얼 염불을 외기 시작했다.

집 뒤꼍 굴뚝에서 저녁 연기가 피어오르고 있었다.

곧 부엌에서 아낙네의 얼굴이 나타났다. 아낙네는 웃고 있었다.

"아금문견득수지(我今聞見得受持) 원해여래진실의(願解如來眞實意)……."

"스님, 쌀을 드릴까요, 냉수를 드릴까요?"

그러자 원산대사는 염불을 거두었다.

"그게 아니라, 오늘은 날이 저물어서 하룻밤 쉬어 갈까 해서 찾아왔소이다."

"어머나, 그러세요? 어서 드시어요."

아낙네는 뜻밖이라는 듯이 약간 놀란 표정으로 활짝 반겼다.

원산대사가 마당으로 들어오자 아낙네는 살랑살랑 잰걸음으로 가서 사립문을 딱 닫아 버리는 것이었다.

원산대사는 안방으로 안내되었다. 작은방은 오랫동안 불을 안 땠을 뿐 아니라, 아낙네의 죽은 남편의 혼백을 모셔놓은 영실(靈室)이었던 것이다.

아낙네가 혼자 거처하는 여염집 안방에 들어앉자, 원산대사는 기분이 이상했다. 승방과는 우선 냄새부터가 달랐다. 그리고 특히 횃대*(긴 장대를 잘라 두 끝에 끈을 매어 벽에 달아놓고 옷을 거는 막대)에 걸어놓은 여자의 갖가지 옷가지들은 원산대사의 눈을 야릇하게 끌어당겼다. 마치 선계에서 분홍색의 사바세계에 내려온 듯 얼떨떨하

160

고 쑥스러웠다.

한참 만에 아낙네가 저녁상을 들고 들어왔다.

"찬은 없지만 많이 드시어요."

"고맙소이다. 부인도 같이 드시자구요."

"예, 염려 마세요. 저는 부엌에 나가 먹지요."

"그러지 말고 밥을 이리 가지고 오시구료."

"예예, 그런데 스님 신수가 요전 날보다 많이 못하신 것 같네요. 어디 몸이 편찮으시기라도 하셨어요?"

"몸이 아픈 것이 아니라 마음이 아팠소이다."

"그러셨어요? 왜 마음이 아프셨을까?"

아낙네는 두 눈에 나긋하고 요염한 웃음을 살짝 담았다.

"다 관음보살 때문이외다."

원산대사도 히죽이 웃었다.

"호호호……. 그래서 이렇게 찾아오셨단 말씀이죠? 잘 오셨어요. 오실 줄 알았어요."

"……."

"부처님 제자도 별수 없으시죠? 부처님도 여자 얘길 하면 빙그레 웃으신다는 데, 하물며 제자가……."

"음―."

"많이 드세요. 저도 밥을 가지고 올게요."

아낙네는 살포시 일어나 부엌으로 가서 밥그릇과 국그릇, 그리고 수저를 가지고 왔다.

마치 정다운 내외간처럼 저녁을 먹고 난 두 사람은 호롱불 아래서 도란도란 이야기를 주고받았다. 주로 아낙네의 과거 이야기였다.

열일곱에 시집을 왔고, 지금은 스물아홉이며, 그동안에 아들을 셋 낳았으나 셋 다 실패를 하고 말았다는 것이었다.

남편이 죽은 것은 지난해 가을이었는데, 삼 년간을 병으로 누워서 콜록거렸다는 것이다. 폐병으로 마지막에는 피를 한방 쏟아놓고 눈을 감았다고 했다. 바로 저 방이라고 하면서 아낙네는 턱으로 작은방 쪽을 가리켰다.

"무슨 놈의 팔자가 이런 팔자가 다 있는지 모르겠어요."

"그게 다 전생의 업보라는 거요. 나무관세음보살―."

"전생의 업보라니요?"

"부인이 전생에 잘못을 많이 저질렀기 때문에 현생에 와서 그 벌로 그런 불행을 당한다는 뜻이외다."

"전생에 내가 무슨 잘못을 저질렀을까……."

아낙네는 좀 기분이 안 좋은 모양이었다. 그러나 곧 표정이 바뀌며,

"헤헤헤헤……."

웃는 것이 아닌가. 믿어지지 않는다는 뜻이었다.

"스님, 그런 얘기 인제 그만하고 밤도 깊었는데…… 아으―."

아낙네는 크게 하품을 했다. 어쩐지 억지로 만들어내는 하품 같았다. 이제 슬슬 어떻게 해보는 게 좋겠다는 신호인 셈이었다.

원산대사는 말없이 일어나 가사를 벗었다.

그러자 아낙네가,

"스님, 저는 어디서 잘까요? 어디서 자면 좋겠어요?"

장난기를 담뿍 담은 두 눈으로 요염하게 치떠 보며 물었다.

“저 방에 가서 잘까요?”

“……”

“왜 대답이 없지요?”

“허허허……”

원산대사는 요 요망스러운 것, 싶으며 나직이 웃고 나서, 승복 저고리를 훌렁 벗었다. 마치 무슨 큰 용기라도 내는 것처럼 보였다.

아낙네는 매우 재미있다는 듯이 얼른 일어나 그것을 받아 횃대에 걸었다. 그리고 이부자리를 깔기 시작했다.

먼저 새 이부자리를 꺼내어 방 안쪽으로 깔고 나서, 자기가 누울 요를 깔다가 아낙네는 킬킬킬 웃었다. 또 두 눈에 장난기가 짙은 요염한 빛이 담기는 것이었다.

“스님, 이 요를 스님 요에 딱 붙여 깔까요. 쭉 벌어지게 깔까요?”

“……”

“어느 쪽이 좋겠어요, 예? 스님.”

아낙네를 가만히 내려다보고 서 있던 원산대사는 온몸이 별안간 후끈 달아오르는 것을 느끼자, 순간 자기도 모르게 와락 다가가서,

“요 앙큼하고 예쁜 것!”

하면서 덥석 그녀를 끌어안았다. 그리고 불끈 힘을 주며 깔아놓은 이부자리 위로 아무렇게나 나가뒹굴어 버렸다.

“아으— 나 몰라—.”

아낙네의 입에서 교성이 흘렀다.

열세 살에 머리를 깎고 입산을 한 원산대사는 그 후 삼십 년이라는 세월을 깨끗이 불도를 걸어온 몸이었다. 여자라는 것에 살을 대본 일이 전혀 없었다. 그러니까 마흔이 넘은 노동정(老童貞)이었다.

그런 사람이 어쩌다가 그만 아낙네에게 혹해서 그녀 위로 허물어져 버리자, 마치 둑이 터진 듯 갇혔던 욕정이 걷잡을 수 없이 분출했다. 사십 몇 년 동안 굶주린 짐승 같았다.

방 안은 알맞게 어두웠다. 바깥에 달이 좋은 모양으로 방문에 희뿌옇게 달빛이 어리고 있었다. 원산대사가 아낙네를 안고 이부자리 위로 나가뒹굴어 버리는 바람에 호롱불이 팔딱 꺼졌던 것이다.

희뿌연 어둠 속에서 원산대사는 열에 뜬 짐승처럼 훅훅 더운 숨을 내뿜으며 아낙네의 옷을 하나하나 벗겨내고 있었다.

킬킬킬 큭큭큭……. 요망스럽게 웃어대는 아낙네의 나지막한 웃음소리가 희뿌연 어둠 속에 깔리고 있었다. 그 야릇한 음색의 웃음소리는 원산대사의 몸속에 일고 있는 불을 더욱 타오르게 부채질했다.

여자의 껍질을 벗기듯 아낙네의 옷을 모조리 벗기고 나자, 원산대사는 이번에는 자기의 거추장스러운 껍데기를 훌훌 죄다 벗어던졌다.

그리고 뜨거운 알몸을 아낙네의 부들부들하고 미끈미끈한 알몸 위에 포개었다.

원산대사는 난생처음으로 빠져 들어간 늪 속에서 헉헉 허덕이기 시작했다. 그 늪은 참으로 야릇한 늪이었다. 숨이 가쁘도록 허우적거리는데도 그저 정신이 가물가물해지도록 황홀하기만 했다. 사십 몇 년 만에 처음으로 발견한 그 황홀한 늪 속에 원산대사는 언제까지나 철벅거리며 잠겨 있고 싶은 심정이었다.

아낙네 역시 몇 해 만에 황홀하게 무르익어가고 있었다. 남편의 병이 위중해진 뒤로는 남자의 살을 대해보지 못했던 것이다.

아낙네는 미열이 덮인 듯한 눈으로 방문을 바라보며 앓는 소리를 하고 있었다. 마치 열병에 걸려 신음을 하고 있는 사람 같았다. 그러나 그 신음 소리는 무겁고 괴로운 그런 것이 아니라, 연하고 감미로운 그런 것이었다.

눈에 비치는 방문은 흔들리고 있었다. 방문에 어린 달빛이 위아래로 흔들흔들 흔들리고 있었다.

어디선가 고양이 우는 소리가 들려왔다.

야옹 야옹 야으응…… 야옹 야옹 야으응…….

고양이도 봄밤에 몸살을 하고 있는 듯했다.

원산대사는 별안간 경련이라도 일어난 사람처럼 부르르 냅다 몸을 떨었다. 동시에 아낙네 역시 숨이 넘어가는 듯 자지러졌다.

원산대사의 끈적끈적한 땀이 내밴 알몸이 아낙네의 알몸 위에서 비시르르 미끄러져 내리자, 아낙네도 축 늘어져 버렸다.

"나무관세음보살—."

원산대사의 입에서 맥이 풀린 듯한 염불이 흘러나오자, 아낙네는 축 늘어진 채 까르르 웃음을 터뜨렸다.

사십 몇 년 만에 처음으로 여자의 살맛을 본 원산대사는 일회전으로는 도저히 미진하여 잠시 뒤, 또 한 차례 아낙네를 짓이겼다. 그리고 혼혼한 피로와 달차근한 기분에 휩싸여서 곧 잠이 들었다.

아낙네 역시 오래간만에 남자의 살을 두 차례나 접하고 나자 그동안 굳어져 있던 온몸의 마디마디가 연하게 풀린 듯 기분 좋게 나른했다. 그러나 아낙네는 쉬 잠이 쏟아져 오지는 않았다.

아낙네는 모로 누워서 잠든 원산대사의 모습을 희끄무레한 어둠 속에서 가만히 바라보고 있다가 혼자 킥 웃었다. 원산대사의 삭발을 한 머리가 어둠속에서도 약간 반질반질 윤이 나 보였던 것이다. 그리고 중도 별수 없네, 싶었던 것이다.

절에서 원산대사의 방을 찾아갔던 얼마 전 그날 밤의 일이 생각났다. 그때는 그렇게 유혹을 해도 끝내 용케 참아내더니, 그래서 속으로 역시 스님은 좀 다르구나 하고, 존경심이 우러나기도 하더니⋯⋯. 결국 보니 별수 없는 것이 아닌가.

남자란 다 별수 없는 수놈이지, 스님이라고 뭐 별다르겠나. 겉으로 그저 점잖은 체 한 번 해보는 것이지⋯⋯.

그런 생각을 하며 공연히 혼자 기분이 흐뭇해서 생글생글 미소를 짓다가 아낙네는 아욱— 커다랗게 입을 벌려 하품을 했다. 두 눈두덩이 찌뿌드드 무거워지기 시작했다.

그런데 바로 그때였다. 작은방에서 무슨 소리가 들렸다. 인기척인 듯했다.

작은방에 누가 있을 턱이 없는데, 웬 인기척인가 싶어 아낙네는 가만히 귀를 기울였다. 쥐가 설치는 그런 소리는 아니었다. 아무래도 사람의 기척이었다. 이상한 일이었다.

작은방은 죽은 남편의 혼백을 모셔놓은 영실로, 구질구질한 물건들이 들어 있을 뿐인데, 그 방에서 인기척이 나다니⋯⋯.

누군가가 기지개를 켜며 자리에서 일어나는 듯했다. 그리고 콜록콜록콜록⋯⋯.

마른기침을 토하는 소리가 들렸다.

아낙네는 순간 온몸에 소름이 쫙 끼치는 것을 느꼈다. 그 마른기침 소리는 너무나 귀에 익은 소리였다. 바로 남편의 기침 소리였다. 남편은 병들어 자리에 누운 뒤론 노상 저렇게 콜록콜록 마른기침을 해댔던 것이다.

그런데 죽은 남편의 기침 소리가 작은방에서 들려오다니, 이 밤 중에…… 질겁을 할 노릇이었다. 아낙네는 온몸이 바짝 오그라붙는 듯 숨도 제대로 쉴 수가 없었다. 그럴수록 귀는 더 곤두서는 것이었다.

콜록콜록…… 콜록콜록콜록…….

한참 기침 소리가 계속되더니 이번에는 부스스 자리에서 일어서는 듯했다. 곧 삐그그극 하고 방문 열리는 소리가 났다. 문을 열고 밖으로 나오는 모양이었다.

짜박짜박 마루를 딛는 소리가 나더니, 그 발자국 소리가 마당으로 내려서는 것이었다.

짜박짜박짜박짜박…… 발자국 소리는 우물 쪽으로 가는 듯했다.

두레박으로 물 긷는 기척이 들렸다.

아낙네는 얼어붙은 듯한 표정으로 바깥의 동정에 온 신경을 곤두세우고 있었다.

두레박의 물을 마시는 듯 꿀꿀꿀…… 물 넘어가는 소리가 났다. 그리고 물을 좍— 쏟아 버리는 소리가 들렸다.

아낙네는 몸서리를 치며 더욱 조그맣게 오그라들었다.

짜박짜박짜박…… 발자국 소리가 다시 이쪽으로 오기 시작했다.

새파랗게 질린 아낙네는 쿨쿨 자고 있는 원산대사를 깨울까 했다. 그러나 어찌된 셈인지 온몸이 바짝 굳어져 버린 듯 움직여지지가 않았다. 입을 떼려고 해도 입도 얼어붙은 듯 떨어지지가 않았다.

짜박짜박 다가온 발자국 소리가 바로 큰방 마루 앞에 와서 멎더니, 아무 기척이 없었다.

숨을 죽이고 꼼짝달싹을 못하고 있던 아낙네가 한참 아무 기척이 없자, 살며시 얼굴을 돌려 방문을 바라보았다. 방문을 바라본 아낙네는 흠칫 놀라지 않을 수 없었다.

달빛이 비치고 있는 방문에 흐릿한 그림자가 어리고 있는 것이 아닌가. 상투를 꽂은 남정네의 머리 부분이었다.

눈이 휘둥그레지고, 입이 딱 벌려진 아낙네는 얼른 얼굴을 돌려 이불을 뒤집어써 버리려고 했다. 그러나 이상한 일이었다. 고개가 뻣뻣하게 굳어져 버린 듯 움직여지지 않을 뿐 아니라, 벌려진 입도 다물어지지가 않았다.

방문에 어린 그 상투 꽂은 그림자가 움직이더니, 마루로 올라서는 기척이 났다.

짜박, 짜박, 두어 걸음 다가서더니, 문고리 잡는 소리가 딸그락 했다. 그리고 방문이 스르르 열렸다.

"으악―."

방문이 열리자, 아낙네는 그만 냅다 비명을 지르며 벌떡 몸을 일으켰다.

남편이었다. 틀림없는 남편이 불쑥 방 안으로 얼굴을 들이밀며 들여다보는 것이 아닌가.

해골 같은 하얀 얼굴이었다. 입언저리에는 피가 지저분하게 묻어 있었다. 죽을 때 온통 피를 토했던 모습 그대로였다. 그런 입으로 샘물을 가서 마셨기 때문에 물기가 묻어 더 지저분하게 번들거렸다.

싸늘하고 요괴스러운 빛이 척척 흐르는 퀭한 두 눈으로 마치 이년, 누구하고 잠자리를 같이 하고 있느냐는 듯이 원망스럽게 쏘아보는 것이 아닌가.

"아이고, 사람 살려—."

아낙네는 정신없이 고함을 지르며 자고 있는 원산대사 위로 새파랗게 질려 쓰러졌다.

원산대사도 놀라 잠이 깨었다.

"아니, 무슨 일이오? 부인! 부인!"

아낙네를 마구 흔들었으나 축 늘어진 사람 같았다. 기절을 한 모양이었다. 원산대사는 도무지 무엇이 어떻게 된 영문인지 알 수가 없었다. 아낙네가 고함을 지르며 쓰러진 것만은 분명한데……. 원산대사는 아직 잠이 덜 깬 두 눈을 곧장 끔벅거리며 어찌할 바를 몰랐다.

방문이 열려 있는 것을 본 원산대사는 이 밤중에 무슨 일인가 의아한 생각이 들었다.

얼른 부엌으로 가서 불씨를 찾아가지고 와 우선 방에 불을 켰다. 그리고 우물로 가서 그릇에 물을 떠 왔다.

수건을 물에 적셔가지고 아낙네의 이마에다가 갖다 얹고 곧장,

"부인, 부인, 정신 차려요. 정신……."

하면서 아낙네를 흔들었다.

잠시 후, 아낙네는 정신이 돌아온 듯 가만히 눈을 떴다.

"아니, 자다가 별안간 무슨 일이요?"

"아이 무서워."

아낙네는 겁에 질린 눈으로 방문을 바라보며 으스스 몸을 떨었다. 방문은 닫혀졌고, 아무 이상도 없었다.

"무섭다니, 뭣이 무섭단 말이요?"

“귀신이 나타났어요.”

“뭐요? 귀신?”

“예, 죽은 남편이었어요. 죽은 남편이 방문을 열고 들여다보지 않겠어요.”

“……”

“꼭 얼굴이 해골 같았어요. 그리고 죽을 때 피를 토하고 죽었는데, 그때처럼 입언저리에 피가 온통 지저분하게 묻어 있었어요. 아이 무서워.”

“귀신은 무슨 귀신……. 아마 꿈을 꾼 모양이구려.”

“아니라니까요. 정말이에요. 이 눈으로 똑똑히 봤다니까요. 첨엔 저 작은방에서 기침 소리가 났어요. 그리고 방문을 열고 나와서 우물로 가더니 목이 마려운지 물을 떠 마시고는 이쪽으로 와서 방문을 열었어요. 정말이에요.”

“글쎄……”

“글쎄가 아니라니까요.”

“나무관세음보살—.”

원산대사는 도로 잠자리에 들었다.

아낙네는,

“아이 무서워.”

하면서 후다닥 원산대사의 이불 속으로 들어가 그의 품 안으로 냅다 파고들었다.

원산대사는 아낙네의 집에서 사흘 밤을 잤다. 이튿날 밤과 다음 날 밤은 아무 일이 없었다. 그래서 원산대사는 아낙네가 잠결에 무슨 착각을 한 게 틀림없다고 생각했다. 귀신이 나타나다니…… 원산대사는 귀신이니 뭐니 하는 것을 믿지 않았다.

절로 돌아와 하룻밤을 자고 난 이튿날 오후, 뜻밖에도 아낙네가 보따리를 싸들고 절로 찾아왔다.

하루 사이에 아낙네의 얼굴이 눈에 띄게 수척했다. 마치 중병을 앓고 난 사람 같았다.

"아니, 웬일이요?"

원산대사는 눈이 휘둥그레지지 않을 수 없었다.

"또 나타났단 말이에요. 어젯밤에……."

"……."

"어젯밤에 저는 죽는 줄 알았어요."

아낙네는 생각만 해도 몸서리가 치이는 듯 바르르 떨었다.

"나무관세음보살―."

원산대사는 정말 알 수 없는 일이라는 듯이 멀뚱히 허공을 바라보았다.

그날 밤, 원산대사와 아낙네는 한 이부자리 속으로 들었다. 물론 원산대사의 방이었다.

승방에서 아낙네를 껴안고 자다니 이만저만 한 파계가 아니었다. 그러나 이미 어쩔 도리가 없었다. 원산대사는 아낙네의 맨살을 슬슬 어루만지며 서서히 뜨거워져가고 있었고 아낙네는 원산대사의 품 안에서 곧장 아양을 떨며 히히덕거렸다.

"여보, 영감."

아낙네는 원산대사를 이렇게 불렀다.

"응? 왜 그래."

원산대사는 빙그레 웃으며 그 호칭을 받아들였다.

“저는 인제 영감 없이는 못 살아요. 영감 곁을 떠나지 않을 거라
요.”

“…….”

“왜 아무 말이 없죠? 영감은 내가 없어도 살겠어요?”

“못 살지.”

“아이 좋아. 정말이지? 영감. 거짓말 아니지?”

그러면서 아낙네는 냅다 원산대사의 목을 휘감아 안고 입맞춤을
퍼부어댔다.

아낙네에게 휘감긴 원산대사는 그저 하는 대로 이끌려가고 있었
다. 아낙네가 능동적이고, 원산대사가 피동적이었다.

아낙네의 뜨거운 열기에 휘말려서 온몸이 흐늘흐늘해져 가던 원
산대사는 별안간 긴장이 되며 가만히 귀를 기울였다. 바깥에서 무
슨 인기척이 났던 것이다.

콜록콜록콜록…… 기침 소리였다. 그리고 짜박짜박짜박…… 발
자국 소리가 들렸다. 누군가가 마른기침을 하면서 이쪽으로 걸어
오고 있는 것이었다.

원산대사는 섬뜩한 생각이 들지 않을 수 없었다.

“여보, 부인.”

“예? 왜 그러세요?”

아낙네는 열에 떠서 몸부림을 쳐대느라고 무슨 기척이 나는지도
모르고 있었다.

“저 소리…….”

“무슨 소린데요?”

아낙네도 가만히 귀를 기울였다.

콜록콜록콜록…… 기침을 하면서 짜박짜박짜박…… 걸어오고 있는 발자국 소리를 들은 아낙네는 소스라치듯 놀라며,

"바로 저 소리예요. 틀림없어요. 아이 무서워!"

냅다 원산대사의 품 안으로 파고들었다.

짜박짜박짜박…… 발자국 소리가 마루 앞에 와서 멎었다. 가만히 마루 끝에 걸터앉는 모양이었다.

콜록콜록콜록…… 걸터앉아서 기침을 해대기 시작했다.

아낙네는 원산대사의 품 안에서 숨도 제대로 쉬지 못하고 조그맣게 오그라들어 달달 떨고 있었고, 원산대사 역시 바짝 긴장이 되어 온몸이 뻣뻣하게 굳어져 있었다.

기침 소리가 멎더니 살포시 마루 위로 올라서는 기척이 났다.

"누구요?"

원산대사가 버럭 고함을 질렀다.

"밖에 그 누구요? 이 밤중에 웬 사람이요?"

원산대사는 온몸이 와들와들 떨렸다. 그러나 정신을 가다듬어 아랫배에 지그시 힘을 주며 가만히 자리에서 일어나 앉았다.

아낙네는 이불을 푹 뒤집어쓰고 그 속에서 달달 떨며 숨을 죽이고 있었다.

"사람이면 들어오고 그렇지 않으면 썩 물러가도록 하오. 여기는 잡귀가 함부로 접근할 수 있는 곳이 아니오. 부처님을 모시는 곳이오. 망령이나 잡귀 같으면 어서 썩 물러가도록 하오."

"콜록콜록콜록……."

"보아하니 극락으로 못 간 원혼인 듯한데, 내 그대의 왕생극락을 빌어 원을 풀어줄 것이니 썩 물러가 있도록 하오."

"콜록콜록콜록……"

기침 소리가 여전하고, 물러가는 기색도 보이지 않았다. 오히려 한 걸음 더 다가서는 듯하더니, 방문에 손을 갖다 대는 듯 그림자가 어른거렸다.

"썩 물러가지 못할까!"

그러나 미닫이가 스르르 소리 없이 열렸다.

해골 같은 하얀 얼굴이었다. 입언저리에는 피가 지저분하게 묻어 있었다. 아낙네가 말하던 그대로였다.

그런 섬뜩한 몰골로 원산대사를 원망스러운 듯이 쏘아보는 것이 아닌가. 그 퀭한 두 눈의 눈빛이 어둠속에서도 요괴스럽게 번들거렸다.

"아이고—"

원산대사는 냅다 비명을 질렀다.

망령은 스르르 방 안으로 들어오더니, 아낙네가 뒤집어쓰고 있는 이불을 걷어붙이려고 천천히 손 하나를 내밀어 이불자락을 거머쥐려 하고 있었다.

원산대사는 얼른 방바닥을 더듬어 목탁을 찾았다. 목탁을 똑똑똑…… 마구 두들기며 천수경을 외기 시작하는 것이었다.

"관세음나무불(觀世音南無佛) 여불유인여불유연(如佛有因如佛有緣) 불법승연상락아(佛法僧緣常樂我)……"

천수경은 야차를 물리치는 주술적인 영력(靈力)을 지니고 있다 한다. 그 경을 외면 절로 악귀나 망령이 물러가고, 천수관음의 구제를 받는다는 것이다.

"조염관세음(朝念觀世音) 모염관세음(暮念觀世音) 염염종심기(念念

從心起) 염염불리심(念念佛離心)……."

아니나 다를까, 목탁 소리와 함께 원산대사의 약간 떨리는 듯하면서도 낭랑한 독경 소리가 방 안에 넘쳐흐르자, 이불을 걷어붙이려던 망령의 손이 흐늘흐늘 힘없이 늘어져 버리는 것이 아닌가. 그리고 마치 맥이 빠져 버린 것처럼 망령의 몸뚱어리 전체가 흐늘흐늘해지는 것이었다.

원산대사는 더욱 힘을 주어 천수경을 외어댔다.

그러자 마침내 망령은 연기처럼 희미해지더니, 방 밖으로 스르르 꺼지듯 사라져 버렸다.

"관세음나무불―."

원산대사는 안도의 숨을 내쉬듯 염불을 길게 내뽑았다.

천수경을 외어서 물리친 그 망령은 이튿날 밤도 그 다음 날 밤도 원산대사와 아낙네가 바야흐로 무르익으려 할 무렵 어김없이 나타났다. 콜록콜록 마른기침을 하면서 짜박짜박 나타나서는 두 사람 사이의 열기에다가 팍 찬물을 끼얹어 버리는 것이었다.

그런 일이 거듭되자, 두 사람은 밤이 되어도 조금도 즐겁지가 않았다. 즐거움을 나누어 가지려고 들면 그놈의 망령이 나타나서 훼방을 놓으니 견딜 수가 없었다.

두렵고 무서워서 도무지 사람이 살 수가 없었다.

그래서 결국 원산대사와 아낙네는 의논 끝에 절을 떠나 어디론지 멀리 사라져 버렸다. 원산대사는 파계승이 되어 아낙네를 따라 사바세계로 환속을 하고 말았던 것이다.

원산대사가 아낙네와 함께 절을 떠나 버린 그날 밤 망령은 그런 사실을 모르는지 또 나타났다.

콜록콜록콜록…… 기침을 하면서 짜박짜박짜박…… 절간으로 들어서는 망령을 마침 소변을 보러 밖에 나왔던 승려 하나가 보았다.

"누구요?"

그러나 아무 대답이 없었다.

"거 누구요?"

"……."

"예? 누군데 이 밤중에……."

말없이 짜박짜박 걸음을 옮겨가는 그 망령의 뒤를 승려는 슬금슬금 따라갔다. 승려는 그게 망령이라는 것을 몰랐다.

어둠속이어서 그저 희끄무레한 사람처럼 보이기만 했던 것이다.

망령은 원산대사와 아낙네가 함께 자던 그 방 마루 앞에 멎었다. 그리고 콜록콜록 기침을 해대는 것이었다.

그제야 승려는 머리끝이 쭈뼛 서는 것을 느꼈다. 그 희끄무레한 사람의 아랫도리가 있는 듯 없는 듯 흐늘흐늘한 것이 아닌가.

깜짝 놀란 승려는 얼른 마당가에 서 있는 석탑 뒤로 몸을 숨겼다.

마루 앞에 서서 한참 콜록거리던 망령은 방 안에서 아무 기척이 없자, 살포시 마루 위로 올라서더니 미닫이를 스르르 열었다.

방이 텅 비어 있는 것을 안 망령은 약간 당황하는 듯하더니, 얼른 돌아서서 그 옆방으로 가는 것이었다.

그 옆방에도 원산대사와 아낙네가 보이지 않자, 이번에는 확연히 당황하면서 또 딴 방을 찾아가는 것이 아닌가.

그렇게 망령은 절간 안의 모든 방을 하나하나 확인하고 나더니, 마지막으로 대웅전 쪽으로 가는 것이었다.

승려는 석탑 뒤에 몸을 숨기고 서서 숨을 죽이며 지켜보고 있었다.

대웅전의 굳게 잠긴 문이 소리도 없이 스르르 열렸다. 그리고 희끄무레한 그림자가 스르르 사라지듯 안으로 들어가는 것이 아닌가.

승려는 자기도 모르게 싸늘한 침을 한 덩어리 꿀꺽 삼켰다. 그리고 대웅전 쪽으로 살금살금 다가갔다.

대웅전 안을 들여다본 승려는 자기의 눈을 의심하지 않을 수 없었다. 정말 희한한 광경이 벌어져 있었다.

대웅전 한가운데 망령이 흐늘흐늘한 상태로 서 있는데, 그 앞에 관음보살이 살포시 고개를 숙이고 마주 서 있는 것이 아닌가.

원산대사가 벽에 그려놓은 그 관음보살이었다. 그 관음보살이 한쪽 손에 살구나무 가지를 든 채 벽에서 떨어져 나와 그렇게 대웅전 마룻바닥에 서 있다니, 정말 믿어지지 않는 일이었다.

승려는 입을 딱 벌리고 곧장 두 눈을 끔벅거렸다. 자기가 꿈을 꾸고 있는 게 아닌가 싶었다. 그러나 분명한 생시였고, 그것은 의심할 여지없는 눈앞의 사실이었다.

망령이 관음보살을 향해 뭐라고 중얼거리고 있는 듯했다. 관음보살은 다소곳이 고개를 숙이고 오들오들 떨고 있는 듯이 보였다.

잠시 후, 망령이 콜록콜록 기침을 하기 시작했다. 관음보살은 고개를 살짝 돌리며 이맛살을 찌푸렸다.

그러자 망령의 해골 같은 하얀 얼굴이 보기에도 끔찍스러운 그런 흉측한 몰골로 바뀌며 기침 소리가 더욱 거세어졌다.

관음보살은 그만 두어 걸음 뒤로 물러서며 얼굴에 싫은 기색을 역력히 떠올렸다.

한참 거센 기침을 해대고 나더니 망령은 무섭게 이지러진 표정으로 관음보살을 노려보며 두어 걸음 앞으로 다가섰다. 그리고 또 뭐라고 내뱉듯이 중얼거렸다.

확실히 알아들을 수는 없었으나, 아마 왜 뒤로 물러서느냐, 왜 싫은 표정을 짓느냐 하고 추궁하는 것 같았다.

그러자 관음보살도 이번에는 다소곳이 듣고만 있질 않고, 대꾸를 하는 것이었다. 그렇게 병들어 기침을 하는 사람과 어떻게 사느냐고, 싫다고 하는 것 같았다.

그런 실랑이가 잠시 계속되더니, 마침내 망령이,

"이 화냥년! 에잇!"

냅다 고함을 지르며 한 손을 번쩍 들어 관음보살을 비스듬히 내리쳤다.

그와 동시에 쩌르릉! 마치 대웅전이 갈라지는 듯한 소리가 났다.

"으악!"

비명을 지르며 관음보살은 보기 좋게 나가떨어졌다.

우루루루……. 마치 대웅전이 무너져 내리는 듯한 진동이 뒤를 따랐다.

승려는 혼비백산하여 마구 내달았다.

이튿날 아침에 보니 대웅전은 그대로 멀쩡한데, 그 관음보살이 그려진 벽화 위에 마치 칼로 내리친 듯한 균열이 생겨 있는 것이 아닌가. 관음보살의 목께로부터 비스듬히 옆으로 벽이 쫙 갈라져 있는 것이었다.

승려로부터 간밤의 그 이야기를 들은 다른 사람들은 좀처럼 그

말을 믿으려들지 않았다. 벽화가 떨어져 나와서 망령과 실랑이를
하다니 세상에 그런 일도 있느냐고 고개를 갸우뚱거렸다.

일륜으로부터 그 벽화에 얽힌 전설을 이야기 듣고 난 임중하는,

"흠─. 그것 참, 망령이 바람난 자기 아내에게 그렇게 보복을 한
셈이로군."

하고 씁쓰레하게 웃었다.

"그렇지. 망령의 보복인 셈이지. 보복치고는 재미있는 보복이잖
어."

일륜도 미소를 지었다.

"글쎄, 전설이지만 그럴듯한데. 벽화 속의 관음보살이 걸어 나와
서 죽은 남편의 망령과 대면을 하다니……."

"관음보살이 제 발로 걸어 나온 게 아니라 망령이 아마 반강제로
불러냈겠지. 네 이년, 화냥년, 이리 나와 하고 말이야."

"허허허, 자네 상상력이 더 그럴듯하군. 그런데 왜 망령이 실제의
아내를 찾아가서 보복을 하지 않고 그림 속의 아내에게 보복을 했
을까?"

"그러니까 전설이지. 실제의 아내를 죽였다면 이야기가 싱겁잖
어."

"하긴 그래."

"그리고 실제의 아내는 원산대사와 어디론지 멀리 사라져 버렸
기 때문에 망령도 찾아갈 수가 없었던 거지."

"망령이 찾아갈 수 없다니, 귀신이 그 행방을 모른단 말인가?"

"행방을 몰라서 못 찾아간다기보다도 본래 원혼은 그 죽은 자리
에서 멀리 벗어나지는 못 한다는 거 아냐. 노상 그 근처를 맴돈다

는 거지."

"그런가, 흠―."

임중하는 고개를 끄덕거렸다.

"그런데 그 망령이 좀 너무한 것 같잖어? 그렇게 아내에게 보복
할 것까지는 없을 것 같은데…….."

임중하의 말에 일륜은,

"그렇지, 보복을 할 것까지는 없지. 그런데 그 망령이 아마 단단
히 화가 났던 모양이지."

하고 웃었다.

"왜?"

"글쎄, 서방질을 하더라도 남편의 상(喪)이라도 벗고 나서 했다면
모르지만, 소복을 입은 몸으로 그 지랄을 했으니…….."

"망령도 뿔따구가 돌았다 그 말이군. 허허허…….."

그날 밤, 임중하는 일륜과 승방에 마주 앉아 밤이 깊어가는 줄
모르고 이야기를 주고받았다.

처음에는 그동안 서로 살아온 이야기였다. 임중하가 중인병원의
원장이 되기까지의 이야기, 일륜이 출가를 하여 이 상운사의 주지
가 되기까지의 이야기……. 그런 이야기 끝에 화제는 '보복'이라는
것으로 옮아갔다.

임중하가 일부러 보복이라는 문제를 끄집어냈던 것이다.

"벽화에 얽힌 전설에서도 망령이 자기 아내에게 보복을 한 셈인
데, 불법에서는 보복이라는 것을 어떻게 보는가? 보복을 해야 되는
것으로 보는가, 안 해야 되는 것으로 보는가?"

그 물음에 대해 일륜은 서슴없이 한마디로 잘라 말했다.

“그야 말할 필요도 없이 안 해야 되는 것이지.”

“보복도 여러 가지가 있잖어. 전설 속의 그 망령 같은 안 해도 될 보복도 있고, 부모의 원수 같은 꼭 해야 될 보복도 있는 것이고…….”

“물론 여러 가지가 있겠지. 그러나 그 뿌리는 하나야.”

“…….”

“보복이란 곧 상대를 증오하는 마음의 결과지. 상대를 증오하지 않고서는 보복이란 있을 수가 없지. 증오하는 마음, 바로 그 뿌리에서 뻗어난 보복이란 줄기는 그게 가는 것이 됐든 굵은 것이 됐든 다 마찬가지란 말이야.”

“그럼 어떤 경우에도 보복을 해서는 안 된다는 말인가?”

“물론이지.”

“가령 말일세, 자기 아버지를 죽인 원수 놈을 만났다고 하세. 그런데도 그놈을 가만히 놓아둬야 한단 말인가?”

“그런 경우 물론 사람으로서 괴로운 일이겠지. 자기의 육친을 죽인 원수를 그냥 살려두다니, 견딜 수 없는 고통이겠지. 그러나 그 고통을 잘라야 돼. 증오하는 마음을 잘라내야 한단 말일세.”

“음—.”

임중하의 입에서 절로 신음 소리 같은 괴로운 저음이 흘러 나왔다.

“증오하는 마음을 잘라내지 못하고, 기어이 보복을 했다고 하세. 그러면 그것으로 끝인가? 끝났다고 보는가?”

“…….”

“결코 끝난 것이 아니지. 이쪽은 끝났다고 생각될지 모르지만 이번에는 저쪽에서 시작인 것이지. 저쪽에서 다시 증오심이 이쪽을 향해 오는 것이지. 말하자면 끝없는 보복의 되풀이지. 그런 악순환이 계속된대서야 어디 사람이 사는 세상이라고 할 수 있겠어. 바로 지옥이지, 수라계(修羅界)지."

"음—."

임중하가 심각해하는 표정을 일류이 가만히 눈여겨보았다. 어쩌면 이 친구 그런 심각한 문제에 직면해 있는 게 아닌가 하는 생각이 들었다.

일류도 임중하의 아버지가 6·25 전에 공비에게 피살됐다는 사실을 알고 있는 터였다.

다로(茶爐)에서 차가 끓고 있었다. 일류은 주전자를 내려 두 개의 잔에 차를 따랐다.

김이 모락모락 피어오르는 차를 홀짝홀짝 두어 모금 마시고 나서 일류은 다시 입을 열었다. 아까보다 한결 가라앉은 조용한 목소리였다.

"아무리 괴롭고 고통스럽더라도 그 증오하는 마음을 잘라내는 수밖에 없어. 법구경(法句經)에 이런 말이 있지. 원망하는 마음은 원망하는 마음으로써는 없어지지 않느니라. 원망하는 마음을 없앨 때에야 그것은 없어지느니라. 이것은 영원한 진리이니라. 결국 보복은 보복으로써는 해결되지 않는다는 뜻이지. 보복하고자 하는 마음을 없앨 때에야 비로소 해결된다는 진리의 말씀이지."

"······.

"그리고 또 집경(集經) 가운데에, 원망하는 마음과 치미는 울화를 삭이는 수행자는 차안(此岸)도 피안(彼岸)도 다 버리느니라. 뱀이 몹쓸 껍질을 버리듯이…… 라는 말이 있지."

일륜은 차를 천천히 두어 모금 마시고 말을 이었다.

"차안도 피안도 다 버린다……. 즉 이 세상도 저 세상도 다 버린다는 것이니, 완전히 해탈을 한다는 뜻이지. 원망하는 마음과 치미는 울화를 삭인다는 것은 곧 해탈의 경지에 이른다는 것을 의미하는 거지."

"사람으로서 그게 가능한 일일까? 가령 자기 아버지를 죽인 원수 놈을 만났는데도 치미는 울화와 원망하는 마음을 도대체 안 가질 수가 있을까 말일세."

임중하는 도저히 납득이 안 되는 듯한 표정이었다.

"물론 쉬운 일이 아니지, 그러나 남을 원망하는 마음, 즉 증오하는 마음과 치미는 울화를 안으로 고요히 삭이지 않고서는, 다시 말하면 그런 것을 잘라버리지 않고서는 온갖 번뇌와 속박으로부터 벗어날 길이 없는 것을 어떻게 하나. 어려운 일이지만, 그 일을 해내는 데에 보다 숭고한 사람의 면모가 드러나는 게 아닐까. 안 그런가?"

"음—."

"어려운 일이다 해서 그런 증오와 저주의 구렁텅이로부터 벗어나지 못한다면 평온하고 안락한 마음의 세계를 누릴 수 없는 것 아니겠어. 치미는 울화와 증오심을 견디지 못해 가령 보복을 감행했다고 치세. 과연 그 뒤가 편안할 것 같은가?"

"……."

"물론 순간적으로는 기분이 통쾌할지도 모르지. 그러나 그건 다 일시적이고 곧 더 큰 불안과 괴로움의 그림자가 덮여 올 게 뻔하지 않는가. 밤으로 두 다리를 쭉 뻗고 편안히 잠들 수가 없다, 그 말일세."

"지당한 말씀이지. 그러나 그건 어디까지나 종교적인 입장에서 하는 말이고 실제로 사람이 어떻게 그렇게 될 수가……. 무엇보다 살해된 육친에 대한 자식의 도리로서라도 보복을 생각해보지 않을 수가 없는 것이지."

임중하는 아무래도 일륜의 말을 전적으로 수긍할 수가 없다는 태도였다.

일륜도 그만 얘기하는 게 옳겠다는 생각이 들었다. 그래서 화제를 바꾸듯,

"그런데 말이야."

하고 약간 어조를 달리해서 물어보았다.

"자네 혹시 무슨 그런 문제 때문에 고민하고 있는 게 아닌가?"

"……."

"아무래도 그런 것같이 느껴지는데……."

"아니야, 아니야."

임중하는 황급히 고개를 가로 내저었다.

"그럼 내가 잘못 본 건가. 그런데 왜 보복에 관한 불교의 교리를 그렇게 꼬치꼬치 캐고 드는 거지?"

"그저 그 벽화에 얽힌 전설이 재미있어서……. 그 망령이 자기 아내에게 그렇게까지 보복을 해야 하는 것인가 싶어서……."

잠시 방 안에 침묵이 흘렀다. 다로 위에 다시 얹어놓은 주전자에서 차 끓는 소리가 나직이 들릴 뿐 사방은 고요하기만 했다.

잠시 후, 임중하가 불쑥 입을 열었다.

“최 처사라는 사람 어떤 사람인가?”

일륜은 얼른 뭐라고 대답이 나오지가 않았다. 최 처사가 어떤 사람인가……. 얼른 대답하기가 좀 힘드는 홍두깨 같은 그런 질문이 아닐 수 없었다.

“최 처사라는 사람 어디 사람이야? 고향이 어디래?”

임중하는 이렇게 좀 구체적으로 고쳐 물었다.

그제야 일륜도 자연스럽게 입이 떨어졌다.

“글쎄, 고향이 어딘지 잘 알 수가 없어. 본인이 고향이 어디라는 것을 밝히지 않으니…….”

“왜 밝히지 않을까? 고향이 어디라는 것도 무슨 비밀인가?”

임중하는 짐짓 최 처사에 대해서 아무것도 모르는 사람처럼 시치미를 뚝 떼고 말했다.

“아마 본인도 고향이 어딘지 잘 모르나 봐. 저 같은 사람에게 고향은 무슨 고향이 있겠느냐고, 바로 지금 살고 있는 이곳이 고향인 셈이라고 말하거든. 그 말이 맞는 것 같애. 고향이 어딘지 알면서 숨길 턱은 만무하고……. 고향이 어딘지, 부모가 누군지도 모르고 굴러다니다가 이곳으로 흘러들어 온 것 같애.”

“…….”

임중하는 속으로 웃음이 나왔다. 그러나 겉으로는 그저 심상한 체 말없이 고개를 끄덕거렸다.

“말하자면 가련한 인생이지. 이 절에 들어온 지가 꽤 오래된 모양이야. 아마 한 이십 년 된 것 같지.”

“그렇다더군.”

“그런 얘길 하던가?”

“응, 간밤에 함께 자면서 얘길 하더군.”

“고향이 어디라는 얘긴 없지?”

“응.”

“부모 형제도 없고……. 있는지 없는지 모르지만, 좌우간 천애 고아처럼 떠돌아다니다가 이 절로 들어온 게 분명해.”

“어찌된 셈인지 자기 이름도 모른다더군.”

“성이 최가라는 것은 어떻게 기억하고 있었던 모양이야. 그래서 모두 그저 최 처사, 최 처사 하고 부르지. 그게 말하자면 이름인 셈이지.”

그러면서 일륜은 빙그레 웃었다.

임중하도 비식 웃음이 나왔다. 그자의 이름이 다름 아닌 남팔일세, 최남팔…… 하고 내뱉고 싶은 충동을 느꼈으나, 꿀컥 삼키는 수밖에 없었다.

“사람은 어떤가? 그 사람.”

“사람이야 나무랄 데 없지. 그야말로 선량한 사람이지.”

“아, 그래?”

“어느 누가 본바탕부터 나쁘기야 할까마는, 최 처사 그 사람은 그야말로 본바탕부터 선량하기 짝이 없는 사람이지.”

“음—.”

임중하 입에서 절로 나직한 신음 소리 같은 것이 흘러나왔다.

“내가 이 절에 온 지도 어느덧 육 년이 다 되어 가는데 그동안 겪어보니까 사람이 지나칠 정도로 선량해 빠졌단 말일세. 절간을 떠돌아다니는 많은 처사들을 대해 보았지만, 그처럼 착해빠진 사람은 처음이야.”

일륜은 최 처사의 사람됨에 대해서 듣기에 오히려 거북할 정도로 극구 칭찬을 해댔다.

물욕 같은 것도 전혀 없고, 남에게 뒤지지 않으려는 경쟁심 같은 것, 혹은 시기심이나 질투심 같은 것도 없으며, 그저 시키는 일이면 무슨 일이든지 말없이 해낼 뿐 아니라, 시키지 않는 일도 자기 할 일이면 알아서 척척 해내는 그런 사람이라는 것이었다. 도대체 누구에게 걱정을 끼치거나 욕먹을 일이라곤 한 적이 없는, 그야말로 이 절에 없어서는 안 될 그런 일꾼이라는 것이다.

사람이 물욕도 없고, 경쟁심이나 질투심 같은 것도 전혀 없다면 오히려 모자라는 것이 아닌지 모르지만, 좌우간 선량하기 짝이 없는 충복인 셈이었다.

"법이 없어도 얼마든지 살아갈 수 있는 사람이지. 남을 해롭게 할 줄은 요만큼도 모르는 사람이니 말일세."

일륜은 그런 사람을 거느리고 있는 것이 자랑스러운 듯한 표정이었다.

임중하는 픽! 웃음이 나오지 않을 수 없었다. 남을 해롭게 할 줄은 요만큼도 모르는 사람이라니……. 어처구니가 없을 따름이었다.

그가 과거에 사람을 해롭게 한 정도가 아니라, 바로 사람을 죽인 살인자라는 것을 안다면 일륜의 표정이 어떻게 될까 싶으니 속으로 재미있기만 했다.

이래서 열 길 물속은 알 수 있어도 한 길 사람의 속은 알 수가 없다는 말이 성립되는 것이로구나 싶었다.

일륜이 그처럼 해탈의 경지를 말하고 부처님의 자비를 설해도, 바로 자기가 거느리고 있는 최 처사라는 사람 하나의 속도 들여다

볼 수 없으니 말이다.

살인을 한 과거를 가진 사람을 두고서 본바탕부터 그저 선량하기만 하다고 지껄여대니 답답한 노릇이 아닐 수 없었다.

그러나 임중하는 그런 내색을 할 수는 없었다. 시원하게 툭 털어놓아 버리고 싶기도 했지만, 그럴 수는 없는 노릇이었다.

반드시 최 처사와의 약속 때문만은 아니었다. 자기의 고백을 아무쪼록 남에게, 특히 절간 사람들에게 이야기하지 말아 달라던 그 간절한 부탁도 부탁이지만, 까짓것 그런 것쯤이야 싹 무시해 버리고, 손바닥 뒤집듯 만천하에 폭로해 버릴 수도 있는 문제인 것이다. 아버지를 살해한 원수가 아닌가. 그런 놈과의 약속이 무슨 지킬 가치가 있단 말인가. 그러나 그러기 위해서는 먼저 임중하 자신의 태도가 확고히 결정되지 않으면 안 되는 것이다. 폭로한 다음 그자를 어떻게 하겠다는 뚜렷한 결정이 없이 그저 불쑥 털어놓는다는 것은 서툴고 어리석기 짝이 없는 짓인 것이다. 기분으로 경망히 행동할 문제가 결코 아닌 것이다.

임중하는 따끈한 차를 마시며 잠시 속이 느긋해지기를 기다렸다. 그리고 마치 딴 화제를 꺼내듯 차분한 어조로 물어보았다.

"그런데 그 최 처사라는 사람, 여자는 모르는가? 평생 혼자 산단 말인가?"

화제가 최 처사의 사생활, 즉 여자관계 쪽으로 방향을 돌리자, 일륜은 싱그레 웃으며,

"확실한 것은 알 수가 없지만……."

하고 입을 열었다.

"내가 온 뒤로는 별 여자 접촉이 없는 것 같애. 모르지. 심부름을

갔을 때 읍내나 마을에서 무슨 일이 있는지……."

"하기야 이런 깊은 절간에서는 여자를 구경할래도 할 수 없으니……."

"아니야. 그렇지 않아. 지금은 한겨울이니까 그렇지만, 봄철부터 가을철까지는 여자들이 끊일 사이가 없지."

"그런가?"

"멀리 원주나 춘천에서도 오고, 간혹 서울에서 불공을 드리러 여기까지 찾아오는 여인들도 있다니까. 이 절에 찾아오는 신도들은 하루 이틀 안 묵고 가는 사람이 없지. 사흘 나흘, 혹은 일주일이나 열흘을 묵고 가는 사람도 있지. 워낙 높은 데 있어서 당일치기는 도저히 불가능하거든. 산 밑 마을사람들 같으면 몰라도……."

"그렇겠군. 말하자면 봄철부터 가을철까지는 여인들의 여인숙이 되는 셈이군그래."

임중하는 빙그레 웃었다.

"그렇다고 서울 같은 데의 여인숙처럼 생각해서는 안 되지. 그런 곳하고 비교한다는 것은 곤란해."

일륜이 조금 언짢은 듯 그러나 비시그레 웃으며 말했다.

"물론이지, 이 사람아. 부처님이 계시는 절이 아닌가. 서울의 여인숙 같은 곳과 비교를 하다니……."

임중하는 조금 농담이 지나쳤다는 생각이 들어 미안한 기색을 지었다.

그러자 일륜은 도리어 그런 어색함을 지워버리려는 듯,

"그런데 들은 말에 의하니까, 글쎄, 최 처사가 처음 이 절에 들어왔을 무렵에 눈이 맞았던 여신도가 있었던 모양이야."

하고 오히려 그런 쪽으로 성큼 이야기를 끌고 들어갔다.

"서울인가 어디 먼 데서 불공을 하러 와서 묵고 있던 여자였던 모양인데, 눈이 맞아 어떻게 그만 임신이 됐다지 뭔가?"

"흠―."

"그 여자가 여러 번 찾아왔던 모양이야."

"과부였던가?"

"글쎄, 아마 그랬던 것 같애. 그래서 결국 그 여자와 함께 살림을 하게 됐는데 아기까지 낳았다는 거야. 딸이라지 아마."

"살림을 어디서 했는데?"

"이 절에서 했지. 절 바깥채에 지금 최 처사가 혼자 쓰고 있는 방이 있잖어. 그 방에서 했다는 거야."

"그런데?"

"그런데 딸이 서너 살 됐을 때, 그 여자가 도망을 쳐버렸다지 뭐야?"

"왜?"

"그 여자는 이 절간에서 살기 싫다고, 서울이나 어디 대처로 나가 살자고 했던 모양이야."

"그런데 최 처사는 끝내 이 절간을 떠나기 싫다고 했다 그 말이지?"

"그랬던 것 같애."

"그럼 딸은 어떻게 됐는가?"

임중하는 매우 궁금한 듯이 물었다.

일륜은 최 처사라는 한갓 절간에서 심부름이나 하는 사람의 과거에 대해서 임중하가 필요 이상 호기심을 가지는 것 같다는 생각이 들기는 했으나, 그러나 그 이상 다른 무슨 까닭이 있으리라고는 꿈에도 생각하지 않았다.

"딸은 그 여자가 데리고 갔다는 거야."

"……."

"확실한 건 알 수가 없는데, 그 모녀가 지금 서울에 살고 있는 것 같애. 딸은 무슨 간호학교를 다닌다던가. 아마 지금은 졸업을 해서 간호원 노릇을 하고 있는지도 모르지."

"그래?"

간호원이라는 말에 임중하는 절로 좀 귀가 번쩍하는 듯했다. 임중하 자신이 의사이니 그럴 수밖에……. 씩 웃음이 나오기도 했다.

"최 처사가 그런 얘길 하던가?"

"아니야, 그 사람은 자기의 과거에 대해서는 글쎄, 일언반구도 없다니까."

"음—."

"얘기하길 싫어하는데, 굳이 캐물을 필요도 없고……. 절간 사람들의 말에 의하면 그렇더군. 그것도 확실한지 어떤지 알 수가 없어."

"말하자면 최 처사에 얽힌 전설인 셈이군. 벽화에 얽힌 전설이 아니라……."

"허허허, 그렇다고 할 수가 있지. 그 사람 좌우간 전설적인 구석이 있는 사람이야. 자네 말 잘하는데……."

"전설적인 구석이 있는 사람이라……."

임중하는 혼자 중얼거리듯이 말하면서 곧장 고개를 끄덕거렸다. 전설이라도 아주 겁나는 전설을 지니고 있는 사람이지, 하는 말이 곧 입 밖으로 튀어나오려 했으나 꿀컥 참아 넘겼다.

그리고 임중하는 찻잔을 들어 두어 모금 마셨다.

이튿날 아침 임중하는 일찍 잠이 깨였다. 간밤에 늦게까지 일륜과 이야기를 나누느라 거의 자정이 가까워서야 잠자리에 들었는데, 먼동이 트자 곧 잠이 깨었던 것이다.

그런데도 몸이 가뿐했다. 어제의 등산 탓인 듯했다.

겨울 산사의 아침은 정신이 번쩍 들 지경으로 상쾌했다. 방문을 열고 나서니 우선 코에 와 닿는 공기가 싸늘하면서도 산뜻하고 청결하게 느껴졌다.

먼동이 트는 후련한 시계는 정말 장엄하고 황홀하기까지 했다. 어쩌면 태초의 새벽이 바로 이런 것이 아니었을까 싶을 지경이었다.

멀리 가물가물하게 바라보이는 수평선 위로 불쑥 얼굴을 내미는 벌건 햇덩어리는 정말 인상적이었다.

일주문 밖에 서서 해돋이 광경을 그렇게 황홀한 심정으로 바라보고 있는데,

"박사님, 잘 주무셨습니까?"

인사를 하면서 최 처사가 다가왔다.

임중하 곁에 와서 선 최 처사는 두 손을 앞으로 모아 쥐고, 허리까지 약간 굽히고서 그야말로 공손하기 짝이 없는 표정을 짓고 있었다. 마치 무슨 큰 은혜를 입은 사람이 그 은인 앞에서 몸 둘 바를 모르는 듯한 그런 태도였다.

사실 최 처사로서는 임중하가 큰 은인이 아닐 수 없었다. 어제 그 죽음의 계곡에서 미끄러졌을 때 그가 냅다 끌어당겨 주지 않았더라면 지금쯤 자기는 싸늘한 지옥의 밑바닥에 떨어져 있을지도

모르는 것이 아닌가.

목숨을 건져준 데 대한 고마움에서 최 처사가 그렇게 공손하기 짝이 없는 태도를 취하고 있는 것이기도 하겠지만, 한편 자기가 털어놓은 과거담을 부디 입 밖에 내지 말아 달라는 애원하는 심정도 담겨 있는 것이다.

어쩌면 자기의 비밀을 지켜 달라는 애원하는 그 심정이 더 앞서기 때문에 그렇게 필요 이상 몸 둘 바를 모르는 듯한 태도를 취하고 있는지도 모른다.

최 처사는 그렇게 공손하기 짝이 없는 몸가짐을 하고 있으면서도 힐끗 임중하의 눈치를 살피곤 하는 것이었다.

그런 점으로 보아서도 자기의 비밀이 지켜지기를 바라는 마음이 앞서 있는 게 분명했다.

최 처사가 곁으로 와서 서자, 임중하는 지금까지의 상쾌하고 황홀하던 기분이 어디론지 금세 싹 가셔버리는 듯한 느낌이었다. 그가 아무리 공손한 표정을 짓고, 몸 둘 바를 모르는 듯한 태도를 취해도 조금도 기분 좋을 게 없는 것이다.

오히려 그런 태도를 취하는 게 얄밉기만 했다.

한없이 선량한 듯한 표정, 끝없이 공손한 듯한 그 몸가짐이 임중하의 눈에는 도무지 거짓으로만 느껴졌다. 돌이킬 수 없는 자기의 죄를 깊숙이 감추고서 끝내 목숨을 부지해 나가려는 교활한 수단이라고밖에 생각되지가 않는 것이다.

오랜 세월 동안 이 깊은 산중에 묻혀서 그런 교활한 수단으로 자기를 위장하며 살아오는 사이에 어쩌면 이제는 그것이 성격처럼 굳어졌는지는 모르지만, 생각할수록 구역질이 나는 일이었다.

그런 선량함과 공손함은 결코 미덕이 될 수가 없는 것이다. 오히려 교활한 악덕이라고 해야 마땅하다. 한마디로 위선인 것이다.

그런데 그런 사실을 모르고 간밤에 일륜은 극구 최 처사를 추켜올리기만 하지 않던가. 물욕도 없고 경쟁심이나 시기심 같은 것도 없는, 그야말로 선량하기 짝이 없는 사람이라고, 법이 없어도 얼마든지 살아갈 사람이라고…….

말하자면 최 처사는 일륜이라는 승려에게까지 죄를 짓고 있다고 볼 수가 있는 것이다. 자기의 정체를 감쪽같이 숨기고서, 그처럼 자기의 위선을 참다운 미덕이라고 믿게 하고 있으니 말이다.

임중하의 기색이 별로 좋지가 않자, 힐끗힐끗 눈치를 보던 최 처사는 조심스럽게 입을 열었다.

"간밤에 주지 스님께서 저에 대해 무슨 얘기가 없었습니까?"

최 처사가 왜 그런 말을 묻는지 임중하는 그 저의를 대뜸 알 수가 있었다.

간밤에 밤이 이슥토록 두 사람이 대화를 나눈 가운데 혹시 자기에 관한 이야기가 나오지 않았나, 나왔다면 어떤 내용이었을까, 궁금해서 묻는 게 분명했다. 임중하 자신의 입에서 혹시 자기의 비밀이 쏟아져 나와 버리지나 않았는지 불안하기도 해서, 그렇게 간접적으로 떠보는 질문임에 틀림없는 것이다

임중하는 자꾸 얄미운 생각이 앞서기만 해서,

"왜 없었겠소."

하고 불쑥 내뱉었다.

그러자 최 처사는 약간 불안한 듯 또 임중하의 눈치를 힐끗 살피며 물었다.

“무슨 얘길 하십띠까요?”

“……”

“저에 대해서 뭐라고…….”

잠시 못마땅한 듯 뚱한 표정을 짓고 있던 임중하가 불쑥 입을 열었다.

“아주 착한 사람이라고 하던데요. 법이 없어도 얼마든지 살 수 있는, 착하기 짝이 없는 사람이라고…….”

빈정거리는 듯한 그런 어투였다.

최 처사는 얼굴이 약간 붉어지는 듯했다.

“그 말밖에 없었어요?”

“왜 그 말밖에 없었겠소. 또 있었지.”

“또 무슨……?”

임중하는 공연히 심사가 뒤틀리기만 해서 한 번 골려줄까 싶었다. 당신 과거가 어쩐지 수상하다고 하던데, 그래서 내가 다 얘기를 해버렸지―. 이런 식으로 엉뚱하게 말이다.

그러나 임중하는 생각을 돌렸다. 아침부터 그렇게 짓궂게 비뚤어져 나갈 것까지야 있느냐 싶었다.

간밤에 일륜이 증오하는 마음을 잘라내라고 하던 말이 생각나기도 했다. 증오하는 마음을 잘라내기는 어렵지만, 그렇다고 아침부터 그런 마음을 뻗어 오르게 할 것까지는 없는 것이다.

그래서 좀 누그러진 듯한 어조로,

“당신 딸 이야기를 하더군. 딸이 하나 있다지요?”

하고 말했다.

최 처사는 얼굴이 눈에 띄게 화끈 붉어질 뿐, 아무 말이 없었다.

"서울에서 뭐 간호학교에 다닌다고요?"

"……"

"아니, 지금쯤은 졸업을 해서 병원에서 간호원 노릇을 하고 있을지도 모른다고 그러던데요."

그러나 최 처사는 여전히 아무 말이 없다가, 잠시 후,

"저 같은 사람에게 딸은 무슨 딸이 있겠어요. 자식을 가질 자격이 있어야 말이지요."

이렇게 얼버무리듯 중얼거렸다.

그 어투로 보아 딸이 있다는 얘기를 부인하는 것 같기도 했고, 간접적으로 시인하는 것 같기도 했다. 어쩐지 아리송했다.

임중하는 더 캐물어 볼까 하다가 그만두었다. 딸이 있거나 말거나, 간호학교엘 다니거나, 간호원 노릇을 하거나, 무슨 상관인가 싶었다.

임중하는 상운사에서 사흘을 머물렀다. 며칠 더 쉬며 겨울의 산정(山精)을 만끽하고 싶었으나, 병원 일도 있고 해서 그럴 수는 없었다.

그리고 최 처사 그자 때문에 마음이 편치가 않아 더 머무르고 싶은 기분이 나지도 않았다. 그자가 눈앞에 보이기만 해도 괴로웠다. 얼른 서울로 돌아가고 싶을 따름이었다.

그런 임중하의 심정도 모르고 최 처사는 사흘 동안 곧장 극진히 임중하의 시중을 들려고 애를 쓰는 것이었다.

아침에 임중하가 일어나 밖으로 나오기만 하면 더운 세숫물을 들고 왔고, 밥상도 자기가 날랐으며, 숭늉까지도 자기가 떠가지고 왔다.

임중하가 혼자 경내를 거닐거나 석탑 앞에 서 있거나 혹은 절 근처를 산책하고 있을 것 같으면 마치 몸종이라도 되는 것처럼 으레 최 처사가 다가와서 말을 걸곤 했다.

그런 최 처사가 딱 질색이었으나 임중하는 그렇다고 싫으니 저리 가라고 할 수도 없는 노릇이었다.

천행산의 정상을 정복했을 때 역시 마찬가지였다. 임중하가 혼자 산정에 서서 "야호—" 소리를 지르기도 하며 광활무변한 장관을 즐기고 있는데 언제 뒤따라왔는지 히죽히죽 웃으며 불쑥 그가 나타났다.

"아이고 박사님, 길도 험한데 혼자 오르시면 어떻게 합니까. 저한테 길 안내를 하라 안 하시고……."

"……."

"박사님, 참 좋지요? 정말 상쾌하지요?"

혼자 기분이 좋아서 지껄여대는 것이었다. 임중하의 기분이 팍 망쳐지는 줄도 모르고 말이다.

임중하가 떠날 때 일륜은 최 처사에게 M역까지 같이 가서 배웅을 해 드리라고 했다. 최 처사 역시 당연히 그래야 된다는 듯이 따라나서는 것이었다.

그러나 임중하는 절대로 마다고 했다. 혼자 충분히 갈 수 있으니 걱정 말라고 끝내 뿌리쳤다.

그렇게 고집을 부리는 임중하가 일륜은 불안하기만 했으나 도리가 없었다.

"그럼 부디 조심해서 가게나. 다음에 내가 서울 가는 걸음이 있으면 자네 집을 찾아감세."

이렇게 작별 인사를 하는 수밖에 없었다.

"꼭 찾아와야 하네. 서울 왔다가 그냥 가면 안 되네. 정말일세."

그러고는 성큼성큼 임중하는 산길을 걸어 내려가기 시작했다.

최 처사는 몹시 섭섭한 모양이었다. 그럼 산 아래까지만이라도 모셔다드리겠다면서 슬금슬금 뒤를 따랐다.

최 처사가 뒤따라오는 것을 알자 임중하는 뒤도 돌아보지 않고 걸음을 빨리했다.

산모롱이 하나를 돌 때까지 최 처사는 여전히 뒤따라오고 있었다.

임중하는 불끈 화가 난 사람처럼 멈추어 서서 냅다 고함을 질러 버렸다.

"싫다는데 왜 자꾸 따라오는 거요? 싫단 말이요!"

그제야 최 처사는 놀란 표정으로 주춤 걸음을 멈추는 것이었다.

고통의 문

"원장님 어쩐지 요즘 좀 이상하잖어? 그런 것 못 느꼈니?"

"왜 못 느껴. 전과는 좀 다른 것 같애. 무슨 고민이 생긴 사람 같다니까."

"강원돈가 어딘가 정초에 다녀오시더니 그 뒤부터 그렇다니까. 거기 가서 무슨 일이 있었던 것 아냐?"

"글쎄 말이야."

"아무래도 무슨 일이 있었던 것 같애. 그렇지 않곤 별안간 그렇게 우울해질 수가 있어? 도무지 요즘은 웃는 얼굴을 구경할 수가 없다니까."

"툭하면 신경질이고 말이야."

간호원 둘이서 도시락을 먹으면서 주고받는 말이었다.

하나는 최진옥이라는 스물두셋 된 제법 곱살한 얼굴이고, 하나는 김수미라는 두어 살 나이가 더 들어 보이는 그저 두리넓적한 얼굴이다. 둘 다 이 중인병원의 외과에 속해 있는 간호원이다.

김수미가 화제를 바꾸어 입을 열었다.

"내일 모레가 우리 아버지 생일인데 말이야, 생일 선물로 뭘 사 드리면 좋을까?"

"……."

"무엇이 좋겠니?"

"글쎄……."

최진옥은 별로 기분이 안 좋은 듯한 표정이 되며 그저 시들하게 대답을 한다.

"너 같으면 무슨 선물을 사겠느냐 그 말이야."

"……."

"왜 대답이 없니? 갑자기 벙어리가 됐니? 아이 애도 재미없어라."

그러자 최진옥은 불쑥 내뱉듯이,

"아버지가 있는 사람은 재미있어 좋겠다."

이렇게 말하는 것이 아닌가.

그제야 김수미는 아차! 싶었다. 친구의 아픈 데를 건드린 것 같아 미안한 생각이 들었다.

최진옥은 아버지가 없는 것이다. 어머니와 둘이 살고 있다. 아버지가 죽었는지 아니면 어머니가 아버지와 이혼을 했는지 그 내막은 잘 알 수가 없으나 좌우간 최진옥이에게 아버지가 없는 것만은 사실이다.

그렇다고 해서 그렇게 기분이 비뚤어져 나갈 것까지야 없지 않을까 싶었다. 좌우간 미안하게 된 듯하니 한마디 사과를 안 할 수가 없다.

"내가 깜빡 생각을 못 했었구나. 미안!"

김수미는 일부러 부드러운 미소를 지어 보였다.

"괜찮어. 미안하긴……"

최진옥도 억지로 웃는다. 그러나 어딘지 모르게 쓸쓸한 표정이다.

도시락에 남은 밥을 마저 긁어 먹고 있는데, 닥터 최가 도어를 열고는,

"우리 종씨, 원장님이 찾으시는데…… 빨리 먹고 가 봐요."

하고 전갈을 한다.

같은 최 씨이기 때문에 닥터 최는 최진옥을 곧잘 종씨라고 부른다.

원장이 찾는다는 말에 최진옥은 무슨 일인가 싶어 얼른 젓가락을 놓았다.

최진옥이 똑똑똑 원장실 문을 노크하고 들어가자 의자에 푹신히 기대앉아 뻐끔뻐끔 파이프를 빨며 무슨 장부를 펼쳐 들고 들여다보고 있던 임중하는 그것을 책상 위에 놓고 이쪽으로 시선을 돌렸다.

"원장님 부르셨습니까?"

"응."

임중하는 무뚝뚝하게 고개를 한 번 끄떡하고는 아무 말이 없었다.

진옥은 가만히 서서 무슨 말이 떨어지기를 기다리며 힐끗 책상 위의 장부를 보았다. 직원들의 신상카드 철이었다.

원장이 자기의 신상카드를 들여다보고 있었다는 것을 알자, 진옥은 무슨 일인가 싶어 약간 긴장이 되지 않을 수 없었다.

진옥의 얼굴을 잠시 말없이 바라보고 있던 임중하는 무슨 생각

에 잠기는 듯 시선을 돌려 멀뚱한 표정으로 파이프를 뻐끔뻐끔 빨기만 했다.

진옥은 참 이상하다 싶었다. 지금까지 한 번도 없던 일이었다. 간호학교를 졸업하고 이 병원에 들어온 지 일 년이 다 되어 가지만, 이런 일은 처음인 것이다. 사람을 불러서 세워놓고는 말없이 얼굴을 바라보기만 하다니, 그리고 무슨 생각에 잠기다니…… 별일이었다.

진옥은 어쩐지 얼굴이 조금 붉어지는 듯도 했고, 슬그머니 불안한 생각이 들기도 했다. 혹시 무슨 불길한 일이 있는 것이나 아닌가 싶었다. 신상카드를 들추어보고 있으니 말이다.

방 안에 침묵이 흘렀다.

진옥은 그 침묵이 부담스럽고 어색하기만 해서 가만히 입을 열었다.

"원장님, 무슨 일로 부르셨는지요?"

"응, 거기 좀 앉아."

임중하는 그제야 파이프를 입에서 떼었다.

진옥은 소파에 다소곳이 앉았다.

그러나 임중하는 여전히 아무 말 없이 또 가만히 바라보기만 하는 것이었다.

진옥은 기분이 나쁠 지경이었다. 그렇다고 상대방이 원장님인데, 왜 그렇게 자꾸 바라보기만 하느냐고, 무슨 일이냐고 따질 수도 없는 일이었다.

가만히 앉아서 그 시선을 견디고 있을 수밖에 없었다. 살짝 얼굴을 떨구었다가 들었다가 하면서 말이다.

아마 오 분가량 진옥은 그런 어색한 상태로 앉아 있었을 것이다. 그러나 그 오 분이 오십 분도 더 되는 듯한 느낌이었다. 얼굴의 핏기가 서서히 말라 들어가는 듯한 느낌이기도 했다.

마침내 진옥은 견딜 수가 없어서 불쑥 입을 열었다.

"왜 그렇게 자꾸 보시기만 하세요?"

"……."

"예? 원장님."

그제야 임중하는 좀 어색한 표정을 지으며,

"미스 최, 본적이 강원돈가?"

하고 물었다.

"예."

"어머니하고 둘이 살고 있는 모양이지?"

"예."

"아버지는?"

임중하의 입에서 아버지라는 말이 나오자, 진옥은 절로 이맛살이 찌푸려지며 얼른 뭐라고 입이 떨어지지가 않았다.

"아버지는 안 계시나?"

"예."

나직이 대답을 했다.

"돌아가셨나, 아니면……?"

"……."

"응? 왜 대답이 없지? 돌아가셨어, 아니면 살아 계시는 거야?"

"……."

"아니, 미스 최, 왜 대답을 안 하지?"

임중하의 표정이 약간 굳어지는 듯하자 진옥은,

"돌아가셨나 봐요."

들릴 듯 말 듯한 소리로 말했다.

"돌아가셨나 봐요라니…… 돌아가셨으면 돌아가셨고, 안 돌아가셨으면 안 돌아가신 것이지. 돌아가셨나 봐요가 뭐야?"

"……."

"확실히 모른단 그 말인가?"

"……."

"미스 최, 이제 보니 이상한데……. 왜 묻는 말에 대답을 않고, 우물쭈물하지?"

진옥은 이상한 것은 오히려 이쪽인데 싶었다. 왜 남의 아버지의 생사에 대해서 신문을 하듯 그렇게 꼬치꼬치 캐묻는가 말이다. 돌아가셨거나, 살아 있는데 별거를 하거나 자기가 무슨 상관인가. 원장이면 직원의 가정 내막까지 조사를 할 무슨 권리라도 있는 것처럼. 그러나 그런 불만을 입 밖으로 낼 수는 없었다.

"잘 모르겠어요."

진옥은 약간 미간을 찌푸리며 우물우물 말했다.

"잘 모르다니? 자기 아버지가 돌아가셨는지, 살아 있는지 모른단 말이야?"

"……."

"딸이 아버지의 생사를 모르다니, 허허허……. 이상한 일이로군."

임중하는 재미있다는 듯이 웃었다.

진옥은 더욱 기분이 언짢았다. 마치 무슨 놀림을 당하고 있는 듯해서 꼭 다문 입술에 힘을 발끈 주었다.

"아버지의 이름은 뭐야?"

"……."

"성은 물론 최 씨일 것이고, 이름은?"

"……."

"아니, 아버지의 이름도 모르는 거야?"

"예."

진옥은 딱 자르듯 또렷하게 대답했다.

이제 더 참을 수가 없는 그런 심정이었다.

"정말이야?"

"예."

그것은 정말이었다. 정말로 진옥은 아버지의 이름이 뭔지 모르고 있었다. 이름뿐 아니라, 그녀의 말대로 아버지가 돌아가셨는지, 어디에 살아 있는 것인지, 그것도 확실히 몰랐다.

임중하는 슬그머니 화가 나는 모양이었다. 자기 아버지의 생사도 모르고, 이름도 모르다니……. 도대체 그럴 수가 있는가 말이다.

그러나 임중하는 화를 내지는 않았다. 자기의 짐작이 맞는지도 모른다는 듯이 굳어진 표정으로 혼자서 가만가만 고개를 끄덕였다.

"아버지의 생사도 잘 모르고 이름도 잘 모르다니…… 나는 믿어지지가 않아. 그럴 수가 있을까? 그래가지고 아버지의 딸이라고 할 수가 있어? 안 그래?"

임중하는 부드러운 목소리로 말했다.

진옥은 입술을 꼭 물고 고개를 약간 떨구고 있을 뿐이었다.

"미스 최, 오늘 집에 돌아가거든 어머니한테 물어봐. 아버지가 돌아가셨는지, 어디 살아 계시는지."

“…….”

“그리고 이름이 뭔지.”

“…….”

“알겠지?”

진옥은 가만히 고개를 들며,

“예.”

대답을 했다. 그리고 물었다.

“원장님, 그런데 왜 저의 아버지에 대해서 그렇게 알고 싶어 하세요?”

“응, 그저…… 좀 그럴 일이 있어서, 아무것도 아냐. 그저 좀…….”

임중하는 우물쭈물 얼버무렸다.

진옥은 아리송하고 기분이 찝찝하기만 했으나, 더 뭐라고 다그쳐 물을 수도 없었다. 원장님이니 말이다.

성큼 자리에서 일어났다.

“꼭 알아가지고 와야 돼.”

“예.”

볼멘 듯한 소리로 대답을 하고는 문을 열고 나가는 진옥의 뒷모습을 임중하는 눈여겨 훑듯이 바라보았다.

문이 닫히고 진옥의 모습이 사라지자,

“음—.”

임중하의 입에서 신음 소리 같은 저음이 흘러나왔다. 그리고,

“닮은 것 같애—.”

하고 혼자 무겁게 중얼거렸다.

간호원실로 돌아온 진옥의 표정을 보자, 김수미가 대뜸 입을 열

었다.

"무슨 일이니? 어째 안색이 안 좋은 것 같다."

"……."

"응? 무슨 일이야? 뭐래?"

"……."

"무슨 꾸지람 들은 모양이로구나. 그렇지?"

"꾸지람은 무슨 꾸지람."

"그럼? 왜 그렇게 기분 나쁜 얼굴을 하고 있는 거야?"

"몰라! 말 시키지 마!"

진옥은 톡 쏘아붙여 버렸다. 원장실에서 나빠진 기분이 간호원 실에 와서 터진 셈이다.

"애도 참, 무슨 일이 있었는데 그렇게 신경질이니?"

수미는 그 두리넓적한 생김새답게 비죽 웃어버린다.

그날 저녁, 근무를 마치고 퇴근을 하는 진옥의 발걸음은 여느 때 와는 달리 무겁기만 했다.

공연히 어머니가 원망스러웠다. 아버지의 생사에 대해서 어머니 는 지금까지 입을 연 일이 없었다. 그러니 아버지의 이름도 알려줄 까닭이 없었다.

아버지에 대해서 물을 것 같으면,

"모른다. 묻지 마라."

이 말뿐이었다.

진옥은 철이 들면서 아버지에 대해 알고 싶은 생각이 간절했다. 그러나 어머니가 입을 열지 않으니 알 도리가 없었다.

어머니 쪽으로 친척뻘 되는 사람들에게 더러 물어보기도 했지만,

속 시원하게 대답해 주는 사람이 없었다. 그들도 실제로 잘 모르는 모양이었다.

진옥의 기억에 아버지라는 사람이 떠오르지 않는 것은 아니었다. 오히려 아버지라는 사람이 두 사람이나 기억되는 것이었다.

첫 번째 아버지라는 사람은 진옥이 여섯 살인가 일곱 살 때 불쑥 나타난 것으로 기억된다.

어머니와 단둘이 살고 있는 방에 어느 날 저녁, 어머니가 어떤 남자 하나를 데리고 들어왔던 것이다. 어머니는 진옥에게 그 남자가 아버지라는 것이었다. 그러니 앞으로는 아버지라고 부르라고 했다.

그때까지 아버지가 없던 진옥은 별안간 아버지가 생겨 기뻐서 아버지, 아버지 하고 부르며 따랐다.

아버지는 드문드문 한 번씩 찾아왔는데, 언제나 밤에 나타났다. 그리고 아침에 눈을 떠보면 어디로 갔는지 사라지고 없는 수가 많았다. 자고 갔는지, 간밤에 돌아갔는지도 잘 알 수가 없었다.

그런 아버지가 진옥은 안타깝기만 했다. 아버지가 왜 함께 늘 같이 안 살고, 이따금 나타났다가 후딱 사라져 버리는지 알 수가 없었다.

"아버지 어디 갔어? 또 언제 와?"

하고 어머니에게 물을 것 같으면 어머니는,

"돈벌이 하러 가셨지. 곧 또 오실 거야."

하고 쓸쓸하게 웃었다.

그러나 어찌 된 영문인지 그런 아버지도 진옥이 열 살인가 열한 살, 즉 국민학교 3학년인가 4학년 때부터는 일절 모습을 나타내지

않게 되고 말았다. 어떻게 된 셈이냐고 어머니에게 물을 것 같으면 어머니는 마치 화라도 난 사람처럼,

"모른다. 묻지 마라."

딱 잘라버리는 것이었다.

두 번째 아버지라는 사람은 진옥이 여중 2학년 때 생겼다. 첫 번째 아버지 때와는 달리 진옥은 어머니와 함께 어느 집으로 이사를 했는데, 그 집에 아버지라는 사람이 살고 있었다. 그런데 그 아버지라는 사람은 육십이 넘은 노인이었다.

어머니는 진옥에게 그 노인을 아버지라고 부르라 했으나, 진옥은 좀처럼 그 소리가 입에서 나오지가 않아 애를 먹었다. 첫 번째 아버지 때와는 달리, 그게 진짜 아버지가 아니라는 것을 뻔히 알 수 있었기 때문에 어색하기만 했던 것이다.

차라리 할아버지라고 부르라 한다면 어색하지 않고 입에서 잘 나올 것 같았다.

그 늙은 아버지가 죽은 것은 진옥이 갓 여고 1학년이 되었을 때 였다. 그러니까 그 아버지와 같이 산 것은 불과 이 년도 채 못 되 었다.

철이 들자, 진옥은 기억에 떠오르는 첫 번째 아버지 역시 진짜 자 기 아버지가 아니라는 것을 알 수 있었다.

그렇다면 진짜 아버지는 어떻게 된 것일까……. 궁금증이 고개를 들지 않을 수 없었다.

그러나 그 궁금증은 지금까지도 풀리지 않고 있는 것이다.

진옥은 오늘 밤에는 어떤 일이 있어도 그 궁금증을 풀어야지 싶 었다.

버스에서 내려 진옥은 집으로 가는 길을 걸으면서, 어머니의 입에서 아버지에 관한 이야기가 나오도록 하려면 어떻게 해야 될까, 생각해 보았다. 그냥 불쑥 물어서는 "모른다. 묻지 마라." 또 그런 식일 게 뻔했다.

어머니는 진짜 아버지에 대해서 뿐 아니라, 기억에 떠오르는 첫 번째 아버지에 대해서 물어도 "모른다. 묻지 마라." 언제나 이런 식이었다. 그런 유의 질문, 즉 어머니의 남편이었던 남자들에 대한 질문은 딱 질색인 모양이었다.

그런 어머니의 입을 열게 하자면 무슨 그럴듯한 방법을 쓰지 않으면 안 될 것 같았다.

병원의 원장이 아버지에 대해서 묻더라고, 자세한 것을 알아오라 하더라고 말하면 어머니의 입이 오히려 더 굳어져 버릴지도 모른다고 생각했다.

"별꼴이야. 원장이면 원장이지, 남의 과거에 대해서 자기가 뭔데 알아오라 어째라 하는 거야." 이런 식으로 화를 낼 게 뻔했다. 어머니의 성질로 봐서 틀림없이 그럴 것 같았다.

과일가게 앞을 지나다가 진옥은 걸음을 멈추었다. 옳지, 그래봐야지. 좋은 생각이 떠올랐던 것이다.

가게 문을 열고 들어선 진옥은 귤을 살까 하다가 바나나를 사기로 했다. 귤은 흔하지만 바나나는 좀처럼 사 먹는 일이 없는 귀한 과일이 아닌가.

바나나 한 개에 오백 원이라는 말에 진옥은 찔끔했다. 서너 번 베어 먹으면 그만일 그런 것이 한 토막에 오백 원이라니…… 좀 망설이다가 엣다 모르겠다 하고 이천 원을 꺼내 네 개를 샀다.

진옥으로서는 큰마음을 먹은 셈이었다. 어머니의 입을 열게 하자면, 진짜 아버지에 대한 비밀을 알아내려면 그 정도의 투자는 하지 않을 수 없다고 생각했다.

어머니는 혼자서 텔레비전 연속극을 보고 있었다.

주택공사에서 지은 십삼 평짜리 아파트에서 모녀가 단둘이 살고 있는 것이었다. 진옥은 간호원으로 다니고, 어머니 서연선은 시장 상인들을 상대로 일수놀이를 하며 살아가고 있는 터였다.

진옥이 바나나 네 개가 든 봉지를 어머니 앞에 들어 보이며,

"엄마, 이거 뭔지 알아맞춰 봐. 엄마 선물이야."

하고 방글 웃었다.

"뭔데? 호떡?"

"아니."

"그럼…… 귤?"

"아니. 그보다 훨씬 좋은 거야."

"훨씬 좋은 거? 뭘까……?"

그러나 서연선은 텔레비전의 연속극 쪽에 더 정신이 팔리고 있었다.

"바나나야, 바나나. 엄마 주려고 사 온 거야."

"웬 바나나를……."

서연선은 뜻밖이라는 표정을 지었다.

"그런데 말이야, 엄마, 이 바나나 공짜 아니야."

"선물이라면서, 공짜가 아니라니……?"

"나 한 가지 부탁이 있는 거야, 이 바나나 먹고 내 부탁 들어줘야 돼."

“애도 참, 무슨 부탁인데, 바나나를 사 가지고 와서 야단이야.”

“자, 먹어 봐, 맛있어.”

진옥은 바나나 한 개를 껍질을 벗겨 어머니 앞으로 내밀었다.

그것을 받아 든 서연선은 무슨 대단히 귀한 것이라도 되는 듯 조금씩 베어 먹으면서,

“바나나 참 오래간만이다. 이거 얼마 줬니?”

묻는다.

“한 개 오백 원.”

“뭐? 한 개 오백 원?”

서연선은 눈이 약간 휘둥그레진다.

“네 개 사 왔어 이천 원 주고…….”

“애도 참…… 간덩이가 부었나…….”

“아니야. 오늘은 엄마한테 꼭 부탁이 있어서 특별히 사 온 거야.”

“무슨 부탁인데, 어디 말해 보려무나.”

“이따가 잘 때 말할게.”

“맛있다. 자, 너도 먹어.”

“나는 한 개만 먹을게. 엄마 다 먹어.”

“애가 무슨 부탁인지, 수작을 단단히 부리는구나.”

여전히 눈은 텔레비전 쪽에 준 채 서연선은 기분이 좋은 듯 싱그레 웃는다.

텔레비전을 끄고 잠자리에 들자

“무슨 부탁이니? 바나나를 먹었으니 어디 무슨 부탁인지 들어 봐야지.”

서연선이 오히려 궁금한 듯 먼저 입을 열었다.

"아버지에 대해서 알고 싶어서 그래."

진옥은 단도직입적으로 말했다.

"뭐? 아버지에 대해서……."

"응, 엄마. 오늘 밤엔 숨기지 말고, 아버지에 대해 이야길 해줘, 부탁이야."

"……."

"엄마, 생각해 봐. 내 나이 벌써 스물셋이잖아. 스물세 살이나 된 계집애가 자기 아버지 이름도 모르다니 말이 돼? 안 그래?"

"……."

"아버지가 돌아가셨는지, 아니면 어디 살아 계시는지 알고 싶어."

"별안간 왜 아버지는……."

서연선은 약간 떨리는 듯한, 신경질적인 목소리로 말했다.

"별안간이 아니야. 별안간 아버지에 대해서 알고 싶어진 게 아니란 말이야. 벌써 언제부터 알고 싶었는지 몰라. 국민학교 때부터야. 중학교, 고등학교 때는 그 문제로 혼자 속으로 얼마나 고민을 했는지 몰라. 왜 엄마는 아버지에 대한 이야길 안 해주는 것일까. 왜 감추는 걸까. 무슨 비밀이 있는 것인지…… 하고 말이야. 돌아가셨는지, 살아 계시는지 그것만이라도 알고 싶었어. 그러나 엄마는 내가 그런 말을 꺼내기만 하면 언제나 "나도 모른다. 묻지 마라." 하고 한마디로 잘라 버렸어. 엄마도 모르다니, 그런 말이 어딨어. 오늘 밤엔 기어이 알아야겠어, 엄마 부탁이야."

진옥의 말을 서연선은 가만히 듣고 있을 뿐, 입을 떼지 않았다.

"엄마, 아버지가 살아 계시는 거야? 돌아가신 거야?"

"……."

"응?"

"잘 모른다."

그제야 서연선은 가만히 입을 열었다.

"잘 모르다니, 엄마가 모르면 누가 알아?"

"헤어진 지 이십 년이 되었는데, 살아 있는지 죽었는지 난들 어떻게 알 수가 있니."

"헤어진 거야?"

"그래."

"언제?"

"이십 년 전이라 그랬잖어. 네가 세 살 때였지."

"왜 헤어졌어?"

"……."

"응? 엄마."

"그것까지 네가 알 필요 있니? 자식까지 낳고 살던 부부가 헤어질 때는 다 말 못할 곡절이 있는 것이지. 그것까지 묻지는 마라. 괴롭다."

"알았어, 엄마."

진옥은 그것은 엄마 말이 옳다고 생각했다. 엄마와 아버지가 왜 이혼을 했는지, 그 이유까지 자세히 알았으면 좋겠지만, 엄마가 이야기를 안 하려 하는데 굳이 캐묻는다는 것은 자식으로서 엄마를 괴롭히는 일임에 틀림없는 것이다.

왜 헤어졌는지, 엄마가 말해 주지 않는 한 구체적인 것은 알 수가 없지만, 대체로 짐작은 할 수 있는 일이 아닌가. 아버지가 딴 여자를 보았거나, 지독한 주정뱅이나 노름꾼이었거나, 아니면 살림이

너무 찢어지게 가난했거나…… 뭐 그런 것 중의 하나가 아니었겠
는가 말이다.

"그때 어디 살았었는데?"

"강원도 산중에…….'

"그래서 내 본적이 강원도야? 아버지가 강원도 사람이야?"

"아니, 그래서 네 본적이 강원도가 아니라…….'

서연선은 말꼬리를 흐리고는 나직하게 한숨을 쉬었다. 그러고는
다시 입을 열 기색이 없자,

"엄마, 어서 얘기해 봐. 무슨 얘기든지 나 다 이해해. 내 나이 스물
셋이야. 엄마의 과거를 이해 못할 것 같애?"

진옥은 이렇게 말했다.

그러자 서연선은 약간 물기에 젖은 듯한 눅눅한 목소리로 입을
열었다.

"네 아버지는 본적도 없는 사람이었어."

"본적이 없다니?"

"본적이 없기야 할까마는……. 좌우간 없는 거나 마찬가지였어.
너를 호적에 올릴 수가 없었으니 말이야."

"아니, 무슨 그런 수가…….'

"자세한 것은 알 필요 없고……. 좌우간 그런 줄만 알아. 그래서
너를 너의 두 번째 아버지 호적에 올렸던 거야."

"…….'

"너 두 번째 아버지 기억하지?"

"응, 기억해. 여섯 살인가 일곱 살 때 아버지가 생겼었잖어."

"그 아버지가 너를 자기 호적에 올려주었어."

"그 아버지 성이 최 씨야?"

"응."

"그럼, 성도 그 아버질 따랐나?"

"아니야. 너의 친아버지도 최 씨였어. 두 분이 다 최 씨였지."

"그래?"

진옥은 비식 웃음이 나왔다. 두 분 다 최 씨여서 다행이었군 싶었다. 그렇지 않았더라면 성도 남의 성을 가질 뻔했지 않았는가 말이다.

"엄마, 아버지 이름은 뭐야?"

"……."

"응? 엄마."

"잘 몰라."

"잘 모르다니, 같이 산 남편의 이름도 모른단 말이야?"

"너의 아버지가 알려주지 않았어."

"정말이야?"

"정말이라니까."

"참 별일이네. 왜 자기 아내한테 이름도 알려주지 않았을까. 남편의 이름도 모르고 같이 사는 수가 있을까?"

진옥은 도무지 납득이 가질 않았다. 남자의 이름도 모르고 어떻게 결혼을 했으며, 어떻게 부부라고 함께 살았을까 싶었다. 그런 경우가 있을 수 있는 것인지.

아무리 생각해도 거짓말만 같았다.

"그럼 아버지 본적은?"

"그것도 확실히 몰라."

"엄마, 순 거짓말만 하고 있는 거 아냐?"

"거짓말 같지? 그러나 거짓말이 아냐. 정말이야. 그런 걸 물으면 너의 아버진 싫어했어. 남편의 이름은 알아서 뭘 하느냐, 나는 본적이고 뭐고 그런 것 다 버린 사람이다. 그런 식이었어."

"본적을 버리다니, 그게 무슨 뜻이야? 그런 수도 있나? 아버지 좀 이상한 사람이었던가 봐."

"좀 이상한 것이 아니라, 아주 이상한 사람이었어. 그쯤만 알면 돼. 더 알 필요 없어."

"……."

"자자. 인제 그만……. 불 꺼라."

서연선은 아윽— 하품을 했다. 그리고 이불을 푹 뒤집어쓰며 돌아누웠다.

진옥은 일어나 불을 껐다. 그러나 도무지 잠이 오지가 않았다.

아버지에 대해서 좀 알게 된 것만은 사실이다. 자기가 세 살 때, 어머니와 헤어졌다는 것, 강원도 산중에 살았다는 것, 성이 최 씨라는 것.

그러나 오히려 더 궁금증이 늘어난 것만 같은 기분이다. 이름이 뭔지 본적이 어딘지도 모르고 돌아가셨는지 살아 있는지도 알 수가 없다. 왜 헤어졌는지 그 까닭도 확실히 알 수가 없고…….

그리고 무엇보다도 궁금증을 더하게 하는 것은 왜 아버지가 자기 이름을 엄마에게 알려주지 않았는지, 본적이고 뭐고 그런 것 다 버린 사람이라고 했는지, 하는 점이었다.

진옥은 아무리 생각해도 그 점을 이해할 수가 없었다.

"좀 이상한 것이 아니라, 아주 이상한 사람이었어. 그쯤만 알면 돼."라고 한 엄마의 마지막 말이 더욱 아리송한 안개를 피우는 것만 같았다.

하품을 하고, 이불을 푹 뒤집어쓰며 돌아눕기는 했으나, 서연선 역시 쉬 잠이 휘감겨 오지는 않았다.

오늘 밤 딸과 나눈 이야기는 아무 때나 쉽사리 입 밖에 낼 수 있는 그런 예사로운 것이 아니라, 가슴에 맺힌 한의 한 가닥을 풀어 내 보인 것이라고 할 수 있었다. 그래 그런지 약간 흥분이 된 듯 가슴이 뛰고 있었고, 어쩐지 기분이 쓸쓸하고 처량하기만 했다. 그리고 자기의 지난날이 뒤숭숭하게 떠올라 괴롭기도 한 것이었다.

서연선은 자기가 생각해도 정말 한 많은 여자였다. 네 남자를 거쳤으니, 팔자가 세도 이만저만 센 게 아니었다.

첫 번째 정식으로 결혼을 한 남자는 결혼한 지 반 년도 못 되어 6·25가 일어나 군대에 나가 죽어 버렸고, 두 번째 남자는 절에 불공을 드리러 다니다가 눈이 맞아 같이 살게 되었는데, 그 남자한 테서 진옥을 낳았다. 그러나 그 남자와는 도저히 평생을 살 수 있을 것 같지가 않아, 도망쳐 나와 버렸던 것이다. 딸을 데리고서 말이다.

세 번째는 본처가 있는 남자였다. 말하자면 첩살이를 몇 해 동안 했던 것이다.

네 번째는 육십이 넘은 노인으로, 재산은 좀 있었으나, 돌볼 자식이 없는 외로운 늙은 홀아비였다. 순전히 재산을 보고서 들어갔었다. 그러나 그 남편의 사후에 재산을 자기가 다 차지하지도 못했다. 남편의 형제와 친척들의 농간으로 말이다.

서연선은 이불을 뒤집어쓴 채 후유— 한숨을 내쉬었다. 지금 생각해도 분통이 터진다는 듯이.

그러나 그것이 한이 되어 가슴에 맺혀 있는 것은 결코 아니었다. 첩살이를 한 세 번째 남편이나, 재산을 보고 들어갔던 네 번째 늙은 남편은 그저 자기의 인생길에 잠시 스쳐간 대수롭지 않은 존재로 여겨졌다.

그러나 첫 번째 남편과 두 번째 남편은 그게 아니었다. 지금 생각해도 절로 한숨이 나오고, 가슴이 먹먹했다.

양가의 축복을 받으며 정식으로 꼬꼬재배*('혼례식'의 방언)를 올린 첫 번째 남편이 반 년도 채 못 되어 전쟁이 터지는 바람에 군대에 나가 종무소식이 되고 말다니…… 자기의 기박한 팔자는 거기서부터 비롯된 것 같아 생각할수록 가슴이 메었다. 새파란 나이에 전쟁터에 나가 죽은 남편이 불쌍하고, 전쟁이 원망스럽기만 했다.

그리고 두 번째 남편과도 해로를 못하고 자기 발로 도망쳐 나와버린 일을 생각하면 자기의 팔자가 한스럽기만 했다.

죽은 첫 번째 남편의 명복을 빌고 자기의 앞날이 잘 열리기를 기원하는 불공을 드리러 다니다가 만난 남자가 하필이면 끔찍한 과거를 가진 남자였던 것이다.

끔찍한 과거를 가진 남자만 아니었더라면 결코 자기 발로 도망쳐 나오지는 않았을 것이다. 아무리 깊은 산중에 살고 앞날에 희망이 보이지 않는다 하더라도 자식까지 낳은 터인데 어떻게 그 남자를 버릴 생각을 할 수 있겠는가 말이다.

그러나 끔찍한 과거 이야기를 듣고는 무섭고 기분이 나쁘고 불안하기까지 해서 도저히 같이 살 수가 없었다. 눈앞이 암담하기만 했던 것이다.

“나는 죽어도 이곳을 떠날 수가 없어.”

“죽어도 떠날 수가 없다니 무슨 까닭인가요?”

“그 까닭을 얘기할까? 좋아 얘기하지. 꼭 알고 싶다면 얘기하지.”

“…….”

“나는 사람을 죽인 사람이여.”

“뭐요? 사람을 죽여요?”

서연선은 소스라치게 놀라지 않을 수 없었다.

싸락눈이 사락사락 내리는 어느 밤이었다. 이십 년 전 그날 밤의 그 경악과 충격을 서연선은 지금도 잊을 수가 없다.

이런 깊은 산중의 절간에 묻혀 심부름이나 하면서 살아서 장차 무엇이 되겠느냐, 무슨 희망이 있느냐, 대처로 나가야 무슨 기회가 있을 게 아니냐, 그러니 아무쪼록 도회지로 나가서 살도록 하자고 서연선은 남편을 졸라댔던 것이다.

자식까지 낳지 않았느냐, 자식의 장래를 위해서라도 이런 산중을 떠나야 되지 않겠느냐고, 간곡히 졸라댄 바람에 마침내 남편은 죽어도 이곳을 떠날 수가 없다고 그 까닭을 쏟아놓았던 것이다.

남편은 그날 밤, 자기의 과거를 대충 실토했다.

자기가 한때 공비였다는 것, 그리고 자기가 소사로 근무했던 고향 국민학교의 교장을 죽였다는 것, 그래서 고향도 부모형제도 다 버리고 이 깊은 산중에 들어와 숨어 살고 있다는 것, 잡히면 자기는 죽을 목숨이라는 것, 그러니 어떻게 도회지로 나갈 수가 있겠느냐, 난들 왜 대처로 나가 살고 싶은 생각이 없겠느냐고, 남편은 나중에는 눈물까지 흘렸던 것이다.

“여보, 날 용서해줘. 나 같은 놈을 만나 아이까지 낳고 살게 된 당신이 불쌍해. 그러나 그게 다 인연이라고 생각하고 살아야지 어떻게 하나, 안 그래? 여보."

그러면서 남편은 주르르 녹아내리는 물코를 풀고 또 풀고 했던 것이다.

서연선 역시 복받치는 설움을 가눌 길이 없어 밤이 이슥토록 울었다. 경악과 충격이 설움이 되어 녹아 흐르는 듯 끝없이 눈물이 베갯잇을 적셨다. 생각할수록 자신의 팔자가 야속하고, 운명이 기구하기만 해서 견딜 수가 없었다.

남편의 실토를 들은 뒤 서연선은 모든 것을 체념하고 그 남편과 함께 살려고 마음먹었다. 그러나 날이 감에 따라 그 마음이 자꾸 흔들리는 것이었다. 도무지 무서운 생각이 들어서 견딜 수가 없었다. 남편의 얼굴만 봐도 전과는 달리 기분이 으스스해지는 것이 아닌가. 그리고 누가 곧 잡으러 올 것만 같아 노상 불안하기만 했다. 자기까지 마치 살인의 공모자이기나 한 것처럼 기분이 나빴다.

눈앞이 암담해서 도저히 한평생을 같이 살 수 있을 것 같지가 않아 마침내 그녀는 딸을 데리고 그 산중에서 빠져나왔던 것이다. 까짓것 여자가 한 번 팔자를 고치나 두 번 팔자를 고치나 마찬가지가 아닌가 하고 이를 악물고서 말이다.

서연선은 이불 밖으로 얼굴을 내밀며 진옥이 쪽으로 돌아누웠다. 진옥은 잠이 든 듯 색색 숨소리가 들렸다. 서연선은 문득 진옥이 측은하다는 생각이 들며 코허리가 찡해 왔다. 어느덧 나이 스물셋……. 세상 물정을 알 때가 되지 않았는가. 그런데 아직까지 자기의 아버지가 어떤 사람인지 그 생사도 이름도 모르니 궁금할 수밖에. 그런데도 어미로서 딸에게 그 생부에 관한 이야기를 자세히 털어놓을 수가 없으니, 안타깝고 미안할 따름이다.

그러나 아무리 안타깝고 측은하다 하더라도 그 아버지가 어떤 사람이라는 것을 솔직하게 얘기해 줄 수는 도저히 없는 노릇이다. 아버지가 공비였다는 사실, 그리고 자기가 소사로 근무하던 고향 국민학교의 교장을 죽였다는 사실, 그래서 강원도의 깊은 산중 절간에 숨어 살고 있었다는 그런 사실을 어떻게 입 밖에 내어 말해 줄 수가 있겠는가 말이다.

그런 사실을 알았을 때, 진옥이 얼마나 놀랄 것이며, 충격이 얼마나 크겠는가. 생각만 해도 아찔하고, 더 측은하기만 한 것이다.

차라리 그런 아버지라는 것을 모르고 지내는 편이 훨씬 낫고, 다행한 일이 아니겠는가. 궁금한 생각이야 끝이 없겠지만, 진옥이 자신을 위해서 영원한 비밀로 묻어 버리는 것이 현명한 처사라고 서연선은 굳게 믿고 있는 것이다.

진옥이 알고 싶어 하는 아버지의 생사 문제와 이름에 대해서는 사실 서연선 자신도 잘 모르고 있는 것이다. 그이가 아직 살아 있는지 죽었는지…… 살아 있다면 아직도 그 산중의 그 절간에 묻혀 있는지…… 이십 년이라는 세월이 흘러갔는데 어떻게 알 수가 있는가 말이다. 그 이름은 애당초 알려주지도 않았었고…….

서연선 역시 그 두 번째 남편의 그 후 소식이 전혀 궁금하지 않은 것은 아니었다. 그러나 제 발로 싫다고 딸을 데리고 도망쳐 나온 터인데 궁금하면 뭘 할 것이며 소식을 알면 무슨 소용이 있겠는가. 그저 이따금 신세 한탄을 할 때 문득 생각이 나 그 불쌍하고 측은한 사람 아직 살아 있는지 하고 잠깐 머리에 떠올려 볼 따름이었던 것이다.

다른 세 사람의 남자와는 달리 그래도 그이와의 사이에서는 자식이 하나 생겼기 때문에 어쩌면 지금도 보이지 않는 인연의 끈으로 이어져 있는 것이 아닐까 하는 생각이 들기도 했다. 그러나 그녀는 애써 머리를 내저어 그런 청승맞은, 구질구질한 생각을 떨쳐 버리곤 했다. 싫어서 버리고 도망쳐 나온 년이 무슨 염치로 그런 생각을 하느냐 싶었다.

그렇게 머릿속에서 지워버리다시피 한 사람에 대해 오늘 밤에 진옥이 바짝 알고 싶어서 따지듯이 대들어 뒤숭숭하게 긁어 일으켜 놓은 것이 아닌가.

서연선은 나직이 한숨을 쉬었다. 그리고 진옥이 차 넘긴 이불을 끌어올려 잘 덮어준다.

바깥에 바람이 부는지, 눈보라가 치는지, 창문이 이따금 덜커덕거린다.

이튿날 출근을 한 진옥은 여느 때와 다름없이 근무를 시작했다.

시간을 맞추어 입원실로 가서 외과 환자들의 체온을 재고, 주사를 놓아주고, 먹는 약을 나누어 주었다.

겉으로 보기에는 여느 날과 조금도 다름이 없었으나 속으로는 약간 긴장이 되어 있었다. 원장실로 찾아가서 아버지에 대한 것을 보고를 해야 할지, 원장이 부를 때까지 기다릴 것인지…… 선뜻 결정을 할 수가 없었다.

제 발로 찾아가 보고를 하기에는 아무것도 그럴 만한 건더기가 없었다. 아버지의 생사에 대해 안 것도 아니고, 그렇다고 이름을 알아가지고 온 것도 아니고……. 가서 뭐라고 보고를 할 것인가 말이다.

부르면 마지못해 가서 이야기를 하는 수밖에 없다고 생각했다.

그렇게 생각하며 간호원실로 돌아오자,

"원장님이 부르셔."

의료 기구를 소독하고 있던 김수미가 무표정하게 말했다. 진옥은 빨리도 부르는군 싶었다. 어제는 점심시간에 부르더니 말이다. 공연히 못마땅하기만 했다.

문을 열고 나가는 진옥을 수미가 힐끗 눈여겨본다. 겉으로는 무표정했지만 속으로는 무슨 일인가 몹시 궁금한 모양이다. 무슨 일로 어제에 이어 오늘도 또 진옥을 원장실로 부르는 것인지, 궁금하지 않을 도리가 있겠는가. 원장은 어제와는 달리 진옥이 들어서자, 싱글 웃었다. 그리고 대뜸,

"집에 가서 어머니한테 알아봤어?"

가벼운 어조로 입을 열었다.

"예, 알아봤습니다."

진옥은 부담 없이 대답했다.

"뭐래? 아버지가 살아 계신데?"

"돌아가셨대요."

진옥은 속으로 깜짝 놀랐다. 순간적으로 새빨간 거짓말이 나와 버린 것이다. 그러나 전혀 엉뚱하게 그런 말이 흘러나온 것은 결코 아니었다. 그렇게 거짓말을 해버리는 것이 좋겠다는 생각이 순간적으로 번쩍 들었던 것이다.

살아 있는지, 돌아가셨는지, 어머니도 잘 모르더라고 정직하게 대답하면 뒤가 또 길어질 것 같았던 것이다. 왜 어머니도 그런 것을 모르느냐, 아마 이혼을 한 모양인데 언제 아버지와 헤어졌느냐, 왜

헤어졌느냐 하고 꼬치꼬치 따져 물을 게 뻔한 것이다. 그렇게 되면 자연히 가정의 창피한 내막이 들추어질 게 아닌가 말이다.

그런 곤욕을 한마디로 막아 버리기 위해서는 죽었다고 거짓말을 하는 게 좋겠다는 생각이 순간적으로 머리에 번쩍했던 것이다. 그리고 실제로 죽었는지도 모를 일이 아닌가. 그것이 거짓말이 아닐지도 모르는 것이다.

말하자면 수치심 많은 묘령의 처녀의 기지인 셈이었다.

"뭐? 돌아가셨어?"

"예."

"확실해? 어머니가 확실히 돌아가셨다 그래?"

"예."

"음―."

임중하는 예측이 빗나간 듯 고개를 옆으로 갸웃이 눕혔다.

"아버지 이름은?"

"……."

"아버지 이름은 뭐래?"

"……."

"아버지 이름도 알아가지고 오랬잖았어. 안 물어봤나?"

"물어봤어요."

진옥은 그제야 입을 뗐다.

아버지 이름에 대해서는 뭐라고 대답을 해야 뒤가 길지 않고 깨끗이 한마디로 끝날까 생각해 보았으나 얼른 좋은 생각이 떠오르지가 않아 약간 당황하지 않을 수 없었다.

"뭐래?"

“…….”

“미스 최, 그렇게 긴장해서 서 있지 말고, 자, 저기 가서 앉아, 앉아서 얘기해.”

진옥은 소파에 가서 앉았다.

임중하는 파이프에 담배를 담아 불을 붙였다. 그리고 천천히 몇 모금 빨고 나서 다시 입을 열었다.

“아버지 이름은 뭐래?”

“어머니도 잘 모르신대요.”

진옥은 정직하게 대답하는 수밖에 없다고 생각했다. 생사에 관해서처럼 한마디로 거짓말을 해서 넘길 그런 좋은 생각이 끝내 떠오르지 않았던 것이다.

“어머니도 모른대?”

“예.”

“정말이야?”

“예. 정말이에요.”

“아버지의 이름을 어머니가 모르다니…….”

“아버지가 어머니에게 이름을 가르쳐주지 않았다 그래요.”

“그럴 수가 있을까? 아내가 남편의 이름도 모르고 같이 사는 수가 있을까?”

“…….”

“흠─.”

임중하는 또 고개를 살짝 기울였다. 짐작이 다시 들어맞으려 하는 것 같아 도무지 알 수가 없다는 그런 표정이다. 약간 재미있기도 한 모양이다.

파이프를 몇 번 빨고 나서,

"돌아가셨다는 게 정말이야?"

다시 생사에 관한 문제를 끄집어냈다.

"정말이에요."

진옥은 분명한 어조로 대답했다. 그러나 절로 얼굴이 화끈 붉어지는 듯했다.

"미스 최가 몇 살 때 돌아가셨다 그래?"

"세 살인가 네 살 때 돌아가셨대요."

"그때 어디서 살았었대?"

"모르겠어요."

"강원도 산중에서 살았었다 그러지 않아?"

"모르겠어요."

진옥이 모르겠어요, 모르겠어요 하는 바람에 임중하는 김이 빠진 듯 뻐끔뻐끔 파이프를 빨며 가만히 진옥의 얼굴을 바라보기만 했다.

임중하가 또 어제처럼 자기를 가만히 바라보자, 진옥은 기분이 나빠져서 시무룩한 표정으로 굳어져 앉아 있었다. 그러면서도 어쩐지 귀밑이 살짝 붉어지는 듯한 느낌이었다.

그때 문이 열렸다.

송인실이었다. 가느다란 금테 안경을 반짝거리며 들어선 송인실은 주춤 그 자리에 멈추어 섰다.

송인실은 직감적으로 실내 분위기가 이상하다고 느꼈던 것이다.

진옥은 약간 귀밑을 붉힌 듯한, 시무룩한 표정으로 소파에 말없이 앉아 있고, 그런 진옥의 얼굴을 남편 임중하는 뻐끔뻐끔 담배를 빨며 가만히 바라보고 있지 않는가. 원장과 간호원 사이치고는 묘한 대좌이며, 이상한 분위기가 아닐 수 없었다.

송인실이 주춤 멈추어 서자, 진옥도 약간 놀란 듯 자리에서 후딱 일어났다.

진옥뿐 아니라, 임중하도 좀 당황하듯 얼른 입에서 파이프를 떼고, 자세를 고쳐 앉는 것이 아닌가. 그리고 애써 태연한 채,

"미스 최, 그럼 가 봐요."

하는 것이었다.

진옥은 원장인 임중하에겐지, 부원장인 송인실에겐지 알 수 없는 그런 애매한 절을 까딱 하고는 얼른 밖으로 나가 버렸다. 마치 그 어색한 분위기에서 냅다 도망이라도 치듯이.

"무슨 일이에요?"

송인실이 가느다란 금테 안경 속에서 두 눈을 깜작거리며 물었다.

"아무 일도 아니야."

임중하는 정말 아무 일도 아니라는 듯이 대수롭잖게 말했다.

"미스 최를 왜 불러다놓고……."

"아무 일도 아니라니까."

"아무 일도 아닌데, 왜 미스 최를 앉혀놓고 가만히 바라보고 있는 거예요? 담배를 뻐끔뻐끔 빨면서……."

"허허— 아무 일도 아니라는데……."

임중하의 목소리가 약간 높아지자, 송인실은 입을 다물고 소파에 가서 앉아 힐끗 남편의 표정을 살핀다.

남편의 얼굴엔 조금도 수상한 기색이 나타나 보이지가 않는다. 그저 덤덤하고 무뚝뚝해 보일 따름이다. 어딘지 모르게 약간 우울

한 빛이 어려 있는 것 같기는 했다.

송인실은 그제야 자기가 신경과민이었던가 싶었다. 일말의 의혹이 남지 않는 것은 아니었지만.

"당신 오늘 어디 안 나가지요?"

그녀는 조용한 어조로 딴 이야기를 꺼냈다.

"왜?"

"나 어디 좀 나가려고요. 차 내가 타고 나가요."

"그래요. 어디 가는데?"

"공항에 나갔다가…… 점심에는 또 모임이 있어요."

"공항에는 왜?"

"친구가 오늘 파리로 떠나잖아요. 그림 그리는 민 여사 말이에요."

"민 여사는 불란서 사람 될 모양인가. 벌써 몇 번째야. 파리에 가는 게……."

"화가들은 파리에 가야 생기가 난다지 뭐예요. 이번에는 꽤 오래 있으려나 봐요."

"……."

"오후 세 시쯤 돌아올 거예요."

송인실은 소파에서 일어나 밖으로 나왔다.

아내가 나가자, 임중하는 공연히 조금 우스웠다. 하필 왜 그렇게 미스 최의 얼굴을 가만히 바라보고 있을 때 들어오는지……. 혹시 미스 최와 무슨 심상치 않은 관계라도 있는 게 아닌가, 오해할 만도 했다 싶으니 절로 씁쓰레한 웃음이 나왔다.

천행산의 상운사를 다녀온 뒤로 임중하는 하루도 마음이 가벼운 날이 없었다. 노상 구름이 두껍게 낀 날씨처럼 기분이 찌뿌드드하고, 심란했다. 마치 가슴속에 답답한 무슨 덩어리 같은 것이 하나 콱 막혀 있는 듯한 느낌이기도 했다.

정말 어머니가 말한 대로 마음에 병이 든 것만 같았고 아내의 토정비결 이야기처럼 고통의 문이 열린 것 같았다.

천만뜻밖에도 아버지를 살해한 원수 최남팔 그자를 만나고 돌아왔으니 그럴 수밖에. 죽은 것으로만 여겨왔던 그자가 아직 살아서 숨어 있다는 놀라운 사실을 알았으니 말이다.

그렇다 하더라도 그런 사실을 가족들에게 털어놓고 이야기해 버린다면 조금은 괴로움이 덜어질 것인데, 그렇게도 못하고. 혼자만 속에 담아두고 꿍꿍 앓자니 정말 고통스러운 노릇이었다.

임중하는 그런 사실을 가족들에게 이야기해 버릴까도 생각해 보았다.

그러나 그런 사실을 털어놓은 다음이 문제였다. 그다음에 어떻게 할 것인가. 고발을 해보아야 공소시효가 지나서 법적으로는 아무 소용이 없는 것이다. 비법적인 수단을 써서라도 보복을 하느냐, 아니면 단념을 해 버리느냐, 두 가지 중에 하나인 것이다.

어느 쪽을 택해야 할지, 임중하는 쉽사리 마음이 정해지지가 않는 것이었다.

어느 쪽이든 자기의 태도가 정해진 다음에 입을 열어야지 그렇지 않고 미리 이야기해 버리면 어쩌면 가정이 걷잡을 수 없는 상태가 되어 버릴지도 모르는 것이다.

그 사실이 밝혀진다는 것은 온 집안에 회오리바람이 분다는 것을 의미한다. 그 회오리바람에 집안이 휘말려 갈피를 못 잡아서는 큰일이다. 어떻게든지 그 회오리바람을 잘 견뎌서 쉬 지나가 버리 도록 해야 한다. 그러기 위해서는 임중하 자신의 확고한 태도가 무 엇보다 중요한 것이다.

그런데 도무지 어느 쪽을 택해야 할지 마음의 결정이 내려지지가 않는 것이다.

보복이냐, 단념이냐, 말하자면 두 갈래 길에서 망설이고 있는 셈 이다.

아들의 도리로서는 당연히 보복을 해야만 될 것 같았다. 아버지 를 죽인 원수를 눈앞에 보고도 그대로 살려두다니 될 말이 아닌 것 이다.

꿈에 나타난 아버지도 그것을 원하고 있지 않던가 말이다.

—중하야, 왜 이렇게 늦게 찾아오니. 글쎄, 삼십 년이 넘도록 여 기서 이렇게 네가 오기를 기다리고 있는 중이다.

—그 녀석이 숨어 있는 곳을 가르쳐 줄 테니 나를 따라와. 쥐새 끼 같은 녀석이 삼십 년을 넘게 글쎄 감쪽같이 숨어서 살아가고 있잖아.

—그래, 자기 아버지를 죽인 원수를 만났는데, 복수를 할 생각은 않고, 뭐 륙색을 짊어지고 뛰어나가? 도망을 친다 그 말이지?

—그런 너를 믿고 삼십 년이 넘도록 네가 오기를 기다리고 있었 던 내가 바보였구나. 정말 내가 바보 천치였어.

꿈속에서 아버지가 하던 말이 어떤 때는 마치 환청처럼 임중하의 귀에 울리기도 했다.

때로는 마음이 이상스럽게 가라앉으며 임중하는 보복은 무슨 보 복, 단념을 해야지, 하는 생각이 들기도 했다.

보복을 한다고 돌아가신 아버지가 살아나는 것도 아닌데…….
그리고 자칫하면 자기 자신의 신세를 망칠지도 모르는 것이 아닌
가. 완전범죄가 되지 않을 경우 말이다. 슬그머니 두렵기도 한 것이
었다.

그럴 때면 일륜이 하던 말이 어딘가 먼 데서 쟁쟁하게 흘러와 가
슴속으로 스며드는 것 같았다.

—물론 사람으로서 괴로운 일이겠지. 자기의 육친을 죽인 원수
를 그냥 살려두다니, 견딜 수 없는 고통이겠지. 그러나 그 고통을
잘라야 돼. 증오하는 마음을 잘라내야 한단 말일세.

—증오하는 마음을 잘라내지 못하고, 기어이 보복을 했다고 하
세. 그러면 그것으로 끝인가? 끝났다고 보는가? 결코 끝난 것이 아
니지. 이쪽은 끝났다고 생각될지 모르지만, 이번에는 저쪽에서 다
시 증오심이 이쪽을 향해 오는 것이지. 말하자면 끝없는 보복의 되
풀이지. 그런 악순환이 계속된대서야 어디 사람이 사는 세상이라
고 할 수 있겠어. 바로 지옥이지, 수라계지.

—법구경에 이런 말이 있지. 원망하는 마음은 원망하는 마음으
로써는 없어지지 않느니라. 원망하는 마음을 없앨 때에야 그것은
없어지느니라. 이것은 영원한 진리이니라.

정말 그게 진리의 말이 아닌가 싶었다.

말하자면 원혼이 되어 저승으로 못 간 꿈속의 아버지의 말과
부처님의 가르침의 말 사이에서 임중하는 방황을 하고 있는 셈이
었다.

그런 괴로움에다가 또 한 가지 괴로움이 겹치게 되었는데, 그것
은 간호원 최진옥의 문제였다. 미스 최가 어쩌면 최남팔의 딸이 아

닌가 하는 의심이 생긴 것이다.

상운사에서 돌아와서 며칠 동안은 전혀 그런 의심을 가지지 않았다. 최 처사의 딸이 서울에서 간호학교엘 다닌다는 말이 있는데, 어쩌면 지금은 졸업을 해서 어느 병원에서 간호원 노릇을 하고 있을지도 모른다고 하던 일륜의 말도 임중하의 머리에 남아 있질 않았다. 간호원이라는 말에 씩 웃었을 뿐, 그런 것은 대수롭게 여기질 않고 그 자리에서 흘려버렸던 것이다.

그런데 어느 날 오후였다.

임중하는 원장실의 소파에 기대앉아 깜박 잠이 들었다. 한참 맛있게 자고 있는데, 문밖에서 악— 하고 여자의 비명 소리 같은 것이 들리지 않는가.

임중하는 무슨 일인가 싶어 얼른 소파에서 일어나 문을 열어보았다.

미스 최였다. 유난히 하얀 간호복을 입은 미스 최가 복도를 걸어가다가 우뚝 멈추어 서서 새파랗게 질린 얼굴을 하고 있는 것이 아닌가.

그런데 임중하는 깜짝 놀랐다.

"아니, 아버지 아니십니까."

빡빡 깎은 머리에 수염이 너불너불한 아버지가 전번처럼 흰 두루마기를 입은 모습으로 미스 최 앞을 딱 가로막고 서서 무섭게 그녀를 노려보고 있는 것이었다.

"아이 무서워—."

미스 최는 또 소리를 지르며 두 손으로 얼굴을 감싸 버리는 것이었다.

그러자 아버지가 이번에는 두 손을 번쩍 들어 올려 미스 최의 머리 위로부터 냅다 짓눌러 버리려는 듯이 무서운 얼굴로 서서히 그녀에게 다가서는 것이 아닌가.

"아버지, 왜 이러십니까?"

임중하는 두 눈이 휘둥그레졌다.

그러나 아버지는 임중하를 힐끗 한 번 돌아보았을 뿐 곧 미스 최에게로 왈칵 달려드는 것이었다.

"으악—."

미스 최는 냅다 비명을 지르며 살려달라는 듯이 임중하를 돌아보았다. 그녀의 두 눈에 애원하는 빛과 공포에 질린 빛이 담뿍 담겨 있었다.

그러나 그녀는 어느 결에 아버지의 두 손에 짓눌려 복도에 아무렇게나 쓰러져 버렸다.

아버지는 쓰러진 미스 최의 머리채를 한손으로 덥석 휘감아 쥐더니 냅다 그녀를 질질 끌고 현관 쪽으로 향해 가는 것이 아닌가.

"아이고— 사람 살려— 원장님, 살려 줘요— 살려 줘요—."

복도를 질질 끌려가면서 미스 최는 곧장 임중하를 돌아보며 애원하는 소리를 질러대는 것이었다.

"이게 무슨 일입니까? 아버지! 참으세요. 참으세요."

임중하가 붙어 말리려는 듯이 다가가자, 아버지는 번쩍 주먹 하나를 쳐들며 곧 칠 듯한 기세로,

"저리 비켜! 비키지 못할까?"

벌컥 화를 내는 것이 아닌가.

임중하는 우뚝 그 자리에 멈추어 서는 수밖에 없었다.

미스 최를 질질 끌고 간 아버지는 현관에 이르자 그녀를 현관 밖으로 냅다 팽개쳐 버리는 것이었다. 아버지의 힘이 어찌나 센지, 미스 최는 핑 하고 현관 밖으로 날아가 아스팔트 바닥에 보기 좋게 떨어졌다. 마치 무슨 간단한 물건 같았다.

임중하는 깜짝 놀라,

"아이고―."

절로 비명 소리가 터져 나왔다. 눈앞이 아찔했다.

물론 꿈이었다.

임중하는 아이고― 고함을 지르며 번쩍 눈을 떴다. 이마에 식은 땀이 내배어 있었다.

"흠― 그것 참 이상한 꿈인데…….”

임중하는 고개가 갸웃해지지 않을 수 없었다.

처음에는 그게 어떤 뜻의 꿈인지 임중하는 얼른 알 수가 없었다. 참 괴상한 꿈도 다 있구나 싶을 따름이었다. 그러나 곧 머리에 번쩍 와닿는 것이 있었다.

"하하― 그런지도 모르겠군."

임중하는 눈이 번쩍 뜨이는 듯했고, 바짝 긴장이 되는 것이었다.

그때부터 임중하는 최진옥을 이상한 눈으로 보게 되었다. 미스 최가 최 처사, 즉 최남팔의 딸이 아닌가 하는 의문이 생긴 것이다.

미스 최가 최남팔의 딸이 아닌가 하는 의문은 임중하를 더욱 괴롭고 심란하게 했다. 보복을 할 것인가, 단념할 것인가, 두 갈래 길에서 번민을 하고 있는 임중하에게 또 하나의 괴로움이 덮어씌워진 셈이었다.

꿈을 해석해 볼 때 틀림없이 미스 최가 최남팔의 딸인 것 같았다.

그렇지 않다면 왜 아버지가 꿈에 나타나 아무 상관도 없는 간호원인 미스 최를 그처럼 무지막지하게 끌어다가 현관 밖으로 내쫓듯이 팽개쳐 버리겠는가 말이다.

그리고 실제로 임중하는 미스 최의 생김새가 어딘지 모르게 최남팔을 닮았다는 느낌이 들었다.

그래서 임중하는 직원들의 신상카드 철을 꺼내 보았고, 또 직접 미스 최를 불러서 물어보았던 것이다.

미스 최가 실제로 최남팔의 딸이라는 것이 밝혀진다면 어떤 이유를 붙여서라도 해고를 해버릴 작정이었다. 원수의 딸을 데리고 있다니 될 말이 아니었다.

그리고 하고많은 간호원 가운데 하필 그자의 딸이 자기네 병원에 들어와 있다니…… 그게 사실이라면 정말 어처구니가 없는 일이었다. 세상에는 공교로운 일도 많지만, 이렇게 공교로운 우연이 또 있을까 싶었다.

그런데 미스 최를 두 번이나 불러다가 추궁해 보아도 그 의문이 시원하게 풀리질 않는 것이 아닌가. 어쩌면 최남팔의 딸인 듯도 하고, 한편 전혀 그렇지 않은 것도 같고…… 도무지 어느 쪽인지 갈피를 잡을 수가 없었다.

미스 최가 어머니한테 물어보았더니, 아버지는 죽었다지 않는가. 미스 최의 아버지가 죽은 게 사실이라면 미스 최는 최남팔의 딸이 아닌 것이다.

그런데 미스 최의 어머니 역시 남편의 이름을 모른다는 점으로 보아서는 어쩌면 그 남편이라는 자가 최남팔이 아닌가 의심이 가기도 하는 것이다. 최남팔은 비록 같이 산 여자일망정 자기의 본명과 정체를 밝히지는 않았을 터이니 말이다.

도무지 아리송해서 알 수가 없었다.

최진옥의 일까지 아리송하게 겹치게 되자, 임중하의 괴로움은 날로 더 심해갔다. 마치 무슨 번민의 늪에라도 빠진 사람처럼 노상 찌푸린 얼굴에 우중충한 표정을 하고서 시무룩하게 굳어져 무슨 생각에 잠기곤 했다.

그리고 저녁이 되면 매일같이 임중하는 술을 마셨다. 마셔도 적당히 마시는 것이 아니라, 곤드레만드레가 될 지경으로 마셨다. 술로써 괴로움을 씻어 보려는 것이었다. 그러나 결코 괴로움이 술로써 씻어지는 게 아니었다. 술에 취해서 잠시 괴로움을 잊을 수는 있었으나, 술이 깨고 나면 오히려 더 심란해지고 뒤숭숭하고 울적하기만 했다.

말하자면 괴로움의 늪으로 깊이 빠져 들어가는 셈이었다. 임중하가 그처럼 매일 밤 술에 곤드레만드레가 되는 것을 송인실이 예사롭게 보아 넘길 턱이 없었다. 이 양반 아무래도 요즘 이상한데…… 이런 생각이 들지 않을 수 없었다.

임중하는 본래 술을 좋아하는 편이었으나, 지나치게 마시는 일은 없었다. 그야말로 애주가였다.

마시기로 들면 많이 마실 수 있는 그런 체질이었으나, 늘 절제를 했다. 폭음이 얼마나 몸에 해로운가를 의사이기 때문에 남달리 잘 알고 있었던 것이다.

그런데 요즘은 노상 폭음이 아닌가.

송인실이 이상하게 생각 안 할 도리가 없었다. 무슨 고민이나 그럴만한 까닭이 있는 게 틀림없었다. 그렇지 않다면 매일같이 술에 곤드레만드레가 될 턱이 없는 것이다.

그것도 무슨 모임이 있다거나 친구를 만난다거나 해서 마시는 게 아니라, 해질 무렵만 되면 슬그머니 어디론지 빠져나가서, 밤이 이슥해서야 물에 빠진 사람처럼 되어가지고 비칠비칠 돌아오는 판이니 말이다.

운전수에게 몇 번 물어보았으나 신통한 대답이 나올 턱이 없었다. 그저 어느 술집에서 마셨다는 정도밖에 운전수가 더 뭘 알겠는가.

어떤 날은 밖으로 나가질 않고 집에서 혼자 양주병을 기울이기도 했다. 거실의 소파에 푹신하게 묻혀 앉아 마치 무슨 명상에라도 잠기듯이, 혹은 실의에 빠진 사람 같은 멀뚱한 표정으로 잔을 곧장 입으로 가져가곤 하는 것이었다.

송인실이 왜 요즘 그렇게 술을 마셔대느냐고 걱정스레 물어도 못 들은 척 말이 없었다.

송인실은 별별 생각이 다 들었다.

정초에 강원도의 무슨 절을 다녀온 뒤로 그렇게 술을 마셔대는 것을 보니 아마 거기에서 무슨 일이 있었던 게 아닌가 하는 생각이 들었다. 혹시 그곳에서 옛날에 알았던 여자라도 만난 게 아닌지, 그곳으로 가다가 혹은 돌아오다가 그런 여자를 만났는지도 모르지 싶었다.

그리고 어쩌면 미스 최와 수상한 관계가 아닌가 하는 생각이 들기도 했다. 미스 최를 원장실로 불러다 앉혀놓고 담배를 뻐끔뻐끔 빨면서 그 얼굴을 가만히 들여다보고 있다니, 아무래도 수상했다. 자기가 들어가자, 미스 최도 당황하는 눈치였고, 남편 역시 좀 그런 눈치가 아니던가 말이다.

혹시 어느 술집에 마음에 드는 여자가 생긴 게 아닌가 싶기도 했다. 그래서 해만 지면 노상 그 여자를 찾아가 술을 퍼마시는 게 아닌지…….

좌우간 송인실은 남편이 여자 문제 때문에 고민에 휩싸인 것으로 생각했다. 여자 문제가 아니고는 달리 그처럼 괴로워할 아무 건더기가 없을 뿐 아니라 혼자서 그렇게 고민할 까닭이 없는 것이다. 으레 아내인 자기한테 상의를 할 게 아닌가 말이다.

지금까지 결혼생활 이십여 년 동안 무슨 일이든지 늘 상의를 해왔지, 아내 몰래 혼자서 고민하는 그런 남편이 결코 아닌 것이다.

틀림없이 여자 문제라고 단정을 한 송인실은 질투심이 머리를 쳐들어 견딜 수가 없었다.

그래서 마침내 어느 날 밤, 송인실은 남편에게 단단히 따지고 들었다.

그날 밤도 임중하는 취해 있었다. 그러나 여느 때처럼 곤드레만드레가 된 상태는 아니었다. 그날은 바깥에 나가질 않고 집에서 혼자 마셨던 것이다.

양주 대신 맥주를 두어 병 마시고는 얼근해지자 이부자리 속으로 들었다.

적당한 주기는 수면을 재촉해 주는 법이다. 오늘 밤은 좀 일찍 편안하게 잠이나 들자 싶었는데 웬걸,

“여보, 일어나요.”

하면서 송인실이 바싹 다가앉는 것이 아닌가.

“할 말이 있어요. 일어나란 말이에요.”

“아니, 왜 이래?”

임중하는 누운 채 아내의 얼굴을 멀뚱히 바라보았다.

“왜 이래가 아니에요. 어서 일어나요.”

“……”

“어서요.”

송인실이 몹시 싸늘한 표정으로 다그치자, 임중하는 이맛살을 찌푸리며 부스스 자리에 일어나 앉았다.

“왜 그래?”

“당신……”

송인실은 가느다란 금테 안경 속에서 잠시 눈꺼풀을 파르르 떨고 나더니,

“여자가 생겼죠? 그죠?”

내뱉듯이 말했다.

“뭐? 여자가 생기다니……”

“솔직히 말해요. 엉큼하게 감추려 들지 말고……. 다 알고 있단 말이에요.”

“도대체 무슨 소리야?”

“여자가 생겨서 그렇게 매일 술을 마시는 게 아니고 뭐예요. 안 그래요. 어떤 여자예요? 어떤 여자냔 말이에요. 어서 말해 봐요.”

“허허허허……”

임중하는 그만 웃음이 터져 나왔다.

껄껄 한바탕 웃고 나서 임중하는 도로 자리에 누워 버린다.

“왜 웃는 거예요? 능글맞게……. 내 말이 틀렸어요? 여자가 안 생겼으면 왜 그렇게 매일 고민에 싸인 사람처럼 시무룩해가지고, 저

녁만 되면 술을 마셔대는 거예요? 예? 어디 대답해 봐요.”

“허허허……. 당신 참 재미있군. 여자가 생겼으면 왜 시무룩해가
지고 술을 마시지? 벙글벙글 웃으면서 마시질 않고……. 안 그래?
허허허…….”

“그렇게 능청 떨지 말아요. 다 알고 있단 말이에요.”

“알기는 뭘 안다고 나 참…….”

“말할까요? 상대가 누군가…….”

“말해 보구려.”

“미스 최하고 좋아 지내는 게 아니고 뭐예요.”

“뭐?”

“왜 놀라세요? 거짓말이에요?”

“나 참 기가 막혀서…….”

정말 기가 막혀 웃음도 안 나온다는 듯이 임중하는 어처구니가
없는 표정을 지었다.

미스 최와 좋아 지내다니…… 그런 오해가 있을지도 모른다고
생각은 했었지만, 막상 아내의 입에서 그런 말이 튀어 나오자, 임중
하는 어이가 없었다.

이래서는 안 되겠다 싶어 임중하는 입맛을 쩝쩝 두어 번 다시
고는,

“여자가 생긴 게 아니라, 실은 말이야…….”

하고 무겁게 입을 열었다.

“실은 아주 중대한 일이 생겼어.”

임중하는 자리에 누운 채 약간 침통한 어조로 말했다.

“중대한 일이라뇨.”

송인실은 그제야 무슨 일인가 싶어 정신이 바짝 차려지는 것이었다.

"음—."

임중하는 크게 한 번 신음 소리를 토했다.

그리고 잠시 망설이는 것이었다. 과연 그 사실을 아내에게 이야기하는 게 옳은지 어떤지, 얼른 판단이 내려지지가 않았다. 지금까지처럼 혼자서 간직하고 있는 게 옳지 않은가 싶었다.

그러나 이미 이야기를 할 수밖에 도리가 없게 된 것이 아닌가.

"무슨 일인데요? 어서 말해 봐요."

"……."

"중대한 일이라니 무슨 일이에요?"

송인실은 몹시 궁금한 모양이었다. 조금 전까지의 질투심은 어디로 날아갔는지, 그런 기색은 조금도 없고 가벼운 긴장이 얼굴에 흐르고 있었다.

"무슨 일인가 하면…… 저……."

임중하는 곧장 망설여졌다. 얼른 이야기가 튀어나오질 않는 것이었다.

"아이 답답해. 어서 말해 봐요."

"다름이 아니라……."

임중하는 마침내 옜다 모르겠다는 식으로 내뱉어 버렸다.

"아버질 죽인 그 원수 놈을 만났지 뭐야."

"예?"

그만 송인실의 두 눈이 가느다란 금테 안경 속에서 휘둥그레져 버렸다.

"그놈이 죽질 않고 글쎄, 아직 살아 있더라니까."

송인실은 너무나 뜻밖의 말이어서 콱 어디가 막혀버린 듯 뭐라고 입이 떨어지지가 않았다.

한 번 이야기를 꺼내자, 임중하는 이제 거침없이 술술 말이 쏟아져 나왔다.

"내가 찾아간 강원도의 그 절에 아 글쎄, 그놈이 감쪽같이 숨어서 살아 있지 않겠어. 나 참 기가 막혀서……."

"……."

"이십 년이 훨씬 넘도록 그 절간에 묻혀서 살아오고 있다는 거야."

"중이 되어가지고요?"

그제야 송인실은 가만히 조심스럽게 입을 열었다.

"아니야. 제깐놈이 중이 될 자격이나 있나. 뭐 처사라던가…… 말하자면 절간의 일꾼인 셈이지."

"그런데 어떻게 알아봤죠? 보고 알 수 있었어요?"

"아 글쎄…… 기가 막혀서 이야기가 잘 안 나오는군."

임중하는 후유― 한숨을 쉬듯 큰 숨을 한 번 내뱉었다.

송인실은 이제 가만히 앉아 이야기가 나오기를 기다릴 뿐 재촉을 하지 않았다.

"글쎄 그놈이 역으로 나를 마중 나왔지 뭐야."

"……."

"처음에는 어디서 많이 본 사람 같기는 해도 어디서 본 사람인지 도무지 알 수가 없더군. 그럴 수밖에, 벌써 삼십 년이 더 지났으니 말이야."

임중하는 그자의 정체를 알게 된 경위를 대충 이야기했다.

처음에는 자리에 누운 채 이야길 하다가, 나중에는 이상하게 긴장이 되어 자기도 모르게 벌떡 일어나 앉았다.

진눈깨비 때문에 중도에 하룻밤을 같이 자게 된 일, 그날 밤 양주에 취해서 그자가 자기의 과거를 털어놓던 일, 그리고 꿈에 아버지가 나타나서 하던 말 같은 것을 대충 이야기하고는,

"여보, 어떻게 했으면 좋겠소?"

임중하는 아내의 얼굴을 똑바로 바라보았다.

송인실은 얼른 뭐라고 대답이 나오지가 않았다. 가만히 큰 숨을 내쉬었다. 무슨 아주 두려운 이야기를 들은 것 같은 기분이었다.

사실 그것은 엄청나게 중대한 이야기가 아닐 수 없었다. 그런 일 때문에 남편이 고민에 휩싸여 술을 마셔대는 줄 모르고, 여자 문제 때문이 아닌가 싶어서 질투의 눈으로 바라본 게 우습고, 미안하게 생각되기도 했다.

"살인 행위의 공소시효는 십오 년이지. 그러니까 법으로 그자를 처벌할 수는 없어."

"……."

"쥐도 새도 모르게 보복을 하는 길밖에 없는데……."

그러자 송인실은 두 눈이 휘둥그레졌다. 두려운 빛이 눈에 역력했다.

"……."

"단념을 하는 게 좋겠어?"

"글쎄요."

송인실은 가느다란 금테 안경 속에서 두 눈을 곧장 깜작거렸다.

심정이 착잡한 모양이었다.

그러자 임중하는 그날 밤 그자를 목 졸라 죽여 버릴까 하다가 그만둔 일과 죽음의 계곡을 오르면서 뒤에서 왈칵 떠밀어 버릴까 하다가 역시 그만두었던 일을 이야기했다.

"어머, 당신이?"

정말 겁이 나는 듯한 표정으로 송인실은 남편을 두려운 듯이 바라보았다. 남편이 사람을 죽이려고 하다니, 그자가 비록 원수이기는 하지만…… 생각만 해도 끔찍한 노릇이 아닐 수 없었다.

"그 절의 친구는 보복을 단념하라고 하더군."

"그 스님한테 얘길 했나요?"

"그런 사실을 밝히지는 않고, 그저 보복이라는 것을 불교에서는 어떻게 생각하느냐고 물어봤지. 그랬더니 한마디로 보복을 해서는 안 된다는 거야. 보복은 보복으로 끝나는 것이 아니고, 다시 보복을 불러일으킨다나. 끝없는 악순환이라는 거지."

"그렇죠. 그 말이 맞죠."

"뭐라더라…… 원망하는 마음은 원망하는 마음으로써는 없어지지 않느니라. 원망하는 마음을 없앨 때에야 그것은 없어지느니라. 이것은 영원한 진리이니라. 뭐 그런 말이 법구경에 있다나."

"옳은 말인 것 같아요."

송인실은 약간 밝은 표정을 지었다.

"어떻게 생각해? 당신은."

"……."

"보복을 하는 게 옳겠어? 그렇지 않으면……. 자기 아버지를 죽인 원수가 아무 벌도 받지 않고 숨어서 버젓이 살아 있는데, 모르는 체 하고 가만히 내버려두는 게 옳단 말이요?”

임중하는 약간 퉁명스럽게 물었다.

그러나 실상 마음속으로는 아내에 대해 조금도 반발을 느끼지 않고 있었다. 아내가 보복을 하는 것이 옳다고 했다면 오히려 반발을 느꼈을지 모른다. 보복을 않는 쪽을 지지하는 아내를 탓하고 싶은 생각은 조금도 없었다. 그것은 말하자면 부처님의 생각과 동일한 것이 아닌가.

그러니까 임중하 자신도 마음의 밑바닥에서는 보복을 단념하는 쪽으로 슬그머니 기울어져 가고 있는 셈이었다. 물론 아직 보복을 하는 게 자식의 도리라는 생각이 집요하게 달라붙고 있긴 하지만.

남편의 약간 퉁명스러운 듯한 물음에 송인실은 아무 대답을 하지 않고 가만히 앉아만 있었다.

“자식 된 도리로서 그럴 수가 있겠어? 안 그래요?”

“……”

“아무래도 보복을 해야겠어. 감쪽같이 없애 버리면 되는 거야. 완전범죄를 하는 거지 뭐. 문제없어.”

아내의 속마음을 다시 한 번 떠보려는 듯이 임중하는 일부러 더 단호한 결단을 내리는 듯한 어조로 말했다.

“모르겠어요. 알아서 하세요. 그런 중대한 문제를 내가 이래라 저래라 할 수 있겠어요? 그러나 더 좀 잘 생각해보고 결정하는 게 좋을 거예요. 당신 혼자서 결정할 문제도 아니에요. 형제들하고 상의를 해보세요. 어머니하고도 상의를 하고요.”

“……”

이번에는 임중하가 아무 말이 없었다.

“당신은 자신 있게 완전범죄를 말하지만, 그러나 일이 잘못되면 끝장이라는 것을 알아야 돼요. 당신만 끝장이 아니라, 우리 가정 전부가 끝장이에요. 잘 생각해 보세요. 보복을 한다고 돌아가신 양반이 살아 오시는 것도 아니고……. 물론 생각하면 그놈을 당장 처치해 버리고 싶겠지만, 그러나 삼십 년을 산중에 숨어 살았다면 그놈도 어지간히 벌을 받은 셈이 아닐까요?”

“음─.”

임중하는 무거운 신음 소리를 토했다. 그리고 말했다.

“당신 말 알아들었소. 좀 더 생각해 보겠소. 당신도 일체 그런 말 입 밖에 내지 말아야 해.”

“염려 말아요.”

“그런데 말이야, 또 한 가지 고민이 있어.”

“또 무슨……?”

“다름이 아니라, 우리 병원 미스 최가 말이야, 아무래도 그자의 딸이 아닌가 싶어.”

“뭐요? 그자의 딸?”

이건 또 무슨 소린가 싶은 듯 송인실은 두 눈을 번쩍 떴다.

“그자와 같이 살던 여자가 있었는데, 딸을 하나 낳았다는 거야. 그런데 이 여자가 딸을 데리고 도망을 쳤다지 뭐야.”

임중하는 미스 최에 관한 이야기를 아는 대로 대충 늘어놓았다.

미스 최에 관한 이야기를 듣고 난 송인실은,

“그래서 며칠 전에 미스 최를 불러다 놓고 그렇게 담배를 뻐끔뻐끔 빨면서 바라보고 있었어요? 난 또 미스 최하고 무슨 관계가 있는가 싶었죠.”

하고 힉 웃었다.

"여보, 아무리 그렇지만 내가 간호원한테 손을 대겠소? 사람을 모욕해도 분수가 있지."

약간 못마땅한 듯 눈을 한 번 흘겨주고는 말을 이었다.

"그런데 도무지 알 수가 없군. 자기 어머니한테 확실한 것을 물어 오라고 했더니 글쎄, 자기 어머니도 자기 아버지 이름을 모른다지 뭐야. 그런 점으로 봐서는 미스 최의 아버지가 틀림없이 최남팔 그 자인 것 같애. 자기 마누라한테도 본명을 밝히지 않았을 게 아냐."

"아무리 그렇지만 부부간에 이름을 숨기다니……. 자기 남편의 이름을 모르고 같이 사는 여자가 세상에 있을까……."

"남편이 안 가르쳐 주면 모르는 거지 별수 있어."

"이름도 모르고 어떻게 결혼을 하느냐 말이에요."

"뭐 정식 결혼인가. 어쩌다 눈이 맞아서 붙어 산 거지."

"아무리 그렇지만 남편의 이름도 모르다니……."

"그런데 자기 어머니 말이 자기 아버지가 죽었다는 거야. 그 점이 이상해. 사별을 한 게 사실이라면 최남팔 그자가 아니란 말이야."

"안 죽은 사람을 죽었다고 하겠어요. 그자가 아닌 것 같은데요."

"내 생각으로는 거의 틀림없는 것 같은데……. 꿈도 그렇고, 미스 최의 생김새도 어딘지 모르게 그자를 닮았단 말이야."

"그래요?"

"어떻게 확실한 걸 알 도리가 없을까?"

"미스 최가 그자의 딸이라는 게 확실하면 어떻게 하려고요?"

"내보내는 거지, 어떻게 해. 원수의 딸을 데리고 있을 수가 있어."

그런 걸 몰라서 묻느냐는 듯 임중하는 약간 퉁명스럽게 말했다.

그러자 송인실이 잠시 무슨 생각에 잠기는 듯하더니,

"그럼 내가 한 번 만나볼까요?"

하고 입을 열었다.

"누굴?"

"미스 최의 어머닐 말이에요. 내가 직접 만나서 물어보면 어쩌면 확실한 걸 알 수 있을지도 몰라요."

"그것 좋겠군. 그래봐 주오. 그런데 저쪽에서 눈치를 안 채도록 잘 이야길 해야 돼. 왜 그런 걸 자꾸 묻는지 이상하게 생각할 게 아니겠어. 자기의 남편이었던 사람이 우리의 원수라는 것을 눈치채면 바른말을 할 턱이 없을 거니까."

"염려 말아요. 내가 다 알아서 할 테니까. 좋은 생각이 있어요."

송인실은 재미있는 일이 생겼다는 듯이 가느다란 금테 안경 속에서 두 눈을 깜작거리면서 웃었다.

이튿날 아침 병원으로 나간 송인실은 곧 미스 최를 불렀다.

부원장의 호출을 받은 진옥은 이번에는 부원장이 또 무슨 일인가 싶어 약간 긴장한 표정으로 부원장실로 갔다.

미스 최가 들어오자 송인실은 부드러운 어조로,

"미스 최, 어머니 집에 계시지?"

하고 물었다.

"예."

"나, 미스 최 어머닐 좀 만났으면 싶은데……."

"왜요?"

"뭣 좀 상의해 볼 일이 있어서……."

진옥은 우리 어머니하고 무슨 상의할 일이 있어요? 하고 물어보고 싶었으나 그만두었다.

"어떻게 할까? 미스 최하고 같이 집에 가 볼까. 아니면 미스 최가 어머닐 좀 모시고 나오겠어?"

"제가 어머니를 모시고 나오죠."

"그래주겠어? 그럼 오늘 점심을 같이 하기로 할까."

"……."

"집에 전화 있어?"

"없는데요."

"수고스럽지만 그럼 미스 최가 집에 가서 어머닐 좀 모시고 나와. 병원에서 조금 가면 다과점 있잖어. 무슨 다과점이더라……."

"나포리 다과점 말이죠?"

"그래 맞어. 그 나포리 다과점에서 만나자구. 열두 시 정각에 내가 나갈 테니까. 알겠지?"

"예."

"지금 곧 집으로 가라구. 혹시 어머니가 어디 나가실지 모르니까."

"어머닌 오전 중엔 늘 집에 계세요."

"그래? 그럼 됐군. 좌우간 어서 가라구."

"예."

진옥은 어쩐지 별로 기분이 나쁘지가 않았다. 부원장의 말투나 그 표정으로 보아 좋지 않은 일로 어머니를 만나자는 게 아닌 듯했다.

그러나 원장에 이어 이번에는 부원장이 나서는 것을 보니 결코 예사로운 일은 아닌 것 같았다. 도대체 무슨 일일까? 궁금하기 짝이 없었으나, 진옥은 도무지 짐작도 할 수가 없었다.

좌우간 진옥은 곧 집으로 향했다.

열두 시 정각에 송인실은 나포리 다과점으로 나갔다.

한쪽 가에 어머니와 나란히 앉아 있던 진옥은 부원장이 들어서는 것을 보자, 얼른 자리에서 일어났다.

송인실이 그쪽으로 다가가자, 진옥이 어머니 서연선도 앉았던 자리에서 슬그머니 궁둥이를 일으켰다.

"엄마, 우리 병원 부원장님이셔."

진옥이 소개를 하자,

"아이고, 진작 한 번 찾아뵐 것인데, 정말 죄송하게 됐습니다."

서연선은 공손하게 머리를 숙여 인사를 한다.

"아니, 별말씀을…… 어서 앉으세요."

송인실이 그들 모녀 앞에 먼저 자리를 잡고 앉자, 모녀도 조심스레 다시 의자에 앉았다.

"이렇게 나오시라고 한 것은 뭐 좀 상의해 볼 일이 있어서요."

송인실이 말하자 서연선은,

"예, 무슨 일이신지요?"

공손하면서도 약간 긴장이 된 그런 표정을 지었다.

"여기서 말하긴 좀 뭐하고……. 이따가 점심 먹으면서 이야길 하죠."

그리고 송인실은 가까이 와 선 여점원에게 생과자랑 콜라를 시켰다.

그것을 먹고 나서 송인실은 자리에서 일어서며 미스 최에게 말했다.

“미스 최는 먼저 들어가. 나 어머니하고 점심을 먹으면서 상의를 좀 하고 들어갈 테니까.”

“예.”

미스 최는 먼저 병원으로 돌아가고 송인실은 서연선을 데리고 중국집으로 갔다.

중국집 이 층 호젓한 방으로 들어가 마주 앉아 점심을 먹으면서 송인실은 시치미를 뚝 떼고 입을 열었다.

“저…… 미스 최 나이가 금년에 스물 몇이죠?”

“스물셋이예요.”

서연선은 무슨 일인가 싶은 듯 젓가락질을 잠시 멈추고 멀뚱멀뚱 송인실을 바라본다.

“스물셋이면 이제 결혼할 때도 됐군요.”

“결혼요?”

뜻밖의 말에 서연선은 약간 눈이 둥그레지며 웃는다.

“왜요? 스물셋이면 결혼하기에 알맞은 나이죠. 아직 사위 보실 생각을 안 해보신 모양이지.”

그러면서 송인실도 금테 안경 속에서 두 눈을 가느다랗게 하고 웃었다. 그리고 말을 이었다.

“다름이 아니라, 저…… 미스 최가 신붓감으로 하도 나무랄 데가 없어서, 내가 중신을 할 생각이 있어서 그러는 거예요.”

“어머나, 그래요? 어떤 자린데요?”

서연선은 난데없는 말이지만, 귀가 솔깃한 모양이었다.

송인실은 더욱 시치미를 뚝 떼고 나긋나긋 웃어가며 늘어놓았다.

“우리 사촌 시숙 아들이에요. 대학을 나와 지금 군대에 가 있는

252

데, 곧 제대를 하게 돼요. 작년 가을 휴가 때 우리 병원에 놀러 와서 미스 최를 보았나 봐요. 나한테 글쎄, 저 간호원 이름이 뭐냐고 묻지 않겠어요."

"그래요?"

서연선은 기분 좋은 얼굴을 하고 있었다.

"그러니까 미스 최가 그 자리로 시집을 가면 나하고 어떻게 되나. 보자……. 조카며느리가 되는 셈이군. 호호호……."

송인실은 자기가 생각해도 자기 연기가 우스운 듯 깔깔 소리를 내어 웃었다.

그리고 몇 번 젓가락질을 하고 나서 다시 입을 열었다.

"중신을 하자면 색시 쪽 가정 내막을 어느 정도 알아야 되지 않겠어요?"

"그렇죠."

"미스 최 아버지는 어떻게 되셨어요? 살아 계시나요, 돌아가셨나요?"

송인실은 자연스럽게 물었다.

이제 본론으로 들어가는 셈이었다.

남편에 관해서 송인실이 묻자, 서연선은 자기도 모르게 약간 긴장이 되는 것이었다.

물론 상대방이 진옥이를 중매하기 위해서 가정 내막을 알아보려고 묻는 것이지만, 그러나 서연선은 사실대로 대답해서는 안 된다는 생각이 직감적으로 들었다.

남편 몰래 진옥이를 데리고 도망쳐 나왔다고 사실대로 이야기를 할 수도 없을 뿐 아니라, 생이별을 했다고 말한다는 것은 어느 모로나 수치스러운 일이지 조금도 중매에 도움이 되는 일이 못 되는 것이다.

그리고 실제로 이제 그이가 죽었는지도 모르지 않는가.

그래서 서연선은 좀 망설이다가,

"돌아가셨어요."

하고 대답했다. 어쩐지 얼굴이 화끈해지는 느낌이었다.

"언제 돌아가셨나요?"

송인실은 서연선의 얼굴을 똑바로 바라보며 물었다.

"진옥이가 세 살 때 돌아가셨어요."

"그래요? 그때 어디 살았었는데요?"

"강원도에 살았어요."

"강원도 어디에……?"

그렇게 추궁하듯 묻자, 서연선은 어쩐지 기분이 언짢았다. 거짓말인 줄 알고 추궁하는 것만 같아 가슴 한쪽이 뜨끔하기도 했다.

그이가 그런 겁나는 과거를 가진 사람만 아니었다면 조금도 가슴이 뜨끔할 게 없는데, 그런 무시무시한 일을 저지른 사람이어서 그의 아내였던 자기까지가 마치 무슨 공범자 같은 느낌이 들어 슬그머니 두려운 것이었다.

그래서 서연선은 입술에 침을 싹 바르고 거짓말을 했다. 그러나 약간 목소리가 떨려 나왔다.

"묵호에 살았어요. 진옥이 아버지는 어부였어요. 그런데 진옥이가 세 살 때 고기잡이를 나가서 그만 영영……."

"아, 그래요?"

송인실은 고개를 두어 번 끄덕거렸다. 그렇다면 의심할 건더기가

254

없는 게 아닌가.

그러나 한 가지 더 궁금한 것을 물어보기로 했다.

"미스 최 아버지 성함이 무엇이었나요?"

"……."

서연선의 얼굴에 몹시 언짢은 표정이 떠올랐다. 그리고 약간 당황하는 빛도 보였다.

송인실은 얼른 미안한 기색으로 변명하듯 말했다.

"남의 돌아가신 남편의 성함까지 묻는 것은 실례인지 모르지만, 미스 최 얘기는 어머니도 아버지의 이름을 모르신다기에 그럴 수가 있을까 싶어서 물어본 거니까 언짢게 생각 마세요."

그러자 서연선은,

"아이 별 말씀을…… 언짢기는요."

하고는 잠시 머뭇거리다가 말을 이었다.

"이렇게 말씀 드리면 거짓말이라고 생각하실지 모르지만, 무엇 때문에 거짓말을 하겠어요. 이름은 남이 알고 부르라고 있는 것인데……. 실제로 그이의 성이 최 씨라는 것밖에 모르고 살았어요. 거짓말이 아닙니다."

"그런데 왜 남편 되시는 분이 자기 이름을 알려주지 않았을까요?"

송인실의 물음에 서연선은 얼른 뭐라고 대답이 나오지가 않았다. 어쩐지 꼬리가 밟힐 것만 같은 생각이 들어 불안했다.

서연선의 얼굴에 불안한 빛이 떠오르자, 송인실은 약간 이상하게 생각하며 추궁하듯 계속 물었다.

"무슨 그럴 만한 까닭이라도 있었나요?"

“…….”

“이름을 알려서는 안 될 무슨 까닭이 있었던 모양이죠?”

그제야 서연선은,

“제가 그걸 어떻게 알아요.”

불쑥 내뱉듯이 말했다.

언짢아하는 기색이 역력하자, 송인실은 가느다란 금테 안경 속에서 눈을 깜작깜작 하고 나서 다시 나긋한 어조로 바꾸었다.

“부부간에 이름을 모르고 살다니 그럴 수가 있을까 싶어서 그저 물어본 거예요. 오해는 마세요.”

그러자 서연선도 금세 표정이 풀렸다.

“오해는 무슨……. 좌우간 이상한 성미의 남자였어요. 사실 털어 놓고 말씀 드리는데, 정식 결혼이라면 신랑의 이름을 모르고 시집가는 수가 있겠어요? 부끄러운 얘기지만, 첫 결혼이 아니었어요. 처음 남편은 6·25 때 전사를 하고, 두 번째였어요. 그저 오다 가다 만나서 같이 살게 된 거죠.”

“그렇다 하더라도 같이 살면서 이름도 모르다니…… 자연히 알게 될 텐데…… 이름이 뭐냐고 물어본 일도 없어요?”

“왜요, 물어본 일이 있죠.”

“물어봐도 안 가르쳐 줘요?”

“남편의 이름은 알아서 뭘 하느냐고, 성이 최 씨라는 것만 알면 됐지, 건방지게 여편네가 남편의 이름을 알아서 이름을 부를 테냐고, 그러면서 끝내 가르쳐주질 않지 뭐예요. 가르쳐주지 않는 걸 굳이 알려고 캐물을 필요도 없고 해서, 그저 성이 최 씨라는 것만 알고 살았죠.”

"더러 남편 친구들이 남편의 이름을 부를 때도 있었을 텐데……."
"남편의 친구들도 그저 최 씨, 최 씨 하고만 부르더군요."
"그래요?"
"중매하시는데 뭐 색시의 죽은 아버지 이름까지 꼭 알아야 할 필요는 없잖아요?"
"그렇죠, 호호호……."
송인실은 웃음이 나왔다. 그리고 속으로 약간 미안한 생각이 들었다. 중매는 무슨 중매, 미스 최 아버지의 정체를 캐보기 위한 수작으로 그랬을 뿐인데, 그것을 곧이 믿고 있으니 말이다.
"그런데 신랑 될 그쪽 아버지는 뭘 하시는 분이에요?"
서연선은 나도 좀 남자 쪽 가정 사정을 알아야겠다는 듯이 물었다.
"사업을 하고 있어요."
"무슨 사업을요?"
"그건 차차 알게 되겠죠. 자, 어서 마저 잡수세요."
그리고 송인실은 부지런히 젓가락질을 하기 시작했다. 이제 일은 끝났다는 듯이.
병원으로 돌아간 송인실은 곧 원장실로 남편을 찾아갔다. 그러나 남편은 원장실에 없었다. 집에 점심을 먹으러 들어간 모양이었다.
집은 병원 바로 뒤, 한 울안에 있었다.
그녀는 곧 집으로 갔다.
임중하는 거실 소파에 푹신히 묻혀 앉아 뻐끔뻐끔 담배를 피우고 있었다.
"만나 얘길 해 봤어요."

송인실이 다가와 소파에 마주 앉자, 임중하는 파이프를 입에서 떼며 약간 긴장된 표정을 지었다.

"미스 최를 중매하려고 그런다고 했죠."

"중매를 하다니?"

"남의 가정 내막을 캐보자면 무슨 핑계가 있어야 되지 않겠어요. 그냥 아무 이유도 없이 물으면 이상하게 생각할 것 아니에요. 그래서 미스 최를 좋은 자리에 중매를 할까 해서 가정 내막을 물어보는 것이라고 했죠. 그랬더니 묻는 말에 순순히 대답하더군요."

"당신 수단이 보통 아니군. 그래 뭐라 그래요? 미스 최 아버지가 살아 있대?"

"죽었대요. 미스 최가 세 살 때……."

"그래……?"

"미스 최 아버지는 어부였다는 거예요. 강원도 묵호에 살았었는데, 미스 최가 세 살 때 고기잡이를 나가서는 영영 돌아오지 않았다나요."

"음— 그럼 아니군."

"아니에요."

"이름이 뭐래?"

"이름은 모른다는 거예요. 남편의 이름도 모르다니 그런 수도 있느냐고, 이상하다고 자꾸 물었더니, 솔직하게 말하더군요. 정식으로 결혼한 사이 같으면 왜 이름을 모르겠느냐고. 첫 결혼에 실패하고 오다 가다 만난 사이라 그저 성이 최 씨라는 것만 알았지 이름은 모르고 살았다는 거예요."

"살면서 물어보지도 않았대?"

"물어봐도 가르쳐주질 않더라는 거예요. 남편의 이름은 알아서 뭘 하느냐, 여편네가 남편의 이름을 부르려고 그러느냐고 가르쳐주질 않더라지 뭐예요. 그래서 굳이 캐물을 필요도 없어서 그냥 살았다는 거예요. 남편의 친구들도 그저 최 씨, 최 씨 하고만 부르더라나요."

"도대체 그런 수도 있을까? 남편의 이름을 모르고 같이 사는 수도 있을까 말이야."

"뭐 그런 수도 있겠죠. 무식한 사람들의 세상에는……."

송인실은 대수롭지 않다는 듯이 대답했다.

그러자 임중하는,

"음—."

하면서 고개를 끄덕거리고 나서,

"그럼 꿈이 왜 그랬을까?"

고개를 약간 눕혔다.

아버지가 미스 최를 끌어다가 현관 밖으로 내던져 버리던 어느 날 낮의 그 꿈이 그렇다면 도무지 허황하지 않는가. 그 꿈으로 보아서는 틀림없이 미스 최가 최남팔 그자의 딸인 것 같은데…….

그러자 송인실이,

"꿈이 뭐 반드시 들어맞나요. 헛꿈도 있는 것이지."

하고 말했다.

진옥은 그날 밤 야간 근무였다. 이튿날 아침 교대를 해서 집에 돌아간 진옥은 대뜸 어머니에게,

"엄마 무슨 일이었어?"

하고 물었다. 어머니와 상의할 일이라니, 도대체 무슨 일이었는지,

진옥은 궁금해서 견딜 수가 없었던 것이다. 서연선은 히죽 웃으며 입을 열었다.

“너 중매를 하겠다지 뭐니.”

“뭐? 내 중매를 해요?”

진옥은 너무나 뜻밖이라는 듯이 깜짝 놀라는 표정을 지었다.

“중매를 한다는데 왜 그렇게 놀라니?”

“아니, 부원장님이 내 중매를 한다는 거야?”

“그래.”

“호호호……”

진옥은 그만 재미있다는 듯이 까르르 웃는다.

“왜 부원장이 네 중맬 하면 안 된다는 법이 있니? 자기 사촌 시숙 아들이라더라.”

“사촌 시숙 아들이면 우린 부원장님한테 뭐 되는 거야?”

“뭐 되긴, 조카 되지. 그러니까 네가 그 자리로 시집을 가게 되면 부원장의 조카며느리가 되는 거야.”

“조카며느리? 호호호……”

진옥은 싫지 않은 듯 곧장 재미있어서 웃어댄다.

“그 총각이 대학을 나와서 군대에 가 있는데, 곧 제대를 한다는 거야. 휴가 때 한 번 병원에 놀러 와서 너를 봤다던데…… 그 총각 이.”

“그래요? 호호호……”

“너를 보고 그 총각이 마음에 들었던가 봐. 저 간호원 이름이 뭐 냐고 묻더라는데…….”

“호호호……”

"그래서 부원장이 중매를 해볼까 싶다면서 우리 집 내막을 묻잖아, 너거 아버지에 대해서 말이야."

"그래서?"

"그래서 죽었다고 얘기했지 뭐. 생이별을 했다고 하면 무슨 까닭으로 그랬느냐고 자꾸 캐물을 것 같고, 또 생이별을 했다면 아무래도 흠이 되잖아. 더구나 중매를 하려고 그러는데 말이야. 그래서 네가 세 살 때 돌아가셨다고 해 버렸어."

"잘 했어, 엄마."

진옥은 두 눈에 반짝 기쁜 빛을 담으면서 말을 이었다.

"나도 말이야, 원장님이 엄마한테 아버지가 살아 계시는지 돌아가셨는지 확실한 것을 알아 오라고 했었잖아. 그때 돌아가셨다더라고 거짓말을 했었거든. 그래야 더 캐묻지 않을 것 같아 그랬는데, 용케 두 사람 말이 맞았네. 안 맞았더라면 어떻게 할 뻔했지, 호호호……."

그러자 서연선도 일이 잘됐다는 듯이 웃음 띤 얼굴로 말했다.

"너거 아버지가 어부였다고 했지. 강원도 묵호에 살았는데, 네가 세 살 때 고기잡이를 나갔다가 그만 영영 돌아오지 않았다고 거짓말을 했지. 그러니 너도 그쯤 알고, 앞으로 혹시 또 그런 말이 나오거든 말을 맞추도록 해라. 알겠지?"

"아버지의 이름에 대해선 묻지 않았어?"

"왜 묻지 않아. 이름이야 사실 모르는 걸 어떻게 해. 사실대로 모른다고 했지. 그랬더니 부부간에 그런 수도 있느냐고, 이상하다고, 곧장 안 믿으려고 하잖아. 그래서 알면 무엇 때문에 감추겠느냐고, 실은 정식 결혼이 아니라, 오다 가다 만나 살았기 때문에 그렇다고 했지. 그랬더니 그제야 고개를 끄덕이더군."

"중매를 하는데 뭐 그런 것까지 일일이 알아야 되나, 어쩐지 남의 아버지에 대해서 너무 꼬치꼬치 캐묻는 것 같잖아?"

진옥이 좀 이상하다는 듯이 말하자, 서연선은 그저 건성으로 두어 번 고개를 끄덕이며,

"뭐 그저 이름을 모른다니까 이상해서 그러는 거겠지."
하고 대수롭잖게 여겼다.

그런 일이 있은 뒤부터 진옥은 맥없이 하루하루가 재미있고 즐거웠다.

병원의 원장과 부원장이, 즉 내외간에 자기를 중매하려고 들다니…… 생각할수록 재미있고 고마운 일이었다. 그것도 남에게 중매를 하려는 것이 아니라, 자기네 조카며느리를 삼으려고 하다니…… 그렇다면 많은 간호원들 가운데서 특별히 자기를 잘 보았다는 의미가 되지 않는가. 재미있고 즐거울 수밖에…….

얼마 전, 원장이 불러서 앉혀놓고, 신상카드를 들여다보며 아버지에 대해 이것저것 묻고는 자기를 이모저모 뜯어보듯이 가만히 바라보기에 도대체 무슨 일인가 싶었더니, 중매를 하기 위해서 그랬었구나 생각하니 진옥은 절로 웃음이 나오지 않을 수 없었다.

중매를 하겠다고, 다시 말하면 조카며느리를 삼겠다고 그렇게 사람을 앉혀놓고 무슨 용모 테스트라도 하듯이 가만히 바라보다니…… 우리 원장님 참 재미있는 분이라는 생각이 들기도 했다. 진옥은 병원 생활이 여느 때보다 한결 즐거워서 일을 하다가도 곧잘 헤죽헤죽 웃곤 했다.

별로 웃을 일도 아닌데, 별안간 웃음이 헤퍼진 사람처럼 곧잘 웃

자, 김수미가,

"너 이상하다. 무슨 좋은 일이라도 생겼니?"

묻기도 했다.

그러면 진옥은,

"좋은 일은 무슨 좋은 일……."

하고 또 헤죽헤죽 웃는 것이었다.

그렇다고 진옥이 꼭 그 중매가 성립되기를 바라는 것은 아니었다. 아직 그녀는 결혼을 할 생각을 해본 적이 없었다. 스물셋이면 아직 빠르다는 생각이었다. 적어도 스물대여섯 되어야 하지 않을까 싶었다.

그러나 굳이 결혼을 반대할 생각도 아니었다. 맞선을 보아서 남자가 마음에 들고 중매가 잘 되어 결혼을 해야 할 처지가 되면 하는 것이지, 이렇게 생각했다.

그러니까 중매가 성립이 되어도 좋고, 안 되어도 무방했다.

그저 그런 사실이 있다는 자체가 턱없이 재미있고 즐겁기만 한 것이었다.

미스 최가 최남팔 그자의 딸이 아니라는 결론이 내려지자, 임중하는 약간 허탈감에 빠지는 듯했다.

꿈으로 보나, 어느 모로나 십중팔구 그자의 딸일 것이라고 생각했는데, 그게 아니라니, 허망하다면 허망했다.

미스 최가 세 살 때 아버지가 죽었고, 또 그때 묵호에 살았으며, 아버지가 어부였다니, 최남팔 그자가 아님은 틀림없는 것이다.

공연히 생판 남을 가지고 그자의 딸이 아닌가 하고 의심의 눈초리로 바라본 것이 조금은 미안하기도 했다.

　그러니까 임중하의 두 가지 괴로움, 즉 보복을 할 것인가, 단념할 것인가 하는 괴로움과 원수의 딸을 데리고 있는 것이 아닌가 하는 괴로움 가운데서 한 가지는 해소가 된 셈이다.

　그러나 미스 최가 그자의 딸인가 아닌가 하는 괴로움은 고통의 큰 줄기에 돋아난 조그마한 가지 같은 것에 불과했다. 그 가지 하나가 없어졌다고 해서 본줄기가 어떻게 되는 것은 결코 아니었다.

　임중하는 여전히 우울한 나날을 보내고 있었다.

　하지만 그전처럼 매일 술로써 마음의 고통을 씻으려고는 하지 않았다. 이상하게도 그 마음의 고통이 그전보다는 현저히 엷어지고 가벼워진 것 같았다. 술을 마시지 않고는 못 배길 그런 상태는 결코 아니었다. 술을 마시지 않고도 견딜 만큼 되어 있었다.

　참 이상한 일이었다. 보복을 하기로 결심을 한 것도 아니고, 그렇다고 단념하기로 마음을 굳힌 것도 아닌데, 여전히 두 갈래 길에서 망설이고 있는 터인데도 괴로움이 현저히 엷어지다니…….

　아마 아내에게 그 사실을 털어놓았기 때문에 그런 것 같았다.

　혼자서 속에 담아두고 괴로워할 때는 정말 가슴 안에 무슨 덩어리 같은 것이 하나 콱 박혀 있는 듯 답답하기 짝이 없더니, 아내에게 사실을 털어놓고서 어떻게 했으면 좋을지 상의를 하고 나서부터는 그 가슴속의 덩어리 같은 것이 물렁물렁해지는 듯하더니, 이제 흐늘흐늘해진 것 같은 느낌인 것이다.

　그래서 임중하는 문제를 혼자서 이럴까, 저럴까, 괴로워할 것이 아니라, 털어놓고 상의를 하는 쪽을 택하는 것이 옳지 않을까 싶었다.

　아내와는 상의를 한 셈이고, 그럼 다음은 어머니와 한 번 상의를 해볼까 하고 생각했다.

그런데 어머니에게 그 사실을 이야기하려고 드니 덜컥 겁이 나는 것이었다. 어머니가 얼마나 놀랄지, 칠십이 넘은 노인이 충격을 받아 무슨 변고나 일으키지 않을지 모를 일이었다.

아버지의 그 억울하고 참혹한 죽음에 대해서 누구보다도 비통해 하고 분노에 몸부림친 것이 어머니였던 것이다. 최남팔 그자에 대한 어머니의 원망과 저주는 이루 말할 수가 없었다. 눈앞에 있으면 당장 물어뜯어 죽일 것 같은 기세였다.

물론 삼십 년이라는 세월이 지났다고는 하지만, 그런 어머니에게 최남팔 그자가 아직 살아 있으며, 그자를 직접 만났다는 사실을 이야기한다는 것은 두려운 일이 아닐 수 없었다.

그래서 임중하는 어머니에게는 사실대로 직접 털어놓질 않고, 슬그머니 간접적으로 비쳐보기로 했다.

저녁을 먹고 잠시 뒤에 임중하는 어머니 방으로 들어갔다. 아랫목에 누워서 가만가만 염주를 헤아리며 텔레비전을 보고 있던 윤 보살은 아들이 들어오자, 부스스 자리에서 일어나 앉았다.

임중하가 곁에 와 앉자, 윤 보살은 무슨 일인가 싶은 듯 아들을 힐끗힐끗 바라본다.

임중하는 텔레비전 쪽에 시선을 준 채 지나가는 말처럼 대수롭잖게 입을 연다.

"아버지 제사가 며칠 안 남았군요."

그러자 윤 보살도 그저 예사로,

"내일 모레 저녁이지."

하였다.

“아버지가 돌아가신 지도 벌써 삼십 년이 넘었군요. 보자…… 금년이 몇 년째지? 6·25가 나기 한 해 전에 돌아가셨으니까, 삼십일 년째 되는구나.”

“…….”

“그렇죠? 어머니.”

“그런가 보다.”

여전히 윤 보살은 그저 건성으로 대답하며 텔레비전 프로에 신경이 팔려 있다.

“삼십일 년이라……. 십 년이면 강산도 변한다고 했으니까, 강산이 변해도 세 번이나 변한 셈이군요.”

“…….”

“세월 참 빠르네요. 어느새 삼십일 년이 되다니…….”

임중하는 혼자 중얼거리듯이 말하고는 가볍게 한숨을 한 번 쉬었다.

아들이 한숨을 쉬는 것을 알고도 윤 보살은 여전히 조용하기만 했다. 무심히 헤아리고 있는 염주 소리만이 손끝에서 자그락자그락 들릴 뿐이었다.

“아버지가 살아 계시면 올해 얼마가 되시지요?”

“나보다 세 살 위니까…….”

“그럼 일흔다섯이 되시는군요.”

“그런가 보다.”

잠시 말이 없다가 임중하는 어머니의 표정을 힐끗 한 번 보고서 혼자 중얼거리듯 입을 열었다.

“그자가 살아 있으면 그자도 이제 꽤 늙었겠군.”

그러자 윤 보살은 그게 무슨 소리냐는 듯이 아들을 가만히 바라본다.

"그자가 살아 있으면 그자도 이제 쉰 서넛 됐겠다 말입니다. 나보다 서너 살 위였으니까."

"그자라니, 누구 말이냐?"

"누군 누구요. 최남팔 그자 말이죠."

"뭐 최남팔?"

윤 보살의 표정이 눈에 띄게 긴장이 되는 듯했다. 염주를 헤아리는 것도 멈추고서,

"그놈이 살아 있단 말이냐?"

똑바로 아들을 바라보는 것이었다. 임중하 역시 약간 긴장이 되지 않을 수 없었다. 그래서 되도록 느긋한 목소리로,

"죽었겠지요. 살아 있을 턱이 있겠어요. 그러나 혹시 아직 살아 있을지도 모르잖아요."

하고 예사롭게 말했다.

윤 보살은 다시 자그락자그락 염주를 헤아리기 시작했을 뿐 아무 말이 없었다.

어머니가 아무 말이 없자, 임중하는 조심스럽기만 했다. 그 다음을 뭐라고 말했으면 좋을지 몰라 잠시 망설이다가,

"어머니."

하고 부드러운 목소리로 불렀다.

"왜?"

"만일 그자가 살아 있다면 어떻게 하죠?"

"......"

“물론 죽었겠지만, 혹시 아직 살아 있다면 말입니다.”

“…….”

여전히 윤 보살은 아무 말이 없었다.

가만히 입을 다문 채 염주알을 헤아리며 텔레비전 화면을 바라보고만 있었다.

“예? 어머니, 혹시 그자가 살아 있다면 어떻게 하시겠어요? 한 번 말씀해 보세요.”

“…….”

“그자가 살아서 숨어 있는 곳을 만일 안다면 어떻게 하는 것이 옳겠어요?”

“…….”

“복수를 해야 하겠지요?”

그러자 윤 보살은 뜻밖에도 살짝 웃음을 띠며,

“왜 별안간 오늘은 그놈 이야길 자꾸 꺼내는 게야?”

하고 말했다.

어머니의 얼굴에 뜻밖에 웃음이 떠오르자, 임중하는 마음이 한결 놓이는 것 같아 차분하고 예사롭게 다음 이야기를 꺼낼 수가 있었다.

“아버지 제삿날이 닥쳐오기 때문인지, 왠지 자꾸 옛날 생각이 나는군요. 어쩐지 그자가 살아 있을 것만 같은 생각이 들고요.”

“죽었지, 그놈이 아직 살아 있을 턱이 있나.”

“만일 살아 있다면 복수를 해야겠지요?”

“어떻게?”

“쥐도 새도 모르게 죽여 버리는 거지요 뭐.”

“…….”

그러자 윤 보살은 두 눈이 휘둥그레지며 멀뚱히 아들의 얼굴을 바라보는 것이었다.

“살인 공소시효는 십오 년이에요. 사람을 죽여도 십오 년이 지나면 처벌을 안 받게 되는 거지요.”

“뭐, 처벌을 안 받게 돼? 그게 정말이냐?”

“정말이에요. 법에 그렇게 돼 있어요.”

“무슨 놈의 법이 그런 법이 다 있어. 사람을 죽였는데 십오 년이 지났다고 처벌을 안 하다니……. 그게 무슨 법이야.”

윤 보살은 도무지 납득이 가지 않는 표정이었다.

“공소시효라고 해서…… 좌우간 그렇게 돼 있어요. 말하자면 살인을 한 자도 십오 년이 지나면 죄가 없어지는 거나 마찬가지죠. 그러니까 그자가 아직 살아 있다면 법으로 처벌할 수는 없어요.”

“…….”

“복수를 하자면 쥐도 새도 모르게 죽여 없애는 수밖에 없죠.”

그러자 윤 보살은 서슴없이,

“아서라. 말 같잖은 소리 하지도 말아라.”

이렇게 잘라 말하는 것이었다.

“왜 말 같잖은 소립니까? 그렇게 복수를 하는 수밖에 없잖아요. 법으로는 안 되고…….”

임중하는 입으로는 이렇게 말하고 있었으나, 내심 매우 기쁘고, 기분이 활짝 밝아진 듯한 느낌이었다.

정말 뜻밖이 아닐 수 없었다. 어머니가 그런 태도로 나올 줄은 미처 몰랐던 것이다. 충격이 커서 오히려 무슨 변고나 일으키지 않을까 걱정이 되었는데 말이다.

물론 최남팔 그자가 산중에 숨어서 아직 살아 있다는 사실을 밝힌 것은 아니지만, 좌우간 그자에 대한 보복을 어머니는 "아서라. 말 같잖은 소리 하지도 말아라." 하고 분명히 반대한 것이 아닌가. 누구보다도 그자를 원망하고 저주하며 분노에 떨던 어머니가…….

염주 헤아리는 소리가 약간 빨라지는 듯하더니 윤 보살은,

"법으로 안 되면 그만인 것이지, 쥐도 새도 모르게 죽여 없애다니……. 그럼 결국 너도 살인자가 되겠다는 말 아니냐."

하면서 가만히 아들을 바라보았다.

"복수를 하자면 도리가 없는 것이죠."

"아니다. 그런 소리 말아라."

"……."

"그러면 너도 결국 그놈과 똑같은 놈이 된다. 그런 놈 이제 와서 죽여본들 무슨 소용이 있느냐. 돌아가신 너희 아버지가 살아 오시는 것도 아니고……."

"그래도 그자가 살아 있다면 그냥 가만히 내버려둘 수가 있겠어요?"

"제깐놈이 살면 얼마를 살겠느냐. 그런 몹쓸 죄를 짓고 제 명대로 살 것 같으냐? 어림도 없다. 하늘이 그렇게 무심한 줄 아느냐? 결코 무심하지 않느니……."

"……."

"설사 그놈이 어쩌다가 제 명대로 살다 죽는다 하더라도 저승에 가서 반드시 그 벌을 받고야 만다. 죄 없는 사람을 그렇게 억울하게 죽였는데 벌을 안 받다니……. 어림도 없지. 염라대왕이 무엇 때

문에 있는데……."

"……."

"그러니까 너는 그런 쓸데없는 생각 하지도 말아라. 쥐도 새도 모르게 사람을 죽여 없애다니……. 당치도 않는 소리다. 그런 생각을 하면 공연히 마음만 산란해진다. 싹 잊어버려라."

"……."

"그리고 그놈이 지금까지 살아 있을 턱이 만무하다. 벌써 죽었을 게 틀림없다. 공연히 살아 있지도 않는 놈을 가지고 심란해할 필요가 어디 있느냐. 안 그러냐?"

그리고 윤 보살은 조용히 한숨을 쉬듯이,

"나무관세음보살—."

하였다.

자그락자그락 염주 헤아리는 손끝이 다시 조금 느릿느릿해지는 듯했다.

임중하는 어머니의 모습을 가만히 바라보았다. 절로 머리가 숙여지는 듯한 느낌이었다.

방 윗목 한쪽에 마련되어 있는 불단의 금빛 부처님은 은은한 미소를 지으면서 두 모자를 내려다보고 있었다.

어머니와 이야기를 나누고 난 그날 밤, 임중하는 한결 가벼워진 마음으로 잠자리에 들 수가 있었고 두 다리를 쭉 뻗을 수가 있었다.

어머니가 만일 그런 태도로 나오지 않고 "그래야지, 그렇게 해야지, 쥐도 새도 모르게 없애 버려야지" 이렇게 말했더라면 어떻게 되었을까. 결코 잠자리에서 두 다리를 쭉 뻗을 수가 없었을 것이다. 고통의 농도가 훨씬 짙어졌을 게 뻔했다.

그러니까 결국 임중하 자신도 보복을 단념하는 쪽으로 은연중 마음이 기울어져 있었다고 할 수가 있다. 다만 딱 잘라서 그렇게 하기로 결정을 내리지 못하고 망설이고 있었을 뿐인 것이다.

그러나 어머니의 그런 심중을 안 뒤에도 임중하는 여전히 딱 잘라서 단념을 하기로 마음을 정해 버리지는 못했다. 어쩐지 한 가닥 찜찜하게 남은 것이 있었다. 과연 그게 아들 된 도리인가 하는 생각이었다. 아버지에 대한 죄스러움인 것이었다.

그처럼 억울하고 참혹하게 돌아가신 아버지의 원한을 풀어 드리지 못하다니⋯⋯. 그 원수 놈이 뻔히 살아 있다는 것을 알면서도 말이다.

꿈에 나타난 아버지 역시 원수를 갚아 주기를 간곡히 바라고 있지 않던가.

임중하는 여전히 가슴 한구석에 한 가닥 괴로움이 남지 않을 수 없었다.

아버지의 제사 때는 해마다 형제들이 모여들었다.

임중하는 사 남매의 맏이였다. 바로 밑으로 여동생이 하나 있고, 그 밑으로 남동생이 둘이었다.

여동생은 변호사 부인이었고 그 밑의 큰 남동생은 대학교수로 서양사 전공이었다. 그리고 맨 밑의 작은 남동생은 육군 중령이었다.

물론 부친의 제사라고 해서 반드시 누이와 남동생 모두가 모이는 것은 아니었다. 때로는 한둘 빠질 때도 있었다. 그러나 부득이한 사정이 있을 경우를 제외하고는 해마다 아버지 제사 때는 모이는 것으로 알고들 있었다.

군인인 맨 밑의 동생을 제외하고는 모두가 서울에 뿌리를 내리고 살고 있기 때문에 그들은 거의 빠지는 때가 없었다.

임중하는 제삿날 아침, 이번 제사에는 모두 모였으면 좋겠다고 생각했다. 제사를 지낸 다음, 넌지시 한 번 보복에 관한 문제를 꺼내어 동생들의 생각을 알아보고 싶었던 것이다.

동생들에게도 역시 어머니에게 했던 것처럼 그렇게 간접적으로 이야기를 비쳐보는 게 옳으리라고 임중하는 생각했다. 사실대로 이야기를 꺼낸다는 것은 중대한 문제가 아닐 수 없는 것이다.

송인실은 당신 혼자서만 그렇게 고민할 게 아니라, 동생들과 상의를 해보라고 했지만, 그러나 상의도 상의 나름이지 이 문제는 그렇게 섣불리 펼쳐놓을 성질의 것이 아닌 것이다.

당장 온 집안이 회오리바람에 휩싸이는 격이 될 게 뻔하다. 그 회오리바람을 어떻게 감당해 나가야 할 것인지, 맏이로서의 확고한 결의가 먼저 서야 한다. 그렇지 않고 섣불리 펼쳐놓는다는 것은 결코 현명한 처사가 못 된다.

기대했던 대로 그날 제사에는 세 동생이 모두 모여들었다. 여동생은 변호사인 남편과 함께 왔다.

제사란 본래 한밤중 자정 무렵에 지내는 법이다. 제사를 지내고 나서 제삿밥을 이웃에 돌리고, 가족들이 둘러앉아 그것을 먹을 무렵에 첫닭이 울면 안성맞춤인 것이다.

어쨌든 첫닭이 울기 전에 제사를 마쳐야 한다. 조상의 혼령이 닭이 울면 사라져 버린다는 것이다.

그러나 임중하네는 제사를 저녁 여덟 시경에 지낸다. 제사를 지내고 나서 제삿밥을 저녁으로 먹는 것이다.

말하자면 제사 시간을 간소화한 셈이다.

그렇게 일찍 제사를 지내게 된 것은 한밤중에 지내는 것이 귀찮아서 그런 것은 아니다. 동생들이 그렇게 제의를 했던 것이다.

제사라고 반드시 자정 무렵에 지내야 된다는 법이 있느냐, 일찍 지내고 그것으로 저녁을 먹으면 되지 않느냐, 그리고 통금 전에 집에 돌아가는 것이 좋겠다는 것이었다.

임중하 역시 굳이 반대할 까닭이 없어서 그렇게 시간을 간소화하기로 했던 것이다.

그날도 제사는 여덟 시 반경에 끝났다.

그리고 둘러앉아 저녁을 먹기 시작했다.

여느 때 같으면 주방의 식탁에서 식사를 하는 터이지만, 제사를 지낸 다음이라 그대로 방에 큼직한 네모진 상과 둥근 상을 놓고 저녁을 차린 것이다.

제사 음식을 주방의 식탁으로 옮겨다 놓고 의자에 앉아서 먹는다는 것은 좀 격에 맞질 않는다. 상에다가 차려서 둘러앉아 먹는편이 훨씬 제사 지낸 기분이 나는 것이다.

네모진 상에는 임중하와 두 남동생, 그리고 변호사인 매부가 자리를 잡고 앉았다. 둥근 상 쪽엔 윤 보살과 송인실 그리고 여동생과 이 집의 아들딸 둘이 자리 잡았다.

임중하는 먼저 술잔에 차례차례 술을 따른 다음,

"자, 술부터 한잔하지."

하고 잔을 들었다. 술은 법주였다.

술잔을 쭉 비우고 임중하는 매부인 박건에게 건넸다.

곧 군복 차림인 작은 동생 임강현의 잔이 임중하에게로 왔다.

주거니 받거니 잔들이 오고 가자 임중하는 자연스럽게 허두를

뗬다.

"아버지가 돌아가신지 금년이 삼십일 년째더군."

그러자 임강현이,

"벌써 그렇게 됐나요?"

고개를 두어 번 끄덕이고는 잔을 단숨에 쭉 비웠다.

"그자가 죽었는지 어떻게 됐는지 확실한 것을 알았으면 좋겠는데……."

"그자라니?"

이번에는 매부 박건이 물었다.

"아버지를 살해한 놈 말일세. 그놈의 생사를 확실히 알았으면 좋겠어."

가만히 듣고 있던 대학 교수인 큰 동생 임명빈이 무표정하게 입을 열었다.

"어떻게 알 길이 있나요?"

"글쎄 말이야. 어떻게 알 길이 없을는지……."

"알아서 뭘 하게요?"

임중하는 옳지 됐다, 싶으며,

"뭘 하긴 뭘 해. 아직 그놈이 살아 있으면 보복을 하는 거지."

임중하의 입에서 보복이라는 말이 나오자, 좌석이 약간 긴장이 되는 듯한 느낌이었다.

둥근 상 쪽에 앉은 여동생 임혜원도 좀 긴장된 얼굴로 오빠인 임중하를 돌아보았고, 송인실 역시 가느다란 금테 안경 속에서 두 눈이 불안한 빛으로 깜작거리고 있었다. 윤 보살도 눈에 띄게 표정이 굳어지는 것이었다.

그러나 미술대학 3학년인 순지와 고교 2년생인 광후는 아버지의 입에서 나온 보복이라는 말을 들었는지 못 들었는지, 그저 덤덤한 표정으로 제사 음식 먹기에 여념이 없다.

"공소시효가 넘었을 텐데요."

임명빈이 말하자, 변호사인 박건이 얼른 받았다.

"넘었지. 살인죄의 공소시효는 십오 년이지."

그러자 임중하는,

"물론 공소시효는 넘었지. 그렇다고 가만히 내버려둘 수는 없잖아. 법적으로는 안 되니까, 어떤 다른 방법으로라도 보복을 하는 수밖에……. 그놈이 만약 살아 있다면 말이야. 어떻게 생각해?"

매부랑 두 동생을 차례차례 바라보았다.

"살아 있다면 죽여야지요."

불쑥 내뱉듯이 대답을 한 것은 임강현이었다. 군복을 입은 사람다웠다.

잠시 침묵이 흘렀다. 말없이 모두 술을 마시거나 음식을 먹거나 하다가 변호사인 박건이 가만히 입을 열었다.

"어떻게 죽인단 말인가?"

"간단하지요. 권총으로 쏘아 버리는 거지 뭐."

임강현은 벌써 얼굴이 불그레했다.

박건은 웃었다.

"물론 죽여 버리면 좋겠지만, 그 다음을 생각해야지. 권총으로 쏘아 죽여 버리면 그것으로 끝나는가? 그 다음은 어떻게 되는가?"

"……."

"군인이라고 해서 전시도 아닌데 사람을 마음대로 죽일 수가 있는가? 그러니까 결국 법적으로 처벌할 수가 없으면 보복은 불가능한 거야.”

법률가다운 결론이었다.

임중하가 입을 열었다.

“완전범죄를 하는 수밖에 없지. 쥐도 새도 모르게 죽여 없애 버린단 말일세.”

그러자 임명빈이,

“완전범죄가 가능하다 하더라도, 그 다음에 오는 마음의 고통이 문제지요. 보복이라는 명분은 있겠지만, 결국 사람을 죽였다는 그 사실만은 어쩔 수 없는 것이 아니겠어요. 살인을 하고서 마음이 편할 수가 있을까요? 물론 일시적으로는 통쾌할지 모르지만, 곧 어떤 불안과 회의가 올 겁니다.

그리고 자칫하면 범죄가 탄로 나서 자신의 파멸이 올지도 모르는 일이죠. 완전범죄란 그렇게 쉬운 일이 아니잖아요. 자신의 파멸을 각오하고서까지 꼭 보복이라는 것을 해야 할까요? 보복이라는 것이 자기 자신의 인생을 내던질 만큼 그렇게 절대적인 가치가 있는 것일까요? 나는 회의적이에요.”

대학 교수답게 말했다.

“그러니까 결국 보복을 단념하는 게 좋겠다는 뜻이군.”

임중하가 말하자 명빈은,

“그렇지요. 잊어 버려야지요. 지나간 어지러웠던 역사의 탓으로 돌리고, 체념을 하는 게 옳다고 생각해요. 돌아가신 아버지도 자식들이 자기 인생을 파멸시키면서까지 보복을 하는 걸 바라시지는 않을 거예요.”

하면서 힐끗 동생 강현을 바라보았다.

군복을 입은 강현은 아무래도 그 말에 승복을 할 수 없는 모양이었다.

"나는 그렇게 생각하지 않아요. 아버지가 돌아가신 게 왜 지나간 역사의 탓입니까? 그 나쁜 놈 탓이지요."

"물론 그놈 탓이지만, 그런 놈들이 생기게 된 것이 다 그 무렵의 어지러웠던 시국 탓이 아닌가 말이야. 여순반란사건이 일어나고, 공비가 생기고 했기 때문에 결국 그놈도 공비가 되어 총을 들고 찾아와서 아버지를 살해한 게 아닌가. 그러니까 결국 어지러웠던 역사의 탓이라고 할 수밖에……."

"아무리 역사 탓이라고 하지만, 그놈은 인간이 아니야. 자기가 소사로든 뭐로든 좌우가 몸담아 일하던 학교의 신축 교사를 불태우고 교장 선생을 죽이다니, 빨갱이 중에서도 아주 악질 빨갱이야, 그런 놈은 도저히 용서할 수가 없어."

그러자 변호사인 박건이 받아 말했다.

"물론 그래. 용서할 수가 없는 악질이지. 그렇다고 법에 의하지 않고 개인적으로 보복을 하면 결국 이쪽이 법을 어기는 불법자가 되고 말잖아. 우리나라는 엄연한 법치국가야. 법에 의하지 않고 사람을 죽일 수는 없는 일이지. 빨갱이들은 인민재판인가 뭔가 해서 일정한 법도 없이 함부로 사람을 죽이지만, 우리는 그럴 수가 없어. 어디까지나 법에 의해서 처벌을 해야 돼. 그런 점이 빨갱이들과 우리가 다른 점이야. 보복이라고 해서 함부로 죽일 수가 있다면 그들과 다를 게 뭐 있어. 안 그래?"

"그러니까 쥐도 새도 모르게 해치워 버리는 거죠."

그러자 그때까지 둥근 상 쪽에서 음식을 먹으면서 말없이 듣고 있던 여동생 혜원이 입을 열었다.

"복수는 해야 돼요. 만일 그놈이 살아 있다면 무슨 방법으로든지 복수를 해야지, 그냥 가만히 내버려둔단 말예요? 말도 아니에요."

이렇게 말하고는 다른 사람이 입을 뗄 겨를도 없이 이어서,

"그러나 그놈이 지금까지 살아 있을 턱이 없어요. 벌써 죽었을 거예요. 살아 있지도 않는 놈을 가지고 복수를 한다 안 한다 논쟁을 할 것 없잖아요. 화제를 돌리는 게 좋겠어요. 오래간만에 만났는데 재미있는 얘기들이나 하시지." 하고 살짝 웃었다.

그 말에 윤 보살도 맞장구를 치듯이,

"그래, 재미있는 얘기들이나 해라. 그놈이 벌써 죽었지, 아직 살아 있을 턱이 있나. 쓸데없는 얘기로 심란해질 것 없다. 관세음보살—." 하였다.

그러자 송인실은 힐끗힐끗 곧장 남편의 표정을 본다.

그러니까 결국 보복을 해야 된다는 생각을 가지고 있는 사람은 강현과 혜원 둘이었고, 단념하는 게 옳다는 그런 생각을 하고 있는 사람은 명빈과 윤 보살, 그리고 송인실, 박건, 이렇게 넷이라고 할 수 있었다. 4대 2인 셈이었다.

그렇다면 문제는 간단히 결정이 내려진 것이 아닌가. 임중하 자신이 설사 보복하는 쪽에 가담한다 하더라도 4대 3인 것이다.

그러나 임중하 자신도 단념을 하는 게 옳지 않는가 하는 쪽으로 기울어져 있는 것이다.

그렇다면 5대 2인 셈이다.

그렇게 생각하니, 임중하는 좀 마음의 괴로움이 덜어지는 것 같

기도 했다.

하지만 아직도 개운하지가 않고 찜찜한 것이 가슴 한구석을 어둡게 하고 있는 것은 솔직하게 사실대로 털어놓지 않았다는 점이었다.

그자가 아직 살아 있고, 지금 어디에 살고 있다는 사실까지 알고서 그런 결론에 도달했다면 찜찜할 게 없을 것 같은데 말이다.

언젠가 기회를 보아 사실을 털어놓을 것인가, 아니면 그대로 자기네 부부간에만 알고 묻어 버릴 것인가…… 임중하는 또 이 문제로 한동안 괴로워했다. 그러나 그 문제는 비교적 쉽게 결론을 얻을 수가 있었다.

하루는 점심을 먹으면서 송인실에게 그 문제를 꺼내보았다. 마침 단둘이 식탁에 마주 앉았던 것이다.

"여보, 최남팔 그자가 살아 있다는 사실을 어머니랑 형제들한테 이야길 하는 게 좋겠어, 그만 우리 둘이만 알고 덮어 버리는 게 좋겠어?"

"덮어 버리세요. 보복을 안 할 바에야 뭣 하러 또 그 이야길 끄집어내요. 요전 날에 결론이 난 셈이잖아요."

"……."

"공연히 쓸데없는 얘기로 심란해할 것 없다고 어머니도 그렇게 말씀하시대요. 이제 그 문제는 그만 잊어버리는 거예요. 자꾸 긁어 부스럼을 일으켜 이로울 게 뭐 있어요. 안 그래요?"

"나도 그렇게 생각하는데……."

"가만히 보면 당신 의외로 세심해요. 겉으로 보기에는 그렇게 안 보이는데, 의외로 꼼꼼하단 말이에요. 툭툭 털어 버려요."

“당신이 직접 내 입장이 돼 봐요. 자기 아버지를 죽인 원수 놈을 만났는데, 그렇게 쉽게 툭툭 털어버릴 수가 있는가.”

“물론 괴로울 거예요. 당신 심정 모르는 바 아니에요. 그러나 일단 결론이 난 이상 잊어버려야죠. 언제까지나 그렇게 번민에 휩싸여 계실 거예요?”

“…….”

“잊어버리세요. 털어버리는 거예요. 하루아침에 잊어버릴 수는 없겠지만, 그렇게 노력하면 곧 마음이 평온해질 거예요.”

“알겠어. 그렇게 해보겠어.”

임중하는 정말 구원을 얻은 것 같은 느낌이었다. 마누라라는 것이 역시 좋은 것이로구나 하는 생각이 가슴을 뿌듯하게 했다.

그러나 오래지 않아 더 큰 고통이 닥쳐온다는 사실을 알 턱이 없었다.

서울행

해가 어느덧 서산에 기울어졌다.

3월로 들어섰다고는 하지만, 산골의 해는 여전히 짧다.

산그늘에 묻힌 여웃골은 을씨년스럽기만 하다.

서문 영감네 집 사립 앞에 이르자, 최 처사는 헴! 하고 한 번 헛기침을 했다. 그리고 토방에 놓인 신을 눈여겨보았다.

남자 고무신이 한 켤레, 여자 고무신이 두 켤레였다. 그리고 아이들 운동화가 흩어져 있었다.

여자 고무신이 두 켤레라는 것을 알자, 최 처사는 절로 싱글 웃음이 나왔다. 청상이 된 서문 영감의 작은딸 분심이가 와 있다는 게 틀림없었다.

"영감, 계시오?"

그러자 방문이 열렸다.

불쑥 나타난 얼굴이 바로 다름 아닌 분심이가 아닌가.

분심이와 최 처사는 서로 낯이 익을 대로 익은 터였다 최 처사가 이 산중 절간으로 들어온 지 이십 년이 훨씬 넘었으니 그럴 수밖에. M읍까지 오가는 길에 날이 저물면 이 집이 자고 가는 단골 숙소인 셈이니 말이다.

이십여 년 전, 최 처사가 처음으로 이곳에 발을 들여놓았을 무렵엔 분심이는 대여섯 살밖에 안 된 코흘리개였다. 그러니까 최 처사는 그녀가 자라는 과정을 다 지켜보았다고 할 수 있다.

뭐 별로 예쁘게 생긴 얼굴은 아니었으나, 그렇다고 호박도 아니었다. 수수하게 생겼으면서도 어딘지 모르게 조금 매력 같은 것이 풍기기도 하는 그런 얼굴이었다.

한쪽 볼에 곧잘 보조개가 파였다. 아마 그게 그녀의 매력인 듯했다.

분심이가 시집을 가게 됐을 무렵, 최 처사는 그녀를 정말 군침을 삼키며 바라본 일이 있었다. 화사하지는 않지만, 탐스럽게 잘 핀 박꽃 같다는 생각이 들었던 것이다. 저런 처녀한테 장가를 들어 살아 봤으면 싶었었다.

그러니까 말하자면 그때부터 벌써 최 처사는 분심이를 탐내고 있었던 셈이다.

그런데 그녀가 지난해 봄에 청상이 된 것이다. 최 처사의 마음이 동하지 않을 턱이 없다. 그녀는 청상이 되자, 곧잘 친정에 오곤 했다. 청상이 된 그녀를 최 처사는 두어 번 볼 수 있었다. 그러나 서로 웃기만 했을 뿐 말을 걸어볼 기회를 갖지 못했었다. 오늘도 M읍에 심부름을 갔다가 날이 저물자, 혹시나 하는 기대를 가지고 서문 영감 집 사립 앞에 섰는데, 아니나 다를까 방문이 열리며 바로 분심이의 얼굴이 나타난 것이 아닌가.

"아버지 계시요?"

하면서 최 처사는 싱글 웃음을 띠었다.

그러자 분심이도 약간 수줍은 듯 생글 웃으며,

"계세요. 들어오세요."

하였다.

"누군가? 최 처산가?"

서문 영감이 얼굴을 내민다.

웬일인지 오늘따라 서문 영감은 최 처사를 무척 반기는 기색이다.

서문 영감은 큰방에서 나와 최 처사와 함께 사랑방으로 들어갔다.

벽 한쪽 가에 옥수수가 주렁주렁 매달린 그 방이었다. 지난 정초에 임중하와 최 처사가 하룻밤을 함께 잤던 그 방 말이다.

방 윗목에 편지 한 통이 던져져 있었다.

서문 영감은 그것을 집어다가 최 처사에게 주며,

"어제 온 거여."

하였다.

최 처사는 그것을 받아 누구에게 온 것인지 보지도 않고 그저 가운데를 접어서 잠바 한쪽 호주머니에 집어넣어 버렸다.

상운사에 오는 편지는 우체부가 직접 여웃골까지 와서 이 서문 영감 집에 맡기거나, 중도에서 여웃골 사람을 만나게 되면 그 사람에게 주어서 서문 영감 집에 갖다 놓도록 하고 있었다. 그러면 최 처사가 읍내에 나갔다가 돌아가는 길에 가지고 가는 것이었다.

말하자면 서문 영감 집은 단골 숙소일 뿐 아니라, 상운사의 우편물 중계소이기도 했다.

최 처사는 호주머니에서 쌈지를 꺼냈다. 짤막한 곰방대가 들어 있는 비닐봉지 쌈지 말이다.

그것을 보자 서문 영감은,

"최 처사, 나도 한 대 주게. 마침 담배가 똑 떨어진 판인데, 자네가 오길래 어찌 반가운지……."

하면서 히죽 웃었다.

그 웃음은 최 처사의 비닐 쌈지 속에 든 담배를 얻어 피우자는 그런 뜻의 웃음이 아니라, 딴 속셈이 있는 웃음이었다.

최 처사가 읍에 갔다가 들를 때면 언제나 빈손으로 찾아드는 법이 없고, 하다못해 싸구려 담배 한 갑이라도 사 가지고 오는 터였다. 그래서 오늘은 마침 담배가 떨어진 터이라 잘됐다 싶으며, 담배 사 가지고 왔거든 어서 내놓으라는 뜻으로 그렇게 말하며 웃은 것이다.

그 웃음의 뜻을 못 알아차릴 최 처사가 아니었다. 읍에 가서 이것저것 물건을 사서 꾸린, 바랑 비슷한 보따리 속에서 최 처사는 얼른 담배 두 갑을 꺼냈다. 오늘은 싸구려가 아니라, 거북선이었다.

웬일인지 묘하게 오늘은 싸구려를 살 게 아니라, 좋은 담배를 두어 갑 사다 주어야지 하는 생각이 들었던 것이다.

지금 생각하니 잘도 그랬다 싶었다. 마침 분심이가 집에 와 있질 않는가 말이다. 무슨 예감 같은 것이 와닿았던 모양이다.

뭐 영감이 고와서 번번이 담배를 사다 주는 게 아닌 것이다. 다 꿍꿍이속이 있어서 그러는 것이다. 청상이 된 분심이를 어떻게 차지해 볼 수 없을까 하는 꿍꿍이속 말이다.

최 처사는 거북선 두 갑을 서문 영감 앞으로 밀어놓으며,

"딸이 왔네요. 언제 왔어요?"

하고 얼굴에 약간 멋쩍은 듯한 웃음을 띠었다.

"며칠 전에 왔어. 오늘은 웬일로 거북선을 두 갑이나……."

서문 영감은 기분이 좋은 듯 얼른 담배 한 갑을 집어 들어 봉을
뜯는다.

거북선 한 가치를 뽑아 입에 물고 불을 붙여 맛있게 연기를 들이
마셨다가 훅 내뿜는 서문 영감에게 최 처사는 자기도 짤막한 곰방
대를 빨면서 물었다.

"다니러 온 겁니까?"

"……."

서문 영감은 얼른 무슨 말인지 못 알아들은 듯 눈을 멀뚱거리기
만 했다.

"딸이 집에 다니러 온 거냐 말입니다."

"다니러 왔지, 그럼……?"

"영 온 건가 싶어서……."

최 처사는 또 씩 웃었다.

"영 오다니……."

서문 영감은 입속말로 중얼거리고는 좀 언짢은 표정을 지었다.

최 처사는 잠시 곰방대를 뻐끔뻐끔 빨기만 하다가 무슨 결심이
라도 한 듯이 다시 입을 열었다.

"개가를 시킬 생각 없으십니까?"

"뭐, 개가?"

"예."

"개가라니?"

서문 영감은 그게 무슨 소리냐는 듯이 멀뚱히 최 처사를 바라보았다.

"그럼, 삼십도 안 된 청춘과부를 그대로 늙힐 생각입니까?"

"여자는 한 번 시집가면 그만인 것이지, 개가라니, 당치도 않는 소리……."

"그건 옛날 얘기고요. 지금 같은 개명한 세상에 여자라고 반드시 수절을 해야 된다는 법이 어딨어요. 그리고 삼십도 안 된 젊은 여자가 혼자 살 수도 없고요."

"혼자 살 수 있는지, 없는지, 자네가 어떻게 아는가?"

"알고말고요. 다 뻔한 일 아닙니까. 헤헤헤……."

"이 사람 웃기는……."

서문 영감 자신도 그만 히 웃음이 나와 버렸다.

그러나 서문 영감은 얼른 웃음을 거두고,

"그럼 자네가 어디 좋은 데 중신을 해보게. 마땅한 자리가 있으면 한 번 제 의사를 물어보지."

이렇게 말했다.

"헤헤, 영감 그러지 마시고……."

"그럼?"

"다 아시면서……."

"다 알다니? 내가 뭘 다 알아."

서문 영감은 시치미를 뚝 떼고 멀뚱한 표정을 지었다.

최 처사의 속셈을 모르는 서문 영감이 아니다. 왜 번번이 들를 때마다 담배 같은 것을 사 가지고 오는지 그 꿍꿍이속을 벌써부터 눈치채고 있는 것이다.

"정말 모르시겠어요?"

"모른다니까."

그러나 최 처사는 조금 망설이는 듯하더니,

"나한테 달란 말입니다."

불쑥 내뱉듯이 말했다.

"뭣이 어째?"

서문 영감은 깜짝 놀라는 표정을 지었다. 그러나 그 놀라는 표정이 어쩐지 좀 어색하다. 뻔히 그 속셈을 알고 있으면서 시치미를 떼려니 그럴 수밖에.

"왜요? 내가 어떤데요? 내가 여편네 하나 못 먹여 살릴 줄 압니까."

"자네 나이가 몇인데 그런 소릴 하는가?"

서문 영감은 정말 좀 화가 나는 듯한 어조였다.

"아직 두어 해 더 있어야 쉬흔*('쉰'의 방언)이 되는데 뭐 어때요. 남자 나이 마흔여덟이면 아직 한창 때입니다. 여자 한둘쯤 거느리는 것 문제없어요."

최 처사는 두 눈을 번들거리면서 말했다. 그리고 재떨이에 곰방대의 담뱃재를 떨면서 곧장 서문 영감 앞에 놓인 거북선 담배를 힐끗힐끗 보았다. 내 선물을 번번이 널름널름 받았지 않았느냐는 듯이.

그러자 서문 영감도 앞에 놓인 거북선 두 갑을 힐끗 내려다보았다. 그리고 푹 누그러진 듯한 어조로,

"자네 아직 마흔여덟밖에 안 됐는가?" 하고 새삼스럽게 최 처사의 얼굴을 뻔히 바라보았다.

“예.”

“나는 쉬흔이 넘은 줄 알았는데…….”

“허허, 내가 그렇게 나이 들어 보이나요?”

“마흔여덟은 더 된 것 같애.”

“아닙니다. 틀림없는 마흔여덟이라니까요.”

그러나 그것은 거짓말이었다. 다섯 살이나 낮추어 말한 것이다. 그래야 어떻게 일이 될 것 같았던 것이다. 오십이 넘었다고 해서야 어디 딸을 맡길 생각이 나겠는가 말이다.

서문 영감은 고개를 끄덕거리고 나서,

“그런데 자네 생각해 보게. 집도 한 칸 없고, 땅도 한 마지기 없는 사람한테 딸을 어떻게 맡긴단 말인가? 안 그런가?”

“…….”

“자네가 나라면 딸을 그렇게 함부로 아무한테나 내맡기겠는가? 세상일이란 입장을 바꿔놓고 생각해 봐야 하는 걸세.”

“…….”

“그리고 딸이라고 해서 내 맘대로 할 수 있는 것도 아니지. 첫 시집 보내는 일 같으면 애비 맘대로 할 수 있을지 모르지만, 일단 출가를 시킨 다음은 애비도 맘대로 못하는 걸세. 아무리 과부가 됐다고 하지만, 제가 개가를 할라고 맘을 먹어야 되는 것이지, 어떻게 애비 맘대로 개가를 시킬 수 있단 말인가, 제가 수절을 하겠다고 들면 도리가 없는 것 아닌가.”

“그건 그래요.”

“사실 나도 분심이를 그냥 혼자 늙히고 싶진 않네. 요새 세상에 청상과부 평생 혼자 살라는 법도 없고, 내 딸이 그렇게 평생 혼자 살다니 불쌍해서 못 보지. 그렇지만 애비 된 입장에서 먼저 개가를 권할 수는 없어.”

“왜요? 혼자 사는 것 불쌍해서 못 본다면서 왜 권하질 못 해요?”

“아직 나는 구식 사람 아닌가, 아무리 개명된 세상이라고 하지만 내가 내 입으로 딸에게 그런 말을 먼저 할 수는 없다니까.”

그러자 최 처사의 두 눈이 활짝 빛을 띠었다.

“그럼 내가 직접 한 번 말해 볼까요?”

“뭐라고?”

“나하고 같이 살자고 말입니다.”

“음―.”

서문 영감은 괴로운 듯이 이맛살을 찌푸렸으나, 곧 체념이라도 하듯이,

“나는 모르겠네.”

하였다.

“나는 모르겠네.”라는 말은 반승낙이나 마찬가지였다.

집도 한 칸 없고, 논밭도 한 마지기 없는 사람에게 어떻게 딸을 맡기겠느냐고 했을 때는 사실 할 말이 없고, 한 대 얻어맞은 듯 비참한 심정이더니, 서문 영감의 입에서 “나는 모르겠네”라는 말이 나오자, 최 처사는 활짝 눈앞이 밝아지는 느낌이었다.

자네가 알아서 하라는 뜻이 아닌가 말이다.

그래서 최 처사는 서문 영감의 눈치를 힐끗 보면서 조심스럽게 입을 열었다.

“영감님, 그럼 분심이를 이 방에 좀 불러주실 수 없을까요?”

“…….”

서문 영감은 대답이 없었다. 얼굴에 곤혹스런 표정이 떠오르고 있었다.

만일 최 처사가 삼십 대라거나, 논밭이라도 좀 가진 사람 같았으면 그런 곤혹스러운 표정이 떠오를 리 없었을 것이다.

그러나 최 처사는 아랫배에 지그시 힘을 밀어 넣으며,

"영감님, 부탁입니다. 분심이를 좀 이 방에 불러주시죠. 비록 내가 지금은 빈주먹이지만, 분심이만 아내로 맞게 되면 뼈가 부서지도록 한 번 돈을 벌어볼 겁니다. 정말입니다."

간절한 어조로 말했다.

"이 산속에서 무슨 재주로 돈을 번단 말인가?"

"분심이만 아내로 맞게 되면 이 산중을 떠날랍니다."

순간적으로 나온 말이었다. 그 말을 해놓고 최 처사는 속으로 자기도 좀 놀라고 있었다. 전혀 생각지도 않았던 그런 말이 어떻게 튀어나왔는지, 그리고 이 산중을 떠난다면 어디로 간단 말인지, 약간 어이가 없기도 했다.

"어디로 떠날 생각인가?"

"아무 데나 좌우간 대처로 나가야지요."

"그러지 말고, 우리 아들처럼 자네도 중동에나 가지. 그래야 돈을 벌지, 이 산중에 들어박혔던 사람이 별안간 도시로 나간다고 돈이 벌어질 줄 아는가? 돈 버는 일이 그렇게 쉬운 일이 아닐세."

"중동에 갈 만하면 중동에 가고요. 좌우간 분심이를 고생 안 시킬 테니까, 염려 마시고, 좀 이 방으로 건너오라고 해줘요."

그러자 서문 영감은 잠시 망설이더니, 마지못한 듯 방문을 열고 안채를 향해 큰소리로,

“야야, 이 방에 물 한 그릇 떠오너라.”

하고 말했다.

방문이 열리고, 며느리가 나오려 하자,

“용수 에미한테 시켜라, 좀 할 말이 있으니……. 그리고 저녁밥 할 때 된 것 같은데…….”

하고는 가만히 문을 닫았다.

잠시 후,

“아버지 물 떠왔어요.”

분심이의 목소리가 문 밖에서 들렸다.

“이리 가지고 들어오너라. 좀 할 말도 있다.”

“…….”

“어서 들어오라니까.”

가만히 방문이 열리고, 분심이가 물그릇을 들고 방으로 들어왔다.

물그릇을 아버지 앞에 놓고 나서 분심은 방문 옆에 다소곳이 앉았다.

잠시 아무도 말이 없었다.

서문 영감은 최 처사를 힐끗 보았고, 최 처사는 서문 영감을 힐끗 보았다.

“아버지, 할 말씀이 뭔데요?”

침묵이 흐르는 방 안 분위가 어색하게 느껴져서 분심이 오히려 먼저 입을 뗐다.

“응, 저…… 다름이 아니라…….”

서문 영감은 뭐라고 허두를 떼야 좋을지 모르겠는 듯 우물우물 하다가,

“너거 시가에서 아무 얘기도 없더냐?”

막연하게 이렇게 말했다.

“시가에서 무슨 얘기요?”

“너거 시아버지나 시어머니가 너의 앞날에 대해서 무슨 말이 없더냐 말이다.”

그제야 말뜻을 알아차린 듯 분심이는 살짝 고개를 숙이며,

“아무 말도 없었어요.”

나직한 목소리로 말했다.

서문 영감은 거북선을 또 한 개비 뽑아 입에 물고 불을 붙였다. 그리고 두어 번 연기를 내뿜고 나서 다시 입을 열었다.

“너는 어떻게 할 생각이냐?”

“……”

분심이의 고개가 조금 더 숙여질 뿐 대답이 없었다.

“앞날에 대해서 생각해본 일이 있느냐?”

“……”

“괜찮어. 대답을 해 봐. 중대한 일이니까 솔직하게 말을 해 봐라.”

그러자 최 처사가 얼른 받았다.

“안 생각해봤을 턱이 있겠어요. 물으나마나 개가를 해야겠다고 생각했겠지요 뭐.”

그 말에 분심이는 얼른 눈을 치떠 힐끗 최 처사를 바라보았다. 같잖다는 듯이 피식 웃으면서, 그리고,

“개가는 무슨 개가요.”

하고 말하는 것이 아닌가.

“음—.”

서문 영감은 새삼스럽게 딸을 바라본다. 대견하다는 듯이.

"아니 그럼 개가를 안 하고서 평생 혼자 살겠다는 말이오?"

최 처사가 이제 자기가 나설 차례라는 듯이 서슴없이 말했다.

"남편의 삼년상도 안 났는데 무슨 개가를 한단 말입니까. 아저씨도 참……."

분심이는 어릴 때부터 낯익어 온 터이라, 최 처사를 아저씨라고 부른다.

"그러니까 개가를 평생 안 할 생각은 아니잖아요. 삼년상을 치르고서 하겠다 그 말이지요?"

"그때 가 봐야 알지요. 벌써부터 무슨 그런 생각을 한답니까."

서문 영감은 그 말이 옳다는 듯이,

"그렇지. 삼년상을 나고서 개가를 하든지 어떻게 하든지 하는 것이지, 벌써부터 무슨……."

하고는 맛좋다는 듯이 거북선 담배연기를 푸— 내뿜는다.

"그렇지만 무슨 일이든지 다 때가 있는 게 아닙니까. 개가를 할 바에는 한 살이라도 덜 먹어서 하는 것이 옳지, 꼭 삼년상이 나야 된다는 법이 있어요?"

최 처사가 이렇게 나오자, 분심이는 속으로 이 양반이 내 중매를 할 생각이 있는 모양이지…… 하고 생각했다.

"이 사람아, 아무리 그렇지만 삼년상도 안 나고 개가를 하다니, 그럴 수는 없지. 아무리 요새 세상이라고 하지만, 사람의 낯가죽을 쓰고는 그렇게 못하는 법일세."

서문 영감은 그렇게 말하고는 슬그머니 자리를 피해주듯 밖으로 나가버렸다.

방 안에 단둘이 남자, 분심이는 몹시 어색한 듯 공연히 두 손으로 저고리 섶을 여몄다. 그리고 자리에서 슬그머니 일어나려 했다.

최 처사는 황급히,

"분심이, 할 말이 있어요."

하고 만류를 했다.

그 어조가 약간 묘하게 느껴지기는 했으나, 분심은 나의 중매 이야기거니 싶으며,

"무슨 말인데요?"

시치미를 떼고 물었다.

"저…… 다름이 아니라…….."

"……."

"분심이, 그러지 말고, 저…….."

"그러지 말라니요. 뭘요?"

"삼년상이니 뭐니 그런 소리 하지 말고…….."

"……."

"저…… 나하고 같이 살잔 말입니다."

"뭐라고요?"

분심이는 그만 두 눈이 휘둥그레졌다.

그러나 그녀는 곧 최 처사를 바라보며 킬킬킬 웃어 버렸다. 나무나 뜻밖이어서 어이가 없었던 것이다.

"왜 웃어요?"

"호호호…….."

"나하고 살자는데 왜 웃지요? 좋아서 웃는 거요?"

"호호호호…….."

분심이는 정말 같잖고 우스워서 말이 잘 안 나오는 모양이었다.

최 처사도 싱그레 웃고 나서 말을 이었다.

"아버지도 반승낙을 했단 말입니다."

"예? 정말로요?"

"정말이지, 내가 뭐 그런 거짓말을 하겠어요."

"아버지도 노망하셨나 봐."

"왜요? 혼자된 딸 개가 시키려는 게 뭐 잘못인가요."

"……."

"분심이, 그러지 말고, 나하고 같이 한 번 잘 살아보자고요. 내가 지금은 비록 이렇게 빈손이지만, 분심이가 내 아내가 되는 날엔 도회지에 나가서 뼈가 부러지도록 한 번 돈을 벌어볼 작정이란 말이요."

"뼈가 부러지면 병신이 되게요. 호호호……."

"허허허……. 그렇게 장난으로 듣지 말고, 이 홀애비의 답답한 심정을 좀 알아달란 말이요."

"도회지로 나가다니, 어디로 갈 작정인데요?"

분심이는 재미있다는 듯이 물었다.

"분심이가 가자는 대로 가지요 뭐."

"나는 어떻게든지 나중에 서울로 가서 살 작정인데……."

"그럼 그러지 뭐."

최 처사는 마치 승낙이라도 얻은 듯이 헤벌레 웃었다.

"그렇지만 아저씨, 삼년상이나 나고서 개가를 할 것인지 어쩔 것인지 생각해 볼래요."

그리고 분심이는 성큼 일어나 문을 열고 나가버렸다.

그날 밤, 최 처사는 도저히 잠을 이룰 수가 없었다. 벙벙하게 부풀어 오른 가슴이 좀처럼 가라앉질 않는 것이었다.

서문 영감도 반승낙을 한 셈이고, 당자인 분심이도 반승낙을 한 셈이니, 어쩌면 미구에 홀아비 신세를 면하게 될 것 같지 않는가 말이다. 절에 불공을 드리러 온 과부와 눈이 맞아 같이 살다가, 그녀 서연선이 세 살 먹은 딸 진옥이를 데리고 도망을 간 뒤로 줄곧 홀아비 신세인 터인데…….

분심이와 같이 살게 되어, 만일 기어이 서울로 가자면 어떻게 할 것인가……. 말은 수월수월하게 했지만, 과연 서울로 가서 벌어먹고 살 수가 있을 것인지……. 법적으로 이제는 죄가 없다고 하지만, 정말로 들통이 나도 괜찮을 것인지……. 슬그머니 불안한 생각이 머리를 쳐들기도 했다.

이런 생각 저런 생각을 하며 뒤척거리고 있는데, 밖에서 무슨 소리가 들렸다. 가만히 귀를 기울이니, 안채 방문이 열리고, 누군가가 밖으로 나오는 기척이었다.

누가 소변이 마려워 변소에 가는 모양이라고 생각했는데, 그게 아니라, 부엌문 열리는 소리가 삐그극 하고 들렸다.

이 밤중에 부엌에는 무얼 하러 들어가는지…… 그리고 누군가 싶어, 온 신경을 그쪽으로 집중하고 있는데, 곧 솥에다가 물을 붓고 불을 지피는 모양이었다.

잠시 뒤, 솥의 물을 어디에다가 퍼 담는 듯, 그리고 곧 철벅철벅 하는 소리가 나기 시작했다.

최 처사는 속으로 야, 이것 봐라, 싶었다. 공연히 침이 한 덩어리 꿀컥 넘어가는 것이었다.

이 집 며느리 아니면 분심인 것이다. 둘 중 한 사람이 이 밤중에 부엌에 나와서 목욕을 하고 있는 게 틀림없어 보였다.

"음—."

최 처사는 공연히 신음 소리를 한 번 토했다. 저렇게 철벅철벅 목욕을 하고 있는 게 분심이었으면 좋겠다고 생각했다.

최 처사는 이상스럽게 가슴이 뛰고, 숨도 약간 더워지는 듯해서 가만히 누워 있을 수가 없었다. 옆을 돌아보니 서문 영감은 정신없이 자고 있었다.

최 처사는 슬그머니 몸을 일으켰다. 그리고 가만히 방문을 열고 밖으로 나갔다.

마당으로 내려선 최 처사는,

"어험, 어험."

놀라지 않도록 두어 번 헛기침을 했다.

그러자 철벅철벅 하던 소리가 멎었다. 헛기침 소리를 들은 모양이었다.

최 처사는 슬금슬금 부엌 쪽으로 다가갔다.

날씨가 푸근해서 마치 봄밤 같은 느낌이었다. 달도 휘영청 밝았다. 어디선지 부엉이가 부엉 부엉…… 울고 있었다.

최 처사가 열린 부엌문으로 힐끗 안을 들여다보니, 아니나 다를까, 분심이었다.

옳지! 싶으며, 최 처사는 빙글 웃었다.

최 처사를 보자 분심이는 멋쩍어서 어쩔 줄을 몰랐다. 그러나 분심이가 목욕을 하고 있는 것은 아니었다. 머리를 감고 있었다.

"이 한밤중에 웬 머리를 감느라고……."

최 처사가 웃으며 말했다.

"머리가 근질근질해서요."

"왜 머리가 근질근질할까……."

"호호, 아저씨 참 우습네. 저리 가세요. 남 머리 감는데 뭘 하러
와서……."

"도무지 잠이 와야 말이지."

"저리 가시라니까."

"나 물 한 그릇 줘요. 목이 타서……."

그러면서 최 처사는 성큼 부엌 안으로 들어서는 것이었다.

"저리 나가시라니까. 내가 떠 드릴게요."

"내가 뜨지 뭐. 어서 머리나 마저 감아요."

"내가 떠 드린다니까요."

분심이는 물에 젖은 머리를 얼른 두어 번 꾹꾹 짜고는 몸을 일으
켰다.

분심이가 건네주는 물그릇을 받아 최 처사는 꿀컥꿀컥 두어 모
금 마시고는 그것을 든 채 그 자리에 멀뚱히 서 있기만 했다.

"물을 마셨으니까 어서 가서 주무세요. 인제……."

"어서 머리나 마저 감으라니까."

"아저씨가 그렇게 옆에 서 있으니까 머리를 감을 수가 있어야지
요."

"왜 내가 있으면 어떤데……. 걱정 말고 어서 감아요."

"그러지 말고 어서 가시라니까. 어서 가서 주무세요. 밤이 깊었어
요, 아저씨."

"아저씨라고 부르지 말어. 난 아저씨가 아니여."

“호호호……. 그럼 뭐라고 부를까요?”

“여보라고 불러주면 제일 좋지.”

“어머나, 호호호……. 아저씨 참 웃기시네.”

“아저씨라고 부르지 말라는데도……. 인제 곧 같이 살게 될 건데, 아저씨가 뭐여.”

“같이 살다니요? 누구 맘대로요? 엿장수 맘대로요?”

분심이는 눈을 핼끔 흘기고는 쭈그리고 앉아 다시 물에다가 머리를 첨벙 담갔다. 그리고 비누를 묻혀 냅다 북적북적 긁기 시작했다.

비누 거품이 부글부글 끓어오르는 것을 가만히 내려다보고 섰던 최 처사는 침을 한 덩어리 꿀컥 삼키고는 물을 한 모금 또 벌컥 마셨다.

물그릇을 부뚜막에 갖다놓고, 최 처사는 분심이 곁에 슬그머니 쭈그리고 앉는다.

비누 거품이 끓어오른 머리를 물에 담가 북북 씻으며 분심이는,

“아저씨 정말 주책이네요.”

하고 말했다.

슬그머니 곁에 쭈그리고 앉은 것을 눈으로 보지 않고도 느낄 수가 있었던 것이다.

“내가 왜 주책이여?”

“여자 머리 감는 데 와서 옆에 쭈그리고 앉는 남자가 주책이지, 주책 아니여요?”

“허허허……. 주책이라도 좋아, 내가 얼마나 분심이를 생각해 왔는지 알기나 해? 분심이가 시집가기 전부터 나는 분심이를 속으로

은근히 사모했단 말이여."

사모했다는 말이 어쩐지 우스워 분심이는 그만 킬킬 웃음을 흘렸다.

"웃기는 왜 웃는 거여? 거짓말인 줄 알어?"

"호호호……."

"나 참 정말이라니까."

"아저씨 연세가 몇인데, 자꾸 그런 소릴 하세요? 난 늙은인 싫단 말이어요."

"늙은이라니. 허허— 내 나이 아직 쉬흔도 안 됐는데 늙은이라니…… 당치도 않는 소리."

"쉬흔이 안 됐어요?"

"안 됐지. 인제 마흔여덟이란 말이여. 얼마든지 남자 구실을 할 수 있어."

최 처사는 분심이의 펑퍼짐하게 잘 발달한 엉덩이를 힐끔힐끔 바라보았다. 그 펑퍼짐한 엉덩이가 머리를 씻는 바람에 곧장 흔들흔들 흔들거리고 있는 것이다.

최 처사는 그 흔들거리고 있는 엉덩이를 그만 냅다 안아 버리고 싶은 충동을 느꼈다. 그러나 지그시 눌러 참으며 말을 이었다.

"남자는 육십이 넘고 칠십이 돼도 구실을 할 수 있는 거여. 나는 칠십이 아니라, 팔십이 돼도 여자 하나쯤 얼마든지 거느릴 자신이 있어."

"주책없이 왜 자꾸 그런 소릴 하는 거여요? 남 머리 감는 옆에서……."

"분심이가 너무 좋아서 그러는 거 아니여. 삼년상이고 뭐고 다 그만두고, 곧 같이 살자고 말이여.”

“…….”

“분심이, 이 속타는 심정을 좀 알아달란 말이여.”

“아저씨.”

“아저씨라고 부르지 말라니까.”

“호호호……. 그런데 말이지요, 나한테 아들이 있다는 걸 생각해 보셨어요?”

“아, 그거야 뭐 무슨 상관이 있어. 오히려 더 좋지. 나는 이 날 이 때까지 아직 자식 하나 없는 신세거든. 그러니 분심이의 아들을 곧 내 아들이라고 생각하고 키우는 거지 뭐. 그런 걱정은 조금도 하지 말고…….”

“…….”

분심이는 기분이 좋은 듯 냅다 엉덩이를 더욱 흔들어대며 북적북적 비누 거품을 일으켰다.

바가지로 솥에서 새로 물을 떠서 머리를 헹군 다음, 수건으로 닦으며 분심이가 일어나자, 최 처사도 따라 일어서며 기다렸다는 듯이 그만 그녀를 슬그머니 안아 버렸다.

“어머나!”

분심이는 깜짝 놀라 등을 한쪽으로 틀었다.

그러나 이미 때는 늦었다. 그녀의 가슴을 안은 최 처사의 두 팔에 불끈 힘이 주어지는 것이 아닌가.

“분심이!”

최 처사의 열기를 머금은 목소리가 화끈 얼굴에 풍겼다.

“이러지 말어요.”

"분심이!"

"싫어요. 이러지 말라니까요."

그러나 실상 별로 싫지가 않은 듯 그녀는 굳이 최 처사를 떠밀어 내려고도 하지 않았고, 몸부림을 치지도 않았다.

그저 조금 몸을 이리저리 꿈틀거릴 따름이었다.

최 처사는 뜨거운 입술로 냅다 그녀의 입술을 덮치려 했다.

"어머, 어머."

그녀는 얼른 고개를 돌렸다.

분심이가 고개를 돌린다고 해서 최 처사의 뜨거운 입술이 물러날 턱이 없었다.

최 처사는 분심이를 안은 팔에 더욱 힘을 주며 입술을 냅다 그녀의 한쪽 귀밑 목줄기에다 밀착시켰다. 그리고 알맞게 살이 오른 그 목줄기를 쭐쭐 빨기 시작했다.

"어마나 어마나. 아이고 아이고……."

분심이는 온통 버르르버르르 몸을 떨었다.

그러나 그녀는 결코 최 처사의 입술이 목줄기로부터 떨어져 나가도록 고개를 흔들어 대지는 않았고, 손으로 최 처사를 떠밀어내려고도 하지 않았다. 오히려 기분이 못 견디게 좋기만 한듯 교성을 내뱉다가 그만 자기도 덥석 최 처사를 안아 버리는 것이 아닌가.

그러자 최 처사는 목줄기에서 입술을 떼어 그녀의 입술로 가져갔다. 그녀도 이번에는 마지못한 체하며 순순히 그 입술을 받아들였다.

잠시 두 입술이 한 덩어리가 되어 뜨겁게 서로를 짓이겨댔다.

분심이는 곧장 아랫도리를 가늘게 떨고 있었다.

지난해 봄에 남편이 세상을 떠난 뒤로, 그러니까 근 일 년 만에 처음으로 남자의 살에 닿게 되었으니 그럴 수밖에.

최 처사도 역시 마찬가지였다. 여자 맛을 좀처럼 보기 힘드는 처지인데, 이렇게 분심이가 품 안에 들어왔으니 말이다. 온몸이 후들후들 떨리도록 열이 오르지 않을 수 없는 것이다.

부엌 한쪽에 솔가리 무더기가 있었다. 아궁이에 불을 지필 때 불쏘시개로 쓰려고 서문 영감이 틈틈이 산에 가서 긁어온 것이었다.

최 처사의 눈에는 그 솔가리 무더기가 마치 푹신한 이부자리처럼 보였다. 끙— 앓는 소리를 하며 최 처사는 분심이를 안은 채 그 솔가리 쪽으로 비실비실 옮겨갔다.

"어머 어머, 왜 이래요."

분심이는 약간 당황하는 듯했으나, 최 처사가 하는 대로 몸을 내맡기고 있었다. 두 사람은 솔가리 무더기 위에 한 덩어리가 된 채 무너지고 말았다. 마치 푹신한 이부자리 위에 나가뒹굴듯이. 솔가리에 묻혀서 두 사람은 부스럭거리기 시작했다. 최 처사가 분심이의 치마를 벗기려고 들자, 그녀는 반사적으로 몸을 움츠리며,

"아이고, 몰라 몰라."

하면서 최 처사를 조금 떠밀었다.

그러나 최 처사의 손길이 약간 거칠게 와닿자, 그녀는 곧 체념을 하듯 얌전히 두 다리를 쭉 뻗어주며,

"여보, 꼭 서울 가서 살아야 돼."

열기를 머금은 목소리로 속삭이듯 말했다.

"응, 걱정 말어. 꼭 서울로 나가서 살 테니까."

최 처사는 가슴이 더욱 벅차오르는 듯 헐떡거리며 마구 그녀의

치마를 벗겨냈다. 그리고 아랫도리 내의를 벗기려 할 때였다.

방에서 기침 소리가 들렸다. 여자의 기침 소리였다.

쿨룩쿨룩 쿨룩쿨룩…… 일부러 인기척을 내느라고 그러는 것 같았다.

기침 소리에 그만 분심이는 온몸의 열기가 싹 식어 버리는 듯했다. 아랫도리 내의를 벗기려는 최 처사의 손을 제지하고서 가만히 큰방 쪽으로 귀를 곤두세웠다.

최 처사 역시 잠시 굳어져서 숨을 죽이고 그 기침 소리를 듣고 있었다.

이 집 며느리가 잠을 깬 모양이었다. 그리고 부엌에서 부스럭거리는 소리가 무슨 소린지 짐작을 하고는 일부러 나오지도 않는 기침을 해대는 게 틀림없었다.

최 처사는 재수 더럽게 왜 저 지랄이여 싶었다. 곧 분심이가 자기 것이 되려는 순간인데, 하필 이때 쿨룩쿨룩 기침을 해댈 게 뭔가 말이다. 심보도 고약한 여편네라고 최 처사는 슬그머니 화가 치밀기도 했다.

기침 소리에 이어 이번에는 아응— 하고 어린애 우는 소리가 나는 것이 아닌가.

"어머, 용수가……."

분심이는 대뜸 자기 아들의 울음소리라는 것을 알 수 있었다.

아마 용수의 울음을 터뜨리느라고 어디를 꼬집기라도 한 듯 그 우는 소리가 보통 앙칼진 게 아니었다.

분심이는 마치 찬물이라도 끼얹힌 것처럼 얼른 뛰어 일어났다.

치마를 주섬주섬 주워 입는 그녀를 닭 쫓던 개 울타리 쳐다보듯 허망한 눈길로 멀뚱히 올려다보고 있던 최 처사도 도리가 없는 듯 부스스 몸을 일으켰다.

기분 잡쳐버린 최 처사는 뭐라고 혼자 투덜거리며 부엌문을 나서다가 돌아서서,

"내일 절에 올라갔다가 곧 또 올 테니까, 어디 가지 말고 기다려. 응?"

은근한 목소리로 말했다.

분심이는 그저 살짝 눈을 흘기며 웃기만 했다.

어디선지 부엉이 우는 소리가 부엉 부엉…… 들려오고 있었다.

이튿날 아침 서문 영감 집을 나서 절로 돌아간 최 처사는 주지 스님에게 편지를 건넸다. 바로 일륜 스님 앞으로 온 편지였다.

편지 알맹이를 꺼내본 일륜은 약간 놀라는 기색이었다.

"흠—."

절로 얼굴에 기쁜 빛이 떠오르고 있었다.

"스님, 무슨 기쁜 소식인 모양이죠?"

최 처사가 물었다.

"글쎄, 뜻밖에 서울로 가게 됐군."

"예? 서울로요?"

서울이라는 말에 최 처사는 귀가 번쩍하는 모양이었다.

"서울에 있는 화경사라는 절로 옮기라는 임명장이구면."

"아, 그렇습니까. 스님, 정말 잘됐습니다."

"허허허……. 나도 이제 슬슬 이곳을 떠나볼까 생각하던 참이었는데……."

"정말 잘됐구먼요. 스님. 그곳에 가서도 주지 스님이시지요?"

"그야 물론이지. 허허허……. 나무관세음보살—."

일륜은 매우 기분이 좋은 듯 허리를 쭉 펴며 심호흡을 한 번 한다.

"그런데 스님."

"응?"

"저도 스님을 따라 서울로 갈랍니다. 데리고 가 주시지요."

최 처사의 서울로 따라가겠다는 말에 일륜은 그저 웃기만 했다.

"정말입니다요. 스님, 저도 서울로 갈랍니다요."

"내가 이곳을 떠나게 됐다니까, 별안간 자네도 마음이 들뜨는 모양이지?"

"들떠서 그러는 게 아닙니다."

"그럼 뭔가? 정말 이곳을 떠나 서울로 가야 할 무슨 까닭이라도 있는가?"

"예, 있습니다요."

그러나 최 처사는 그 까닭이라는 것을 얼른 입 밖에 내어 말할 수가 없어 우물쭈물하기만 했다.

"자네는 이 상운사에 없어서는 안 될 사람일세. 공연히 마음이 들떠서 그러지 말고, 이곳에 눌러 있도록 하게. 이십 년이 훨씬 넘도록 몸담아 온 절을 하루아침에 훌쩍 떠날 생각을 하다니…… 경솔한 짓일세. 나중에 후회를 하지 말고, 잘 생각해 보도록 하게."

"그렇지 않습니다요. 스님."

"그렇지 않기는 뭐가 그렇지 않아. 마음을 가라앉혀서 잘 생각해 보라니까."

"……."

"잘 생각해 봐서, 그래도 기어이 나를 따라 서울로 가고 싶다면 데리고 가는 거야 뭐 어려운 일이겠나. 그러니 우선 들뜬 마음을 차분히 가라앉혀서 잘 생각해 보게나."

"예, 잘 생각해 볼 테니까, 꼭 데리고 가 주셔야 합니다요. 스님."

"허허허……. 나무관세음보살―."

최 처사는 그날 종일 마음이 가라앉질 않고, 둥둥 뜬 것 같은 기분이었다. 이제 정말 분심이와 함께 서울로 가서 살 길이 트이는구나 싶으니 걷잡을 수 없이 가슴이 부풀어 오르기도 했다.

공연히 최 처사는 깨끗한 절간 마당을 빗자루로 싹싹 쓸기도 했고, 걸레로 멀쩡한 법당 마루를 북북 닦기도 했다. 그리고 두 손을 모아 부처님에게 곧장 절을 해대기도 했다.

그러다가 문득 최 처사는 옳지! 그래야지, 하고 속으로 혼자 쾌재를 불렀다. 서울로 가기는 가되, 일륜 스님의 절에 가서 심부름이나 하고 있을 게 아니라 임 박사님을 찾아가서 그 병원의 수위로라도 취직을 해야겠다는 생각이 들었다. 그래야 분심이랑 살림을 하며 살아갈 수 있을 게 아닌가 말이다.

기가 막히게 좋은 생각이 떠올랐다는 듯이 최 처사는 그저 어쩔 줄을 몰랐다. 벌써 서울의 살림이 시작된 것 같은 기분이었다.

임 박사의 병원에 취직을 하기 위해서는 일륜 스님에게 사실을 솔직하게 털어놓고, 힘을 써달라고 간청을 하는 수밖에 없다는 생각이 들어 최 처사는 저녁을 먹자, 일륜 스님이 거처하는 승방을 찾아갔다.

윗목에 무릎을 꿇고 앉은 최 처사는,

"스님, 진지 잘 잡수셨는지요?"

하고 공손히 인사를 했다.

일륜은 최 처사가 그렇게 유별나게 공손히 나오는 까닭을 짐작하는 터이다. 빙그레 웃으며 고개를 끄덕였다.

"스님, 언제 서울로 떠나십니까요?"

"곧 떠나야지. 이곳에서 정리할 것을 정리하고……."

"스님, 제가 왜 서울로 가려고 하는지 그 까닭을 소상히 말씀 드리겠습니다."

어디 말해 보라는 듯이 일륜은 최 처사를 넌지시 바라보았다.

최 처사는 마음을 도사리듯 침을 한 번 꿀꺽 넘기고는 입을 열었다.

"스님께서도 아시다시피 저는 오십이 넘도록 처자가 없는 몸입니다. 저도 사람인데, 어찌 혼자 늙어가는 것을 좋아하겠습니까. 저도 아내를 가지고 싶고, 슬하에 자식을 두고 싶습니다. 그러나 지금까지는 그런 인연이 나타나질 않았었지요."

"음— 그런데?"

"그런데 부끄러운 말씀입니다만 저……."

"어서 얘길 해 보게."

"스님 앞이니까 부끄러움을 무릅쓰고 말씀 드리겠습니다요. 다름이 아니라 저…… 여웃골 서문 영감 딸 있지 않습니까."

"누구? 작년 봄에 과수가 됐다는 그 작은딸 말인가?"

"예, 바로 그 분심이가 저하고 같이 살 생각이 있다는 것입니다."

"흠— 그게 정말인가?"

"정말입니다요. 그 분심이뿐 아니라, 서문 영감도 저한테 딸을 줄 의향이 있고요."

"그렇다면 일은 다 된 거로구먼. 그런데 뭘 보고 그 과수가 자네

하고 같이 살 생각을 하며, 서문 영감이 딸을 줄 생각을 하는지, 잘 이해가 안 가는군. 자네 듣기에는 안됐겠지만, 나이가 젊나, 가진 게 있나……. 안 그런가?"

"예, 맞습니다요. 그런데 좌우간 서문 영감이 딸을 저한테 맡길 생각을 하고, 당자 역시 마다하지 않고 같이 살 생각을 하니, 그게 바로 인연이 아니고 무엇이겠습니까요? 안 그렇습니까요? 스님."

최 처사는 제법 자기가 뭐깨나 아는 듯이 인연이라는 말을 곧장 들먹이는 것이었다.

"맞네, 그게 정말이라면 그야말로 인연이로구먼."

일륜은 은은한 미소를 떠올렸다.

최 처사는 기분이 좋은 듯 두 눈을 반질거리면서 말을 이었다.

"그런데 스님, 그 분심이가 말입니다. 꼭 서울로 가서 살자는 것입니다요."

"흠— 그래서 자네가 나를 따라 서울로 가겠다는 것이로구먼."

"예, 스님, 저를 가련하게 여기시고 꼭 좀 서울로 데려가 주십시오."

"자네를 데리고 가는 거야 어렵지 않는데, 그렇게 되면 살림을 해야 할 것인데…… 자네가 무슨 재주로……."

"그래서 상의를 드리는 것입니다요. 스님, 이렇게 하면 어떨까요?"

"어떻게?"

"지난 정초에 오셨던 그 임 박사님의 병원에 저를 취직시켜 주시면……."

"취직을?"

"수위라도 좋고 소제부라도 좋으니 일자리를 하나 얻어 주시면 설마 두 사람 호구야 안 하겠습니까."

"흠—."

"그렇게 우선 서울에 발을 붙이면 차차 어떻게 살아갈 길이 안 열리겠습니까."

"글쎄, 병원에 그런 자리가 있을지 모르지만, 좌우간 좋은 생각일세. 그렇게만 되면 절에 가 있는 것보다는 살림하는 데 훨씬 도움이 되겠지. 한 번 알아보도록 하세."

"아이고, 정말 고맙습니다요. 스님."

"어쩌면 임 박사도 좋아할지 모르지. 정초에 왔을 때, 자네에 대해 여러 가지를 묻더군. 호감이 가는 모양이야."

호감이 가는 모양이라는 말에 최 처사는 절로 입이 헤벌레 벌어졌다. 가슴까지 조금 벅찬 듯했다.

"스님, 그 임 박사님을 저하고 같이 찾아가도록 하지요."

"그러지 뭐, 직접 찾아가서 사정을 하는 게 더 효과적일지도 모르지. 물론 나도 옆에서 거들어주지마는……."

"정말 고맙습니다. 스님, 은혜는 백골난망하겠습니다요."

깊이 머리를 조아리고, 밖으로 나온 최 처사는 둥실둥실 떠오를 것 같은 기분이었다. 일이 이렇게 수월하게 잘 풀려나갈 줄이야 정말 미처 몰랐던 것이다.

분심이가 꼭 서울에 가서 살아야 된다고 했을 때, 그러자고 입으로는 예사롭게 대답을 했었지만, 실상 어떻게 서울에 가서 발을 붙일 것인지 막막하고 심란하기만 했었는데, 뜻밖에 주지 스님이 서울에 있는 절로 전임이 된 게 아닌가. 부처님이 돌본 게 틀림없다고

생각하며, 최 처사는 입 속으로 가만히,

“관세음보살―.”

염불을 외기도 했다.

이튿날, 아침을 먹자 곧바로 최 처사는 여웃골을 향해 산을 내려갔다.

서문 영감네 집에 당도한 최 처사는 마치 무슨 급한 볼일이라도 있는 사람처럼 숨을 헐떡거리며,

“영감님 계십니까.”

하고 고함을 질렀다.

지금까지는 “주인장 계시오”였는데, 이제 “영감님 계십니까”로 바뀐 것이다. 미구에 장인어른이 될 판이니 그럴 수밖에.

후닥닥 방문이 열리고, 분심이가 약간 놀란 듯 얼굴을 내밀었다.

최 처사를 보자 분심이는 얼굴을 살짝 붉혔다.

“웬일이어요?”

“집에 아무도 없는 모양일세. 호젓한 걸 보니……”

“모두 어디 가고 없어요.”

“혼자 집을 보고 있는 거여?”

“예.”

분심이는 또 눈언저리를 살짝 물들이며 묘하게 힉― 웃었다.

이것 썩 잘됐다는 듯이 최 처사도 빙글 웃으며 뚜벅뚜벅 마당을 걸어 들어갔다. 어쩐지 좀 얼굴이 화끈해지는 느낌이었다.

“모두 어디 갔어?”

마치 가장이 아내에게 묻는 어투였다.

“아버지는 읍내에 볼일이 있어서 가시고, 언니는 저 아래 머루실

에 있는 자기네 친척집 잔치에 갔어요. 조카딸 시집가는 날이래요.”

“애들도 다 어디 가고 아무도 없네.”

최 처사는 마루에 털썩 걸터앉으며 말했다.

“학교 간 조카는 아직 돌아오지 않았고, 조무래기들은 저검마*(‘저희 엄마’의 방언) 따라 잔칫집에 갔어요.”

“용수는?”

분심이의 어린 아들 용수가 마치 이제 자기 아들이기나 한 것처럼 물었다.

“용수는 방에서 자요.”

“어느 방에서?”

“이 방에서요.”

“그럼 우린 저 방에서 얘길 좀 할까?”

최 처사가 턱으로 사랑채를 가리키며 말하자, 분심이가 공연히 또 힉― 묘하게 웃었다.

사랑방으로 최 처사가 앞서 들어가고, 분심이는 혹시 싶어서 사방을 한 번 휘둘러보고는 뒤따라 들어갔다.

방 안은 알맞게 따스했다. 최 처사는 방문 고리를 안으로 걸어 버렸다.

“어머, 왜 문고리를 걸어요?”

분심이는 약간 당황하는 듯이 말했다. 그러나 실상은 당황하고 있는 게 아니었다. 살짝 흘기는 눈이 야릇하게 곱기만 했다.

“문고리를 걸어야 안심이 되지. 다 알면서 뭘 그래.”

“다 알긴 뭘 다 알아요. 호호호……”

“분심이.”

“예?”

“우리 서울 가서 살게 됐어.”

“정말로요?”

“정말이지. 상운사의 주지 스님이 서울에 있는 절로 옮겨가시게 됐어. 어제 가지고 갔던 편지가 바로 그 통지서였어.”

“어머, 그래요?”

“그래서 스님한테 부탁을 드렸지. 솔직히 다 얘길 하고서…….”

“무슨 얘길요?”

“무슨 얘긴 무슨 얘기라, 같이 살기로 했다는 얘기지.”

“아이 싫어. 벌써 그런 얘길 남한테 하다니…….”

그러나 실상 분심이의 얼굴에 별로 싫은 기색이 떠오르질 않았다.

“솔직하게 그런 얘길 해야 부탁을 들어줄 게 아니여. 그랬더니 같이 가자는 거여, 서울로.”

“…….”

“그러나 스님을 따라 서울의 절에 가 있을 수는 없잖어. 당신하고 살림을 해야 할 거니까. 그래서 부탁을 드렸지. 병원에 취직을 좀 시켜달라고.”

“병원에 취직을요?”

“응, 주지 스님의 중학교 때 친구 분이 서울에서 큰 병원을 차리고 있는 박사님이여.”

“두어 달 전에 우리 집에서 하룻밤 자고 갔다는 그 분 말이지요?”

“맞어, 맞어. 바로 그 분이여. 얘길 들었구먼.”

“예, 아버지한테 들었어요.”

“그 박사님의 병원에 취직을 좀 시켜달라고 부탁 드렸더니, 그러자고 쾌히 승낙을 하셨단 말이여."

"아저씨가 뭐 의산가요? 병원에 취직을 하게……. 호호호……."

"허, 또 아저씨라 그러네. 그 아저씨란 소리는 이제 그만 하기로 했잖았어. 그저께 밤에 여보라고 불러놓고서……."

"예, 예. 어서 얘기나 해봐요. 의사는 아닌데 병원에 어떻게 취직을……?"

"수위로 들어가는 거지 뭐."

"수위가 뭔데요?"

분심이는 국민학교를 졸업한 터이지만, 산골에서 살다가 역시 산골로 시집을 갔었기 때문에 수위가 뭔지 몰랐다.

"쉽게 말하면 문지기지 뭐. 병원을 지키는 사람이지."

"……

"좌우간 수위로라도 들어가서 우선 서울에 자리를 잡는단 말이여. 그리고 서서히 돈벌이 궁리를 하는 거지."

분심이는 곱게 반질거리는 두 눈으로 최 처사를 가만히 바라보고 있었다.

최 처사는 말을 이었다.

"며칠 후에 주지 스님이 서울로 떠나실 때, 나도 동행을 할 거여. 일자리를 확실히 정해놓고 와서 당신을 데리고 갈 생각이여. 그쯤 알고 당신도 서서히 서울로 떠날 준비를 하란 말이여."

분심이는 어쩐지 힉 웃음이 나왔다. 그 말이 믿어지지 않아서가 아니었다. 일이 너무 수월하게 되어 나가는 것 같고, 또 벌써부터 남편이라도 된 듯이 서울로 떠날 준비를 하라는 말이 어쩐지 좀 우스웠던 것이다.

“왜 웃어? 내 말이 믿어지지 않는 거여?”

“아니요.”

“그럼 왜?”

“그저…… 일이 너무 쉽게 되는 것 같아서요.”

“나한테 인제 운이 돌아온 거여. 지금까지는 이 산중의 절간에 묻혀서 심부름이나 하고 지냈지만, 인제부터는 서울로 나가 당신과 살림을 하여 돈을 벌 운이 트인 거란 말이여.”

“그런데 당신 맘씨가 너무 착해빠져서 돈을 벌 수 있을지 몰라요.”

분심이는 조금 걱정이 된다는 듯이, 그러나 나긋한 미소를 띠며 말했다.

“내가 너무 착해빠져? 허허허…….”

“착해도 보통 착한 게 아니라, 어떤 때는 병신같이 착해 보인단 말이어요. 돈을 벌라면 거짓말도 잘하고 남의 등도 칠 줄 알아야지, 그저 착하기만 해서는 안 돼요. 돈 버는 것이 그렇게 쉬운 일인 줄 아세요?”

분심이는 마치 자기가 돈벌이에 발 벗고 나서본 경험이라도 있는 사람 같았다.

“분심이, 걱정 말어. 나도 거짓말을 하기로 들면 얼마든지 할 수 있고, 남의 등도 얼마든지 칠 수가 있어. 정말이여.”

“글쎄요…….”

“분심이, 고마워. 나를 그렇게 착한 사람으로 봐줘서 정말 고마워. 당신은 나의 천생연분이여. 틀림없어.”

“호호호…….”

천생연분이라는 말이 분심이는 어쩐지 좀 우스웠다.

"왜 웃는 거여? 틀림없이 우리는 천생연분이라니까. 호호호……."

최 처사도 히들히들 묘하게 웃으며 슬그머니 그녀에게 다가들었다.

최 처사가 다가오자, 그녀는 반사적으로 살짝 상체를 돌렸다.

"어머어머, 왜 이러세요? 누가 오느만."

분심이는 몸을 그저 최 처사가 하는 대로 내맡겨놓고서 입으로만 이렇게 말했다.

"오긴 누가 와."

"학교 간 조카가 올 때 됐어요."

"괜찮어. 방문 고리를 걸었는데 뭐."

최 처사는 그만 그녀의 한쪽 볼부터 입으로 왈칵 덮쳤다. 그녀가 키득키득 웃는 바람에 살짝 보조개가 파였던 것이다.

최 처사의 뜨거운 입술이 한쪽 볼에 달라붙어 떨어질 줄을 모르자, 분심이도 온몸이 화끈화끈 달아오르기 시작했다.

그러면서도 분심이는 방 안이 너무 밝아 불안하기만 했다. 대낮에는 남편과 어울렸을 때에도 어쩐지 불안했었는데, 하물며 아직은 전혀 남인 최 처사의 품에 들어 있는 판이니 그럴 수밖에.

"용수가 깰지 몰라요."

분심이는 약간 열기를 띤 목소리로 혼자 중얼거리듯이 말했다.

"깨면 어때. 방문 고리를 걸어놓았는데……."

"호호호……."

최 처사의 입술이 이번에는 웃고 있는 그녀의 입을 덮쳤다.

그러자 뜻밖에도,

“아이 싫어! 담배 냄새.”

하면서 분심이는 얼른 고개를 돌려 버리는 것이 아닌가. 온통 이맛
살을 찌푸리기까지 했다.

최 처사는 무안을 당한 것 같았다. 그저께 밤 부엌에서는 그러지
않더니…… 여자의 둔갑인가 싶었다.

싫다는 입술을 억지로 덮쳐서 짓이길 필요는 없었다. 그렇다면
입맞춤은 생략하고, 다음 행동으로 넘어가는 수밖에.

최 처사는 그녀의 저고리 단추를 끄르고, 내의 안으로 손을 하나
들이밀었다. 물큰한 젖무덤이 손아귀에 뿌듯이 차자, 최 처사는 뜨
거운 숨을 훅 들이마시며 온몸을 가볍게 떨었다.

“어머나, 왜 이래—.”

분심이도 온몸을 조금 오므리며 열에 뜬 듯한 달큰한 숨을 내쉬
었다.

잠시 방 안에 나른한 정적이 흘렀다.

“여보.”

먼저 분심이가 최 처사 쪽으로 고개를 돌리며 입을 열었다.

“응?”

“나 꼭 데려가야 돼. 서울이든지 어디든지 꼭…… 응?”

“물론이지.”

최 처사는 약간 핏발이 선 듯한 불그레한 눈에 흐뭇한 웃음을 담
았다.

그날 해질녘에 절로 돌아온 최 처사는 온몸에 새로운 기운이 흐
르는 듯한 느낌이었다. 드디어 분심이를 정복했으니 그럴 수밖에.
그리고 그녀의 입에서 꼭 자기를 데려가 달라는, 다시 말하면 자기

를 버리지 말고 꼭 같이 살자는 그런 간절한 뜻의 말까지 나왔으니
말이다.

최 처사는 붕 뜬 듯한 기분으로 서울에 갈 준비를 했다.

준비래야 뭐 별게 없었다. 자기가 가지고 있는 옷가지들 가운데
서 그래도 좀 남 보기에 괜찮은 겨울 겉옷을 언제든지 입고 나설
수 있도록 손질해 놓고, 내의를 빨아서 말리고, 세면도구 따위를
챙겨놓는 정도였다.

그리고 그동안 푼푼이 모아서 깊숙이 간직해 놓은 돈을 꺼내 헤
아려보았다. 칠십칠만 삼천 원이었다. 읍내에 심부름을 갈 때마다
조금씩 생기는 돈을 모았을 뿐 아니라, 최 처사는 틈틈이 약초를
채집해서 시장에 내다팔곤 했던 것이다.

그 돈을 이번에 다 가지고 갈 필요는 없었다. 이번에는 그저 차비
하고 용돈이나 얼마 가지고 가면 되는 것이었다. 차비도 아마 주지
스님이 부담해 주겠지만 말이다.

그 돈에서 최 처사는 삼만 원을 떼 내어 입고 갈 옷의 안 호주머
니에 잘 넣었다. 그리고 나머지 돈뭉치를 도로 옷 궤짝 속에 깊숙
이 간직해 넣으면서, 아무리 서울이라고 하지만, 설사 이 돈이면 방
한 칸은 얻을 수가 있겠지 하고 공연히 큰 숨을 한 번 들이쉬었다.
가슴이 부풀어 오르는 모양이었다.

밤에도 이런 생각 저런 생각 때문에 쉬 잠을 이룰 수가 없었다.

서울에서 살림을 하면서 살게 되다니…… 생각하면 정말 꿈만
같았다. 아직 일자리가 정해진 것은 아니지만 어쩐지 틀림없이 일
이 잘 될 것만 같았다. 이십 몇 년 동안 부처님 곁에서 심부름을 하
고 예배를 드린 덕분으로 이제 죄가 사해지고, 새로운 인생길이 열

리는 모양이라고 생각했다.

더구나 분심이 같은 마음에 꼭 차는 여자를 아내로 가지게 되었으니 얼마나 신나는 일인가. 어쩌면 부처님이 나를 위해서 그녀의 남편을 지난해 봄에 저승으로 데려가 버렸는지도 모른다는 생각이 들기도 했다. 고마우신 부처님…….

서울에 가서 살림을 차리면 참으로 좋은 남편이 되어야지. 그리고 일자리가 그 병원에 정해지면 그 병원을 위해서 그야말로 충실히 일해야지.

그러다가 기회를 보아서 돈벌이하는 길로 나가야지. 요즘 세상은 아무래도 돈이 제일이니까, 장사를 시작해서 돈을 몽땅 벌어 분심이를 실컷 호강시켜야지…….

벌써부터 최 처사는 서울에 자기의 큼지막한 집이 눈앞에 보이기라도 하는 것처럼 가슴이 두근거리기까지 했다. 그런 생각과 함께 최 처사는 한편 슬그머니 두려운 그림자가 덮어씌워지는 것 같은 느낌이 들기도 했다. 혹 서울에 나가 살다가 자기의 정체가 드러나지나 않을까, 옛날 그 임 교장의 가족들이 혹시 서울에 살지나 않을까 하는 생각 때문이었다.

십오 년이 지났기 때문에 이제 법적으로는 아무 벌을 받지 않는다고 하지만, 혹시 임 교장의 가족들의 눈에 띄게 된다면 과연 무사할 수가 있을 것인지…… 아무래도 최 처사는 두렵기만 했다.

직접 그 가족들의 눈에 띄지는 않는다 하더라도, 고향 사람들을 만나게 되면 어쩔 것인지…… 역시 걱정이 아닐 수 없었다.

잠자리에서 그런 생각을 하다가 최 처사는 벌떡 일어나 불을 켰다. 그리고 벽에 걸린 조그마한 거울을 벗겨가지고 엎드려서 그 거울에 자기 얼굴을 비쳐보았다.

오십삼 세…… 이제 많이 늙었다. 자기가 보기에도 틀림없는 중늙은이다.

그러나 그렇게 생각을 해서 그런지, 젊었을 때의 모습이 거의 그대로 남아 있는 것만 같다. 윤곽이랄지 눈, 그리고 불거진 광대뼈 같은 것이 아무래도 옛날 그대로의 최남팔이다.

이마에 접힌 주름살과 희끗희끗 반백이 되어가는 머리만이 옛날과 다를 뿐이다.

"음— 안 되겠는데……."

최 처사는 괴로운 듯이 내뱉었다.

임 교장의 가족들과 고향 사람들이 보면 쉽사리 알아볼 수 있을 것만 같은 것이다.

어떻게 좀 못 알아보도록 할 수가 없을까……. 옛날의 최남팔을 얼굴에서 싹 지워버릴 수가 없을까……. 생각하다가 최 처사는,

"옳지."

좋은 생각이 하나 떠올랐다.

수염을 기르는 것이다. 코밑이랑 턱주가리랑 양쪽 볼에 검실검실 돋아나고 있는 수염을 깎지 않고 그대로 내버려두는 것이다.

털이 짙은 체질은 아니지만, 그러나 자랄 대로 자라게 내버려 두면 제법 온 얼굴이 텁수룩할 게 아닌가. 그러면 얼굴 모습이 꽤 달라 보일 게 아닌가 말이다.

그리고 여자들은 맨숭맨숭한 남자보다 털이 많은 남자를 더 좋아한다니까, 텁수룩한 수염으로 분심이의 얼굴을 문질러대면 훨씬 더 좋아할 게 아닌가.

“흐흐흐흐…….”

최 처사는 썩 좋은 생각이라는 듯이 거울을 들여다보며 혼자 히 들히들 웃었다.

잠시 뒤 최 처사는,

“옳지, 그것도 좋지.”

또 무슨 좋은 생각이 떠오른 모양이었다.

색안경 생각이 난 것이었다.

텁수룩한 수염으로 얼굴을 덮고, 색안경으로 두 눈을 가려 버리면 그 누가 알아보겠는가 말이다. 내가 누군지 알아보라고 얼굴을 갖다 들이밀어도 모를 것이다.

“됐어, 됐어.”

최 처사는 이제 두려운 그림자가 홱 걷혀 버리는 듯한 느낌이었다.

병원의 수위가 되어 텁수룩한 수염에 색안경을 끼고 있으면 제법 멋지겠는데…… 싶으며, 최 처사는 회심의 미소를 지었다.

일륜 스님과 최 처사가 서울을 향해 상운사를 떠난 것은 며칠 뒤의 일이었다. 일륜 스님의 짐을 최 처사가 지고 말이다.

그들은 M역에서 밤차를 탔다. 새벽에 청량리역에 도착하는 야간 열차였다.

이십 몇 년 만에 기차를 타보는 최 처사는 그저 얼떨떨하고, 희한하고, 맥없이 조금 불안하기도 했다.

천행산 상운사로 묻혀든 뒤로 최 처사는 M읍까지는 뻔질나게 왕래했으나, 기차를 타고 타지로 떠나본 일은 한 번도 없었다. 기차는 그와는 인연이 먼 세상을 달리는 물건처럼 생각되었다.

상운사로 묻혀든 처음 몇 해 동안은 간혹 기적 소리와 함께 먼 산모퉁이를 돌아가는 기차를 볼 때면 불현듯 고향 생각이 나서 눈물을 머금으면서 한숨을 짓기도 했었다. 세월과 함께 그 쓸쓸함이 차츰 엷어지기는 했으나 그래도 기차는 언제나 묘하게 가슴을 건드리는 것이었다.

그런데 그런 기차를 이십 몇 년 만에 타게 되었으니, 더구나 기차를 타고 새로운 살길을 열기 위해서 서울을 향해 떠나게 되었으니 기분이 예사로울 턱이 없었다.

최 처사는 곧장 어두운 창밖을 내다보기도 했고, 차 안을 두리번거리기도 했으며, 이 사람 저 사람을 좀 두려운 듯한 눈길로 바라보기도 했다.

옛날 기차와는 달리 꽥— 칙칙폭폭 하는 기적 소리도 없이 기차는 미끄럽게 잘도 달렸다.

어느덧 밤이 깊어 옆에 앉은 일륜 스님은 눈에 졸음이 가득해 보였다. 그러나 최 처사는 졸음이 오기는 고사하고 정신이 더 말똥말똥해지는 것 같았다.

"스님, 졸음이 오시는 모양이지요?"

"응."

"이 기차가 서울에 몇 시에 도착합니까요?"

"연착을 않고 제대로 가면 내일 새벽 여섯 시에 도착하지."

"……."

"왜? 서울에 빨리 도착했으면 좋겠어?"

일륜 스님은 웃음을 띤 얼굴로 아으윽— 하고 크게 하품을 했다.

최 처사는 마치 어린애 취급을 받은 것 같아 좀 멋쩍은 표정으로 잠시 말이 없다가 다시 입을 열었다.

“스님, 그 친구 되시는 분의 병원이 서울 어디에 있는지 아시지요?”

“가보지는 않았지만, 전화번호가 있으니까 바로 연락이 되지. 강남구 어디라더라…….”

“…….”

“강남구면 한강 남쪽이지.”

일륜 스님은 혼자 중얼거리듯 말했다.

“스님, 병원에 일자리가 있을지 모르겠네요?”

“글쎄…….”

“꼭 있었으면 좋겠는데…….”

“자네 운이 좋으면 있을 것이고, 그렇지 않으면……. 아마 큰 병원이니까 가능성이 있을 것 같은데, 모르지.”

“관세음보살—.”

최 처사의 입에서 염불이 나직이 흘러나오자, 일륜 스님은 힐끗 돌아보며 고개를 두어 번 천천히 끄덕거렸다.

“염려 말게. 어떻게 되겠지 뭐.”

기차는 철교 위로 접어드는 듯 커더덩 커더덩 소리를 내며 신나게 달리고 있었다.

괴사건

"여보세요. 거기 중인병원이죠?"

"예. 그렇습니다."

"자리에 있었군. 나야."

"누군가?"

"나야 나. 수윤이야."

"오, 언제 왔어?"

"오늘 새벽에 도착했지. 여기 우이동이야."

"우이동?"

"응, 우이동에 있는 화경사라는 절로 옮겨왔지."

"그래? 뜻밖인데……. 전번에 갔을 때는 그런 얘기가 없더니……."

"나도 뜻밖이야. 강원도 그 절을 떠 볼까 하고 지난 연말에 상경했을 때 종단 총무원에 그런 뜻을 언뜻 비쳐놓기는 했었지만, 이렇게 빨리 서울로 전임이 될 줄은 몰랐어.”

“잘됐어. 잘됐어.”

“자네를 자주 만날 수 있어서 잘된 셈이지.”

“당장 오라구. 전번에 신세 진 갚음을 해야겠어.”

“신세는 무슨 신세……. 그런데 말이야…… 저…….”

일륜은 전화로 얘기를 할까 말까 잠시 망설이다가,

“한 가지 자네한테 부탁이 있어.”

하고 말을 꺼냈다.

“부탁? 무슨 부탁인데?”

“다름이 아니라, 저…… 자네 병원에 사람 하나 안 쓸라나 싶어
서…….”

“뭐 하는 사람인데? 간호원인가?”

“아니야. 그저 수위로라도 좋고, 소제부라도 좋으니 한 사
람…….”

“누군데?”

“저…….”

일륜은 최 처사라는 것을 얘기할까 하다가 그만두고,

“자네도 잘 아는 사람이지.”

이렇게 말하며 혼자 싱그레 웃었다.

“나도 잘 아는 사람이라니, 누굴까?”

“그건 나중에 만나서 얘기하기로 하고, 어때 한 사람 밥 먹여 줄
수 없겠나?”

“자네 부탁인데 거절할 수가 있나. 데리고 와.”

“그래, 고맙다, 정말. 그럼 내일 오후 세 시경에 찾아갈게.”

"내일 오후 세 시? 좋아. 기다리고 있을 테니까."

"병원 위치가 강남구라 그랬지? 강남구 어디쯤인가?"

"강남구청 근처에 와서 물으면 다 알지, 바로 거기서 얼마 안 되니까."

"알았어. 그럼 내일 만나세."

전화기를 놓은 일륜은 가슴이 툭 트이는 느낌이었다. 최 처사의 취직자리가 너무나 간단히 해결이 되었으니 그럴 수밖에.

일륜은 곧 최 처사를 불렀다.

서울의 낯선 절에 온 최 처사는 강원도 산중에 있을 때보다 사람이 더 순하고 고분고분해 보였다.

"주지 스님, 부르셨습니까요."

허리까지 온통 구부정해가지고 최 처사는 뜰에 서서 마루 끝에 선 일륜을 우러러보았다.

"병원에 일자리가 결정됐네."

"정말입니까요? 아, 고맙습니다요, 고맙습니다요, 스님."

최 처사는 어쩔 줄을 모르겠다는 듯 곧장 머리를 숙여댔다.

이튿날은 눈이 왔다 그쳤다 하는 날씨였다.

오후 두 시가 조금 지나서 일륜은 최 처사를 데리고 화경사를 떠났다.

희끗희끗 눈이 나부끼는 길을 최 처사가 우산을 받쳐 들고 그 속에 두 사람이 바짝 붙어 서서 걸었다.

절에서 큰길까지는 얼마 되지 않았다.

큰길에 나서자, 일륜은 빈 택시를 잡았다.

택시에 올라앉아, 최 처사는 공연히 후유— 하고 큰 숨을 내쉬었다. 마치 어떤 두려움에 떨고 있는 사람 같았다.

그러나 두려워서 그러는 것은 아니었다. 택시라는 것을 생전 처음 어제 새벽에 청량리역에 내려 우이동까지 한 번 타보고, 오늘 두 번째 타보기 때문이었다. 두 번째인데도 그저 얼떨떨하기만 했던 것이다.

최 처사는 곧장 차창 밖으로 희끗희끗 눈이 내리는 서울 거리를 신기한 듯이 내다보고 있었다. 이십 몇 년 전 잠시 자기가 서울에서 장사를 했던 그 무렵과는 판이하게 달랐다.

어제도 그저 놀랍기만 했지만 오늘은 눈이 나부끼기 때문에 그런지 더 신기하고 으리으리해 보였다. 서울이 아주 큰 도시가 됐다는 소문은 산중에서도 들었지만 직접 눈으로 보니 과연 그렇구나 싶었다.

그렇게 감탄의 눈으로 바깥을 내다보고 있던 최 처사는 누가 자기를 쏘아보고 있는 것 같은 느낌이 들어 문뜩 시선을 돌리니 운전수 앞에 붙어 있는 조그마한 거울(백미러) 속에서 웬 두 개의 눈이 쏘아보고 있는 것이 아닌가.

최 처사의 시선과 마주치자, 그 두 개의 눈이 얼른 사라졌다.

최 처사는 어쩐지 섬뜩한 느낌이었다. 운전수의 시선이라는 것을 알 수 있었으나, 최 처사는 슬그머니 두려운 생각이 들기 시작했다.

혹시 자기를 아는 사람이 아닌가 싶은 것이었다. 고향 사람이나 아닌지…… 그런 생각이 들자, 최 처사는 얼굴에서 조금씩 핏기가 가시는 듯했다.

잠시 뒤, 최 처사는 상의 안 호주머니에서 무엇을 슬그머니 꺼냈다. 색안경이었다.

색안경을 가만히 얼굴에 끼는 것이 아닌가. 꽤 짙은 갈색안경이
었다.

최 처사가 웬 색안경을 꺼내 끼는 것을 보자, 일륜은 눈이 약간
둥그레졌다가 곧 씩 웃으며,

"아니, 자네 웬 색안경인가?" 하고 물었다.

최 처사는 아무 대답이 없이 가만히 굳어져 앉아 있었다.

"허허허……."

일륜은 그만 웃음이 터져 나왔다.

힐끗, 운전수가 또 백미러로 최 처사를 보고는 그도 히죽 웃었다.

일륜은 재미가 있어서,

"자네, 서울에 오더니 아주 멋쟁이가 됐네 그려."

하였다.

그러자 최 처사는 몹시 멋쩍은 듯이,

"눈이 부셔서요."

하고 조그마한 소리로 대답했다.

"그거 언제 샀는가?"

"그저께 역전에서요."

"허허허……."

M역에서 기차를 기다리는 동안 역전 안경점에 가서 싸구려를 하
나 사서 안 호주머니에 넣었던 것이다.

택시가 제3한강교 위로 접어들어 눈이 희끗희끗 나부끼는 후련
한 강 위를 신나게 달리자 색안경을 긴 채 차창 밖을 내다보고 있
던 최 처사는,

"이게 한강이지요?"

하면서 훅— 큰 숨을 들이쉬었다.

"한강이지."

일륜도 기분이 상쾌한 듯, 후련한 물줄기와 강 건너 저쪽에 숲을 이루고 있는 아파트들을 내다보고 있었다.

나부끼는 눈송이들이 점점 더 굵어지는 것 같았다.

"3월 달에 웬 눈이 이렇게……."

운전사가 혼자 중얼거리듯이 말했다.

그러자 최 처사가,

"이번 겨울은 딴 해보다도 눈이 많은 것 같아요. 서울은 어땠는지 모르지만, 우리 강원도는 이번 겨울에 눈이 참 많이 왔어요."
하였다.

"강원도 사시오?"

운전사가 백미러로 힐끗 최 처사를 보며 물었다.

"예."

"나도 강원도가 고향인데……. 강원도 어디 사시오?"

"……."

"나는 주문진이 고향인데……."

"상운사에 살아요."

최 처사는 들릴 듯 말 듯 조그마한 소리로 말했다.

"상운사요? 천행산에 있다는 그 절 말인가요?"

"예."

최 처사는 목을 슬그머니 움츠렸다. 공연히 가슴이 조금 두근거리며 두려워지는 것이었다.

"운전사 양반 상운사를 아시는구려."

일류은 기분이 좋은 모양이었다.

"예, 알지요. 우리 어머니가 불교에 여간 정성이 아니시거든요. 어머니한테 상운사 얘길 들었어요."

"나무관세음보살—."

오 분가량 뒤, 자가용 '나·1357'호가 역시 제3한강교 위로 들어섰다. '나·1357'호는 임중하의 자가용이었다.

그 속에 순지와 광후가 타고 있었다. 임중하의 두 자녀 말이다.

이제 새 학년도가 되어 미술대학 졸업반이 된 순지가 운전을 하고, 그 옆에 고교 3학년이 된 광후가 앉아 있었다.

"야— 멋있다."

광후가 말했다.

답답한 길을 달리다가 앞이 툭 트인 후련한 다리 위로 들어섰을 뿐 아니라 온통 눈앞의 후련한 공간을 굵직굵직한 눈송이가 수없이 나부껴 쏟아지고 있는 판이니, 신나지 않을 수 없었다.

"기분 좋지?"

순지는 미소를 지으며 차의 속력을 약간 더했다.

운전 면허증을 따낸 순지는 곧잘 차를 몰고 드라이브를 즐기는 것이었다. 오늘은 마침 토요일이어서 학교에서 일찍 돌아온 광후가 옆에 올라탔던 것이다.

한 바퀴 빙 돌고, 지금 집으로 돌아가는 길이다.

"3월에 함박눈이 쏟아지다니. 기똥찬데……."

"여름에도 눈이 오면 좋겠지?"

"야, 우리 누나 역시 소질 있어. 여름에 오는 눈…… 소설 제목 했으면 좋겠다. 홋홋후……."

일륜과 최 처사를 태운 택시는 강남구청 앞에서 멎었다.

택시에서 내린 일륜은 최 처사와 함께 우산을 받고 서서 사방을 두리번거렸다. 그러나 중인병원이라는 간판은 얼른 눈에 띄지가 않았다.

행인 하나에게 물어보았으나, 허사였다. 일륜은 잠시 두리번거리다가 어떤 가게에 가서 주인 여자에게 물었다.

"실례합니다. 중인병원이라고 이 근처에 있다는데, 어딘지 아십니까?"

"중인병원요?"

"예."

"저 네거리를 지나 저쪽으로 조금 가면 거기 병원이 있어요. 중인병원인지…… 병원 이름은 확실히 모르겠습니다만……."

"큰 병원입니까? 개인 종합 병원이라던데요."

"예, 큰 병원이에요."

"고마워요. 나무관세음보살―."

일륜과 최 처사는 여인이 일러준 쪽으로 걸음을 옮겨갔다.

눈이 굉장히 쏟아져 내리고 있었다. 정말 한겨울에도 드문 그런 함박눈이었다.

"겨울이 다시 오는 모양인가…… 웬 눈이 이렇게……."

일륜이 투덜거리듯 말했다.

"막 사정없이 쏟아지네요."

조금 전보다 월등히 펑펑 쏟아지는 눈에 길바닥이 금세금세 하얗게 부풀어 오르고 있었다.

"아이고!"

최 처사의 한쪽 발이 쭉 미끄러졌다.

"이 사람아, 조심하게. 강원도 산중에서는 날고뛰는 사람이 서울에 오더니 얼떨떨한 모양이지?"

일륜은 색안경을 끼고 있는 최 처사의 얼굴을 힐끗 보며 씩 웃었다.

네거리를 지나 조금 가니 저만큼 병원이 보였다. 얼른 보아도 틀림없는 병원이었다. 그러나 함박눈 때문에 아직 중인병원인지 확인할 수는 없었다.

"저 병원인 것 같은데……."

일륜이 혼자 중얼거리듯이 말하자, 최 처사는,

"정말 크네요."

하면서 가슴이 벅차오르기라도 하는 듯 큰 숨을 가만히 한 번 쉬었다.

저렇게 크고 멋있는 병원의 수위로 취직이 되다니, 새삼 감격스럽기만 한 모양이었다.

"맞군. 중인병원이군."

"맞네요."

쏟아지는 함박눈 속으로도 이제 병원의 간판이 분명히 보였다.

병원은 도로에서 약간 낮은 곳에 있었다. 도로에서 십 미터가량 좀 경사진 길을 내려가서 정문이 있었고, 정문을 들어서면 원형의 화단이 있는데, 그 화단을 돌아가면 현관이었다.

일륜과 최 처사가 그 약간 경사진 길을 조심조심 걸어 내려가고 있을 때, 자가용 '나 · 1357' 호가 네거리를 지나 달려오고 있었다.

"야— 눈 참 기똥차다. 이렇게 몇 시간만 내리쏟아지면 서울이 폭

눈에 묻혀 버리겠는데……."

광후가 말했다.

"눈에 묻힌 서울…… 그것도 소설 제목 같은데……."

"아냐, 서울 눈에 묻히다, 이렇게 해야 돼."

"너도 소질 있구나."

"홋홋후……. 아니, 누나, 저거 중 아냐? 웬 중이 우리 병원으로……."

차창을 덮을 듯이 쏟아져 와서 묻곤 하는 눈발을 윈도브러시가 쉴 새 없이 씻어내고 있었다.

마치 합죽선을 펼쳐놓은 것 같은 시계를 통해 앞을 내다보며 조심스럽게 차를 운전해 가고 있는 순지 역시 눈을 좀 반짝 떴다.

"글쎄, 이렇게 눈이 오는데 웬 중이……."

광후도 곧장 그 중의 뒷모습을 내다보며,

"어디 아픈 모양이지."

하고 말했다.

큰길에서 비탈길로 들어서자, 순지는 브레이크를 서서히 밟으면서 빵— 하고 클랙슨을 한 번 울렸다.

그러나 중은 뒤를 돌아보지 않았다. 중과 함께 우산을 받쳐 들고 걸어 내려가고 있는 남자만 힐끗 뒤를 돌아보았다.

두 사람은 길 한쪽으로 조금 비키면서 걸어가고 있었다.

병원 삼 층의 창문으로 눈 오는 바깥 풍경을 하염없이 내다보고 서 있는 간호원이 한 사람 있었다. 최진옥이었다.

진옥은 3월인데 웬 함박눈이 이렇게 쏟아지는가 싶으며 유리창 밖으로 시선을 보내고 있었다. 삼 층 입원실에 들렀다가 복도에 나오자 쏟아지는 함박눈이 어쩐지 예사롭게 보이지가 않고 기분이 이상했다.

조금 전에 삼 층으로 올라오면서도 함박눈이 쏟아지는 것을 창밖으로 보았는데, 그때는 그저 하— 웬 함박눈이…… 싶기만 했는데, 이번에는 그게 아니라, 묘하게 가슴이 설레는 것 같고, 두근거리는 것 같기도 하면서, 한편 맥없이 조금 슬퍼지고, 심란해지고 기분이 별안간 걷잡을 수 없이 얄궂은 것이었다. 가벼운 현기증 같은 것이 느껴지기도 했다.

그래서 그녀는 이상하다 싶으며, 창가에 기대서서 마음을 가라앉히려고 하염없이 서 있었던 것이다.

"아니, 웬 중이…….'

진옥은 눈을 반짝 떴다.

중이 병원을 찾아온다고 해서 이상할 건 하나도 없었다. 중도 어디가 아프거나 하면 병원을 찾아와야 될 게 아닌가. 그런데 함박눈 속을 웬 남자와 함께 우산을 받쳐 들고 비탈길을 조심조심 걸어 내려오고 있는 것이 어쩐지 신기하게 보였다.

중과 함께 걸어 내려오고 있는 남자는 색안경을 끼고 있질 않는가. 이 함박눈 속을 색안경을 끼고 걸어오고 있다니…… 얼른 보아도 촌사람 티가 줄줄 흐르는데, 웬 색안경은……. 여느 때 같으면 진옥은 그만 까르르 웃음을 터뜨렸을 것이다.

그러나 웬일인지 진옥은 웃음이 나오지가 않고, 오히려 온몸이 야릇하게 긴장이 되며, 기분이 묘하게 쓸쓸해지는 것이 아닌가.

이런 기분은 처음이었다. 참 묘한 일이었다.

두 사람이 함박눈 속을 걸어 내려오는 모습을 하염없이 내려다보고 있는데, 승용차가 한 대 비탈길로 미끄러져 들었다. 원장의 자가용이었다.

낯익을 대로 낯익은 차인데, 진옥은 어찌된 영문인지 별안간 기분이 으스스해지는 것이 아닌가.

약간 속도를 늦추며 굴러 내려오고 있는 차를 보고 진옥은 아! 하고 자기도 모르게 무엇에 놀란 사람처럼 입을 약간 벌리고 있었다. 아무 까닭도 없이…….

일륜과 최 처사는 차가 지나갈 수 있도록 한쪽으로 비켜서 병원 정문을 들어서고 있었다.

차도 정문을 향해 서서히 미끄러져 내려가고 있었다.

그런데 차가 정문으로 들어서려 할 때였다. 참으로 괴이한 일이 일어났다.

"저게 누구냐?"

먼저 깜짝 놀란 것은 순지였다.

"아니!"

광후도 눈이 휘둥그레졌다.

사람이었다. 분명히 사람이 눈에 뒤덮인 원형의 화단에 쪼그리고 앉아 있는 것이 아닌가.

눈을 뒤집어써서 그런지, 아니면 흰옷을 입은 것인지, 온통 하얀 사람이 웅크리고 앉아 있었다. 얼른 보아도 머리는 빡빡 깎은 중대가리였고, 턱에 허연 수염이 너불너불했다.

그 노인이 앉았던 자리에서 일어서더니, 그만 차 앞으로 성큼 뛰어내려 우뚝 멈추어 서는 것이 아닌가. 그런데 그 동작이 어찌나 빠르고 가벼운지, 마치 무중력인 것 같았다.

“어머나!”

순지는 깜짝 놀라 얼른 핸들을 돌렸다.

“아이고!”

광후도 어느새 누나의 한쪽 팔을 붙들고 있었다.

정문을 들어서고 있던 차는 냅다 왼쪽으로 꺾어지며 쭉 미끄러지듯 돌진했다.

우산을 받쳐 들고 걸어가고 있는 두 사람은 그때 차보다 이 미터가량 앞서 있었다.

“으악!”

비명 소리와 함께 나가떨어진 것은 최 처사였다.

찌익― 브레이크 소리와 함께 차는 덜커덩 멎었다.

아슬아슬하게도 일륜은 소매 끝이 차에 스쳤을 뿐 아무렇지도 않았다.

최 처사가 나가 뻗은 자리에는 어느새 새빨간 피가 눈 위에 눈부시도록 선명하게 번지고 있었다.

덜커덩 멎은 차의 핸들을 쥔 채 순지는 새파랗게 질려가지고 움직일 줄을 몰랐다. 광후 역시 노오래가지고는 잠시 넋을 잃은 것처럼 멍하게 앉아 있다가 두 눈을 끔벅끔벅하면서 차 문을 콰당 열고 밖으로 나갔다.

차를 우뚝 가로막고 섰던 허연 노인은 온 데 간 데 없었다.

“아이고―.”

병원 삼 층에서 냅다 소리를 지르며 허겁지겁 뛰어 내려오는 것은 말할 것도 없이 진옥이었다.

진옥은 계단을 뛰어 내려오면서도,

“사람이 죽었다! 사람이 죽었어! 교통사고야! 우리 병원 안에서 사고가 났어!”

필요 이상 허겁을 떨었다.

이 방 저 방의 문이 열리며 의사가 뛰어나오고, 간호원들이 뛰어나왔다.

원장실에 앉아 일륜이 도착하기를 기다리고 있던 임중하도 무슨 야단인가 싶어 방문을 열어보았다.

“무슨 일이야?”

“교통사고가 났대요, 원장님.”

“어디서?”

“병원 마당에선가 봐요.”

“뭣이?”

임중하도 눈이 둥그레지며 현관 쪽으로 잰걸음을 쳤다.

현관 밖으로 나선 임중하는 아연실색할 지경이었다. 어이없게도 사고를 일으킨 장본인이 딸 순지가 아닌가.

순지는 운전석에 그대로 앉아 핸들 위에 엎어지듯 얼굴을 묻고서 흐느끼고 있었다.

그리고 천만뜻밖에도 사고를 당한 사람은 다름 아닌 최 처사 그 자가 아닌가.

그자가 오늘 이렇게 병원을 찾아올 줄이야 정말 꿈에도 생각하지 못했던 일이다.

그렇다면 어제 전화로 일륜이 취직을 부탁했던 사람이 바로 이 최 처사란 말인가. 임중하는 그저 어처구니가 없고, 기가 막힐 따름이었다.

그러나 어쨌든 최 처사는 아직 꿈틀거리고 있었다.

"빨리 응급실로 운반하지 않고 뭣들 하고 있어."

임중하는 버럭 화를 내듯 내뱉었다.

변소에라도 갔었던지, 뒤늦게 달려 나온 수위가 최 처사를 반듯이 눕힌 다음 양쪽 어깻죽지 밑으로 손을 넣어 상체를 들어올렸다.

그러자 재빨리 나선 것은 진옥이었다.

"아이고, 이를 어쩌나. 이를 어쩌나."

하면서 그녀는 서슴없이 최 처사의 두 다리를 모아 안아 불끈 들어 올리려는 것이 아닌가.

그러나 힘에 겨워 보였다. 젊은 의사가 진옥이를 밀어내고 대신하려 하자, 진옥은 기어이 자기가 한쪽 다리나마 차지하는 것이었다.

다른 간호원들은 진옥이가 오늘 별일이다 싶은 듯이 바라보고 있었다.

세 사람이 축 늘어진 최 처사를 응급실로 운반해 가자, 의사들이랑 간호원들이 뒤를 따랐다.

핏기가 하나도 없는 얼굴로 멀뚱히 서서 바라보고만 있던 광후가,

"아버지."

조심스럽게 입을 열었다.

"왜?"

"어떤 영감이 차 앞을 가로막았단 말이에요."

"뭐?"

"어떤 허연 영감이 화단에서 뛰어 내려와서 차를 가로막는 바람에 누나가 정신없이 핸들을 돌렸어요."

"그게 무슨 소리야? 어떤 영감이라니? 그 영감 어디 있어? 누구

야?"

"모르겠어요. 참 이상해요. 틀림없이 나도 봤는데, 사고가 난 뒤 차에서 내려 보니까 어디 갔는지 없잖아요."

"얼빠진 소리 하지 말고, 어서 집에 들어가 공부나 해. 눈이 오는데 무슨 초친 맛으로 차를 몰고 나가는 거야."

"누나가 드라이브 하자고……."

"어서 썩 들어가지 못해!"

임중하는 두 눈을 부릅떴다. 그리고 차 안의 순지에 대해서도 소리를 질렀다.

"어서 나와! 거기서 언제까지나 울고 있으면 문제가 해결되는 거야?"

그러나 순지는 여전히 흐느끼고 있었다.

"어서 나와! 나오라니까!"

순지는 마지못한 듯 두 손으로 얼굴을 가리고 차 밖으로 기어 나왔다.

광후가 순지를 부축해서 집으로 들어가고 나자 그제야 임중하는 후유— 한숨을 꺼지도록 쉬고 나서,

"일륜, 미안하네."

하였다.

"나무관세음보살—."

일륜은 가만히 두 손을 합장했다.

이상한 일이었다. 그렇게 쏟아지던 눈발이 가늘어지더니, 싹 걷혀 버리는 것이 아닌가.

그리고 하늘 한쪽이 서서히 갈라지며 햇살이 쏟아져 나오기 시

작했다. 마치 여름날 소나기가 좍— 한바탕 지나가고 나서 하늘에 무지개가 걸리는 것 같은 그런 날씨였다.

일륜은 그 자리에 합장을 한 채 서서 하늘을 우러러보며 또,

"나무관세음보살—."

하였다.

임중하도 날씨가 하도 신기해서 멀뚱히 하늘을 바라보았다.

갈라진 구름 사이로 흘러내린 햇살이 하얗게 쌓인 눈 위에 좌르르 쏟아지는 광경은 정말 산뜻하고 눈부셨다.

그러나 임중하는 신기하다는 생각이 잠깐 머리를 지나갔을 뿐, 산뜻하게 느껴지지도 않았고, 눈부시다는 생각도 없었다. 뭐 이런 괴상한 날씨가 다 있는가 싶었다. 어쩌면 오늘의 괴상한 날씨 때문에 순지가 이런 엄청난 사고를 일으킨 것만 같아 기분이 지랄 같기만 했다.

"이상한 날씨군."

일륜이 말했다. 그리고 일륜은,

"음—."

하면서 두어 걸음 옮겨가 허리를 굽혔다.

하얀 눈을 물들이고 있는 새빨간 피, 그 위로 쏟아지는 눈부신 햇살……. 그런데 그 딸깃물 같은 새빨간 핏자국 곁에 햇빛을 받아 반짝거리고 있는 것이 있었다. 색안경이었다.

일륜은 염불을 중얼거리면서 그것을 주워 드는 것이었다. 무슨 측은한 물건이라도 되는 듯 연민의 표정을 떠올리며 색안경에 묻은 눈을 대강 닦았다. 그리고 그것을 승의(僧衣) 안주머니에 잘 간직해 넣는 것이었다.

임중하는 말없이 착잡한 표정으로 바라보고 있었다.

최 처사를 응급실로 운반해 갔던 수위가 달려 나오고 뒤따라 운전사도 나타났다.

운전사를 보자 임중하는 대뜸 버럭 고함을 질렀다.

"자넨 뭘 하고 있었는가?"

"……."

"왜 이런 날씨에 순지에게 차를 내주었는가 말이야."

"잠시 드라이브를 하겠다고 해서……."

"눈이 오는데 드라이브는 무슨 놈의 드라이브……. 이런 때는 교통사고가 흔히 일어날 수 있으니까, 드라이브를 하겠다고 해도 말려야지, 안 그래?"

"예."

운전사는 고개를 떨구었다.

그러나 실상 운전사에게 무슨 잘못이 있단 말인가. 운전면허증까지 가지고 있는 원장의 딸이 자기 아버지 차로 잠시 드라이브를 한다는데, 운전사가 어떻게 거절할 수 있겠는가. 평소에도 곧잘 몰고 나가는 터여서 예사로 차 열쇠를 주었던 것이다.

임중하는 뚱하고 착잡한 표정으로 잠시 눈에 물든 핏자국을 내려다보며 무슨 생각에 잠기는 듯하다가 번쩍 고개를 들었다.

"빨리 차고에 넣고, 핏자국을 없애."

운전사와 수위가 예, 예, 하고 재빨리 움직이기 시작했다.

임중하는 성큼성큼 응급실을 행해 갔다. 일륜도 뒤를 따랐다.

현관에 들어선 임중하는 마침 복도를 바쁘게 지나가고 있는 간호원 하나를 불러 세웠다. 김수미였다.

“미스 김, 이분 내 방으로 모셔.”

그리고 일륜에게,

“내 방에 가 있게. 나 응급실에 잠깐 가보고 갈 테니까.”

하였다.

일륜은 간호원을 따라 원장실로 갔고, 임중하는 응급실을 향해 잰걸음을 쳤다.

응급실에 들어선 임중하는 그 자리에 우뚝 멈추어 서서 아무 말 없이 응급처치를 하고 있는 광경을 바라보고 있었다.

실내에 팽팽한 긴장감이 감돌고 있었다.

지혈을 시키고, 목에 기관을 넣어 기도를 확보하느라 바짝 긴장이 되어 있는 닥터 최가 잠시 후, 숨을 돌리고, 손수건을 꺼내어 이마와 코언저리를 닦으면서 원장 앞으로 왔다.

“원장님, 생명엔 지장이 없을 것 같습니다.”

“…….”

“팔 하나와 다리 하나가 골절이군요. 팔 하나는 아무래도 못 쓸 것 같은데요.”

임중하는 그저 말없이 고개를 두어 번 끄덕거리기만 했다.

“아니, 무슨 일이에요? 순지가 교통사고를 냈다구요?”

하면서 황급히 들어선 것은 송인실이었다. 몸이 나른해서 점심을 먹고 낮잠을 자고 있던 송인실은 광후한테 그 소식을 듣고 깜짝 놀라 달려 나온 것이었다.

경황없이 뛰어나오느라 안경도 끼지 않은 송인실은 부상자 쪽으로 얼른 다가갔다.

“어떻게 됐어? 어떻게?”

“생명에는 지장이 없을 것 같습니다.”

닥터 최가 부원장인 송인실 곁으로 가며 대답했다.

“팔다리 골절이군. 빨리 엑스레이를 찍어보도록 해요.”

“예.”

“난 사망했는가 싶어 얼마나 놀랐는지…….”

그제야 송인실은 좀 마음이 놓이는지 후유— 숨을 내쉬었다. 그리고 간호원 하나에게,

“우리 집에 가서 내 안경 좀 가지고 와.”

하고 일렀다.

부상자인 최 처사는 말할 것도 없이 의식을 잃은 채 축 늘어져 있었다.

목석처럼 서 있던 임중하는 여전히 한마디 말도 없이 응급실을 나가 버리는 것이었다. 아내가 왔으니, 그녀에게 맡겨놓고서 말이다.

원장실 문을 열고 들어선 임중하는,

“이거 정말 미안하네.”

굳어진 표정을 좀 풀었다.

일륜은 소파에 앉은 채 임중하를 똑바로 바라보았다. 그 표정으로 보아 큰 변은 면한 것 같았으나,

“어떻게 됐는가?”

가만히 물었다.

“생명에는 지장이 없을 것 같애.”

임중하는 무뚝뚝하게 말했다.

“나무관세음보살—.”

“자, 여기서 이럴 게 아니라 우리 집으로 가세. 가서 상의를 좀 하

세."

임중하가 앞장서자, 일륜도 조용히 소파에서 일어났다.

집으로 들어가 거실 소파에 마주 앉자, 임중하는 우선 가정부에게 차 한 잔과 맥주 한 병을 가져오라고 일렀다. 그리고 일륜을 향해 침착한 어조로 말했다.

"일륜, 우선 오늘 사고에 대한 상의부터 하세. 어떻게 처리를 했으면 좋을는지……."

"음—."

"일륜, 어떻게 했으면 좋겠나? 내 딸의 실수로 한 사람이 생명에는 지장이 없지만, 아마 병신이 될 것 같은데……."

"어딜 다쳤나?"

"팔 하나와 다리 하나가 골절이야. 엑스레이를 찍어봐야 확실한 걸 알겠는데, 아마 다리는 괜찮을 것 같으나, 팔은 못 쓰게 될 것 같애."

"못 쓰게 되다니?"

"잘라내야 된다는 말이지."

"그래? 음—."

가정부가 커피 한 잔과 맥주 한 병, 그리고 마른안주를 한 접시 가지고 왔다.

"자, 차 들게. 나는 술을 한잔 마셔야겠어."

임중하는 꿀꿀꿀 맥주를 따라서 단번에 벌컥벌컥 들이켰다. 그르륵 트림을 하고 나서,

"일륜, 눈감아 줄 수 없겠나?"

불쑥 말했다.

일륜은 무슨 뜻인지 얼른 알아들을 수가 없어서 눈을 멀뚱거렸다.

"내 딸의 과실을 눈감아 줄 수 없겠느냐 말일세. 과실상해를 했으니 벌을 받아야 하겠지만, 딸이 가엾어서 그래. 사람이 죽은 것은 아니니, 눈감아주면 내가 다 알아서 뒤처리를 하겠네."

"내 염려는 말게. 자네 딸의 과실을 내가 눈감지 않고 어떻게 한단 말인가 이 사람아."

"고맙네, 수윤이."

임중하의 입에서 절로 일륜의 본이름이 튀어나왔다. 옛 학창 시절에 부르듯이 말이다.

"부상자의 치료는 물론이고 나중에 배상도 해 주겠네. 수윤이 안심하게."

"이 사람아, 오히려 내가 미안하네. 공연히 최 처사를 자네 병원에 취직을 시키려고 데리고 온 게 잘못이었던 것 같애. 최 처사를 안 데리고 왔더라면 이런 사고가 안 났을 게 아니야."

"……."

"내가 오히려 좌불안석일세. 어쨌든 이미 엎질러진 물이니, 수습을 잘 하게. 내 염려는 추호도 말고, 병원 사람들의 입을 막도록 해야 할 걸세. 의사랑 간호원들이 꽤 되는 것 같은데, 누가 무슨 소리를 낼지……."

"글쎄, 문제는 거기에 있네. 그러나 설마 내 직원들이 나를 해롭게 하려고 들지는 않으리라 생각하네."

"일부러 해롭게 하려고 들지는 않겠지만, 그러나 그런 말이 흘러나가면……."

"나도 이미 생각을 하고 있네. 곧 전 직원 회의를 열 생각이네. 전

직원을 모아놓고, 내 심정을 털어놓는 거지 뭐. 그리고 부탁을 하는 거지, 그러면 설마……."

"좋은 생각일세. 빨리 직원회의 열도록 하게, 어서……."

"그럼, 자네 여기 좀 앉아서 신문이나 보며 기다려주게. 되도록 빨리 끝내고 올 테니까."

임중하는 맥주를 또 한 컵 들이켜고는 자리에서 일어났다.

이십 명이 넘는 직원들이 원장실로 몰려들었다. 물론 수위와 운전수까지 참석을 했다.

수위와 운전수까지 참석을 한 직원회의란 좀처럼 없는 일이었다. 실내 분위기는 무겁고, 약간 긴장감까지 감돌고 있었다.

자기 자리에 앉아 파이프를 뻐끔뻐끔 빨고 있던 임중하는 담배를 끄고 의자에서 일어섰다. 일어서서 직원회의를 주재하려는 것이었다.

이런 일도 좀처럼 없는 일이었다. 의자에 앉아서 훈시를 하거나 지시를 내리는 것이 통례였다.

임중하가 일어서자, 소파에 앉았던 의사들이랑 간호원들도 슬금슬금 일어서는 것이었다.

"앉아요, 앉아. 괜찮아요. 앉아서 들으세요."

직원들은 마지못한 듯 도로 앉았다. 임중하는 약간 침통한 어조로 이야기를 꺼내기 시작했다.

"오늘은 참 이상한 날인 것 같습니다. 뜻밖에도 계절에 어울리지 않게 함박눈이 쏟아지더니, 뜻하지 아니한 사고가 우리 병원 안에서 일어났습니다. 그것도 다른 사람이 아닌 바로 내 딸에 의해서 야기되었습니다. 정말 뭐라고 말을 했으면 좋을지, 나로서는 그저 얼떨떨하고 어처구니가 없을 따름입니다. 여러분에게 미안한 생각을 금할 수가 없습니다."

여기서 임중하는 잠시 말을 멈추었다.

그러자 의사 한 사람이 불쑥 입을 열었다.

"원장 선생님, 저희들에게 미안할 게 뭐 있습니까. 따님이 고의로 그런 사고를 낸 것도 아닌데……."

다른 직원들도 모두 그렇다는 듯이 조금 분위기가 수런수런했다.

"여러분이 그렇게 생각해 주어서 고맙습니다."

임중하는 조금 표정이 밝아졌다. 그러나 여전히 무거운 어조로 말을 이었다.

"천만다행으로 부상자가 생명에는 지장이 없을 것 같습니다. 불행 중 다행한 일이 아닐 수 없습니다. 그러나 내 딸이 과실상해라는 잘못을 면할 수는 없지요. 형사 처벌을 받아 마땅할 것입니다."

다시 임중하는 잠시 숨을 돌렸다.

약간 부드러워졌던 분위기가 다시 무거운 긴장감에 휩싸이는 듯했다.

"그래서 그 문제에 대해서 여러분들과 상의를 좀 하려고 이렇게 모이도록 한 것입니다. 어떻게 했으면 좋을까요? 여러분 의견을 좀 말해 줘요. 사고가 난 사실을 경찰에 알려서 딸이 처벌을 받도록 해야 할는지, 그렇지 않으면 피해자 쪽과 합의를 해서 치료는 물론이고, 보상까지 해 주어서 일이 법적으로 비화되지 않도록 수습을 하는 것이 좋을는지……."

그러자 또 분위기가 수런수런해졌다.

"잘 수습을 하는 것이 옳습니다."

"고의로 그런 것도 아니고 과실인데, 일부러 경찰에 알릴 게 뭐 있습니까."

"그렇습니다. 원장 선생님, 피해자 쪽과 잘 합의를 하셔서 원만히 수습을 하시지요."

모두가 그런 의향인 것 같았다.

임중하는 직원들을 둘러보며,

"다른 의견을 가진 분은 없는지요?"

하고 물었다.

다른 의견이 있을 턱이 없었다.

임중하는 가만히 큰 숨을 한 번 쉬었다.

"정말 고맙게 생각합니다. 여러분들이 모두 찬성을 해 주시니 그렇게 수습을 하도록 하겠어요. 피해자 쪽과 잘 합의를 해서 치료는 물론이고, 퇴원 시에 충분한 보상도 해 줄 생각입니다. 그런데 한 가지 여러분에게 부탁이 있어요. 뭔가 하면……."

모두 약간 긴장이 된 얼굴로 임중하에게 시선을 집중하고 있었다.

"오늘의 사고 이야기가 밖으로 퍼져나가서는 곤란하다는 점입니다. 피해자 쪽과의 합의로 일을 수습하자면 소문이 퍼져나가지 말아야 합니다. 소문이 퍼져나가고 안 나가고는 오직 여러분에게 달렸습니다. 여러분이 입을 다물어주시면 일이 뜻대로 수습되어 무사히 끝나는 것이고, 만일 그렇지 않고 여러분의 입을 통해 이 사실이 퍼져나가면 수습은 고사하고 어떤 문제가 야기될지 모릅니다. 그러니 여러분, 부디 오늘 일은 입 밖에 내지 말아 주면 좋겠어요."

그러자 모두,

"염려마세요."

“걱정하지 마세요.”

“누가 입 밖에 낼 사람이 있겠어요.”

하고 지껄여 댔다.

임중하는 결론을 짓듯이 말했다.

“여러분, 대단히 고맙습니다. 피해자 쪽과 합의를 해서 원만히 수습하는 데 모두가 찬성을 했으니까, 설마 일이 틀어지도록 방해를 할 사람은 아무도 없으리라 믿습니다.”

만일 소문이 퍼져서 문제가 야기될 경우, 여러분에게도 일단의 책임이 있다는 것을 간접적으로 비쳐두는 셈이었다.

“그럼 여러분을 믿고 이만 끝내기로 하겠어요. 정말 감사해요.”

임중하의 말이 끝나자, 그때까지 아무 말 없이 침울한 표정으로 앉아 있던 송인실이 얼른 자리에서 일어났다.

“아무쪼록 병원 밖에 나가서는 입을 다물어 줘요. 부탁이에요. 특히 우리 간호원 아가씨들 알겠지요?”

하면서 가느다란 금테 안경 속에서 일부러 두 눈에 웃음을 담뿍 담았다.

직원회의를 마치고, 임중하는 병원 일을 송인실에게 맡기고 집으로 들어갔다.

“아이, 미안하네.”

일륜은 신문을 보고 있었다.

“미안하긴……. 끝났는가?”

“응, 잘 얘길 했는데, 어떨지 모르지. 아마 괜찮을 것 같애.”

“괜찮겠지 뭐.”

“살다 보니 참 별 희한한 일도 다 생기는군.”

임중하는 이제 좀 마음이 놓이는 듯 지그시 두 눈을 감았다.

"정말 나도 이런 일이 생길 줄이야……. 이런 일이 생길 줄 알았으면 애당초 최 처사를 서울로 데리고 오지도 않았지. 여자가 하나 생겼다면서 서울로 나와 살림을 했으면 하길래 사람이 하도 착하고 해서 데리고 왔더니……. 이런 일이 생기고 말다니……. 나무관세음보살—."

그리고 일륜은 쩝쩝 쓴 입맛을 다셨다.

임중하는 눈을 뜨고, 병에 남은 맥주를 마저 컵에 따라서 입으로 가져갔다.

순지가 교통사고를 냈다는 것을 알고 윤 보살은 자기 방 한쪽에 마련되어 있는 불단 앞에 앉아서 염주를 헤아리며 염불을 하기에 여념이 없었다. 여느 때보다 월등히 정성을 들여 예배를 해 가며 염불을 해대는 것이었다.

방문이 열리고 임중하가 들어섰다. 뒤따라 일륜도 들어왔다.

"어머니, 친구가 인사를 드리려고……."

윤 보살은 염불을 멈추고 가만히 돌아보았다. 아들과 함께 웬 스님이 들어선 것이 아닌가.

"아니, 이거……."

윤 보살은 뜻밖에 자기 방에 스님이 찾아들자, 약간 당황하면서도 무척 반가운 기색이었다.

"중학교 때 친굽니다. 금년 정초에 강원도에 있는 절에 갔다 왔잖아요. 그 절의 주지로 있던 친군데, 이번에 서울로 옮겨왔어요."

"아, 그래. 스님, 앉으셔요."

윤 보살은 두 손을 합장했다.

일륜도 합장을 하고서 앉아 머리 숙여 인사를 드렸다.

"서울 어느 절로 오셨나요?"

"화경사로 왔습니다. 우이동에 있는……."

"아, 그래요. 나는 조계사에 다니고 있지요."

"그렇습니까. 말씀을 낮추세요. 중하고 친군데요 뭐."

"그래도 스님이신데……."

하면서 윤 보살은 미소를 지었다.

아들 친구로 대하기보다 스님으로 대하고 싶은 모양이었다.

"그런데 제가 모친을 뵐 면목이 없습니다."

일륜은 송구스러운 듯이 말했다.

무슨 말인가 싶어 윤 보살은 일륜과 아들을 번갈아 본다.

"저 때문에 오늘 사고가 난 거나 마찬가집니다."

"스님 때문에?"

어떻게 된 영문인가 싶어 윤 보살은 눈이 휘둥그레졌다. 순지가 차를 몰고 병원 정문을 들어오다가 누구를 치었다는 말만 들었을 뿐, 자세한 이야기는 아직 듣질 못했던 것이다.

그러자 임중하가 얼른 입을 열었다.

"무슨 자네 때문인가. 순지가 조심을 덜해서 그렇게 된 것이지."

"물론 일차적으로는 그렇지만, 내가 최 처사를 데리고 온 게 아무래도 잘못이었던 것 같애."

그리고 일륜은 윤 보살에게 전후 사정 이야기를 꺼냈다.

"최 처사라는 제가 데리고 있던 사람인데, 강원도의 상운사 한 절에서 이십 년이 훨씬 넘도록 심부름을 한 아주 착해빠진 사람이지요. 그 최 처사에게 여자가 하나 생겼나 봐요.”

“몇 살이나 된 사람인데, 그동안 홀아비로 있었던가?”

“예, 오십이 넘은 홀아빈데 여자가 하나 생겨서 서울로 나와 새살림을 차릴 생각이더군요. 마침 저도 서울로 옮겨오게 됐고 해서 함께 데리고 왔죠. 어제 서울에 도착했습니다.”

“그 사람 색시도 함께 데리고서?”

“아닙니다. 우선 일자리를 구해야지요. 그래서 이 친구한테 병원 수위도 좋고, 소제부라도 좋으니 한 사람 써달라고, 데리고 찾아오는 길에 그만…….”

“아이고, 그렇게 됐구먼. 쯧쯧쯧……. 관세음보살, 관세음보살—.”

임중하는 듣고 있기가 매우 거북한 듯 슬그머니 일어나 화장실에 가듯 방을 나가 버렸다.

“다행히 생명에는 지장이 없다고 합니다.”

일륜이 말하자,

“아이고, 관세음보살— 큰일 날 뻔 했지. 큰일 날 뻔 했어.”

윤 보살은 조금 안도의 빛을 보이기는 했으나, 여전히 불안하고 걱정이 되는 기색이었다.

“모친, 정말 죄송합니다. 너무 염려 마십시오.”

“죄송하기는, 스님이 죄송할 게 뭐 있어. 선한 일 하시려다가 운수가 나빠서 그렇게 된 것이지……. 오히려 스님께서 너무 상심하시지 말라구.”

“고맙습니다. 모친. 나무관세음보살—.”

“최 처사라 그랬지?”

“예.”

“내가 아들에게 얘기해서 그 사람 특별히 잘 치료를 해주고, 나으면 우리 병원에서 일할 수 있도록 해주지.”

“정말 고마우신 말씀입니다.”

“그 최 처사의 병실에 나도 종종 가서 불편한 점 없는가 돌봐주도록 하겠어.”

“나무관세음보살—.”

일륜은 합장을 하고 머리 숙여 인사를 한 다음 방을 나갔다.

일륜은 곧 돌아가려 했으나 임중하가 굳이 붙들어 함께 저녁상에 앉았다. 내실에서 마주 앉아 저녁을 먹고 있는데, 병원에서 일을 마친 송인실이 들어왔다.

“여보, 중학교 시절 친구야. 지난 정초에 내가 찾아갔었잖아. 그 절의 주지로 계시다가 이번에 서울 화경사 주지로 오신 일륜 스님이야.”

임중하가 소개를 하자, 송인실은,

“말씀 많이 들었습니다.”

하고 앉아 인사를 했다.

일륜은 대뜸 또 사죄부터 하는 것이었다.

“죄송합니다. 오늘 저 때문에 일이 생겨서…….”

“아이 별 말씀을……. 우리 순지의 과실로 그렇게 된 거지, 스님이 무슨 잘못을…….”

“최 처사를 데리고 오지 않는 것인데…….”

“…….”

“제가 데리고 있는 사람이지요. 그런데 서울로 나와 살고 싶다고 해서……."

송인실은 속으로 아니! 싶은 듯 별안간 표정이 눈에 띄게 달라지며 남편과 일륜의 얼굴을 번갈아 바라본다.

그러자 재빨리 임중하가 화제를 돌렸다.

"이 사람아, 이제 그만하게. 그 얘기 그만하고 우리 얘기나 하세. 자 이거 먹어봐. 이거 죽순 요리야."

"죽순?"

"응."

일륜은 젓가락을 그 접시 쪽으로 가져간다.

"그럼 많이 드시고, 천천히 앉아 노세요."

송인실은 인사를 하고는 자리에서 일어났다. 힐끗 남편의 표정을 한 번 살피고는 고개를 약간 기울이며 밖으로 나갔다.

일륜이 돌아간 것은 여덟 시가 조금 지나서였다. 물론 임중하는 운전수에게 일러 자가용으로 우이동 화경사까지 태워다주었다.

일륜이 돌아가고 난 다음 송인실은 거실 소파에 푹신 묻혀서 파이프를 뻐끔뻐끔 빨고 있는 남편 앞에 가만히 앉았다.

"여보."

송인실은 심각한 어조로 그러나 조용히 입을 열었다.

"응?"

벌써 임중하는 송인실이 무슨 말을 꺼내려는 것인지 다 짐작을 하고 있었다.

"최 처사라지요?"

"……."

"그럼 바로 그자 아니에요?"

임중하는 마치 말을 듣지 못한 사람처럼 아무 대꾸 없이 담배만 곧장 뻐끔뻐끔 빨아댔다.

송인실은 잠시 가만히 남편의 표정을 바라보고 있었다. 그러다가 또 입을 열었다.

"맞지요? 그지요?"

"응."

그제야 임중하는 고개를 끄덕거렸다.

"아이고, 무슨 일이 이런 일이 다 있나. 후유―."

송인실은 꺼질 듯이 한숨을 내쉬었다.

두 사람 사이에 침묵이 흘렀다.

잠시 후, 이번에는 임중하가 침통한 표정으로 침묵을 깼다.

"어떻게 해야 하지?"

"어떻게 하기는요, 도리가 있어요. 치료를 해 줘야지요."

"……"

"순지가 교통사고를 냈는데, 달리 도리가 있나요. 아까 직원회의 때 당신이 말한 대로 그렇게 하는 수밖에 없어요."

"나도 그렇게 하는 수밖에 없다고 생각해. 그러나……."

"그러나…… 뭐예요?"

송인실은 약간 긴장이 되는 듯 가느다란 금테 안경 속에서 눈을 크게 떴다.

"그러나 잘 생각해 볼 문제야. 일단 직원들의 입은 막아놓은 셈이니까, 앞으로 무슨 좋은 수가 없을지 궁리를 해 볼 문제라니까."

"……"

"말하자면 제 발로 굴러 들어온 셈 아니야. 굴러 들어와서 도마 위에 가로누운 셈이지. 도마 위에 오른 고기란 말이야. 알겠어.”

“여보!”

송인실은 무서움에 떠는 듯한 눈으로 남편을 쏘아보며,

“그런 소리 하지 말아요. 싫어요. 난 싫어요. 우리 병원에서 그런 일 난 절대로 싫어요.”

약간 발작적으로 말했다.

“반드시 어떻게 하겠다고 결정을 한 것은 아니니 진정해요. 다만 완전범죄가 가능하지 않을까 생각해 봤을 뿐이니…….”

“여보, 우리는 의사예요. 의사가 자기 병원에서 환자를 죽일 수가 있어요? 더구나 자기 딸의 과실로 부상을 입은 환자를 말이에요.”

“그러나 그자는 나의 원수란 말이야.”

“물론 죽이고 싶겠죠. 그러나 안 돼요. 절대로 안 돼요.”

“여보, 너무 흥분하지 말아요. 나도 의사야. 어떤 경우에든지 환자의 목숨을 구하는 것이 나의 천직이야. 그런 신조에 살아온 모범 의사라면 모범 의사야. 그러나 한편 인간이란 말이야.”

임중하의 말에 송인실은 속눈썹을 깜작거리며 입술을 꼭 다물고 있었다.

“의사이면서도 인간이기 때문에 그런 생각이 들기도 한다 그 말이야. 입장을 바꿔놓고 생각해봐. 당신이 나라면 그런 생각이 안 들겠어? 당신 아버지를 죽인 원수 놈이 도마 위에 오른 고기처럼 자기의 목숨을 내맡긴 상태가 됐을 때 그런 생각이 들지 않겠어? 아무리 성인군자라도, 부처님이라도 그런 생각이 일단은 들 거란 말이야. 그런 생각이 안 든다면 그건 사람의 자식이 아니거나, 좀 모자라는 사람이지 안 그래요?”

“…….”

“의사로서는 도저히 상상도 할 수 없는 일이지만, 인간으로서는 생각해 볼 수 있는 일 아니겠어요?”

“여보, 당신 심정 충분히 알겠어요. 이해하고도 남아요. 그러나 여보, 절대로 그런 생각을 실천에 옮기려고는 하지 말아요. 우리 모두의 파멸이에요.”

“반드시 파멸이 온다고는 할 수 없지. 합법적으로 처치해 버릴 수 있는데, 파멸은 무슨 파멸…….”

“아니에요. 그렇지 않아요. 완전범죄란 세상에 있을 수 없다고 생각해요.”

“내 말을 들어봐요. 반드시 그렇게 실천한다는 전제하에 하는 얘기가 아니니, 흥분하지 말고 얘기나 들어보란 말이요.”

“들어보나마나 뻔한 것 아니에요. 수술할 때나 그 뒤에 얼마든지 환자를 죽게 할 수 있다는 거 아니고 뭐예요. 메스를 감쪽같이 한 번 잘못 놀려도 될 것이고 주사나 약의 분량만으로도 가능한 일이고……. 간단하다면 그야말로 간단한 일이죠. 중환자이니 의사에겐 책임이 없기도 하고…….”

“그러니까 말하자면 합법적으로 깨끗이 보복을 할 수 있다, 그 말 아닌가.”

“그러나 절대로 안 돼요. 의사의 양심에서 안 될 뿐 아니라, 반드시 뒤에 말썽이 나고, 파멸이 따라요.”

“파멸이 따르다니, 어째서 반드시 파멸이 따른다는 거요? 그자는 죽어도 사인을 따지고 들 가족도 친척도 없는 몸이야. 일륜만 입을 다물면 그만이지. 일륜이 뭐 내가 고의로 죽인 줄 알겠나. 파멸이

따를 이유가 없단 말이야."

"물론 환자 쪽에서 말썽이 나진 않을 거예요. 그러나 생각해 보세요. 지금 당장 순지의 교통사고 얘기가 밖으로 퍼져 나갈까 봐 걱정이잖아요. 그런데 그 환자까지 치료 도중에 죽어 보세요. 소문이 안 새 나갈 것 같아요? 아무리 믿을 수 있는 부하직원들이라고 하지만, 그 입이 하나둘인가요? 어느 입에서 무슨 얘기가 흘러 나갈지 어떻게 알아요. 그 점만은 절대로 안심할 수가 없어요."

"음—."

"그리고 만일 환자를 고의로 죽게 했다는 사실이 탄로 나는 날에는 그야말로 세상이 떠들썩할 거예요. 신문에서 뭐라고 하겠어요. 의사가 환자를 죽이다, 이런 식의 제목을 달고 떠들어댈 게 아니겠어요?"

임중하는 파이프에 다시 담배를 담고 있었고, 송인실은 결론을 짓듯이 말했다.

"그러니 아주 패가망신을 할 그런 생각일랑 이제부터는 아예 하지도 마세요. 실천에 옮기지 못할 일을 공연히 혼자 궁리를 해서 좋을 게 뭐 있어요. 몸에도 해롭고, 정신에도 해로워요."

"음—."

임중하는 무거운 신음 소리를 토하며 뻐끔뻐끔 애꿎은 담배만 빨아댔다.

"여보, 이렇게 하세요."

"어떻게?"

"병원 일은 나에게 맡겨놓고, 어디 여행이나 가서 조용히 쉬었다 오세요."

“…….”

“예? 그러세요. 제주도로 가시든지, 설악산으로 가시든지 해서 그자가 퇴원하고 난 다음에 돌아오세요. 그게 좋겠어요.”

“그자의 퇴원이 그렇게 단시일 안에 될 것 같애요? 한 달이 걸릴지, 두 달이 걸릴지…….”

“그렇게 걸리지 않아요. 엑스레이를 찍어보니까 한쪽 팔은 절단을 해야겠대요. 그러나 다리는 골절이 아니니까 쉬 낫겠다는 거예요. 넉넉잡아 보름이면 충분할 거라고, 닥터 최가 말했어요. 설사 한 달이 걸리면 어때요? 가서 마음 놓고 푹 좀 쉬세요.”

“안 돼.”

임중하는 한마디로 잘라 말했다.

“안 되긴 왜 안 돼요? 아무래도 그게 좋겠어요. 집에 계시면 그자 때문에 늘 괴로울 거예요.”

“어디 간다고 안 괴로울까…….”

“아이고 정말 금년에 무슨 이런 일이 생겨서 사람을…… 심란해서 못 살겠네.”

송인실은 짜증이 나고, 정말 심란한 듯 신경질적으로 내뱉었다.

임중하는 파이프를 문 채 벽에 걸린 액자 쪽으로 멀뚱히 시선을 보내고 있었다.

―나의 양심과 위엄으로써 의술을 베풀겠노라.

―나는 환자의 건강과 생명을 첫째로 생각하노라.

이런 구절이 있는 히포크라테스 선서가 담긴 액자 말이다.

그때,

“아버지.”

하면서 슬금슬금 와서 소파에 앉은 것은 광후였다.

"누나는 아직 자니?"

송인실이 물었다.

"인제 깼어. 가만히 누워서 천장만 바라보고 있어."

그러자 송인실은 가보려고 자리에서 일어나려 했다.

"엄마, 가만있어. 내 얘기 좀 들어 봐."

광후는 어머니를 붙들어 앉히고는 약간 겁먹은 듯한 표정으로 숨을 한 번 크게 들이쉬었다.

"아버지랑 엄마 잘 들어보세요. 아무리 생각해도 이상해요. 차가 병원 정문으로 들어설 때였어요. 그때 중이랑 부상당한 그 남자는 길 왼쪽으로 바싹 비켜서 걸어가고 있었어요. 차하고 거리가 이 미터가량 됐을 거예요. 그런데 길 오른편에 있는 화단에 웬 사람이 하나 쪼그리고 앉아 있질 않겠어요."

화단에 웬 사람이 하나 쪼그리고 앉아 있었다니……. 임중하는 사고가 났던 현장에서도 잠깐 몇 마디 광후에게서 들었던 터이라 또 그 말 같잖은 넋두린가 싶었으나 송인실은 그게 무슨 소리냐는 듯이 바짝 긴장이 되며 가느다란 금테 안경 속에서 속눈썹을 깜작거렸다.

광후는 시들한 표정을 하고 있는 아버지를 똑바로 바라보며 자기 말을 믿어달라는 듯이 약간 열을 올려 말을 이었다.

"정말이에요. 나 혼자만 본 게 아니라, 누나도 봤어요. 누나가 먼저 봤단 말이에요. 차를 조심조심 운전하고 있던 누나가 별안간 저게 누구야? 하고 깜짝 놀라질 않겠어요. 그래서 나도 얼른 내다보니 글쎄 웬 사람이 화단에 쪼그리고 앉아 있는 거예요. 눈이 펑펑 쏟아지는데 말이에요.”

“그래서?”

송인실은 침을 한 번 꿀컥 삼켰다.

“그 사람이 차를 보자, 앉았던 자리에서 얼른 일어나더니 그만 차 앞으로 성큼 뛰어내렸지 뭐예요.”

“어머, 정말이야?”

“정말이란 말이야. 엄마, 마치 차를 가로막듯이 우뚝 멈추어 섰어요. 그러니 깜짝 놀란 누나가 냅다 핸들을 돌리지 않을 수 있겠어요. 그래서 사고가 난 거란 말이에요.”

“어떤 영감이었다면서?”

임중하가 여전히 믿을 수 없다는 그런 어조로 물었다.

“예, 영감이었어요. 머리를 빡빡 깎은 영감이던데요. 중인 줄 알았어요. 그런데 턱에 수염이 너불너불했어요.”

“뭐?”

임중하는 눈이 휘둥그레졌다.

아버지가 놀라는 기색을 하자, 광후는 그제야 좀 기분이 나는 듯 눈을 반질거리며 지껄여댔다.

“빡빡 깎은 머리에 허연 수염이 너불너불하니까 이상하던데요. 옷도 흰 두루마기를 입고 있었어요. 함박눈이 쏟아지는데 흰 두루마기를 입은 영감이 흰 수염을 너불거리며 화단에서 성큼 뛰어내려 차 앞에 우뚝 멈추어 서더니 꼭 산신령 같던데요.”

“그런데 그 영감은 사고가 난 다음 어디로 갔어?”

송인실이 바짝 궁금한 듯이 물었다.

“문을 열고 밖으로 나와 보니 어디로 갔는지 없지 뭐야.”

"없다니? 어디로 가고 없단 말이야?"

"모르겠어. 틀림없이 차 앞에 우뚝 서 있었는데……."

"야, 헛것을 본 거다. 무슨 착각을 한 거야."

"엄마, 착각을 어떻게 누나하고 내가 똑같이 할 수가 있어. 두 사람이 동시에 어떻게 착각을 할 수 있느냐 말이야."

"눈이 몹시 쏟아지니까, 시야가 흐려서 그런 환각이 느껴졌던 거야."

"아니야, 절대로 아니야. 누나한테 물어봐. 거짓말인가……."

그러자 임중하가 입을 열었다.

"누나 좀 오라 그래 봐."

임중하의 얼굴은 어떤 놀라움과 두려움으로 굳어져 있었다.

순지는 마치 한물간 사람 같았다. 아직도 낮의 그 충격에서 벗어나지 못한 듯 눈의 초점이 흐릿해 보이기까지 했다.

광후가 부축을 하다시피해서 소파에 와 앉았다.

"뭘 좀 먹고 정신을 차려야지, 그러면 어떡하니?"

송인실이 말했으나, 순지는 아무 반응이 없었다. 무표정한 얼굴로 시선을 약간 떨군 채 앉아 있었다.

임중하가 무겁게 입을 열었다.

"너무 걱정할 것 없다. 고의로 그런 것도 아니고, 날씨 때문에 실수로 그렇게 된 거 도리 있니. 사람이 죽진 않았으니까 큰 문제없다. 뒷일이 없도록 내가 알아서 처리할 테니까 안심하고, 정신을 차려라. 그리고 앞으로는 눈이나 비가 올 때는 절대로 차를 운전하지 말도록……. 알겠지?"

그제야 순지의 표정이 약간 움직였다. 눈에 생기가 좀 도는 듯했다.

"그런데 광후에게 얘길 들으니 사고 순간에 무슨 이상한 일이 있었다면서?"

"……."

"누가 화단에서 뛰어내려 차 앞을 가로막았다는데, 그게 사실이니?"

"예."

순지는 힘없이 대답했다. 그리고 한숨을 쉬듯 숨을 크게 한 번 들이마셨다.

"어디 한 번 얘길 해봐, 사실대로……."

그러자 광후가 재빨리 입을 열었다.

"누나, 사실대로 얘기해. 내가 얘길 하니까 착각이라는 거야."

"광후 너는 가만있어."

송인실이 광후를 제지했다.

잠시 정신을 가다듬는 듯하더니, 순지는 가볍게 한 번 몸을 떨었다. 그때의 공포와 충격이 다시 으스스하게 엄습해오는 모양이었다.

"귀신이 나타났었어요. 틀림없이 귀신이었어요."

순지는 대뜸 이렇게 말했다.

"귀신?"

송인실은 픽 웃었다. 그러나 기분이 좀 으스스한 듯 가만히 팔짱을 끼며,

"그래, 어서 얘길 해봐."

하고 말했다.

"눈이 쏟아지는데, 화단에 허연 노인이 앉아 있었어요. 머리를 빡빡 깎았는데 수염은 허연 노인이었어요. 흰 두루마기를 입고 있었고요."

광후의 말과 똑 같자, 송인실은 이상하다는 듯이 고개를 살짝 기울였다.

"그 노인이 화단에서 일어서더니 차 앞으로 훌쩍 뛰어내렸지 뭐예요. 그래서 냅다 정신없이 핸들을 돌렸던 거예요."

송인실은 말없이 남편을 바라보았고, 임중하도 약간 두려움에 젖은 눈으로 아내를 바라보았다.

"거 보세요, 틀림없지."

광후가 원군이라도 얻은 듯 기운 있게 내뱉었다.

"틀림없어요. 틀림없이 노인 귀신이었어요. 차 앞에 우뚝 섰을 때 보니까 아랫도리가 없던데요 뭐. 아이 무서워—."

순지는 그때의 광경이 눈앞에 떠오르기라도 하는 듯 두 손으로 얼굴을 가리고 버르르 떨었다.

잠자리에 들었으나, 임중하도 송인실도 잠이 올 턱이 없었다. 오늘의 사고도 사고지만, 그 사고의 원인이 어떤 괴기현상에 의해서였다니, 도무지 얼떨떨하고, 아리송하고, 으스스하기만 했다.

광후의 말뿐 아니라, 순지의 말로 보아 틀림없이 그런 무엇이 나타났던 것만은 사실인 것 같다. 환각이었든 착각이었든, 좌우간 둘의 말이 일치하는 터이니 말이다.

그러나 송인실은 "틀림없어요. 틀림없이 노인 귀신이었어요."라던 순지의 말을 곧이곧대로 수긍할 수는 도저히 없었다. 귀신이라니…… 이 밝은 문명의 시대에 귀신이라니, 당치도 않는 소리인 것이다.

그러면 도대체 순지와 광후의 눈에 비친 그 노인이란 무엇일까. 눈이 무더기로 쏟아지면 그런 이상한 현상이 혹 일어나기도 하는 것일까. 머리를 빡빡 깎고, 수염이 너불너불한 노인이라니, 아랫도리가 없다니…… 도대체 뭘 보고 그런 소리를 하는 것인지…….

송인실은 이런 의문에 잠겨 잠을 이루지 못하고 있었으나, 임중하는 그게 아니었다. 으스스한 기분에 짓눌려 있는 것이었다.

임중하 역시 송인실과 마찬가지로 유령이니 도깨비니 하는 따위 일소에 부치는 터였으나, 순지의 이야기를 듣고는 그만 어떤 공포감이 휘몰아 오는 것을 어쩌지 못했다. 순지의 차 앞에 나타났다는 그 노인이 바로 자기의 꿈에 나타났던 아버지와 똑같은 모습이니 그럴 수밖에.

임중하는 오늘의 사고가 단순한 순지의 운전 부족에서 온 것이 아니라, 비명으로 간 아버지의 망령이 일으킨 사고라고 믿지 않을 수 없었다. 정말 이상한 일이었다. 그렇다면 유령이라는 것이 실제로 있다는 얘기가 아닌가.

으스스한 기분에 짓눌려 있던 임중하는 아내를 뒤돌아보며 가만히 입을 열었다.

“여보, 자오?”

“아니요.”

“참 이상한 일이야.”

“순지가 말한 귀신 얘기 말이죠?”

“응, 그게 누군가 하면 말이지, 우리 아버지야.”

“뭐요?”

송인실은 찔끔 놀란다. 아버지라니, 도대체 무슨 소린지, 두 눈이 휘둥그레지면서 묘한 표정이 된다.

"꿈에 나타났던 아버지의 모습과 똑같단 말이야."

"……."

"강원도 그 절에 갈 때, 꿈에 아버지가 나타났었다고 얘길 했지."

"예."

"그때 아버지가 빡빡 깎은 머리에 허연 수염이 너불너불한 그런 모습으로 나타나셨어. 흰 두루마기를 입고……."

"그럼……."

죽은 시아버지의 망령이 나타나서 순지로 하여금 그자를 깔아뭉개도록 했다는 얘기가 아닌가.

송인실은 온몸이 얼어붙는 듯 말을 잇지 못하고 으스스 떨었다.

날씨가 또 이상해지는 듯했다. 바람이 일기 시작하는 듯 창문이 조금씩 덜컹거렸다. 그리고 비도 내리는 듯 유리에 빗방울이 와서 부딪치는 것을 느낄 수가 있었다.

낮에는 계절도 아랑곳없이 함박눈이 마구 쏟아지다가, 마치 여름날 소나기가 지나가고 난 뒤처럼 활짝 개더니, 밤이 이슥해지자 이번에는 비바람이 치기 시작하는 것이 아닌가.

송인실은 이상한 그 노인이 다름 아닌 시아버지의 망령이라는 말에 가뜩이나 질려서 얼떨떨한 판인데, 창문까지 덜컹거리며 빗방울이 와서 부서지는 바람에 더욱 간이 서늘해지는 듯했다.

"여보, 오늘 날씨가 왜 이렇죠?"

송인실은 약간 떨리는 소리로 말했다.

"글쎄 말이야. 정말 날씨도 이상하군."

“여보.”

“응.”

“그렇다면 귀신이 있다는 얘기가 아니에요.”

“그렇지.”

“당신 정말 귀신이 있다고 믿으세요?”

“안 믿어. 그러나 이번 일만은 부인할 도리가 없잖아.”

“뭔가 잘못되어 있는 거예요. 귀신이 있다니 도저히 믿을 수가 없어요.”

송인실은 입으로는 이렇게 말하고 있으면서도 역시 으스스한 느낌을 떨쳐버릴 수가 없는 듯 몸이 오르라들어 있었다.

“이십일 세기를 향해 가고 있는 시대에 귀신이라니…… 잠꼬대 같은 소리지. 그러나 내 꿈에 나타난 아버지와 순지 앞에 나타난 노인의 모습이 일치하는 걸 어떻게 설명해야 하지? 설명할 도리가 없잖아. 그러니, 귀신이 있다고 볼 수밖에…….”

“뭔가 잘못된 거라니까요. 귀신은 무슨 귀신.”

송인실은 으스스한 기분을 떨쳐버리려는 듯 일부러 더 힘주어 말하는 것이었다.

바로 그때였다.

쫙— 하고 빗줄기가 유리를 때렸다. 그리고 커덩커덩커덩…… 창문이 흔들렸다. 바람의 기세가 왈칵 더 세어지는 모양이었다.

그리고 으악— 비명 소리가 어디선지 들렸다.

“이 죽일 놈아— 으악— 으악—.”

누가 지금 막 쓰러지며 숨이 넘어가는 그런 비명 소리였다. 병원 쪽이었다. 병원에서 무슨 일이 일어난 게 분명했다.

“아니 여보.”

“저게 무슨 소리야?”

송인실과 임중하는 거의 동시에 일어나 앉았다.

“으악— 으악—.”

비바람 치는 소리 속으로 가물가물 그 비명 소리는 여전히 들려왔다.

임중하는 벌떡 일어났다.

송인실도,

“무슨 일이죠?”

하면서 일어나 오스스 떨었다.

병원에서 무슨 일이 일어난 모양인데…….

임중하는 잠옷 바람으로 방문을 열고 성큼성큼 걸어 나갔다.

송인실은 조금 망설이다가 자기도 따라 나섰다.

집 현관에서 병원 건물까지의 거리는 이십 미터가량 되었다. 잘 다듬어진 정원수 사이로 시멘트 길이 마련되어 있었다.

우산을 찾을 겨를도 없이 임중하는 현관을 나서 한 손으로 이마에 와 닿는 빗물을 가리며 시멘트 길을 뛰었다. 송인실도 뒤를 따랐다.

제법 거세게 몰아치는 비바람 속에 정원수들이 몸부림을 치듯 흔들리고 있었다.

병원 맨 아래층 복도로 들어선 임중하는 현관 쪽으로 잰걸음을 쳤다. 송인실도 뒤를 따르며 잔뜩 긴장이 된 얼굴로 곧장 사방을 두리번거렸다.

복도에는 희미한 전등불이 비치고 있을 뿐, 아무 이상이 없어 보였다.

비명 소리는 병원 앞쪽에서 일어난 것 같았었다.

현관에 있는 수위실에서 숙직을 하고 있는 당번 수위는 자리에 앉아서 꾸벅꾸벅 졸고 있었다.

임중하는 수위를 깨울까 하다가 그만두고, 현관 밖으로 몇 걸음 걸어 나갔다. 물론 비가 떨어지지 않는 곳까지.

송인실도 숨을 한 번 크게 들이쉬고 조심조심 남편 곁으로 가서 남편의 한쪽 팔을 꼭 껴안듯이 했다.

비바람이 치고 있을 뿐, 아무 다른 기적은 없었고, 이상도 없어 보였다. 원형의 화단에 켜져 있는 보안등이 바람에 어떻게 됐는지 불이 꺼져 어두워서 자세히 볼 수는 없었지만…….

"아무 일도 없네요."

"글쎄……."

"들어갑시다."

송인실은 조그마한 소리로 말했다.

"가만있어요. 자세히 좀 살펴봐야지. 분명히 비명 소리가 났는데……."

임중하는 수위실로 가서 수위를 흔들어 깨웠다.

자기를 깨운 사람이 원장이라는 것을 알자, 수위는 무척 당황하며, 하품이 나와 크게 벌어지던 입을 얼른 도로 다물어 버렸다. 그리고 벌떡 일어섰다.

"원장님, 이 밤에 웬일이십니까?"

"잠을 자려면 집에 가서 자는 게 옳지."

임중하는 얼굴에 조금 웃음을 띠었다.

"예, 원장님, 앞으로 주의하겠습니다."

"비명 소리가 나서 나왔는데, 못 들었소?"

"비명 소리요? 못 들었는데요."

"잠을 자고 있으니 들릴 턱이 있소."

"죄송합니다. 원장님. 어쩌다가 깜빡 그만……."

수위는 슬그머니 한 손으로 뒤통수를 긁으며 어쩔 줄을 몰라했다.

"분명히 병원 앞쪽에서 사람의 비명 소리가 들렸단 말이요. 한 번도 아니고, 여러 번……."

그러자 수위는 재빨리 플래시를 들고 밖으로 나갔다.

플래시를 이리저리 비추면서 현관 밖 비바람 속으로 성큼성큼 걸어 나가는 수위를 임중하와 송인실은 현관 끝에 서서 숨을 죽이고 바라보고 있었다.

플래시의 빛이 화단을 이리저리 비추고 나서 정문 쪽으로 옮겨 갔다. 불빛 속으로 빗줄기가 사선을 그으며 반짝반짝 흩날리고 있을 뿐, 별다른 이상은 찾아볼 수 없었다.

정원을 골고루 비추어 보고 난 수위는 현관으로 뛰어들며,

"원장님, 아무 이상도 발견할 수가 없는데요."

하면서 비에 젖은 얼굴을 손수건으로 대강대강 닦았다.

"이상한 일인데……. 분명히 비명 소리가 들렸는데……. 나 혼자 들은 것도 아니고 이 사람도 들었단 말이야."

그러자 송인실이 말했다.

"사람이 누구한테 맞아서 쓰러지는 것 같은 그런 비명 소리였다니까, 틀림없이."

“그럼 혹시⋯⋯.”

수위는 계단 쪽으로 걸어갔다. 바깥만 살필 것이 아니라, 병원 안도 돌아봐야겠다는 듯이⋯⋯.

수위가 계단을 오르자 임중하와 송인실도 뒤를 따랐다.

병원은 사 층 건물이었다.

이 층 복도를 지나 삼 층, 그리고 사 층까지 둘러보았으나 역시 별다른 이상이 없었다.

“우리 병원 안에서 들린 소리가 아닌 모양이에요. 바깥에서 무슨 일이⋯⋯.”

그제야 송인실은 안심이 된다는 듯이 조금 부드러운 표정을 지었다.

그러나 임중하는,

“글쎄⋯⋯.”

여전히 기분이 개운해지지가 않는 듯했다.

“여보, 들어가요. 우리 병원 안이 아니라니까요.”

송인실이 앞장서 계단을 내려가기 시작했다.

세 사람이 이 층에서 맨 아래층으로 계단을 내려가고 있을 때, 아래층으로부터 계단을 올라오는 사람이 있었다. 최진옥이었다. 중환자실로 환자의 혈압이랑 체온 맥박 같은 것을 체크하러 가는 길이었다.

진옥은 세 사람을 보자, 주춤 멈추어 섰다.

“웬일이세요? 이 밤중에⋯⋯.”

그러자 임중하가 입을 열었다.

“미스 최, 수고하는군. 그런데 말이야, 조금 전에 사람의 비명 소

372

리 못 들었나?"

"못 들었는데요."

"미스 최, 혹시 졸고 있지 않았어?"

"아니요 원장님. 오늘 밤 당번인데 졸다니요."

"졸았다고 뭐 꾸지람을 하려는 게 아니야. 분명히 비명 소리가 들려서 뛰어나왔는데, 아무 일도 없으니 이상해서 묻는 거야."

"졸지 않았어요. 비바람 소리밖에 아무 소리도 못 들었는데요."

"그래? 이상한데……."

"비명 소리가 어디서 났는데요? 원장님."

"우리 병원 앞쪽에서 나는 것 같았어."

"글쎄요. 전혀 듣지 못했어요."

그러자 송인실은,

"우리 병원 안에서 난 게 아니라니까요. 어서 들어갑시다. 미스 최, 오늘 그 중환자 잘 간호해. 무슨 일이 있으면 큰일이니까."

하고는 성큼성큼 계단을 내려갔다.

집으로 돌아와 자리에 눕자 송인실은 곧 잠이 들었다. 그 비명 소리가 병원 안에서 일어난 게 아니라는 단정을 내리자 긴장이 풀려 곧 하품이 나왔던 것이다.

그러나 임중하는 여전히 잠이 오지가 않았다. 그 비명 소리는 그렇다 치고, 아버지의 망령과 순지의 사고, 중환자실의 최 처사, 즉 도마 위에 가로누운 고기…… 앞으로 그 고기를 어떻게 해야 할 것인지…… 칼로 썰어 버릴 것인지, 아니면 살려서 놓아줄 것인지…… 이런 생각 저런 생각 때문에 머릿속이 뒤숭숭하고 피로하면서도 도무지 잠이 오지가 않았다.

비바람은 여전히 그 기세를 떨치고 있었다.

임중하는 소변이 마려워서 자리에서 일어났다. 화장실은 바로 방에 붙어 있었다.

화장실에 들어가 줄줄줄 볼일을 보고 있을 때였다.

으악— 으악—.

또 아까와 똑같은 비명 소리가 들려오는 것이 아닌가. 역시 아까와 마찬가지로 병원 앞쪽인 듯했다.

임중하는 줄줄줄 흐르던 오줌 줄기가 그만 뚝 그쳐 버렸다. 온몸이 바짝 굳어드는 것이었다.

화장실 한쪽에 창문이 있었다. 임중하는 얼른 그 창문 쪽으로 가서 문을 조금 열었다.

열린 창문 틈으로 비바람이 왈칵 쏟아져 들어왔다. 그리고 비명 소리도 함께 흘러들어 왔다.

"으악— 으악— 이 죽일 놈아—."

분명히 병원 앞쪽이었다.

누군가가 막 숨이 넘어가며 냅다 악을 쓰는 소리에 틀림없었다.

임중하는 얼른 창문을 닫았다.

으악— 으악—.

비명 소리는 마치 어디 먼 곳에서 흘러와서 화장실 안에 메아리가 되어 퍼지는 것처럼 느껴졌다.

그런데 문뜩 임중하는 그 메아리처럼 울리는 음향이 어디선지 많이 귀에 익은 소리 같지가 않는가.

"아니!"

임중하는 소스라치듯 놀랐다. 머리에 번쩍 떠오르는 것이 있었던 것이다.

"틀림없구나."

임중하는 후들후들 떨기 시작했다.

다름 아닌 아버지의 목소리였던 것이다.

삼십여 년 전, 최남팔의 총에 맞아 쓰러지면서 내뱉던 그 비명 소리에 틀림없는 것이다.

"으악— 이 죽일 놈아— 죽일 놈아—."

아버지의 망령이 최 처사를 향해 내지르고 있는 소리라는 것을 알자, 임중하의 입에서 자기도 모르게,

"아이고—."

소리가 튀어 나왔다.

그리고 임중하는 후닥닥 화장실 문을 열었다.

얼른 잠자리로 돌아온 임중하는 송인실을 깨울까 하다가 그만두고, 이불 속으로 그만 푹 파묻혀 들어가 버렸다.

온몸이 와들와들 떨려 견딜 수가 없었다.

망령

최진옥은 어제 오늘 기분이 묘하기만 했다. 턱없이 들뜬 것 같기도 하고, 까닭 없이 기쁜 듯 혹은 슬픈 듯 걷잡을 수 없는 그런 상태였다.

이런 묘한 기분에 휩싸이기는 처음이었다. 생리일이 되면 신경이 좀 예민해지며 공연히 울적해지는 수는 있었으나, 이렇게 희비가 뒤범벅이 된 듯한 야릇한 상태에 빠져들기는 정말 처음이었다.

무슨 까닭인지 알 수가 없었다. 어제 원장 딸이 교통사고를 일으켜서 병원에 그 부상자가 입원을 하게 되자, 마치 그 일이 자기와 무슨 관계라도 있는 것처럼 기분이 이상해지질 않는가. 기쁜 일이 생긴 것도 같고 슬픈 일이 생긴 듯도 하고…….

그 일이 자기에게 무슨 기쁜 일이 되며, 또 자기가 굳이 슬플 까닭이 무엇인가 말이다. 그저 불행한 일이 생겼구나, 안됐다 싶으면 되는 것인데…….

좌우간 알 수 없는 일이었다.

집에 돌아간 진옥은 그 얘기를 어머니에게 하고 싶어서 견딜 수가 없었다. 입이 근질근질할 지경이었다.

그러나 원장의 간곡한 부탁이 생각나 입이 떨어지지가 않았다. 물론 어머니에게 이야기를 한다고 해서 원장이 알 턱이 없고, 또 소문이 퍼져 나가 무슨 문제가 생길 것 같지도 않았다. 요는 신의 문제였다.

그 병원에 근무하는 직원으로서 원장이 그처럼 입을 다물어 달라고 했고, 또 모두가 그러기로 동의를 한 셈인데, 집에 돌아오자 바로 입을 열다니…… 입이 가벼워도 너무 가벼운 게 아닌가 하는 생각이 들었다.

진옥은 잠을 청해보려 했다. 그러나 간밤에 당번 근무를 하고 돌아와 낮에 실컷 자서 그런지 잠이 오지가 않았다.

어머니가 오늘따라 밤이 이슥했는데, 웅크리고 앉아서 웬 바느질을 하고 있질 않는가. 눈도 이제 침침해져서 밤에 바느질 같은 것을 하는 일은 거의 없었는데 오늘 밤은 무슨 청승인지 알 수가 없었다.

헤어진 양말 나부랭이를 꺼내놓고 꿰매고 있었다.

"엄마, 그만 자자. 궁상맞게 뭘 하고 있는 거야."

"궁상맞긴……."

"그만하고 자자."

"잠이 안 온다. 이상하게……."

"엄마도 기분이 이상한 모양이지?"

"오늘따라 심란한 것도 같고, 어째 기분이 이상하다. 너도 그러냐?"

"응, 엄마. 나도 그래."

"웬일이지 하하하……."

서연선은 웃음이 나왔다.

"엄마?"

"응?"

"저……."

이야기를 꺼낼까 말까 하다가 진옥은,

"아무것도 아냐."

해버린다.

"애도 참 싱겁기는……. 무슨 일인데 얘길 하려다가 마니."

"아무것도 아니라니까."

"아마 무슨 좋은 일이 있는 모양인데, 상관없다. 무슨 얘기든지 해봐. 엄마 앞에 뭐 못할 얘기가 있니? 좋아하는 남자가 생겼니?"

"어머, 호호호……."

진옥은 재미있다는 듯이 까르르 웃는다.

"좋아하는 남자가 생겨서 기분이 이상한 게 아니야. 엄마."

진옥의 말에,

"그럼? 심심한데 어디 무슨 일인지 얘길 해봐."

서연선은 여전히 바느질을 계속하면서 말했다.

"우리 원장님이 절대로 남한테 얘길 하지 말라고 신신당부를 한 거야."

"아니, 무슨 일인데 원장이 신신당부를 해? 그렇게 말하니까 더 궁금하다야. 원장하고 너하고 혹시 무슨 비밀이 있는 게 아니냐?"

“아이 엄마도, 그게 무슨 소리야?”

진옥은 누운 채 어머니를 향해 살짝 눈을 흘겼다.

“그럼? 도대체 알 수가 없구나. 무슨 일인데 남한테 절대로 얘길 하지 말라는 거냐?”

“엄마, 절대로 입 밖에 내지 마. 약속하는 거지?”

“애도 참 하하하…….”

진옥은 자리에서 일어나 앉았다. 그리고 조심스레 입을 열었다.

“어제 우리 병원에서 사고가 났어.”

“무슨 사고?”

“교통사고.”

“병원에서 무슨 교통사고가……?”

“원장님 딸이 자가용을 몰고 드라이브를 나갔다 돌아오다가 글쎄, 병원 정문에서 어떤 사람을 치었지 뭐야.”

“어쩌나……. 그래, 치인 사람이 죽었어?”

“죽진 않았어. 아마 팔 하나를 잘라내야 될 것 같애.”

“어마나, 가엾어라.”

“죽었으면 큰일 날 뻔했지. 죽지 않아서 쉬쉬하는 거야.”

“…….”

“죽었으면 쉬쉬할 수 있나. 과실이든 어쨌든 살인인 셈인데…….”

“그래서 입 밖에 내지 말라고 원장이 당부를 했다 그 말이지. 알겠어.”

서연선은 바느질을 하면서 고개를 두어 번 끄덕거렸다.

“치료를 완전히 해주고, 충분한 보상금까지 지불할 생각이니까, 소문이 나지 않도록 입을 다물어 달라는 거야. 만일 말이 퍼져 나가서 경찰에 알려지는 날이면 문제가 간단하지 않을 게 아냐.”

“딸 때문에 큰 손해났구먼. 운전수가 있을 텐데, 딸이 왜 운전을 하다가 그런 사고를……..”

“글쎄, 드라이브를 나갔었다니까. 눈도 오고 기분이 나서 딸이 직접 운전을 하고 나갔던 거야. 자기 동생을 하나 태우고서……..”

“딸이 운전을 할 줄 아는 모양이지?”

“운전면허증까지 땄대. 요새 운전할 줄 아는 여자들이 얼마나 많다고. 눈 내리는 날 직접 차를 몰고 드라이브를 하면 정말 멋있을 거 아냐.”

“그놈의 멋 때문에 남 병신 만들고 집안에 손해 끼치고, 무슨 꼴이야. 쯧쯧쯧…….”

서연선은 못마땅한 듯이 혀를 찼다. 그리고 불쑥 물었다.

“다친 사람은 어떤 사람이더냐?”

“절에 있는 사람인가 봐. 어떤 중하고 둘이 병원을 찾아오다가 사고가 났어.”

서연선은 바느질하던 손을 멈추었다.

“다친 사람이 중은 아니고?”

“응, 보통 사람이야. 쉰이 넘어 보이는데, 촌사람 티가 줄줄 흐르더라니까. 그런데 웬 색안경을 끼고 있었어.”

“색안경을? 여름도 아닌데…….”

“눈이 쏟아지는데 색안경을 끼고 있더라니까.”

“장님인가?”

“아니야. 그 사람이 우산으로 중을 받쳐주며 오던데 뭐. 마침 그때 내가 삼 층에 있었거든. 함박눈이 쏟아지길래 바깥을 내다보고 있는데, 글쎄 바로 내 눈앞에서 그런 사고가 났지 뭐야. 얼마나 놀랐는지, 나도 모르게 냅다 비명을 지르면서 뛰어나갔다니까.”

서연선은 잠시 아무 말 없이 바느질을 계속하다가,

“그 사람 이름이 뭐래?”

아무래도 궁금한 듯이 물었다.

“처사래.”

“처사?”

“응.”

“이름이 처사란 말이야?”

“그런가 봐. 환자 카드에 최 처사라고 씌어 있었어. 나하고 종씨야.”

“뭐?”

서연선은 화들짝 놀라는 것이 아닌가.

입이 딱 벌어진 어머니를 보자, 진옥은,

“아니, 엄마. 왜 그렇게 놀라는 거야? 아는 사람이야?”

오히려 이상해서 눈이 둥그레졌다.

그러자 서연선은,

“아니야. 아니야. 아무것도 아니야.”

얼른 바느질하던 것을 놓고 자리에서 벌떡 일어나 문을 열고 밖으로 나가 버리는 것이 아닌가.

진옥은 절로 고개가 갸웃해졌다. 이상했다. 어머니가 왜 저러나 싶었다. 아마 아는 사람인 모양이라고 생각했다.

그러나 아는 사람이면 아는 사람이지, 그렇게 놀랄 게 도대체 뭔가 말이다.

잠시 후, 서연선은 멀쩡한 얼굴로 돌아왔다. 화장실에 가서 나오지도 않는 오줌을 억지로 누고, 손을 씻고, 마음을 가다듬고 돌아온 듯 나갈 때와는 정반대로 표정이 착 가라앉아 있었다.

"엄마, 왜 그러는 거야? 이상하다."

"이상하긴 뭣이 이상해. 아무 일도 아냐."

목소리까지 차분히 가라앉았다.

"아무 일도 아닌데 왜 그렇게 놀라서 밖으로 나가 버리는 거야?"

"아무 일도 아니래도…….."

"엄마, 아는 사람이야? 최 처사가…….."

"아니라니까 그러네."

"…….."

"아무 일도 아니야. 어서 자거라. 나도 인제 잘란다."

서연선은 꿰매던 양말 나부랭이를 한쪽으로 밀어 치우고는 불을 껐다. 그리고 이부자리 속으로 들었다.

일어나 앉아 있던 진옥도 다시 잠자리로 묻혔다.

어둠 속에 잠시 침묵이 흐른 다음,

"진옥아."

서연선이 나직이 입을 열었다.

"왜 엄마."

"그 환자 잘 간호해라."

"응, 잘 간호하고 있어. 그런데 엄마 왜 그러는 거지? 그 사람 누군데…….?"

"아무도 아냐. 그만 자자."

"엄마 참 이상하다."

진옥은 도무지 알 수가 없었으나, 더 입을 떼지는 않았다.

서연선은 잠자리에 들었으나 잠이 올 턱이 없었다.

최 처사, 즉 두 번째 남편이 살아서 서울에 나타나다니……. 물론 헤어진 지 이십 년이 되어 생사를 알 길이 없었지만, 죽었으리라고 생각하진 않았다. 그 산중 절간에 아직도 묻혀서 서서히 늙어가고 있으려니 여겼다. 그런 겁나는 죄를 지었으니 바깥 세상에 나올 생각은 지금도 안 하고 있으려니 싶었다.

그런데 서울에 나타나다니, 더구나 진옥이가 근무하고 있는 병원을 찾아오다니……. 도대체 어떻게 된 영문인지 알 수가 없었다.

세상에는 참 공교롭고 기묘한 일도 있구나 싶었다. 자기 딸이 간호원으로 있는 줄을 꿈에도 모르고 그 아버지가 병원을 찾아왔을 것이고, 병원을 찾아오다가 사고를 당한 그 사람이 자기 아버지라는 것을 모르고 간호를 하고 있는 딸……. 기묘하고 얄궂은 상봉이라고 아니 할 수 없다.

그런데 하필 왜 병원을 들어서다가 그런 끔찍한 변을 당했는지, 팔을 하나 잘라 버려야 되다니…… 기분이 공연히 심란하고 이상하더니, 그런 뜻밖의 소식을 들으려고 그랬었구나 싶으며, 서연선은 나직이 한숨을 쉬었다.

두 번째 남편, 즉 최 처사를 잊어버린 지는 이미 오래다. 간혹 신세 한탄을 하며 지난날의 회상에 잠길 때, 아직도 그 산중에 묻혀서 살고 있는지 하고, 아득한 기억으로 그저 담담하게 조금 머리에 떠오를 뿐인 것이다.

남남으로 갈라서서 이십 년이 지났는데, 그가 서울에 나타나거나, 교통사고를 당하거나 무슨 상관이 있단 말인가.

그러나 이처럼 잠이 오질 않고, 절로 한숨이 쏟아져 나오는 것을 보니 아직도 가슴 밑바닥 깊은 곳에는 그가 찍어놓은 흔적이 의외로 짙게 남아 있었던 모양이다.

어쩌면 이십 년이 흐르도록 그 흔적이 말끔히 지워지지 않고 짙게 남아 있는 까닭은 진옥이 때문인지도 모른다. 그와의 사이에서 빚어진 유일한 혈육이니 말이다.

첫 번째 남편한테서도, 세 번째, 네 번째 남편과의 사이에서도 열리지 않은 열매가 오직 하나 두 번째 남편과의 사이에서만 떨어졌으니, 그 열매의 씨를 뿌린 남자의 흔적이 말끔히 지워질 까닭이 있겠는가 말이다.

서연선은 가만히 입을 열었다.

"진옥아, 자니?"

잠이 든 듯 새근새근 숨소리가 들릴 뿐이었다.

서연선은 돌아누웠다. 자기도 잠을 청해보았다. 그러나 머릿속이 더 쌩해질 따름이었다.

진옥이에게 최 처사라는 사람이 너의 아버지라는 사실을 얘기해 줘야 할지, 덮어두어야 할 것인지…… 어떻게 하는 것이 옳은지, 서연선은 쉬 결정을 내릴 수가 없었다.

이미 진옥은 그 사람이 누군데 그러느냐고 의문을 가진 것이다. 계속해서 그게 누구냐고 물어볼 게 뻔하다.

아무래도 사실을 밝혀야 될 것 같았다. 딸이 자기 아버지를 만났는데, 그 사실을 모르다니…… 될 말이 아닌 것이다.

그러나 최 처사라고 하지만, 혹시 딴 사람일지도 모르니, 좀 두고 보자 싶으며, 서연선은 나오지도 않는 하품을 위해 억지로 입을 크게 벌려보았다.

김수미는 하품이 나오는 것을 억지로 참으며 중환자실로 들어섰다. 밤 열두 시가 조금 지나 있었다.

중환자실에는 교통사고로 입원을 한 부상자 한 사람뿐이었고, 이틀째 밤이어서 환자의 상태는 한결 좋아져 있었다.

물론 좋아졌다고 해도 아직 의식도 제대로 회복하지 못한 상태였고, 혈압이니 체온이니 맥박 같은 것도 말할 것 없이 비정상이었다. 그저 어제보다는 많이 안정이 되어, 이제 위험한 고비는 일단 넘긴 것이다.

앞으로 의식이 완전히 회복되고, 혈압이 정상을 되찾으면 몸의 상태를 보아서 수술에 착수할 판인 것이다.

어젯밤엔 간호원이 거의 시간마다 환자의 혈압과 체온, 맥박 같은 것을 체크했으나, 오늘 밤은 좀 간격을 띄워도 무방했다 그래서 열 시에 체크를 하고 두 시간만인 열두 시에 찾아온 것이다.

체온을 재고, 혈압을 측정해도 환자는 모르고 그대로 누워 눈을 감고 있었다. 잠이 깊이 든 것인지, 아직도 혼수상태가 계속되고 있는 것인지 얼른 분간할 수가 없었다. 아무튼 숨소리는 고른 편이었다.

환자의 부상을 입지 않은 한쪽 손목을 손가락 끝으로 살짝 짚고 맥박을 헤아리고 있을 때였다.

별안간 창문이 덜컹덜컹 흔들렸다. 난데없이 거센 바람이 휘몰아치는 모양이었다.

그리고 방 안의 전깃불이 약간 어두워지는 듯했다.

바람 때문에 그런가 싶으며 김수미는 곧 도로 밝아지겠지, 예사로 생각하고 계속 맥박을 헤아려 나갔다.

똑똑똑…… 노크 소리가 들렸다.

"누구세요?"

김수미는 맥박에 정신을 준 채 힐끗 문 쪽을 바라보았다.

똑똑똑 똑똑똑…….

"누구세요. 들어와요."

김수미는 무심히 말했다. 그러나 헤아리던 맥박 수를 잊어버려 팔뚝시계의 초침을 가만히 들여다보다가 새로 시작했다.

스르르 문 열리는 기척이 났다.

그러나 김수미는 초침에서 시선을 떼지 않고 맥박 헤아리기에만 여념이 없었다.

문이 열렸는데 아무 사람 기척이 없자 김수미는 문득 시선을 들었다.

"아니!"

김수미는 약간 놀라지 않을 수 없었다.

웬 노인이었다. 웬 노인이 열린 문 밖에 서서 가만히 방 안을 들여다보고 있는 것이 아닌가.

얼른 보기에 중 같았으나 중은 아니었다. 머리는 중처럼 빡빡 깎았으나 턱에 허연 수염이 너불너불했고, 흰 두루마기를 입고 있었다.

"누구십니까?"

김수미의 목소리는 어쩐지 속으로 기어들어 가는 듯했다.

노인은 아무 대답이 없었다. 말없이 서서 가만히 이쪽을 바라보고만 있었다. 김수미 자신을 바라본다기보다도 어쩐지 환자를 노려보고 있는 듯이 느껴졌다.

"누구신데 이 밤중에…… 환자를 찾아오셨나요?"

맥박을 짚은 김수미의 손끝이 환자의 손목 위에서 가늘게 떨리고 있었다.

노인은 여전히 아무 반응이 없이 마치 무슨 그림자인 듯 조용히 서 있었다.

"할아버지! 왜 아무 말이 없으세요?"

김수미는 약간 신경질이 난 것처럼 좀 큰소리로 내뱉었다.

노인은 표정 하나 까딱하지 않았다.

"환자를 찾아오셨으면 들어오시든지, 그렇지 않으면 돌아가시든지 해야지, 왜 문 밖에 그렇게 가만히 서 계시기만 하는 거예요?"

"……."

"참 이상한 할아버지셔."

"……."

"할아버지!"

김수미는 마침내 발칵 신경질이 났다.

"들어오시려거든 들어오시고, 그렇지 않으면 문을 닫으세요! 남의 일을 방해하시는 거예요, 뭐예요?"

쏘아붙이듯 말했으나, 노인은 여전히 꼼짝도 하지 않았다.

"나 참 별꼴이야."

김수미는 평소에 화를 내는 일이 별로 없는 수더분한 아가씨였다. 그러나 이건 정말 약이 오르지 않을 수 없었다.

뭐 저런 영감이 다 있나 싶었다. 그래서 그녀는 그런 기분 나쁜 영감 따위 싹 묵살해 버리고, 제 할 일을 했다.

바짝 긴장이 되어 맥박을 새로 다시 헤아린 다음 카드에 적어 넣었다. 그리고 혈압계랑 체온계를 챙겨 들고 냉랭한 표정으로 문 쪽을 향해 걸음을 떼 놓았다.

김수미가 다가가자, 노인은 조용히 돌아섰고 문이 스르르 닫혔다.

김수미는 닫힌 문을 좀 힘주어 왈칵 열고 밖으로 나갔다.

그런데 참 이상한 일이었다. 어느새 노인이 저쪽 복도 끝까지 가 있는 것이 아닌가. 계단을 내려가려 하고 있었다.

"아니 벌써……."

하면서 김수미도 그쪽으로 잰걸음을 쳤다. 마치 노인의 뒤를 쫓 듯이.

김수미가 계단 있는 곳까지 왔을 때, 노인은 천천히 계단 중간을 꺾어져 내려가고 있었다. 그녀도 이제 천천히 한 계단 한 계단 걸어 내려갔다.

그녀가 계단 중간을 돌아 내려가고 있을 때, 노인은 계단을 다 내려가 복도로 꺾어져서 그 모습이 사라졌다.

노인의 모습이 복도로 사라지자, 김수미는 좀 걸음을 빨리해서 나머지 계단을 얼른얼른 내려갔다.

그런데 이번에도 역시 김수미의 두 눈은 휘둥그레지고 말았다. 어느새 노인이 꽤 긴 복도를 지나 현관 쪽으로 걸어 나가고 있는 것이 아닌가.

커덩커덩 커덩커덩…… 바람이 또 거세게 휘몰아치는 듯 복도의 유리창이 흔들렸다.

걸어 나가고 있는 노인도 어쩐지 바람에 흔들리는 사람처럼 흐늘흐늘해 보였다. 그래 그런지 아랫도리가 있는 듯 없는 듯 희미하기만 했다.

그제야 김수미는 입이 딱 벌어지며 온몸이 와들와들 떨리기 시작했다.

"아이고, 엄마—."

새파랗게 질린 그녀는 정신없이 간호원 근무실로 뛰어들었다.

소파에 웅크리고 누워 잠들어 있던 간호원이 깜짝 놀라 일어나 앉았다.

"아니, 왜 그러니? 무슨 일이냐?"

자다가 벌떡 일어난 간호원은 하품을 하면서 물었다.

"유령이 나타났어. 유령이……."

입술이 파랗게 질린 김수미는 온몸에 한기가 든 사람처럼 떨고 있었다.

"뭐? 유령?"

"그래, 현관 쪽으로 나갔단 말이야. 아이 무서워."

"하하하…… 애도 참……. 뭘 보고 그러는 거야?"

"아니야, 정말이야. 유령이 틀림없어."

"유령은 무슨 유령……. 뭘 잘못 본 거겠지."

"아니야, 정말이라니까. 중환자실의 문을 열고 들여다보지 않겠어. 맥박을 재고 있는데 말이야. 머리를 빡빡 깎은 노인이었어. 꼭 중처럼. 그런데 수염은 허옇게 길렀더라니까. 옷은 흰 두루마기를 입고 있었어."

"환자를 면회 온 사람 아냐?"

"무슨 면회를 이 밤중에 온단 말이니? 통금이 넘었는데……."

“그래, 아무 말도 안 하고?”

“아무 말도 없었어. 내가 환자를 찾아왔으면 방으로 들어오라고 해도 들어오지도 않고, 문 밖에 가만히 서서 들여다보고만 있잖어.”

“그래서?”

“내가 맥박을 다 재고 나오니까, 앞장서서 이 층에서 아래층으로, 그리고 현관 쪽으로 걸어 나갔단 말이야. 그런데 어찌나 빠른지 글쎄 내가 중환자실 문 밖으로 나와 보니까 어느새 계단 있는 데까지 가 있지 않겠어. 계단을 한 계단 한 계단 천천히 내려가는 거야. 나보다 조금 앞서 계단을 내려가 복도로 꺾어졌는데, 얼른 뒤따라 내려와 보니까 글쎄 벌써 현관 쪽으로 걸어 나가고 있지 뭐야. 아랫도리가 흐늘흐늘해서 없는 것 같더라니까. 유령이 아니고 뭐니.”

“글쎄…….”

간호원은 아무래도 믿어지지가 않는다는 듯이 고개를 기울였다.

“아이 무서워. 하필 왜 내가 중환자실에 갔을 때 유령이 나타나지.”

“하하하……. 그럼 내가 갔을 때 나타나란 말이니?”

“아니, 그런 건 아니지만…….”

“뭔가 잘못 본 거야. 착각이야. 유령이 어디 있어.”

“아니라니까.”

“그럼, 수위한테 가서 물어보자. 현관으로 걸어 나갔으면 수위도 봤을 게 아냐. 자, 가보자.”

간호원은 김수미의 한쪽 팔을 잡아끌었다.

김수미는 달달 떨면서 동료 간호원의 한쪽 팔을 껴안다시피 하고 현관에 있는 수위실로 갔다.

바람은 잠잠해지고, 사위는 고요하기만 했다.

수위는 앉아서 돋보기를 끼고 신문을 보고 있었다.

"아저씨."

수위실 앞으로 다가가서 간호원이 입을 열었다.

수위가 신문에서 눈을 떼고 돋보기 너머로 멀뚱히 바라보았다.

"조금 전에 어떤 노인이 나가는 것을 보셨어요?"

"아니요. 아무도 안 나갔는데……."

그러자 김수미가 말했다.

"노인 유령이 현관으로 나갔단 말이에요."

"뭐요? 노인 유령? 허허허……."

수위가 재미있다는 듯이 웃자, 김수미는,

"왜 웃으세요? 정말이란 말이에요. 머리는 빡빡 깎고 수염이 허연 노인 유령이 이 층 중환자실에 찾아왔다가 이쪽으로 나갔단 말이에요. 내가 똑똑히 봤어요. 틀림없어요."

"무슨 착각을 한 거겠지. 유령은 무슨 유령……."

"아저씨가 신문을 보시느라 못 본 거예요. 틀림없이 이쪽으로 나갔어요."

"글쎄요. 허허허……."

유령이라니, 무슨 잠꼬대냐는 듯이 수위는 또 웃었다.

그때였다.

난데없이 또 바람이 휘몰아쳤다. 덜컹덜컹덜컹…… 창문이 흔들리고, 휙— 현관으로 불어 들어왔다.

"아이고, 웬 사람이……."

그러면서 간호원은 바람이 불어오는 현관 바깥쪽으로 무심히 시선을 보냈다.

"아니!"

간호원의 눈이 휘둥그레졌다.

순간 김수미도,

"엄마야!"

소리를 질렀다.

수위가 무슨 일인가 싶어 얼른 돋보기를 떼고, 수위실 밖으로 나왔다.

"아니 저게 누구야?"

수위도 깜짝 놀라는 것이었다.

현관 밖 원형의 화단이었다. 화단에 심어진 정원수 그늘에 웬 허연 노인 한 사람이 앉아 있는 게 아닌가.

"누구요?"

수위가 버럭 고함을 질렀다.

그러나 그 노인은 못 들은 척 그 자리에 가만히 앉아 있기만 했다.

"누구냔 말이요? 누군데 이 밤중에 남의 병원 화단에 앉아 있는 거요?"

그제야 노인은 자리에서 일어났다. 얼른 보아도 흰 두루마기를 입고 있었다. 수염이 너불너불했다. 그리고 머리는 빡빡 깎은 중대가리였다.

세 사람은 약속이라도 한 듯 숨을 죽이고 서서 노인의 거동을 지켜보고 있었다.

노인은 화단에서 길로 가볍게 내려서더니, 정문 쪽으로 화단을 돌아 사라지는 것이 아닌가. 그런데 그 움직이는 모습이 마치 무슨 무중력의 물체가 그림자처럼 스르르 이동해 가는 듯이 느껴졌다.

"도대체 저게 누구야?"

수위는 얼른 수위실로 뛰어 들어가 플래시를 들고 나와,

"거 누구요? 누구?"

소리를 지르면서 현관 밖으로 달려 나갔다.

그 노인을 뒤쫓듯 화단을 돌아가 보았으나 아무도 없었다. 그 사이에 노인이 정문 밖으로 멀리 사라졌을 턱도 없는데, 사방을 아무리 비춰 보아도 사람의 그림자라곤 보이지가 않았다.

휘몰아치던 바람이 어느 결에 스르르 누그러지며 기분 나쁜 정적이 병원 앞뜰을 뒤덮는 듯했다.

그제야 수위는 아랫도리가 와들와들 떨리기 시작했다.

김수미와 동료 간호원도 현관에서 서로 부둥켜안다시피 하고 떨고 있었다.

이튿날 아침, 간밤에 유령이 나타났다는 소문으로 병원은 술렁거렸다. 그러나 그 소문을 믿는 사람은 거의 없었다.

"유령이 나타나다니…… 무슨 잠꼬대 같은 소리야."

"아침부터 사람 웃기지 말라 그래. 지금은 이십세기 하고도 후반기야."

"유령이 나타났으면 잡아서 박제를 만들 것이지……. 허허허……."

의사들은 모두 일소에 부치는 것이었다.

"세 사람이 봤다는데요. 한 사람이 봤다면 모르지만……."

"김수미가 맨 먼저 봤대요. 중환자실에서……. 정말 유령일까?"

"오늘 밤부터 무서워서 어떻게 근무하지?"

간호원들은 그 소문을 믿는 것은 아니었지만, 그렇다고 전적으로 부인하지도 않았다. 고개를 기울이는 것이었다. 두 간호원과 수위가 실제로 보았다니 말이다.

그 소문은 임중하의 귀에도 들어갔고, 송인실의 귀에도 들어갔다.

임중하는 그 얘기를 듣자, 얼굴에서 핏기가 가시는 듯했다. 정말 무슨 이런 일이 다 있나 싶으며 오한을 느끼듯 속으로부터 다르르 떨리는 것이었다.

그저 유령이 나타났다는 그런 소문 같으면 그렇게까지 놀랄 것은 없는데, 그 유령이라는 것이 다름 아닌 바로 돌아가신 아버지가 아닌가 말이다.

머리를 빡빡 깎고, 수염이 너불너불한 흰 두루마기를 입은 노인, 꿈에 나타났던 아버지. 그리고 순지의 차 앞을 가로막았다는 아버지의 망령. 그저께 밤에는 삼십여 년 전의 최후처럼 그렇게 냅다 비명을 지르던 아버지의 망령이, 간밤에는 병원 안에 그 모습을 나타내다니…… 중환자실을 들여다보다니.

임중하는 등골에 식은땀이 벌레처럼 기어 내리는 듯한 느낌이었다.

송인실 역시 얼떨떨하고 기분이 안 좋았다. 그러나 송인실은 아직도 믿을 수 없는 것이었다. 유령이 나타나다니, 도저히 이해가 안 갔다.

좌우간 우리 집안 금년 운수가 왜 이런가 싶으며 한숨을 쉬었다.

직원들의 퇴근시간이 가까워지자 임중하는 닥터 최를 원장실로 불렀다.

"닥터 최, 자네는 간밤에 유령이 나타났다는 소문을 어떻게 생각하나?"

"말 같지도 않은 소리죠."

닥터 최는 한마디로 잘라 말했다.

임중하는 고개를 두어 번 천천히 끄덕거리고 나서,

"그럼, 오늘 밤에 닥터 최가 실제로 유령이 나타나는지 어떤지를 한 번 확인해볼 수 없겠나?"

"보나마나 무슨 착각이겠죠 뭐."

"그러니까 한 번 실제로 확인해보란 말이야. 특근비는 톡톡히 낼 테니까. 무서워?"

"허허허, 무섭긴요."

"그럼, 해보는 거지?"

"예, 해보죠."

닥터 최는 예사롭게 대답했다. 그러나 꿀꺽 침을 한 덩어리 자기도 모르게 삼키는 것이었다.

닥터 최가 유령이 나타나는지 어떤지를 확인하기 위해 특근을 한다니까, 최진옥도,

"그럼, 나도 오늘 밤 남을래요. 아이 재미있어."

하면서 특근을 자처했다.

진옥이 특근을 자원하자, 그날 밤 당직이었던 간호원 하나가 재빨리,

"그럼 나는 집으로 돌아갈래. 미스 최가 나 대신 특근을 좀 해줘."

하였다.

"그러려무나. 그 대신 나중에 내 특근 때 니가 해줘야 돼."

진옥은 마치 무슨 재미있고 신나는 일이라도 생긴 것처럼 곧장

생글생글 웃었다.

그래서 그날 밤의 특근은 진옥과 미스 박이라는 동료 간호원과 닥터 최 세 사람이었다.

진옥은 어머니에게 전화를 걸었다. 집에 전화가 없어서 아파트 바로 같은 층의 이웃집에 있는 전화를 급한 볼일이 있으면 이용하고 있는 터였다.

어머니가 나오자,

"엄마, 나 오늘 밤 못 들어가."

불쑥 말했다.

"왜? 무슨 일이 있는데?"

"특근이야. 오늘 밤."

"그래? 오늘 밤 니 특근 차례가 아닐 텐데……."

서연선은 딸의 특근 날을 알고 있었다.

"내가 특근을 자원했어, 엄마."

"자원하다니? 무슨 일이 있는 거야?"

"엄마, 오늘 밤 말이야, 유령이 나타나는가 안 나타나는가 확인을 하는 거야."

"뭐? 유령?"

"응, 어젯밤에 우리 병원에 유령이 나타났다는 거야. 그래서 그게 사실인지 아닌지, 오늘 밤 확인을 한다니까."

"그게 무슨 소리니, 도대체."

"자세한 얘긴 내일 집에 가서 할게."

"아니, 유령이 나타나는지 안 나타나는지 확인을 하는 일에 도대체 니가 끼어들 게 뭐니? 니 특근 날도 아닌데……."

"재미있잖어, 엄마."

"뭐? 재미있어? 나 참 기가 막혀서……. 계집애가 간덩이가 무슨 차돌로 생겨먹었나. 유령이 나타난다는데 재미있다니……."

"하하하……."

진옥은 그만 전화기에다 대고 까르르 웃었다.

"저런 계집애 봤나, 철없는 어린애도 아니고……. 유령이 뭐 니 친 군 줄 아니? 오늘 밤에 정말 유령이 나타나서 너 같은 것 콱 잡아 갔으면 속이 시원하겠다."

그리고 전화를 딱 끊었다.

진옥은 수화기를 놓은 다음에도 공연히 재미있는 듯 혼자 킬킬 거렸다.

현관에 있는 수위실에서도 오늘 밤은 수위 두 사람과 자가용 운 전사까지 세 사람이 지키고 있었다. 야구방망이 한 개와 몽둥이 두 개를 준비해 놓고 앉아서 그들은 화투를 치고 있었다. 화투를 치면 서도 곧잘 현관 밖을 내다보곤 했다.

밤이 차츰 깊어갔으나, 아무 이상도 없었다.

간호원 근무실의 소파에 앉아 두 간호원과 잡담을 나누고 있던 닥터 최가 하품을 하면서 기지개를 켰다.

"유령님이 나타나시는가 또 가 볼까."

빙그레 웃으면서 자리에서 일어났다.

열한 시 정각이었다.

닥터 최가 일어서자 진옥이 얼른 따라 일어나 혈압계랑 체온계 같은 것을 챙겨 들었다. 진옥은 열한 시가 됐는데도 두 눈이 말똥 말똥하기만 했다.

미스 박은 눈에 졸음이 어리고 있었다.

그러나 혼자 방에 남아 있기가 뭐한 듯 슬그머니 일어섰다.

닥터 최를 선두로 하얀 가운을 입은 세 사람은 약간 긴장이 된 듯한 표정으로 이 층 중환자실을 향해 갔다. 계단을 오르면서 닥터 최는,

"유령님께서 계단을 내려갈 때는 한 계단 한 계단 천천히 내려가 시더라고……? 허허허……."

재미있다는 듯이 나직이 웃었다. 일부러 긴장을 풀려고 그러는 것 같았다.

유령이라니, 당치도 않는 소리라고 전적으로 부인을 하면서도 어쩐지 기분이 느긋하지는 못한 모양이었다.

중환자실에는 두 시간 전과 마찬가지로 환자 혼자 누워 잠들어 있었다. 오늘 밤도 두 시간마다 체크를 하는 것이었다.

환자는 이제 뇌신경 기능이 많이 좋아져서 이따금 정신이 돌아 오는 듯 눈을 번히 뜨고 천장을 바라보기도 했다.

오늘 낮에는 여러 번 정신이 돌아왔던 것이다. 그리고 숨결 때문 에 심히 내려갔던 혈압도 차츰 정상을 되찾아 오르고 있었다.

이런 상태로 가면 며칠 뒤에는 수술을 할 수가 있을 것 같았다.

진옥이 혈압을 재고 미스 박은 맥박을 헤아렸다. 닥터 최는 곁에 서서 가만히 지켜보고 있었다.

실내에 팽팽한 긴장감이 감돌고 있었다. 아무도 입을 떼는 사람 이 없었다.

혹시 문에 노크 소리가 나지 않을까. 그리고 스르르 문이 열리지 나 않을까 싶어서, 제각기 그런 표정을 나타내지는 않았으나, 신경

을 문 쪽으로 날카롭게 곤두세우고 있었다. 간밤에 유령이 그런 식으로 나타났다는 얘기를 자세히 들어서 알고 있었던 것이다.

환자의 체크를 마치고 세 사람이 중환자실을 나와 근무실로 돌아올 때까지 아무 일도 없었다.

닥터 최는 근무실에 돌아와 소파에 푹신 기대앉으며,

"유령님께서 나타나실 시간이 아직 안 되셨나? 오늘 밤은 출동을 안 하시고 쉬시는 건가."

하면서 커다랗게 기지개를 켰다.

"도대체 유령이 어떻게 생겼는지 한 번 나타나 봤으면 좋겠어요."

진옥이 두 눈을 반짝거리면서 말했다.

"우리 종씨, 아마 여장부 기질인가 봐. 보기에는 그렇게 안 생겼는데……."

닥터 최는 빙그레 웃었다.

"여장부 기질은 아니지만 좌우간 유령을 한 번 직접 봤으면 좋겠어요. 눈으로 봐야 믿을 수가 있죠. 안 그래요? 선생님."

"미스 최는 유령이라는 것이 실제로 있으리라고 생각해? 어젯밤에 유령이 나타났다는 말을 믿는 거야?"

"글쎄요……. 그래서 이렇게 오늘 밤 특근을 하면서 확인을 해 보려는 거 아니에요."

"확인은 무슨 확인……. 다 쓸데없는 소리야. 유령이 다 뭐야. 이 이십세기하고도 후반기에……."

그때였다.

똑똑똑……. 문에 노크 소리가 들렸다.

노크 소리가 들리자, 세 사람은 마치 약속이라도 한 것처럼 휘둥그레진 눈으로 문 쪽을 바라보았다.

똑똑똑…… 또 소리가 나자,

"누구요?"

닥터 최가 버럭 고함을 질렀다.

그러자 가만히 문이 열렸다.

"무엇들 하십니까?"

얼굴이 약간 불그레해진 운전사였다.

"아이고 깜짝이야."

"난 또 유령인 줄 알았죠."

진옥과 미스 박이 호들갑스럽게 말했다.

운전사는 불그레한 얼굴에 웃음을 띠며,

"유령이 벌써 나타납니까. 열두 시가 지나야 나타나지."

농담조로 말했다.

"유령은 야간통행증을 가지고 있는 모양이지."

닥터 최가 받아넘기자, 모두 웃었다.

"최 선생님, 저희들만 먹어서 미안해서 소주 한잔 가지고 왔습니다."

하면서 운전사가 들고 온 봉지를 탁자 위에 놓았다.

이홉들이 소주 한 병과 튀김 안주하고, 새우깡 한 봉지, 사탕 한 봉지였다.

"술내기 화투를 치신 모양이죠?"

진옥이 생글 웃었다.

"유령이 나타난다는데, 한잔 마시고 기다려야지요. 맨 정신으로는 어디 무서워서……."

헤헤— 하면서 운전사는 돌아갔다.

닥터 최는 술을 좋아하는 터였다. 소주병을 따서 튀김과 새우깡을 안주 삼아 홀짝홀짝 마시기 시작했다. 진옥과 미스 박도 사탕이랑 새우깡을 바스락거렸다.

잠시 후, 때르르 전화벨이 울렸다.

진옥이 받아서,

"원장님이에요."

하면서 수화기를 닥터 최에게 건네주었다.

"원장님이세요. 접니다."

"닥터 최, 수고하네."

"뭘요. 아직 안 주무셨습니까?"

"응, 잠이 와야 말이지. 아직 아무 일 없는 모양이지?"

"아무 이상 없습니다. 염려 마시고, 원장님 주무시지요. 유령은 무슨 유령이 나타나겠습니까. 다 허튼 소리죠."

"좌우간 수고스럽지만 자지 말고 좀 확인을 해봐주게."

"예, 염려 마십시오."

전화가 끊어지자, 곧 또 때르르 벨이 울렸다.

이번에는 닥터 최가 받아서,

"예, 기다리세요."

하면서 진옥에게 수화기를 건넸다.

"여보세요."

"나다."

"엄마야? 아직 안 잤어?"

"잠이 와야 자지. 유령한테 잡혀갔는가 어쨌는가 싶어서 전화 걸었다.”

“하하하……. 유령 아직 안 나타났어. 곧 나타날 거야.”

“뭐?”

어머니는 어이가 없는 모양이었다. 그 표정이 보이는 듯해서 진옥은 턱없이 재미가 좋았다.

“유령은 통행금지가 지나야 나타난다는 거야. 야간통행증을 가지고 있는 모양이래, 하하하…….”

“나 참 기가 막혀서……. 오늘 밤에 부디 유령이 나타나서 너 같은 것 콱 잡아가 버렸으면 속이 시원하겠다.”

전화가 딱 끊어졌다.

밤은 깊어갔다. 열두 시가 지나고, 삼십 분, 사십 분, 오십 분…… 한 시가 가까워져 가고 있었다.

“한 시가 다 되어가는군요. 또 가볼 시간이에요.”

진옥이가 닥터 최에게 말했다.

이홉들이 한 병을 다 비운 닥터 최는 제법 불그레해진 얼굴로 담배를 펙펙 피우고 있었다.

미스 박은 소파에 기대앉은 채 그만 새근새근 잠이 들었다.

“가 볼까…….”

닥터 최가 담배를 재떨이에 비벼 끄고 벌떡 일어서자 진옥도 자리에서 몸을 일으켰다. 그녀의 눈에도 이제 엷은 졸음 같은 것이 어려 보였다.

복도로 나서자 공기가 썰렁했다. 두 사람의 발자국 소리가 덜렁한 건물 안에 울리는 듯 좀 크게 들릴 뿐, 사방은 고요하기만 했다.

계단을 오르면서 닥터 최가,

"속이 거북한데……. 튀김 안주가 좋지 않았던 모양인가."

하면서 약간 이맛살을 찌푸렸다.

계단을 다 오르더니,

"확실히 튀김이 나빴던 것 같애. 설사가 나오려 하는걸. 미스 최, 나 화장실에 갔다 갈 테니 먼저 가서 환자 체크를 해."

닥터 최는 화장실로 달려가다시피 했다. 진옥은 바짝 긴장이 되어 중환자실 문을 열었다. 그러나 아무 이상 없이 환자는 편안히 잠들어 있었다.

진옥은 먼저 혈압을 재려고 완대를 환자의 한쪽 팔에 감았다. 그리고 송기(送氣) 펌프를 푹푹 시루었다*('시루다'는 '돌리다'의 방언). 그때였다. 휙, 휙, 창 밖에 바람이 이는 것이 아닌가. 마치 송기 펌프를 푹푹 시루기 때문에 바람이 이는 것 같이 느껴졌다.

덜컹덜컹 창문까지 흔들렸다.

진옥은 이상하다 싶어 송기 펌프를 멈추었다. 그러자 바람이 멎고, 창문도 잠잠해지는 것이 아닌가.

푹푹…… 또 시루어 보았다.

휙, 휙, 바람이 일었다.

그제야 진옥은 덜컥 기분이 나빠져서 혈압 재는 것은 그만두기로 하고 완대를 풀어 버렸다.

체온계를 환자의 겨드랑이에 꽂고, 한쪽 손목을 잡았다. 맥박을 헤아리려는 것이다.

가만히 팔뚝시계의 초침을 들여다보고 있는데, 방문에 가만가만 노크 소리가 들렸다.

똑똑똑…….

진옥은 머리카락이 쭈뼛하게 곤두서는 듯했다.

"누구세요?"

목소리가 안으로 기어 들어가는 듯 떨렸다.

스르르— 문이 열렸다.

"아이고 깜짝이야. 난 또 유령인 줄 알았죠. 들어오시지, 왜 노크를 하시는 거예요?"

닥터 최였다. 하얀 가운을 입은 닥터 최가 무표정한 얼굴로 들어오고 있었다.

"설사를 많이 하셨어요?"

그러나 닥터 최는 아무 말이 없었다. 기분이 몹시 언짢은 사람 같은 찡찡한 표정으로 진옥이 곁에 와서 가만히 서는 것이었다.

진옥은 닥터 최가 속이 거북해서 기분이 안 좋은 모양이라고 생각하며 맥박을 헤아려나갔다.

맥박을 다 헤아리고서 생글 웃으며 닥터 최를 힐끗 돌아본 진옥은 그만 질겁을 하고,

"으악—"

냅다 비명을 질렀다.

닥터 최가 아니라, 그것은 노인이었다. 머리를 빡빡 깎은 허연 노인이 곁에 서 있는 것이 아닌가.

화장실에 갔던 닥터 최가 돌아와 곁에 서서 지켜보고 있는 줄 알았는데, 뜻밖에도 그게 닥터 최가 아니라 바로 어젯밤에 나타났다는 그 괴이한 노인 유령이라는 것을 안 진옥은 정신이 하나도 없었다.

"으악— 사람 살려—."

냅다 문 쪽으로 내달았다.

복도를 마구 달려 계단으로 꺾어져 내려가면서 힐끗 뒤를 돌아보니 유령은 중환자실을 나와 천천히 걸어서 뒤따라오고 있는 것이 아닌가.

어떻게 계단을 뛰어 내려갔는지 알 수가 없었다. 그야말로 정신없이 계단을 내려간 진옥은 복도를 마구 달렸다.

간호원 근무실의 문을 열고 뛰어든 진옥은 후닥닥 문을 닫고 찰그락 안으로 잠가 버렸다.

숨을 헐떡거리며 소파에 몸을 내던지듯 묻혀 앉은 진옥은 입을 약간 벌리고 새근새근 잠들어 있는 미스 박을 흔들어 깨우려고 그녀의 한쪽 어깨에 손을 가져갔다.

바로 그때, 누군가가 뒤에서 진옥을 집적이는 것 같았다.

얼른 뒤를 돌아보았다.

"으악—."

그만 진옥은 새파랗게 질리고 말았다.

소파는 벽에 딱 붙여져 놓여 있었다. 그러니까 뒤는 바로 하얀 벽이었다. 그런데 그 벽에 마치 그림인 듯, 혹은 그림자인 듯 괴이한 그 노인의 모습이 떠올라 보이는 것이 아닌가.

싸늘하게 굳어진 듯한 두 눈으로 자기를 쏘아보고 있는, 머리를 빡빡 깎고, 수염이 너불너불한 그 유령의 모습이 비스듬히 기울어지는 것을 느끼며 진옥은 입을 딱 벌린 채 그만 옆으로 비실 넘어져 소파에서 바닥으로 흘러 떨어졌다.

진옥의 비명 소리에 잠을 깬 미스 박은 무슨 일인가 싶어 어리둥절한 표정으로 실내를 두리번거리다가 바닥에 굴러 떨어진 진옥을 보자 깜짝 놀라 얼른 일어나 그녀를 안아서 소파에 눕혔다.

"미스 최! 미스 최! 왜 그래? 왜 그래?"

흔들어댔으나, 진옥은 흔들흔들 흔들리기만 할 뿐 아무 반응이 없었다.

"정신 차려! 정신 차려!"

미스 박은 얼른 진옥의 맥박을 짚어보았다. 맥박이 심하게 뛰고 있었다. 놀라서 기절을 한 게 틀림없어 보였다.

미스 박은 진정제 주사를 놓으려고 서둘러댔다.

그때, 밖에서 문을 두어 번 잡아당기는 소리가 덜컹덜컹 났다. 그리고 급히 노크 소리와 함께,

"문 열어! 문 열어!"

닥터 최의 목소리가 들렸다.

미스 박은 얼른 문을 열어주었다.

방으로 들어선 닥터 최는 눈이 휘둥그레졌다.

"하하— 여기까지 와서 기절을 했네."

이상하다는 듯이 고개를 기울였다.

화장실에 앉아서 미스 최가 비명을 지르며 냅다 복도를 달려 아래층으로 내려가는 기척을 들었던 것이다.

현관에서 술을 마시며 화투를 치고 있던 세 사람도 기미를 알아차리고 모여들었다.

한참 뒤, 진옥은 깨어났고, 그녀가 떨리는 목소리로 조심조심 꺼낸 유령 이야기를 모두 숨을 죽이고 들었다. 닥터 최는 도무지 믿을 수 없는 일이라는 듯이 곧장 고개를 기울이곤 했다.

날이 밝자, 때르르— 전화벨이 울렸다.

미스 박이 받았다.

"아, 여보세요."

"나야. 누구지? 미스 박인가?"

"예, 원장님, 일찍 일어나셨군요."

"간밤에 어떻게 됐어?"

"유령이 나타났나 봐요."

"나타났나 봐요라니? 그럼, 미스 박은 못 봤단 말인가?"

"예, 미스 최가 봤다는 거예요. 미스 최가 보고 기절을 했어요."

"기절을 해? 지금은 괜찮나? 미스 최 지금 뭘 하나?"

"자고 있어요. 원장님, 미스 최 깨울까요?"

"가만있어. 내가 나갈 테니까."

전화가 끊어지고, 십 분가량 뒤에 원장이 나타났다.

진옥도 일어나 정신을 가다듬고 있었다. 원장이 나온다는 바람에 미스 박이 깨웠던 것이다.

방 안으로 들어선 임중하는,

"어떻게 되었어?"

닥터 최에게 물었다.

"미스 최가 유령을 봤다는 겁니다. 기절까지 한 걸 보니 틀림없는 모양인데…… 정말 이상한 일입니다."

"자넨 뭘 했나? 잤나?"

"아닙니다. 화장실에 가 있었죠. 마침 제가 화장실에 가 있을 때 그런 일이 일어났습니다."

그러자 임중하는 아직도 넋이 나간 사람 같은 표정을 하고 있는 진옥에게 물었다.

"유령을 정말 봤어? 미스 최."

"예."

"어디서?"

"중환자실에서요."

"몇 시경에?"

"한 시경에요."

"어디 자세히 좀 얘길 해봐."

"저…… 중환자실에서 환자의 맥을 재고 있는데……."

진옥은 생각만 해도 지금도 몸서리가 쳐진다는 듯이 가볍게 한 번 떨고는 차근차근 이야기를 해 나갔다.

이야기를 다 듣고 난 임중하는,

"유령의 모습은 어떻게 생겼었나?"

그 점이 가장 궁금하다는 듯이 물었다.

"머리를 빡빡 깎았는데 턱에는 수염이 너불너불했어요. 흰 두루마기를 입었고요."

"음—."

"아이 무서워."

진옥은 마치 눈앞에 지금도 그 괴이한 노인 유령이 보이는 듯 얼른 두 손으로 얼굴을 가리며 가볍게 또 몸을 떨었다.

잠시 멀뚱히 서서 침통한 표정으로 고개를 끄덕거리고 있던 임중하는,

"미스 최, 수고했어. 어서 집에 가서 푹 쉬도록 해."

하였다.

"원장님, 제가 직접 확인을 못해 죄송합니다. 미스 최하고 둘이

중환자실로 가는데 별안간 설사가 나오려고 해서……."

"설사 덕분에 기절을 면한 셈이군. 재수 좋았지 뭐야."

임중하는 씩 웃었다.

집으로 돌아가며 임중하는 내가 직접 한 번 확인해보는 것이…… 하고 생각했다.

진옥이 약간 얼빠진 사람 같은 표정으로 돌아오자, 주방에서 아침을 준비하고 있던 서연선은,

"웬일로 유령한테 잡혀가지 않고 돌아오지."

빈정거리듯이 말했다.

진옥은 아무 대꾸도 없이 한물간 사람처럼 방으로 들어가 풀썩 주저앉았다. 그리고 웃옷을 벗어 아무렇게나 윗목에 던지고는 아랫목에 아직 그대로 깔려 있는 이불 속으로 치마를 입은 채 힘없이 기어들어 갔다.

주방에서 딸각거리고 있던 서연선이 잠시 후 들어와 손을 닦으며 진옥의 머리맡에 앉았다.

"유령한테 잡혀갔다 온 모양이로구나. 꼴을 보니……."

"……."

"왜 이렇게 축 늘어졌니? 어젯밤엔 그렇게 까불어 대더니……. 그래, 유령이 야간통행증을 가지고 나타났더냐?"

"엄마."

"왜 부르는 거야. 꼴도 보기 싫다."

"나 어젯밤엔 정말 죽는 줄 알았어."

"고것 참 고소하다. 콱 뒈져버릴 것이지. 인심 좋은 유령을 만난 모양이로구나."

"엄마, 농담 그만하고……."

"농담은 무슨 농담……. 난 진담만 한다."

"하하하……."

진옥은 그만 웃음이 나왔다.

그러자 서연선은,

"웃기는……. 아이고 이것아, 이것아 니가 언제 철이 들래. 그래, 유령이 나오는가 안 나오는가 보려고 자청해서 특근을 하는 계집애가 천지에 어디 있어. 간덩이가 부어서 그러는 거야, 좀 모자라는 거야, 어느 쪽이니? 스물셋이나 된 것이 그렇게 철딱서니가 없어 야 어디……. 쯧쯧쯧……."

혀를 찼다. 그리고 내뱉듯이 물었다.

"그래, 유령이 나오더냐?"

"정말 죽을 뻔했다니까. 기절을 했었단 말이야."

"유령이 보고 싶어서 자진해서 특근을 해놓고, 왜 기절을 하니?"

"엄마 같으면 숨이 넘어갔을 거야."

"그러니까 나는 너처럼 어리석게 특근을 안 한다. 하라고 해도 안 해. 유령이 나타난다는데, 미쳤다고 특근을 하니? 자기 차례도 아 닌데……."

"엄마, 정말 무섭더라. 정말 세상에 유령이 있다니……. 아이 무서 워."

진옥은 이불 속에서 새우처럼 오그라들었다.

서연선은 주방에서 딸각딸각 냄비 뚜껑 소리가 나자 얼른 일어 났다.

잠시 후, 서연선이 밥상을 들고 들어왔다. 오그라들었던 진옥도 이불 속에서 기어 나왔다.

뜨거운 국물이 들어가니 좀 기분이 풀리는 듯 진옥은 한결 생기를 되찾은 얼굴로 입을 열었다.

"엄마, 유령 본 일 있어?"

"……."

"없지?"

"그래. 너같이 특근을 해본 일이 있어야 보지."

"정말 이상하더라. 중환자실에서 내가 최 처사라는 그 환자 맥박을 재고 있는데 말이야…….

진옥이 이야기를 시작하자, 서연선은 조금 긴장이 되는 듯한 표정을 지었다. 최 처사라는 말이 진옥의 입에서 나왔기 때문이다.

식사를 하면서 진옥의 이야기가 계속되는 동안 서연선은 말없이 듣고만 있었다.

진옥이 이야기를 마치자, 서연선은 어쩐지 두려운 듯한 표정으로 가만히 입을 열었다.

"중환자실에 최 처사라는 그 사람 말고 또 환자가 있니?"

"없어. 그 사람 혼자야."

"그 사람도 유령을 봤나?"

"아니. 그 사람은 아직 의식을 완전히 회복하진 못했어. 정신이 돌아왔다가도 곧 또 혼미상태에 빠지곤 해. 밤에는 한 번 잠들면 아침까지 깨질 않어."

"유령이 노인이었다 그랬지?"

"응, 머리를 빡빡 깎았는데, 수염은 너불너불한, 괴상한 노인이더라니까. 흰 두루마기를 입고 있었어."

"유령이 아무 말은 안 하고?"

"아무 말도 없었어. 내가 유령을 보자마자 놀라서 고함을 지르며 병실을 뛰어나왔는데, 말을 할 새가 어디 있어."

"왜 유령이 하필 최 처사 그 사람이 혼자서 자고 있는 중환자실에 나타났을까……."

"어젯밤뿐 아니라, 그저께 밤에 김수미가 처음으로 유령을 본 것도 중환자실에서야. 아마 중환자실에서 죽어나간 사람의 혼이 아닌가 싶어. 그지, 엄마."

그러나 서연선은 가만히 고개를 가로저었다. 그게 아니라는 듯이 무슨 짐작되는 바가 있는 것처럼.

"그럼 뭘까? 엄마."

"글쎄……."

서연선은 얼른 말을 꺼내려고 하지 않았다.

"엄마는 무슨 유령이라고 생각해?"

"난들 확실한 걸 알 수 있나마는, 좌우간 그 방에서 죽어나간 사람의 혼은 아닌 것 같다. 다른 유령인 것 같애. 아무래도……."

"다른 무슨 유령? 엄마, 얘기해 봐, 응?"

"그 병실에서 요 근래에 죽어나간 환자가 있었니?"

"없었어. 작년 여름에 한 사람 죽어나갔어. 그 뒤로는 없었어."

"그렇다면 틀림없이 그 사람의 혼은 아니야. 그 사람의 혼 같으면 왜 이제 와서 나타나겠어. 벌써부터 나타났어야 옳지. 안 그래? 최 처사 그 사람이 입원을 하자, 유령이 나타난 거 아니야. 그렇지?"

"맞어, 그럼 엄마, 최 처사 그 사람하고 관계가 있는 유령인가?"

“글쎄…….”

“그런 것 같은데, 아무래도……. 그지 엄마?”

“반드시 그런지 어떤지는 알 수가 없지만…….”

말끝을 흐리면서 서연선은 숟가락으로 곧장 남은 국물을 홀짝홀짝 떠올렸다. 그리고 으스스 한 번 떠는 것이었다.

진옥은 어머니가 무슨 짐작되는 바가 있는 사람처럼 보여서 이상하다 싶었다.

“엄마, 그게 무슨 유령이야? 최 처사 그 사람하고 어떤 관계가 있는 유령이지? 응? 엄마.”

그러자 서연선은,

“내가 어떻게 아니.”

어조를 싹 달리해서 말했다. 그리고 화제를 돌리듯이,

“좌우간 진옥아. 그 최 처사라는 사람 어디 살던 사람인지 자세히 좀 알아 봐라.”

의미심장한 말을 했다.

오늘 밤엔 아무래도 내가 한 번 확인을 해 봐야겠어. 내 눈으로 직접 봐야지, 남의 얘기만 듣고서는 도무지……. 이런 생각을 하면서 임중하는 원장실 자기 자리에 푹신히 기대앉아 있는데, 책상 위의 전화벨이 울렸다.

점심 후라, 약간 나른한 식곤증 같은 것을 느끼며 임중하는 하품을 한 번 했다. 그리고 수화기를 들었다.

“아, 여보세요.”

“거기 중인병원이죠?”

“예, 그렇습니다.”

"자리에 있었군, 나야."

"응, 일륜이군."

"이거 정말 미안하게 됐네. 부상자를 맡겨놓고서 한 번도 못 가 봐서……. 부임 초라 이것저것 바빠서 그리 됐네. 용서하게."

"별말씀을 다……. 부상자는 이제 위험한 고빈 넘겼고, 며칠 뒤에 수술을 하면 될 것 같네."

"아, 그런가. 역시 수술을 해야 되는군."

"한쪽 팔은 절단을 해야 되겠어."

"내가 오늘 한 번 가겠네. 오늘 뭐 바쁜 일 있나?"

"없네. 오게."

"두어 시간 후에 가겠네."

"그래, 기다리고 있을 테니까. 그런데 말이야, 일륜, 오늘 밤 우리 집에서 하룻밤 같이 잘 수 없겠나?"

"왜? 무슨 일이 있나?"

"이따가 만나서 얘기하겠는데, 좌우간 오늘 밤 나하고 같이 잘 생각을 하고 오게나."

"그러지."

수화기를 놓은 임중하는 잘됐다 싶으며 파이프에 담배를 담아 불을 붙였다.

일륜이 도착한 것은 네 시경이었다.

잠시 얘기를 나눈 다음, 임중하는 간호원 한 사람을 불러서 일륜 을 잠시 중환자실로 안내해서 최 처사와 면회를 시키도록 일렀다. 자기가 함께 가보는 것이 옳은 줄 알지만, 임중하는 최 처사 그자 의 근처에도 가기 싫은 것이었다.

일륜은 곧 다녀와서,

"자고 있군." 하였다.

"자, 그럼 집으로 가세."

임중하는 일륜을 데리고 집으로 들어갔다.

일륜은 윤 보살의 방으로 가서 인사를 하고 나와 거실의 소파에 앉았다.

차랑 과일이 나왔다.

차를 들면서 일륜이 물었다.

"오늘 밤 무슨 일이 있는 건가? 왜 하룻밤 함께 자자는 거지?"

그에 대한 대답은 안 하고, 임중하는 오히려 엉뚱하게,

"일륜, 자네 세상에 유령이라는 것이 있다고 생각하나, 어떻게 생각하나?"

하고 질문을 던졌다.

"유령? 왜 갑자기 유령은?"

"글쎄, 어떻게 생각하나?"

"그것은 사람들의 전도(顚倒) 망상에 불과한 것이지."

"전도 망상이라니?"

"없는 것을 있다고 믿는 어리석음이란 말일세. 무명(無明)에 앞이 보이지 않아 비진리를 진리로 바꾸어 생각하는 것이지."

"그럼 유령이 없다는 말이군."

"그렇지. 나무관세음보살—."

일륜이 유령이라는 것을 부정하자 임중하는 어쩐지 의외라는 생각이 들었다.

유령이라는 것이 반드시 존재한다고는 않더라도, 어느 정도 그것

을 시인할 줄 예측했었다. 그런데 "없는 것을 있다고 믿는 어리석은 생각"이라고 딱 잘라 말하는 것이 아닌가.

임중하는 혼자서 곧장 고개를 끄덕이다가,

"일륜, 그런데 우리 병원에 유령 소동이 벌어졌으니 어떻게 된 일이지?"

하고 물었다.

"유령 소동이 벌어지다니?"

"밤으로 병원에 유령이 나타난다는 거야. 본 사람이 서너 사람 된다니까."

"……."

"간호원 하나는 놀라서 기절까지 했어."

"글쎄……. 뭔가 잘못된 거겠지."

"나도 내 눈으로 직접 목격을 하지 않았기 때문에 설마 싶어. 그러나 아무래도 이상한 생각이 든단 말이야. 며칠 전에 나는 이상한 비명 소리를 들었어."

"이상한 비명 소리라니."

"우리 아버지의 비명 소리야."

"뭐?"

일륜은 눈이 휘둥그레졌다. 6·25 전에 공비에게 피살됐다고 알고 있는데, 그 아버지의 비명 소리라니, 도대체 무슨 소리를 하고 있는지, 어리둥절하지 않을 수 없었다.

"돌아가신 아버지의 비명 소리가 들렸다니까."

"아니, 그게 정말이야?"

"틀림없었어. 아버지가 공비에게 피살되던 마지막 순간의 그 비명 소리가 한밤중에 들렸단 말이야.”

“무슨 착각이었겠지. 설마…….”

“착각이라니……. 나 혼자 들었으면 착각이라고도 할 수 있지만, 집사람도 같이 들었단 말이야. 방에서 자려고 하는데, 난데없이 병원 앞쪽에서 사람이 죽어 넘어지는 듯한 비명 소리가 들리지 않겠어. 그래서 깜짝 놀라 둘이서 병원으로 뛰어나가 봤지. 비바람이 몹시 치는 밤이었어. 며칠 전, 자네가 왔다 간 바로 그날 밤이야.”

“그럼 최 처사가 부상을 당해서 입원을 한 그날이란 말이지?”

“응.”

“그래서? 병원으로 가봤더니?”

“아무 이상이 없지 뭐야. 집으로 돌아와 도로 자리에 누웠으나 잠이 와야 말이지. 소변이 마려워서 화장실에 가 볼일을 보고 있는데, 글쎄 또 비명 소리가 들리지 않겠어. 그제야 그게 아버지의 마지막 순간의 비명 소리와 똑같다는 것을 알았지. 틀림없는 아버지의 마지막 비명 소리였어. 나는 아버지의 최후를 지금도 똑똑히 기억하고 있거든.”

“글쎄…….”

일륜은 아무래도 믿어지지 않는 모양이었다.

“그런 일이 있은 다음 날 밤부터 유령이 나타나기 시작한 거야. 그러니까 그저께 밤, 어젯밤 두 번 나타났지.”

“그럼 자네 부친의 망령이 나타난다, 그 말인가?”

“그런 것 같애. 그래서 오늘 밤은 내가 직접 한 번 확인을 해보려는 거야.”

“음— 나무관세음보살—.”

"일륜, 오늘 밤 함께 좀 있어주지 않겠나?"

"그러지."

그날 밤, 임중하는 일륜과 함께 바둑을 두면서 밤이 깊기를 기다렸다.

임중하는 바둑이 6급이었고, 일륜은 4급이었다. 임중하가 두 점을 놓고서 두는 것이었다.

열한 시가 넘도록 잠이 오는 것을 참고 있던 송인실은 결국 나오는 하품을 견딜 수가 없어, 맥주와 마른안주 그리고 커피와 과일 비스킷 따위를 차려다가 두 사람 바둑 두는 곁에 놓고 먼저 방으로 들어가 잠자리에 들어버렸다.

남편과 스님이 정말 유령을 확인하게 되는지 어떤지, 궁금하고 불안하기도 했으나, 쏟아져 오는 잠을 주체할 수가 없었던 것이다.

임중하는 맥주를 홀짝거리고, 일륜은 커피와 비스킷 따위를 먹으면서 열두 시가 되도록 바둑을 두었다.

열두 시가 넘자,

"자, 이제 그만두고 슬슬 병원으로 나가 볼까."

먼저 임중하가 일어섰다.

길을 달리던 자동차 소리들도 끊기고 사위는 고요하게 가라앉고 있었다.

먼저 간호원 근무실로 가보았다.

"아무 일 없나?"

원장이 들어서자, 간호원들은 뜻밖이라는 듯이 약간 놀란 얼굴로 모두 자리에서 일어났다. 네 사람이었다.

유령이 나타난다는 바람에 두 사람을 증원해서 오늘 밤부터 당

분간 야간근무를 네 사람씩 시키기로 한 것이다.

"아직 아무 일 없습니다, 원장님."

한 간호원이 대답했다.

"이따가 중환자실로 체크하러 갈 때, 내 방으로 와서 알려. 나하고 같이 가게."

"예."

"몇 시에 가나?"

"한 시에 갑니다."

임중하는 팔뚝시계를 본다.

"한 삼십 분 남았군."

간호원 근무실에서 나온 임중하는 일류과 함께 현관 쪽으로 가서 수위실을 둘러보고 원장실로 갔다.

원장실에 가 앉자, 일류이 먼저 입을 열었다.

"전에도 더러 이런 일이 있었나?"

"없었어. 처음이야."

"유령이 어디에 나타난다는 거야? 중환자실인가?"

"응, 그렇다는 거야."

"그럼 최 처사가 입원하고 있는 병실 아닌가."

"그렇지."

"음—."

일류은 약간 고개를 기울였다. 왜 하필 유령이 최 처사가 누워 있는 그 병실에 나타나는 것인지…… 이상한 일이라는 듯이.

그런 일류의 표정을 보자, 임중하는 최 처사가 바로 자기 아버지를 살해한 옛날의 그 공비라는 것을 불현듯 밝히고 싶은 충동을 느졌다.

"최 처사 그자가 바로 우리 아버지를 죽인 자야. 그러니까 아버지의 망령이 그 방에 나타날 수밖에……."

이렇게 내뱉고 싶었다.

그러나 난데없이 이제 와서 그런 사실을 쏟아놓는다는 것은 우습고 경솔한 짓인 것 같았다. 일륜이 얼마나 당황할 것인가 말이다.

임중하는 파이프를 꺼내어 담배를 담았다. 그리고 불을 붙였다.

얼마 후, 똑똑똑…… 노크 소리가 들렸다. 그리고 문이 열렸다. 물론 간호원이었다. 두 간호원이 중환자실로 가는 길이었다.

임중하가 일어서자, 일륜도 따라 일어났다.

간호원 두 사람이 앞서고, 임중하와 일륜이 뒤를 따랐다. 아무도 입을 여는 사람이 없었다. 고요하고 덜렁한 복도에 네 사람의 발자국 소리만이 울렸다.

중환자실의 문을 열고 네 사람이 몰려 들어갔으나, 최 처사는 그런 기척을 조금도 느끼지 못하는 듯 여전히 깊은 잠에 떨어져 있었다.

자정이 넘은 깊은 밤에 사면이 하얀 벽인 병실에 혼자 누워 붕대를 휘감은 모습으로 잠들어 있는 최 처사를 보자, 일륜은 왈칵 연민의 정이 가슴을 적시는 것이었다. 절로,

"나무관세음보살—."

나직한 소리가 흘러나왔다.

간호원 두 사람이 최 처사의 혈압이랑 맥박, 그리고 체온을 체크하는 동안 임중하와 일륜은 멀뚱히 서서 지켜보고 있었다. 임중하의 얼굴은 착잡한 표정으로 굳어져 있는 듯했다.

그리고 임중하는 이따금 힐끗 문 쪽을 바라보기도 했다. 문에 노크 소리가 나고, 그리고 스르르 문이 열리며 유령이 나타나더라는 것이니 말이다.

그러나 두 간호원이 일을 끝낼 때까지 아무 일도 일어나지 않았다. 노크 소리도 나지 않았고, 문도 열리지 않았다. 바깥에 바람이 이는 기색도 없었다.

환자의 체크를 마친 두 간호원이 말없이 임중하를 바라보았다. 이제 어떻게 하느냐는, 말없는 물음인 셈이었다. 간호원 근무실로 돌아가느냐, 아니면 여기서 좀더 기다려 보느냐, 어느 쪽이냐는 것이다.

잠시 머뭇거리다가 임중하는,

"오늘 밤은 별일이 없는 모양이지." 하면서 문 쪽으로 걸음을 옮겼다. 모두 뒤따랐다.

계단을 내려가면서 임중하는 간호원을 돌아보며 물었다.

"다음엔 몇 시에 또 체크하지?"

"두 시간마다 하니까, 세 시에 합니다."

"세 시라⋯⋯."

앞으로 두 시간 가까이 남은 것이다. 임중하는 어떻게 할 것인가 생각해 보았다. 세 시까지 원장실에서 기다렸다가 한 번 더 중환자실로 가볼 것인가, 아니면 그만 포기하고 집으로 돌아가 잘 것인가 하고.

아래층으로 내려서자, 두 간호원은 총총걸음으로 자기네 근무실로 돌아갔다.

임중하는 우선 원장실로 가서 어떻게 할 것인가 결정하기로 했다.

원장실로 돌아와 소파에 푹신 묻혀 앉자, 일륜은 커다랗게 하품을 했다. 터져 나오는 하품을 참을 길이 없었던 것이다.

"잠이 많이 오는 모양이지?"

임중하가 웃었다.

"괜찮아."

그러면서 일륜은 잠을 쫓으려는 듯이 두 눈을 곤장 끔벅끔벅했다.

"들어가 잘까?"

"괜찮다니까."

"세 시까지 견딜 수 있겠어?"

"견뎌보지 뭐."

임중하는 좀 미안한 생각이 들었으나, 기왕에 마음먹은 것 세 시까지 버티어 보기로 했다.

세 시까지 버티어서 한 번 더 중환자실로 가 볼까 했으나 임중하는 두 시가 지나자 도저히 앉아서 견딜 수가 없었다. 하품이 잇달아 나오고 눈두덩이 축 처져 내리는 듯했다.

일륜도 눈을 지그시 감고 고개를 조금씩 꾸벅거리고 있었다. 쏟아져 오는 졸음을 참느라고 애를 먹는 게 역력했다. 안 되겠다 싶어 임중하는 벌떡 일어나며,

"일륜, 가세. 안 되겠네."

하고 일륜을 집적댔다.

"응? 왜? 벌써 세 시가 됐나?"

일륜은 눈을 뜨고 어리벙벙한 표정으로 임중하를 바라보았다.

"아니야. 세 시가 되려면 아직 한 시간이 남았어. 안 되겠네. 가세. 가서 자세."

"으으윽—."

일륜은 크게 기지개를 켜고 자리에서 무겁게 몸을 일으켰다.

그때 난데없이 바깥에 바람이 일기 시작했다. 훼—훼— 마치 회오리바람인 듯한 소리였다.

"바람이 불기 시작하는군."

일륜이 무심히 말했다.

"글쎄, 별안간 웬 바람이……."

임중하는 약간 긴장이 되는 듯했다. 어쩐지 기분이 안 좋은 바람 소리였다.

밖으로 나가려고 문 쪽으로 다가가던 임중하는 주춤 걸음을 멈추었다. 바깥에서 이상한 발자국 소리가 들렸던 것이다.

짜박, 짜박, 짜박, 짜박…….

바로 원장실 밖 복도를 지나가는 소리였다. 그런데 어쩐지 자연스럽게 걸어가는 발자국 소리가 아니라, 마치 무엇을 살피듯 조심조심 걸어가는 소리 같았다. 조심조심 걸어가는 것 같은데도 복도에 울려서 그런지 이상스럽게 뚜렷이 들렸다.

"아니, 왜 그래?"

일륜이 물었다.

"저 발자국 소리…… 어쩐지 이상하지 않아?"

임중하는 힐끗 일륜을 돌아보았다.

그러나 일륜은 약간 어리둥절한 표정이었다.

"발자국 소리라니?"

일륜은 그 이상한 발자국 소리가 들리지 않는 모양이었다.

짜박, 짜박, 짜박, 짜박…….

발자국 소리는 계단 쪽으로 멀어져 가는 것이었다.

임중하는 온몸에 소름이 쫙 끼쳤으나, 왈칵 문을 열고 불쑥 얼굴을 내밀었다.

아무도 없었다. 참 이상한 일이었다.

분명히 발자국 소리가 들렸는데, 아무도 보이지 않다니…….

그런데 뭔가 희끗한 것이 계단으로 얼른 올라간 듯한 느낌이 들었다.

눈에 분명히 보인 것은 아니지만, 어쩐지 그렇게 느껴졌다.

바람은 계속 훼— 훼— 이상한 소리로 불고 있었고, 창문틀이 달캉달캉 가볍게 흔들리고 있었다.

"음—."

아무래도 심상치가 않은 것이다. 임중하는 불끈 주먹을 쥐고 어금니를 꽉 물며 복도로 나섰다.

일륜도 뒤따라 복도로 나갔다. 그러나 일륜은 이 사람이 왜 이러나 싶은 듯 곧장 임중하를 바라보곤 했다.

"일륜, 이 층으로 가보세. 아무래도 이상해."

"이상하다니, 뭣이?"

"누가 방금 계단을 올라간 것 같단 말이야."

임중하는 바짝 긴장이 되어 조심조심 그러나 좀 빠른 걸음으로 복도를 걸어갔다.

일륜은 임중하의 행동이 납득이 가질 않고, 어쩐지 이상하게 여겨졌다. 들리지도 않는 발자국 소리가 들린다면서 신경을 곤두세우더니, 이번에는 어떤 사람이 계단을 올라간 것 같다고 뒤를 따르다니, 잠이 오는 것을 억지로 참느라고 청각이나 시각 신경이 좀 어떻게 된 게 아닌가 싶었으나, 자기도 따라가 보는 수밖에 없었다.

앞서 가는 임중하가 무척 긴장이 되어 보이자, 일륜은 어쩐지 우스우면서도 슬그머니 자기도 좀 긴장이 되는 듯했다.

계단을 오를 때 임중하는 어찌나 조심조심 가볍게 걸음을 내딛는지 발자국 소리가 거의 안 날 정도였다. 계단을 올라서 중환자실 쪽을 바라본 임중하는,

"아니!"

눈이 휘둥그레졌다.

"저게 누구지? 꼭 미스 최 같은데……. 미스 최는 오늘 밤 특근이 아니고……."

간호원이었다. 하얀 가운을 입은 간호원 하나가 살뿐살뿐 가볍게 걸음을 옮겨 중환자실로 가고 있는 게 아닌가. 뒷모습이어서 어느 간호원인지 확실히 알 수가 없었으나 어쩐지 최진옥 같아 보였다. 생김새는 흡사 최진옥 같은데 어쩐지 그녀보다 키가 커 보이질 않는가.

최진옥은 오늘 밤에 특근이 아니니, 그녀일 턱은 만무하고……. 도대체 누굴까? 누가 저렇게 혼자서 중환자실로 환자를 체크하러 가는 것일까. 아직 체크할 시간도 되지 않았는네…….

간호원은 중환자실 앞에 걸음을 멈추었다. 그리고 고개를 살짝 돌려 이쪽을 바라보았다.

최진옥이었다. 틀림없는 그녀의 얼굴인데, 오늘 밤 따라 유난히 얼굴이 희어 보였다. 분을 보얗게 바른 얼굴 같았다. 빨간 루주를 여느 때보다 짙게 칠한 듯 먼 데서도 선명했다.

이쪽을 보면서도 그저 무표정하기만 했다. 도대체 어떻게 된 일일까. 야간 근무도 아닌 그녀가 이 밤중에 홀연히 나타나 중환자실을 혼자 찾다니…….

"아니, 미스 최 언제 왔나?"

임중하는 걸음을 그쪽으로 떼 놓으며 말을 던졌다.

그러나 미스 최는 아무 대답도 없이 중환자실 문을 열고 안으로 들어가 버리는 것이 아닌가.

"중하, 자네 도대체 뭘 보고 그러나?"

일륜이 불쑥 물었다. 아무도 없는데, 뭘 보고 그러는지, 일륜은 어이가 없었다.

"간호원 하나가 중환자실로 들어갔잖어."

임중하는 일륜을 돌아보며 오히려 이상한 듯한 표정을 지었다.

"뭐, 간호원 하나가?"

"아니, 못 봤단 말이야? 방금 들어갔잖어."

"헛헛헛……."

일륜은 그만 웃음이 나왔다. 도대체 무슨 얘긴지 알 수가 없었다.

일륜이 웃자, 임중하는 오히려 어이가 없었다. 방금 복도를 저만큼 앞서 걸어가 중환자실 앞에 멈추어 서서 이쪽을 힐끗 돌아보고는 안으로 들어간 간호원을 못 보다니, 이 친구 눈이 어떻게 되었나 싶었다.

"아니, 이 사람아. 정말로 그러나, 장난으로 그러나? 방금 중환자실로 들어간 간호원을 못 보다니 말이 되나?"

"도대체 자네 좀 이상한 거 아냐? 간호원은 무슨 간호원이 어디로 들어갔단 말이야?"

"이런, 허허…… 나 참……."

임중하는 정말 어이가 없어서,

"그럼 가보세. 가서 문을 열어보면 될 게 아니야."

하면서 걸음을 빨리했다.

"그래, 어디 가보세."

일륜은 재미있다는 듯이 히죽히죽 웃으면서 뒤를 따랐다.

중환자실 앞에 이르자 임중하는 걸음을 멈추고 방 안에서 무슨 기척이 나는가 귀를 기울여보았다. 아무 기척도 들리는 게 없었다.

똑똑똑……. 노크를 해보았다. 역시 아무 반응이 없었다.

임중하는 가만히 문을 열었다.

미스 최는 환자의 침대 곁에 서 있었다. 등을 이쪽으로 돌리고 있어서 무엇을 하고 있는지 얼른 알 수가 없었으나, 혈압을 재고 있는 것 같지도 않았고 맥박을 헤아리고 있는 것 같지도 않았다. 그저 가만히 서서 환자를 내려다보고만 있는 것 같았다.

"일륜, 보라구. 간호원이 있잖어."

임중하가 일륜을 돌아보며 말했다.

"아니, 자네 뭘 보고 그러나? 간호원이 있긴 어디 있단 말이야?"

일륜은 어처구니가 없는 표정을 지었다.

"저기 환자 곁에 서 있잖어. 아니, 저 간호원이 자네 눈엔 안 보인단 말인가?"

"최 처사 혼자 자고 있잖어. 곁에 도대체 누가 있단 말이야? 자네 좀 어떻게 된 모양이로군. 나무관세음보살—."

"나 참 기가 막혀서……. 저렇게 멀쩡히 서 있는 간호원이 안 보이다니……."

임중하는 오히려 일륜이 어떻게 된 게 아닌가 싶었다.

"미스 최, 뭘 하고 있는 거야? 오늘 밤 특근도 아닌데 언제 왔지?"

임중하는 간호원에게로 다가가려 병실로 발을 들여놓았다.

그러자 등을 보이고 서 있던 미스 최가 천천히 이쪽으로 고개를 돌렸다.

그 순간, 임중하는 눈이 휘둥그레지고, 입이 딱 벌어지고 말았다. 주춤 멈추어 선 그는,

"으악―."

냅다 비명을 질렀다.

그것은 미스 최가 아니었다. 분을 바른 듯 보얗고, 입술이 빨갛던 미스 최의 얼굴이 아니라, 수염이 너불너불한 노인의 얼굴이 아닌가. 머리를 빡빡 깎은, 꿈에 나타났던 바로 그 아버지의 얼굴 말이다. 하얀 가운은 어느 결에 흰 두루마기로 바뀌어 있었다.

원망스러운 듯한 눈길로 쏘아보는 아버지의 망령, 그러면서도 초점을 잃은 듯 푸르스름하고 흐릿한 눈동자―. 임중하는 온몸이 얼어붙은 듯 와들와들 떨렸다.

정말 어처구니가 없는 것은 일륜이었다.

이 친구가 정신이 어떻게 되어도 분수가 있지, 뭘 보고 놀라서, 으악― 비명을 지르며 와들와들 떠는 것인지…….

그리고 이번에는 질겁을 하고 두어 걸음 뒤로 물러서더니, 그만 홱 돌아서서,

"아이고."

냅다 소리를 지르며 도망치듯 병실을 뛰어나가 마구 복도를 내닫는 것이 아닌가.

"이 사람아, 왜 그러나? 중하! 중하!"

일륜도 어리둥절 놀라며 뒤따라 달려 가보는 수밖에 없었다. 눈에 분명히 뭔가 헛것이 보인 게 틀림없는 것이다.

일륜은 뒤쫓아 가면서도 곧장,

"관솀보살, 관솀보살—."

하였다.

임중하는 정신없이 계단을 뛰어내려 아래층에 내려서자, 어디로 갈까 조금 망설이더니, 곧 집 쪽으로 헐떡거리며 달리는 것이었다.

"중하, 이 사람아, 같이 가세. 같이 가……."

일륜은 곧 숨이 턱에 닿는 듯해서 더 쫓아갈 수가 없었다.

일륜이 걸어서 집으로 가보니, 임중하는 거실 소파에 나가딩굴 듯 엎어져 숨을 헐떡거리고 있었다.

"아니, 이 사람아, 왜 그러나?"

일륜은 한쪽 소파에 가 앉으며 걱정스레 입을 열었다.

그러나 임중하는 아직도 놀란 가슴이 진정되지 않는 듯 아무 대답이 없었다.

"도대체 왜 그러지?"

"……."

"무슨 헛것이 보인 모양인데……."

그러고 있을 때, 방문이 열리며 송인실이 아직 잠이 덜 깨인 듯한 얼굴로 나타났다. 그리고 광후도 무슨 일인가 싶은 듯 자기 방에서 부스스 모습을 나타냈다.

"아니, 어떻게 됐어요?"

송인실이 다가오자, 일륜은 좀 난처한 듯,

“글쎄요. 무슨 헛것을 본 모양인데…….”

하고 말끝을 흐렸다.

“그럼 같이 안 가보셨어요?”

“왜요, 같이 갔었죠.”

“그런데요?”

“글쎄, 내 눈에는 아무것도 안 보이더란 말입니다. 그런데 이 친구는 무엇이 보이는 듯 깜짝 놀라 비명을 지르더니 냅다 병실에서 도망쳐 나오지 않겠어요.”

“아니, 스님이 보기에는 아무 일도 없더란 말이죠?”

“예, 아무 일도 없었어요. 그저 병실에 최 처사만 혼자 누워 잠자고 있었어요.”

“그런데 이 양반이 무엇에 놀라더란 말이에요?”

“예, 처음부터 이상했어요. 원장실에서부터 무슨 발자국 소리가 들린다지 않겠어요. 내 귀에는 아무 소리도 들리지 않는데…….”

그러자 임중하가 좀 정신이 차려지는 듯 부스스 일어나 앉으며 이마에 내밴 땀을 손등으로 훔쳤다. 식은땀이 내배어 있었다.

“아니야, 분명히 이상한 발자국 소리가 들렸어.”

임중하는 아직도 얼이 좀 빠진 듯한 얼굴로, 그러나 차근차근 자기가 듣고 본 대로 이야기를 늘어놓았다.

송인실과 광후는 숨을 죽이고 귀를 기울이고 있었다. 일류도 가만히 듣고 있는 수밖에 없었다.

처음에는 분명히 미스 최의 얼굴이더니, 나중에는 슬그머니 고개를 돌리는데 보니 빡빡 깎은 머리에 수염이 너불너불한 얼굴이더라는 대목에 이르자 광후가,

"맞아요, 그 유령이에요. 화단에 앉았다가 차 앞으로 뛰어내린 유령도 바로 그 유령이었어요."

불쑥 끼어들었다.

송인실은 으스스하기만 한 듯 가볍게 떨리는 숨을 내쉬었다. 일류은 도대체 무슨 얘기들을 하고 있는지 알 수가 없었다.

"그렇게 나를 노려보던 망령이 병상에 누워 있는 환자를 가리키며 냅다 나에게 호통을 치는 듯했어. 그런데 이상하게 말소리는 안 들리더군. 그리고 망령은 마치 나를 어떻게 하려는 것처럼 무서운 얼굴로 다가오질 않겠어. 그래서 냅다 도망쳐 나온 거야."

임중하의 얘기가 끝나자 일류은 나직한 목소리로,

"나무관세음보살—."

하였다.

그리고 조용히 입을 열었다.

"중하, 마음을 차분히 가라앉히게. 그리고 내 말을 들어보게. 자네가 들었다는 발자국 소리나, 보았다는 유령은 단지 자네의 전도망상에서 비롯된 환청과 환각에 불과한 것일세. 실제로 유령이 나타났다면 왜 자네 눈에만 보이고, 내 눈에는 보이지 않았겠나 말일세. 안 그런가?"

"아니야. 틀림없는 망령이었어. 꿈속에 나타난 그……."

임중하는 고개를 가로저으며 말끝을 흐렸다.

"그런 망상을 털어 버려야 된다니까. 관세음보살—."

"이 사람아, 자네 눈에는 보이지 않았다고 하지만, 망령을 본 건 나 하나뿐이 아닐세. 바로 여기 있는 광후도 망령을 본 사람 중의 하나란 말이야. 며칠 전 사고가 나던 그날, 망령이 화단에 앉아 있다가 승용차 앞으로 뛰어내려 가로막았다는 거야. 그리고 미스 최라는 간호원은 밤에 특근을 하다가 망령을 보고 기절까지 했어. 그런데 어떻게 망령이 없다고 할 수 있는가.”

“…….”

“안 그런가?”

“나무관세음보살— 지장보살—.”

일륜은 더 뭐라고 말을 할 수가 없는 듯 염불로 얼버무리는 것이었다.

가만히 듣고만 있던 송인실이 입을 열었다.

“정말 이상한 일이군요. 스님의 눈에는 보이지 않는 유령이 다른 사람의 눈에는 보이다니, 그럴 수도 있을까요?”

“글쎄요…….”

“그렇다면 유령이 있는 겁니까, 없는 겁니까? 어느 쪽이에요?”

“나로서는 없다고밖에 말할 수가 없군요. 내 눈에는 보이지 않았으니까요. 나무관세음보살—.”

일륜도 이제 그 이상 더 주장을 할 자신이 없는 듯했다.

벽에 걸린 시계가 두 시 반을 지나고 있었다.

아버지와 딸

창문으로 스며드는 햇살이 최 처사의 눈에는 마치 새 세상의 빛처럼 느껴졌다. 눈이 부실 지경이었고, 가벼운 현기증이 일 것 같았다.

그동안 얼마만 한 시간이 흘러갔는지, 며칠이 지났는지, 도무지 짐작도 할 수가 없었다. 저승으로 가다가 중도에서 이승으로 되돌아 온 것 같아, 어리벙벙하고 멍청하기만 했다.

"찍—" 요란한 차 브레이크 소리가 지금도 온몸을 덮쳐오는 듯 귀에 선명했다. 그 뒤는 어떻게 됐는지 전혀 알 수가 없었다. 죽지 않고 살아난 것이 천만다행이었다.

아직 몸을 마음대로 움직일 수는 없었다. 부축을 받아 겨우 일어나 앉아서 식사를 조금 할 수 있을 정도였다. 영 못 쓰게 부서져서 절단을 하지 않으면 안 될 한쪽 팔의 통증 때문에 오래 앉아 있을 수도 없었다.

링거 대신 이제 식사를 하게 된 최 처사의 시중을 끼니때마다 드는 것은 진옥이었다.

진옥은 유령에 놀라 기절을 한 뒤로는 병원이 어쩐지 정나미가 떨어졌다. 특히 야간 근무는 질색이었다. 그러나 어찌된 셈인지, 마치 무엇에 끌리듯 중환자실의 최 처사라는 환자에게만은 곧잘 관심이 가고, 시중을 들고 싶어지는 것이었다.

자신의 근무 부서가 외과이기도 했지만, 좌우간 그렇게 마음이 내켜서 진옥은 최 처사의 식사를 비롯해서 모든 뒷바라지를 자기가 전담하고 있었다. 마치 가족이라도 되는 것처럼.

"야, 넌 그 환자한테 왜 그렇게 열심이니? 촌 늙은이가 그렇게 좋으니?"

하고 동료들이 웃을 것 같으면,

"가족도 없이 얼마나 쓸쓸하겠니. 생각할수록 가슴이 찡하다야."

이렇게 받아넘겼다.

근지러운 데를 찾아서 긁어주듯 자기의 시중을 자상하고 친절하게 들어주는 그 간호원 아가씨가 최 처사는 고맙기 짝이 없었다.

그래서 한 번은 점심을 가지고 와서 자기를 부추겨 일으켜 식사를 시켜주는 그녀에게,

"아가씨, 정말 고마워요. 성이 뭐지요?"

하고 물었다.

"최 씨예요."

"아, 그래요? 나하고 종씨네요."

"맞아요. 아저씨하고 종씨에요."

진옥은 미소를 지었다.

간호원이 뜻밖에 좋씨고, 또 퍽 정답게 나오는 바람에 최 처사는 서슴없이,

"나이는 몇이요?"

아가씨의 나이까지 물었다.

"몇 살이나 돼 보여요?"

"스물한둘 되어 보이네요."

"셋이에요. 스물셋."

"스물셋이라, 보자…… 그럼 무술생이네. 개띠네요. 맞죠?"

"예, 맞아요."

"나중에 시집가서 부자로 잘살겠는데요."

"어머 그래요? 개띠면 부자로 잘사는가요?"

"그게 아니라……."

최 처사는 히죽이 웃었다.

"아저씨, 뭘 좀 보실 줄 아는 모양이죠?"

진옥은 슬그머니 호기심이 동했다.

최 처사는 사주니 관상이니 하는 것을 조금 볼 줄 알았다. 이십여 년을 절간에 묻혀 살면서 얻어 들은 풍월인 셈이었다.

간호원 아가씨의 관상을 얼른 보니 부자로 살 상이었다.

"얼굴에 그렇게 나와 있어요."

"그래요? 어머……."

"어디, 어느 달에 났지요?"

사주도 한 번 재미 삼아 보아주고 싶은 것이다.

"음력으로 말이죠?"

진옥은 바짝 구미가 당겼다.

“그렇지, 음력으로…….”

“8월 달이에요.”

“생일은?”

“9일이고요.”

“8월 초아흐레라…… 생시는?”

“생시라뇨?”

“태어난 시간 말이요. 하루 중 언제 났느냐 말입니다.”

“글쎄요. 잘 모르겠는데요.”

진옥은 좀 수줍은 듯 웃었다.

“자기 생시를 모르다니요. 오늘 집에 가서 어머니한테 물어봐요.”

식사를 마친 최 처사는 피로한 듯 자리에 누웠다. 그리고,

“무술년 8월 초아흐레라…….”

하면서 손가락을 짚어나가기 시작했다.

“생시를 몰라도 돼요?”

“시는 빼고, 생년월일만 가지고 한 번 보지요 뭐.”

최 처사는 히죽이 웃었다.

엄지손가락 끝으로 네 손가락의 마디를 헤아리듯 짚어나가던 최 처사는 문득 무슨 생각이 떠오른 듯 손끝을 멈추고 가만히 시선을 한 곳에 고정시키고 있는 것이었다.

진옥은 조금 불안했다. 사주가 나쁘게 나와서 그러는 것 같았다.

“아저씨, 왜요? 좋지 않은 모양이죠?”

“…….”

“좋지 않아도 상관없으니까 솔직히 말해 줘요.”

그러자 최 처사는 약간 당황하듯,

“아닙니다. 아닙니다. 참 좋아요. 사주도 역시 나중에 부자가 될 사준데요.” 하였다.

“거짓말……. 아저씨 표정을 보니까 그렇지 않은 것 같은데요 뭐.”

“정말입니다. 관상이 좋은데, 사주가 나쁠 턱이 있어요. 그런 법은 없어요.”

“그래요? 아이 기분 좋아.”

진옥은 정말 기분이 유쾌했다.

그렇게 좋아하는 간호원 아가씨의 얼굴을 최 처사는 가만히 바라보다가,

“그런데 아가씨, 이름이 뭐지요?”

조심스레 물었다.

최 처사는 문득 자기 딸 생각이 머리에 떠올랐던 것이다. 세 살 때 저의 어머니와 함께 떠나갔었으니, 지금은 이 아가씨와 마찬가지로 스물세 살쯤 되었을 것이다. 자기 딸도 태어난 달이 8월이었고, 기억이 분명하지는 않지만, 생일도 초아흐레가 아니었던가 싶다.

그리고 몇 해 전에 절을 찾아온 어떤 신도로부터 뜻밖에 자기 딸이 서울에서 간호학교에 다니고 있다더라는 소문을 언뜻 들었던 터이라, 최 처사는 혹시 이 아가씨가…… 하는 생각이 들기도 했다.

그래서 이름이 뭐냐고 물어본 것이다.

“진옥이예요. 최진옥.”

진옥은 미소를 지으면서 대답했다.

간호원 아가씨로부터 그 이름을 듣자, 최 처사는 가벼운 실망을 느꼈다. 자기 딸의 이름과는 판이하게 달랐던 것이다.

자기 딸은 이쁜이였다. 호적에 올릴 수 없었던 터이라 그저 이쁜이, 이쁜이 하고 불렀던 것이다.

최 처사는 곧 그렇지, 이쁜이라는 이름을 호적에 그대로 올리지는 않겠지, 하는 생각이 들었다. 그렇다면 호적에 올릴 때, 이름을 진옥이라고 새로 지었을지도 모를 일이 아닌가.

최 처사는 더 좀 캐보고 싶은 생각에서,

"아버지는 뭘 하시나요?"

하고 물었다.

"왜 물으세요?"

"그저요."

진옥은 없어요, 하려다가 어쩐지 가정 내막까지 얘기하고 싶지 않아서,

"모르겠어요. 뭘 하시는지……."

하고 얼버무리며 웃어버렸다.

"아버지가 뭘 하시는지 모르다니요? 딸이 그럴 수가 있어요?"

"글쎄요. 호호호……."

"집에 계시기는 계시나요?"

"왜 그렇게 꼬치꼬치 캐물으세요? 아저씨 참 이상하시네."

진옥이 약간 기분이 덜 좋은 듯 정색을 하자, 최 처사는 힐끗 그 눈치를 보고는 입을 다물어 버렸다.

최 처사의 표정이 굳어지는 듯하자, 진옥은 자기가 좀 너무 뻣뻣하게 나왔는가 싶어 곧 기분을 나긋나긋하게 해가지고,

"아저씨 화나셨어요?"

부드럽게 입을 열었다.

“화나긴요.”

“아저씨는 가족이 아무도 없으세요?”

이번에는 진옥이 쪽에서 질문으로 나갔다.

최 처사는 아무 대답이 없었다.

“아저씨, 서울에 안 사시는 모양이죠? 가족이 아무도 안 찾아오
시는 걸 보니.”

“예, 서울에 안 살아요.”

“그럼, 어디 사세요?”

최 처사는 또 대답을 안 했다.

진옥은 이 양반이 도대체 어디 사는, 무얼 하는 사람인지 알고 싶
었다. 어머니도 어디 사는 사람인지 자세히 좀 알아보라고 하지 않
았는가. 어쩐지 무슨 사연이라도 있는 것처럼 말이다.

“아저씨, 어디 사시느냐고 묻는데 왜 대답을 안 하세요?”

“……”

“아저씬 집도 없으세요?”

“예, 없는 거나 마찬가집니다.”

최 처사는 좀 쑥스러운 듯 히죽 웃었다.

“없는 거나 마찬가지라뇨? 그럼 여기저기 떠돌아다니신단 말이
에요?”

“그런 건 아니지요.”

“그럼요?”

“절에 있어요. 절이 우리 집인 셈이지요.”

“아, 그러세요. 어느 절인데요?”

“강원도 깊은 산중에 있는 절이죠.”

"그럼, 사고 나던 날 같이 오시던 스님이 그 절에 계시는 분인 모양이죠?"

"그 절에 계시다가 이번에 서울 어디라더라……. 응, 우이동, 맞어. 우이동에 있는 화경사 주지로 오셨지요."

"아, 그러세요."

진옥은 알았다는 듯이 미소를 지었다,

최 처사가 절에서 아마 심부름이나 하며 살아가는, 가족도 없는 그런 사람이라는 것을 알자, 진옥은 어쩐지 측은한 생각이 들면서도 묘하게 친밀감 같은 것이 느껴졌다.

그래서 나긋한 목소리로,

"그럼 아저씨는 사주 관상뿐 아니라, 불교에 대해서도 많이 아시겠네요?"

하고 물었다.

"들은풍월로 그저 좀 알지만, 그게 어디 안다고 할 수 있어요. 불교는 그 교리가 아주 깊고, 한없이 넓은 거래요. 우리 같은 사람이 그 이치를 다 깨달을 수가 있나요."

그렇게 두 사람이 오순도순 이야기를 나누고 있을 때 노크 소리가 나고, 방문이 열렸다.

뜻밖에도 윤 보살이었다. 간호원 하나가 윤 보살을 안내해 온 것이었다.

원장님 어머니가 무슨 일로 이 중환자실을 찾아온 것인지, 의외의 일이어서 진옥은 약간 신기하지 않을 수 없었다.

"아니, 할머님, 웬일이세요?"

진옥은 얼른 윤 보살에게로 다가가 정중히 맞이했다.

병상에 누운 최 처사는 웬 노파가 찾아오는가 싶어 멀뚱히 바라보고 있었다.

윤 보살은 좀 숨이 찬 듯 후유— 몇 번 큰 숨을 쉬고는 입을 열었다.

"이 양반이 최 처사라는 분인가?"

"예, 그렇습니다."

진옥이 대답했다.

최 처사는 약간 어리둥절한 표정을 지었다.

"여봐, 나 거기 의자 이리 좀 갖다 줘, 허리가 아파서……."

진옥이 얼른 의자를 가까이 가져오자, 윤 보살은 거기 앉으며,

"관셈보살—."

하였다. 그리고 좀 어색한 표정으로,

"나 이 병원 원장 에미 되는 사람이요."

하고 입을 열었다.

최 처사는 무엇이 어떻게 된 영문인지 몰라 멀뚱멀뚱 곧장 눈을 끔벅거리기만 했다.

"화경사 스님한테 최 처사의 얘길 잘 들었어요. 이거 뭐라고 말을 했으면 좋을지 모르겠구료. 우리 손주 녀석 때문에 이런 큰 변을 당했으니…… 쯧쯧쯧……."

"아니, 그게 무슨 말씀인지요? 손주 때문이라니요?"

최 처사는 도무지 무슨 뜻인지 알 수가 없었다.

"우리 손주 딸애가 운전하는 차에 최 처사가 치였다는데, 아직 모르시나?"

"그래요? 음—."

자기를 들이받은 그 차가 이 노파의 손주, 그러니까 이 병원 원장의 딸애가 운전하는 차였다는 사실을 안 최 처사는 심정이 매우 착잡했다. 그저 교통사고를 당해서 죽지 않고 살아난 것만 다행으로 여기고, 가해자가 누구인지 그런 것은 미처 알아볼 생각을 못했던 것이다.

진옥과 또 한 간호원은 최 처사의 표정을 주시했다. 가해자가 누구인지를 안 피해자가 어떤 반응을 나타내는가 싶어서 말이다.

최 처사가 착잡한 표정으로 말이 없자, 윤 보살은 "관셈보살—" 하고는,

"최 처사, 이게 다 부처님의 뜻이라고 생각하자구요. 이렇게 최 처사와 우리가 만나게 된 것도 다 인연이 아니겠소."

이렇게 말했다.

윤 보살과 최 처사의 대면이 매우 재미있어서 진옥은 끝까지 서서 지켜보고 싶었으나 할 일을 젖혀두고 그럴 수는 없어서,

"할머님, 그럼 이야기하세요."

인사를 하고는 최 처사의 점심 식기를 들고 병실을 나갔다.

그러자 뒤따르듯 또 한 간호원도 자리를 떴다.

병실에 최 처사와 단둘이 남자, 윤 보살은 이제 못할 말이 없겠다는 듯이 입을 열었다.

"우리 아들이 최 처사를 책임지고 잘 치료해 줄 것이니까, 너무 걱정 말아요. 그리고 다 나으면 우리 병원에서 일하도록 해 줄 거요. 화경사 스님 얘길 들으니, 서울에 와서 살림을 할 생각이라지요? 강원도의 산중에서 이십 년 이상이나 한 절에 있었다고요?"

"예."

들릴 듯 말 듯 대답하고, 최 처사는 힐끗 윤 보살의 눈치를 보는 것이었다. 약간 긴장이 되는 모양이었다.

"한 절에 이십 년이 넘도록 몸담아 있다니, 정말 착하고 어진 사람이구료. 말이 쉬워 이십 년이지, 아무나 그렇게 할 수가 있나요. 어림도 없는 일이지……."

"……."

"강원도 어느 절이라 그랬소?"

"……."

"무슨 절이라더라……?"

"상운사요."

최 처사의 목소리는 곧 기어들어 가는 것 같았다. 눈에 경계하는 듯한 빛까지 떠오르고 있었다.

이 노파가 자기의 정체를 캐려고 그런 질문을 한다고는 생각하지 않았지만, 어쩐지 절로 두려운 생각이 슬그머니 고개를 쳐드는 것이었다. 도둑이 제 발이 저리는 격이었다.

"그 절에 정초에 우리 아들도 다녀왔소. 우리 아들하고 그 절에 있다가 이번에 화경사로 온 스님하고 친구요. 중학교를 같이 다녔다던가……."

"예, 그렇다대요."

"고향은 어디시요?"

"……."

"강원도가 고향이요?"

"저요?"

"예."

최 처사는 난처하기도 하고, 슬그머니 두렵기도 한 듯 망설이더니,

"어딘지 잘 몰라요."

내뱉듯이 대답했다.

"잘 모르다니요? 고향이 어딘지도 몰라요?"

"예."

"쯧쯧쯧……. 그럼 아주 어릴 때……."

윤 보살은 알겠다는 듯이 말끝을 흐려 버렸다.

이렇게 일부러 문병을 와준 노파가 처음에는 고마웠으나, 자꾸 질문을 해대는 바람에 최 처사는 슬그머니 싫어지고 피로하기도 해서,

"으음―."

가벼운 신음 소리를 하면서 지그시 눈을 감아 버렸다.

그러자 윤 보살은 앉았던 의자에서 몸을 일으키며 말했다.

"뭐 필요한 것은 없소? 필요한 거 있으면 말해요. 내가 갖다 줄 테니까."

"없어요."

최 처사는 눈을 뜨며 가만히 고개를 가로저었다.

"그럼 최 처사, 잘 치료하시오. 또 올게요. 나무아미타불―."

하면서 돌아서서 병실을 나가는 윤 보살의 뒷모습을 최 처사는 멀뚱히 바라보고 있었다.

윤 보살이 나가고, 문이 닫히자, 최 처사는 누운 채 고개를 약간 기울이면서 중얼거렸다.

"이상하다. 어디선지 많이 낯익은 할머니 같은데……."

어쩐지 걸어 나가는 뒷모습도 어딘지 모르게 많이 낯이 익은 듯

한 그런 느낌이 별안간 드는 것이 아닌가. 지금까지 이야기를 나누는 동안에는 전혀 그런 느낌이 들지 않았는데…….

어디서 낯익은 할머닐까……. 최 처사는 머릿속 이 구석 저 구석을 뒤져보았다. 그러나 도무지 어디서 본 할머닌지 짚이는 게 없었다. 막연히 그저 아득한 지난날에 본 듯한 느낌이 들 뿐이었다.

"알 수 없네. 알 수 없어."

정말 아무리 생각해보아도 기억에 떠오르질 않고, 아리송하기만 했다.

어쩌면 전혀 초면인 노파인데, 그렇게 낯익어 보이는지도 모른다고 생각하며 최 처사는,

"아으윽―."

크게 하품을 했다. 점심을 먹은 뒤라 식곤증과 함께 나른한 졸음이 오는 것이었다.

곧 최 처사는 잠이 들었다.

그날 퇴근을 해서 집으로 돌아가는 진옥은 여느 날과 달리 공연히 유쾌하기만 했다. 무슨 까닭인지 자기도 잘 알 수가 없었다.

까닭이 있다면 오늘 낮에 중환자실에 누워 있는 그 최 처사라는 환자가 어떤 사람이라는 것을 알았다는 사실이라고나 할까. 얼른 가서 어머니에게 그 얘기를 해 줘야지, 생각하니 공연히 기분이 좋은 것이었다.

현관에 들어서자마자 진옥은 호들갑스럽게,

"엄마! 그 환자 말이야……."

하고 소리를 질렀다.

불쑥 난데없이 그 환자라니…… 무슨 방정인가 싶어 서연선은,

“신이나 좀 벗고 올라와서 얘기하면 입이 찌부러지기라도 하니?
뭣이 그렇게 급해가지고…… 쯧쯧쯧…….”

혀를 찼다.

“헤헤헤…….”

웃고 나서 진옥은 후다닥 구두를 벗었다. 그리고 주방에서 저녁
을 짓고 있는 어머니 곁으로 얼른 다가갔다.

“엄마, 자세히 알았단 말이야. 자세히.”

“뭣을?”

“그 환자에 대해서 말이야.”

“그 환자라니?”

“이런…… 순 우리 엄마 엉터리야. 교통사고로 입원한 그 최 처
사라는 환자 말이야. 그 환자에 대해서 자세한 걸 알아보라 그랬잖
어? 엄마가…….”

“…….”

“까먹었어?”

“어서 얘기나 해 봐.”

그러면서 서연선은 일손을 놀리기에 여념이 없었다.

진옥은 그저 예사롭게 말했다.

“강원도 어떤 절에 사는 사람이래. 가족은 아무도 없나 봐. 혼자
사나 봐.”

강원도 어떤 절에 가족도 없이 혼자 사는 사람이라는 말에 서연
선은 가슴이 콱 메는 듯한 느낌이었다. 그렇다면 두 번째 남편에
틀림없는 것이 아닌가.

버리고 도망쳐 나온 터이니 그때 이미 남남이 된 것이지만, 좌우

간 살을 섞고 살며 자식을 낳았던 사람이 이십 년 만에 홀연히 나타났다고 하니, 기분이 예사로울 수가 있겠는가. 그것도 공교롭게 딸이 근무하는 병원에 불의의 환자가 되어 입원을 했다는 것이니, 우연치고는 기묘한 우연이 아닐 수 없었다.

매우 충격적이었으나, 서연선은 겉으로는 애써 아무렇지도 않은 듯이,

"강원도 어떤 절이라더냐?"

담담한 어조로 물었다. 그러나 결코 담담하지가 않고, 약간 떨리는 듯 어색한 목소리였다.

진옥은 목이 마려운 듯 물을 한 컵 따라 벌컥벌컥 들이켜고 나서 대답했다.

"어떤 절이라는 말은 안 했어."

"그걸 물어봐야지."

"어느 절이냐고 물었더니, 그저 깊은 산중에 있는 절이라고만 했어."

"……."

"교통사고가 나던 날 같이 병원을 찾아오던 중이 강원도 그 절에 있던 중이래. 이번에 서울에 있는, 뭐라더라…… 화경사, 맞어, 화경사로 옮겨 왔다는 거야. 그래서 같이 왔나 봐."

"화경사? 우이동에 있는 절 말이구나."

"맞어, 우이동에 있는……."

"그럼 그 사람도 같이 우이동에 있는 화경사로 옮겨 왔단 말인가?"

"모르겠어. 그건……."

"그런 것도 좀 자세히 안 알아보고……."

"엄마."

"왜?"

"그 사람에 대해서 왜 그렇게 자세히 알고 싶어 하는 거야? 도대체 그 사람이 누군데 그래?"

진옥이 두 눈을 반질거리면서 빤히 쳐다보았다. 마치 어머니의 속을 꿰뚫어보기라도 하려는 것처럼.

그러나 서연선은,

"자, 상 차려라. 어서 밥이나 먹자. 배고프다."

딴소리를 내뱉었다.

마주 앉아 저녁을 먹다가 진옥은 또,

"엄마, 도대체 그 사람이 누구야? 누구길래 그렇게 자세히 알고 싶어 하는 거야?"

하고 물었다.

서연선은 못 들은 척하고 입에 떠 넣은 음식을 불룩불룩 씹어대기만 했다.

"엄마, 응? 누군데 그래? 최 처사 그 사람이 누구야? 도대체……."

"……."

"아이 답답해. 엄만 딸한테도 숨기는 게 있나 봐. 이제 딸도 스물셋이란 말이야. 다 이해한단 말이야. 얘기해 봐. 엄마 처녀 때 애인이야?"

"훗훗후……."

음식이 든 입으로 서연선은 픗픗 웃었다.

"맞지, 그지?"

"어서 밥이나 먹어. 애인은 무슨 말라빠진 애인……."

"그렇지 않음 왜 그 사람에 대해서 자꾸 알고 싶어 하고, 나한테는 비밀로 하는 거야? 아무래도 수상하잖어."

서연선은 곧 너거 아버지다, 하는 소리가 튀어 나오려는 것을 꿀컥 삼켰다.

진옥이에게 최 처사라는 그 사람이 바로 너의 아버지라는 사실을 언제까지나 숨겨야 할 것인지, 그렇지 않으면 밝혀주는 게 옳을지, 서연선은 쉽사리 판단이 내려지지가 않았다.

잠자리에 들어서도 그 생각으로 이리 뒤척 저리 뒤척 했다.

아무래도 이야기를 해주는 게 옳지 않을까 싶었다.

자기 아버지를 이십 년 만에 만났는데도 그 사람이 자기 아버지라는 사실을 모르고, 그저 환자로만 대하다니, 슬프다면 슬픈 일이 아닐 수 없었다. 자기 아버지가 과거에 끔찍한 죄를 지은 사람이라는 그런 사실은 영원히 비밀로 묻어 버리는 것이 옳지만, 그 사람이 너의 친아버지라는 사실만은 아무래도 얘기해 주는 게 마땅한 일일 것 같았다.

그래서 서연선은,

"진옥아."

하고 나직이 불렀다.

진옥은 대답이 없었다. 벌써 잠이 든 모양이었다. 그 얘기를 하려고 일부러 깨울 것까지는 없었다.

내일 저녁에나 기회를 보아 얘기하지 싶으며 서연선은 커다랗게 하품을 했다.

이튿날 아침, 밥을 짓다가 서연선은 문득 우이동 화경사로 이번에 강원도 그 절에서 옮겨 왔다는 스님을 한 번 찾아가 볼까 하는 생각이 들었다. 강원도 천행산의 상운사에서 온 것인지, 확인을 해 볼 필요가 있다 싶었다.

혹시 딴 절에서 왔다면 최 처사라는 사람이 딴 사람일 수도 있는 것이다. 최 씨 성을 가진 처사가 반드시 그이 한 사람뿐이 아닐 테니 말이다. 병원에 입원해 있다는 그 최 처사가 곧 진옥이 아버지라고 단정할 수는 아직 없는 것이다.

만일 동명이인인데 그 사람을 너의 친아버지라고 밝혔다가는 나중에 어떻게 되겠는가. 어젯밤에 잘도 얘기 안 했지 싶으며 서연선은 오늘 우이동 화경사를 꼭 찾아가 봐야지, 마음먹었다.

아침을 먹으면서 진옥이 불쑥 물었다.

"엄마, 나 생시가 언제야?"

"별안간 생시는 왜?"

"언제야? 그 최 처사라는 사람이 알아 오라고 그랬어."

"뭣 하게? 그 사람이?"

서연선은 약간 어리둥절한 느낌이었다.

"그 사람 관상도 잘 보고, 사주도 잘 보나 봐, 내 관상이랑 사주를 보더니, 나중에 부자로 잘산대."

"생시도 모르고 어떻게 사주를 봐."

"그저 생년월일만 가지고 보던데……. 그러면서 생시를 알아 오라는 거야. 더 자세히 봐주려나 봐. 언제야? 생시가……."

"저녁을 먹고 조금 있다가 낳았으니까, 몇 시쯤인지……."

"그럼, 여덟 시쯤 됐겠구먼."

"그쯤 됐을 거다."

"알았어. 오늘 가서 사주 자세히 좀 봐 달라 그래야지. 그 아저씨, 나하고 친해졌어. 내가 매일 식사를 갖다 주고, 시중도 들어주거든."

진옥은 공연히 기분이 좋은 듯 생글생글 웃었다.

서연선은 아마 틀림없는 저의 아버지인 모양이라고 생각했다. 무엇이 당기는 듯 맥없이 저렇게 좋아하는 걸 보니 말이다.

그날 오후, 서연선은 우이동에 있는 화경사를 찾아갔다.

절로 들어가는 길 양편의 큼직큼직한 주택들 담장 너머로 개나리가 노오랗게 피어오르고 있었다. 초봄의 산뜻한 날씨였다.

서연선은 어쩐지 기분이 묘했다. 봄나들이를 나온 듯 조금 유쾌하기도 하면서, 한편 무슨 심각한 일이 앞에 가로놓인 듯 긴장이 되고, 마음이 무겁기도 했다.

절의 일주문을 들어서자, 마침 젊은 스님 한 사람이 외출을 하는 듯 걸어 나오고 있었다.

서연선은 합장을 하고서 인사를 했다.

지금은 별로 열심히 절에 다니진 않지만, 젊었을 무렵, 그러니까 첫 남편이 6·25 때 군대에 나가 전사를 한 뒤론 여간 독실하게 불교를 믿은 게 아니었다. 천행산 상운사까지 찾아다니던 터였으니 말이다. 그래서 최 처사와 몇 해 동안이나마 인연이 되었던 것이 아닌가.

그 후 서울로 나와 두 남자를 거치는 동안, 자연히 절로의 걸음이 멀어졌던 것이다. 아무리 부처님에게 예배를 올리고, 불공을 드려도 팔자가 늘 요 모양이라고, 부처님도 별 소용이 없다는 생각이 은연중 들었던 것이다. 그러나 요즘도 일 년에 두어 번, 별수 없다 싶으면서도 마음이 내키면 절을 찾아가곤 하는 터였다.

말하자면 대개의 부녀자들이 그렇듯이 기복 불교를 해온 셈이다.

"스님, 말씀 좀 물어보겠어요."

"예, 무슨……?"

"이 절에 이번에 강원도에서 오신 스님이 계시지요?"

"주지 스님 말이군요."

"주지 스님이 이번에 강원도에서 오셨어요?"

"예, 그렇습니다."

"강원도 어느 절에서 오셨어요?"

"왜 그러세요?"

"그저 좀 알아볼 일이 있어서요."

그러자 젊은 스님은 힐끗 한 번 서연선을 훑어보고는,

"상운사라는 절에서 오셨어요."

하고 대답했다.

상운사라는 말에 서연선은 어쩐지 가슴이 콱 메는 듯했다. 그리고 벌떡벌떡 뛰었다.

그렇다면 이제 틀림없는 것이다. 주지 스님을 만나 얘기를 들어 보나마나 틀림없는 두 번째 남편 최 처사이고, 진옥이 아버지인 것이다.

젊은 스님은,

"천행산이라는 아주 높은 산에 있는 유명한 절이지요."

하고 묻지도 않는 말까지 했다.

"나도 잘 알아요."

"그래요? 그 절을 아시는 걸 보니 보통 신도가 아니시군요."

“그 절에서 살기까지 했는걸요.”

입에서 절로 미끄러져 나오 듯 그만 그런 소리까지 나와 버렸다.

“살기까지 했어요? 그 높은 산꼭대기 절에서…….”

웬 여인인가 싶은 듯 젊은 스님은 서연선의 위아래를 힐끗 또 훑어보고는 묘하게 싱긋 웃으며 걸음을 떼 놓았다. 서연선은 주지 스님을 만나보나마나 뻔하니, 그만 돌아갈까 하다가 여기까지 와서 그냥 돌아선다는 것도 뭐 해서, 직접 만나 좀 얘기를 들어보기로 했다.

주지 스님은 별채로 된 승방에서 독경을 하고 있었다. 낭랑한 목소리가 호젓한 주위에 울려 퍼지고 있었다.

승방 앞뜰에는 철쭉이 꽃봉오리를 맺고 있었다.

서연선은 마루 끝에 앉아 한참을 기다렸다가, 독경이 끝나자 방으로 들어갔다.

“주지 스님, 첨 뵙겠습니다.”

합장을 하고 공손히 인사를 드린 다음,

“다름이 아니오라, 저…… 뭐 좀 여쭈어 볼 것이 있어서 찾아왔습니다.”

“예, 무슨 일이요?”

“저…… 주지 스님께서 강원도에 있는 상운사에 계시다가 이번에 이 절로 오셨다지요?”

“예, 그렇소.”

일륜은 무슨 볼일로 찾아온 여인인가 싶어 한 손으로 염주를 자그락자그락 헤아리며 서연선을 가만히 바라보았다.

“그 절에 오래 계셨습니까? 몇 해나 계셨는지요?”

“왜 그러시오? 어디 사는 뉘시오?”

“아이 참, 제가 실례를 했나 봅니다. 영동에 사는 서연선이라 합니다.”

“영동이면 한강 남쪽이지요?”

“예, 그렇습니다.”

“그런데 어떻게 여기까지 찾아오셨는지……?”

“주지 스님께 좀 여쭈어 볼 말씀이 있어서 일부러 찾아왔습죠. 저…… 스님, 상운사에 저…….”

서연선은 말을 꺼내기가 어쩐지 힘이 드는 듯 곧장 망설였다.

“어서 말해 보오.”

“저…… 상운사에 사는 최 처사라는 사람 아시지요?”

“알고말고요. 그런데……?”

“…….”

“그 최 처사를 어떻게 아시오?”

“…….”

서연선은 그만 말이 막혀 버리고 말았다. 뭐라고 말을 해야 좋을지 그저 얼굴이 붉어 오르기만 했다.

그런 그녀를 보자 일륜은,

“아니, 그럼…….”

약간 놀라는 표정을 지었다.

“혹시 최 처사의 옛날 부인되시나요?”

“아닙니다. 아니에요.”

서연선은 얼굴을 활짝 붉히며 입에서 나오는 대로 얼른 부인을 했다.

“그럼…… 최 처사를 어떻게 아시오? 그 사람은 이십 년 전에 마누라가 도망을 갔다든가 한 뒤로는 지금까지 내내 홀아비로 살아오고 있는데…….”

“…….”

“아마 일가친척도 없고, 고향도 어딘지 모르고, 그야말로 혈혈단신인 모양이던데…….”

“…….”

“이십 년 전에 헤어진 마누라한테 딸 하나가 있었다던가. 그 딸애가 커서 서울에서 간호학교에 다닌다는 소문도 있고…….”

“…….”

“좌우간 가련한 사람이오, 그 사람……. 마음씨가 아주 착한 사람인데…….”

그러자 가만히 앉아 듣고만 있던 서연선은 그만 두 눈에서 눈물이 주루루 흘렀다. 얼른 손수건을 꺼내어 얼굴로 가져가며 복받치는 설움을 어쩌지 못하겠는 듯 훌쩍훌쩍 흐느껴 울기 시작했다.

서연선이 흐느껴 울기 시작하자, 일륜은 어리둥절한 표정을 지었다가 천천히 고개를 끄덕거렸다. 어떻게 된 연유인지 다 알겠다는 듯이. 연민의 정이 일륜의 얼굴에 은은히 떠오르고 있었다.

서연선의 울음은 오래 계속되지는 않았다. 곧 흐느낌을 멈추고 감정을 수습한 다음, 가만히 입을 열었다.

“스님, 용서해 주십시오. 제가 거짓말을 했습죠. 하도 부끄러운 일이 되어서…….”

“괜찮소. 부인의 심정을 이해하오.”

서연선은 마치 무슨 죄라도 지은 여인처럼 약간 고개를 숙이고 다소곳이 앉아 말이 없었다.

일륜도 얼른 뭐라고 다음 말이 나오지가 않았다. 생각 같아서는 왜 이십 년 전에 최 처사를 버리고 도망쳤느냐고, 그 까닭을 물어보고 싶었으나 그런 것을 물어본다는 것은 실례일 것 같았다. 그래서 잠시 멀뚱히 여인을 바라보고 있다가,

"딸은 지금 몇 살이나 됐나요?"

하고 말을 꺼냈다.

"스물셋이지요."

"간호학교에 다닌다는 말이 있던데 졸업을 했소?"

"예."

"그럼, 지금은 병원에서 근무를 하겠구료. 간호원으로……."

"예."

"어느 병원이오?"

그러자 서연선은 그저 씩 웃기만 했다.

일륜도 굳이 캐묻질 않았다.

또 두 사람 사이에 대화가 끊겼다. 방 안에 좀 어색한 정적이 감돌자, 일륜은 "나무관세음보살—" 하면서 자그락자그락 염주를 헤아렸다. 그리고 이 말을 하는 게 좋을지 어떨지 망설이는 듯하더니,

"저…… 최 처사가 교통사고로 병원에 입원을 했어요."

하고 입을 열었다.

그러나 서연선은 담담한 표정이었다.

"많이 다쳤어요. 팔을 하나 잘라 버려야 된다나요."

여전히 별로 놀라는 기색이 없고, 오히려 약간 미소를 띠는 것처럼 느껴지자, 일륜은 기분이 좋지 않았다. 뭐 이런 여자가 다 있어

싶었다. 변덕이 심한 이상한 여자가 아닐 수 없었다.

조금 전에는 최 처사 이야기에 눈물을 흘리며 울기까지 하더니, 교통사고로 팔 하나를 잘라 버릴 지경이 되었다는데도 눈썹 하나 까딱하지 않고, 오히려 미소를 짓다니, 알 수 없는 여자였다.

"나무아미타불 관세음보살 지장보살……."

일륜은 이맛살을 찌푸리며 조금 어조를 높여가지고 염불을 뇌까리기 시작했다.

서연선은 약간 당황했다. 스님이 기분 나빠하는 까닭이 짐작되자, 그럴 줄 알았으면 시치미를 뚝 떼고 아, 그래요? 하고 좀 놀라는 기색을 보일 것을 싶었다.

최 처사가 병원에 입원한 사실을 이미 알고 찾아왔다는 그런 얘기까지 털어놓고 싶지는 않았다. 그렇게 되면 이야기가 길어지고, 복잡해질 것 같아 싫었다.

서연선은 스님에게 좀 미안했지만,

"스님, 실례했습니다. 그만 가보겠어요."

하고 자리에서 일어서는 수밖에 없었다.

일륜은 그저 잘 가란 듯이 고개를 한 번 끄덕 할 뿐 염불을 계속했다.

그날 밤, 이부자리 속에서 서연선은,

"진옥아, 오늘 밤에 너한테 할 얘기가 있다."

하고 입을 열었다.

엎드려서 주간지를 뒤적거리고 있던 진옥은 그저 예사로,

"무슨 얘긴데……?"

하면서 힐끗 한 번 어머니를 돌아보았다. 그리고 다시 주간지에 눈

을 가져갔다.

서연선은 얼른 말이 나오지가 않아 가만히 진옥의 옆얼굴을 바라보고만 있었다.

"왜 얘길 안 해? 어서 해봐."

"진옥아, 내 얘길 듣고 놀라지 말어."

"무슨 얘긴데 그래?"

그제야 진옥은 주간지를 덮고, 어머니 쪽을 향해 누웠다. 예사로운 얘기가 아닌 것 같아 슬그머니 긴장이 되었다.

"진옥아."

"응."

"저…… 너 아버지가 있었으면 좋겠니?"

"……."

"아버지 없이 엄마하고만 사니 외로우냐 그 말이다."

"외롭긴……. 스물세 살이나 먹었는데 뭣이 외로워. 엄마만 있으면 난 하나도 안 외로워. 걱정 말어."

진옥은 어머니가 아마 또 남자를 하나 새로 얻으려고 그러나 보다 싶었다. 진옥은 그런 아버지 이제 딱 싫었다. 손톱만큼도 핏줄이 닿지 않은 남자를 아버지라 부르며 한집에서 살아야 하다니, 이제 그럴 바에는 차라리 자기는 따로 나가서 자취를 하리라 생각했다.

서연선은 잠시 멀뚱한 표정으로 눈을 끔벅거리기만 했다.

진옥은 놀라지 말라는 얘기가 새아버지를 얻겠다는 얘긴지, 확실한 걸 알고 싶어서,

"엄마, 좋은 사람이 생겼어?"

애써 미소를 띠며 물었다.

"뭐? 좋은 사람?"

"그런 것 같은데……. 그 얘길 하려는 거 아니겠어?"

"하하하……. 좋은 사람은 무슨 좋은 사람……. 인제 엄마 같은 늙은이 아무도 거들떠보지도 않는단다."

"뭘 그래. 엄만 아직 젊어. 얼마든지 좋은 사람 생길 수 있어. 좋은 사람 생기거든 내 걱정 말고 같이 살어."

진옥은 엄마가 측은한 생각이 들어 마음이 한결 누그러지는 것이었다.

"야야, 오십이 넘은 여자를 누가 데리고 살라 그러겠니. 이젠 다 틀렸어. 내가 새아버질 얻으려고 그런 말을 한 줄 알았구나. 하하하……."

서연선은 재미있다는 듯이, 그러면서도 쓸쓸하게 웃고 나서,

"그런 얘기가 아니라…… 진옥아, 너의 친아버지가 있었으면 좋겠느냐 그 말이다."

하고 말했다.

친아버지라는 말에 진옥은 귀가 번쩍하는 듯했다.

"그야 말할 필요가 있어. 친아버지가 있었으면 난 정말 좋아서 미칠 것 같애. 아버지 있는 애들이 얼마나 부럽다고……."

그러자 서연선은 내뱉듯이 말했다.

"병원에 입원해 있는 최 처사 그 양반이 바로 너의 친아버지다."

"뭐? 아니, 엄마, 그게 정말이야?"

진옥은 눈이 휘둥그레지고, 입이 딱 벌어졌다.

교통사고로 중환자실에 입원해 있는 그 최 처사라는 환자가 바

로 친아버지라니, 진옥은 정말 너무나도 뜻밖의 일이 아닐 수 없었다.

어머니가 그 사람에 대해서 자꾸 알고 싶어 해서 아무래도 그저 남은 아닌 모양이라고 생각했었지만, 친아버지일 줄이야 꿈에도 짐작하지 못했었다. 어쩌면 처녀 때의 애인이 아닌가, 혹은 한동네에 살면서 은근히 엄마를 짝사랑한 그런 남자가 아닌가…… 정도로 짐작했었는데, 친아버지라니……. 진옥은 목이 콱 메는 듯했고, 온몸의 피가 얼굴로 솟구쳐 오르는 듯했다. 가슴이 벌떡벌떡 걷잡을 수 없이 뛰었다.

친아버지를 만나게 되다니, 정말 꿈같은 사실이었다. 죽었는지 살아 있는지, 그 생사조차 알 길이 없던 친아버지를 말이다.

진옥은 너무나 가슴이 벅차서 그만 눈물이 주르륵 흘러내렸다. 복받쳐 오르는 뜨거운 기운을 어쩌지 못해 흑흑 흐느껴 울기 시작했다.

진옥이 우는 동안, 서연선은 가만히 한숨을 쉬며 지켜보고 있었다. 아버지 없는 것이 저렇게 가슴에 맺혔던가 싶으니, 자기도 그만 코끝이 시큰해지는 것이었다.

녹아 흐르려는 콧물을 훌쩍 들이마시고 나서 서연선은,

"진옥아, 그만 울어라. 이제 아버지를 찾았지 않았느냐."

약간 목멘 소리로 말했다.

잠시 후, 울음을 수습하고 나서 진옥은,

"엄마, 왜 진작 얘길 하지 않았어?"

조금 원망스럽다는 듯이 그러나 부드러운 눈길로 어머니를 바라보았다.

“나도 오늘사 너의 친아버지라는 것을 확실히 알았다.”

“그랬어?”

“첨부터 그런 것 같은 느낌은 들었으나, 확실한 걸 알 수가 있어
야지. 확실한 걸 알지도 못하면서 너한테 얘길 할 수가 있니.”

“오늘 어떻게 확실한 걸 알았지?”

“우이동에 있는 화경사로 그 스님을 찾아가 보았어.”

“그랬었구나. 엄마, 정말 나 미칠 것 같애, 미칠 것같이 기뻐.”

“그렇게 좋으니?”

“좋지 않고…….”

“너무 흥분하지 말아라. 친아버지를 만났는데, 정말 미치면 어떻
게 할래. 하하하…….”

“정말이야. 하하하……. 빨리 날이 밝았으면 좋겠다. 아버지를 만
나러 가게 말이야. 아버지, 내가 딸이에요. 알았어요? 딸이란 말이
에요. 하면 얼마나 놀라고 기뻐하실까.”

진옥은 이불 속에서 혼자 좋아서 어쩔 줄을 몰랐다.

“진옥아.”

“응?”

“그렇지만, 당장 그런 사실을 아버지한테 밝히는 게 옳을까?”

“그럼, 안 밝힌단 말이야? 말도 안 돼.”

“안 밝히는 것이 아니라…… 지금 아버지는 중환자잖어. 중환자
에게 그런 얘기를 해서 충격을 주면 혹시 어떨까 싶어서…….”

“글쎄, 그 말도 맞네. 하하하…….”

진옥은 마냥 즐겁기만 했다.

“그러니까 내일 당장 가서 아버지, 하고 놀라게 하지 말고, 다친

데가 나아가지고, 차차 기운을 회복하거든 얘기를 해.”

“알았어. 걱정 마.”

“니가 그렇게 할 수 있을지…… 하도 방정맞아서…….”

서연선은 하품을 한 번 했다.

“호호호……. 방정맞긴, 내가 왜 방정맞어.”

“하도 달랑거리니까 믿을 수가 없어.”

“이래 봬도 입이 얼마나 무겁다고, 헤헤헤…….”

진옥은 무슨 말을 해도 그저 기분이 좋기만 했다.

“그리고 말이야, 병원에는 비밀로 하는 거 알지?”

“왜 비밀로 해? 나도 친아버지가 있다고 애들에게 자랑하고 싶은
데…….”

“이런 철부지 같으니. 아버지가 고기잡이 나가 죽었다고 했는데,
그 사람이 친아버지라고 하면 어떻게 되겠어? 안 그러니?”

“참 그렇지. 엄마가 거짓말을 했다지.”

진옥은 좀 시무룩해졌다. 그러나 곧 두 눈을 반짝거려,

“그렇지만 애들은 모르잖어. 거짓말은 부원장님한테 했었잖어.”
하고 말했다.

“아이고 이것아. 애들한테 친아버지 얘길 하면 그 말이 원장이
랑 부원장 귀에 안 들어갈 것 같으니? 더구나 원장 딸이 운전하는
차에 치여서 입원한 터이라 모두 관심을 가지고 지켜보고 있을 건
데……. 그 사람이 너거 친아버진 줄 알아 봐라. 대번에 온 병원이
떠들썩할 거다.”

“…….”

“그러니까 나중에 아버지한테 사실을 얘기하더라도 병원 사람들

은 절대로 모르도록 해야 돼. 다른 간호원들이나 의사들이 있는 데서 아버지라고 불러서도 안 되고, 너거 아버지도 너한테 그런 티를 내서는 안 된단 말이야. 아버지한테 그 점을 단단히 다짐해야 돼. 알겠지?"

"알겠어, 엄마. 말하자면 아버지와 딸이 연극을 하라 그 말이지? 아버진데도 아닌 체, 딸인 데도 아닌 체……. 하하하…… 그것 참 재미있다."

진옥은 그저 재미있고 즐겁기만 한 모양이었다.

"진옥아, 아무래도 이렇게 하는 게 옳겠다."

"어떻게?"

"너거 아버지가 퇴원을 한 다음 얘길 하는 게…… 그게 제일 안심이겠어."

"걱정 마. 내가 연극을 잘 해낼 테니까."

"너는 잘 해낸다 하더라도, 혹시 너거 아버지가 실수를 하면……."

"아버지도 실수를 안 하시게 내가 잘 조종을 하지 뭐. 내가 배우도 되고, 연출자도 되는 거야. 엄마, 연출자가 뭔지 모르지?"

"뭐냐?"

"배우 선생이야. 배우들에게 이렇게 해라, 저렇게 해라, 시키는 사람이란 말이야."

"……."

"엄마."

"응."

"그런데, 아버지하고 왜 헤어졌던 거야? 이십 년 전에……."

진옥은 전부터 궁금했던 의문을 다시 꺼냈다.

서연선은 대답을 하지 않았다. 잠이 오는 듯 또 하품을 하며 이불을 끌어올렸다.

"엄마, 인제 얘기해도 괜찮잖어. 왜 헤어졌어? 얘기해 봐."

"……."

"아버지가 외도를 했었어? 그렇지? 맞지?"

"남편이 외도를 좀 한다고 보따리를 싸는 여자도 있니?"

"그럼 왜 그랬어? 이유가 뭐야?"

"자자, 쓸데없는 소리 말고."

서연선은 퉁명스럽게 내뱉고는 귀찮다는 듯이 두 눈을 감아 버렸다.

"엄만 참 이상하다. 그런 얘기 인제 얼마든지 해도 상관없잖어. 다시 아버지를 만나게 됐으니, 지난날을 추억 삼아 왜 얘기 못해. 참 이상한 성미야."

"……."

"아버지를 만나 다시 합쳐서 새 가정을 이루게 된 마당에 과거를 씻어 버리는 뜻에서 털어놓고 얘길 하는 게 옳을 텐데……."

"얘가 자자는데 왜 자꾸 야단이지. 다시 합쳐서 새 가정을 이루다니 누구 맘대로……. 니 맘대로?"

"아니, 그럼, 엄만 아버지 하고 다시 합치지 않을 생각이야?"

진옥은 깜짝 놀라듯이 말했다.

서연선은 "야, 이년아! 너거 아버지가 공비였고 사람을 죽였어. 그것도 자기가 소사로 근무하던 학교의 교장 선생을 말이야. 그런 사람이라는 걸 알고 겁이 나서 도망쳐 나왔어. 그런데 다시 간단히

합칠 수 있을 것 같애? 설사 내 쪽에서 다시 합쳐 네 말대로 새 가
정을 이루고 싶다 하더라도 너거 아버지가 어떻게 나올지 알 수가
없는 일이야. 내막도 모르고 멋대로 지껄이지 말어.” 하고 내뱉고
싶었으나 참았다.

“응? 엄마, 합치지 않을 생각이냔 말이야?”

“얘가 왜 자꾸 이래. 헤어졌다가 다시 합치는 것이 그렇게 쉬운
일인 줄 아니? 쓸데없는 소리 그만 하고 자잔 말이다.”

“그게 왜 쓸데없는 소리야. 난 아버지하고 기어이 합칠 거야. 같
이 살 거란 말이야.”

진옥은 흥분이 되어 내뱉었다.

“누가 같이 살지 말라 그랬니? 나 참…… 괜히 열을 올리지 말고
잠이나 자자. 밤이 깊었다.”

“밤이 깊어도 난 안 잘 거야.”

“하하하…… 자기 싫거든 자지 마라. 난 잘란다.”

그러면서 서연선은 돌아누웠다.

진옥은 속이 공연히 부글부글 끓어오르며 어머니가 미워서 못
견디었다. 뭐 저런 지랄 같은 엄마가 다 있나 싶으며 돌아누운 어
머니의 뒤통수를 냅다 흘겨보았다.

돌아누워 눈을 감았으나 서연선 역시 속이 결코 편치 않았다.
정말 진옥이 말대로 다시 합쳐서 새 가정을 이루는 게 옳을지, 아
니면 지금까지처럼 그대로 남남으로 모르는 체 지나 버릴 것인
지…… 얼른 판단이 서질 않았다.

진옥의 태도로 보아 모르는 체 지나 버릴 수는 도저히 없을 것
같았다. 그렇다고 다시 합친다는 것도 쉬운 일이 아닌 듯했다. 첫

째 저쪽에서 선선히 받아들일까 싶지 않았다.

하품은 나왔으나, 쉬 잠을 이룰 수가 없었다.

이튿날, 출근을 하는 진옥은 가슴이 설레었다. 세상이 새롭게 전개되는 듯한 느낌이었다.

날씨도 한결 봄 같았고, 하늘에는 구름 한 점 없었다.

버스에서 내려 병원으로 걸어 들어가는 진옥의 걸음은 가볍기만 했고, 구두 끝에 반짝이는 햇빛까지가 정답고 눈부셨다.

"미스 최."

뒤에서 부르는 소리가 들렸다. 닥터 최였다.

"안녕하세요."

진옥이 인사를 하자 닥터 최는,

"우리 종씨, 오늘은 어쩐지 더 날씬해 보이고, 걸음걸이도 가벼워 보이는데…… 무슨 기분 좋은 일이 있는 모양이지?"

하면서 빙글 웃었다.

진옥은 "우리 아버지를 찾았단 말이에요. 기분 좋을 수밖에요." 하는 소리가 곧 입에서 튀어나오려 했으나, 꿀꺽 삼켰다.

"최 선생님도 신수가 어쩐지 오늘 더 훤하신 것 같은데요." 하고는 공연히 좋아서 까르르 웃었다.

나란히 병원 정문을 들어서며 문득 생각이 난 듯 진옥이 물었다.

"중환자실의 그 환자 절단 수술을 꼭 해야 되나요? 수술을 안 할 수는 없어요?"

"수술을 안 하면 팔이 썩어들어 가는걸……."

닥터 최가 진옥의 표정을 가만히 돌아보았다.

"그래요?"

“왜? 미스 최가 마치 그 환자와 무슨 친척이라도 되는 것 같군. 하기야 같은 최 씨니까, 일가는 일가인 셈이지.”

진옥은 “우리 아버지란 말이에요.” 하고 내뱉고 싶은 충동을 느꼈으나, 역시 참는 수밖에 없었다.

간호원 근무실에서 가운으로 갈아입은 진옥은 곧바로 중환자실로 향했다.

한 계단 한 계단 계단을 오르는 진옥은 가슴이 두근두근 뛰었다. 어제까지는 그저 측은하면서도 어쩐지 아저씨처럼 친밀감이 느껴지기만 하던 그 환자가 오늘부터는 자기의 친아버지이니 그럴 수밖에.

그러나 그런 사실을 아직은 아버지에게 말하지 말아야 하다니, 다시 말하면 배우 노릇을 해야 하다니…… 안타깝기도 했고, 한편 재미있기도 했다.

중환자실 문 앞에 이르자, 진옥은 가만히 멈추어 섰다. 그럼 당장 아버지를 뭐라고 불러야 될 것인지…… 싶었다. 지금까지처럼 그대로 아저씨라고 부르는 게 자연스럽겠지만, 아버지라는 사실을 알고서 어떻게 아저씨라고 부를 수 있겠는가. 아무리 연극을 한다고는 하지만 말이다.

진옥은 어떻게 했으면 좋을지 착잡했으나, 두근거리는 가슴이 약간 진정되는 것 같아서 똑똑똑…… 노크를 했다. 그리고 문을 정중히 열었다.

최 처사는 병상에 반듯이 누워서 천장을 멀뚱히 바라보며 무슨 생각에 잠겨 있는 듯했다.

진옥이 들어서자, 이쪽으로 고개를 돌리며,

“아가씨, 오늘은 일찍 찾아오시네.”

반가운 듯 미소를 지었다.

진옥은 얼른 뭐라고 말이 나오지가 않았다. 딸인 자기를 보고 아가씨라고 부르는 아버지가 안타까웠으나, 당장 어쩔 도리가 없는 것이 아닌가.

그렇다고 자기까지 아버지에게 아저씨 하고 말을 걸 수는 없었다. 그래서 진옥은,

“안녕히 주무셨어요?”

호칭을 생략하고 인사를 했다. 어쩐지 가슴이 떨려 말까지 떨리는 듯했다.

진옥의 태도와 표정이 어딘지 모르게 어제까지와는 다른 것 같아 최 처사는 약간 이상하다 싶었다. 오늘은 이 아가씨가 묘하게 정중하게 나오는군 싶으며,

“아가씨, 이렇게 일찍 찾아와 주어서 정말 고마워요.”

하였다.

“아이 별 말씀을…….”

진옥은 어쩔 줄을 모르며 곧장 두 손의 손등을 문질러댔다.

그렇게 공손하게 서서 어쩐지 안절부절 못하는 것 같은 진옥을 최 처사는 멀뚱히 바라보다가,

“아가씨.”

불쑥 불렀다.

“예?”

“왜 그렇게 오늘은 멋쩍어 하시나요?”

“…….”

“내가 이상하나요?”

“아니오.”

진옥은 애써 나긋한 미소를 지었다.

“그럼 왜 그렇게……?”

“왜요? 제가 어떤데요? 호호호…….”

그제야 최 처사는 좀 마음이 놓이는 듯 화제를 돌렸다.

“아가씨, 아침부터 우스운 얘기 하나 할까요?”

“무슨 얘긴데요? 해보세요.”

“간밤에 말이지, 나 참 우스운 꿈을 꾸었어요.”

“어떤 꿈인데요.”

“글쎄, 아가씨가 말이지요, 내 품에 안기면서 말이지요, 허허 허…….”

“…….”

“뭐라고 했는지 알겠어요?”

“뭐라고 그래요?”

“글쎄, 나를 보고 아버지 하고 부르더라니까, 허허허…….”

“…….”

“그런 우스운 꿈을 다 꾸었지요.”

“…….”

“꿈을 꾸고 나서 어찌나 기분이 이상하고, 허망한지…….”

그러면서 좀 멋쩍은 듯한 쓸쓸한 표정으로 자기를 바라보자, 진옥은 그만 가슴이 뭉클해져서 가만히 서 있을 수가 없어 돌아섰다. 그리고 그만 훌쩍훌쩍 조용히 흐느끼기 시작했다. 녹아 흐르는 눈물을 어찌 할 도리가 없었던 것이다.

자기의 꿈 이야기에 난데없이 돌아서서 울기 시작하는 간호원 아가씨가 하도 이상해서 최 처사는 두 눈이 휘둥그레졌다.

휘둥그레진 눈으로 그녀의 울음이 잠잠해질 때까지 뒷모습을 지켜보고 있다가,

"아가씨, 왜 그래요? 갑자기……."

하고 물었다.

그러자 진옥은 손수건을 꺼내어 눈물을 닦고는 아무 말 없이, 뒤도 돌아보지 않고 조용히 병실을 걸어 나가 버리는 것이었다.

최 처사, 즉 아버지 앞에 눈물을 보이고 병실을 나온 진옥은 심정이 착잡했다. 자기가 딸이라는 사실을 아직은 털어놓아서는 안 된다는 것이 안타까웠다.

이십 년 만에 만난 아버지를 아버지라고 부르지 못하고 그저 환자를 대하는 간호원으로 계속 행세해야 하다니…….

그러나 그 앞에서 눈물을 보이고 난 터이라 그대로 간호원 행세를 계속할 수 있을 것 같지가 않았다. 이미 아버지가 눈치를 챘을지도 모르는 것이다.

그렇다면 오늘 밝히는 수밖에 없다는 생각이 들었다. 밝히면 충격이 크겠지. 혈압이 상승할지도 모르고, 자칫하면 기절을 하거나 무슨 변을 일으킬지도 모를 일이다.

그렇게 생각하니 슬그머니 두렵기도 했다. 그래서 진옥은 닥터 최를 찾아가서 물어보았다.

"최 선생님, 중환자실의 그 환자 말이에요. 언제 수술을 하게 되나요?"

"이삼 일 후면 수술을 해도 무방할 것 같애. 그런데 왜?"

"그저요."

"종씨라고 관심이 대단하군. 미스 최는 현대 여성답지 않게 씨족 관념이 짙단 말이야. 그 점이 좋았어. 허허허……."

"호호호……."

따라 웃고 나서 또 물었다.

"그 환자에게 지금 상태에서 어떤 정신적 충격을 주면 어떻게 될까요? 해로울까요?"

"환자에게 정신적 충격을 주면 좋지 않다는 건 뻔한 일 아냐. 그런 걸 질문이라고 하다니…… 우리 종씨 파면감이군."

"그러니까 종씨에게 묻잖아요. 파면 안 시킬 줄 알고 말이에요."

"야, 우리 종씨, 단수 높은데……."

"대답해 봐요. 충격을 주면 큰 변을 일으킬까요? 혈압도 정상에 가깝고, 몸에 열도 이제 거의 없는 것 같은데…… 큰 변을 일으키지는 않겠지요?"

"왜? 무슨 정신적인 충격을 줄 일이 생겼어? 그 환자한테 사랑의 고백이라도 할 작정인가?"

닥터 최는 빙그레 웃었다.

"사랑의 고백보다도 더한 고백을 하려고 그래요. 호호호……."

"사랑의 고백보다도 더한 고백이라…… 그게 뭘까? 그런 고백도 있을까?"

"모르시겠죠?"

"모르겠는데……."

진옥은 그 환자가 바로 우리 아버지란 말이에요. 그런데 그 환자는 아직 모르고 있단 말이에요 하고 내뱉어서 닥터 최를 놀라게 해

주고 싶었으나, 참는 수밖에 없었다.

"좌우간 사랑의 고백보다도 더 중대한 고백인 줄 아시고……. 큰 변은 안 일으키겠죠, 어때요?"

"그야, 충격도 충격 나름이지. 가령 사랑의 고백도 서서히 달콤하게 하면 상관이 없겠지만, 그렇지 않고, 나는 당신을 사랑해요 하는 식으로 불쑥 들이밀면 깜짝 놀라 기절을 할지도 모르지. 허허허……."

"서서히 조심해서 하면 상관없겠군요."

"그렇지. 그런데 도대체 무슨 고백이야? 정말 그 환자한테 무슨 고백할 일이 있어?"

닥터 최는 재미있으면서도 좀 이상하다는 듯이 반문했다.

"나중에 알게 되시겠죠."

그러고서 진옥은 싱글 웃으며 돌아섰다.

그날 점심 식사를 들고 중환자실을 찾아간 진옥은 좀 멋쩍으면서도 공손한 그런 미소를 띠고서,

"점심 드시지요." 하고 말했다.

최 처사는 도무지 무엇이 어떻게 돌아가는지 영문을 알 수가 없다는 듯이,

"아가씨, 그런데 아까는 왜 울었어요?"

약간 묘한 표정으로 물었다.

진옥은 잠시 망설이다가,

"먼저 점심을 드세요. 그러고 나서 이야기를 할게요."
하였다.

최 처사가 점심을 먹는 동안, 진옥은 창변에 서서 바깥을 내다보

며, 이따가 얘기를 어떤 식으로 꺼내는 것이 충격을 덜 주고 좋을
까 생각해 보았다.

별 신통한 방법이 머리에 떠오르지 않았다. 전혀 충격을 안 줄 수
는 도저히 없을 것 같았다. 그러나 가급적이면 그 충격을 줄이기
위해서 직접적인 표현을 피하고, 간접적으로 암시를 던져서 스스
로 깨닫도록 서서히 유도하는 게 좋을 듯했다.

창밖으로 내려다보이는 현관 앞 화단에 개나리가 온통 노오랗게
피어 우거져 있었다. 눈부실 지경이었다.

진옥은 힐끗 아버지를 돌아보았다.

최 처사는 식사를 마치고 물을 마신 다음, 도로 자리에 눕고 있
었다.

진옥이 다가갔다.

"다 드셨군요. 소화는 잘 되시지요?"

"예."

"저……."

진옥은 식기를 한쪽으로 치워놓고 말을 꺼냈다.

"그저껜가 저한테 아버지에 대해 물으셨지요?"

"예."

"그때는 아버지에 대해서 저도 확실한 걸 잘 몰랐어요."

"그게 무슨 말이요?"

최 처사는 약간 어리둥절한 표정을 지었다. 아버지에 대해서 확
실한 걸 잘 모르다니…… 도대체 무슨 소린지 알 수가 없었다.

"아버지가 살아 계시는지 돌아가셨는지, 확실한 걸 알 수 없었어
요."

"그럼, 한집에 같이 안 사는 모양이구료."

"예, 같이 안 살아요. 같이 안 산 지가 벌써 이십 년이 됐어요."

"이십 년이……?"

최 처사의 두 눈이 약간 휘둥그레지는 듯했다.

그런 기색을 본 진옥은 다음을 서서히 조심스럽게 얘기해야겠다고 생각했다.

"십 년이면 강산도 변한다고 했으니까, 강산이 두 번이나 변한 셈이지요. 두 번이나 강산이 변하도록 소식을 몰랐는데……."

"인제 알았단 말이구료."

"예."

"어디 계시던가요?"

"호호호……."

진옥은 웃음이 나왔다. 아직 눈치를 못 채다니, 안타깝기도 했다.

"그래서 아까 울었구려. 내가 꿈 이야길 하니까, 이십 년 만에 소식을 안 아버지 생각이 나서…… 그렇지요?"

"호호호…… 그게 아니라, 저…… 그 꿈이 바로 사실인걸요."

"그 꿈이 바로 사실이라니, 그럼……?"

최 처사는 그만 눈이 휘둥그레지고, 입이 딱 벌어졌다.

너무나 뜻밖의 사실에 최 처사는 정말 어쩔 줄을 몰랐다. 이 간호원 아가씨가 바로 자기 딸이라니…… 꿈같은 일이 아닐 수 없었다.

아버지가 너무 놀라는 바람에 진옥은 당황했다. 간접적으로 서서히 얘기를 해서 충격을 덜 준다는 것도 다 소용없는 일이었다. 그런 사실을 서서히 알거나 곧바로 알거나, 알게 된 충격은 마찬가지인 듯했다.

"아니, 니가 내 딸이란 말이야?"

최 처사는 벌겋게 상기된 얼굴로 내뱉으며 자리에서 몸을 일으키려 했다.

"예, 맞아요. 아버지."

진옥도 그만 걷잡을 수 없이 가슴이 벅차오르고 있었다. 그러나 진옥은 일어나려는 아버지를 제지하며,

"아버지, 진정하셔야 해요. 흥분하시면 몸에 안 좋으셔요."

하고 말했다.

"이게 꿈이냐 생시냐."

"아버지—."

"니가 내 딸이라니…… 정말 꿈만 같구나."

기어이 일어나 앉은 최 처사는 온통 목까지 벌겋게 물들어가지고 어쩔 줄을 몰랐다.

진옥은 덜컥 겁이 났다. 이래서는 안 되겠다 싶어 얼른,

"아버지, 나 화장실에 좀 갔다 올게요. 누워 계세요."

하고 병실을 뛰어나갔다.

조금 소변이 마렵기도 했지만, 아버지의 흥분을 진정시키기 위해서임은 말할 것도 없었다.

화장실에 가 앉아 볼일을 보면서 진옥은 그만 복받쳐 오르는 벅찬 기운을 어쩌지 못해 흑흑 흐느끼기 시작했다. 주르르 눈물이 볼을 타고 흘러내렸다.

잠시 앉아서 울고 난 다음, 진옥은 화장실에 있는 거울 앞에서 세수를 하고, 얼굴을 가다듬었다.

이제 한결 마음도 가라앉아 있었다.

병실로 돌아가자 아버지는 누워 있었다. 그런데 아까와는 달리 오히려 얼굴이 파리해 보일 정도로 핏기가 가셔 있었다.

진옥은 가슴이 뜨끔했다. 역시 무슨 변이 일어나는 게 아닌가 싶었다.

“아버지, 안색이 좋지 않으시네요. 몸이 어떠세요?”

“괜찮다.”

어쩐지 좀 힘이 빠진 듯한 목소리였다.

“흥분을 하시면 안 돼요. 환자가 흥분을 하시면 자칫하면 큰일 나요. 아무쪼록 안정을 하셔야 해요.”

“……”

“인제 한숨 주무시는 게 좋겠어요.”

“아니다. 괜찮어. 잠이 오게 생겼니.”

“그래도 주무셔야지요.”

“그런데 얘야, 어떻게 내가 아버진 줄을 알았지? 넌 내 얼굴을 기억도 못할 건데……. 세 살 때 헤어졌으니까.”

“어머니가 얘기해 줘서 알았어요.”

“뭐, 어머니가?”

최 처사는 다시 놀라지 않을 수 없었다.

“어머니가 나를 보지도 않고 어떻게 알지?”

“제가 얘기를 했지요. 그랬더니 아버지 같다 싶었던 모양이에요. 어제 우이동에 있는 화경사로 스님을 찾아가서 확실한 것을 아셨대요.”

“음—.”

최 처사는 지그시 두 눈을 감았다.

"아버지, 피로하신 것 같애요. 한숨 주무세요. 조금 있다가 또 올게요."

그러면서 진옥이 식기를 들고 나가려 하자, 최 처사는 지그시 감았던 눈을 뜨고,

"아니다. 잠도 올 것 같지 않고, 별로 피로하지도 않다. 이야기 좀 더 하자."

하고 만류를 했다.

"아버지, 그런데 말씀이죠. 다른 간호원이나 의사 선생이 있을 때는 저의 아버지라는 그런 티를 내지 마셔야 해요."

"그건 왜?"

최 처사는 조금 뚱한 표정을 지었다. 부녀지간이라는 것을 숨기라니, 무슨 까닭인진 모르지만, 기분이 좋은 일이 아니었다.

"그럴 이유가 있어요. 다름이 아니라, 저…… 저의 아버지는 돌아가신 것으로 되어 있어요."

"음—."

"원장님이랑 부원장님이 그렇게 아시고 계시는데 아버지가 이렇게 살아 계시다는 것을 알면 아주 이상하게 생각하시지 않겠어요? 더구나 어머니가 직접 부원장님께 그렇게 얘기를 했거든요."

"……."

"부원장님은 원장님 부인이에요. 그 분도 의학박사지요."

"하— 내외간에 다 박사구먼."

"예, 두어 달 전에 그 부원장님이 어머니를 만났지 뭐예요. 제 혼담 때문에요."

“혼담 때문에?”

“예, 부원장님이 저를 중신하려고 어머니를 만나서 가정 사정을 이것저것 물어보더래요. 그때 아버지에 대해서 묻길래 돌아가셨다고 했대요.”

알겠다는 듯이 최 처사는 누운 채 고개를 두어 번 끄덕이며 조금 비식 웃었다.

“그런데 아버지가 살아 계셔서 더구나 이렇게 바로 이 병원에 사고로 입원한 분이라는 것을 알면 어떻게 되겠어요. 어머니와 나를 아주 거짓말쟁이라고, 이상한 눈으로 보지 않겠어요? 그러니까 아버지, 절대로 병원에 계시는 동안은 그런 티를 내지 마셔야 해요.”

“알았다.”

그리고 최 처사는 잠잠히 말이 없었다.

“아버지.”

“응?”

“왜 어머니에 대해서 한마디도 묻지 않으세요? 알고 싶지 않으세요?”

그러자 최 처사는 좀 긴장이 되는 듯한 표정이더니, 비식 웃으며,

“싫다고 도망간 사람인데, 알아서 뭘 하겠어.”

하고 말했다.

“어머니가 싫다고 도망갔어요?”

“그렇다.”

“왜요? 왜 싫다고 그랬을까……”

“……”

“예? 아버지.”

"모른다. 너거 어머니한테 물어보려무나."

조금 화가 난 사람처럼 내뱉었다.

진옥은 그 일에 대해서 더 물어본다는 것은 어리석은 일이라는 것을 알았다. 어머니와 마찬가지로 아버지도 헤어진 까닭에 대해서는 함구를 하는 걸 보니 무슨 말 못할 까닭이 있나 보다 짐작했다. 자식으로서 그런 것까지 알려고 하는 것은 지나친 관심이며, 부모에 대해 실례가 되겠구나 싶었다.

그러나 이야기를 거기서 끊어 버릴 수는 없었다.

"무슨 이유로 그랬는진 모르지만, 아버지, 벌써 이십 년 전의 일이잖아요. 잊어버리셔야죠."

진옥이 조심스럽게 말하자,

"그래, 잊어버렸잖아. 나는 이미 잊어버린 지 오래다. 잊어버린 지도 거의 이십 년이 된 셈이지. 싫다고 도망간 여자를 안 잊어버리고 생각하고 있는 그런 남자가 그게 남자라고 할 수 있어?"

최 처사는 여전히 못마땅한 표정이었다.

"아버지, 그런 뜻으로 잊어버리시라는 게 아니라, 그때의 감정을 잊어버리시라는 거지요. 그때는 괘씸하기 짝이 없었겠지만, 이십 년이 지났으니 잊어버리셔야죠. 어머니는 아버지를 무척 생각하시는 것 같애요."

"흥!"

최 처사는 콧방귀를 뀌었다.

"정말이에요, 아버지."

"……."

"그러니까 일부러 어제 우이동에 있는 화경사로 스님을 찾아가셨지 뭐에요. 아버지, 지난날은 무로 돌리시고, 다시 만나서 가정을 이루도록 해요."

"……."

"예? 아버지."

"그럼 지나간 이십 년 동안 너의 어머니가 혼자서 살았단 말이냐?"

그 말에 진옥은 뭐라고 말이 나오지가 않았다. 사실대로 얘기할 수도 없고, 그렇다고 거짓말을 할 수도 없었다.

진옥이 말이 없자,

"혼자서 살았을 턱이 없지, 그 여편네가……."

말끝을 희미하게 흐리기는 했으나, 여전히 저주스럽다는 투였다.

"아버지."

"얘기해 봐라."

"부탁이에요. 정말 저의 소원이에요. 제가 그동안 얼마나 아버지 없는 설움을 느꼈는지 아세요? 말로 다 할 수 없어요. 어젯밤에 어머니로부터 병원에 입원해 있는 그 분이 바로 아버지라는 얘기를 듣고 얼마나 울었는지 몰라요."

진옥의 두 눈에 눈물이 괴어오르고 있었다.

그것을 보자, 최 처사도 코허리가 찡해지는 듯,

"음—."

하면서 지그시 눈을 감았다.

진옥은 약간 울먹이는 듯한 소리로 말을 이었다.

"인제 저는 어떠한 일이 있어도 아버지와 헤어지지 않을래요. 아버지와 같이 살래요."

"……."

"그러니까 아버지, 부디 지난날은 무로 돌리시고, 새 출발을 하도록 해요. 셋이서 새 가정을 이루어 살면은 얼마나 좋겠어요. 세상에 부러울 게 하나도 없겠어요. 정말 그게 저의 소원이에요. 아버지."

그만 눈물이 양 볼을 타고 주르르 흘렀다.

최 처사는 목이 콱 메는 듯 약간 불그레해진 두 눈을 곧장 끔벅거렸다.

진옥이 들고 있던 식기를 놓고, 살짝 돌아서서 훌쩍훌쩍 흐느끼자, 최 처사는 약간 당황하는 표정이더니, 떨리는 듯한 목소리로,

"울지 마라. 잘 생각해 보마."

하였다.

잠시 후, 눈물을 거둔 진옥은 그만 병실을 나갈까 하다가, 이야기가 나온 김에 좀 더 생각하고 있는 바를 털어놓는 게 좋을 듯싶어서,

"아버지, 어머니도 혼자 사시는 지가 벌써 십 년이 넘었어요."

하고 입을 열었다.

그것은 약간 거짓말이었다. 진옥이 여고 1학년 때 육십이 넘은 늙은 의부가 사망했었으니, 그 뒤 오륙 년 동안 어머니는 혼자 살아오는 셈이다. 그러나 입에서 나오는 대로 그렇게 말해버린 것이다. 그래야 조금이라도 아버지의 기분이 더 좋을 것 같아서였다.

최 처사는 아무 말이 없었다.

"혼자 사시면서 시장 상인들을 상대로 일수놀이를 하시지요. 일수놀이를 하시는 지도 벌써 칠팔 년이 됐어요."

진옥은 은연중 어머니의 수중에 돈푼께나 있다는 것을 내비치고

있었다. 역시 그래야 아버지 마음을 돌이키는 데 도움이 될 것 같아서였다.

"지금 아파트에 살고 있어요. 별로 큰 것은 아니지만 어머니가 사신 거지요."

"……."

"방이 두 개고, 거실도 있고, 아주 편리해요. 아버지랑 세 식구가 살기에 안성맞춤이죠."

진옥은 묻지 않는 아파트 구조까지 들먹이며 아버지를 유혹하듯 말했다. 최 처사는 여전히 아무 말이 없었으나 두 눈에 은은한 미소가 어리고 있었다.

"아버지, 아버지가 퇴원을 하시면 저는 딴 병원으로 옮길까 해요."

"그건 왜?"

비로소 최 처사는 입을 뗐다.

"그러는 게 좋을 것 같아서요. 이 병원에 그대로 있어서는 아버지가 있다는 것을 남들에게 알릴 수가 없잖아요. 저는 아버지가 있다는 것을 남들에게 자랑하고 싶은 거예요. 아버지가 있으면서도 없는 것처럼 하고 지내기는 절대 싫어요."

"음—."

"그리고 이 병원에는 아주 기분 나쁜 일이 있어서 정나미가 떨어져요."

"기분 나쁜 일이라니?"

"유령이 나온단 말이에요."

"뭐? 유령? 귀신이 나온단 말이냐?"

“예.”

“그게 정말이야?”

“정말이에요. 제가 직접 봤는걸요. 며칠 전에 유령을 보고서 기절을 했었어요.”

“며칠 전에?”

“예.”

“어디, 자세히 좀 얘길 해봐.”

최 처사는 기분이 으스스하면서도 바짝 구미가 당기는 모양이었다.

“며칠 전에 저…….”

진옥은 유령을 목격한 이야기를 하려다가 아차, 싶었다. 그 이야기는 어쩌면 아버지에게 아주 좋지 않을 영향을 미칠 것 같았다. 더구나 유령이 처음 나타난 장소가 바로 이 병실이 아닌가 말이다.

그 얘기를 들으면 아버지는 아마도 밤으로 불안과 공포감으로 잠을 잘 이루지 못할 것이다. 그래서 진옥은,

“아버지, 퇴원을 하신 뒤에 자세한 얘길 해 드리죠. 몸도 안 좋으신데 그런 얘기 들으시면 더 해로울 것 같아요. 인제 한숨 주무세요.”

이렇게 말하고는 다시 빈 식기를 들었다.

진옥이 병실을 나가자, 최 처사는 지그시 두 눈을 감았다. 마음을 차분히 가라앉히려 했으나, 좀처럼 그렇게 되지가 않았다. 마치 붕 뜬 것 같기도 했고, 좀 설레는 것 같기도 했다.

이십 년 만에 뜻밖에 딸을 만나게 되다니, 정말 꿈같은 사실이 아닐 수 없었다. 더구나 교통사고를 당해 입원을 한 그 병원에 딸이

간호원으로 근무하고 있을 줄이야……. 그야말로 공교로운 우연이
었다.

딸이 자기를 그처럼 간절하게 생각하고 있었고, 또 그처럼 반가
워서 눈물을 쏟아놓다니…… 뭉클해진 가슴이 좀처럼 가라앉지 않
는 것도 무리가 아니었다.

생각할수록 괘씸하고 저주스럽기까지 하던 여편네가 십 년이나
혼자 살면서 돈도 모으고, 지금은 마음을 돌이켜서 다시 자기를 생
각하고 있다니…… 최 처사는 심정이 착잡하지 않을 수 없었다. 증
오로 얼어붙었던 마음의 한 모서리가 스르르 녹아내리는 듯한 느
낌이었다.

그러나 최 처사는 지그시 눈을 감은 채 고개를 천천히 가로저으
며 중얼거렸다.

“이미 때는 늦었어. 지가 아무리 나에게 돌아오고 싶어 해도 이미
때가 늦었다니까. 한 달 전만 같았어도 내가 한 번 고려해보지만,
이미 고려고 뭐고 없어. 분심이를 어떻게 하고, 제간년을 받아들인
단 말인가. 어림도 없지. 어림도 없고말고…….”

분심이 생각이 나자 도망쳤던 여편네 따위 싹 다시 입맛이 떨어
져 버리는 것이었다.

분심이가 짜릿하게 그리웠다. 분심이는 지금쯤 뭘 하고 있을까.
서울로 일자리를 구하러 간 사람이 왜 아직 안 돌아올까 하고 목을
빼고 기다리고 있겠지 싶으니 최 처사는 안타깝기 짝이 없었다. 혹
시 변심이라도 하지 않을까 불안한 생각이 들기도 했다.

그러나 아무리 갈대와 같은 여자의 마음이라고 하지만, 설마 몸
까지 허락해 놓고서 좀 늦게 돌아온다고 해서 그동안을 못 기다려

서 마음이 변하지는 않겠지 하고, 느긋해지려고 애를 썼다.

편지라도 한 자 써서 소식을 전할까 하는 생각이 들기도 했으나, 편지를 받으면 더 놀라고, 걱정을 할 것 같아 그만두기로 했다. 혹시 편지를 받고 서울로 올라와 병원으로 찾아오기라도 하면 매우 난처한 일이 아닌가. 진옥이 보기에 민망스럽고…….

최 처사는 잠시 분심이 생각으로 아랫도리가 후끈해 오르는 것이었다. 그러나 붕대를 칭칭 감은 그런 상태여서 그런지 그 후끈한 기운은 마치 풍선에서 바람이 빠지듯 곧 시들하게 식어 버렸다.

공연히 혼자서 나른한 피로 같은 것을 느끼며 최 처사는 입맛을 다셨다. 입맛이 조금 씁쓸했고, 입술이 마른 듯했다.

잠시 후, 나른한 피로감 속에 착 가라앉은 최 처사는 앞으로의 일을 생각해 보았다. 앞으로 어떻게 해야 할 것인지, 얼른 갈피를 잡을 수가 없었다.

물론 분심이를 버릴 수는 도저히 없는 일이다. 그렇다고 이십 년 만에 다시 만난 일 점 혈육인 딸과도 이제 떨어지고 싶지가 않다. 욕심 같아서는 도망쳤던 여편네는 제쳐 버리고, 분심이와 딸과 한 집에 살았으면 싶은데, 그렇게는 잘 될 것 같지가 않고…….

아으— 최 처사는 하품이 나왔다. 고민이었다. 나중에 다시 생각해 보기로 하고, 몸도 묘하게 나른하니 낮잠을 한숨 자기로 했다.

절단 수술

똑똑똑…… 노크 소리가 나자, 임중하는 읽고 있던 잡지를 계속 눈으로 훑어 나가면서,

"예, 들어와요."

하였다.

문이 열리자, 임중하는 시선을 들었다.

닥터 최가 들어섰다.

"원장님, 최 처사의 상태가 이제 수술을 해도 무방할 것 같습니다. 내일이나 모레쯤 수술을 했으면 좋겠는데, 어떻게 할까요?"

담당 의사로서 원장에게 상의를 하러 들어온 것이었다.

유리창에 비치는 햇볕이 제법 따스한 오후였다.

"좀 앉게."

임중하는 잡지를 책상 위에 놓았다.

닥터 최가 자리에 앉았으나, 임중하는 얼른 뭐라고 결정을 내리

지 않고, 잠시 생각에 잠기는 듯하더니,

"집사람하고 상의를 해서 곧 결정을 하지. 좌우간 내일이나 모레 수술을 할 수 있도록 준비를 하게."

하였다.

닥터 최는 일어나 나갔다.

임중하는 다시 잡지를 펴 들었다. 읽던 것을 마저 읽고 나서 자리에서 일어난 임중하는 부원장실로 갔다. 그러나 아내는 거기 없었다.

점심을 먹고 아직 집에서 안 나온 것 같아 집으로 가 보았다.

송인실은 몸이 좀 안 좋은지, 잠이 오는 것인지, 방에 누워 있었다.

"어디 아프오?"

"좀 나른해서요."

"간밤에 너무 열심이더니……."

임중하가 싱겁게 웃자,

"점잖잖게……."

살짝 곱게 눈을 흘기면서 송인실은 부스스 일어나 앉았다.

"어떻게 할까?"

임중하도 방바닥에 앉았다.

"뭘요?"

"최 처산가 뭔가 그자 수술 말이야. 내일이나 모레 했으면 싶은데……."

그러자 송인실은 대뜸,

"당신은 그 일에서 손 떼시라니까."

하였다.

임중하는 약간 굳어진 듯한 얼굴로 말없이 아내를 바라보기만 했다.

송인실은 타이르는 듯한 부드러운 어조로 말했다.

"어디로 여행이나 떠나시는 게 좋겠어요. 당신이 떠난 뒤에 내가 알아서 수술을 할 테니까요."

"……."

"그렇게 해요. 예?"

"……."

"당신 안 떠나시면 수술 안 할 거니까, 그쯤 아세요."

"닥터 최가 내일이나 모레 수술을 하는 게 좋겠다기에 그렇게 하도록 준비를 하라고 했어."

"그러니까 염려 마시고, 당신은 여행을 떠나세요."

"……."

"수술은 모레 하도록 하겠어요. 당신은 내일 떠나세요."

"음—."

임중하는 무거운 신음 소리를 내며 자리에서 일어났다.

"어디로 가는 게 좋을까……."

임중하가 혼자 중얼거리듯이 말하자,

"온천 있는 데 가시는 게 어떨까요?"

송인실은 활짝 밝은 미소를 지었다.

이튿날 아침, 임중하는 자가용으로 부산 쪽으로 떠났다. 아내의 권유대로 온천장에 가는 게 좋을 듯해서 부산 해운대 온천장으로 가기로 한 것이다.

다른 온천장도 좋겠지만, 사오 일 있다가 올 예정이니, 아무도 아는 사람이 없는 곳에 가면 지루할 것 같았던 것이다. 부산에는 병원을 잘 해나가고 있는 대학 동기도 두엇 있고, 고종사촌 형도 한 분 있는 것이다.

오래간만에 친구랑 형님도 만나 볼 겸해서 그쪽으로 떠난 것이다.

부산에 도착한 것은 오후 네 시경이었다. 곧바로 해운대로 가서 호텔에 숙소를 정했다.

그리고 먼저 고종사촌 형한테 전화를 걸어 보았다. 집에도 없었고 사업장에도 없었다. 사촌 형은 큰 가구점을 경영하고 있었.

이쪽 호텔 전화번호를 알려주고, 들어오면 전화를 해달라고 부탁을 했다. 그리고 친구한테 전화를 해볼까 하다가 친구는 내일 만나기로 했다. 오늘은 아무래도 형님을 만나보는 게 순서일 것 같아서였다.

임중하는 훌훌 옷을 벗고, 욕실로 들어갔다. 온천물에 목욕을 하고, 한숨 자야겠다 싶었다.

뜨끈한 물이 욕조에 철철 넘치도록 해서 그 속에 들어가 비스듬히 잠겼으나, 임중하는 어쩐지 기분이 상쾌하지가 못하고 씁쓰레한 느낌이었다. 가벼운 피로감은 스르르 풀리는 듯했으나, 마음은 가벼워지지가 않고, 찌뿌드드하기만 했다.

홀가분한 기분으로 떠나온 여행이 아니기 때문이었다. 내일의 그 절단 수술을 피해서, 다시 말하면 괴로움으로부터의 도피 여행인 셈이니 그럴 수밖에.

"음—."

임중하는 신음 소리를 토하며 무겁게 두 눈을 감았다. 보복의 결정적인 기회를 외면하고, 이렇게 멀리 해운대까지 도피해 와서 온천수 속에 잠겨 있다니…… 어쩐지 우습다는 생각과 함께 아버지에 대한 죄책감 같은 것이 가슴을 짓누르는 듯했다. 과연 이렇게 하는 것이 옳은 일인지, 다시 괴로운 생각이 머리를 쳐드는 것이었다.

그리고 슬그머니 두려운 생각이 들기도 했다. 며칠 전 그날 밤의 일이 머리에 떠오른 것이다.

처음에는 미스 최의 모습이었다가, 나중에 천천히 고개를 돌리는데 보니, 머리를 빡빡 깎고, 수염이 너불너불한 아버지의 얼굴이었던 그 몸서리쳐지는 그날 밤의 일…… 아버지의 괴이한 망령…… 원망스러운 듯한 눈길로 쏘아보던, 초점을 잃은 듯한 푸르스름하고 흐릿한 눈동자…….

임중하는 뜨끈한 물속에서도 온몸이 으스스 떨리는 듯했다.

벌떡 일어나 욕조 밖으로 나온 임중하는 물을 떠서 냅다 머리 위로 좍좍 퍼부어댔다. 그리고 목욕을 한 지 며칠 되지도 않아서 때가 나오지도 않는데 가슴이랑 팔다리를 북북 수건으로 문지르기 시작했다. 으스스하고 심란한 생각들을 떨쳐 버리려는 듯이.

욕실에서 나와 내의를 입은 임중하는 침대에 벌렁 누웠다. 가볍게 한숨 자고 나면 완전히 몸이 홀가분해질 것 같았다.

눈을 감고 잠을 청하고 있는데, 때르르— 전화벨이 울렸다.

"아, 형님입니까?"

수화기를 든 임중하는 고종사촌 형의 목소리를 대뜸 알 수 있었다. 오륙 년 만인 것 같았으나, 목소리는 여전했다.

"오늘 왔다면서?"

"예, 조금 전에 도착했습니다."

"무슨 볼일이 있어서? 집안은 다 편안하고?"

"예. 별 볼일은 없는데, 며칠 좀 쉬려고 내려왔죠. 오랜만에 형님도 만나보고……."

"그래, 잘 왔다. 거기 해운대라지?"

"예."

"내가 그리 갈까, 동생이 이리 나오려나?"

"내가 그쪽으로 나가지요. 고모님도 뵙고……."

"그럼 일로 온나. 우리 가구점 알지? 옛날 그 자리다. 범일동……."

"예, 찾아갈 것 같아요. 못 찾으면 그 근처 가서 전화할게요."

"그래, 기다리꾸마."

수화기를 놓은 임중하는 잠시 침대에 다시 벌렁 드러누워 천장을 멀뚱멀뚱 바라보고 있다가 일어나 옷을 입었다. 호텔 앞에서 택시를 탔다. 타고 온 자가용은 곧 서울로 돌려보냈던 것이다.

범일동에 있는 형의 가구점은 쉽게 찾을 수 있었다.

고종사촌 형은 오륙 년 만인데 전보다 훨씬 늙어 보였다. 신수는 여전히 좋은 편이었으나, 아직 회갑이 몇 해 남았는데 벌써 머리가 허옇게 보일 정도로 반백이 되어 있었다.

곧 집으로 가서 고모랑 형수를 만나보았다.

고모는 팔십이 내일모레였다. 그런데도 아직 정신이 맑은 편이었고, 용모도 깨끗한 편이었다. 임중하를 보고 눈구석에 물기를 떠올리면서 반겼다. 집에서 저녁을 대접 받고, 슬슬 바깥으로 바람을 쐬러 나왔다. 물론 오래간만에 만났으니 술을 한잔 하자는 것이었다.

형은 건강 때문에 요즘은 술을 삼가고 있다면서, 그러나 동생을 오륙 년 만에 만났는데 한잔 안 할 수가 있겠느냐고, 앞장을 섰다.

택시로 동래 쪽으로 달렸다. 동래 온천 근처에 형의 단골 요정이 있었다.

"단골이 멀리 있군요."

임중하가 말하자,

"단골은 멀리 있을수록 좋지. 본래 범일동 가게 근처에 있던 여잔데, 돈을 벌어서 이쪽으로 옮겼지."

하면서 형은 빙그레 웃었다. 꽤 오랜 단골인 모양이었다.

아니나 다를까, 형을 보자 주인 마담은 마치 기둥서방이라도 온 듯이 반겼다.

마담은 애교를 떨어도 천하지가 않고, 호스티스들도 별로 때가 묻지 않은 것 같아, 임중하는 술맛이 났다.

서울에 있는 큰 병원의 원장이며 의학박사라는 바람에 호스티스들은 더 나긋나긋하고 간들간들하게 굴었다.

임중하는 주기가 여느 때보다 빠른 듯했다. 다섯 시간가량이나 차를 타고 온 데다가 목욕을 해서 그런 모양이었다.

밤 열한 시가 넘어 자리에서 일어섰을 때는 정신이 몽롱할 지경이었다. 집으로 같이 가자는 형의 권유를 뿌리치고, 임중하는 해운대 호텔로 돌아갔다.

호스티스 하나가 호텔까지 임중하를 부축해서 택시로 동행했다.

몇 시쯤 되었을까. 임중하는 갈증을 느끼면서 눈을 떴다.

방 안이 희끄무레 밝아오고 있었다. 낯선 방이었다.

여기가 어딘가 싶으며 임중하는 흐릿한 정신을 가다듬어 옆을 돌아보았다. 웬 여자가 자고 있었다.

"으흠—."

그제야 임중하는 여기가 호텔이고 해운대이며 자기가 부산에 와 있다는 생각이 났다.

임중하는 침대에서 부스스 일어났다. 탁자 위에 먹다가 남은 맥주랑 안주, 그리고 담배 따위가 지저분하게 널려 있었다.

임중하는 커다랗게 기지개를 켜고 나서 주전자를 집어 들어 꼭지를 입에 물고 꿀꿀꿀 물을 마셨다. 좀 살 것 같았다.

간밤에 동래에서 돌아온 뒤의 기억은 거의 없었다. 아가씨와 함께 맥주를 마신 것 같기도 하고, 전혀 그런 일이 없었던 같기도 하고…… 또 함께 벌거숭이가 되어 욕실에 들어가 물속에서 철버덕거린 것 같은 기억이 어렴풋이 나기도 하고, 그게 꿈속의 일이었던 것 같기도 하고…… 좌우간 몽롱하고 아리송했다.

임중하는 화장실에 들어가 소변을 줄줄줄 내뿜았다. 머리가 좀 띵했다. 침대에 돌아와 다시 담요 속으로 파고들자,

"박사님, 잘 주무셨어예?"

하면서 아가씨가 고양이처럼 웃었다.

"도대체 이게 누구지?"

임중하는 능청을 떨며 슬그머니 아가씨를 안았다. 뭉클했다. 팬티 한 장만 걸친, 뜨뜻하고 부들부들한 고깃덩어리였다.

"호호호…… 인제 정신 좀 드십니껴?"

"뭣이 어떻게 됐는지 몽롱하군. 몇 시쯤 잤나?"

"새벽 두 시 넘어서 잤심더."

"그때까지 뭘 했지?"

"호호호……."

아가씨는 재미있다는 듯이 깔깔거리고 나서,

"목욕탕에서 어떻게 하셨는지 기억 안 나십니껴?"

하고 물었다.

"전혀 기억이 안 나는데……. 목욕을 했나?"

"호호호……. 꼭 장난꾸러기 어린애 같으시데예. 박사님도 술 취하시니까 별수 없더라니까."

"허허허……. 그렇지. 누구나 술에 취하면 정신이 없으니까 별수 없지."

"어린애처럼 물장구를 다 치시고……."

"그래? 허허허……."

"자꾸 저한테 물을 끼얹어서 혼났어예."

"아가씨가 너무 귀여워서 그랬던 모양이지. 진짜로 귀여워해 주었나? 통 기억이 안 나는데……."

"……."

"무슨 말인지 못 알아들어?"

"왜 못 알아들어예. 다 알아듣심더."

"그럼 대답을 해야지. 진짜로 귀여워해 주었어?"

"술이 너무 과하셔서 제대로 귀여워 못 하시던데예. 호호호……."

"그래? 음— 그럼 지금 귀여워해 줄까."

그러면서 임중하는 아가씨를 안은 팔에 지그시 힘을 주기 시작했다.

창밖으로 바다가 내다보인다. 아침 바다는 한결 산뜻하고 후련하다.

창가에 앉아 임중하는 담배를 피워 물었다. 몸이 나른하고, 머리도 좀 띵했다. 아무래도 해장을 한잔 하는 수밖에 없다고 생각했다.

임중하는 술을 꽤 좋아하는 편이었으나, 해장은 거의 안 한다. 해장술이 오히려 몸에 해롭다는 것을 알고 있기 때문이기도 하지만, 해장을 하고 나면 하루 종일 머리가 흐릿해서 아무 일도 할 수가 없기 때문이다.

그러나 오늘은 한가로이 누워서 뒹굴뒹굴하면 되는 것이다.

전화로 시킬까 하다가, 맑은 공기도 쐴 겸 산책 삼아 바닷가로 나가보기로 했다.

욕실에서 세수를 하고 나오는 아가씨에게,

"해장하러 갈까?"

하고 말했다.

"어디로예?"

아가씨는 동래의 요정으로 다시 가자는가 싶어 활짝 반색을 했다.

"바닷가로 나가 산책도 하고……."

"그래예."

"가만있어. 그럼 나도 세술 좀 하고……."

임중하는 욕실로 들어가 양치질을 하고 세수를 했다. 그리고 아가씨와 함께 호텔 방을 나섰다.

바닷가의 아침 공기는 아직 찬 편이었다. 코로 스며드는 산뜻한 바다 공기에 몽롱하던 머리가 한결 맑아지는 듯했다.

어떤 식당으로 들어갔다.

생선 매운탕과 맥주, 그리고 밥도 시켰다.

옆 탁자 위에 아침 신문이 놓여 있었다. 임중하는 그 신문을 집어

들었다. 서울에서 발행되는 신문이었다.

아가씨는 하염없이 창밖으로 시선을 보내고 있었다.

큰 활자들만 대강대강 훑어나가던 임중하는 사회면의 어떤 기사를 보자,

"음—."

하면서 시선을 멈추었다.

—6·25 때 부친 죽인 원수. 삼십 대 청년이 살해 뒤 자수— 이런 제목이었다.

임중하는 바짝 심각해진 표정으로 그 기사를 읽기 시작했다.

—19일 새벽 2시 30분경 전남 광주시 동구 궁동 ××번지 장성철 씨(32)가 전북 남원군 대강면 ××리 고향에 갔다가 이 마을 박동갑 씨(55)를 식칼로 찔러 죽이고 경찰에 자수했다.

장 씨는 경찰에서 "6·25 때 공산당의 자위대원 노릇을 하던 박씨가 아버지를 반동분자로 몰아 죽게 한 그 원수를 갚으려고 범행했다"고 진술했다.

장 씨는 이날 고향의 형 집에 와서 아버지의 제사를 지낸 후, 식칼을 들고 박 씨 집에 가 안방에서 잠자던 박 씨를 찔러 죽였다는 것이다.

"음—."

임중하는 무거운 신음 소리를 흘리면서 그 기사 위에 시선을 가만히 고정시키고 있었다. 괴로웠다. 희미하게 옅어져가던 고통의 그림자가 다시 짙게 엄습해 오는 듯했다.

"무슨 기산데 그러십니꺼?"

아가씨가 이상하다는 듯이 물었다.

임중하는 아무 대답을 안 했다. 여전히 침통한 얼굴로 그 기사를 보고 있었다.

그렇다고 기사를 되풀이 읽고 있는 것은 아니었다.

그저 기사 위에 시선을 고정시킨 채 생각에 잠겨 있는 것이었다.

"무슨 기산데예? 어디 좀 보입시더."

아가씨가 신문을 살짝 잡아당겼다.

그제야 임중하는 괴로운 듯한 한숨을 푹 내쉬며 신문을 아가씨에게 주었다.

신문을 받아 든 아가씨는 임중하가 눈여겨 읽던 기사가 어느 것인가 싶어 사회면을 두리번거리다가,

"어느 기삽니껴? 6·25 때 부친 죽인 원수…… 이 기삽니껴?"
하고 물었다.

"응."

임중하는 고개를 끄덕였다.

아가씨는 그 기사를 읽기 시작했다.

해장술이 왔다. 김이 무럭무럭 오르는 생선 매운탕이 먹음직했다.

아가씨는 신문을 잠시 젖혀놓고, 임중하의 컵에 맥주를 따랐다.

임중하도 아가씨 컵에 따라주었다.

"자, 해장을 해."
하면서 임중하는 컵을 들어 꿀컥꿀컥 기울였다.

아가씨는 한 모금 마시고 나서 다시 신문을 들고 읽던 기사를 마저 읽어 나갔다.

찬 맥주를 마시고, 뜨끈한 생선 매운탕 국물을 훌훌 떠 넣으니 속이 좀 시원해지는 것 같아 임중하는 훌쩍 코를 한 번 들이마셨

다. 그르륵 트림이 나왔다.

"이 기사가 어째서예?"

아가씨는 시들하다는 듯이 신문을 놓고, 맥주 컵을 들었다.

임중하는 아무 말을 하지 않았다.

"그 기사가 그렇게 심각하게 생각 되십니껴?"

"……."

"박사님, 얄궂다. 왜 아무 대답을 안 하셔예?"

그제야 임중하는,

"그 장 씨라는 사람을 어떻게 생각해?"

하고 반문했다.

"장한 사나이라고 생각해예. 아버지의 원수를 갚았으니 장하지
뭐예."

"……."

"안 그렇습니껴?"

"글쎄……."

"글쎄라니예? 그럼 박사님은 그렇게 생각 안 하십니껴?"

"물론 장하다고 할 수가 있지. 그러나 자기 아버지의 원수라고
해서 식칼로 찔러 죽이다니 될 말일까. 아버지의 원수는 그렇게 죽
여도 된다는 법은 없잖아. 안 그래?"

"무슨 소리를 하십니껴. 자기 아버지를 죽인 원순데, 그럼 가만히
내버려둬예?"

"원수를 갚는다는 것도 결국 살인인데, 자기 신세는 생각하지 않
고 살인을 하다니……. 그저 장한 일이라고만은 할 수 없지 않을
까?"

"안 그렇심더. 남자가 까짓것 언제 죽어도 한 번 죽는 것인데……
자기 아버지를 죽인 원수가 눈앞에 있는데, 그래 가만히 둔단 말입
니껴? 말도 아닙니더. 나라도 죽이겠심더."

"음—."

"그리고 자수를 했으니까 관대히 안 봐주겠심니껴. 그 사람 정말
효잡니더."

아가씨는 약간 흥분이 되어 지껄여댔다.

식당을 나온 임중하는 넉넉하게 화대를 주어서 아가씨를 보냈
다. 그리고 호텔로 돌아와 잠옷으로 갈아입고, 침대에 길게 뻗었다.

맥주 기운이 온몸을 혼혼하게 감돌고 있어서 적당히 나른하고
적당히 몽롱했다. 지금부터 한숨 푹 잘 생각이다.

그러나 그 신문기사가 머리에 집요하게 달라붙어서 잠을 이룰
수가 없었다.

—6·25 때 부친 죽인 원수. 삼십 대 청년이 살인 뒤 자수.

마치 임중하 자신의 가슴을 쥐어박는 것 같은 그런 기사가 아닐
수 없다. 보복의 결정적인 기회를 외면하고, 도피해 와 있는 바로
이때 하필 기사가 신문에 실리다니…… 그리고 해장을 하러 찾아
간 식당에 공교롭게도 그 신문이 놓여 있을 게 뭔가 말이다.

가뜩이나 가책이 되는 것 같기도 해서 뒤숭숭하고 괴로운 판인
데, 난데없이 그런 기사가 가슴을 쥐어박다니…… 임중하는 입맛이
싹 떨어지며 가벼운 현기증 같은 것이 느껴지기도 했다.

어떤 사람은 자기 아버지의 원수를 갚기 위해서 식칼을 들고 원
수 놈을 찾아가는 판인데, 자기는 제 발로 걸어들어 와 도마 위에
가로누운 원수 놈을 오히려 피해서 이렇게 멀리 떠나와 한가로이

술과 계집으로 시간을 보내고 있다니…… 한심하고 부끄러운 노릇
이 아닐 수 없었다.

—장한 사나이라고 생각해예. 아버지의 원수를 갚았으니 장하지
뭐예.

—무슨 소리를 하십니껴. 자기 아버지를 죽인 원순데, 그럼 가만
히 내버려둬예?

—남자가 까짓것 언제 죽어도 한 번 죽는 것인데, 자기 아버지를
죽인 원수가 눈앞에 있는데, 그래 가만히 둔단 말입니껴? 말도 아
닙니더. 나라도 죽이겠습니더.

아가씨가 하던 말이 귓전에 쟁하게 울리는 것 같아 더욱 창피하
고 입맛이 썼다.

만약 아가씨의 입에서 "원수를 갚는다고 죽은 아버지가 살아나
는강. 자기 신세 망치는 건 생각하지도 않고…… 바보 같은 짓이지
뭡니껴." 이런 말이 나왔더라면 조금은 심정이 덜 괴로웠을 터인데
말이다.

그 장 씨라는 사람은 삼십 대의 젊은이니까 그렇게 할 수가 있었
겠지. 그도 오십 대라면 식칼을 들고 원수를 찾아갈 그런 용기, 어
쩌면 만용이라고 할 수 있는 그런 결의가 서지는 않았겠지……. 임
중하는 이렇게 애써 자기를 변명하는 식으로 생각해 보기도 했다.

사실 그 장 씨라는 사람은 무지하고 단순한 젊은이에 틀림없을
것 같았다. 자기와 자기 가정, 다시 말하면 앞뒤를 생각해 보지도
않고, 원수 놈에 대한 증오심만을 앞세워 충동적으로 식칼을 들고
일어서다니…… 어쩌면 처자도 없고, 자기 자신도 세상살이에 별
희망이 없는 그런 사람일지도 모른다 싶었다.

그런 사람이기 때문에 그렇게 단순하고 우직하게 행동할 수 있는 것이지, 그렇지 않고 자기의 앞길이 밝고, 하루하루가 희망에 넘치는 그런 처지라면 결코 그렇게 끔찍한 행동을 취하지는 못하리라 여겨졌다.

애써 자기변명 식으로 생각해보곤 했으나, 역시 마음이 개운해질 턱이 없고, 착잡하고 괴롭기는 마찬가지였다. 심란하고 뒤숭숭한 생각에 지쳐서 결국 임중하는 스르르 잠이 들었다.

똑똑똑…… 방문에 노크 소리가 난 것은 잠시 뒤의 일이었다.

똑똑똑…… 노크 소리에 임중하는 잠이 깼다.

부스스 침대에 일어나 앉으며,

"누구요?"

하고 기지개를 켰다.

똑똑똑…….

"누구요?"

그러나 아무 반응이 없이 똑똑똑…… 노크만 해대는 것이었다.

"누구냐 말이요?"

임중하는 약간 목소리를 높였다.

똑똑똑 똑똑똑…….

도대체 누군데 아무 대답은 없이 노크만 해대는 것일까. 슬그머니 신경질이 올라오려는 것을 참으며 임중하는 침대에서 내려와 문 쪽으로 걸어갔다.

안에서 손잡이를 돌려야 문이 열리도록 잠가놓았었다. 그런데 임중하가 다가가자 스르르 문이 열렸다.

아버지였다. 머리를 빡빡 깎고 수염이 너불너불한 아버지가 여전히 흰 두루마기를 입은 모습으로 문 밖에 서 있었다.

"아니, 아버지. 여기까지 웬일이십니까? 어서 들어오시지요."

그러나 아버지는 그 자리에 가만히 서서 초점이 흐린 듯한 싸늘한 눈으로 바라보기만 했다.

"아버지, 제가 여기 와 있는 줄을 어떻게 아셨지요?"

"……."

"부산으로 내려온 줄은 가족들이 알고 있지만, 해운대의 이 호텔에 와 있는 줄은 모르는데……. 혹시 성규한테 얘길 들으셨나요? 부산에 사는 고종사촌 형 말입니다. 어제 만났으니까 그 형은 제가 여기 있는 줄을 알지요."

그러자 아버지는 가소롭다는 듯이 코로 히죽 웃었다. 그리고 천천히 입을 열었다.

"니가 어디서 무얼 하고 있는지 나는 눈을 감고도 다 안다. 그리고 니가 무슨 생각을 하고 있는지 그것까지도 다 안단 말이다. 알겠나?"

마치 어디 먼 데서 흘러오는 메아리 같은 그런 음성이었다.

임중하는 낯이 화끈 붉어지는 것을 어쩌지 못했다. 무슨 생각을 하고 있는지 그것까지 다 알다니, 그럼 아까 신문기사를 보고 그 장 씨라는 사람에 대해 혼자 머릿속에서 생각한 것까지 다 알고 있질 않겠는가. 마치 무슨 잘못을 저지르다가 들킨 사람 같은 느낌이었다.

"중하야."

"예."

"너 아까 식당에서 신문에 난 기사 보았지?"

“예.”

“니가 그 기사를 읽어보도록 내가 거기에다가 신문을 던져놓게 한 거란 말이다. 알겠어?”

임중하는 뭐라고 입이 떨어지지가 않고 그저 얼떨떨하기만 했다.

“그래, 그 기사를 보니 기분이 어떻더냐? 어떤 생각이 들더냐?”

“…….”

“말해 봐. 니가 말하지 않아도 이미 내가 다 알고 있다마는……. 니가 호텔에 돌아와 침대에 누워서 괴로워한 심정도 내가 알고, 그 장 씨라는 사람에 대해서 생각한 것까지 다 알고 있어.”

“…….”

“그 장 씨라는 사람은 니가 생각한 것처럼 그렇게 무지하고 단순한 젊은이가 아니야. 앞길에 희망이 없는 그런 사람이 아니란 말이다.”

아버지는 먼 데서 흘러오는 메아리 같은 음성으로 말을 계속했다.

“너는 그 장 씨가 처자도 없는 몸일 것이라고 생각했는데, 천만에, 그 사람에게는 어여쁜 처가 있고 달떡 같은 아들이 둘이나 있어. 그런데도 그는 그런 것 다 뿌리치고 아버지의 원수를 갚기 위해서 손에 식칼을 들었단 말이다. 알겠나?”

“…….”

“생활이 궁색하기는커녕 오히려 잘사는 편이지. 광주에서 식당을 경영하고 있어.”

“아버지도 아는 사람입니까?”

그러자 아버지는 또 비시그레 웃으며,

“아, 글쎄, 나는 눈을 감고도 세상일을 다 안다니까 그러네.”

하였다.

"아버지, 문 밖에 그렇게 서 계시지 말고 이리 들어오세요. 들어오셔서 의자에 앉아 말씀하세요."

아버지는 고개를 내저었다.

"싫다. 들어가고 싶지 않어."

"아버지, 왜 그러십니까? 그러시면 제가 송구스럽잖습니까."

"중하야."

"예."

"나한테 송구스러운 생각이 정말로 있거든 나의 원한을 풀어다오."

"……."

"왜 대답이 없나? 원수를 갚아 달라는데 왜 아무 대답이 없지?"

임중하는 뭐라고 대답했으면 좋을지 몰라 고개를 떨구었다.

"그 장 씨라는 사람은 식칼을 손에 들고 원수 놈의 집을 일부러 찾아갔어. 그런데 너는 제 발로 굴러들어 온 놈을 피해서 이렇게 멀리 떠나와 있다니……. 그놈을 니 병원의 병실에 처넣은 게 누군 줄 아나? 바로 나야. 바로 내가 그놈을 니 앞에 때려눕혀 놓은 거야. 니도 순지랑 광후한테 얘길 들어서 알고 있잖어. 말하자면 너의 도마 위에 고기처럼 내가 눕혀놓았는데, 너는 칼을 잡을 생각을 않고 도피해 있다니…… 정말 한심하고, 괘씸하고, 생각할수록 분해 못 견디겠어. 내 자식이 이렇게 비겁한 줄은 미처 몰랐어. 이렇게 불효막심한 줄은 몰랐단 말이야."

그만 임중하는 고개를 번쩍 들고 울먹이는 듯한 표정으로,

"아버지―."

하였다.

"싫다. 아버지라고 부르지도 말아라."

"용서해 주세요, 아버지."

"용서를 받고 싶거든 내가 시키는 대로 해라. 시키는 대로 하겠느냐?"

"……."

"왜 대답이 없지?"

"아버지, 어떻게 하란 말입니까?"

"지금 당장 서울로 돌아가라. 한 시간 후면 그놈의 팔을 잘라내는 수술이 시작된다. 지금 수술실에서는 그 준비를 하고 있다. 닥터 최와 너의 처가 지금 수술실 문 밖에서 얘기를 주고받고 있어. 중환자실에는 최남팔 그놈이 아직 오른팔 하나를 잘라내는 줄 모르고 멀뚱히 천장을 쳐다보고 누워 있구먼."

아버지는 사르르 눈을 좀 작게 하면서 혼자 중얼거리듯 말했다. 마치 눈앞에 그 광경이 보이는 듯이…….

"그러니까 지금 당장 서울로 올라가서 그놈의 수술을 직접 니가 하도록 해라. 니가 식칼 대신 메스를 들고 그놈을 해치워 버리란 말이다."

아버지는 초점이 흐린 듯한 싸늘한 눈으로 임중하를 노려보듯 하며 말을 이었다.

"수술을 하면서 감쪽같이 해치울 수 있는 방법은 내가 말하지 않아도 니가 더 잘 알고 있지 않느냐. 그놈의 목숨이 당장에 끊어지질 않고, 서서히 며칠 안에 사그러들어서 꺼져 버리도록 그렇게 해치우면 어느 누가 너를 의심하겠느냐. 그야말로 완전범죄가 아니

고 뭐냐. 원수를 갚고도 너와 너의 가정에 아무 탈이 없다면 그 이
상 더 바랄 게 뭐냐 말이다. 이 절호의 기회를 왜 외면하려 드는지
도무지 알 수가 없구나. 답답하고 원통하다. 중하야, 어서 서둘러
상경하도록 해라."

임중하는 조심스런 어조로 말했다.

"아버지, 여기는 부산입니다. 부산에서 서울까지 무슨 재주로 한
시간 안에 간단 말입니까. 비행기를 탄다 해도 불가능한 일입니다."

"그렇다고 그대로 이곳에 눌러앉아 있을 작정이냐?"

"⋯⋯."

"한 시간 안에 못 가면 두 시간이 걸리더라도, 세 시간이 걸리더
라도, 좌우간 서둘러 올라가 봐야 할 게 아니냐. 애비의 원수를 갚
을 생각이 있다면 어째 꼭 수술할 때라야만 된단 말이냐. 수술 뒤
에라도 마음만 먹으면 얼마든지 감쪽같이 해치울 수가 있지 않느
냐 말이다. 주사약의 분량만 많게 해도 가능할 것이고, 먹는 약의
종류를 가지고 요술을 부릴 수도 있는 문제 아니냐. 안 그러냐?"

"그렇긴 그래요."

"그렇긴 그래요가 뭐니? 아직도 내키지 않는다 그 말이지?"

"⋯⋯."

"음— 내가 너 같은 놈을 자식이라고 믿고, 원수를 갚아달라고
찾아온 게 잘못이다."

"아버지, 그게 아닙니다."

"그게 아니라니⋯⋯ 그럼 뭐냐?"

임중하는 두려운 듯 조심조심, 그러면서도 간절히 아버지에게 호
소를 하듯이 말했다.

“아버지, 저는 의삽니다. 의사란 죽어가는 환자를 살리는 게 목적이 아닙니까. 그런 직업을 가진 몸이 어찌 자기 손으로 환자를 죽일 수가 있단 말입니까. 비록 그것이 원수라 할지라도 말입니다. 안 그렇습니까? 아버지.”

“듣기 싫다. 너는 의사이기 이전에 한 사람의 아들이다. 사람의 아들로서의 소임이 의사로서의 소임보다 앞선다는 것을 어찌 모르느냐.”

“…….”

“그리고 너도 오래지 않아 이승을 하직하게 될 것이다. 저승에 가서 나를 대할 면목이 있느냐? 이승은 찰나이지만, 저승은 영겁이니라. 영원한 안락을 위해서 찰나의 안락을 버리는 것은 오히려 현명한 일이니라. 알겠느냐?”

“…….”

“더 얘기하고 싶지 않다. 죽어서 내 앞에 떳떳이 나타나려거든 속히 상경해서 그놈을 해치워라. 알겠느냐? 나는 간다!”

문을 요란하게 닫아 버리는 것이었다.

쾅! 문 닫히는 소리에 깜짝 놀란 임중하는 번쩍 눈을 떴다. 물론 꿈이었다.

잠을 깬 임중하는 침대에 그대로 누워서 넋이 나간 사람처럼 멀뚱멀뚱 천장을 쳐다보고만 있었다.

정말 신기한 꿈이었다. 꼭 현실과 들어맞는 꿈이 아닌가 말이다. 어쩌면 아버지의 망령이 찾아왔었는지도 모른다 싶었다.

임중하는 두려운 생각과 괴로운 생각이 뒤범벅이 되어 압박해 오는 것 같아 벌떡 일어났다. 도저히 이대로 가만히 방 안에 들어박혀 있을 수가 없을 것 같았다.

의자에 가 털썩 앉아서 담배를 피워 물었다. 뻑뻑 파이프를 빨아 댔으나 괴롭고 뒤숭숭하기는 마찬가지였다.

담배를 거푸 세 파이프나 태우고 난 임중하는,

"오케이! 가자."

하고 벌떡 일어났다.

전화로 프런트를 불러서 서울행 새마을호의 시간을 물어보았다. 집으로 돌아기로 결심을 한 것이다.

서울역에 내린 것은 그날 해질 무렵이었다. 임중하는 택시로 곧바로 집으로 향했다.

여행 백을 든 임중하가 병원 현관 앞에서 택시를 내리자, 수위가 쫓아 나와 백을 받으며,

"웬일로 이렇게 일찍 돌아오십니까? 원장님."

하고 좀 의아한 표정을 지었다.

수위도 임중하가 며칠 동안 휴양 차 부산으로 가서 해운대 호텔에 머물고 있다는 것을 운전사한테 들어서 알고 있었던 것이다.

"응, 그저……."

하면서 임중하는 곧바로 병원 자기 방으로 가려다 말고, 집 쪽으로 향했다.

임중하가 들어서자, 거실 소파에 앉아서 염주를 헤아리며 텔레비전을 보고 있던 윤 보살은,

"아니, 벌써 돌아오냐? 며칠 쉬었다가 온다더니……."

하고 멀뚱히 바라보았다.

"예, 볼일이 생겨서요……."

“무슨 볼일?”

“어머니는 아실 일이 아니에요.”

그러자 윤 보살은 얼굴에 약간 섭섭한 빛을 띠며 얼른 고개를 텔레비전 쪽으로 돌렸다. 자그락자그락…… 염주 헤아리는 소리가 좀 거세어지는 듯했다.

주방에서 저녁을 준비하고 있던 가정부도 뜻밖이라는 표정을 지으며 인사를 했다.

임중하는 옷을 갈아입고, 세수를 한 다음 소파에 앉아 담배를 피우고는 병원으로 향했다.

임중하는 바로 부원장실로 갔다.

똑똑 노크를 하고 문을 열자,

“아니, 여보.”

송인실은 눈이 휘둥그레졌다.

임중하는 씩 웃으며 의자에 가서 앉았다.

“아니, 어떻게 된 거예요?”

송인실은 어이가 없는 표정이었다.

“돌아왔지 뭐.”

임중하는 덤덤하게 말했다.

“돌아오다뇨? 하룻밤 자고 돌아오는 사람이 어딨어요. 왜 돌아온 거예요?”

“왜 돌아오긴……. 호텔에 처박혀 있는 게 지겨워서 돌아왔지.”

“그래서 돌아온 거예요. 그것뿐이죠?”

임중하는 대답을 안 하고 가만히 아내의 얼굴을 바라보다가,

“수술 끝났소?”

하고 나직이 물었다.

"예, 끝났어요."

송인실은 약간 화가 난 사람처럼 무뚝뚝하게 대답했다.

임중하는 파이프에 천천히 담배를 담아 불을 붙였다. 그리고 뻐끔뻐끔 빨면서 천장을 쳐다보기도 하고, 마룻바닥을 내려 보기도 했다.

송인실은 그런 남편의 모습을 불안한 듯이 가만히 지켜보고 있었다.

"수술을 몇 시에 했소?"

임중하가 불쑥 물었다.

"오전 열한 시쯤이었을 거예요."

"음—."

그렇다면 시간까지 맞질 않는가. 꿈에 아버지가 말한 것과 말이다.

"왜요? 왜 수술 시간을 묻는 거예요?"

송인실은 아무래도 남편이 심상치가 않고, 의심스럽기만 한 모양이었다.

"그저……."

"당신 엉뚱한 생각 하는 건 아니겠죠? 그래서 돌아온 건 아니죠?"

송인실은 남편의 두 눈을 빤히 바라보았다. 마치 눈이라는 창을 통해서 마음속을 들여다보기라도 하려는 듯이.

임중하는 푸— 담배연기를 내뿜고는 가만히 자리에서 일어나 문을 열고 밖으로 나갔다.

복도를 건들건들 걸어가면서도 임중하는 곧장 무슨 생각에 골몰하는 듯이 보였다.

임중하는 이 층 계단을 천천히 올랐다. 중환자실로 향해 가는 것이었다.

중환자실 앞에 이르러, 똑똑 두어 번 노크를 하고, 문을 열려고 하는데, 찰딱 찰딱 다가오는 슬리퍼 소리가 들렸다.

힐끗 돌아보니 아내였다.

송인실은 어쩐지 냉랭한 표정으로 다가와서는 말없이 그저 남편 곁에 붙어 서는 것이었다. 마치 감시라도 하려는 것처럼.

임중하는 그런 아내가 못마땅했으나, 뭐라고 말을 할 수는 없었다. 그저 약간 이맛살을 찌푸리고는 중환자실의 문을 열었다.

최 처사는 눈을 감고 누워 있었다. 혼수상태인지, 잠이 들었는지, 잘 알 수가 없었다.

그런데 뜻밖에 미스 최가 환자의 침대 곁에 걸상을 놓고 앉아 있는 것이 아닌가.

진옥은 원장 내외가 들어서자, 당황하듯 얼른 자리에서 일어나며,

"원장님, 어디 여행을 떠나셨다더니요?"

하고 약간 얼굴을 붉혔다.

"응, 돌아왔어."

임중하는 그저 건성으로 대답하고는,

"미스 최는 여기서 뭘 하고 있지? 퇴근 시간이 됐는데……."

좀 이상하다는 그런 눈길로 그녀를 바라보았다.

"환자 저녁 식사를 시키고 퇴근하려구요."

"식사를 미스 최가 시키나?"

“예.”

“지금까지 쭉 그랬었나?”

“예.”

미스 최의 얼굴이 활짝 붉어지는 것이었다.

지금까지 쭉 최 처사의 식사 시중을 미스 최가 들다니 임중하는 약간 이상하다는 생각이 들었다. 미스 최가 아니고 다른 간호원이 그랬다면 별로 이상하게 생각하지 않았을지도 모른다.

미스 최는 혹시나 강원도 산중 절간에 묻혀 아직 살아 있는 최남팔 그자의 딸이 아닌가 한때 의심이 들어서 그녀의 가정 내막을 캐묻고, 아내가 그녀의 어머니를 직접 만나보기까지 한 일이 있는 터였으니, 이상하다는 생각이 언뜻 다시 든 것이었다.

그 말끝에 미스 최가 얼굴을 붉히는 것도 이상하지 않은가.

“다른 환자에게도 미스 최가 식사 시중을 드나?”

임중하는 그녀의 표정을 눈여겨보면서 물었다.

“아니요.”

좀 당황하는 빛이 역력했다.

“그런데 왜 이 환자에게만 식사 시중을 드는 거지?”

“다른 환자들은 가족이 있잖아요. 그런데 이 환자는 아무도 가족이 없는 것 같아서 안됐다는 생각이 들어서 그래요.”

진옥은 당황하는 빛을 감추고 침착하게 대답했다.

“단순히 안됐다는 생각에서 그러는 게 틀림없는가?”

“예.”

“미스 최가 이제 보니 아주 동정심이 많은 사람이군.”

임중하는 비식 웃었다. 씁쓰레한 웃음이었다.

가만히 지켜보고 섰던 송인실도 씩 웃음을 띠었다.

진옥은 속으로 가만히 안도의 숨을 쉬었다.

"미스 최, 이 환자 혼수상탠가? 잠이 든 건가?"

임중하의 어조가 어쩐지 더 무뚝뚝한 것 같았다.

"잠이 든 것 같아요."

"음—."

환자를 내려다보고 있는 임중하의 눈길에 증오의 빛과 함께 살의 같은 섬뜩한 것이 느껴지기까지 하자, 송인실은 가볍게 몸을 떨었다. 그리고 얼른,

"여보, 저녁 먹을 때 됐어요. 나 배고파요."

하면서 살짝 남편의 소매를 끌었다. 집으로 들어가자는 독촉이었다.

임중하는 "배고프면 먼저 들어가구려." 하려다가 그만두었다. 감시를 하듯 곁에 붙어서 있는 게 못마땅했으나, 그렇다고 전적으로 싫은 것만도 아니었다. 묘한 심리였다.

그러니까 서울로 서둘러 돌아오기는 했지만, 아직 살해하기로 마음을 굳힌 것은 아닌 상태라고 할 수 있었다. 살해하는 쪽으로 성큼 다가섰을 뿐인 것이다.

"어서 가요. 같이 저녁 먹게요."

송인실은 살짝 여자답게 고운 표정을 지었다.

송인실의 그런 태도를 보자, 진옥은 우리 원장님 내외가 퍽 사이가 정답구나 싶었다.

임중하는 마지못한 듯 돌아서 병실을 나갔다. 송인실이 뒤따랐다.

임중하가 다시 중환자실을 찾아간 것은 그날 저녁 열한 시경이었다.

열한 시가 다 되도록 잠이 오질 않아 임중하는 이리 뒤척 저리 뒤척 하다가 옆에 자는 아내의 가늘게 코 고는 소리를 듣자, 가만히 자리에서 일어났다.

아내의 머리를 살짝 움직여서 코를 골지 않도록 해주고는 화장실에 갔다.

달이 밝았다.

소변을 보면서 임중하는 중환자실에 가보자 하는 생각이 문득 들었다. 달이 밝기 때문에 그런 생각이 들었는지도 모른다. 만약 날씨가 흐려 눈이나 비가 오거나, 바람이라도 불고 있었다면 기분이 으스스해서 그런 생각이 안 들었을 것이다. 전번에 중환자실에서 아버지의 망령까지 보았던 터이니 말이다.

화장실에서 나온 임중하는 가만가만 집을 나섰다.

그렇다고 오늘 밤에 최남팔 그자를 어째 보자는 것은 아니었다. 아직도 살해 결심의 일보 전에서 주저하고 있는 상태였다. 병상에 누워 있는 그자의 모습을 보면 더욱 증오심이 끓어올라 살해할 결단이 내려질지도 몰라서, 다시 말하면 복수의 의지에 부채질을 하기 위해서 찾아가는 셈이었다.

병원 복도로 들어선 임중하는 간호원 근무실로 가볼까 싶었다. 가서 특근하는 상태도 보고, 간호원을 하나 데리고 중환자실로 가는 게 좋을 것 같았다. 어쩐지 며칠 전의 아버지 망령 생각이 자꾸 나서 간이 서늘하게 식어드는 느낌인 것이다.

그러나 간호원을 데리고 간다는 것은 복수 의지를 부채질하는데 방해가 될 것 같았다. 아내가 따라와서 옆에 서서 감시를 하던 것과 별다를 바가 없는 게 아닌가. 망령에 대한 공포감은 덜할지 모르지만.

망령은 통행금지가 넘은 뒤에 나타났었으니, 아직은 안심이라는 생각이 들자, 임중하는 아랫배에 꾹 힘을 주었다. 그리고 계단을 오르기 시작했다.

통행금지까지는 아직 한 시간가량 남아 있어서 안심이라 싶었으나, 서늘하게 식어든 간이 도로 따뜻해지는 것 같지는 않았다.

바짝 긴장이 되어 계단을 다 올라간 임중하는 불이 희미하게 켜진 복도를 힐끗 살폈다. 별다른 아무것도 눈에 띄지 않았다. 그저 기다란 복도가 호젓하게 앞에 있을 뿐이었다.

임중하는 가만가만 걸음을 옮겨갔다.

중환자실 문 앞에 멈추어 선 그는 똑똑똑…… 노크를 했다. 그리고 손잡이에 손을 댔다.

문을 열려고 하니 어쩐지 등에 식은땀이 내배는 듯한 기분이었다.

어금니를 자그시 물며 살그머니 문을 열었다. 병실 안은 어두웠다. 불이 꺼져 있는 것이었다.

창문으로 달빛이 조금 비쳐 들고 있을 뿐이었다.

임중하는 조심히 한 걸음 들어서며 손으로 더듬어 벽에 붙은 스위치를 켰다.

불이 켜졌다.

바짝 긴장이 된 임중하의 시야에 들어온 것은 잠자고 있는 최 처사뿐이었다. 깊이 잠이 든 듯 마치 시신 같은 느낌이었다.

임중하는 우선 안도의 숨이 내쉬어졌다. 혹시 며칠 전처럼 아버지의 망령이 간호원의 모습으로 또 서 있지 않나 두려웠던 것이다.

임중하는 가만가만 최 처사 곁으로 다가갔다.

붕대를 휘감은 최 처사는 핏기가 가신 새하얀 얼굴로 죽은 사람처럼 자고 있었다. 모포를 덮고 있는데, 한쪽 어깻죽지 쪽이 풀 꺼져 보였다. 팔 하나를 잘라냈으니 그럴 수밖에.

임중하는 최 처사의 머리 쪽으로 바싹 다가섰다. 두 손을 내리뻗으면 곧 목줄기에 닿을 그런 거리였다.

가만히 최 처사의 몰골을 눈여겨보았다. 의사라는 입장에서 환자를 보는 그런 시선이었다.

그러나 그런 시선은 잠깐이고, 곧 증오의 눈길로 바뀌었다. 의사라는 입장에서 아버지를 죽인 원수 앞에 선 그 아들이라는 입장으로 변신을 한 셈이다.

절단 수술 뒤라 거의 가사상태라고 할 수 있으니 두 손아귀를 벌려서 내리뻗어 목줄기를 죄어 버리면 간단할 것 같았다.

정초에 강원도 그 산중을 찾아가던 날 밤에는 실제로 그렇게 두 손아귀를 벌리고서 잠든 원수 놈의 목줄기를 죄어 죽여 버릴까 하고 다가가다가 그만두었었는데, 그때보다 지금은 월등히 간단할 듯했다. 그때는 임중하 자신도 술에 취해 있었고, 원수 놈도 술에 취해서 곯아떨어졌다고는 하지만 사지가 멀쩡한 산짐승 같은 그런 강건한 몸이었으며, 또 지척에 주인 영감네 식구들이 자고 있는 터였으니, 일이 서툴게 되어버릴 확률이 많았으나, 지금은 그게 아닌 것이다. 그야말로 감쪽같이 해치워 버릴 요건이 잘 갖추어져 있다고 할 수 있다.

첫째, 원수 놈이 가사상태에 놓여 있질 않는가. 목을 죄어도 반항을 할 소지가 거의 없는 것이다. 꽥! 하고는 그만일 것이다. 둘째는 장소가 아주 십상이라는 점이다. 병원의 호젓한 이 층 병실이 아닌

516

가. 문을 안으로 잠가 버리면 밀폐된 공간이라고 해도 과언이 아니다. 일 층에 특근하는 간호원과 수위가 있다고 하지만 이 층의 밀폐된 장소에서 일어나는 일을 어떻게 알겠는가. 셋째는 시간도 적당하다고 할 수 있다. 아직 통금 시간은 안 됐지만 바깥 거리도 조용해져 가고 있고, 보나마나 간호원과 수위도 눈에 졸음이 담겨 있을 게 뻔하지 않는가. 이 일에 가장 장해가 되는 아내 송인실도 잠에 곯아떨어져 있는 것이다.

그리고 마지막으로, 임중하 자신이 전혀 주기가 없고, 맑은 정신 상태라는 점이다. 주기가 있으면 목을 죌 용기는 북돋울지 모르지만, 자칫하면 사후 처리가 서툴게 될 염려가 있는 것이다.

아침에 부산에서 계집애를 안았고, 또 기차로 급히 서울까지 올라온 터여서 꽤 피로하기는 했지만, 그러나 가사상태의 원수 놈 목줄기를 눌러 숨이 끊어지게 할 정도의 힘은 아직 충분이 남아 있는 것이었다.

그렇다고 감쪽같이 없애는 데, 다시 말하면 완전범죄를 하는 데 문제점이 없는 것도 아니었다.

문제점의 첫째는 간호원에게 발각될 위험이 없지 않다는 점이었다.

특근하는 간호원들은 일정한 시간에 중환자실로 환자의 상태를 체크하러 오는 것이다. 만일 원수 놈의 목줄기를 눌러 죄고 있을 때 간호원이 나타난다면 어떻게 될 것인가 말이다. 생각만 해도 아찔한 노릇이었다.

다른 사람도 아닌 의사가, 더구나 병원의 원장이라는 사람이 자기 병원에 입원을 한 환자의 목을 졸라 죽이다니…… 그것도 오늘

팔 절단 수술을 한 환자를 말이다. 더구나 자기 딸이 교통사고를 일으켜서 그렇게 된 환자를…….

간호원들의 눈에 임중하가 악마의 화신으로 비칠 게 아닌가.

그러니까 숨이 완전히 끊어지도록 목을 졸라 죽이고서 병원을 빠져나가 집으로 사라질 때까지 간호원과 수위의 눈에 절대로 띄지 말아야 하는 것이다. 설사 교살하는 현장이 발각되지 않는다 하더라도 복도에서나 계단에서라도 그들의 눈에 띄면 나중에 의심을 살 게 뻔한 것이다. 열한 시가 넘은 밤중에 원장이 뭣 하러 병원에 나타났었는가 하고 말이다. 환자의 죽음과 연관을 지어서 생각할 게 틀림없는 것이다.

딸의 교통사고로 인해서 절단 수술까지 한 환자이니 나중에 보상금이니 뭐니 말썽이 될 소지를 아예 싹 없애버리기 위해서 수술 뒤의 자연사망을 가장해서 교살한 게 아닌가 하고 의심할 근거가 충분히 있는 것이다.

그리고 문제점의 둘째는 집에 돌아가서 잠자리에 묻힐 때까지 아내가 깨지 말아야 한다는 점이다.

만일 아내가 깨어서 임중하 자신이 밖에 나갔다 돌아온 것을 눈치챈다면 틀림없이 환자의 죽음을 수술 뒤의 자연사로 여기지 않을 게 아닌가 말이다.

아내에게도 감쪽같이 숨겨야 명실공히 완전범죄가 되는 것이다.

그리고 또 한 가지 문제점은 교살한 뒤에 시체의 목에 흔적이 남으면 안 된다는 점이었다.

아무래도 한참 동안 힘껏 누르고 있어야 숨이 끊어질 터인데, 사후에 흔적이 전혀 없을지 의문인 것이다.

최 처사를 노려보고 섰던 임중하는 후유— 바람이 빠지는 듯한 큰 숨을 내쉬었다. 아무래도 결단이 내려지지가 않는 것이었다.

그런 문제점이 있기 때문에 두려워서 두 손이 목줄기를 향해 내리뻗어지지 않는 게 아니었다. 살의를 품은 자가 자기 곁으로 바싹 다가서서 노려보고 있는데도 그런 줄을 모르고 잠들어 있는 사람을, 더구나 팔 하나를 잘라낸 환자를 별안간 달려들어 닭 모가지 비틀 듯 숨줄을 끊어 버리다니…… 아무리 생각해도 무섭고, 비굴하고, 지옥으로 갈 일인 것만 같았던 것이다. 비록 그것이 아버지를 죽인 원수일지라도 말이다.

차라리 신문에 난 그 장 씨라는 사람처럼 식칼을 들고 당당히 찾아가서 야, 이 원수 놈아, 칼 받아라, 하면서 푹 쑤셔 버리고, 떳떳이 자수를 하는 편이 훨씬 사람답고 당당할 것 같았다.

말하자면 완전범죄를 한다는 것은 당당하고 떳떳하게 원수를 갚는 것이 아니라, 원수를 갚아도 아주 비굴하게 갚는 것 같은 생각이 들었다.

그렇게 힘이 빠진 상태가 되어 임중하가 멀뚱히 서 있는데, 똑똑똑…… 노크 소리가 나고 문이 열렸다. 아내였다. 잠옷 바람의 송인실이 들어서는 것이었다.

"여보, 뭘 하고 계세요?"

핑크빛 잠옷을 입은 송인실은 병실 안으로 두어 걸음 들어서서 가만히 멈추어 서며 말했다.

임중하는 꽤 당황하지 않을 수 없었다. 마치 무슨 범죄를 저지르다가 발각이 된 듯 가슴이 덜컹하고 얼굴이 화끈했다. 새근새근 코를 고는 것을 보고 살며시 일어나 나왔는데 어떻게 알고서 이렇게…… 여편네 참 잠귀도 더럽게 밝은가 보다 싶었다.

더구나 잠옷 바람에 여기까지 찾아 나오다니. 아무리 우리 병원이고 밤이긴 하지만 혹시 간호원들이 보면 어쩌려고 말이다.

여편네 참 지랄이다 싶었다. 그러나 임중하는 "잠이 든 줄 알았더니……" 하면서 어색한 듯 씩 웃었다.

송인실은 들은 척도 안 하고 차디찬 표정으로 "당신 뭘 하고 계시느냐 말이에요?" 가만히 쏘아보는 것이었다.

"뭘 하긴 뭘 해. 그저 오늘 수술을 했다는데 어떤가 싶어서 와 본 것이지, 잠도 안 오고 해서……."

"왜 그렇게 맥 빠진 사람처럼 힘없이 축 늘어져 서 계시는 거죠?"

"축 늘어지긴……."

"축 늘어져 보이는데요."

"어제 부산까지 내려갔다가 하룻밤 자고 곧 되돌아왔으니 피로할 게 아니오."

"아무리 피로해도 글쎄 그렇게 오뉴월 쇠불알처럼 축 늘어져 서 있는 꼴은 정말 못 보겠구려."

"아니 뭐라고?"

임중하는 기분이 언짢았다. 오뉴월 쇠불알처럼 축 늘어져 서 있는 꼴이라니, 남편에 대해서 그런 말투가 어디 있는가 말이다.

입에서 나오면 다 말이라고 하나 싶어 슬그머니 화가 치밀었다.

"왜, 내 말이 틀렸어요?"

송인실은 여전히 싸늘한 눈길로 쏘아보며 말했다.

"뭣이 어째?"

"그래도 남자라고 오뉴월 쇠불알처럼 축 늘어졌다는 말이 듣기 싫은 모양이죠?”

“이놈의 여편네가 못 하는 소리가 없네. 잠옷 바람으로 기어 나와 가지고…… 도대체 그게 어디서 배워먹은 말투야?”

임중하의 목소리가 거칠어졌다.

그러자 송인실은 경멸하는 듯한 싸늘한 웃음을 씩 웃으며 “곧 죽어도 남자라고 큰소리를 치는군. 가소로워서……. 남자라면 남자답게 행동을 하란 말이야.”

이렇게 마구 해라를 해대기 시작했다.

갈수록 산이었다. 임중하는 어이가 없어 말이 나오지가 않았다.

이 여자가 자다가 일어나서 대가리가 어떻게 된 게 아닌가 의심이 갈 지경이었다.

도대체 자기가 그런 투로 나갈 까닭이 뭔가 말이다.

어이가 없어 말문이 막힌 임중하에게 송인실은 거침없이 내뱉었다.

“사내자식이 원수 놈 앞에서 오뉴월 쇠불알처럼 힘없이 늘어져 버리다니…… 에라이 병신 같은 놈…….”

“뭐라구? 이년이 누구한테…….”

“이놈아 니가 사내자식이냐? 사내자식이라면 원수 놈의 목을 졸라야 할 게 아냐. 졸라서 죽여야 할 게 아니냔 말이야.”

“아니 뭐……?”

임중하는 자기의 귀를 의심하지 않을 수 없었다. 이 여자가 정말 돌았나 싶었다.

“내 말이 틀렸어? 사내자식이라면 자기 아버지를 죽인 놈이 바로 눈앞에 잠들어 있는데, 더구나 수술을 해서 대항할 기력이 전혀 없

는 상태로, 날 죽여 달라는 듯이 누워 있는데, 글쎄 그런 절호의 기
회를 외면해 버린단 말이야?”

송인실은 노기까지 띠고서 내뱉었다.

임중하는 이 여자가 정말 돌았구나 싶었다. 덜컥 겁이 났다.

혹시나 환자를 어째 버릴까 싶어서 신경을 곤두세우던 아내가,
그래서 수술하기 전에 기어이 멀리 여행까지 떠나게 했던 그녀가
오늘 밤엔 이렇게 태도를 일변하다니, 어처구니가 없을 따름이었
다. 돌지 않고서 어떻게 그럴 수가 있는가 말이다.

임중하는 덜컥 겁을 집어먹은 눈으로 아내를 바라보며,

“여보, 당신 정말 이상한데…… 왜 그러지?”

어조를 푹 낮추어 걱정스럽게 말했다.

“이상하긴 뭣이 이상해? 내가 이상한 게 아니라, 명색이 사내자
식인 니가 이상하다.”

“아니, 이게…….”

임중하는 피가 팍 머리로 치솟는 것을 어쩌지 못했다.

그러자 송인실은 냅다 호통을 치듯 내뱉어댔다.

“야, 이놈아, 니가 무슨 낯짝으로 화를 내려고 드느냐? 나한테 화
를 낼 까닭이 있느냐? 나한테 화를 낼 게 아니라, 저놈한테 화를 내
라. 저놈한테…….”

“…….”

“저놈의 목을 조르란 말이다. 목을 졸라 죽이란 말이다.”

“…….”

“안 들리느냐? 이놈아, 귀가 멀었느냐? 내 말이 안 들리느냐?”

“…….”

"어서 목에다가 두 손을 갖다 대 어서, 어서—."

임중하가 어처구니가 없어서 두 눈이 휘둥그레 가지고 멀뚱히 바라보고만 있자, 송인실은 매섭게 노려보기 시작했다.

그런데 그 노려보는 눈이 서서히 초점이 흐려지는 듯 이상해지는 것이 아닌가. 그리고 얼굴까지가 조금씩 그 빛깔이 달라지기 시작했다. 보오얗게 분을 바른 얼굴로 바뀌어 가는 것이었다.

그녀가 입은 핑크빛 잠옷까지가 차츰 희미해지더니, 마침내 새하얀 빛깔로 변해버리고 말았다.

"중하야—."

임중하는 질겁을 하지 않을 수 없었다.

"이놈아, 중하야—."

보오얗게 분을 바른 듯한 송인실의 얼굴이 그만 머리를 빡빡 깎고 수염이 너불너불한 얼굴로 바뀌었다.

잠옷도 어느덧 흰 두루마기로 바뀌어 있었다.

아버지의 망령이었던 것이다.

임중하는 딱 벌어진 입이 다물어지지가 않았다.

"저놈 목을 조를 거야, 안 조를 거야?"

하면서 망령이 한 걸음, 한 걸음 앞으로 다가오기 시작했다. 초점이 흐린 듯한 시퍼런 눈으로 노려보면서……

"으악—."

임중하는 그만 눈앞이 아찔해지는 것을 느끼며 비실 쓰러졌다.

중환자실에서 난데없이 으악— 비명 소리가 나자, 마침 계단을 거의 다 올라서고 있던 간호원 두 사람은,

"아니, 저게 무슨 소리야?"

"글쎄, 무슨 일이지?"

깜짝 놀라 서로 얼굴을 마주 보았다. 그리고 바짝 긴장이 된 얼굴로 복도를 달리다시피 잰걸음을 쳤다.

중환자실로 최 처사의 상태를 체크하러 가는 중이었다.

중환자실 문을 연 두 간호원은,

"아니!"

"원장님 아냐!"

눈이 휘둥그레지고, 입이 딱 벌어졌다.

원장이 병실 바닥에 쓰러져 있는 것이 아닌가. 얼굴에 핏기가 하나도 없는 것이 기절을 한 게 틀림없었다. 도대체 어떻게 된 영문인지 알 수가 없었다.

두 간호원은 후닥닥 뛰어들어 가,

"원장님."

"원장님."

하면서 바닥에 쓰러져 축 늘어져 있는 임중하를 우선 바로 눕혔다. 그리고 한 간호원은 얼른 맥박을 짚어보고, 한 사람은 임중하의 가슴팍에 손바닥을 대보았다. 별 이상이 없었다.

"간호부 아가씨들……."

힘없는 목소리가 들렸다. 최 처사였다.

침대에 그대로 반듯이 누운 채 고개만 이쪽으로 돌리고서 멀뚱히 두 눈을 뜨고 있는 것이었다.

간호원 하나가 얼른,

"어떻게 된 일이에요?"

하고 물었다.

“글쎄요. 참 이상한 일이지요. 잠결에 비명 소리를 듣고 눈을 떴더니, 글쎄 박사님이 쓰러져 있질 않겠어요.”

“원장님이 언제 병실에 들어오셨는지 모르겠군요?”

“예, 모르지요. 나는 자고 있었으니까…….”

“뭘 하러 원장님이 이 밤중에 혼자 병실에 오셨을까…….”

간호원은 알 수 없다는 듯이 고개를 갸웃이 눕혔다.

곧 수위에게 알려지고, 수위가 임중하를 업고서 집으로 향했다. 간호원 한 사람은 뒤를 따르고, 하나는 근무실로 뛰어갔다. 강심제 주사를 놓기 위해서였다.

자다가 일어난 송인실은,

“아니, 무슨 일이야?”

하면서 눈을 비볐다.

“원장님이 기절을 하셨어요. 중환자실에서…….”

간호원 하나가 말하자,

“아니, 뭐라구? 아니, 이게 어찌된 일이지? 응?”

송인실은 깜짝 놀라 어쩔 줄을 몰랐다.

수위는 업고 온 임중하를 안방 이부자리에 눕혔다. 주사기를 들고 달려온 간호원이 재빨리 주사를 놓았다.

잠시 뒤, 수위랑 간호원은 돌아가고, 송인실 혼자 남편 곁에 앉아서 이마를 짚어보기도 하며 지키고 있는데, 임중하의 얼굴에 핏기가 돌아오면서 살며시 눈이 떠졌다. 깨어난 것이다.

임중하는 가만히 누운 채 눈망울을 굴리며 주위를 두리번거렸다. 그 눈동자가 아직 흐릿해서 초점이 분명히 보이지 않았다.

“여보, 우리 집 안방이에요.”

“…….”

“우리 집 안방이라니까요.”

송인실은 안도의 빛이 떠오르기는 했으나, 역시 근심스러운 표정으로 지켜보고 있었다.

“여보, 어쩌다가 그랬어요?”

송인실이 조심스럽게 물었다. 임중하의 눈동자에 좀 생기가 돌고, 고개도 움직이기 시작했던 것이다.

그러나 임중하는 묻는 말에는 대답을 안 하고,

“내가 어떻게 여기까지…….”

하면서 이상한 듯한 표정을 지었다.

“수위가 업고 왔어요. 중환자실에 기절해 있더라던데요.”

“…….”

“간호원 둘이 체크를 하러 가는데 비명 소리가 나더래요. 그래서 달려가 보았더니 글쎄, 당신이…….”

“…….”

“한밤중에 뭘 하러 중환자실에…….”

송인실은 얼른 말을 거두었다. 남편이 중환자실에 찾아간 까닭을 알기 때문에 두렵고 심정이 착잡했던 것이다. 그리고 남편이 아직 제대로 기운을 못 차린 터인데, 그런 추궁을 한다는 것은 옳지 않다 싶어서였다. 그래서 얼른,

“여보, 왜 기절을 했어요?”

부드럽게 물었다.

그러나 임중하는 가볍게 한 번 떨기만 할 뿐, 말이 없었다.

“혹시…….”

송인실은 조심스럽게,

"또 망령이……?"

하면서 남편의 표정을 살피듯 가만히 바라보았다.

"응."

임중하는 누운 채 고개를 조금 끄덕했다. 생각만 해도 몸서리가 치이는 듯 얼굴에 엷은 소름이 끼치고 있었다.

송인실은 이제 모든 것을 다 알겠는 것이었다.

무슨 생각으로 자다가 중환자실에 찾아갔는지, 즉 살해할 작정이었는지, 그 점은 확실히 알 수 없으나, 좌우간 그런 괴로움 때문에 찾아갔을 것이고, 그리고 망령이 나타나는 바람에 놀라 비명을 지르며 기절을 한 모양이다.

그렇다면 정말 유령이 있다는 얘기가 아닌가. 남편이 두 번째 목격한 셈이니 말이다.

송인실은 별안간 등허리에 찬바람이 와닿는 듯 으스스해서 후닥닥 남편 곁으로 파고들었다.

"여보, 왜 그래?"

임중하는 약간 눈이 휘둥그레졌다.

"무서워요."

"……."

"망령이 또 나타나다니…… 아이 무서워."

그러자 임중하는 이부자리 속으로 파고든 아내를 지그시 안았다. 기절했다가 깨어난 터이라, 온몸이 탈맥한 듯 나른했으나, 슬그머니 아내를 안을 수는 있었다.

딩딩딩…… 거실의 큼직한 괘종이 둔중하게 열두 점을 치는 소리가 들렸다.

"여보."

등허리가 좀 따뜻해진 듯 송인실은 남편의 가슴팍에 얼굴을 묻은 채 가만히 입을 열었다.

"응?"

"인제 열두 시군요."

"그런가 봐."

"그럼, 통행금지 전에도 망령이 나타나는 모양이죠."

"응."

"아이 무서워. 이 일을 어쩌죠?"

"글쎄 말이야. 아무래도 감쪽같이 처치해야 되려나 봐. 망령도 그래 주길 원하고 있어."

임중하의 말에 송인실은 그만 자기도 모르게 으스스 떨었다.

증발

이튿날 아침 중인병원은 술렁거렸다.

원장이 간밤에 중환자실에서 기절을 했다는 말이 퍼지자, 모두들 눈이 휘둥그레졌다.

무엇하러 원장이 밤중에 중환자실을 찾아갔으며, 왜 비명을 지르며 기절을 했는지…… 아무도 그 까닭을 아는 사람이 없었다. 간밤에 기절한 현장을 목격했던 두 간호원도 그 이유를 정확히 알 턱이 만무했다.

또 유령이 나타났었나 보다…… 막연히 모두 그렇게 수군거렸다.

원장이 중환자실의 최 처사라는, 교통사고로 입원한 환자의 팔 절단 수술을 하기 하루 전에 휴양 차 여행을 떠났다는 사실을 모두 알고 있는 터여서, 왜 원장이 하룻밤만 자고 돌아왔는지, 그 점부터가 궁금한 일이었다.

휴양 차 떠났던 사람이 하룻밤만 자고 급히 돌아와서 그날 밤 이

숙해서 수술 환자가 누워 있는 병실을 혼자서 찾아 들어갔다는 점
도 알 수 없는 일이었다.

환자가 그저 보통 환자 같았으면 원장이 하룻밤만 자고 돌아왔
거나, 밤중에 혼자서 찾아갔거나, 이상하게 생각할 게 전혀 없는 것
이다. 그러나 그 환자는 바로 원장의 딸이 운전하는 차에 치여서
입원을 한 환자인 것이다. 그러니 원장의 행동에 고개가 갸웃거려
지는 것은 당연한 일이다.

의사들도 수군거리고, 간호원들도 수군거리고, 수위와 운전사도
수군거렸다.

그런 병원의 분위기를 눈치채지 못하는 송인실이 아니었다. 그녀
는 부원장실인 자기 방에 앉아서 이 일을 어쩌면 좋을까 가만히 생
각해 보았다.

임중하는 아침을 조금 뜨는 둥 마는 둥 하고 다시 자리에 누워,
병원에 나오질 않고 있었다.

송인실은 남편과 상의를 해 봐야겠다고 생각했다. 혼자서 어떻
게 한다는 결정을 내릴 문제가 아닌 듯했던 것이다.

집으로 들어간 송인실은 자리에 번듯이 누워 천장만 멀뚱멀뚱
바라보고 있는 남편 곁에 가서 앉았다.

"여보, 몸 좀 어때요?"

"괜찮아."

임중하는 힘없이 대답했다.

"그럼 누워 계시지 마세요. 누워 있으면 성한 사람도 늘어져요."

"가만 놔둬. 천천히 일어날게. 병원에 무슨 일이 있소?"

"저…… 아무래도 직원회의를 소집해야 되지 않을까 싶어요."

“왜?”

“당신 어젯밤에 기절한 걸 알고 모두 이상해서 수군거리는 것 같
아요.”

“…….”

“그렇지 않겠어요? 여행을 떠난 사람이 하룻밤만 자고 돌아온 것
도 이상하고, 밤중에 중환자실을 찾아간 것도 이상하게 생각하질
않겠어요? 보통 환자가 아니니 말이에요.”

“음—.”

“게다가 기절을 했으니 무슨 일인가 싶기도 할 거고……. 아무래
도 직원회의를 소집해서 미리 무슨 말을 하는 게 좋을 듯해요. 어
떤 추측을 할는지 알 수가 있어요?”

“별 걱정을 다…….”

“간단하게 생각할 문제가 아니에요. 공연히 쓸데없는 말이 오가
면 무슨 일이 생길지 알아요? 미리 손을 써두는 게 안심이에요.”

“손을 쓰기는 무슨……. 그러면 오히려 필요 없는 추측을 불러일
으키는 결과가 될지도 몰라.”

“그렇지만 좌우간 가만히 있을 수는 없어요. 당신이 기절을 한
데 대한 이야기라도 하는 게 좋겠어요. 그런 얘기를 하면서 자연스
럽게 그저 수술 결과가 어떤가 싶어서, 잠도 안 오고해서 나갔었다
면 되잖아요.”

송인실의 말에 임중하는,

“글쎄……. 그럼 직원회의를 일부러 소집할 게 아니라, 당신이 의
사랑 간호원 몇몇을 불러서 자연스럽게 얘길 하는 게 좋겠어. 그
일로 직원회의를 소집한다는 것은 아무래도 이상해.”

하고 말했다.

"그러죠, 내가 알아서 쓸데없는 추측들을 안 하도록 하죠."

"그건 그렇고……. 여보, 의논 좀 합시다."

임중하는 부스스 자리에서 일어나 앉았다.

"무슨 의논요?"

송인실은 약간 긴장이 되는 느낌이었다.

"다름이 아니라…… 저……."

하면서 임중하는 방 밖에 신경이 쓰이는 듯 힐끗 그쪽을 바라보았다.

송인실은 남편이 무슨 말을 꺼내려는지 대뜸 짐작이 가는 터여서 가만히 일어나 방문을 한 번 열어보았다.

거실에는 아무도 없었다.

"얘기하세요."

"저…… 아무래도 그자를 없애 버려야겠어."

"……."

"감쪽같이 없애 버릴 수가 있을 것 같애."

짐작했던 대로 바로 그 말이어서 송인실은 가벼운 현기증과 함께 오스스 소름이 돋았다. 말없이 두려운 눈길로 남편을 바라보고만 있었다.

"그자는 지금 아주 쇠약해 있어. 가사상태라고 해도 과언이 아니지. 그러니까 밤에 아무도 모르게 그자의 목을 눌러 버리면 끝나는 거야."

"……."

"수술 끝의 자연산 줄 알지, 누가 그자를 목 졸라 죽인 줄 알겠어. 안 그래요?"

그제야 송인실은 가만히 있을 수가 없어 입을 열었다.

"그렇지 않아요. 그자가 죽으면 대번에 당신을 의심할 거예요. 왜냐구요? 간밤에 당신이 그 병실에 갔었으니 말이에요. 당신이 그 병실에 갔었던 일과 그자의 죽음을 대번에 결부해서 생각할 거예요."

"글쎄…… 그건 너무 오버센스가 아닐까?"

"오버센스가 아니에요. 나라도 그렇게 의심이 들 거예요. 그 환자가 그냥 보통 환자 같으면 의심을 할 까닭이 없지만, 우리 순지가 교통사고를 내서 입원한 환자인 데다가, 당신이 간밤에 한 번 찾아간 일까지 있으니 말이에요. 그러니까 여보, 부디 그런 끔찍한 생각일랑 아예 마세요. 예? 부탁이에요."

송인실은 애원하는 듯한 표정을 지었다.

그러나 임중하는,

"아니야. 아무래도 복수를 해야겠어. 그렇지 않으면 아버지의 망령이 나를 용서할 것 같지가 않아. 간밤에 보니까……."

얼굴에 짙은 두려움의 빛을 띠었다.

임중하는 오한 같은 것을 느끼는 사람처럼 가볍게 한 번 몸을 떨고는 말을 계속했다.

"간밤에 아버지의 망령이 나에게 호통을 쳤어. 어서 목을 졸라 죽이라고 말이야. 무섭게 노려보면서 죽이지 못하겠느냐고, 나중에는 그만 나를 어째 버릴 듯이 다가오더라니까. 그래서 냅다 비명을 지르며 기절을 했던 거야."

송인실은 겁에 질린 표정으로 속눈썹을 바르르 떨 뿐이었다.

"아무래도 아버지의 원한을 풀어드리지 않고는 일이 무사할 것
같지가 않아."

"무사할 것 같지가 않다니요?"

"무슨 일이 생길 것만 같단 말이지."

"……"

"망령이 나타날 때는 그 원한이 얼마나 사무치는 것인가를 알 수
있는 거 아니겠어. 저승으로 못 가고 이승을 떠돌며 원한을 기어이
풀려고 하는데 자식으로서 그 원한을 풀어드리지 못하면 어떤 노
여움을 당하게 될지 모른단 말이야. 간밤에 보니까 아무래도 그냥
순순히 넘겨버릴 것 같지가 않더라니까."

송인실은 정말 무슨 이런 일이 다 있는가 싶은 듯 이맛살을 찌푸
리고 한숨을 내쉬었다.

"망령의 노여움을 사면 재앙을 당하게 된다는 옛날 얘기가 많이
있잖아. 어떤 재앙이 우리에게 떨어질지 모른단 말이야. 그리고 병
원을 위해서도 하루 속히 망령의 원한을 풀어드리는 게 옳겠어. 병
원에 귀신이 나온다는 소문이 널리 퍼지면 병원 문을 닫아야 할지
도 모르니까 말이야. 귀신이 나온다는 병원에 기분 나빠서 누가 찾
아올 것이며 누가 입원을 하려고 하겠어."

그 말에 송인실은 정신이 번쩍 드는 듯

"병원 문을 닫다니요. 안 되지요. 절대로 안 되지요."
하고 힘주어 말했다.

병원 문을 닫다니…… 그녀로서는 도저히 상상도 하고 싶지 않
은 일이었다. 병원도 단순히 남편과 자기 둘만의 힘으로 이룬 것이
아니라, 그녀의 아버지로부터 이어받아서 더욱 키워낸 터이니 말

이다.

말하자면 그녀 아버지의 창업인 중인병원의 문을 닫다니…… 절대로 될 말이 아닌 것이다.

"그러니까 속히 그자를 없애 버리고, 병원의 문이 닫히는 일이 없도록 하잔 말이야."

"……."

"원수를 갚고, 병원의 운영을 정상으로 유지하는 길을 왜 외면하려는 거야. 마침 수술 뒤라 자연사를 가장할 수 있는 절호의 기회야."

그러자 송인실은 심각한 표정으로 살짝 고개를 떨구고 잠시 생각에 잠기더니, 가만히 고개를 들었다. 남편의 두 눈을 똑바로 바라보며,

"당신 정말 자신이 있어요?"

나직이 물었다. 목소리가 조금 떨리는 듯했다.

"자신 있어. 염려 말아요."

"왜 하필 목을 졸라 죽이려는 거예요. 차라리 약물로 감쪽같이 해치울 수가 있는데……."

"그건 안 돼."

나직하나 단호한 어조로 임중하는 말했다.

"왜요? 손으로 목을 졸라 죽이는 것보다는 주사약이나 조제약으로 감쪽같이 해치우는 게 훨씬 손쉽고 안전할 텐데요. 만일 당신, 손으로 목을 졸라 죽이다가 비명을 지르거나, 간호원이나 누구한테 발각이 되면 어쩌려고 그래요?"

송인실은 나직한 목소리로 말하면서도 혹시나 싶은 듯 힐끗 문

쪽으로 시선을 주었다.

임중하 역시 두려운 기색이었다. 그러나 그는 아랫배에 지그시 힘을 주며 침착한 어조로 말했다.

"약물을 사용해서 살해할 수는 없어. 나는 의사야. 당신도 의사고……. 의사가 환자를 약물로 눈을 속여 죽인다는 것은 인술의 신에 대한 반역이야. 안 돼. 그렇게 하는 편이 손쉽고, 보다 감쪽같이 끝낼 수 있다는 것을 나도 잘 알아. 그러나 의사인 내가 그렇게 할 수는 없어."

"……."

"나는 그자를 돌아가신 아버지의 아들이라는 입장에서 죽이려는 거야. 그자의 손에 의해서 죽음을 당한 아버지의 장남으로서 순수하게 복수를 하려는 거지 복수를 위해서 인술을 더럽히고 싶지는 않어."

그 말에 송인실은 가만히 큰 숨을 들이쉬었다. 남편의 숭고한 일면을 보는 것 같아 가슴이 벅차오르는 것이었다.

한편 부끄러운 생각이 들기도 했다. 같은 의사로서 인술에 대한 외경의 마음이 남편보다 훨씬 못하다는 것을 알았기 때문이다.

임중하는 약간 열기를 띤 어조로 말했다.

"이 손으로 직접 죽이는 거야. 그게 당당하고 순수할 것 같애. 증오와 저주를 이 두 손에 온통 집중시켜 가지고 그자의 목줄기를 조여 숨을 끊어 버리고 마는 거야."

임중하는 두 손아귀를 쫙 벌려 교살하는 시늉까지 해댔다. 눈에 살기가 번뜩이는 듯했다.

송인실은 가볍게 몸서리를 쳤다. 그리고 떨리는 목소리로 애원하듯 말했다.

"여보, 부디 탄로가 나지 않도록 잘 해요."

"아무 염려 말아요. 내가 잘 알아서 감쪽같이 깨끗하게 해낼 테니까. 그 대신 당신은 조금도 당황하지 말고, 자연스럽게 행동을 해야 돼. 난 오히려 당신이 걱정이야."

"나는 아무 염려 마세요. 시치미를 뚝 떼는 데는 소질이 있잖아요."

"그렇지. 소질 있지."

임중하는 히죽 웃음이 나왔다.

송인실도 얼굴에 살짝 웃음을 띠었다가 결코 미소를 지을 그런 일이 아니라는 듯이 얼른 거두고서 나직이 물었다.

"언제 행동을 할 작정이에요? 오늘 밤……."

"글쎄, 오늘 밤 아니면 내일 밤 해치우겠어. 오래 끌수록 불리하니까."

"맞아요."

송인실은 자기가 마침내 살인에 동의를 하고서 공모자처럼 예사로 지껄이고 있다는 생각이 문득 들자, 몸서리가 쳐졌다.

그때 자그락자그락 염주 소리가 거실에서 들렸다. 윤 보살이 거실로 나온 모양이었다.

송인실은 후닥닥 자리에서 일어났고, 임중하는 도로 요 위에 얼른 드러누웠다.

그날 오후, 최 처사는 병상에 일어나 앉아 있었다. 몸이 한결 좋아진 것 같은 느낌이었다. 기분 같아서는 병상에서 내려가 병실 밖으로 걸어 나가보고 싶었다.

그러나 아직 한쪽 다리에 붕대가 감겨 있는 터이라 마음대로 걸을 수 있을 것 같지가 않았다.

창밖으로 내다보이는 바깥세상에는 한결 봄기운이 감도는 것 같았다. 날씨도 구름 한 점 없이 화창했다.

잠시 유쾌한 기분으로 하염없이 창밖으로 시선을 보내고 있던 최 처사는 문뜩 분심이 생각이 떠올랐다. 분심이가 얼마나 기다리고 있을까…… 생각하니 안타까웠다. 빨리 돌아가서 그녀를 만나야 할 것인데…… 혹시 그동안에 변심이나 하지 않았을까…… 바짝 조바심이 일기까지 했다.

그러나 최 처사는 곧 맥이 풀리고 말았다. 마치 기분 좋은 꿈을 꾸다가 깨어난 것 같은 허탈감이었다. 자기의 팔이 하나 잘려나가 버렸다는 사실이 머리에 와닿았던 것이다. 뿐만 아니다. 진옥이가 미소를 띠고, 아버지 하면서 앞을 가로막기도 했던 것이다.

팔 하나가 없어진 병신을 한 번 살을 섞은 사이라고 해서 그대로 받아들여 줄 것인지 아무래도 비관이 앞섰다. 설혹 분심이는 받아들인다 하더라도 서문 영감이 좋다고 할 리는 만무했다.

그리고 진옥이가 분심이에게 돌아가도록 가만히 놓아둘 것 같지도 않았다.

진옥이는 이십 년 만에 만나게 된 아버지를 결코 놓지 않으려 할 것이고, 제 어머니와 다시 결합이 되도록 하려고 마음먹고 있는 게 뻔했다.

이십 년 만에 뜻밖에 딸을 만나게 된 것은 더없이 기쁜 일이지만, 그러나 자기를 배반하고 도망친 그 여편네와 다시 결합하고 싶은 생각은 손톱만큼도 없었다.

앞으로 어떻게 했으면 좋을지……. 조금 전의 유쾌하던 기분은 간 곳이 없고, 심란하고 울적하기만 했다.

병상을 내려서서 마음대로 걸어 다닐 수 있을 것만 같던 몸이 별안간 나른해지고, 가벼운 현기증 같은 것이 느껴지기까지 해서 최 처사는 비실 자리에 쓰러지듯 다시 드러누웠다.

수술을 한 어제에 비하면 현저히 몸의 상태가 나아진 것 같았으나, 아직 정상이 되려면 멀었다.

최 처사는 스르르 눈을 감고 낮잠이나 한숨 잘까 하는데, 똑 똑…… 문에 노크 소리가 나고 문이 가만히 열렸다.

"몸이 좀 어떠하오?"

은은한 미소를 띠면서 들어선 것은 윤 보살이었다.

"아이고, 나오십니까?"

최 처사는 자리에 다시 일어나 앉으려 했다.

그러자 윤 보살이 얼른 손을 내저으며,

"그대로 누워 있어요, 아픈 사람이 일어나기는……."

하고 만류를 했다.

"그럼 이대로 누워 있겠습니다. 어제 수술을 해서 기운이 없어서……."

"수술을 했소? 어제?"

"예."

"어디를?"

"팔 하나를 잘라냈어요."

"어머나."

윤 보살은 눈이 휘둥그레졌다.

병상 가까이 창변에 의자를 갖다놓고 앉은 윤 보살은 최 처사의 홀쭉 꺼진 한쪽 어깻죽지를 눈여겨보면서,

"관세음보살―."

하였다.

그리고 한쪽 손에 들고 있는 염주를 자그락자그락 헤아리고 나서 입을 열었다.

"처사, 너무 상심하지 마오. 모든 게 부처님의 뜻이라고 생각해야지요."

"……."

"팔을 하나 잃어서 원통하고 원망스럽다고 생각하지 말고, 팔을 하나 버림으로써 목숨을 건지게 됐다고 생각해야 하오. 그래야 마음이 편하고, 부처님의 은덕을 입어 앞날에 복을 누릴 수가 있어요. 관세음보살―."

"옳으신 말씀입니다."

최 처사는 윤 보살의 곱게 늙은 용모를 가만히 바라보면서 나직이 대답했다.

자그락자그락 염주를 헤아리면서 윤 보살은 말을 이었다.

"사람이란 나이가 들면 세상일이랑 자기 앞에 닥치는 일들을 너그럽게 생각하고 받아들이는 그런 마음가짐이 필요해요. 매사를 찡그린 얼굴로 못마땅하게만 생각하는 것은 좋지 않아요. 그런 사람에게는 굴러오던 복도 외면을 하고 달아나 버려요."

"……."

"어떤 몹쓸 일이 닥쳐도 팔자소관이라 생각하고, 조용히 받아들이며, 마음을 편안히 먹으려고 애쓰면 그 몹쓸 일이 곧 물러나고

말아요. 그렇지 않고, 그것을 원망하고, 신세 한탄을 하며, 찡그린 이맛살을 펴지 못하는 사람에게는 그 몹쓸 일이 찰싹 달라붙어서 떨어지질 않지요. 관세음보살— 사람의 마음가짐이라는 것이 얼마나 중요한지…… 그러니까 처사는 되도록 마음을 너그럽게 편안히 갖도록 노력하오."

윤 보살은 정말 보살답게 은은한 미소를 띠면서 말했다.

"예, 그렇게 하겠습니다."

최 처사도 진심으로 고맙고, 좋은 말씀이라고 생각했다.

"젊은 사람들은 그런 마음을 갖기가 어려워요. 나도 젊었을 때는 그렇게 마음을 너그럽게 갖기가 여간 어렵지 않았다오."

"젊을 때 무슨 불행한 일을 당하시기라도 하셨던가요?"

최 처사는 그저 예사로 물었다.

"당하고말고요. 나같이 끔찍한 일을 당한 사람도 아마 드물 거요."

윤 보살도 그저 예사로 말했다.

"무슨 일을 당하셨는데요? 심심하니까, 한 번 얘기나 해보시지요."

"그럴까. 심심하니까……."

윤 보살은 헤죽 한 번 웃고는 얘기를 꺼냈다.

"6·25가 나기 전이었으니까, 벌써 삼십 년이 더 지났구려. 내가 그때 서른아홉이든가 마흔이든가 그랬어요. 그러니까 아주 젊다고는 할 수 없지요. 좌우간 아직은 젊을 때라고 할 수 있는데, 그만 남편을 잃었지 뭐요."

"아하, 바깥어른께서 어디가 아프셨던가요?"

"아파서 돌아가셨다면 무슨 한이 있겠어요. 아파서 돌아가신 게 아니라⋯⋯."

"그럼 무슨 일로⋯⋯?"

최 처사는 윤 보살의 과거담이 꽤 재미있겠구나 싶으며 호기심 어린 표정을 지었다.

윤 보살은 나직이 한숨을 한 번 쉬었다. 삼십 년이 지난 과거의 일이지만, 그 일을 되새기려니 절로 한숨이 나왔던 것이다.

그러나 윤 보살은 가만가만 염주를 헤아리며 담담한 어조로 이야기를 계속했다.

"공비한테 총을 맞아 돌아가셨지요. 우리 집 양반은 국민학교 교장이었어요. 이십여 년간 교육계에 몸담은 분인데, 사람을 잘못 만나 그만 그런 변을 당하고 말았다오."

윤 보살의 말에 최 처사는 얼굴에서 핏기가 싹 가시는 느낌이었다. 현기증이 핑 지나가기도 했다.

"학교 소사로 있던 놈이 글쎄, 공비가 되어 나타나서 우리 집 양반을 총으로 쏘아 버렸지 뭡니까. 아주 나쁜 놈이지요. 자기가 일하던 학교의 교장 선생을 죽이고, 교실에다가 불을 지르고 했다오. 정말 그런 천벌을 받을 놈이 세상에 또 있겠어요. 안 그래요? 처사."

"⋯⋯."

"눈이 몹시 쏟아지는 밤이었다오. 그때 우리 중하가 고등학교 학생이었는데 집에 와 있었으니까, 겨울방학이었던 거지요. 난데없이 여러 명의 공비가 교장 관사로 들이닥쳤는데 글쎄, 그중에 학교 소사로 있던 놈이 섞여 있질 않겠어요. 얼마나 어이가 없고 놀랐는지……."

최 처사는 온몸이 얼어서 뻣뻣하게 굳어드는 듯, 그러면서도 와들와들 떨렸다. 도저히 윤 보살을 바라보고 있을 수가 없어 눈을 감기도 하고, 천장을 바라보기도 하며 안절부절 못했다.

며칠 전, 처음 병실을 찾아왔다가 돌아가자, 어디선지 많이 낯익은 노파처럼 느껴지더니, 다름 아니라 바로 자기가 죽인 임 교장 사모님이라니……. 정말 기절을 할 노릇이었다.

그런 줄을 꿈에도 모르는 윤 보살은,

"관세음보살―." 하고는 말을 이었다.

"그런데 알고 보니, 그놈이 우리 집 양반을 죽이고, 교실에 불을 지르려고 일부러 다른 공비들을 이끌고 찾아왔던 거예요. 소사질을 할 때 학교 쌀을 도둑질하다가 우리 집 양반한테 들켜서 소사질을 그만두게 된 그런 놈인데, 그 앙갚음을 하려고 찾아왔던 거지요. 아주 인간이 악질이지요. 자기 잘못을 모르는……."

"……."

"그놈 벌써 죽었을 거예요. 암 죽고말고요. 죄 없는 사람을 총으로 쏘아 죽이고, 자기가 다닌 학교의 새로 지은 교실에 불을 지른 그런 놈을 하늘이 가만히 놓아뒀겠어요? 어림도 없지요. 벼락을 맞아 죽었을지도 몰라요. 안 그래요? 처사."

최 처사는 그만 자리에서 벌떡 일어났다. 이상스럽게 몸이 벌떡 일으켜지는 것이었다. 도저히 더 듣고 있을 수가 없었던 것이다. 고문을 당해도 이렇게 괴롭지는 않을 것 같았다.

최 처사가 병상에서 바닥으로 내려섰다.

"아니, 갑자기 왜 이러시오?"

윤 보살의 두 눈이 휘둥그레졌다.

“저…… 변소에 좀 가려고요. 설사가…….”

최 처사는 당황하여 입에서 나오는 대로 말했다.

그리고 약간 비틀거리면서도 용케 혼자 걸어서 병실 문을 열고 나가는 것이었다.

약간 머리가 흔들리는 것 같기도 했고, 절단 수술을 한 한쪽 어깻죽지가 이상스럽게 뻐근하기도 했으나 최 처사는 자기도 알 수 없는 어떤 이상한 힘에 떠밀리듯이 정신없이 화장실을 찾아갔다.

너무나도 예기치 않은 뜻밖의 얘기에 온통 질겁을 한 터이라, 절로 몸속의 잠재력이 불끈 발동을 한 모양이었다.

교통사고를 당해서 입원을 한 뒤로 병상에서 내려와 걸음을 옮겨보기는 처음이었다. 더구나 혼자서 이렇게 병실을 나와 화장실을 찾아가다니, 어제 절단 수술을 한 터인데…… 최 처사는 자기가 생각해도 얼떨떨할 지경이었다.

무엇에 쫓기는 사람처럼 화장실로 들어선 최 처사는 얼른 대변 보는 칸의 문을 열고 숨듯이 안으로 들어갔다. 가슴이 벌떡벌떡 걷잡을 수 없이 뛰고 있었다.

쭈그리고 앉았으나, 무엇이 나올 턱이 없었다.

최 처사는 마치 무슨 범죄를 저지르다가 발각이 되어 도망쳐 와서 숨은 사람처럼 숨을 죽이고 언제까지나 움직일 줄을 몰랐다.

정말 기가 찰 노릇이 아닐 수 없었다. 이렇게 공교롭고 어이가 없는 일이 또 어디에 있단 말인가. 바로 호랑이굴 속으로 기어들어 온 게 아니고 무엇인가.

그리고 보니 임 박사라는 그 사람이 바로 임 교장의 아들이 아닌

가. 아들인 그 사람에게 임 교장을 죽인 자기의 과거담을 털어놓았다니…… 어처구니가 없을 따름이었다.

정초에 임 박사와 함께 양주를 마시며 하룻밤을 지낸 여웃골에서의 일이 생각나 최 처사는 몸서리를 쳤다.

바로 자기 앞에 앉아 있는 사람이 자기가 죽인 임 교장의 아들인 줄을 꿈에도 모르고 그런 겁나는 이야기를 털어놓다니…… 정말 아찔한 노릇이었다.

그런데 그 임 박사라는 사람이 어쩐지 이상하게 여겨졌다. 자기 아버지를 죽인 원수를 눈앞에 맞이하고서도 아무 그런 내색을 안 하다니……. 이튿날 상운사까지 동행할 때도 별일이 없었고 상운사에서도 별다른 기색이 없었으며 이번에 서울에 와서도 그런 기미는 보이지 않는 게 아닌가.

물론 이번에 서로 상면하기 전에 교통사고를 당했으니, 그 사람의 태도가 어떤 것인지 잘 알 수 없지만, 좌우간 일류의 부탁을 받고서 일자리를 주겠다고 데리고 오라고 했으며, 또 교통사고를 당하자 입원을 시켜 수술까지 해주며 완치시키려고 애쓰고 있는 형편이 아닌가 말이다.

그렇다면 혹시 여웃골에서의 고백을 듣고도 자기 아버지를 죽인 원수라는 것을 알아차리지 못했단 말인가. 그럴 리는 없다고 최 처사는 생각했다.

그렇게 구체적으로 얘길 했는데, 알아차리지 못하다니, 말이 되지 않는 것이다.

도대체 그럼 임 박사라는 사람은 어떤 사람이란 말인가. 자기 아버지를 죽인 원수도 용서해주는 사람이란 말인가. 도무지 알 수가 없고, 아리송해서 더욱 으스스 떨리기만 했다.

최 처사가 병실로 돌아가니 윤 보살은 기다리다가 집으로 간 듯 보이지 않고 진옥이 혼자 서서 깜짝 놀라는 표정을 지었다.

"아버지, 어디 갔다 오세요? 어서 누우세요. 아직 그렇게 걸어 다니시면 해로워요."

최 처사는 자리에 눕자, 말없이 심각한 표정으로 딸을 바라보았다.

"이쁜아, 아니 진옥이라 그랬지. 진옥아."

이십 년 전 어릴 때 부르던 '이쁜이'라는 이름이 절로 튀어 나와 최 처사는 얼른 고쳐 불렀다.

"왜요? 아버지."

진옥은 대답을 하고서 힐끗 문 쪽을 한 번 돌아보았다. 혹시 누가 문을 열고 들어오지나 않을까 싶어서였다. 부녀간이라는 사실이 밝혀져서는 안 되는 것이다.

"너한테 한 가지 부탁이 있다."

"무슨 부탁인데요?"

진옥은 약간 긴장이 되는 느낌이었다.

아버지는 표정이 바짝 굳어져 있을 뿐 아니라, 그 어조로 보아 뭔가 심각한 얘기가 나올 것만 같았던 것이다.

"나를 너거 집에 데려가 다오."

최 처사는 불쑥 내뱉듯이 말했다.

진옥은 활짝 기쁜 표정을 지었다.

"물론 모시고 가고말고요. 완치가 되어 퇴원을 하시면 안 가시려 그래도 모시고 갈 거예요, 아버지."

"그게 아니라 당장 데려가 달라는 말이다."

“당장요?”

진옥은 조금 눈이 둥그레지지 않을 수 없었다. 당장 데려가 달라니 무슨 뜻인지 알 수가 없었다.

“그래, 당장 오늘 중으로 데려가줘야 되겠어.”

“아니, 완치가 되지도 않았는데 퇴원을 하시겠다는 말이에요? 아버지. 별안간 무슨 말씀이에요? 어제 수술을 하셨잖아요. 그런데 오늘 퇴원을 하시다니…… 무슨 기분 나쁜 일이라도 있었어요?”

“좌우간 자세한 얘긴 나중에 할 테니까. 오늘 중으로 감쪽같이 이 병원에서 빠져나갈 수 있도록 도와줘야 되겠어.”

“예?”

진옥은 그만 두 눈이 휘둥그레졌다.

“아버지를 살리고 싶은 생각이 있거든 내 말대로 해다오. 정말이다. 진옥아.”

“…….”

“부탁이다. 정말 부탁이다.”

최 처사는 애원을 하듯 간절한 표정까지 지었다.

“아버지, 도대체 어찌된 일이에요? 무슨 일이죠?”

“글쎄, 그 이유는 묻지 말라니까. 나중에 얘길 하겠다니까.”

“참 알 수가 없군요. 무슨 일인지……. 어제 수술을 받은 몸인데, 퇴원을 하시다니……. 더구나 아무도 모르게 감쪽같이 병원을 빠져나가시겠다니…….”

진옥은 어처구니가 없고, 기가 막히는 모양이었다.

“나를 살려달라니까. 진옥아. 나를 좀 살려다오.”

“아버지, 그럼 오늘 중으로 이 병원을 빠져나가시지 않으면 목숨이 위태롭단 말씀이에요?"

"그래, 죽게 될지도 몰라."

"왜요?"

"글쎄, 그건 묻지 말라니까 그러네."

"아버지, 유령이 나타났었나요?"

"뭐, 유령?"

"예."

"아니다. 유령이 나타난 건 아니여. 좌우간 진옥아, 니가 내 딸이라면 오늘 중으로 나를 감쪽같이 이 병원에서 너거 집으로 데려가다오. 알겠지?"

"그러시다면 할 수 없지요. 아버지."

진옥은 도무지 얼떨떨하기만 했으나, 동의를 하지 않을 수 없었다. "니가 내 딸이라면" 하고 말하는데, 어찌 끝내 동의를 하지 않고, 만류할 수 있겠는가 말이다.

일단 동의를 하기는 했으나, 아무래도 찜찜해서 진옥은,

"그런데 아버지, 한 번 더 잘 생각해 보세요. 완치가 되어 퇴원을 하시게 되면 원장님이 보상금까지 톡톡히 주실 것인데⋯⋯. 적어도 몇백 만 원은 주실 거예요."

하고 슬쩍 떠보았다.

"그게 무슨 소리냐?"

몇백만 원이라는 말에 최 처사는 조금 멀뚱해졌다.

"원장님의 딸이 차를 운전하다가 사고를 일으켜 아버지가 이렇게 부상을 당하셨기 때문에 완치를 시킨 다음 보상금도 충분히 지급하겠다고 원장님이 말했단 말이에요."

그러나 최 처사는 한 마디로 잘라 버렸다.

"보상금이 문제가 아니다. 죽느냐 사느냐 하는 판이란 말이다."

"……."

"그러니 아무 소리 말고 내 말대로 오늘 중으로 실행해 다오. 감쪽같이 이 병원을 빠져나갈 수가 있겠지?"

"글쎄요. 연구를 해 봐야죠."

"연구를 해보다니, 그런 희미한 소리 하지 말고, 어떤 일이 있어도 그렇게 해야 한다. 내 목숨이 니 손에 달렸다는 것을 알아야 해. 니 하기에 따라서 내가 살 수도 있고, 죽을 수도 있는 거다. 알겠지?"

"예, 알겠어요."

진옥은 대답하는 소리가 약간 떨렸다. 어쩐지 무슨 범죄를 공모하는 것만 같아 두려운 생각이 슬그머니 드는 것이었다.

"진옥아, 너만 믿는다."

최 처사는 긴장이 풀리고 피로가 엄습하는 듯 스르르 두 눈을 감았다.

"그런데 아버지, 몸이 어떠세요? 병원을 빠져나가 집까지 가실 수 있겠어요?"

"걱정 말아라. 죽느냐 사느냐 하는 판인데……. 조금 전에 변소까지 혼자서 갔다 왔다."

"병원 밖까지만 나가시면 택시를 잡아타면 되니까요."

"진옥아, 앞으로 치료는 인제 집에서 니가 해도 되겠지? 어떠냐?"

"그건 염려 마세요. 얼마 동안은 다른 병원에 다니시며 치료하다가 그담엔 제가 해도 되니까요."

"오냐. 알았다."

최 처사는 이제 좀 마음이 놓이는 듯 표정이 한결 부드러워졌다.

"그럼 아버지, 한숨 주무시고 계세요."

"오냐. 그런데 아무래도 밤이라야 되겠지?"

"그럼요. 밤이라야 남의 눈에 띄지 않고 병원을 빠져나갈 수가 있죠. 그건 제가 알아서 할 테니까, 염려 마시고 기다리고 계세요."

"몇 시쯤에? 될 수 있는 대로 빠른 게 좋겠어. 도무지 불안해서……."

"빠르면 안 돼요. 아무래도 밤 열한 시쯤 돼야……."

"너무 늦지 않을까?"

"그때쯤 돼야 몰래 빠져나갈 수가 있어요. 특근하는 간호원이랑 수위가 그 시간쯤 돼야 하품을 하고 졸게 되거든요. 제가 특근을 해봐서 잘 알아요."

"오냐 알았다."

그날 밤 열 시 반경, 진옥은 병원 정문을 가만가만 들어섰다. 검정색 바지에 곤색 스웨터를 입고, 신은 푸른색 운동화를 신고 있었다.

얼른 보면 검은 그림자가 움직이는 듯했다.

정문을 들어선 진옥은 원형의 화단에 살짝 붙어 서서 현관 쪽을 살폈다. 수위실에 수위가 혼자 앉아 신문을 펼쳐 들고 있었다.

신문을 펼쳐 든 채 꾸벅꾸벅 조금 졸다가 깜짝 놀라듯 다시 얼굴을 들고 신문을 훑어보곤 했다.

아직 현관으로 들어갈 수는 없다 싶었다. 진옥은 수위가 졸음에 빠지기를 기다릴까 하다가 한 자리에 오래 멈추어 서 있는 게 불안해서 병원 앞 정원을 지나 저쪽 출입구로 들어가기로 했다.

발자국 소리를 죽여 살금살금 정원의 오솔길을 걸어가는 진옥은 가슴이 바짝바짝 죄었다. 마치 자기가 밤손님이 되어 병원에 침입하고 있는 듯한 기분이었다.

스릴은 그만인데…… 싶으며, 그녀는 어둠 속에서 으스스 떨면서도 헤죽 웃었다.

출입구에 다다른 진옥은 얼른 건물 벽에 붙어 서서 간호원 근무실 쪽을 살폈다. 아무 기척이 없었다. 문을 닫고 앉아서 졸고 있거나, 하품을 하면서 조간지라도 뒤적이고 있는 모양이었다.

고양이처럼 가볍게 복도로 들어서서 날쌔게 계단으로 몸을 날렸다.

이 층 복도에도 사람의 그림자라곤 얼씬도 하질 않았다. 전등이 희미하게 비치고 있는 호젓한 복도를 진옥은 살금살금 걸음을 옮겨 중환자실로 다가갔다.

마침 화장실 앞을 지날 때였다. 저만큼 앞에 있는 중환자실의 문이 별안간 열리는 것이 아닌가. 진옥은 깜짝 놀랐다.

하얀 간호원복이 복도로 희끗 나타나자, 진옥은 후닥닥 화장실로 몸을 숨겼다. 화장실 한쪽 구석에 딱 붙어선 진옥은 간이 다르르 오그라붙는 듯했다.

간호원 두 사람이 복도를 지나가는 기척이 나고, 다시 조용해지자, 진옥은 후유— 숨을 내쉬었다. 그러고도 잠시 그대로 웅크리고서 있다가 살짝 화장실에서 나왔다.

중환자실의 문을 똑똑 노크하고는 얼른 열었다. 그리고 성큼 들어서며,

“아버지.”

하고 미소를 지었다.

“왔느냐.”

최 처사는 활짝 밝은 표정을 지으면서 자리에서 부스스 몸을 일으켰다.

“조금 전에 간호원 둘이 왔다 갔지요?”

“응, 혈압도 재고, 맥도 짚어보고…….”

“아버지.”

“왜?”

“정말 이곳을 빠져나가실 거예요?”

진옥은 마지막으로 한 번 더 물어보았다.

“새삼스럽게 무슨 소리냐? 그런 소리 하고 있을 때가 아니다. 자 어서 빠져나가자.”

“예, 그럼…… 자, 어서…….”

진옥은 병상에서 내려서는 아버지를 부축했다.

아버지를 부축하고서 중환자실을 나선 진옥은 아까 잠입해 들어온 그 코스를 밟아 어둠을 타고 무사히 병원을 빠져나갈 수가 있었다.

진옥이 하나 남은 팔을 잡고서 부축을 해서 그런지 최 처사는 의외로 잘 걸었다. 죽기 아니면 살기라고, 바짝 긴장이 되어 있어서 그런 모양이었다. 말하자면 호랑이굴에서 빠져나가는, 필사의 도주인 셈이 아닌가.

길에서 택시를 잡아타자, 그제야 최 처사는 후유— 안도의 숨이 내쉬어졌다. 이마에 땀이 다 내배어 있었다.

진옥이 역시 이제 두 어깨가 홀가분하게 내려앉는 것이었다. 참 스릴 만점이군, 싶으며 공연히 기분이 좋아서 헤죽헤죽 웃었다.

무슨 이유로 이런 범죄 비슷한 모험을 해야 했는지 알 수는 없었지만, 좌우간 뜻대로 아버지를 감쪽같이 병원에서 빼냈을 뿐 아니라, 이십 년 만에 집으로 모시고 간다는 생각에 진옥은 가슴이 뿌듯하게 부풀어 오르기만 했다. 차창 밖으로 획획 지나가는 밤거리의 불빛들도 한결 정답고 새롭게 느껴졌다. 어쩌면 이게 현실이 아니라 꿈이 아닌가 싶기도 했다.

아파트 출입구 앞에서 택시를 내린 진옥은 아버지를 부축해서 계단을 올라갔다.

"아버지, 여기에요."

버저를 누르면서 진옥이 말하자, 최 처사는 그저 멀뚱한 표정으로 이리저리 두리번거리기만 했다.

"진옥이냐?"

안에서 여자 목소리가 났다.

"응, 엄마 나야."

문이 열렸다.

진옥은 현관으로 들어섰다.

"엄마, 아버지 오셨어."

"뭐?"

서연선은 그만 정신이 아찔해진 사람처럼 표정이 멍청히 굳어지며 얼굴에서 핏기가 싹 가시는 듯했다.

아버지를 오늘 밤에 모시고 온다는 말을 진옥이 안 하고서 나갔던 것이다. 퇴근을 해 와서 저녁을 먹고는 열 시가 거의 되어서 딴 옷을 꺼내 입고 집을 나서는 진옥이에게 어디 뭘 하러 이 밤중에 나가느냐고 추궁을 해도 그저 헤죽헤죽 웃으면서 곧 돌아온다고, 돌아오면 알게 된다고만 말하고는 뛰쳐나가더니, 난데없이 이 밤중에 아버지를 데리고 오다니…… 아닌 밤중에 홍두깨도 유분수지, 도무지 어떻게 된 영문인지, 서연선은 어처구니가 없고 기가 막혀 정신이 하나도 없었다.

"아버지, 들어오세요."

문 밖에 서 있는 아버지를 돌아보며 진옥이 말했다.

그러나 최 처사는 멀뚱히 그대로 서 있기만 했다. 반갑지는 않더라도 어색한 표정으로로라도 여편네가 나와서 맞이한다면 모르지만, 얼굴도 내밀지 않는데, 자기 발로 먼저 걸어 들어가기가 어쩐지 쑥스럽고, 체면이 안 설 뿐 아니라, 슬그머니 기분이 언짢기도 했던 것이다.

"들어오시라니까요, 아버지."

진옥이 가서 아버지를 부축하며 억지로 끌어들이듯 하자, 최 처사는 마지못한 듯,

"음—."

하면서 현관으로 들어섰다.

현관에 들어선 최 처사를 보자 서연선은,

"아이고."

깜짝 놀라는 듯한 소리가 자기도 모르게 흘러내렸다. 어떤 표정을 지어야 좋을지, 안면의 근육이 온통 실룩거리는 듯했다.

반가우면서도 어색하기 짝이 없고, 왈칵 두렵기도 해서, 서연선은 고개를 떨구고는 슬그머니 주방으로 들어가 버렸다.

"아버지, 올라가요. 자…….."

진옥이 부축을 해서 최 처사는 마루로 올라섰다.

"큰방으로 들어가요."

진옥이 부축해 가는 대로 최 처사는 마지못한 듯 따랐다.

그러나 현관을 들어설 때보다는 기분이 한결 누그러져 있었다. 서연선의 표정과 태도가 별로 거슬리지 않았던 것이다. 고개를 떨구고 슬그머니 주방으로 들어가는 품이 과거의 잘못을 뉘우친 여자처럼 느껴졌다.

큰방에 들어가자 최 처사는 이부자리를 해달라고 해서 드러누웠다. 호랑이굴에서 무사히 빠져나온 셈이어서 마음이 놓여 그런지 걷잡을 수 없이 피로가 엄습해 왔던 것이다.

최 처사는 마치 사르르 숨이 넘어가듯 곧 잠이 들어 버렸다. 얼굴에 핏기가 하나도 없었다.

진옥은 잠든 아버지 곁에 앉아 손목의 맥박을 짚어보기도 하며 잠시 지켜보고 있다가 가만히 일어났다.

주방으로 가보았다.

서연선은 싱크대 앞에 이쪽으로 등을 돌리고 서 있었다. 그 뒷모습으로도 울고 있다는 것을 알 수 있었다.

"엄마, 우는 거야?"

진옥이 다가가자, 서연선은 소매 끝으로 두 눈을 찍었다.

"아버지, 주무셔."

"……."

"엄마, 왜 울어? 기뻐서 그래?"

"기쁘기는……."

서연선은 약간 불그레해진 눈으로 진옥을 돌아보며,

"도대체 어떻게 된 일이냐? 응? 밤중에 난데없이……."

도무지 알 수가 없다는 듯이 못마땅한 표정으로 물었다.

"나도 모르겠어."

"너도 모르다니……?"

"글쎄, 아버지가 오늘 밤에 기어이 집으로 오시겠다는 거야. 왜 그러시느냐고 물어도 그 이유는 나중에 얘기하신다면서 기어이 오늘 밤 중으로 집으로 데려가 달라지 뭐야. 그래서 모셔온 거야."

"도대체 무슨 일이지?"

"글쎄 말이야. 도무지 무슨 일인지 나도 알 수가 없어."

"그래, 병원에서 이 밤중에 퇴원을 시켜주던?"

"퇴원을 시켜준 게 아니라……."

"그럼……?"

"살짝 모르게 빠져나왔어."

"뭐? 살짝 모르게 빠져나와? 그게 무슨 소리냐?"

서연선은 두 눈이 휘둥그레졌다. 그 집 차에 치여서 입원을 한 사람이 살짝 모르게 빠져나오다니, 도대체 어떻게 된 영문인지 얼떨떨하기만 했다

거실 벽에 걸린 시계의 바늘이 서서히 열두 시에 다가가고 있었다.

딩, 딩, 딩…… 거실의 괘종이 둔중하게 열두 점을 치는 소리가 들리자, 임중하는 부스스 자리에서 일어났다.

옆에 자고 있는 아내를,

"여보, 여보……."

가만가만 흔들었다.

송인실은 으응— 하고 조금 찡그리며 돌아누웠다.

"여보, 여보……."

좀 힘을 주어 흔들자, 송인실은 멀뚱히 눈을 떴다.

"왜요? 왜 그래요?"

"여보, 일어나 봐요."

"왜? 무슨 일이……."

송인실은 마지못한 듯 일어나 앉으며 입을 딱 벌려 하품을 했다.

임중하는 아내가 좀 정신이 들기를 기다려서,

"나하고 같이 병원으로 좀 가줘야겠어."

하고 조심스레 말했다.

"왜요?"

"왜는 왜……. 아무래도 나 혼자 가는 것보다 당신하고 같이 가는 게 나을 것 같아서……."

"그럼 오늘 밤에……?"

송인실의 두 눈에 바짝 두려움과 긴장의 빛이 뒤섞였다.

"오늘 밤 아니면 내일 밤에 해치우기로 했잖어."

"예, 그런데 나도 같이 가서 거들란 말이에요?"

"그게 아니라……."

"그럼요?"

송인실은 매우 불안하고 못마땅한 표정을 지었다.

"혼자서는 아무래도 두려워. 그러니까 당신은 병실 밖에서 지키고 있어 주었으면 좋겠어. 계단 쪽에 서 있는 게 좋겠지. 그자를 목 졸라 죽이는 건 내가 혼자서 해낼 테니까. 혹시 간호원이나 누가 이 층으로 올라오거든 당신이 적당히 따돌려서 현장이 발각되지 않도록 해달란 말이야."

"지금 몇 시죠?"

"방금 열두 시를 쳤어."

"그럼 간호원들이 잠이 들 때가 됐는데요. 밖에서 망을 볼 필요가 있을까요? 오늘 밤 몇 시, 몇 시에 환자 체크를 하는지 미리 알아둘 걸 그랬죠?"

"내가 다 알아두었어, 열두 시에 체크를 하고, 새벽 세 시에 체크를 하기로 되어 있어. 그러니까 조금 있다가 열두 시 반쯤 나가면 안심일 거야. 그러나 만약의 경우를 알 수 없잖아. 내가 그자의 목을 졸라 죽이고 있는 순간에 간호원이 나타나기라도 하면 그런 낭패가 어디 있어. 안 그래요? 매사는 튼튼한 게 상책이지."

"내가 망을 보고 있다가 간호원이 나타나도 결국 마찬가지 아니에요. 내가 뭐라고 해서 따돌리느냐 말이에요. 그리고 열두 시가 넘은 한밤중에 병원에 나와 서 있는 것부터가 수상하지 않겠어요. 그렇게 되면 그자의 죽음이 자연사라고 생각하겠어요? 우리를 의심할 게 뻔하지 않아요."

"그러나 현장이 발각되는 것보다는 낫지."

"여보, 안 되겠어요. 그만둡시다."

"그만두다니?"

"아무래도 잘 될 것 같지 않아요. 두려워요."

"어허, 이제 와서 그런 소릴……."

그때였다. 때르르 때르르…… 전화벨이 울렸다.

"이 밤중에 웬 전화가……."

하면서 송인실이 수화기를 들었다.

"여보세요, 원장님 댁이죠?"

"응, 그래. 나야."

"아, 부원장님이세요?"

"그래, 웬일이지?"

"저…… 야단났습니다. 부원장님."

특근하는 간호원이었다.

"야단나다니, 무슨……?"

"정말 이상한 일이에요. 무슨 이런 일이 다 있죠?"

"무슨 일인데, 어서 말을 해봐."

"환자가 없어졌지 뭐예요."

"뭐?"

"중환자실의 그 최 처사라는 환자가 없어요."

"없다니, 그게 무슨 소리야?"

송인실은 한 대 얻어맞은 것 같은 느낌이었다.

임중하가 입을 열었다.

"무슨 전화요?"

"아, 글쎄, 환자가 없어졌다지 뭡니까."

"환자가 없어지다니……?"

"중환자실의 그자가 없대요, 글쎄."

"뭐라고?"

임중하가 얼른 수화기를 바꾸었다.

"아니, 무슨 일이지?"

"원장님, 저…… 중환자실의 최 처사라는 그 환자가 안 보여요."

"안 보이다니?"

"체크를 하러 갔더니 글쎄, 병실이 텅 비었지 뭐에요."

"변소에 간 거 아냐?"

"우리도 그렇게 생각하고 화장실에도 가보고 다 찾아보았어요."

"그래도 없단 말인가?"

"예."

수화기 속에서 간호원의 목소리가 가늘게 떨리고 있었다.

"뭣들 하고 있는 거야? 도대체!"

냅다 임중하는 소리를 질렀다. 자기도 모르게 벌컥 화가 치솟았던 것이다. 그자가 없어지다니, 도대체 어떻게 된 일인가 말이다.

수화기를 냅다 콰당 하고 놓자, 임중하는 벌떡 일어섰다.

송인실도 얼른 따라 일어났다.

임중하와 송인실이 대강 옷을 걸치고 허겁지겁 병원으로 나가보니, 근무실에 간호원 두 사람과 수위가 겁을 집어먹은 듯한 얼굴로 앉아 있었다.

임중하가 들어서자, 모두 벌떡 일어섰다.

"도대체 어떻게 된 일이야?"

아무도 얼른 입을 열지 못했다.

뒤따라 들어온 송인실도,

"그동안 잠을 잤던 게 아냐?"

하고 퉁명스럽게 물었다.

그러자 간호원 하나가 두려운 듯한 어조로 그러나 차근차근 대답을 했다.

"잠은 자지 않았습니다. 저는 주간지를 읽고 있었고, 애는 뜨개질을 하고 있었죠. 열두 시가 되어 둘이 함께 중환자실로 환자를 체크하러 갔더니, 글쎄, 환자가 없지 뭡니까.”

임중하가 수위에게 물었다.

“자네도 안 잤었나?”

“예.”

“그럼 환자가 밖으로 나가는 걸 봤을 게 아냐? 환자가 병원 안에 없다면 밖으로 나간 것이지, 뭐 연기가 되어 사라졌겠어? 안 그래?”

“틀림없이 안 자고, 신문을 보고 있었습니다. 환자가 밖으로 나가다니요. 밖으로 나갔다면 제가 못 봤을 턱이 있겠어요?”

“그렇다면 병원 안에 있겠지, 어디로 갔겠어. 병원 안을 샅샅이 다 찾아봤나?”

임중하의 말에 간호원 하나가,

“대강 다 찾아봤습니다.”

하고 대답했다.

“대강 다 찾아보다니…… 샅샅이 다 찾아봐야지. 자, 그럼 모두 병원 구석구석을 뒤져보도록 해.”

그러자 송인실이 히죽 웃으며 입을 열었다.

“구석구석을 뒤져보다니, 뭐 일부러 숨었겠어요.”

“그래도 좌우간 없어졌으니 구석구석 다 찾아봐야지 어떻게 해.”

수위가 얼른,

“그럼 저는 사 층부터 밑으로 뒤져 내려오겠어요.”

하고 문을 열고 복도로 나갔다.

두 간호원도 행동을 개시했고, 임중하와 송인실도 우선 이 층 중 환자실로 가보았다.

환자가 자다가 빠져나간 흔적이 그대로 병상에 남아 있을 뿐, 병실은 별 이상 없이 호젓하고 썰렁했다.

"환자가 제 발로 걸어 나간 것 같죠?"

송인실의 말에 임중하는 바짝 긴장이 된 무뚝뚝한 표정으로,

"글쎄."

하면서 고개를 끄덕였다.

"벌써 혼자 보행을 할 만큼 회복이 됐나요?"

"그런 것 같애."

"그런데 도대체 화장실에 안 갔다면 이 밤중에 어딜 갔단 말이에요?"

송인실은 도무지 알 수가 없다는 듯이 병실을 나가 화장실로 가 보았다. 임중하도 뒤따랐다.

화장실 안의 문을 하나하나 다 열어보고 나서 송인실은 곧장 고개를 갸웃거리면서 말했다.

"정말 이상한 일이군요. 환자가 화장실 외에 도대체 갈 데가 어디 있단 말이에요. 더욱이 통행금지도 넘은 이 한밤중에……."

"글쎄 말이야. 귀신이 곡할 노릇이군."

"참, 환자가 병실에 있는 걸 마지막으로 본 게 몇 시였는지, 그걸 안 물어봤군요."

"그렇군. 그러나 그걸 알아도 별수 없지."

"그래도 한 번 물어봅시다. 도대체 언제 없어졌는지나 알아야죠."

마침 두 간호원이 삼 층에서 계단을 내려와 이 층 복도로 들어서고 있었다.

송인실이 다가가며 물었다.

"환자를 마지막으로 본 게 몇 시였니? 오늘 밤 몇 시, 몇 시에 체

크를 했지?”

“예, 저…… 여덟 시에 하고, 열 시에 했습니다.”

“그때는 환자가 병실에 있었단 말이지?”

“예.”

“환자한테 별다른 이상도 없고?”

“예.”

“그럼 열 시에서 열두 시 그 사이에 없어졌단 말이군. 그렇지?”

“예.”

열 시에서 열두 시까지, 그 두 시간 사이에 없어졌다는 것을 알았으나, 별수 없기는 마찬가지였다.

병원 울안을 샅샅이 뒤지듯이 찾았으나 허사였다. 결국 단념하는 수밖에 없었다.

이튿날 아침, 직원회의가 소집되었다.

간밤에 중환자실의 그 교통사고로 입원을 한 환자가 마치 증발을 하듯 어디론지 없어졌다는 사실을 이미 모두 알고 수군거리며 원장실로 모여들었다. 의사, 간호원뿐 아니라, 수위랑 운전사까지 전원 집합이었다.

실내의 분위기는 침통했고, 긴장감이 감돌기까지 했다. 간호원 몇몇은 호기심이 어린 그런 눈으로 힐끗 힐끗 원장과 부원장의 표정을 번갈아 살피기도 했다.

진옥은 입술을 꼭 다물고 멀쩡한 표정으로 이따금 속눈썹을 연달아 깜작거리고 있었다.

직원들이 모두 모이자, 임중하는 굳은 표정으로 자리에서 일어났다.

"여러분을 이렇게 모이게 한 것은 다름이 아니라, 에— 들어서 이미 아는 분도 있겠지만, 간밤에 참으로 알 수 없는 일이 발생해서입니다. 다름 아니라, 간밤에 중환자실의 최 처사라는 환자가 없어졌습니다."

이미 다 알고 있는 터이면서도 직원들은 모두 새삼 조금씩 놀라는 듯 동요의 빛을 띠었다.

"간밤에 특근을 한 간호원들의 얘기에 의하면 에— 밤 열 시에 체크를 하러 갔을 때는 아무 이상 없이 환자가 병실에 있었는데, 열두 시에 가보니까 없더라는 것입니다. 그래서 집으로 전화를 했기에 놀라서 뛰어나와 보았더니 글쎄, 환자가 보이지 않지 뭡니까. 병원 안팎을 샅샅이 찾아보았으나 없어요. 도대체 어떻게 된 영문인지 알 수가 없군요."

임중하는 정말 알 수가 없다는 그런 표정으로 직원들을 한 번 둘러보고는 말을 이었다.

"그러니까 환자가 실종된 것은 어젯밤 열 시부터 열두 시 사이지요. 그 사이에 환자가 병원 밖으로 사라졌다는 얘기가 됩니다. 그렇지 않다면 병원 안에 있을 텐데, 아무리 찾아보아도 병원 안에는 없어요. 그런데 수위는 어젯밤 그 시간에 틀림없이 수위실에서 잠을 자지 않고 지키고 있었다는 겁니다. 환자가 밖으로 나가는 걸 보지 못했다는 거예요. 그렇다면 도대체 어떻게 된 일일까요? 미스터리가 아닐 수 없군요."

직원들은 정말 불가사의한 일이라는 듯이 수군거렸다.

분위기가 잠시 수런거리다가 가라앉자, 임중하는 다시 입을 열었다.

"여러분 가운데 혹시 무슨 단서가 될 만한 일이라도 있거나, 뭔가 좀 이상하다는 그런 낌새를 느끼기라도 한 분이 있으면 말을 해 주세요. 이건 간단한 문제가 아닙니다. 아주 중대한 문제니까, 어떻게든지 환자를 찾아내야 합니다. 서슴없이 좀 얘길 해 주세요."

그러나 아무도 입을 떼는 사람은 없었다.

"어제 낮이나 그전이라도 그 환자와 관계되는 일로 뭔가 평소와는 좀 다르다고 느꼈다거나 이상하게 생각한 일은 없나요?"

임중하의 직원들을 둘러보았다. 여전히 모두 꿀 먹은 벙어리였다.

"만일 그 환자를 찾아내지 못한다면 우리 병원에 어떤 불행한 일이 닥칠지 알 수 없는 그런 중대한 문제입니다. 그러니 여러분, 남의 일이라고 생각하지 말고 협조를 해줘야겠어요."

임중하는 어조가 약간 애원조로 변하고 있었다.

진옥은 시치미를 뚝 떼고, 멀쩡한 표정으로 원장의 말에 귀를 기울이고 있었다. 이따금 그녀의 속눈썹이 파르르 떨리고 있었으나, 그것을 눈치채는 사람은 아무도 없었다.

"여러분도 다 아시다시피 그 환자는 교통사고를 당해서 입원을 한 환잡니다. 교통사고도 보통 교통사고가 아니라……."

임중하는 어조를 약간 낮추어서 조심스럽게 말을 이었다.

"우리 집 딸애가 운전하는 차에 치인 것입니다. 정말 나로서는 미안하고 괴로운 심정을 금할 수가 없어서 완치가 되어 퇴원을 할 때면 충분한 보상금을 지불할 생각을 하고 있었습니다. 말하자면 나로서는, 우리 병원으로서는 특별한 환자라고 할 수 있죠. 그런데 그 환자가 간데온데없이 사라져 버리고 말았으니 이 일을 어떻게 하면 좋을지, 나는 몹시 당황하지 않을 수 없습니다."

실내에 무거운 긴장감이 감돌고 있었다. 한결같이 모두 심각한 표정들이었다.

"딸애가 교통사고를 일으켜서 그 환자가 입원을 했을 당시보다 오히려 나에겐 더 충격이 크다고 할 수 있습니다. 잘못하면 일이 아주 엉뚱하게 발전되어 무슨 오해를 받게 될지 알 수가 없습니다. 정말 금년에 재수가 없어도 이만저만 없는 게 아닙니다. 그러니 여러분 부디 나의 심정을 이해하시고, 이번에도 이 사실이 바깥으로 퍼져나가지 않도록 말을 조심해주었으면 고맙겠어요. 그동안 아무 일 없이 무사했던 것은 오직 여러분들이 입을 잘 다물어주었기 때문입니다. 그 점 마음 깊이 감사하고 있는 터이니, 아무쪼록 끝까지 일이 무사히 끝나도록 이번에도 각별히 입조심을 해주시기 바랍니다. 원장으로서뿐 아니라, 자식을 가진 임중하라는 한 개인으로서 간곡히 부탁드립니다."

말을 다한 듯 임중하는 고개를 약간 숙여 절을 하고는 의자에 앉았다.

무겁게 긴장이 되었던 분위가 조금 느슨해지며 수군거리는 소리가 일어나기도 했다.

이번에는 송인실이 가만히 자리에서 일어났다.

"그런데 여러분, 이번 문제는 그냥 입을 다무는 것만으로 끝날 문제가 아니라고 생각해요. 입조심을 하는 것은 물론이지만, 우리 모두가 없어진 환자를 찾도록 노력해야겠어요. 어떻게 하면 찾을 수가 있을지 모두 같이 의논을 해보는 게 어떨까요?"

그러자,

"좋지요."

"좋습니다."

"지금 의논을 해봅시다."

모두 찬성이었다.

"그럼, 어떻게 하면 좋을지, 누가 의견을 좀 꺼내보세요."

하고 송인실도 자리에 앉았다.

그러자 아무도 선뜻 입을 열고 나서는 사람은 없었다. 사실 이렇다 할 뾰족한 무슨 수가 있을 턱이 없는 것이다. 아무 단서도 없고, 낌새도 느낄 수가 없었으니, 오리무중처럼 막연할 뿐이었다.

그러자 임중하가 반 농담처럼 불쑥 입을 열었다.

"미스 최, 혹시 무슨 그런 눈치를 챈 게 없었나? 미스 최가 그 환자와 가장 가까웠잖어."

진옥은 당황하지 않을 수 없었다. 모든 시선이 그녀에게로 집중되자, 얼굴이 화끈했다. 마치 꼬리를 밟힌 것 같은 느낌이었다.

그러나 그녀는 얼른,

"모르겠는데요. 아무 눈치도 못 챘는데요."

하고는 입술을 꼭 다물었다.

"그래? 미스 최가 아무 눈치도 못 챘다면 다른 사람이 눈칠 챘을 턱이 없지."

임중하는 약간 실망이 되는 듯한 표정을 지었다.

그러자 송인실이 진옥을 가만히 바라보면서 물었다.

"미스 최, 어제 몇 시에 퇴근했어?"

지금까지 전혀 그녀를 머리에 떠올리지 않았는데, 남편의 입에서 그녀가 들먹거려지자, 혹시…… 싶은 것이었다. 어쩐지 이번 그 환자와 미스 최가 남달리 가까운 사이 같은 그런 느낌이 송인실도 들었던 것이다. 마치 그 환자의 가족이기나 한 것처럼 정성껏 돌봐주는 게 기특하면서도 좀 이상하다 싶었었다.

진옥은 시치미를 뚝 떼고 대답했다.

"보통 때와 마찬가지로 퇴근했는데요, 왜요? 부원장님."

"그저, 한 번 물어본 거야."

송인실은 미안하다는 듯이 생글 웃고 나서,

"그럼 어젯밤 열 시부터 열두 사이엔 집에 있었겠군. 그지?"

하였다.

"예."

대답을 하고 나서 진옥은 기분이 몹시 언짢다는 듯이 표정을 바짝 굳혀가지고는,

"부원장님, 혹시 절 의심하시는 거예요? 제가 그 환잘 어떻게 했다는 거예요, 뭐예요?"

깜찍하게 내뱉었다.

분위기가 좀 묘해지자 송인실은 얼른,

"아냐, 의심하긴…… 미스 최를 왜 의심해. 그저 말이 나와서 한 번 물어본 것뿐이야."

하고 적당히 얼버무려 버렸다.

의논을 해 보아야 뾰족한 수가 나올 리 만무했다. 결국 직원이 결의하는 형식으로, 절대로 환자가 실종되었다는 사실을 입 밖에 내지 말 것과, 무슨 단서가 나타나거나 정보가 입수되면 즉각 알려서 문제 해결에 적극 협조할 것을 다짐했다. 그리고 대책위원을 몇 사람 선출했다.

이번 일은 병원으로서 중대한 문제이니, 쉬쉬할 게 아니라, 당국

에 알려서 수사를 의뢰하는 게 옳지 않겠느냐는 의견이 나와서, 수사를 의뢰하기 전에 며칠간의 유예를 가지고 우선 자체 해결을 모색해 보자고, 대책위원을 뽑았던 것이다.

그러나 그 대책위원회라는 것도 곧 아무 필요가 없게 되고 말았다.

그날 오후였다.

점심을 먹고 나서 임중하는 거실 소파에 앉아 파이프를 입에 물고 우울한 기분에 싸여 있었다. 금년에 정말 무슨 불행한 일이 터지고 말려나 싶어 절로 이맛살이 찌푸려졌다.

그렇게 심란한 표정으로 생각에 잠기고 있는데, 윤 보살이 자그락자그락 염주를 헤아리며 다가와서,

"야야, 병원에 무슨 일이 있느냐? 왜 그렇게 얼굴에 근심이 흐르지?"

하면서 앞에 앉았다.

"아무 일도 아니에요."

임중하는 좀 무뚝뚝한 어조로 대답했다.

그러나 윤 보살은 곧이들으려 하지 않았다.

"그런데 왜 그렇게 근심이 가득한 얼굴이지?"

"……."

"내가 보면 알아. 아무래도 병원에 무슨 일이 있는 게야. 그렇지?"

그러자 임중하는 툭 내뱉듯이,

"환자가 하나 없어져서 그래요."

하고 말했다.

“뭐? 환자가 하나 없어졌어?”

“예.”

“어떤 환자가? 그 최 처사라는 환자는 아니겠지?”

“어머니가 최 처사라는 그자를 어떻게 아셔요?”

“내가 알고말고. 니 친구라는 스님한테 들어서 알지. 아주 착한 사람이라더구나. 그래서 내가 두어 번 찾아가 보기도 했어.”

“병실로 말입니까?”

“그래, 바로 어제도 찾아가 보았는걸.”

“어제도요? 혼자서 말이에요?”

“그래.”

“음― 바로 그자가 없어졌어요.”

“뭐라구? 최 처사가 없어졌어?”

윤 보살은 두 눈이 휘둥그레졌다.

“간밤에 글쎄, 그자가 어디론지 사라졌지 뭐에요. 아무리 찾아도 없어요.”

“아니, 도대체 어떻게 된 일이지? 밤에 사라지다니……. 무슨 물건 같으면 도둑놈이 들어와서 훔쳐갔다고나 하지만…….”

“글쎄 말입니다. 정말 알 수 없는 일이에요.”

“수술을 해서 한쪽 팔을 잘라낸 모양이던데, 그런 사람이 제 발로 어딜 갈 리가 만무하고…….”

“어머니.”

“왜?”

“어제 언제쯤 그자를 찾아가셨어요?”

“오후에, 점심 먹고 한참 있다가…….”

“그자한테서 무슨 이상한 눈치 같은 건 못 느꼈어요?”

“아니, 수술을 해서 기운이 없다면서 자리에 누워 있기만 하던데……. 참, 좀 이상하다고 생각된 건 말이지…….”

윤 보살은 숨을 한 번 크게 들이쉬고 나서 말을 이었다.

“내가 옛날 얘길 했었지. 그랬더니 글쎄, 벌떡 일어나 병실을 나가지 않겠어. 변소에 간다고.”

“그래요? 옛날 얘기라니, 무슨 얘길 했는데요?”

임중하는 바짝 긴장이 되어 어머니를 똑바로 바라보았다.

“옛날 너의 아버지가 돌아가시던 그때 얘길 했었어.”

“예? 그 얘길 했어요?”

임중하는 깜짝 놀라지 않을 수 없었다.

“아니, 왜? 그 얘길 했다는데 왜 그렇게 놀라지?”

“그때 학교 소사질 하던 놈이 공비가 되어 나타나서 아버질 죽이고, 교실에 불을 질렀다는 얘길 다 하셨어요?”

“그래.”

“그랬더니 깜짝 놀라 자리에서 일어나 변소로 가더란 말이죠?”

“깜짝 놀라는 것 같지는 않더라만, 좌우간 벌떡 일어나더라.”

“음―.”

임중하는 심각하면서도 낭패를 당한 듯한 그런 표정을 지었다. 미간에 굵은 여덟팔자가 파였다.

어머니, 그 최 처사라는 자가 누군지 아세요? 그자가 바로 아버지를 죽인 최남팔 그놈이에요― 하는 소리가 목구멍으로 튀어나오려는 것을 임중하는 눌러 참으며, 꿀컥 침을 한 덩어리 삼켰다.

그리고 자리에서 벌떡 일어나며,

“도망쳤구나.”

하고 내뱉었다.

“도망치다니? 무슨 소리냐?”

윤 보살은 눈이 약간 둥그레져가지고 무슨 영문인지 알 수가 없어 멀뚱히 아들을 바라보기만 했다.

“그놈이 제 발로 도망친 게 틀림없어요.”

“아니, 제 발로 도망쳐? 왜?”

윤 보살은 자기가 한 옛날 얘기와 그 최 처사와의 사이에 뭔가 연관이 있는 듯한 느낌이 들기는 했으나, 그 연관이라는 것이 도대체 무언지 얼른 머리에 와닿지가 않고, 아리송하기만 했다. 그 최 처사가 설마 옛날의 최남팔일 줄이야 꿈에도 생각질 않고 있으니 그럴 수밖에.

임중하는 궁금해하는 어머니에게 그저 건성으로,

“그럴 일이 있어요.”

하고는 얼른 병원으로 향했다.

부원장실로 들어서자 임중하는 대뜸,

“도망쳤어. 그놈.”

하고 내뱉었다.

자리에 앉아 전화를 받고 있던 송인실은 무슨 소린가 싶은 듯 힐끗 남편을 한 번 바라보고는 통화를 계속했다.

임중하는 소파에 푹신 묻혀 앉았다.

송인실이 수화기를 놓자,

“여보, 그놈 도망쳤다니까.”

화가 나는 듯한 얼굴로 불쑥 말했다.

"도망치다뇨?"

송인실은 가느다란 금테 안경 속에서 두 눈을 깜작거렸다.

"그놈 목숨을 부지해 보려고 제 발로 도망쳤단 말이야."

"어떻게 아세요? 당신……."

"틀림없어. 어제 오후에 어머니가 그자 병실을 찾아갔었다는 거야."

"어머니가요?"

"응."

"어머니가 뭘 하시려고? 그자를 어떻게 알아서……."

"그자가 절에 있는 처사라니까 친밀감이 생기신 거지. 일륜 스님한테 그자 얘길 들었다는 거야. 그래서 찾아갔는데, 글쎄 그자 앞에서 옛날 아버지 돌아가시던 그때 얘길 하셨다지 뭐야."

"어머, 그럼 그자가 눈치를 챘겠군요."

"눈치를 챈 정도가 아니라, 속으로 질겁을 했겠지. 그랬을 거 아냐. 생각해 보라구. 자기가 죽인 사람의 부인이 바로 자기 앞에 나타나서 그때 얘길 하는 판이니……."

"어머니가 왜 그런 얘길 하셨을까……."

"무슨 얘기 끝에 그런 얘기가 나왔겠지. 그자가 바로 옛날의 그 원수 놈이라는 것을 꿈에도 모르고, 예사로 그런 얘길 하신 거지."

"인제 그자가 바로 아버님을 죽인 원수라는 것을 어머니께서 아세요? 얘길 하셨어요?"

"아직 밝히진 않았어."

임중하는 잠시 심각한 표정으로 무슨 생각에 잠기는 듯하더니,

"도대체 이놈의 새끼를 어디 가서 찾지?"

새삼 분노가 치미는 듯이 말했다.

임중하는 생각할수록 분노가 끓어올랐다. 괘씸하고 얄밉고 증오스럽기 그지없었다.

사람을 죽인 놈이 자기 목숨을 끝내 부지해보려고, 한쪽 팔을 절단 수술한 그런 몸으로 밤중에 감쪽같이 도망을 치다니…… 지독한 놈이 아닐 수 없었다. 잡으면 당장 대갈통을 빠개 버리고 싶을 지경이었다.

사람 같으면 그럴 수가 있는가 말이다. 물론 놀랐겠지. 옛날에 자기가 죽인 사람의 아들이 경영하는 병원에 입원을 해서 누워 있다니, 바로 호랑이굴 속에 들어와 누워 있는 셈이니, 간이 떨어질 지경이었겠지. 그러나 용서를 빌어야지. 꿇어 엎드려서 옛날의 죄를 뉘우치며 죽여 달라고 빌어야지. 그래야 사람이라고 할 수 있지. 삼십 년이 훨씬 지났는데도 아직 그 죄를 용서받으려 들지 않고, 그저 죽을까 봐 겁이 나서, 목숨이 아깝기만 해서 어둠 속으로 감쪽같이 도망을 쳐버리다니……. 남의 병원이야 어떻게 되든 아랑곳없이 말이다.

어느 모로나 놈은 용서할 여지가 없는 악질이라는 생각이 들자, 임중하는 두 주먹을 불끈 쥐며,

"기어이 잡아야지. 잡아서 죽여야지. 죽여야지."

하고서 부르르 떨었다.

그날 밤, 임중하는 이부자리 속에서 아내에게 말했다.

"이제 어떠한 일이 있어도 그자를 찾아야겠어. 찾는 것이 아니라, 잡아야겠어. 그래서 기어이 복수를 해야지, 분해서 견딜 수가 없어."

"그자가 어디로 도망을 갔는지 어떻게 알고 잡는단 말이에요?"

"왜 몰라, 뻔한 일 아냐. 강원도 그 산중으로 일단은 갈 게 아냐. 그러니 그 절간에서 기다렸다가 잡는 거지 뭐."

"그 절간으로 한 번은 간다고 하지만, 그게 언제가 될지, 어떻게 알고……. 그 절간에서 무작정 기다린단 말이에요?"

"무작정 기다릴 수야 없지. 좌우간 내가 알아서 할 테니까 염려 말아요."

그러자 잠시 말이 없다가, 송인실은 현저히 부드러운 어조로,

"여보?"

하고 불렀다.

"왜?"

"저…… 이제 끝난 일로 하면 어떻겠어요?"

"끝난 일로 하다니? 그럼 그자를 잡지 말고, 그대로 놓아주란 말인가?"

"그러는 게 좋을 것 같은데요. 도망친 놈을 기어이 잡아서 죽일 것까지는 없잖아요. 잡아 죽이는 일도 쉬운 일이 아니고……. 혹시 탄로가 나서 어떤 화가 미칠지 알 수가 있어요?"

"그런 말은 이제 할 단계가 지났어. 그동안 얼마나 생각해 봤느냐 말이야."

"그러나 상황이 달라졌잖아요. 병실의 침대 위에 누워 있을 때는 완전범죄가 가능했지만, 이제 제 발로 도망을 친 판이니……."

"오히려 침대 위에 누워 있을 때보다 완전범죄가 더 가능할 것 같은데……. 생각해보라구. 강원도의 그 깊은 산중에서 쥐도 새도 모르게 해치워서 묻어 버리면 알게 뭐야. 그 이상 더 완전범죄가 어

디 있겠어. 안 그래?"

"말은 쉽지만, 여보, 그자를 죽여서 감쪽같이 묻어 버리는 일도 그렇게 간단하지가 않을 거예요, 글쎄. 그 일을 당신이 해 낸단 말이에요?"

송인실이 여전히 불복이라는 듯이 말했다.

"내 손으로 직접 그럴 수는 없지."

임중하는 이미 다 계책이 서 있다는 듯이 담담한 어조로 말하고는 엎드려 파이프에 담배를 담아 불을 붙였다.

"그럼 하수인을 고용하겠다는 뜻인데, 딴 사람의 손을 빌어가지고 글쎄, 완전범죄가 가능하겠느냐 그 말이에요. 당장은 가능하겠지만, 언제 무슨 말썽이 터질지…… 항상 불안할 게 아니냐 그 말입니다. 잘 생각해 보세요."

그러자 임중하는 파이프를 깊이 빨아 푸— 연기를 길게 내뿜고 나서,

"동생한테 맡길 생각이야."

하고 말했다.

"예? 동생한테요?"

송인실은 귀가 번쩍 트이는 모양이었다.

"작은동생이 그런 일은 적격일 것 아냐. 군인이니까."

"그렇죠. 그야 물론이죠."

송인실은 활짝 밝은 표정까지 지었다.

"작은동생한테 사실을 털어놓고서 상의를 해 봐야겠어. 어떻게 하는 게 좋은지……."

"그거 좋겠어요. 그래서 가능하면 작은도련님한테 일임해 버리세

요. 알아서 처리하도록······.”

“나는 손을 떼란 그 말이지?”

“손을 뗀다기보다도······ 좌우간 처치를 하는 일은 군인인 작은 도련님이 혼자서 맡아 하는 게······.”

송인실은 차마 당신은 손을 떼라는 말이 입 밖에 나오질 않아 우물우물했다.

“작은동생 혼자서 하도록 떠맡겨 버릴 수는 없어. 형이 되어 가지고 그럴 수는 없는 노릇이야. 좌우간 의논을 해 보겠어.”

파이프를 놓고 임중하는 자리에서 부스스 일어나 전화기 쪽으로 갔다.

“당장 전화를 하시는 거예요?”

“당장 해야지 뭐. 쇠뿔도 당장에 뺀다고······.”

작은동생 임강현 중령은 원주의 부대에 근무하고 있었다.

임중하는 원주의 동생 집 전화번호를 돌렸다. 밤중이라 곧 신호가 울렸다.

“여보세요. 거기 원주지요?”

“예, 그렇습니다.”

여자의 목소리였다.

“여기 서울입니다. 제수씹니까?”

“아, 시숙님이세요. 그간 안녕하셨어요?”

“예, 집안에 별일 없죠? 동생 좀 바꿔 줘요.”

곧 남자 음성이 나왔다.

“아, 형님입니까. 밤중에 웬일이십니까?”

“저······ 다름이 아니라, 너하고 급히 좀 상의할 일이 있어서. 그런데……."

"무슨 일인데요?"

"전화로 얘기할 수 없는 아주 중대한 일이야."

"아주 중대한 일요? 그럼 제가 서울로 가야 되나요?"

"부대 형편이 어떠니? 가능하면 내일이라도 좀 올라왔으면 좋겠는데……."

"내일은 부대 일 때문에 어렵고, 모레가 토요일이잖아요. 모레 오후에 올라가면 안 되겠어요?"

"그럼, 모레 꼭 좀 올라오너라. 중요한 일이니까 꼭…… 알겠지?"

이틀 뒤, 토요일 해 질 녘. 임강현 중령은 약속대로 찾아왔다.

임 중령이 어머니 방에 들어가 인사를 하고 나오자, 임중하는 내실로 데리고 들어갔다.

송인실도 함께 따라 들어가 볼까 하다가 그만두었다. 함께 들어가 자리를 같이 한다는 것은 결국 공모를 하는 셈이어서 슬그머니 두려웠을 뿐 아니라, 두 형제가 의논을 하는데 자기가 끼는 게 어쩐지 방해가 될 것만 같았던 것이다. 그런 일에서 자기는 될 수 있는 대로 멀리 떨어지는 게 좋다 싶어, 거실 소파에 앉아 결과를 기다릴까 하다가 생각을 돌려 슬그머니 병원으로 사라졌다.

방문을 안으로 잠그고, 동생과 마주 앉은 임중하는 파이프를 입에 물었다.

"형님, 중대한 일이라니, 도대체 무슨 일입니까?"

임 중령이 먼저 입을 열었다.

"저……다름이 아니라……."

임중하는 말을 어떻게 꺼내야 좋을지 좀 망설이다가,

“아버지 원수를 갚아야 될 것 같아서…….”

침착한 어조로 말했다.

“예?”

임 중령은 깜짝 놀라는 것이었다. 자기 귀가 의심스러운 듯,

“뭐라고요? 아버지 원수를 갚는다고요?”

하고 되물었다. 나무나 뜻밖의 말이어서 눈이 휘둥그레지고, 얼굴이 약간 상기되기까지 했다.

“너무 흥분하지 말고, 내 얘기를 들어 봐. 저…….”

“형님, 그놈이 아직 살아 있단 말입니까?”

“살아 있어. 글쎄, 흥분하지 말고, 지금부터 내가 하는 얘길 잘 들어 봐. 저…… 금년 정초에 말이다. 내가 혼자서 강원도에 있는 상운사라는 절을 찾아갔었어. 천행산이라는 높은 산꼭대기에 있는 절인데, 그 절에 중학교 때 친구가 주지로 있었지. 그래서 정초의 등산 겸 찾아갔던 거야. 그런데…….”

임중하는 M역에 마중 나온 최 처사와 첫 대면을 한 대목부터 차례차례 자세히 이야기를 해 나갔다.

임 중령은 미간에 주름을 잡은 채 입을 꾹 다물고 묵묵히 듣고 있었다.

자초지종의 이야기를 하면서 임중하는 세 파이프째의 담배를 태우고 있었다. 이야기를 마치고 나서 임중하는 푸— 연기를 내뿜으며,

“아, 글쎄, 그런 지독한 놈이 세상에 어디 있어. 팔 하나를 절단한 이튿날 밤도망을 쳐 버리다니……. 나 참 기가 막혀서…….”

동생의 표정을 살피듯 바라보았다.

“그야, 나라도 도망치죠. 가만히 누워 있을 수가 있겠어요?”

임 중령은 도망치는 건 오히려 당연하다는 투로 말하고는,

“잡아야죠. 어떻게든지 잡아서 죽여야죠.”

단호한 어조로 내뱉었다.

“물론 잡아야 하고말고. 도저히 그냥 용서해 줄 수는 없어.”

임중하가 말하자 임 중령은,

“용서해 주다뇨. 어림도 없죠. 그런데 형님이 그때 죽음의 계곡인가 하는 데서 그만 그놈을 떠밀어 버려야 하는 건데……. 그랬으면 깨끗이 일이 끝났을 게 아닙니까.”

매우 안타깝고, 약간 원망스럽기도 한 그런 표정을 지었다.

“물론 그래. 그러나 아무리 원수라고 하지만, 마음의 준비가 없이는 쉽게 안 되더군. 그렇잖아도 몇 번이나 떼밀어 버릴까 했는데, 손이 좀처럼 움직여지질 않더라니까.”

“마음의 준비고 뭐고, 그럴 땐 그저 눈 질끈 감고 냅다 떼밀어놓고 보는 거예요. 앞뒤 생각하다간 한이 없어요. 나 같으면 까짓것 손으로 떼밀지도 않아요. 냅다 발길로 차 버리는 거죠 뭐.”

“글쎄…… 나는 군인이 아니라서 그런지 도저히 안 되더라니까. 지나간 일을 되씹어 봐야 소용없고……. 그런데 이놈을 도대체 어디 가서 잡지?”

“글쎄 말입니다.”

임 중령은 어떻게든지 잡아서 죽여야 된다고 단호한 어조로 말하기는 했으나, 사실 난감한 노릇이 아닐 수 없었다.

“그놈이 아무래도 한 번은 강원도 그 절간으로 갈 거란 말이야.”

“그렇겠군요. 그럼 됐네요. 그 절간에 기다리고 있다가 잡는 거

죠."

"글쎄, 그러는 수밖에 없을 것 같애. 그런데 그놈이 언제 그 절간으로 갈지 알 수가 있어야지. 무작정 기다리고 있을 수도 없는 노릇이고……."

"그건 걱정 마세요. 잠복근무를 시키면 되니까요."

"참, 그러면 되겠군. 네 부하를 그곳에 잠복근무 시킬 수 있나?"

"내 부할 그곳에 파견할 순 없죠. 방첩부대에 연락하면 문제없이 잡을 수 있어요. 그놈이 그 절간에 나타나기만 하면 말입니다. 그놈은 간첩일지도 모르잖아요?"

"간첩은 아닌 것 같더라. 내가 보기엔……."

"사람의 속을 어떻게 알아요."

"물론 확실한 건 알 수가 없지. 그러나 간첩 같으면 그런 깊은 산중에 이십 년이 넘도록 숨어서 살았을 턱이 없고, 또 제 입으로 자기 과거를 털어놓겠어? 아무리 술에 취했다고 하지만……. 그저 자기가 지은 과거의 죄가 두려워서 숨어 살아온 게 틀림없는 것 같애."

"좌우간 불순분자가 아니겠어요. 자수를 안 했으니……."

"그렇지. 어디까지나 불순분자지. 법적으로 살인 시효는 넘었다 하더라도……."

"그러니까 방첩부대에 알리면 즉각 체포 작전에 나설 거예요. 염려 마세요. 내가 알아서 할 테니까요."

"그래. 네가 잘 알아서 해라. 우리 병원에 말썽이 일어나지 않도록 유의하고……. 그자의 교통사고가 우리 순지 때문이었으니까, 그 점 말썽이 일어날 소지가 있단 말이야. 그리고 뒷일이 시끄럽지 않도록 잘……."

"시끄럽긴 뭣이 시끄러워요. 아무 염려 마세요. 체포 작전 중에 가급적 사살해 버리도록 할 테니까요."

"그렇게 해버리면 깨끗하지."

"강원도 무슨 절이라고 그랬죠? 무슨 산에 있는……?"

"천행산에 있는 상운사라는 절이야."

임 중령은 수첩을 꺼내 그것을 적었다.

5월의 눈보라

버스에 오른 진옥은 손잡이를 잡고 서서 창밖을 내다보며 짝짝 껌을 씹어댔다. 불안하고 우울해서였다.

아버지가 혹시 간첩이란 말인가…… 생각할수록 몸서리가 쳐지는 일이었다. 간첩이라는 사실이 탄로 날까 봐 병원에서 탈출을 했단 말인가…… 아무래도 그런 것 같아 진옥은 불안하고 겁이 나서 견딜 수가 없었다.

─보상금이 문제가 아니다. 죽느냐 사느냐 하는 판이란 말이다.

─그러니 아무 소리 말고 내 말대로 오늘 중으로 실행해 다오. 감쪽같이 이 병원을 빠져나갈 수가 있겠지?

─내 목숨이 니 손에 달렸다는 것을 알아야 해. 니 하기에 따라서 내가 살 수도 있고, 죽을 수도 있는 거다. 알겠지?

아버지가 하던 말로 미루어 보아서 틀림없이 그런 것 같았다. 도대체 이 일을 어떻게 했으면 좋을지…….

진옥은 애꿎은 껌만 내어 질경질경 씹어댔다.

오늘 병원에서 그런 얘기를 들었던 것이다. 없어진 환자가 도망을 친 게 분명하며, 도망친 까닭은 그자가 불순분자이기 때문이라는 것이었다. 그래서 방첩부대에서 그자의 행방을 쫓기 시작했으니, 아무쪼록 극비에 붙여 여러분들은 입을 굳게 다물라는 것이었다. 그것이 방첩부대가 하는 일에 협조하는 길이기도 하다는 것이었다.

그런 얘기를 닥터 최가 했던 것이다. 닥터 최는 대책위원의 한 사람이었다. 대책위원들만 모아놓고 임중하가 그런 얘기를 했고, 그 얘기를 대책위원이 자기 과의 직원들에게 전달을 했던 것이다.

그 얘기를 들었을 때 진옥은,

"어머, 그게 정말이에요?"

자기도 모르게 안색이 변하며 입이 딱 벌어졌었다.

그러자 닥터 최가 좀 이상하다는 듯이,

"아니, 우리 종씨, 왜 그렇게 놀라지?"

하고는 곧,

"음, 그자도 최 씨니까 종씨라고 그렇게 놀라는 건가?"

빙그레 웃었다.

"글쎄, 종씨고 뭐고, 그런 사람이 우리 병원에 입원해 있었다니, 놀랄 일이 아니고 뭐예요. 기분이 팍 잡쳐지는걸요. 안 그래요?"

진옥은 얼른 표정을 바꾸어 생글 웃었다. 속으로 아슬아슬한 느낌이었다. 마치 밟히려는 꼬리를 후닥닥 감추어 버린 것 같았다.

버스에서서 내린 진옥은 코트의 깃에 목을 움츠리며 여전히 짝짝 껌을 씹어댔다.

바람결이 선득했다. 3월도 이제 다 가고 며칠이면 4월이었으나, 저녁 무렵이면 여전히 날씨가 찼다.

아파트의 정문을 들어서며 진옥은 힐끗 뒤를 한 번 돌아보았다. 공연히 누가 자기 뒤를 밟지나 않는가 싶은 것이었다. 방첩부대의 손길이 자기의 뒷덜미를 향해 다가오고 있는 것 같은 착각을 느끼며 그녀는 가볍게 몸을 떨었다.

이십 년 만에 다시 만난 아버지가 불순분자라니…… 간첩일지도 모르다니…… 기가 찰 따름이었다.

아파트의 계단을 오르며 진옥은, 아버지가 사실 그렇다면 자수를 시켜야지, 그래서 아버지를 어떻게든지 살려내야지, 하고 두 주먹에 지그시 힘을 주었다. 그리고 더욱 요란하게 껌을 쩍쩍 씹어 댔다.

《국제신문》(1980.1.1.~11.25)

『산중 눈보라』의 위치
: 역사의 흔적과 대중성의 접합

송주현(문학평론가, 한신대학교 교수)

1. 증언으로서의 문학과 새로운 모험

"문학은 인간에 대한 증언이다."

—하인리히 뵐

문학은 시대와 현실 속에서 인간의 삶을 진실하게 기록하는 행위다. 이때 작가는 그 시대를 살아가는 사람들의 삶과 고통, 그리고 그들이 처한 현실을 외면하지 않고 기록한다. 이러한 관점에서 하근찬은 역사와 사회의 구체적 국면 앞에서 한 인간으로서의 성실한 태도로 글쓰기를 지속해 왔다. 그는 드러나는 성취나 문단적 명성보다 자신이 목도한 현실과 인간의 삶을 있는 그대로 담아내고자 했다. 그 과정에서 문학은 거창한 이념이 아니라 묵묵한 증언의 형식으로 자리한다. 그의 문학은 상처와 인간의 존엄을 조용히 응시하며, 보이지 않는 자리에서 진실한 마음으로 써 내려간 성실한 기록의 축적이다.

그러나 애석하게도 일반 대중에게 '「수난이대」(만)의 작가'로 각인되어 온 것도 부정할 수 없는 사실이다. 조금 더 후하게 쳐 주더라도, '중단편의 작가, 교과서 속의 작가' 정도다. 연구 결과물들을 살펴본다 해도 사정은 크게 다르지 않다. 연구의 대상과 초점 역시 1950~60년대를 넘어서지 못한다. 제2차 세계대전과 한국전쟁을 거치며 민족적 수난을 집약적으로 그린 「수난이대」뿐 아니라, 전쟁기 징집 상황을 다룬 「나룻배 이야기」(1959), 전쟁 후유증 속 삶을 그린 「흰 종이수염」(1959), 전사 통지서를 둘러싼 비극을 담은 「홍소」(1960), 전쟁의 파괴성과 문화적 의미를 상징적으로 드러낸 「왕릉과 주둔군」(1963), 불발탄 피해를 묘사한 「붉은 언덕」(1964), 전후 빈민과 부유층의 대비를 통해 긴장을 형상화한 「삼각의 집」(1966) 등이 그러하다.

그러나 하근찬 소설의 면면을 들여다보면 그 다양한 스펙트럼과 가능성에도 불구하고 문단의 관심과 조명을 충분히 받지 못했음을 거듭 확인하게 된다. 특히 1970년대 이후 발표, 발굴된 소설들이 그러한데, 기존 연구의 자장 밖에 있는 1970년대 이후의 하근찬 소설들이야말로 그의 작품세계가 갖는 진면목을 확인하고 그 확장의 영역과 가능성을 점쳐 볼 수 있는 대상이 된다.

2. 전쟁의 흔적과 서사적 재구성

『산중 눈보라』는 50세 의사 임중하가 아버지를 죽인 원수에 대한 복수를 기도하지만 끝내 완수하지 못하는 과정을 그린 서사다. 서술의 현재 시점은 1980년. 이 작품은 《국제신문》에 1980년 1월부터 11월까지 연재된 것이기도 한데, 언론 통폐합으로 인해 연재가 중단되기도 했다. 이로 인해 연재 중단 이후 일반 독자는 물론 전문 연구자들에게도 접근이 어려웠던 작품이기도 하다. 구체적인 논의에 앞서 작품의 줄거리는 다음과 같다.

6·25 전 아버지를 잃은 임중하는 의과대학 시절 가정교사를 하던 병원집의 딸과 결혼해 살아가는 50대 병원장이다. 슬하에 1남 1녀를 두고 있다. 그런 그가 겨울 산행을 떠났다가 30년 전 아버지를 죽인 범인을 우연히 만나게 된다. 그 범인은 중하의 중학교 동창이자 주지 스님으로 있는 절의 처사로 살아온 최남팔이다. 이후 그는 병원에 일자리를 구하러 오고, 중하의 딸이 교통사고를 일으키며 다시 얽힌다. 이 모든 사실을 혼자 인지한 중하는 복수와 윤리 사이에서 갈등한다. 의료사고를 가장해 그를 죽일 기회를 맞지만, 결국 범인은 사라진다.

이 소설의 배경이자 소재는 전쟁이다. 작가도 고백한 바 있거니와 하근찬은 스스로를 "전쟁"의 작가로 자처했다. 주목해 보아야 할 점은 하근찬 소설에서 진지한 성찰이었던 역사는 이제 하나의 '흔적'으로 존재한다는 사실이다. 주인공 중하의 트라우마처럼 남아 있는 것은 아비의 죽음이며, 그 죽음의 중심에는 증오와 저주의 전쟁이 있다. 이는 피해자 중하 가족에게뿐 아니라 가해자 최남팔에게도 마찬가지다. 살인자, 방화범, 배은망덕하고 파렴치한 최남팔에게도 그러할 만한 사정과 상황이 있다는 것인데 일개 초등학교 소사에 불과했던 그가 어쩌다가 이리 되었는가 묻는다면, 한 개인의 삶을 어찌할 수 없는 거센 역사의 소용돌이가 있었다고 말할 수밖에 없다. 평범한 시골 청년이자 초등학교 소사였던 남팔은 어쩌다 보니 공비로, 살인자에서 화전민으로, 다시 의용군에서 전쟁 포로로, 대도시 날품팔이로, 절의 일꾼으로 타인의 눈을 피해 살아갈 수밖에 없는 신세가 된 것이다.

해방은 감격의 물결로 이 땅을 뒤덮기도 했지만 그것은 잠깐이었을 뿐, 곧 세상은 뒤숭숭해지고 말았다. 좌우로 갈라져 같은 겨레끼리 으르렁대고 싸우는 판국이 되어 버린 것이다. 애당초 해방과 함께 이 땅의 허리를 잘라놓은 삼팔선이라는 것이 화근이었다.
그런 뒤숭숭하고 으스스한 바람은 산골이라고 해서 가만히 놓아두지를 않았다. 일제에 억눌려 살 때에도 그저 순박하기만 하던 사람들이 날로 거칠어지고 흉흉해져 갔다. 순박한 인심들을 그처럼 일그러지게 들쑤셔대는 것은 남로당이라는 이름으로 조직된 공산주의자들이었다. (33)

소박하고 평범한 인간들의 착실한 삶을 송두리째 흩어 놓은 것은 일반 민중들이 경험한 전쟁의 실체였다. 그것은 통치자의 이데올로기나 권력 다툼의 추상적 대상이 아니라, 눈앞의 체험과 감정의 실체로 존재한다. "그 입김은 고약했다. 순박한 사람의 마음을 어느 결에 비뚤어지고 일그러지게 만들어서 세상을 온통 불만과 저주의 눈으로 바라보게끔 했다(33-34)."고 말한다. 이때 역사는 텅 빈 이데올로기가 아니라 바로 지금 이곳의 문제로 경험된다. 그리고 이러한 모색은 민중과 존엄한 인간의 진실한 대결의 장으로 이어진다. 그렇기 때문에 그 전쟁과의 시간적 거리가 30년에 이르렀음에도 이는 결코 결별할 수 없는 대상이자 주제로 남는다. 전쟁과 역사에 대한 성찰은 하근찬 문학의 동력이자 원형처럼 존재하는 것이다.

다만 여기에서 주목해 보아야 할 점은 이러한 역사가 이제 하나의 '흔적'으로 존재한다는 사실이다. 한국 전쟁 이후 30여 년의 시간이 지난 이 시점, 동시대의 다른 작가들이 전쟁의 주제로부터 결별하였을 때 이러한 그의 사유와 행보는 매우 각별한 의미를 지닌다. 헤이든 화이트(Hayden White)가 지적한 바 있듯이 역사에 대한 서사는 언어로 구성된 허구로서, 그 내용은 발견되는 것만큼이나 구성되는 것이다. 역사는 '발견되는 실체'가 아니라 '언어적으로 구성된 이야기'라는 점에서, 역사적 사건은 그것이 발생한 시점보다 사후적으로 해석되고 구성되는 과정 속에서 더욱 큰 의미를 획득한다. 그렇기 때문에 역사에 대한 서사화는 경험되는 당대에서보다, 그것으로부터 일정한 거리를 확보한 이후에 비로소 그 진정한 가치를 발할 수 있다.

하근찬은 이 흔적으로서의 역사를 끝내 포기하지 않으며, 그것이 남긴 것은 무엇이며 당대의 우리에게 어떤 의미로 남는가를 끊임없이 묻는다. 폴 리쾨르(Paul Ricoeur)의 지적처럼 '흔적'은 '더 이상 존재하지 않는 과거'가 남긴 표시다. 우리는 과거 자체가 아니라 그 흔적을 통해서만 과거를 사유한다. 소박하고 평범한 인간들의 착실한 삶을 송두리째 흩어 놓은 것이 전쟁과 체험으로서의 역사라면, 하근찬의 서사는 민중과 존엄한 인간의 진실한 승부이며 이에 대한 사유이자 의미화의 과정이다. 전쟁 이후 30년 가까이의 시간이 지난 우리에게 그것은 '잊혀진' 대상이 아니라 다시 기억되고 회상되는 대상이며, 어쩌면 그래야만 하는 대상이다. 왜냐하면 우리는 과거 그 자체가 아니라 그 흔적을 통해서만 과거를 사유하며, 그 흔적을 해석하고 다시 의미화하는 과정 속에서만 역사는 현재와 연결되기 때문이다. 따라서 하근찬의 전쟁 서사는 체험의 현재성이 사라진 이후에야 비로소 가능해지는 성찰과 의미화를 통해, 전쟁을 단순한 과거 사건이 아니라 현재와 끊임없이 관계 맺는 살아 있는 역사로 재구성한다는 점에서 그 의의가 더욱 크다.

3. 대중성의 재사유와 민속적 감응

여기서 우리가 주목해야 할 것은 이 역사가 '대중성'과 접합하는 지점이다. 실제로 1970년대 이후 한국 소설사에서 대중소설의 등장과 인기는 이 시대를 특징짓는 매우 중요한 부분이기도 하다. 1970~80년대 한국 대중소설은 산업화와 도시화가 가속화되며 공장·노동·도시 빈민의 삶을 소재로 삼는 경향이 두드러졌고, 동시에 신문연재·베스트셀러가 활성화되면서 대중문학의 논의가 본격화된 시기다. 이때 한국 소설은 산업화와 도시화 속에서 계층 갈등과 인간 소외를 중심으로 대중적 확장을 이루었다.

그러나 하근찬의 대중성은 이러한 흐름과는 다른 결을 보인다. 그의 작품에서 역사는 직선적 진보의 서사가 아니라 파편화된 '흔적'으로 떠돌며, 그 빈틈을 메우듯 기이한 유령의 출몰, 구습적 미신과 민간신앙의 기운이 서사 전반을 배회한다. 복수를 갈망하는 인물의 내면은 집요한 추적의 서사로 긴장감을 고조시키는 동시에, 반복적으로 개입하는 우연과 운명론적 질서 속에서 미묘하게 이완된다. 그는 산업화 시대의 현실을 다루면서도, 그것을 근대적 합리성의 틀로 수렴시키기보다는 오히려 전근대적 감각과 신앙, 그리고 불가해한 세계 인식을 중층적으로 겹쳐 놓는 것이다. 그렇다면 이러한 이질적인 서사 전략은 시대적 흐름에서의 일탈로 보아야 할 것인가, 아니면 근대화의 이면에 잠재한 또 다른 현실 인식을 드러내는 독자적 성취로 읽어야 할 것인가. 우리는 이를 전위적이라 해야 할까, 포스트모던하다고 해야 할까, 혹은 근대(현대) 소설의 미완성적 형식, 또는 후퇴된 형태라 불러야 할까?

유령으로 기이하게 출몰하는 아버지의 모습을 보자.

눈이 희끗희끗 내리고 있었다. 산길인 듯도 했고, 들길인 듯도 했다. 임중하는 혼자서 어디론지 자꾸 걸어가고 있었다. 한참 걸어가다 보니 저만큼 앞에 웬 머리를 빡빡 깎은 노인 한 사람이 흰 두루마기를 입고 나부끼는 눈발 속에 웅크리고 앉아 있었다. 처음에는 그게 누군지 잘 알 수가 없었다.
가까이 다가간 임중하는 깜짝 놀랐다. 뜻밖에도 아버지였던 것이다. 작고한 지 어느덧 삼십 년 넘은 아버지가 그렇게 눈 오는 길가에 웅크리고 앉아 있는 것이 아닌가. 머리는 빡빡 깎고, 수염은 길게 기른 괴이한 모습으로.
"아버지, 이게 웬일이십니까?"
임중하는 눈이 휘둥그레 가지고 물었다. 그러나 아버지는 마치 화가 난 사람처럼.

"내가 죽은 줄 알았지? 천만에. 나는 죽지 않았어. 죽다니 내가, 어림도 없는 소리. 여기서 지금까지 네가 오기를 기다리고 있었지." (27)

이 아버지는 사후 30년이 지난 지금까지 중하의 꿈과 환각으로 출몰한다. 그리고 자신의 억울한 죽음과 원한을 풀어달라고 한다. 사후 30년이 지난 뒤에도 꿈과 환각의 형태로 반복 출몰하는 아버지의 형상은, 단순한 심리적 잔상이라기보다 원한을 해소하지 못한 존재가 산 자에게 개입하는 양상을 보여준다. 이러한 설정은 우리나라 고전설화와 고전소설에서 반복적으로 나타나는 '원혼의 호소' 모티프와 긴밀하게 맞닿아 있다. 특히 억울한 죽음을 맞은 이가 완전히 저승으로 떠나지 못한 채 이승에 머물며 특정 인물에게 나타나 자신의 사연을 전하고, 그 해결을 요청하는 방식은 전형적인 서사 장치라 할 수 있다. 중하의 아버지가 "죽지 않았다"고 부정하며 기다려 왔다고 말하는 대목 역시, 육체적 생사의 경계를 넘어 원한이 지속되는 상태를 강조한다는 점에서 전통적 원귀 서사의 정서를 고스란히 계승하고 있다. 원귀가 꿈이나 환영의 형태로 특정 인물—대개 가족이나 정의로운 관료—에게만 나타나 사건 해결을 촉구하는 유형은 매우 전형적인 서사 관습에 속한다. 억울하게 죽은 이가 꿈속에 나타나 "내 원통함을 밝혀 달라"고 호소하는 이야기들은 광범위하게 전승되어 왔으며, 이는 한국 서사 전통에서 반복되어 온 '한(恨)의 구조'라 할 수 있다. 이러한 맥락에서 볼 때, 중하의 아버지는 단순한 개인적 환영을 넘어 원혼 서사의 계보 위에 놓인 존재이며, 그의 반복적 출몰은 해결되지 않은 과거가 현재를 지속적으로 침식하는 방식, 곧 전통적 해원 서사의 현대적 변주로 이해할 수 있다.

그 순간, 임중하는 눈이 휘둥그레지고, 입이 딱 벌어지고 말았다. 주춤 멈추어선 그는,
"으악—."
냅다 비명을 질렀다.
그것은 미스 최가 아니었다. 분을 바른 듯 보얗고, 입술이 빨갛던 미스 최의 얼굴이 아니라, 수염이 너불너불한 노인의 얼굴이 아닌가. 머리를 빡빡 깎은, 꿈에 나타났던 바로 그 아버지의 얼굴말이다. 하얀 가운은 어느 결에 흰 두루마기로 바뀌어 있었다.
원망스러운 듯한 눈길로 쏘아보는 아버지의 망령. 그러면서도 초점을 잃은 듯 푸르스름하고 흐릿한 눈동자—. (428)

간호사 진옥이 아버지의 모습으로 변환하며 풀지 못한 원한에 사무쳐 있는 이 섬뜩한 모습에, 이 시대를 거쳐 온 사람들이라면 대중적으로 떠올릴 만한 장면이 있다. 그것은 바로 〈전설의 고향〉이라는 TV 드라마다. 1977년 10월 18일부터 1989년 10월까지 총 578부작, 장장 10여 년 이상의 오랜 기간 대중의 사랑을 받았던 이 시리즈에 대한 대중적 회고에 따르면, 아버지들은 해당 프로그램을 보기 위해 퇴근을 서둘렀고, 아이들은 공포스러운 귀신의 형상 때문에 잠을 이루지 못한 채 이불 속에서 몸을 떨곤 했다고 한다. 스릴러 드라마로 납량특집 드라마의 원조격이라고 볼 수 있는 이

〈전설의 고향〉은 오늘날의 한국풍 창작물에도 큰 영향을 미쳤는데, 특히 하얀 소복에 산발을 한 귀신의 이미지가 여기서 정립되었다고 한다. 긴 머리에 소복을 입은 귀신은 이 드라마를 통해 대중적인 이미지로 자리잡혔다.

이러한 사정을 감안해 볼 때, 대중문학의 시대를 거치는 동안 하근찬이 접수했던 '대중성'을 다시 사유해 볼 필요가 있다. 주지하다시피 1970~80년대는 이른바 대중문학의 전성기로 규정되곤 한다. 이 시기 생산·소비된 대중서사의 핵심 주제는 산업화와 근대화의 급속한 진전 속에서 발생한 사회적 이동과 계층 갈등, 가족 해체와 복원, 개인의 욕망과 좌절, 그리고 국가 이데올로기와 일상적 삶의 긴장 관계 등이었다. 이는 한편으로는 당대의 물질적 성장과 도시화 경험을 반영하는 동시에, 다른 한편으로는 전쟁 이후 지속된 결핍과 상실의 기억이 변형된 형태로 재현된 결과라 할 수 있다.

그러나 이러한 주제들은 표면적으로 '대중적' 형식을 취하고 있음에도 불구하고, 실제로는 담론 생산의 측면에서 소수 엘리트 지식인의 문제의식과 해석 틀을 경유한 것이었다. 즉 대중문학은 넓은 독자층을 상정하면서도, 그 서사적 의미화 과정에서는 지배적인 이데올로기와 문화적 헤게모니를 내면화하거나 재생산하는 경향을 보였다는 점에서 일종의 '매개된 대중성'으로 이해될 수 있다. 더구나 당시의 교양 독자층은 교육 기회의 불균등과 출판·유통 구조의 제약으로 인해 여전히 제한된 규모에 머물러 있었으며, 이로 인해 '대중'이라는 범주는 실질적인 사회적 다수라기보다는 특정한 문화 자본을 공유한 집단을 지칭하는 개념으로 기능하였다.

그럼에도 불구하고 실제의 대중과 민중이 흥미를 느낀 지점은 반드시 이러한 '주제의식' 자체에만 있었던 것은 아닐 것이다. 오히려 〈전설의 고향〉과 같은 서사에서 확인되듯, 원한과 해원, 권선징악, 귀환과 응징이라는 감각적으로 즉각 이해 가능한 서사 구조와 정서적 장치가 강한 호소력을 지녔다. 이러한 이야기들은 복잡한 이데올로기적 해석을 요구하기보다, 억울함의 표출과 해소, 정의의 회복이라는 보편적 정서를 직관적으로 환기함으로써, 실제 삶의 고단함을 살아가던 대중에게 정서적 카타르시스를 제공하였다.

따라서 대중문학의 '대중성'은 엘리트 담론이 구성한 주제의 층위와, 민중이 체감하는 정서적·서사적 흥미의 층위 사이의 간극 속에서 형성된다고 할 수 있다. 이러한 맥락에서 하근찬의 문학이 지니는 대중성 역시, 특정 이데올로기의 전달 여부보다는 전쟁과 이후의 삶을 살아낸 보통 사람들의 체험과 정서를 어떻게 서사적으로 조직하고 호명하는가의 문제와 더욱 깊이 연관되어 있다고 볼 수 있다.

4. 전근대적 서사 요소와 민중적 현실의 재현

하근찬의 소설에는 흔히 전근대적이라 지칭될 수 있는 요소들이 비교적 노골적인 방식으로 드러난다. 우선 서사 형식의 측면에서 보면, 사건 전개의 동력이 인과적 필연성보다는 우연적 계기에 크게 의존하는 경향이 두드러진다. 예컨대 원수 관계에 놓인 인물 최남팔의 딸이 주인공 임중하의 간호사로 등장하거나, 임중하의 동창이자 주지 스님이 있는 공간에 공교롭게도 최남팔이 처사로 머물고 있다든지, 더 나아가 중하의 딸이 우연한 사고를 통해 최남팔과 다시 얽히게 되는 설정 등은, 전통적인 사실주의 서사가 요구하는 개연성과 인과성의 원리를 일정 부분 이탈하는 것으로 보인다. 이러한 우연의 중첩은 서사의 긴장과 극적 효과를 강화하는 장치로 기능하기도 하지만, 동시에 근대소설의 규범적 미학과는 다른 궤도를 형성하며 독특한 서사적 질감을 만들어낸다.

내용적 차원에서도 이와 유사한 특징이 반복적으로 나타난다. 인물들은 중요한 선택의 기로에서 꿈이나 예지적 체험에 의지하거나, 미신적 성격을 지닌 민간 신앙을 거리낌 없이 받아들이며, 때로는 합리적 사유를 통해 상황을 이해하려는 시도를 보이다가도 어느 순간 그러한 탐색을 중단하고 체념에 이르는 모습을 보인다. 이러한 양상은 근대적 주체의 형성과 합리적 사고를 중시하는 문학적 기준에서 볼 때 비논리적이거나 전근대적 잔존으로 해석될 수 있다. 특히 '꿈'이나 '징조'와 같은 비가시적 요소가 현실 판단에 직접적인 영향을 미친다는 점에서, 이는 계몽주의적 합리성과는 일정한 거리를 유지하는 세계 인식이라 할 수 있다.

그러나 이러한 요소들을 단순히 '미개성'이나 '후진성'의 징표로 규정하는 해석은 일정한 한계를 지닌다. 오히려 하근찬의 서사는 당대 민중이 실제로 영위하던 삶의 방식과 인식 구조를 비교적 충실하게 반영하고 있다고 보는 편이 더 설득력을 갖는다. 산업화와 근대화가 급속히 진행되던 1970~80년대의 사회적 맥락 속에서도, 개인의 일상은 여전히 전통적 신앙과 생활 관습, 그리고 정서적 습속에 깊이 뿌리내리고 있었다. 다시 말해 제도적 차원의 근대화가 일정 부분 달성되었다고 하더라도, 개인의 세계 인식과 생활 감각은 단선적으로 근대화되지 않으며, 오히려 서로 다른 시간성이 중첩된 상태로 지속되는 경향을 보인다. 하근찬의 소설은 바로 이러한 혼종적 현실, 즉 근대성과 전근대성이 분리되지 않은 채 공존하는 생활세계를 포착하고 있다는 점에서 주목할 필요가 있다.

이러한 맥락에서 불심이 깊은 중하 어머니의 존재는 단순한 주변 인물이 아니라, 당대 민중의 정신적 지형을 상징적으로 드러내는 중요한 장치로 기능한다. 그의 신앙은 교리적 정합성을 갖춘 제도 종교로서의 불교라기보다, 민간 신앙과 긴밀히 결합된 생활 종교로서의 성격을 강하게 띤다. 예컨대 꿈속에서의 계시를 현실의 징조로 해석하거나, 일상적 사건에 초월적 의미를 부여하는 방식은 불교 교리의 엄밀한 해석이라기보다는 민속적 감각에 기반한 실천에 가깝다. 이는 불교 자체에 대한 교리적 몰입이라기보다, 삶의 불안과 불확실성을 조율하기 위한 하나의 생활적 장치로 이해될 수 있다. 다시 말해 종교는 이들에게 추상적 신념 체계라기보다, 일상의 위기와 불안을 해석하고 대응하기 위한 실천적 도구로 기능한다.

결국 하근찬 소설에 나타나는 전근대적 요소들은 단순한 잔여나 퇴행의 표지가 아니라, 근대 이행기 민중의 삶이 지닌 복합성과 지속성을 드러내는 서사적 장치로 이해되어야 하지 않을까? 우연의 남발로 보이는 사건 구성, 꿈과 징조에 대한 의존, 민간 신앙과 종교의 혼합적 실천, 그리고 이성적 탐색과 체념이 교차하는 인물의 내면은 모두 당대 민중이 실제로 경험했던 삶의 방식과 긴밀히 연결되어 있기 때문이다. 따라서 이러한 요소들은 비합리성의 증거라기보다, 오히려 민속적 감각과 생활 세계의 논리가 작동하는 방식 그 자체를 보여주는 것이라 할 수 있는 것이다.

5. 전근대성의 재독해와 서사적 실험

여기까지만 보았을 때 여전히 미심쩍은 지점이 남는다. 아무리 적극적인 의미를 부여한다 하더라도, 작품 전반에 배어 있는 '전근대적' 감각의 혐의를 완전히 지워내기는 어려워 보이기 때문이다. 우연의 중첩, 원혼의 출몰, 꿈과 징조에 의존하는 인식 방식 등은 근대적 합리성과는 거리를 두는 요소로 읽히기 쉽다. 과연 그러한가. 결론부터 말하자면 단호히 '아니다'. 하근찬의 서사는 민중적 삶의 양식을 충실히 재현하는 데 그치지 않고, 오히려 그 내부에서 새로운 시대적 감각과 서사적 실험을 동시에 구현하고 있기 때문이다. 즉 전근대적 요소로 보였던 것들은 단순한 잔여가 아니라, 근대적 감각과 충돌하고 교차하는 지점에서 새로운 의미를 생산하는 장치로 기능하며, 바로 그 지점에서 이 작품만의 독특한 미학적 긴장이 발생한다. 다시 말해 하근찬의 서사는 전근대와 근대의 이분법을 넘어서는 '과도기적 감각'을 정교하게 형상화하고 있다.

첫째, 서사 형식의 측면에서 하근찬의 소설은 추리소설적 구조를 적극적으로 차용하면서도 이를 완결된 장르 규칙으로 수렴시키지 않는 '미완의 형식'을 보여준다. 작품 전반에는 쫓고 쫓기는 긴장 구조가 반복적으로 형성되며, 남팔을 제거할 수 있는 수차례의 기회와 그를 둘러싼 암묵적 모의가 촘촘히 배치된다. 독자는 자연스럽게 사건의 인과를 추적하고, 범죄의 실행 여부와 결과를 예측하는 독서 방식으로 유도된다. 그러나 이러한 장치는 전형적인 추리소설처럼 명확한 범인 규명이나 사건 해결로 귀결되지 않는다. 오히려 중하가 자신의 딸이 저지른 사고를 은폐하고 봉합하려는 과정, 간호사 진옥이 남팔을 탈출시키려는 장면, 더 나아가 의료 행위를 범죄의 수단으로 전용하려는 상상에 이르기까지, 이 작품은 일종의 '범죄 가능성'만을 확장시킬 뿐, 그것을 단일한 결론으로 수렴시키지 않는다. 이러한 서사적 유예와 분산은 장르적 기대를 의도적으로 어긋나게 하며, 독자에게 지속적인 긴장과 불확실성을 부과한다. 이 점에서 하근찬의 서사는 통속적 장르 문법을 활용하면서도 그것을 해체하는 이중적 전략을 취하고 있으며, 이는 당대 문학에서 보기 드문 실험적이고 전위적인 시도로 평가될 수 있다.

더 나아가 이러한 '미완성의 형식'은 단순한 기법상의 문제가 아니라, 세계를 인식하는 방식과도 깊이 연결된다. 사건이 완결되지 않고, 의미가 종결되지 않는 서사 구조는 현실 자체가 하나의 폐쇄된 질서로 환원될 수 없다는 인식을 반영한다. 즉 진실은 끝내 완전히 드러나지 않으며, 정의 역시 단선적으로 실현되지 않는다. 이러한 점에서 하근찬의 서사는 추리소설의 외형을 빌리면서도, 그것을 통해 근대적 합리성의 한계를 역설적으로 드러내고 있다고 볼 수 있다.

둘째, 이러한 서사 구조 속에서 드러나는 중하의 내면은 매우 섬세하고도 첨예한 심리적 갈등을 보여준다. 그는 아버지의 원혼이 반복적으로 호출하는 과거의 명령과, 현재의 윤리적 판단 사이에서 끊임없이 동요하며 결단을 유예한다. 복수를 수행해야 한다는 압박은 점점 더 강하게 작동하지만, 동시에 그것을 실행할 수 없는 자기 인식 또한 심화된다. 이로 인해 그는 행동과 사유 사이에서 지속적으로 분열되며, 어느 한쪽으로도 완전히 나아가지 못하는 상태에 머문다. 이러한 양상은 단순한 우유부단함이 아니라, 근대적 주체가 필연적으로 겪는 내적 분열의 징후로 이해될 수 있다.

이때 중하는 과업을 부여받고 귀환을 강요받는 서사적 구조 속에서 일종의 '오디세우스적 인물'로 읽히는 동시에, 끊임없는 사유와 유예 속에서 행동을 지연시키는 '햄릿형 인간'의 면모를 함께 드러낸다. 그는 복수를 통해 과거를 종결지어야 한다는 명령을 짊어지고 있으면서도, 그 명령의 정당성과 실행 가능성에 대해 끊임없이 의심한다. 특히 아버지의 망령이 반복적으로 출몰하여 결단을 촉구하는 장면들은, 외부로부터 부여된 윤리적 과제와 내부의 자의식 사이의 긴장을 극대화한다. 이러한 심리적 진동은 매우 세밀하게 묘사되며, 독자는 그의 내면을 따라가면서 단순한 사건의 전개가 아니라 하나의 '의식의 흐름'을 경험하게 된다. 이 점에서 하근찬의 인물 형상화는 민중적 삶의 재현을 넘어, 근대적 자아의 복잡성과 불안정성을 포착하는 데까지 나아간다.

셋째, 이러한 논의는 궁극적으로 인간 실존에 대한 성찰로 확장된다는 점에서 중요한 의의를 지닌다. 이 작품은 표면적으로는 역사적 사건과 개인적 원한의 문제를 다루는 듯 보이지만, 그 이면에서는 복수와 용서라는 보편적 주제를 통해 인간 존재의 근원적 조건을 탐색한다. 복수는 과거의 상처를 현재로 소환하고 그것을 반복하려는 충동이며, 용서는 그 연쇄를 끊어내려는 의지라는 점에서, 두 행위는 모두 시간과 기억을 어떻게 감당할 것인가라는 문제와 긴밀하게 연결된다. 특히 해결되지 않은 원한이 반복적으로 귀환하는 구조는, 인간 내면에 잠재한 증오와 집착이 얼마나 집요하게 지속되는가를 드러낸다.

이와 동시에 이 작품은 복수가 과연 정당한가, 혹은 그것이 또 다른 폭력의 반복에 불과한 것은 아닌가라는 윤리적 질문을 제기한다. 중하가 끝내 결단하지 못하고 망설이는 지점은, 단순한 개인적 나약함이 아니라 이러한 질문에 대한 근본적인 응답 불가능성을 드러낸다. 즉 인간은 과거의 상처를 완전히 청산할 수도, 그렇다고 그것을 완전히 용서할 수도 없는 상태에 놓여 있으며, 바로 그 사이에서 끊임없이 흔들린다. 이처럼 하근찬의 서사는 특정한 도덕적 결론을 제시하기보다는, 인간이 처한 실존적 조건 자체를 드러내는 방향으로 나아간다.

6. 흔적과 감응의 문학, 그 현재적 의미

이상의 논의를 통해 분명해지는 것은, 하근찬의 문학이 단순히 전쟁의 기억을 재현하는 데 머무르지 않고, 그 기억이 인간의 삶 속에서 어떻게 지속되고 변형되는지를 집요하게 사유한다는 점이다. 그의 서사에서 역사는 더 이상 고정된 과거가 아니라 현재를 침식하며 되돌아오는 '흔적'으로 존재하고, 문학은 그 흔적을 해석하고 다시 의미화하는 과정으로 자리한다. 동시에 그가 구현하는 대중성 역시 당대의 주류적 대중문학과는 다른 층위에 놓여 있으며, 이는 특정한 이념이나 사회적 주제의 전달이 아니라 원한과 해원, 두려움과 연민과 같은 인간의 근원적 정서를 호출하는 감응의 구조를 통해 형성된다. 이러한 감각은 민속적 서사와 긴밀하게 맞닿아 실제 민중의 삶의 방식과 보다 직접적으로 접속하며, 따라서 그렇기에 그의 문학은 '대중적'이라기보다 '민중적'이다. 나아가 작품에 나타나는 전근대적 요소들은 단순한 비합리성의 잔여가 아니라, 근대적 합리성의 한계를 드러내는 동시에 그 바깥에서 작동하는 또 다른 인식의 가능성을 드러내는 서사적 장치로 기능한다.

결국 하근찬의 문학은 역사와 인간, 대중성과 민중성, 근대와 전근대라는 서로 다른 층위들이 교차하고 충돌하는 지점에서 독자적인 의미를 생성한다. 이는 단순히 한 작가의 작품 세계를 재평가하는 문제를 넘어, 우리가 지금까지 익숙하게 이해해 온 한국문학사의 범주와 해석 틀 자체를 재고하게 만드는 계기를 제공한다. 그의 서사는 전쟁을 과거의 사건으로 고정시키지 않고 현재 속에서 계속해서 의미를 생성하는 '살아 있는 역사'로 전환시키며, 이를 통해 문학이 역사와 맺을 수 있는 관계의 새로운 가능성을 제시한다. 동시에 민속적 감각과 민중적 정서를 서사의 중심에 놓음으로써, 근대문학이 배제하거나 주변화해 온 감각의 층위를 다시 호출하고 복원한다는 점에서도 중요한 의의를 지닌다. 이러한 작업은 근대성과 합리성 중심의 문학 이해를 넘어, 보다 다층적이고 복합적인 인간 경험의 서사화를 가능하게 한다.

더 나아가 그의 문학이 던지는 질문은 궁극적으로 인간 존재에 대한 근본적인 사유로 확장된다. 복수와 용서, 기억과 망각, 증오와 화해라는 문제들은 특정 시대에 한정된 주제가 아니라 인간이 존재하는 한 반복될 수밖에 없는 보편적 조건에 속한다. 하근찬은 이러한 문제들에 대해 명확한 해답을 제시하기보다, 그 해답에 도

달할 수 없는 인간의 조건 자체를 드러냄으로써 독자로 하여금 끊임없이 사유하도록 만든다. 이때 그의 문학은 하나의 완결된 메시지가 아니라, 지속적으로 의미를 생성하고 갱신하는 열린 텍스트로 기능하는 것은 이 때문이다. 따라서 하근찬을 다시 읽는다는 것은 단순한 문학사적 복원이 아니라, 인간과 역사, 그리고 문학의 관계를 새롭게 사유하는 일이다. 바로 그 점에서 그의 문학은 지금 이 순간에도 여전히 유효한 질문과 의미를 우리에게 던지고 있다.